# 成双成对

伊北 著

北方联合出版传媒(集团)股份有限公司
万卷出版有限责任公司

图书在版编目（CIP）数据

成双成对 / 伊北著. -- 沈阳：万卷出版有限责任公司，2024.3
ISBN 978-7-5470-6444-3

Ⅰ.①成… Ⅱ.①伊… Ⅲ.①长篇小说－中国－当代 Ⅳ.①I247.5

中国国家版本馆CIP数据核字（2024）第008765号

| 出 品 人： | 王维良 |
|---|---|
| 出版发行： | 北方联合出版传媒（集团）股份有限公司 |
| | 万卷出版有限责任公司 |
| | （地址：沈阳市和平区十一纬路29号 邮编：110003） |
| 印 刷 者： | 辽宁新华印务有限公司 |
| 经 销 者： | 全国新华书店 |
| 幅面尺寸： | 160mm×230mm |
| 字 数： | 555千字 |
| 印 张： | 32 |
| 出版时间： | 2024年3月第1版 |
| 印刷时间： | 2024年3月第1次印刷 |
| 责任编辑： | 吴芮瑶 |
| 责任校对： | 刘 洋 |
| 封面设计： | 仙 境 |
| ISBN 978-7-5470-6444-3 | |
| 定 价： | 59.80元 |
| 联系电话： | 024-23284090 |
| 传 真： | 024-23284448 |

常年法律顾问：王 伟 版权所有 侵权必究 举报电话：024-23284090
如有印装质量问题，请与印刷厂联系。联系电话：024-31255233

## 1

面朝大海，脚下是悬崖，身后是女儿发小兼好友薛蓓的二婚现场，朵儿妈觉得自己连跳下去的心都有。

人就怕比。

自打生了女儿牛朵儿，这几十年来，三街四邻，朵儿妈一直处于优势。朵儿从小到大，都是最优秀的，听话，成绩好，读最好的大学、最好的专业，一竿子到头博士毕业。三十一岁博士毕业，先在高校干了一阵，后来跳槽到深圳一家化妆品公司，做首席科学家。那薪酬，在朵儿妈看来，高得没谱了。朵儿买了房、车，落下户口，一头扎进实验室，研制出好几个化妆品配方，一投产，地位更重要了。

可天底下没有两全其美的事。朵儿的婚姻大事始终没有进展。相比之下，薛蓓高中毕业就出来混，弄了个大专文凭，先是在北京混，后来去上海，一年前来到深圳。

刚来就跟温晓涛走到一起了。

朵儿妈原本看不上二婚的。可到婚礼现场一见晓涛，身板、个头、面相，再加上在深圳电力系统工作，算半个公务员了。朵儿妈越看越喜欢，因此越恨，恨朵儿不争气。

不光是薛蓓。

还有陈超男，跟朵儿也是从小玩到大。师范院校本科毕业留在深圳，当了几年语文老师，年前，好歹也结婚了。虽然超男的丈夫朵儿妈从来没见过，背后提起来，她老人家也是满嘴不屑。可人家好歹生米煮成熟饭，做成一件事。

只有朵儿，老大难。

关键她还不自知不觉醒，给她介绍多少个都不行。挑什么？还由得她挑吗？长相、学历都已经不加分，再加上年龄，简直债台高筑，愈演愈烈。这两年，朵儿妈甚至觉得，谁能娶了朵儿，那就是善莫大焉。

朵儿妈从悬崖边上退回来，也不看海了，她打算好好教育教育女儿。

瞅着就气。

朵儿偏就是个没心没肺。还有心喝饮料，嘬着个吸管，没品，没女人味。若无其事，穿着一身伴娘服却仿佛丝毫不受刺激，朵儿妈痛恨女儿的心态。凑到朵儿跟前，母女俩对面了。

朵儿笑嘻嘻地，"怎么样，饮料和菜都是我点的。"很光荣的样子。

"什么感受？"

朵儿不知是听不懂还是装不懂，继续保持笑脸，"挺好。"

朵儿妈一听就来气，皱着眉头，痛心疾首的样子，半弯着腰，好像一只刚从海里捞出来的老虾。"都二婚了！"每一个字都是重锤，可就是敲不响朵儿这面破鼓。

牛朵儿事不关己高高挂起。"二婚光荣，呵呵。"

朵儿妈觉得今天这女儿非教育不可，得点破，点透。她半低下头，把自己的头皮朝向朵儿，说你看看你看看。

朵儿伸手挠了挠："昨天没洗头，有点油，用我们公司产品了吗？刚出了一个去油的，我研发的，回头寄给你两瓶。"

朵儿妈跺脚道："你老娘头发都愁白啦！你也为自己操操心，今年都多大了？整天就弄什么饱和脂肪酸不饱和脂肪酸，有什么用？"

朵儿说："妈你说什么呢，洗发水里哪有什么脂肪酸，我们用的是月桂醇聚醚硫酸酯钠。"又说，"我没找到对象都怪你。"

"怪我什么？"朵儿妈不解。

"生得不好。"

"废话，缺胳膊少腿了？"

"日子不好。"

"胡扯。"

"生在双十一，注定单身狗。"朵儿笑嘻嘻地。

朵儿妈扬手要打，说我管你这那那！朵儿要逃，却被她妈一把拽住。朵儿妈还不肯放过牛朵儿："你跟我说说你以前那些男朋友呢？你的师兄呢，还有那个高中同学，以前老往家里打电话的？"

"你不是不让人家打吗?"

"以前不让现在可以呀。"朵儿妈说,"还有你那师兄。"

"人家早出国了。"

"你怎么不出国?出国多好,进进出出两个人,妈不管你,妈不想你,你出去吧。"

"现在说什么都晚了,那人也跟我不适合,我跟他待一起不舒服。"

"高中那个李睿,好像在广州,跟你还来往吧?"

"早散了,妈你能不能有点谱。"

"散了?那是伏笔,青梅竹马两小无猜,再相逢就是烈火干柴。"

"妈你应该改名。"朵儿说,"叫琼瑶阿姨。"

"相亲介绍的呢,这么多个都不行?"

"妈你到底有完没完,不喜欢就是不喜欢,就跟你不吃肥肉一个道理,我让你吃肥肉你吃得下去吗?"

"那你喜欢什么样的?"

这个时候,朵儿的发小陈超男走了过来。

朵儿视超男为救命稻草,一把拉住。

朵儿妈立刻恢复温婉,拉着超男的手,说:"超男,多好,越看越舒服,成家立业,将来生儿育女,女人这一辈子,不就这一点大事吗?把该做的都做了,才能幸福。"又对朵儿,"你要能有超男一半听话,我宁愿你是本科毕业,超男她妈让她结婚,那就是结婚。妈能害女儿吗?"

超男脸色有点不好看,结婚当然也不是她强烈要求的,只是年龄到了,不结婚又做什么呢?结个婚,也是糊里糊涂的。

其实超男喜欢沈伟,就是不远处那个穿着一身笔挺的西装,梳着油头,兴奋万分地跟客人们聊天的男人。他是朵儿的本科同学,研究生同校,现在在做进出口贸易,他通过朵儿认识温晓涛,看有没有机会合作。所以晓涛婚礼他及时出现,不失时机打打政商关系。陈超男也是通过朵儿认识沈伟的。喜欢是真喜欢,但接触一段时间后,超男发现也真是驾驭不了。最终在家人的劝说下,接受了广东本地仔四海——一个她能掌控的男人。

但不知为什么,陈超男对于选择四海总是有点莫名的羞愧感。中学老师,虽然长相平平,但在深圳,对女生来说,这是一个出嫁率比较高的职业。但她却只选择了一个做行政秘书的四海——农村读书出来的标准的凤凰男,什么都比她低些。

她算当家做主了，可总免不了一股子抱怨气。比如薛蓓的婚礼。她绝对是不带他出来的。四海没那种气势，口笨舌拙，普通话不好，没气势。相貌更是平平，别说不能跟沈伟比，就是跟薛蓓的二婚老公温晓涛比，也是差了好大一截。

超男是螺蛳壳里的娘娘。

朵儿妈偏偏问："超男，你老公呢？"哪壶不开提哪壶。

超男只好委婉地说他有点忙。

朵儿妈话锋一转，又把焦点挪到朵儿身上："我要是能有你这么一个乖巧的女儿，我就是现在跳进海里，我也闭眼了。"

朵儿听不下去妈妈的话，拉着超男走了。

二人刚离开，新郎温晓涛和新娘薛蓓端着红酒过来。薛蓓父亲去世得早，前几年，妈妈又离开了，老家的亲戚嫌贫爱富，不怎么跟她走动，反倒是朵儿家这个邻居照应得勤。

朵儿妈因此升级为大姨。二婚典礼，娘家亲戚没来几个，可朵儿妈是一定要到场的。

一见到薛蓓，朵儿妈便说什么哎呀你们三个从小是最好的了，现在都在深圳，一定要相互帮衬！比亲姐们儿还要近的。温晓涛在国企做事，老成惯了，可朵儿妈这些江湖应酬话他听不出来，张嘴便接，说应该的，一定的，感谢朵儿介绍蓓蓓给我。

朵儿妈一听，明里不说什么，可脸色却有点不自然。一会儿工夫，见到朵儿，她便劈头盖脸，一路追，眼睛里恨不得飞出刀子来。"牛朵儿你疯了吧。薛蓓和她老公是你介绍的？"朵儿知道躲不过，只好若无其事说是啊，怎么了，都是二婚，你不是不接受二婚嘛。

"这孩子从小就是一点儿心眼都不长，让你们相互照顾，你都照顾到别人家被窝里去了，你怎么不照顾照顾自己呀？先帮助自己，才能帮助别人，你是饥汉子，反过来帮人家饱汉子，人都二婚了，你一婚还没婚呢，你怎么的？"

朵儿委屈："你不是不接受二婚吗？"

朵儿妈立刻道："具体问题具体分析，一切从实际出发，我是为你着急，我是不接受那种二婚带孩子不优秀的二婚，怕你未来的生活负担太重，像这种优秀的二婚，有什么关系？又没孩子，跟一婚有什么区别？你能不能长点心啊？唉，当初也怪我，你这名字没取好，你爸非要叫什么朵儿朵儿的，刚好姓牛，一朵鲜花插在牛粪上。不过现在搞得好，牛粪都没了，鲜花再过几天，估计就枯萎了。"

朵儿听不下去，提着裙子跑。朵儿妈还没说完，也端着酒杯追，谁知裙脚太长，朵儿妈一个前扑，酒杯飞去出，人也来个"玉山倾颓"。幸亏旁边的男人及时托住了朵儿妈的腰，这玉山才没倒。

他叫老默，五十多岁，但看上去很年轻，他是温晓涛的朋友，薛蓓的客户——从薛蓓手上买了养老保险。他刚才还跟牛朵儿聊得开心，讲古典音乐，两个人留了电话。

朵儿妈连声说对不住。薛蓓过来看怎么了，见朵儿妈没事，就说姨，晚上别走了，订了房间了，海景房。朵儿妈虽然心里痒痒，可嘴上还说："天，怎么能让你们破费。"

薛蓓和温晓涛坚持。朵儿妈也就不拒绝，由服务员领着上了楼。

草坪上，冷餐桌旁，牛朵儿捏着小块蛋糕。

沈伟走过来。他是朵儿的研究生同学，两人无话不谈，他们甚至曾经一起去野山上露营过，差点遭遇危险，最后一口水，沈伟让给朵儿喝的。所以也算割头换颈的生死之交。

沈伟微微弯下身子，凑到朵儿耳朵边，小声说："怎么样，帮帮忙。"

朵儿飙了他一眼："有病，有什么可帮的，该吃吃该喝喝。"

"演我女朋友。"

"出场费多少？"

"随你开。"

"我就这么香？我怎么没发现。"

"你不是香，是牢靠，你的事我都知道，我的事你都知道。"

朵儿没好气："我的什么事？我清清白白一个人别搞得跟你们似的，时时刻刻都藏着奸。"

沈伟还是好脾气："行了，你能帮薛蓓，能帮超男，就不能帮我？我这也真是走投无路了，总不能找个不知根不知底的。"

朵儿笑笑，说："你猜我妈刚才跟薛蓓说什么了？"沈伟说不清楚。

"看上你了。"

"可以理解，我是丈母娘杀手。"

"你真长了一副造孽的皮囊。"朵儿说。

"帮人就是帮自己。"

"甭废话了，时间地点告诉我。"

"下礼拜二，观澜高尔夫球场。"

## 2

因为是二婚，没有洞房的流程。

当晚，薛蓓两口子包了几个房间，不能走的亲友，就住在酒店。

对面就是香港，灯火辉煌。薛蓓留了个备用房，三人间，专供姐妹们使用。温晓涛关系多，晚上还要陪哥儿们，先回香蜜湖了。进了房间，薛蓓全身的紧张才算稍微释放。

她把项链、耳环取下，收拾进首饰盒。

说实话，薛蓓对这场婚礼谈不上满意。虽然温晓涛已经足够有诚意，海边、悬崖边两个要素他满足了她。可婆婆和她老公去日本旅行了。是，晓涛妈根本没在乎这场婚礼，也许在婆婆看来，二婚本来就应该低调，或者她根本看不上她这个儿媳妇。

也是，一个保险公司的业务员，怎么能配得上他儿子？尽管颜值上补足，那也是妖精所为。

可薛蓓告诉自己，得忍，谁叫晓涛这么优秀。不，不能说优秀，而应该说，符合她心目中丈夫的样子。平平常常，平平淡淡，一个合适的丈夫。如果在十年之前，薛蓓未必看得上温晓涛。她那时候崇拜强者，谁强她跟谁，可十年之后，等到她容颜渐老，心力交瘁，她从北京到上海，又从上海到深圳，她只需要一个平凡男人，组成一个平凡的家庭，拥有平凡的幸福。

这种家庭能让她顺利地融入社会生活，让她好像沙滩上的一粒细沙，跟其他沙子没有什么不同，充满安全感。回想过去，薛蓓觉得自己曾经像是沙滩上的一颗海螺，因为突出，反倒成为众矢之的。

和陈超男一起，瘫在大大的沙发上。

脚下是落地玻璃窗。窗外是大海，黑黢黢的。对面是星星点点的灯火。

二十年前，她们还都是小女孩的时候，想不到有这一天。

超男忽然说："蓓姐，真羡慕你，什么都有了，什么都经历了。"

超男结婚，连典礼都没办，只在老家热闹一场。也是，在深圳，他们本来就没有那么多社会关系，摆酒席都不知道请谁。不过朵儿和薛蓓还是包了大红包。

"小心你婆婆。"陈超男掏心掏肺。

"她挺知书达理的。"薛蓓辩解。

"结婚典礼都不来。"

"家里小范围庆祝过了。"薛蓓撒了个谎,"刚好她去日本出差。"继续撒谎。婆婆退下来有几年了。

"蜜月去哪儿?"

"还没想好。"

"我都没蜜月。"

"这些虚的就别在乎啦,赚钱,好好过日子吧。"

朵儿推门进来,首先是恭喜。薛蓓给朵儿一个拥抱,说你这个大媒人重重有赏。

是梵克雅宝的项链。粗看,值两万,给朵儿戴上。朵儿也不讲究,只问:"我们家化妆品给你长脸了吧,这浓妆,比什么国外的品牌都好都实惠,我跟你说东方女性的皮肤跟西方人不一样。你看到没有,婚礼现场都有人对展示台上的样品感兴趣。"

超男说:"我看你不是科学家,你是传销专家。"

朵儿作势要打。超男改口:"营销专家。"

薛蓓说,牛朵儿你别光为公司操心,为我们操心,姨把你委托给我了,今年完成任务。

牛朵儿坐到沙发上,反问道:"蓓蓓,你是哪头的?我牛朵儿有必要为了委屈自己而结婚吗?我工作做得不好吗?没房子没车吗?我不独立吗?我算想清楚了,结婚,我就是得自己舒服。"

超男说:"那是因为你没遇到自己喜欢的人,不过,我挺羡慕你的,活得自我。"

朵儿说,超男你没必要羡慕这个羡慕那个,每个人都有自己合适的状态,我觉得你现在的婚姻也挺合适,自己选了就不要后悔,不过以我几十年来的功力看,你老公肯定有一些不为人知的好处。超男刚要还嘴,电话来了,一接,是她老公四海。超男说明情况,四海说那你好好玩,别太晚睡。挂了电话,超男却说:"我老公催我回家,不行,离不开,没辙,烦都烦死了。"

朵儿说你瞧这黏糊劲儿,人家新婚头一夜的还不像这样呢。

陈超男没说话,简单收拾一下,出门了。到门口,她站了站,回头看了一眼这长长的走廊,她何尝不想多留一会儿。可是,以她现在的情况,她凭什么与薛蓓和朵儿平起平坐呢?

朵儿有事业,一切自主;薛蓓有美貌,嫁了一个最起码在深圳是中上等的人家;可她呢?高不成低不就,她实在没有心情坐在这房间里。

自尊心敦促她离开。

薛蓓刚要跟朵儿说话,手机又响了。这回是朵儿妈,她叫朵儿去她房间。

薛蓓拍了拍朵儿肩膀,饱含深意:"去吧。"朵儿笑笑,便去她老娘房间领命。刚进门,就见她妈用浴巾包着头发杵在门廊,她把朵儿拽进来,说又到哪儿野去了。

"妈,这可是海景房,你一辈子能住几次海景房,用点心行不行。"

朵儿妈不接她这茬。"今天你给我说清楚,定个时间表。"

"什么时间?地球要爆炸了吗?还是外星人要入侵了?"

"你终身大事的时间。"

朵儿说,妈你怎么回事,这种事情也不是说有就有的。

"我是第一天说这个事情吗?"

朵儿不理她,背过身坐在沙发上,面对的是无边的海景。

什么年代了,她还在做这种事情。几秒钟静默。

"你是觉得我给你添负担了吗?还是你丢面子了?"

"我是为你考虑。你将来靠谁?"

"靠天靠地不如靠自己,我有自己的事业,有自己的房子,我的每一分钱都是自己挣的,心安理得,我用得着要靠别人吗?"

"你还是太幼稚太简单。"

"今天能不能不说这个话题?这都几点了,有完没完?"

朵儿妈说,你收拾收拾,把衣服穿一下,换一下换一下。

"干吗?"

"帮你约了视频见面,这酒店环境还不错,可以见见。"

"妈你行不行啊……"朵儿开始慌张了。

"牛朵儿!"朵儿妈突然发力,"你今天要是不按照妈妈的来,妈妈立刻就拉开窗户跳下去,我告诉你,婚礼现场我就想跳海了。"

"你跳?"朵儿半信半疑。

朵儿妈还真走到窗户口,拉开窗户,风灌进来,朵儿妈脱了鞋,摆出架势。朵儿害怕了。"别别别,妈,我听你的,行吗?"

"穿。"

"妈，这个颜色，会不会太老土？"

"有点颜色鲜亮。"

"就这个黑的吧，别换了。"

"什么黑的，一个小姑娘，一天到晚穿得跟去奔丧似的，搞什么。"

"纽约巴黎最时髦的女人都穿黑的。"

"那是资本主义社会！"朵儿妈愤愤，"天是黑的，海是黑的，你还穿黑的，你干脆谁都看不见你得了。"

这气势，朵儿服气。好，行。衣服换上了。大红色，朵儿妈的套装，好在视频只需要看上半身。手机放在小圆桌上，朵儿妈一通电话，连上了。

对方是个在武汉工作的程序员。头也没洗，身后是脏乱的宿舍房，键盘里卡着米粒。桌旁边的方便面桶已经收拾干净了，放在垃圾桶里，但还是能看见背后挂着的内衣裤。简单聊了聊，朵儿打算速战速决。朵儿妈在旁边瞪眼。

朵儿只能又多问了几句，说你干什么的呀，平时喜欢什么呀？多大年纪呀？喜欢什么样的呀？过了好一会儿，终于把视频挂掉了。

朵儿妈兴奋，说，不错吧，条件不赖，人也老实。

朵儿感叹她妈的双重标准，在婚礼现场，还说要找温晓涛沈伟那样的，一转身，邋遢程序员她也能接受了。

朵儿给了个合理的解释，"异地，不现实。"

"这有什么关系，现在都流行视频恋爱，网恋嘛，先处起来，将来再说。"

"呦，妈，你还挺时髦，网恋你都玩上了，还视频恋爱。"

"与时俱进，条件不错，算了，要不就这个吧。"

"妈！"一句"要不就这个吧"，牛朵儿心里彻底恼火了，"妈你什么意思，什么叫算了，我是促销大白菜吗？是过了期的酸奶吗？必须打折吗？还半卖半送？我今天就明确表态，这件事绝不能这么算了！我不舒服，就是不行！"

腾地站起来，一阵风，朵儿出去了。朵儿妈追出去，到走廊却发现自己包着头，穿着内衣，又退回去，换好衣服再出来。

敲薛蓓的门。朵儿不在。朵儿妈叮嘱说，牛朵儿如果回来，你帮我摁住她。今天我倒要看看，谁是女儿谁是妈！

薛蓓劝道："姨，你也别逼得太急了，朵儿不愁。"

朵儿妈笑道："怎么能不着急,这丫头一点儿不长心,好东西尽让给别人了,自己什么都没有。哎,我真担心她将来孤独终老呀,这么一个老姑娘,算怎么回事啊?整天就跟那些化学药品待在一起,我看脑子也被烧坏了。"

薛蓓当然听得出来朵儿妈暗有所指,温晓涛是牛朵儿介绍的。但如今朵儿妈把话说到这份儿上,她必须说明白了。

"姨,其实我们家晓涛最开始喜欢的是朵儿。"

朵儿妈一愣。什么意思?

"是朵儿不喜欢晓涛,我是后来的,接了个盘。"

"晓涛哪儿不好。"

"没有哪里不好,只是朵儿觉得不合适。夫妻是上辈子的冤家,有时候也要一点儿缘分,朵儿是好强、不低头的人,晓涛也是,你说这两个人碰到一起,那真是矛对矛了。"

薛蓓一番话反倒弄得朵儿妈不知道怎么答,只能说句粗的,"王八看绿豆,看对眼了!"

薛蓓差点没笑出来。

"阿姨,人生几十年太快了,儿女自有儿女的福,朵儿现在可是科学家,科学家,明白吗?我们能比吗?走,下楼做做美容去。"

气氛缓和些。朵儿妈道:"牛朵儿公司的化妆品,我坚决不用,你看看她那张脸,跟砂纸似的,还科学家,说出去谁信,也不保养。她但凡有一点儿保养的心,至于今天这个地步吗?你结婚了,超男结婚了,她牛朵儿到底想干什么呀!"

## 3

晚上九点,陈超男快到家了。从酒店出门前,她给四海打了个电话。

坐公交回去,图便宜。

省,超男从来节俭,结了婚,就更奉行省钱政策。

房子首付是婆婆家给的,写两个人的名字。这在超男看来是理所当然,没有这个首付,没有一个房子,她无论如何不会同意跟四海领结婚证。不过她也不是不通情理。婚房的贷款,结婚后两个人一起还。有时候,超男还得还多一些。她在龙岗做语文老师,全区最差的一个班,孩子调皮捣蛋,她必须树立起威严，所以时常板着脸孔。这情绪带到家里，四海似乎也成了她的学生。超男说话，越来越喜欢用祈使句。

没商没量。陈超男打心眼里觉得，自己虽然是小城市的，可好歹也是城市女孩，她愿意嫁给一个乡下来的凤凰男，他就应该迁就她。

四海几次提议要孩子，超男都说等等。

婚姻，没进来的时候不太憧憬，进来了之后，同样失望，无非是两人搭伙过日子。晚上有人一起看电视。不过超男在家说老公不好，到了外面，却总是夸四海能干。

小区门口，身边闪过一个黑影。

超男吓了一跳，大叫一声。

"是我。"凑近了，是四海。他来接超男。

"你吓死人。"

"看你老不回来，迎一迎。"

超男心里暖暖的，可不能表露出来。"洗澡水烧了没有？"

"烧了。"四海说，"吃饱了吗？家里还有馄饨面。"

"气都气饱了。"

"谁给你气受。"

"你。"

"那对不起。"

"除了对不起你还会说什么。"超男本来想说，你看看人家老公多会挣钱，你呢。但话到嘴边又咽了下去。太伤人。

进屋洗澡。出来后，超男擦着头发。四海说："有个事情想跟你商量商量。"

"你妈要来是不是？"

"你怎么知道？"四海惊诧。

超男不说话，随意翻着电视频道。

"你不同意就不让她来。"

"别，我不做那恶人。"

"那你不说话。"

"我是怕你做妈宝，没了原则。"

"怎么可能，我向着你的。"

"咱妈来我不反对，但是来了就要按照深圳的规矩，乡下那套就不要带来了，这一点你应该去沟通，好多话我不好说的，你是纽带，我跟妈的关系怎样，你太重要了。"

"知道。"四海说。

"我先声明，咱妈来了，别催我生孩子，我有我自己的打算，这是我们的事情，这个你都要打预防针。"四海表示同意。

"休息吧。"

"哪能休息哟，"超男站起身，走到饭桌旁。四海以为她饿了，问她要不要吃点粉。超男说："把我那摞作业给我拿来，今天必须批完，明天要发下去。"

"我帮你批。"

"你不懂。"

"那我陪你。"四海转身去卧室，从超男的包里拿出一大摞作业本。中学老师的必修课。

超男坐在饭桌旁。作业来了。她递菜碗给四海，"想我一个知识分子……"

四海接得上话："一定努力赚钱，以后给你这个知识分子一个书房。"

超男若有所思："伍尔夫说过，每个女人都应该有一间自己的房间。"

"咱俩卧室不就是你的房间？"

"能一样吗？"

四海把电视声音调小了，不打扰超男。

批改到一篇作文，超男不由得感叹："你看现在的孩子多明白呀！"四海问怎么了。超男朗读："这才七年级啊，《我的妈妈》，我的妈妈是一个幸福的女人，她不用为生活奔波，因为爸爸给她足够的钱，爸爸总说他爱我的妈妈，我的妈妈喜欢炒股、收房租和打麻将。我的妈妈很漂亮，她总是带我去商场买漂亮的衣服。我的妈妈是一个有文化的女人，妈妈总读很多书，张爱玲、三毛、张小娴的书她都爱看。"

四海说呵，真有文化。

超男说你别岔，继续读："我的妈妈偶尔还去参加读书会，学点哲学。妈妈说女人要有一些精神生活，不能总是物质生活，妈妈告诉我，你以后一定要做一个淑女。我决心以后做一个像妈妈一样的女人。"读到这，超男反驳四海："人家妈就是有文化的女人，我都多久没读哲学了。"

四海说你继续读。

"我的妈妈唯一担心的是，爸爸有朝一日不爱她了怎么办？她有时会跟爸爸吵架，嫌他不怎么回家。妈妈最近心情很不好。她问我，如果你将来有一个弟弟怎么办？我说，我讨厌弟弟。妈妈笑了。"

四海一口水差点没喷出来。

超男说，你笑屁，我倒宁愿当这种妈妈呢，幸福的烦恼，你有本事当这爸爸才行。

四海说知足常乐。

超男说我怎么不知足了。

四海说我没说你。

"反正，我今年生日，必须在帝豪酒店包一间房。哭一场。"

"生日你哭什么？"

"我都多大了，什么也没有，我不该哭吗？"

"哭，哭，包一间房，陪你好好哭一场。"

"你不许哭。"

"那我干吗？"

"看着我哭，"超男说，"还有，你付钱。"

"没问题。"四海颇为大气。

## 4

料理完所有的客人，薛蓓还没心思睡觉。

她打电话给温晓涛。晓涛没接电话。他结婚，他那些弟兄比他还兴奋，死活非陪着玩，也许是唱KTV，也许是打麻将。白天喝了不少。晚上再喝，薛蓓怕受不了。她打电话给老默。老默接了，说温晓涛已经被送回家了。

"喝酒了吗？"薛蓓问。

"不少。"老默据实相告，"不过问题不大，涛有量。"

薛蓓往家赶。开门进去，温晓涛斜躺在沙发上。她拍拍他的脸，说温晓涛，你醒醒。

没反应。真喝多了。

薛蓓又像愚公移山一般，把温晓涛挪到卧室里去。

晓涛哇啦一口，吐到薛蓓身上了。

又得打扫。屋子里都是味道。擦地，然后是自己洗澡，弄完已经过了十二点了。开了空调，定在睡眠，屋子全黑了。刚准备睡下，晓涛翻身扑了上来。

"好好睡。"薛蓓推开他。

黑暗中,晓涛的手臂摸索着,摁开了台灯。温晓涛坐了起来,眼神蒙眬,半醉半醒的样子。薛蓓只好也坐起来。

"过了这一夜,你就是我老婆,我就是你老公。"晓涛舌头没捋顺,还是醉。

"当然当然。"薛蓓应付着。

"我的心都掏给你。"晓涛抱住薛蓓。

"我也掏给你。"口气不一样,薛蓓清醒。

"你不是想知道我前妻在哪儿吗?我告诉你,我全都告诉你。"温晓涛喃喃。

薛蓓的心轰的一下。关于彼此的第一段婚姻,他们早都谈过,薛蓓的前夫是村里的青年,不务正业,二十岁结婚,二十一岁就离了。晓涛和前妻性格不合离婚。前妻目前在香港。还能有什么故事。

"她怎么了?"

"死了。"

薛蓓的脑子也炸了。这事朵儿也不知道吧,估计是,如果知道她怎么不说?可既然温晓涛要借着酒劲儿才能说,这事一定不一般。

"怎么死的?"

"就是从这,跳下去的。"温晓涛攀爬着下了床,爬到窗口。

薛蓓跟过去抱住他。这新婚初夜闹的。

温晓涛又吐一口。薛蓓又收拾,都弄清爽了。晓涛的鼾声传来。

薛蓓走到洗手间,拨通了牛朵儿的电话。

朵儿以为是她妈委托薛蓓找她,连声说没事。

薛蓓连忙顺着说,"你确定没事就行。"

"放心吧。"朵儿说。

"对了,你知不知道,晓涛的前妻现在怎么样?"

"好像在香港。"朵儿说,"怎么了?"

"哦没事,刚才看到家里有点她的东西,想还给她。"

## 5

朵儿也没想到,自己会主动到老默这儿来看看。

深圳地方小。能在山上找一块地,耕读为生实属难得。她更没想到,老默从歌舞团提前办了内退。在深圳歌舞厅干了那么多年,自己多少存了点钱,养老是够了。

朵儿来,老默并没有感到惊诧。

"请进。"儒雅得很。

朵儿觉得他身上有一种深圳这个城市没有的平淡。不争不抢,从容淡定。她整天跟化学药品打交道,面对大自然,更添几分亲切。

老默和自己形成反差。更重要的,他身上没有大惊小怪的气质,在婚礼现场见第一次面,朵儿忽然而至,来了就来了。一杯清茶。简简单单。

茶水泡在竹根杯里,老默倒茶的手法已经有些艺术性了。拉高,放低,旋转,轻轻震荡,朵儿看不出什么门道,只能看个热闹,可一连串做下来,那茶似乎也好喝点了。

"金骏眉就是得过二三道。"老默的声音很有磁性。

人生何尝不需要一点儿阅历才有味道,尤其男人。

"歌还唱吗?"

"偶尔,老了,嗓子不行了。"

朵儿又问了一些过去年代的事。老默简单说了说,朵儿叹为观止,那个年代深圳歌坛有那英、林依轮、戴军,老默和他们同一时期,只是没唱出名,多半在幕后。朵儿央求老默唱几句。他果真唱了,虎啸龙吟。一首《笑红尘》,陈淑桦的,他硬是唱出了自己的味道。

"今年贵庚?"唱完朵儿问这么一句。

老默如实答了,还差几年正式退休。

跟着又说了自己的基本情况,一串数据,妻子已经去世,有一个女儿在香港工作,现在加拿大外派,不怎么回来,自己这里的地是租的,小房子很小,不过也有人要来当民宿住,所以也是个生意,自己在香蜜湖有个小房子,可以住。

哦,朵儿的房子买得早,不大,也在香蜜湖附近,那附近目前已是天价了。

有缘，朵儿想。

说完，老默依旧坦坦荡荡，可朵儿反倒有些不好意思了。

不过想上门找个清净，没想到却处成了相亲。相亲相多了，成了套路。可老默为什么要说那么多？如果不是套路，那就是对她有好感。去洗手间，对着小镜子，朵儿仔仔细细看了看今天的打扮，嗯，正常，中等，主要还年轻，胜在一股朝气。不得不承认，朵儿有几分喜欢老默了。

出来之后，"你保险怎么买的？"是朵儿帮薛蓓问的。然而是多余，老默已经是薛蓓的客户。他和晓涛是五六年的球友。他们都打网球。

老默说国内有一份保险，过几年可以拿，现在自己还能动，能赚一点儿，再一个在香港也买了保险，马上到了返还期。

"尽量做到不拖累人吧。"诚恳得好像他们已经认识了几十年。

下山的时候，老默非要送。朵儿不让。可他坚持。送就送吧。

扶着手臂，老默倒是坐怀不乱。可朵儿倒仿佛过了电似的。他腿脚轻便胜过年轻人，身体还算壮实，朵儿感叹当代人老得慢。又说以后来请教。老默说没问题，我家大门常打开，开放怀抱等你。是《北京欢迎你》的歌词，换成深圳也合适。

只是开放怀抱有些过头。可说了就说了，依旧清风明月，并没有猥琐。

过了一周，朵儿又来了。这次两个人弘法寺参拜，又去桫椤双树底下祈祷，下了山，去素斋饭馆吃饭，服务员拿着菜单，叫他们先生太太，两个人都笑了。

"我不结婚的。"朵儿故意说，是试探。

"按照自己的心来。"

"但如果有人求婚，我考虑考虑。"

"那那个人真是幸福得很。"老默说。

吃完去荡秋千，朵儿觉得自己成了少女。

上班第一天就忙得四脚朝天，朵儿带着一个小组，亲自上阵，在实验室里做实验。

牛朵儿雷厉风行，嘴里不停念着各种数据，时不时给小组成员指导，"一组，甜菜碱数据不对，二组，氢化牛脂基核准，鲸蜡硬脂醇也不对……"实验室里井然有序，仿佛战场。

沈伟来电话了。朵儿一看，知道了个大概。没接。静音。忙完工作，已经过午了，牛朵儿一拿手机，二十几通未接来电，十几条消息。这个沈伟。

回过去。

叽里呱啦。"怎么不接电话？"朵儿刚说这忙。

沈伟又说："明天下午我找车去接你，观澜高尔夫球场。"朵儿忙说我又不会打。沈伟说："不是都答应了吗？"

"你身边还缺女人？"

"行了牛朵儿，为哥儿们两肋插刀一下行吗？我要的不是女人，是知根知底的人。我跟你说，来的都是大佬，几十亿的生意，人家都来太太，我不带，合适吗？而且你外语那么棒，帮人就是帮自己。"

沈伟说得迫切。的确，老同学，知根知底，虽然没有路见不平，可她牛朵儿还是有几分江湖儿女的义气。去吧。朵儿说，服装你准备。沈伟一口应承下来。

第二天，准时，牛朵儿出现在高尔夫球场上。

朵儿遵循的是，符合要求。寒暄，聊天，挽着沈伟的胳膊。像一切融入这个城市所谓精英圈的人那样，男人们打球的时候，朵儿就退到聊天区，跟太太群们混在一道。所聊的，无非是男人、保养，以及孩子。朵儿听得几乎打哈欠。

"你用什么面霜？"一位太太有意把朵儿拉进她们的圈子。朵儿一阵专业术语，哪个牌子酒精浓度高，哪个牌子用久了就是毁容，面膜不能贴，洗面奶不能用，吓得太太们面无人色，仿佛这么多年花大价钱在脸上，根本就是饮鸩止渴，基本等于毁容。

都震住了。

有人不信，说，沈太太懂那么多，做什么工作的。

"科学工作者。"

太太群里又是一阵惊呼。

远远地，牛朵儿看到一个身影，跟沈伟他们混在一道的，挺拔的身姿似曾相识，戴着帽子，穿着藏红色马球衫。再一转身，是温晓涛——她的新晋姐夫。再找找，没有薛蓓的身影。朵儿替薛蓓抱不平。她这个冒牌的都能来，薛蓓这个正牌的却消失不见。

手机掏出来。打过去。

"你没去度蜜月？"

薛蓓正在上班，接待客户，忙着填单子。有业务不容易，不敢怠慢。

"我这忙着呢，回头跟你说。"薛蓓心里咯噔一下，可她稳得住。

"温晓涛在打高尔夫球呢,能带家属的,怎么没带你?"朵儿这直性子。

"他跟我说了,我太忙没法去。"薛蓓撒了个谎。朵儿这才作罢。打到日落,跟着是晚饭。沈伟朝朵儿跑过来,表示感谢,并邀请晚餐。

"不奉陪了。"牛朵儿开始摘白手套,"我还有事。"

"你不陪我,难不成还不陪陪你姐夫。"

"他跟我有什么关系。"

"再陪一会儿。"

"这一次的费用,记账,"牛朵儿说,"这也是我不愿意嫁给你们所谓的精英的原因,那群女人里,有几个不是怨妇?我受不了这个气。"

沈伟索然,但又有几分欣赏。

温晓涛拿着球杆走过来:"怎么,喜欢科学工作者?"

"不错。"沈伟故意说。晓涛离开。沈伟温柔地望着他的背影。

## 6

婚后薛蓓没有蜜月。

她甚至婚假都没请几天。公司里知道她结婚的人很少,只有几个特别要好的闺密知道了。薛蓓中午请了一顿饭,就了事了。其实自从朵儿跟她说了晓涛打高尔夫那事,薛蓓还真往心上走了走。

晚上她轻声问:"去打高尔夫了?"晓涛说:"几个朋友,临时应酬应酬。"临时两个字特别强调。薛蓓就不再问了。

晓涛又说,妈回来了。回头去见见。薛蓓紧张,说我来做菜,周末吧。晓涛又说不用,叔叔请客。哦,是晓涛继父,不用问,哥哥姐姐也会到。是亮相,她的第一次亮相。温晓涛轻描淡写说了,可薛蓓却记得牢牢的。

不能给晓涛丢脸。她首先这样想。

"带什么礼物合适?"

"不用。"

"公司的人都在买红参,要不我去买一盒?"

"真不用。"晓涛语气加重了。薛蓓意识到,的确真不用了。她觉得自己的热忱被冷落,可太过热忱,反倒让她显得不那么上档次。从恋爱到结婚,薛蓓对温晓涛一家人的交流方式,多少有几分敬畏。晓涛说得最重的话,不过是在"不用"前加一个"真"字。或许他根本不想让她讨好"那边"。多少年了，虽然是一家人，可薛蓓一来，就能感觉到晓涛妈妈对于晓涛的期望。自古母凭子贵，在事业上，温晓涛是足以让妈妈感到骄傲的。晓涛的工作家里没帮忙，纯粹实打实，自己找的，还干得不错。晓涛的年收入上五十万，这是明的。暗的，薛蓓目前不太清楚，他们的钱分开用。晓涛每个月的散钱都放在床头柜里，他说薛蓓可以随便拿，但薛蓓还是记账。花男人的钱，要在过去，薛蓓觉得是应该，可真轮到自己过日子，她一来俭省，二来，也总从两个人的角度考虑。晓涛二婚，哥哥姐姐都没来，但礼到了，一人包了个红包。第一次见面，薛蓓总觉得应该回个礼，同晓涛说，又是不同意。

"没必要，这点礼我们也不是受不起。"温晓涛道，"以后他们的儿女，大情小事，随便找个机会就还掉了，一家人，不必放在心上。"一段话说的，让薛蓓觉得自己外道了。

第二天是周末，一早，薛蓓就起来挑衣服。问晓涛的意见，就一句话，你穿什么都好看。薛蓓精心挑选，套裙，戴珍珠项链——单颗的大黑珍珠镇守胸前。一路开车，红灯多，到晓涛叔叔，也就是他继父家，已经过十二点。进门，换鞋，保姆过来伺候，客厅里静悄悄的，拐过不长的走道。一抬头，饭桌前坐的都是人。薛蓓只觉得目光刷的全向她射过来。

垂手，抚头发，薛蓓忽然有些不好意思。晓涛却落落大方："这是薛蓓。"

都寒暄了一下。落座。保姆添饭上来，薛蓓有些紧张，没拿稳。一碗饭倒扣在地上。薛蓓连忙去捡。晓涛妈说："脏了就不用捡了，张妈，再盛一碗来。"饭桌上话不多，简单介绍一下，薛蓓大概明白，晓涛的哥哥在公安系统，嫂子是音乐老师，姐姐在深圳大学后勤部工作，姐夫外派，没回来，哥哥姐姐各有一个孩子，都是男孩，在一边淘气。晓涛的继父是一个严肃的中老年人，方脸，垂垂的眼皮，嘴唇紧闭着，十分威严。一家人谈到过去的事，以及深圳的政治商业生态，薛蓓觉得自己插不上嘴。

"薛蓓，"晓涛妈忽然把话题调到儿媳妇身上，"你那工作，太辛苦了，有机会可以考虑挪一挪。"晓涛不耐烦，说，妈你管这个干吗。晓涛姐姐多嘴，问是什么工作。"做人寿保险。"

"哎哟，天天给我打电话的就是他们，我说我不用，他说你单位福利好吗？有没有考虑过给自己一份保障？我说劳您费心，保障我倒不用操心。"口气不屑一顾。薛蓓本能去解释，"其实我们这个保险……"晓涛妈咳嗽一声，晓涛拉了一下薛蓓的手。薛蓓不说话了。

本来就是诱敌深入，解释，就中了圈套。

晓涛嫂子问薛蓓，说我们是不是在哪儿见过。薛蓓说没印象。

"你在北京待过吗？"

薛蓓脑袋轰然一响。"待过几年。"实话实说。

"我们可能见过。"

温晓涛笑道："北京有几千万人呢，不过嫂子，你如果有人寿保险的路子，介绍给薛蓓，她很专业，你路子广。"嫂子立刻打了包票，说，你哥倒认识几个人，还算有头有脸的。

晓涛继父听下去，呵斥道："什么有头有脸，不要动不动就有头有脸，多大的名流，为社会做了什么贡献？低调一点儿，把自己的位置放低一点儿。"

没人说话了。还是晓涛妈打破僵局："老刘，你这脾气能不能不要来得这么急，你多大了？降压药白吃了？干脆薛蓓，你卖给我一套保险，受益人是你爸！孩子们能在家里待几个小时？我白张罗了。"晓涛继父这才缓和口气道，"我们家一向清白传家，简单质朴，不要到了下一代就搞这些乌烟瘴气的东西，我就见不得这些听不得这些，什么官二代富二代，看了就讨厌。"

晓涛妈笑道："这个你放心，你多大的官？多巨的富？还二代，一代都不代！"

一家人都笑了。直到这会儿，薛蓓那颗紧缩的心才松弛下来。

## 7

婆婆要来了。陈超男心里多少有些不平衡，她给妈妈打电话，问她要不要来深圳住几天。

"是不是有什么事情？"超男妈问。

"没事没事，好得很。"超男连忙说。

"那我就先不过去了，家里你爸你弟离不开。"

超男有些失落。从小到大，那个家对她的要求是高的，但是重视程度却是低的。陈超男有的时候羡慕朵儿，朵儿妈虽然严厉，可她至少全部心思都扑在朵儿身上。可她妈，对她永远是放心，放手，但反过来想，也多少有点寡情。

"你妈到底是来做什么的？"超男逼问四海。四海一口咬定就是来看看，后来又说，这不是我们定居深圳了吗？妈也来沾沾大城市的气息，回去好吹吹牛。

这个理由超男接受。

"你妈来了住哪里？"超男提前考虑居住问题。

四海说："就住那间小卧室呗。"

超男说："那哪行，偶尔来一下，还让人家住小卧室，你就这么做儿子的？"重点在偶尔。那意思四海妈不会常住。

"那大卧室也行，我们让出来。"

"我是真有孝心的，别回头我这孝心全被你掩盖了，我成坏人了。"

于是小两口把自己的大床让出来。又换好新床单，四海知道妈妈睡不惯真空棉枕头，又去老街称了点荞麦，自制了个枕头。超男看在眼里，感叹四海心细，又说，以后我妈来，你要能有这个心，我就能跟你白头到老。

四海说那绝对的，我对你妈，要比对我妈还要更好。

"那为什么？"

四海说我得表现啊，娶到这么好的一个老婆，又能赚钱，人又漂亮，工作还是人民教师，家里都不用请家教了，直接就能教育孩子。

超男要打四海。四海闪开了。

第二天，婆婆驾到。在学校一天，陈超男都没有心思搞教学，四海妈她当然见过，也短暂相处过，可现在真在一个屋檐下生活，还是头一次。

结婚前超男就听说四海妈在村里算是一"霸"，当过妇女主任，好强，家里什么都要拔尖儿。一山不容二虎，超男在外头脾气好，可在家里，那脾气算大的。她怕跟四海妈相处不好。可下了班一到家，四海妈笑脸相迎，用她那不甚良好的普通话说："超男啊，回来啦，快喝点妈妈煲的汤。"

超男受宠若惊。再看家里，簇新，地板都是反光的。

"妈，你这忙了多久啊，也太辛苦了。"

看来超男的担忧是多余的。其实四海妈来之前就已经摆正了位置，转换了角色，在这个家，超男赚的是她儿子的两倍，经济基础决定上层建筑。陈超男的地位一定是最高的。

"超男啊,妈来了,以后洗衣做饭打扫卫生这些杂事情你们就不用管了。"

掷地有声，落到实处。

超男不好意思，连忙投桃报李："妈，你睡着大房大床啊，已经给您准备好了。"

四海妈连忙说不用不用，大床给真正需要的人。四海回来，又是一阵劝。好说歹说，四海妈才算接受了大床。

晚上洗过澡，超男有泡脚的习惯，每天坐公交站着，又要走路，上课要站在讲台上那么久，她的脚最受累。泡一泡，舒服些。

打洗脚水的工作，平常自然落在四海身上。

现在四海妈来了，再让四海做，超男怕他妈心疼，便自己动手。四海见了，连忙上前要帮忙。可一转身，婆婆却把洗脚水端上来了，还说："先泡着，我再给你烧点热水，泡脚就得泡出汗。"弄得超男反倒有些不好意思。

晚上睡觉前，超男对四海说，你妈对我也太好了一点儿。

四海说，她对我们都是一心一意的，我妈是个好人。

超男犹如惊弓之鸟，这里面肯定有玄机，她老人家是不是来催产的？

"妈来了之后，你听她问过这事吗？"四海安慰道，"你就别疑神疑鬼的了，你是觉得自己不配别人对你好？"

一句话把超男噎住了。

接纳幸福，也要敞开胸怀的。

超男自言自语道，我也要对妈好一点儿。

上了班，抽个空，超男给薛蓓打电话，咨询人寿保险的事，主要问四海妈这个年纪的老太太还能不能买寿险。四海妈年纪不算太大。

薛蓓仔细解释了基本情况，理赔的范围，还说要根据投保人的身体状况才能决定是否可以上险。

"那我妈可不可以也买一份？"多一份保险，多一份保障。

"还是看投保人的身体状况。"薛蓓说，"先在我们指定的医院做检查。"

超男说："那我先让我婆婆去，跟你聊聊，然后再检查身体，如果能上就上一个，反正他儿子出钱，我做这个好人。"

超男又问薛蓓的婚后生活过得怎么样。"你那可是嫁入豪门，跟我们不能比。豪门的媳妇做起来可比我这有讲究多了。"

薛蓓说什么豪门，小家小户的。

超男说现在我也想开了，我这农村婆婆倒是识时务，来到大城市立刻不张牙舞爪的了，生活本来就够难的了，再有内讧，还怎么过？只能抱团。又说："姐我真羡慕你，不用跟婆婆住一块儿。我这倒想做孝顺人，买两套房子，婆婆能住妈也能住。可这房价，一套累得我腰都快断了。"

"我倒是想孝顺我妈呢。"薛蓓说,"老人在的时候,少计较一点儿。"

超男这才意识到提起了薛蓓的伤心事。又改口说温晓涛:"我早就听说你们家那位来头不一般。"

"有什么不一般的,就一个上班族,服从命令听指挥。"

"非也,什么叫高门大户,那就是家里人多,各个行业都有,铺出去,就跟一棵树似的,那得有多条根,一荣俱荣一损俱损。晓涛他们家,哥哥在公安系统,姐姐在教育系统,还有嫂子、姐夫,哩哩啦啦,那真是网状结构,不得了。"

"那跟我们也没关系。"

"怎么没关系啊,姐,你真是身在福中不知福。路子有时候比钱还重要。蓓姐你可要帮我。"

薛蓓不解,问帮什么。

超男说:"蓓姐,我也知道你刚嫁过去,关系还没捋顺,可我是实在没办法了呀。你看我待那个学校,那孩子张牙舞爪的,上着课恨不得都能跳起来。我现在脾气坏,那就是职业病,但凡换一个好一点儿的学校,以我这教学水平,我还不进步飞速,直奔特级教师去了?蓓姐我跟你说我现在压力特别大,再过两年生个孩子,我这事业上还怎么往前走,所以必须在这之前把这一摊子弄好,弄出个格局来。这方面的事,我也是实在没法说,总不能跟朵儿张嘴,她一个女科学家根本就不食人间烟火,不知道民间的疾苦。"

薛蓓本来想拒绝的,可超男把话说到这份儿上,她再回绝就显得太不近人情,而且超男跟她多少年的姐儿们,她也确实是能帮就帮。

"回头我找找机会吧。"薛蓓说。

超男连忙千恩万谢,又说请客的事,一定提前告诉她,她好准备包间。

下了班,凑着吃饭的时间,薛蓓大致跟温晓涛提了提这事情。

晓涛倒不忌讳,说,找机会问问姐姐,她在教育口,跟主管局长还算认识。不过不能打包票,充其量牵个线,之后就八仙过海各显神通了。

温晓涛又说最近可能跟沈伟合作个项目。

"哪个沈伟?"

"就是牛朵儿那同学,做外贸的,我们打算进口光缆。"

薛蓓还沉浸在晓涛给面子的喜悦里,直说谢谢。

"都老夫老妻了,说什么谢。"

"这才结婚多长时间,就老夫老妻了。"

晓涛温柔地说："跟你结了婚,我就有种安心的感觉。"薛蓓听这话有意思,问着何出此言。

晓涛说,你看每天一下班什么都不用管,就有了安心的饭菜,烧好的洗澡水,面对着那么温婉可人的人。有时候我都觉得,你哪里像前半生受过苦的人,根本就是一个受过良好的教育,受过良好的淑女训练的女人。

"然后?"薛蓓估计话不止于此。

"我是想啊,以后有了宝宝,你保险公司的工作也别干了,或者说是兼职做,专心照顾宝宝。"

"等到那天再说吧。"

"说不定就是今天呢?"说着,晓涛跟薛蓓嬉闹成一团。

晚饭时间,陈超男宣布了给四海妈妈买人寿保险的事。

四海妈立刻表态,说受益人就写超男。

超男解释说这是份人寿保险,受益人是你自己,第二受益人是四海。"这是我和小涛对您的孝心,农村那点儿保险,我们还是不放心。"

主菜是鸡腿,一共七只,四海妈给超男夹五只,四海两只,她一只不吃。

"妈,你这太偏心了。"超男笑。

"谁为这个家的贡献大,谁多吃。"

"那我也吃不了那么多。"

这好得心里犯嘀咕。洗碗的时候,超男逼着四海,"快说,什么阴谋?"

四海不理她。

"你妈对我好得我心里都发毛了。"

"对你好不行,对你不好也不行。这人真难做。"

"把我都捧上天了,常言道,捧得高摔得重。"

"你这提前磨合磨合不挺好,将来还不是得我妈来带孩子。"

"什么意思呀,我妈不能来?"

"能来能来,嘿,你还以为带孩子是什么好活?累着呢,再说,你妈不要照顾爸爸和弟弟?"

超男听着有点不入耳。可四海说的是实话。

超男说:"我今天给蓓姐打电话了,让她帮忙牵牵路子。"

"又做什么?"

"换学校啊,我这学校,离家又远,又在全区排名垫底,我还带最差一个班。"

"做教育哪能挑三拣四，有教无类。"

"我说四海你到底是哪一头的？"

"平平淡淡才是真。"

"屁！少给我洗脑！我要进步。"

"行行行，随你随你。"四海投降。

第二天一早吃早饭，超男提到上班远的问题。谁知四海妈立刻说："那买一辆车嘛。"超男看着婆婆，有点不懂。真大气啊。"我来出钱。"四海妈打包票。

## 8

第一次跟老默正式约会，是一个月之后的事。

"一起坐坐？"是老默发出的邀请。

坐坐就坐坐，朵儿也没发怵。海边餐厅，点了几个菜，聊上了，朵儿更是连连吃惊，她惊异于老默的坦诚和真实。可是，朵儿又明显感觉到，老默和她爸不是一类人。老默是跟着时代的潮流往前走的，身后满满的阅历都是他的资本，他从容优雅，是那种没有多少负担的老男人。

可朵儿他爸呢，却是那种被时代潮流冲到岸边的人。

多接触一段时间，朵儿发现，她跟老默特别聊得来。她说的，他能懂，而且还能有所延伸。而且她和老默一开始就是以一个男人和一个女人的身份交往的。她不会觉得这是一个父亲，一个长者。他也同样只是把她当作一个女人。

交往了几个月，老默邀请朵儿去家里吃饭。他做扬州菜，狮子头见功夫，切干丝也地道。再炒几个小菜，打一个汤，一桌子菜一会儿工夫就操办好了。

两个人面对面坐着。时候差不多了，老默开诚布公。

"我老了。"他笑着说，"接下来的日子就是想怎么过得舒心一点，随自己的意思一点儿。"

朵儿是聪明人，她半开玩笑说："我也不年轻漂亮了。"她三十五了。

说完，两个人都笑了。

也不知道为什么，很多时候，两个人之间很多感觉不用明说，但却点到为止，他理解她，她也理解他。更多时候，朵儿和老默在一起，图的是一个安定安心。

两个人吃了饭,像所有恋人一样坐在沙发上看电影,是老片子,费雯·丽的,朵儿怀旧,老默刚好是旧人,看完又看《音乐之声》,老默能跟着一起唱,手舞足蹈。朵儿觉得不可思议,多年来在年轻小伙子身上找不到的感觉,在老默身上却找到了。

灯光昏暗,也不知道看到几点,这晚朵儿就留在老默家。鸳梦同温。

第二天,老默起来收拾屋子,做好早饭,切片面包烤热,敷一片黄油,再涂上果酱,端到朵儿跟前。朵儿笑嘻嘻的,乐于接受进贡。吃完早餐,起床,朵儿精神百倍去上班。

自此,每周七天,朵儿恨不得有五天都住在老默这儿,老默是她的精神导师、玩伴儿、男朋友、父亲。朵儿心情大悦状态奇好,连公司的小朋友都发现了这一点,私下里都说,牛姐疑似恋爱了。话传到朵儿耳朵里,她不否认,也不承认,精力十足,信心百倍,继续工作!

上班享受工作,下班享受生活。朵儿妈还来催婚,朵儿嘴上应付着,但嘴上一套,做起来又是一套。她觉得自己简直地下党,搞的是地下爱情。正因为如此,她才觉得这像爱情,是爱情,货真价实,可体可会,全心投入。

她也知道,这爱情绝对不可能与妈妈说。她不会同意,不能容忍,坚决反对,她会像碾碎一只蚂蚁一样碾碎她的爱情,水过沙地,不为人知,就好像这爱情从来没有存在过。

不,绝不。

对于这一点,老默也是心照不宣。到了这个年纪,他更是活在当下,未来,他不愿意奢望。

朵儿不求名分,他更不求。

只是偶尔,他会觉得不好意思,他对朵儿抱歉似的说唉,我收入不高,前半生投资都给了女儿,也给不了你什么,将来这房子……话没说完,就被朵儿拦回去了。

"我没要求你对我负责,我更不是图你的财产。"朵儿斩钉截铁。

有钱难买我满意。牛朵儿忠于自己的感受。

唯一的苦恼是,朵儿妈的催婚一年胜似一年。苦大仇深。过了年,朵儿三十五岁整了。用朵儿妈的话说,放眼四周,哪里还有这么大的姑娘。

"过节别回来了。"朵儿妈的口气十分严厉。

这个曾经给她带来无数骄傲的女儿,现在让她没法做人。朵儿爸也渐渐被她妈同化。前些年，他还会站在朵儿一边批评她妈，说你急什么，才多大，吃不上饭了？吃不上饭我养，我女儿还愁嫁人？可现在，朵儿爸也不说话了。

不回就不回，朵儿心一横，就在深圳过二人世界。挺好。

这天一早，朵儿照例准备咬一口老默做的精致早餐，刚捧到鼻子跟前，胃里却一阵翻涌。还不够，冲到洗手间，对着抽水马桶，又一阵狂呕。

"怎么搞的？"老默端了一杯热水来，"也没吃坏什么东西。"

半晌，终于消停了。朵儿浑身无力，瘫坐在洗手间瓷砖地上。老默看着她，若有所思。他见多识广，猜到了几分，但不能说破。两个人的目光对了一下。朵儿迅速站起身，穿好衣服，头发胡乱一扎要出门。

老默拦住她，"我去，我去。"

朵儿百感交集，半天才说："你知道买什么吗？"

老默连声说知道知道。

不大会儿，上来了，朵儿进厕所一验，发现自己怀孕了。

朵儿尖叫，跟着哭起来。老默慌忙进去看怎么了。

朵儿抱住他，带着泪笑着。

是的，冷不防的，牛朵儿要做妈妈了。

## 9

跟温晓涛结婚没多久，薛蓓的职位就升了一级，晓涛妈使的力。薛蓓觉得鲁莽了，基层她尚且不熟练，往上升，心虚。可既然是妈妈的好意，不能不领。她私下买了一套红参套装送给婆婆。用自己的钱，不让晓涛知道。晓涛妈接到，说："花这些冤枉钱做什么。过日子持家，女人要有个数。"薛蓓道："就这一次，孝敬妈也是应该的。"

原来是基层保险业务员，现在成主管，手下管着六七个人。可员工们多数不服气，认为薛蓓并没有出色的业务表现。

"还不是靠男人。"一个比薛蓓早进公司的女同事嗤之以鼻。其他女人围过来问怎么回事，薛蓓结婚的事才算大规模传开了。"干得好不如嫁得好，嫁得好才能干得好。"女同事感叹。薛蓓抱着文件走过来布置任务，同事们都给她冷脸。

那些单子做得好的业务员，不把小领导当回事。做得不好的，又觉得你没给他利益，也不当回事。薛蓓咬牙撑，只能自己做，比先前更累了几分。

午饭时间，薛蓓没去餐厅，盒饭摆在眼前，刚动筷子，手机响了，是朵儿，约了在楼下茶餐厅见面。薛蓓怕同事太多不好说话，故意把地方约远了一点儿。半小时后，姊妹俩见面了。

"脸色不错。"朵儿还是一贯的戏谑口吻，"恭喜升职了。"

哪壶不开提哪壶。薛蓓不买朵儿的账，直接问她有什么事那么着急见面。

"我跟老默在一起了。"牛朵儿说得云淡风轻。

可在薛蓓，却仿佛台风过境，平地惊雷。

"哪个老默？"她还是不敢确认。

"廖自默。"

"不要开玩笑。"薛蓓皱起眉头。

"我大老远来跟你开玩笑的？我没那么闲。"

薛蓓不吱声，手中的咖啡端起来，盯着朵儿盯了十来秒钟，是，这就是她的发小，这事她干得出来。看来是真的了。可作为姐姐，她得劝，就是看在云姨的分儿上，她也得劝。

"他多大你多大？"

"那他也没大到那份儿上呀，挺年轻的看上去。"

"看上去看上去，你也知道是看上去，那五脏六腑整个思想状态精神状态，是多大就是多大。"

"姐，我都多大了，我不是来跟你商量的。"

"你们不合适。"

"合不合适你说了不算，我说了算。"牛朵儿吞了一口唾沫，又说，"蓓姐，我能来跟你说这话代表着我对你信任，今天我牛朵儿就跟你撂下一句，我们家出不了玉女，你不是，我更不是！"

"家里能同意吗？"

"我根本就没打算跟他们说。"

"牛朵儿！"

"老薛，你如果站在我这边，就支持我，不站在我这边，就守口如瓶，我都多大了，这点是非好歹都分不出来？姐，真的，感情这个东西，舒不舒服自己知道，就像你嫁给温晓涛，舒服吗？这话我没问过你，但我提醒你，你和温晓涛是平等的，不要一上来就把自己放得那么低。"

"说你呢扯我和温晓涛干吗？我不是强迫你，只是劝你，再考虑考虑。"

"老薛——"朵儿拖长了调子。

"我是过来人,最好找个年纪相仿的,共同进退,白头到老,任何突破常规的行为都要付出代价的,现在你还年轻,不觉得,再过两年……"薛蓓喋喋不休着。她真是过来人,到现在她还在为过去的错误付着代价。薛蓓还说,自己要找老默谈谈。

"我怀孕了。"朵儿还是一副云淡风轻的口吻。

"什么?"薛蓓没听清,或者说不敢相信。

"我——怀孕了。"

"和……老默?"

"保密。"朵儿一笑。

薛蓓回不过神来。还没到家,薛蓓就把这事跟温晓涛通气了。晓涛也觉得惊讶。

"老默单身好些年头了。"温晓涛一边开车,一边说话,"不过人倒是很讲究的,也算有魅力。"

"怎么,心里不舒服了?"

"我有什么不舒服的。"

"你不是对朵儿情有独钟,没想到被一个老头子抢了。"薛蓓打趣。

温晓涛有些不好意思说,哎哟,这都多少年前的事了,自打你出现我还瞅过别人吗?

薛蓓说正经的:"人都有孩子了。"

晓涛又是一惊。"这速度!老默蔫坏!"

"朵儿不打算告诉家里。"

"那也瞒不了几天,孩子出来,怎么解释?"

没法儿解释,那就不解释吧。

## 10

跟薛蓓说好保密的。可朵儿有喜的事,还是没瞒过超男。发小之间没有秘密。

跟超男通了个电话。朵儿也没打算隐瞒,如实说了。在电话里超男不好说什么。

但，震惊，震惊，还是震惊！

一挂电话，超男就跟她丈夫四海说。"四海，你以后有钱了，敢去找年轻女人，我可饶不了你。"

四海不知道发生了什么，只能说估计我也发不了财。

超男倒了一杯凉水猛灌下去。是，牛朵儿的选择超出了她的预知和认知。这是她干不了也不会干的。邓文迪和默多克在飞机上相遇的故事不会发生在陈超男的生活圈里。她没那个胆量，也没那个头脑。可朵儿却不图钱不图名，一举拿下一个上了岁数的男人，口气还风轻云淡，好像只是去商场买了一件衣服那么简单。超男回不过神来。虽然老默鲜少老态，可超男还是不能接受。

"到底怎么了？"四海问。

"这件事你绝对绝对绝对要保密。"超男还是讲义气，口头上。女人不适合做保密工作，适合做宣传工作。

四海没精打采地说，好我发誓，保密。

超男这才说："老默你见过吧？"

四海说不知道。超男本想说就是薛蓓婚礼上那个，可话到嘴边又咽下去，哦，四海那次没去，简要表达："朵儿跟一个五十几岁的老男人在一起了。"

"傍大款了？"

"好像没什么钱。"

"被下药了？"

"胡说什么呢？"

"那就是真感情了。"四海直白，"这种情况也不是没有，现在时代在进步，这也不算什么。你用得着这么大惊小怪吗？"

"我大惊小怪？朵儿怀孕了你知道吗？"

"那就怀呗。"

"朵儿妈能答应吗？"

"那不答应能怎么样呢？"

"换位思考，如果你是女的，你三十岁，头婚，找一个老头结婚，哦不，还没结婚，就有了个孩子，你妈能愿意？"

"那估计不行。"

"那不就得了。"超男说，"古话说，男人有钱就变坏，女人变坏就有钱，那女人本来就有钱呢，那会怎么样？"

四海不假思索："爱怎么样就怎么样吧。"

超男说:"那就没你们男人什么事了!"

抽个上班时间,超男去看朵儿。朵儿从实验室出来。超男大惊小怪,嚷嚷着就跑过去搀扶着这个几十年的好朋友。"你胆子太大了。"朵儿以为说她跟老默在一起的事。

谁知超男却说:"你这还上班呢,注意点儿。"

"哪这么娇气。"

两个人进了朵儿办公室。朵儿脱掉实验服。超男才竖起大拇指:"服,牛朵儿,我水土不服我就服你,你整个一个孙猴子大闹天宫加哪吒闹海。"

朵儿给超男倒水,说哪那么严重。

"你妈是好糊弄的?"超男强调难度,"你这个女儿,是她一手调教出来的得意之作,你什么事情她不知道?一切都在她老人家眼皮子底下,你这婚姻大事这么儿戏,你怎么过你妈这关呀?朵儿,我都替你着急。你妈那功力,比白娘子可不差,发起功来,起码水漫金山,整个深圳都能被她给淹了。"

"先不公布,走一步说一步。我还没打算结婚呢。"

"你做单亲妈妈?"超男更惊愕了。

"那倒没有,孩子还是得认。有必要的话,就结。"

"姐儿们,你这太超前了,这样的社会不会饶过你。"

"这跟社会什么关系,我自给自足,躲进小楼成一统,管他春夏与秋冬。"

"孩子出来之后呢,总得给你妈一个说法。"超男的担心跟薛蓓一样。

"找个人冒充一下。"

"天。"超男的脑细胞快不够用了,"找谁?"

"沈伟?初步考虑。"

"他能愿意?背这么大一锅。"

"有什么不愿意的。"朵儿没觉得是个事儿,"我帮他多少忙,他如果这个忙都不帮,我立马……"

"立马怎么样?"

"立马切断十年友情和全部情感联系。"

朵儿说得俏皮,可超男却往心里去了。她喜欢沈伟好久,甚至为等这个人,延迟两年结婚,可现在沈伟却沦为牛朵儿隐瞒恋情和孩子的道具。人生就是那么讽刺。你当宝的,人家当草。超男有点儿不大高兴。可兜兜转转,她还是问:"话说,这个沈伟,条件真是不错,怎么一直不结婚呢?他到底喜欢什么样的?"死也死个明白。

-031

朵儿明白超男在套话。超男和沈伟那点小故事，她早都从沈伟那儿知道得一清二楚。她原本有些同情超男，痴心错付，可现在超男忽然来八卦，她又立刻站到沈伟一边了。

坚决保护革命战友沈伟。

朵儿一笑，故意促狭道："沈伟这个人呢，眼光也是比较挑的。"

超男说那是当然，条件好的人自然有条件挑。朵儿继续说，听他提过一两嘴，好像不能太高，一米六左右最好。

"我就一米六呀。"超男激动，但立刻掩饰，"我一米六二，算超标。"朵儿不接话，继续说沈伟不喜欢学历比他高的，我这样的绝对不行，在他眼里就是恐龙。这下超男不接话了，只若有所思。嗯，她是本科，沈伟是硕士。合格。

"他喜欢圆脸的，不喜欢尖脸的，蛇精病的，更不喜欢方脸的，就是我这种，跟雪糕冰砖似的，那是坚决不行。"

哦，超男是圆脸，面若银盆，又如圆月。

"还有最好是中学老师。"话音刚落，超男反应过来了，扬手要打牛朵儿。朵儿连忙求饶，又说是实验室重地不能喧嚷。等超男平静下来，朵儿才用很严肃的口吻说："其实沈伟最近也遇到难心事了。"超男忙问什么事情，你路子广帮帮他。朵儿说我倒是想帮，可我没时间啊，你都不知道他们那个圈子里的人，谈生意就谈生意，还非要跑到高尔夫球场上去谈，然后要带女伴的。

"带女伴？"

"带女伴。"

"他还缺女伴。"

"缺知根知底的。"

超男心思动了动，但立刻提醒自己，已经是家庭妇女了。但转念一想，就是朋友帮忙，出去玩玩，现在不玩，以后生了孩子哪还有机会呢。朵儿见逗超男好玩，再加一把火，"这个还有钱拿的。"

"你拿过？"

"当然。"

"老默没意见？"

"劳动所得。"

"我是说吃醋。"

"朋友帮忙，你真想多了。"

没几日，沈伟又打高尔夫，约牛朵儿。朵儿推荐超男。沈伟有些为难。朵儿说："你不是要知根知底的吗？超男比我会对付那些大婆二奶，你到底是对我有意思还是正经要请人办事？"朵儿脾气上来，沈伟只能就范。

约定时间，观澜高尔夫球场，超男迅速换好衣服。沈伟和超男之间，没法像他和朵儿那么自然，可他还是非常绅士、耐心地教超男挥杆，手把手地。超男享受极了。

这简直是枯燥婚姻生活之外的提神活动。

"听说你结婚了，怎么样，住在哪边？今天白天事情多，也没来得及去接你。"

超男结结巴巴地，她住在龙岗，已经出关了，跟沈伟住的华侨城差了不止一个档次。超男有些自卑。过了一会儿，沈伟和男人出去应酬去了，超男混在夫人堆里。

超男站在高台上练发球，可没了沈伟的指导，超男的身形一会儿就走了样，不是屁股撅得太高，就是腿太打弯了。

一侧，太太们已经小声议论开了，说哎呀，这是小沈的新女朋友吧？怎么跟上次的不一样了。另一个小声说："换得比POLO衫还勤，这次穿红的，下次要穿绿的。"

超男听了有点不大高兴，不是因为沈伟换女朋友，而是他们这样议论沈伟，她有点不舒服。哼，这就是所谓的上流社会！

某位太太继续说，这回这个个头不高，不能跟上次那个比。

"上次那个可是科学家。有可比性吗？有几个女人能做科学家的。"

"这次的屁股大呀，好生养。"

越议论越离谱。超男听不下去，拎着高尔夫球杆，踱着步子，打入敌人内部了。"张太太，练球呢。"超男嬉皮笑脸的。那位太太立刻辩解："我姓朱。"超男连忙改口说哦对对，朱太太，上次我们一起在福田茶楼喝茶的，你忘了啊。朱太太一头雾水。刚巧有位太太从入口刚出来，超男一转身，两人打了个照面。那人立刻喜笑颜开，说这不是陈老师吗？

什么？陈超男定定神，才看清来者是个中年女人，似乎并没有多少印象。可那人却十二分热情，说陈老师你怎么忘了，我是王旭龙旗的妈妈呀。超男这才想起来。王旭龙旗。班里很是调皮捣蛋的一个。超男一时不知如何应对，解释也不好，不解释也不好，王旭龙旗的妈妈却说开了："你们家先生也在哦，是哪一位呀？"旁边有人说是沈伟沈先生。学生妈又是一番闹腾，说年轻有为,陈老师有福。

旁边的太太小声嘀咕开了,说,这位陈老师是太太哟,那上次的科学家是……话留一半,太太们都笑了。学生家长又说了一阵,多半围绕着自己孩子。中年妇女的两大误区,一到社交场合,谈孩子,谈丈夫,这位全占了。

超男借口去洗手间,逃开了,再回来,她打算好好享受享受高尔夫。可杆子刚挥起来,身后却啪的一声闷响,超男感觉得到手中的阻力。跟着一声惨叫,超男回头,却看见一位太太的下巴血流不止。显然,行凶者是她,凶器是高尔夫球杆。没多久,沈伟赶来了,看了超男一眼,没责备。可超男却自责得恨不得变成一只蜜蜂飞走。超男知道自己闯了大祸了,双目含泪,站在一旁,都安顿好天已经黑透了。沈伟赔了不是,赔了钱,开车送陈超男回家。一路寂静。超男还没从下午的情绪中抽离出来。沈伟放了点音乐,见气氛依旧凝重,就问超男,你看我这车怎么样。超男说不错。沈伟又说,你看我这后视屏,三百六十度都能看。超男说真棒,但她什么也不懂,只知道方向盘上的品牌标志——奔驰。

到小区门口了。停好车,沈伟掏出一个信封,说辛苦了。

陈超男大为惊慌,怎么着也不肯收钱,说闯了那么大的祸事,再收钱算怎么回事了。

沈伟下车追着给,说是两码事,两码事。

四海妈——超男的婆婆出来倒垃圾。刚好看到这一幕。超男怕场面太难看,只好收了钱,一路跑回家,进门就哭了。

四海问:"怎么回事?谁惹我夫人,我去揍他。"

超男还是啼哭不止。四海妈进来了。母子俩对看看,四海妈指了指超男手里的信封。四海一把抽过来,说我看看这里什么宝贝。

超男忽然歇斯底里,"你给我放下。"

四海一惊,连忙放下。超男还是哭,她谁也不怪,就怪自己。四海妈躲进屋里去了。四海为超男唱歌,陈淑桦的《笑红尘》,"今天哭,明天笑,不求有人能明了,一身骄傲……"

哭累了,超男这才抬起头。

"饿了。"

"给你下碗面?"

"加个鸡蛋。"超男说。

"都过去了,都过去了。"四海不再问原因,忙他那碗面去了。超男忽然觉得，也许只有在这个家之内，她才能驾驭生活。

## 11

老默的表现令"中奖"的朵儿表示满意。首先是求婚，不是玫瑰那种俗套，而是拿了一只传家的祖母绿宝石戒指。

朵儿没考虑过跟老默结婚，但现在有了孩子就另当别论，可是，如果认真结婚也只能"地下"。

朵儿知道，如果她领这么一个老头子回家，别说她妈不同意，估计她爸也得再次中风。

当然，如果老默是李嘉诚除外。富可敌国，年龄就不重要了。但老默只是一个从艺术岗位上退下来的人。

朵儿收下戒指，有点大，只能戴在左手的食指上，也算"鸽子蛋"。

"本来没想这么多的，感情这个东西，自己知道就好。"

老默顿了一下，"是不是嫌我老了，不配做孩子的爸爸。"

朵儿没想到自己的态度刺伤了老默的自尊心，连忙笑说，配不配你都是，想不到你这样一个人还在乎这些。

老默说："我不是在乎。我是想给孩子留点东西。"

一时间朵儿感慨万千，她想起公司里的小姑娘，正儿八经明媒正娶结婚生了孩子，男方还不问事呢。她这样从来没想过的，却得到一份真心。老默说的也是实话，他比她大那么多，不出意外，他应该比她先走，就算孩子生下来，他能跟他在一起的日子也有限。考虑是应该的。但正因为老默心重，朵儿才更感动。她跟他在一起，一开始就只有现在，没有考虑未来，可现在，他们有未来了。然而这个未来如果注定天翻地覆，朵儿觉得实在没必要。她懒得解释，也不需要解释。朵儿从来主意大。

"我是觉得，我们没必要挑战公序良俗。"朵儿说，"这样不好吗？"

还有一层，不结婚，就没有责任，朵儿只需要对孩子负责。老默是编外。

不过老默也明确表示过，他和朵儿在一起，不是为了找个人伺候他。他漂亮了一辈子，不允许临终的拖沓颓唐。行，既然朵儿说不结，那老默也听她的。结不结也就这样，孩子都出来了，为着两个人的心就好。

"你想去见丈母娘？"说出这话朵儿自己都想笑。

老默说，我都这个年纪了，还有什么看不开，我怕你受委屈。

"你不觉得委屈，我就不委屈。"朵儿微笑面对。其实在验孕那一刻她就已经想清楚了，即便老默什么都不管，什么都不留，她也会把孩子抚养长大。她有这个信心，也有经济能力。

正说着，电话来了，是朵儿妈。朵儿知道她妈的情况，就按下免提，和老默分享。

"有动静了吧？"

"知道了。"朵儿拖长调子，胸有成竹。

"过年能带回来吧？"

"带回去。"

电话那头口气立刻不一样，连珠炮般："死丫头，还悄悄地，哪儿的人呀？多高？帅不帅呀？有经济能力吗？别倒插门住你的房子，比你大几岁，超过五岁不好，再过几年都老了，怎么陪你爸爸洗澡……"

朵儿长长地叫了一声妈，温柔地打断她。朵儿妈这才说，好好好，把照片发我看看，等你们回来啊。

挂了电话，朵儿盘坐在床上，望着老默。老默被朵儿妈的话震慑着。

必须解决，不得不解决，眼看着就过年了。

"真要去？"

"你去不被吃了？"

老默叹气，一筹莫展。朵儿摸摸他的头，笑着说："还问帅不帅，呵呵，帅啊，你是老帅哥。"

老默不作声，仔仔细细忙着家里的杂事，仿佛这些劳动能让他平静下来。端上水果，朵儿享用。

吃完了，朵儿这才下床，拍拍手，说好了好了，我来处理吧，他们要什么就给他什么不就好了。你别管了。

老默点点头。

朵儿的事他就没管过，也管不了。

眼见着春节临近。朵儿妊娠反应严重，但顾不上了，一头是公司的事情要安排好，老板去德国过年，所有事情全靠她，不过奖励也十分可观，年终奖六位数，还送了朵儿一只瑞士名表。

春节她打算找一个男的回去冒充一下，这跟老默都是开诚布公的。不过朵儿怕他吃醋，所以瑞士表转手就送老默，告诉他放心。

瞒天过海，暗度陈仓。

至于人选，朵儿还是决定找沈伟。三十出头，还是一米八的个头，一身腱子肉，在外企做采购经理，洋气又礼貌。何况他欠她人情。

临行前，朵儿安排了个三人晚餐，让沈伟和老默见个面。三个人都彬彬有礼，仿佛马上要去的不是朵儿那凶险万分的老家，而是去打一场高尔夫球。

沈伟支持朵儿，一来因为朵儿是同学，关系不错，二来有钱拿，朵儿一跟老默发展恋爱，他立刻拍手叫好，引朵儿为同类，连声赞叹道："真爱，你们是真爱。"弄得朵儿都有几分不好意思。

沈伟喋喋着，感动得要命，说什么你们一定要白头偕老。

老默笑说："都已经白头了。"

沈伟连忙说不是那个意思。朵儿解围说明白明白，明白你的意思，不过到了我家，一切都听我的，你的工作就是配合，给面子，给我们家面子，给我爸妈面子。

沈伟说没问题。

临了，老默忽然拿出一沓钱，硬塞给沈伟。太突然，沈伟死活不收，两个人几乎打起来。

朵儿不愿意乱动，怕伤着孩子，只能靠呵斥打断，她也直接，"我已经给过了。"

老默愣了一下。这事他没跟朵儿商量。

"真给过了。"朵儿恳切地。

老默又要塞给朵儿。朵儿说你这是干什么。老默说不是，这钱是该我给，不能草率。

沈伟一听来劲了，说对对对，你都还没要彩礼呢。

和老默的爱，本来干脆利索的，那是理想中的关系，可现在变得牵牵连连，好像蜘蛛吐丝成网，人也渐渐如飞虫坠网，然而这就叫家。

朵儿有几分感动。捏住装钱的信封，轻轻地揣进皮包里。

12

陈超男真要买车了。

婆婆出钱。她找朵儿咨询，建议10万上下，太差，撞车都没保障。可摇号又是个问题，四海和超男拿驾照不止一年了，就是摇不上。没号码，要车做什么？可四海妈坚决支持超男去车行看看。买了车，如果摇不上，再找人想办法。早早地，四海妈就把钱取出来了，六万现金，都是她前些年在外头做生意赚的。一摞钱摆在眼前，超男总归有些感动。"妈！"超男深情地叫了一声，"挣钱不容易，能不买就不买。"超男表现得深明大义。有这钱不如花在房贷上。四海妈表态："该花的钱咱不省，超男工作本来就辛苦，别苦在路上。"超男听了，心窝子又是一阵暖。六万不够，四海又补了一点儿，有个四万。超男立刻警觉，说你藏私房钱了。

"跟你结婚之前存的。"四海解释，"婚后赚的，全都缴枪不杀了。"

超男满足。

可真等到去车行看车，超男又有点舍不得了。买了还得养，这是个奢侈品，得不断投钱进去。"我再考虑考虑。"超男把两手背在后头，围着车子打转。售车先生一个劲儿鼓吹，超男还是不为所动。

"主要深圳天也不冷。"超男对四海说，"要不买辆摩托车？"超男想找折中方案。性格里有的，超男向来不敢冒险，也不愿做最差。

"摩托车太危险。"四海反对。讨论来讨论去，最后四海妈给出个方案，买了一辆老年代步车，不用上车牌号，比电动车又多了个车厢。超男初见，觉得太小，跟甲壳虫似的，但一个人上班，似乎也足够了。深夜，四海、四海妈和超男在小区里试车，半个小时，全上手了。

"弄了一电动玩具。"超男自嘲。四海妈说："先用着，将来下放给我，买菜接孩子都方便。"超男立刻警觉，回到卧室，她才问四海："你妈又想抱孙子了，搞得我压力好大。"

"你就是不讲理，老人想要孙子，也是人之常情，但是没催啊。"四海耐心地。

"这还不叫催，给买了辆玩具车就开始指挥人了。"

"你就当没听见。"

"我又没聋。"

"你就是多虑，这都多久了，也没动静，说明根本就是不易受孕的体质。"四海换个角度安慰。这可踩到超男的雷了。她说姓林的你什么意思，你意思是我不能生？我跟你我是不愿生，不是不能，我想生我分分钟生三个。

"对对对，你属狗的。"四海说。超男要打，四海也就给她打。

玩闹了一阵，超男说正经的："过一阵，蓓姐约饭局，介绍几个人给我们认识认识，看能不能帮我换个学校，你到时候弄精神点，去理个发，这都过年了，年里头不剪头，再不理，毛得长成什么样了，我们现在是一个家庭，一个社会单元，我们是作为一对夫妻在社会上社交走动的，你也得像点样子，别弄个运动衫就去参加酒会了，外在反映内在明白吗？"

"遵命。"四海立即表态。超男就看中他这点，本事不大，态度良好。

普通年级已经放寒假。超男带的毕业班，除了过年有六天假，其余时间都得复习迎考。第二天，陈超男开着"小突突"——老年代步车去学校里上课了。为了不引起强烈关注，超男故意去晚了点，找车位，也尽量往不起眼的地方找。平时不注意，她只知道学校里的老师大部分有车，现在她也有了车，她才开始关注车位这回事。左看看，右看看，别克君威是最差的了。深圳是特区，富裕的地方，开便宜车有点不好意思。更何况来学校里工作的，很多都是关系户，不靠工资吃饭，甚至有的工资还不够付油钱的。来上班，纯属精神需要。像她这样穷困潦倒的，着实不多。小心停好。去办公室，到了中午，办公室的老师们便都知道了超男的新坐骑。

"小陈，开上甲壳虫啦。"教研组长打趣。超男只能自我解嘲，说是七星瓢虫。又解释说："本来想买个二十万的，可老摇不上号，先胡乱开开，比坐公交强点儿。"用这种说法挽回颜面。同事们笑笑不说话。第一天算过了。晚上到家，超男就跟四海撒气，东找一点儿茬，西找一点儿茬，可又不明说原因。四海知道老婆的脾气，问："开车开出气来了？要不明天别开了。"这台阶不好下。才开一天就承认自己爱慕虚荣，决不，起码得开一周，不能向学校那些老师低头。"没有的事，开得好着呢。"过了一夜，一早，超男照样开着车去学校。老师群里没人说话了。可学生不省油。超男带的那可是全区最差一个班。尤其那位王旭龙旗——就是高尔夫球场那位太太的公子，带头起哄，说陈老师开了一个屎壳郎来了，"陈屎壳郎！"

教室里笑声震天。在上课之前，黑板上早就画好了一只瓢虫不像瓢虫的东西，加四个轮子，里面画着一位长头发女生，并在旁边注了几个字：开屎壳郎的人。陈超男落落大方走进教室，上讲台，教案放在讲桌上，优雅地说："上课。"

轰一下，全场爆笑。蒙了。超男不知道自己哪里不妥。一转身，看到黑板上的图腾，脸立刻红了。

跟着是摔课本，"这是谁干的！"没人起来为这起"恐怖袭击"负责。那就都罚，全班起立，站一节课！

课还没下，超男就提前撤离了。她脑子里只有一个念头：把老年代步车开回去，藏好，永不见天日。这怎么在学校里混！

超男怒气冲冲坐上驾驶室，发动，车往后退，油门踩大了，只听到咣当一声，旁边的宝马车身瘪了一块。

好像是教导处主任的车。

超男大呼不妙，本能要逃，算了，迟早被查出来，查出来就查出来，明天再说吧！一脚油门，小突突便飞也似的朝校门外开过去。

逃离肇事现场。

刚走出校门一个拐弯，一辆摩托车斜刺里窜过来，不偏不斜，正撞到超男的车身上。陈超男还没反应过来，整个人便天旋地转，小突突仿佛一只失去重心的企鹅，斜倒在马路边上。

胳膊被方向盘压住了。疼！超男还不忘记喊救命。

一阵骚乱。

许久，四海来了。四海妈也来了。肇事者陪同，去了医院，拍片，治疗，万幸，只是骨折外加轻微脑震荡。去洗手间，超男看到镜子里的自己，头上罩着个白网，胳膊缠着绷带，吊着，英勇挂彩的样子。可她干什么了？和生活搏斗？千不该万不该，就是不该图便宜，买什么屎壳郎。

眼泪哗哗的。可哭给谁看呢。四海和四海妈，何尝能理解她的痛楚她的不甘？

好容易，薛蓓来了。终于有了哭诉对象。

"本来想年下看能不能组个局的，要不缓缓？"薛蓓柔声。"别别别，就年下，哪天都行，这学校我是不能待了，蓓姐，你可得帮我找找路。"

薛蓓说尽力。

## 13

过年，薛蓓不回家，她也无家可回。

父母都已过世，老家的亲戚们基本不来往了。过去，他们嫌她穷，不走，现在她手里有点钱了，也不愿意跟他们往来。温晓涛的家，就是她现在的家了。不过薛蓓还是给朵儿妈打电话，提前拜年。电话里，朵儿妈神神秘秘地，藏不住喜悦，小声说朵儿过年会带男朋友回来。薛蓓说恭喜，姨能过个舒心年了。

朵儿妈说："恭喜什么呀，真是，心累，不过我说蓓蓓，以后你们三个在深圳一定要相互照应啊，我可是都把你们当女儿看，说实话，比学习，朵儿第一，论为人处世，还是你周全。"薛蓓又客气几句，提到超男出车祸的事。朵儿妈说："她妈准备过去啦，她弟这边也不争气，家里一堆事，老头子脾气也不好。"

年前，温晓涛提议过年去欧洲玩一趟。薛蓓说："年初三你姐姐过生日，就别跑了。"晓涛说她过她的，又不是三岁两岁。

薛蓓知道。温晓涛对这个家庭还是有隔膜的。父亲去世后，母亲带着他改嫁，从第一天迈入这个大家庭起，薛蓓就能感受到温晓涛的拘束，跟继父隔膜，跟哥哥姐姐就更不用说了。也是，多少家庭，有血缘关系的尚且处不好，何况这种情形，能大面上过得去，就不错了。

薛蓓换个角度劝："你不考虑叔叔，还得考虑妈，过年，家里没人，她多伤心啊，她还有几个至亲？"

小涛原本只是想放纵一把，可没想到薛蓓想得那么周全，他心疼妈妈，更感谢薛蓓，于是坚决提议，不去远，近处玩一玩。

很快，两个人去香港迪士尼玩了一圈。看了夜景、海景，买了东西，在中环住了好几天。温晓涛非要给薛蓓买一块像样的表。结婚时都没怎么添置东西。

薛蓓一看十几万，说算了吧，太贵了。

"这都嫌贵，哪里还便宜？我跟你说值得这么贵的东西，贵有贵的道理。你得会消费。"

花钱的问题上，薛蓓觉得自己的确应该学学晓涛的理直气壮。

心里暖暖的，觉得自己真没嫁错人。

"你妈看到怎么想？"薛蓓考虑晓涛妈的感受。晓涛说我妈眼皮子还不至于这么浅，只要他认可你这个媳妇，花点钱算什么，我妈他们比我们有钱，这点东西他们未必看得上。

买！薛蓓只好收了。

过年，一家人聚在一处，薛蓓头一年进门，晓涛的叔叔和妈都给了红包。不过她转手发了更大的给哥哥姐姐的孩子。头一回当婶婶，小气不得。

嫂子把红包从孩子手里抽出来，笑着回应，说等过两年我们也得回个更大的，就等着喽。

是说生孩子的事。薛蓓脸上有点热。晓涛妈跟着起哄，说有道理。
一锤定音，表明了期待。

饭后打麻将。薛蓓、嫂子、晓涛姐姐和姐夫凑成一桌。

薛蓓连输了好几局，但给钱最痛快。输钱，不能输人。

姐姐赞叹道，看你这牌品，人品就不错。

嫂子在中学做音乐老师，但人面广，她问薛蓓，现在人寿保险好不好做呀，回头给你介绍几个客户，一买一堆。

薛蓓连忙说那太好了，一定给你提成。

嫂子说，我也不图这些钱。

姐姐问，哪些客户啊？

嫂子说老张的环球集团。

薛蓓没放在心上，趁机跟姐姐提了提教育口的事。姐姐爽快，说她跟区教育局的人认识，回头过年攒个大局，请几个朋友，热闹热闹。嫂子提醒，说姐好像是年初一生日。

姐夫笑道："跟《红楼梦》里的元春是一天的，难怪当姐。"

"这么好记你还记不得呢。"姐姐口气幽怨。嫂子说他记不得，我们帮你记着。

打完三圈，账结清了。晚上随便吃了吃，各路人早点回家。小涛的继父几乎年年都要看春节晚会，晓涛妈懒得陪，便叫上薛蓓去商场转转。

温晓涛留在家聆听叔叔教诲。继父位高权重好为人师，小涛只能听着，毕竟还有用得着人家的地方。正准备出门，薛蓓警惕，这是她第一次陪婆婆逛街，糟糕，打麻将钱输得差不多了。她连忙把温晓涛叫到洗手间。

"给点钱。"薛蓓说。

温晓涛没问为什么，就掏钱包，给了现金，又给了卡。薛蓓这才放心陪婆婆出门。

晓涛妈从前当老师，现在正儿八经有了儿媳妇，自然少不了一番教育，说自己的奋斗史，从自己的出身、家庭，到下放当知青，再到恢复高考读书，又从学校到企业，再到下海来深圳，简直是一部可歌可泣的史诗。说得差不多了，晓涛妈问薛蓓："你有什么特殊经历，你的理想是什么？"薛蓓说，我哪有妈这两下子，我的前半生三两句就说完了。至于理想，过去很多远大理想，但现在，我就想着做贤妻良母。

"这就对了！"晓涛妈叫好。薛蓓觉着，这话问得纯属"引蛇出洞"。

她如果说理想远大，她就会认为，你把我儿子放在哪里。不过眼下，薛蓓第二次走入婚姻，的确是奔着平凡的日子、贤妻良母去的。她没撒谎，一脸真诚。

"我跟你说女人在外头干得再好，最终还是回归家庭，做一个贤妻良母绝对是正确的选择，中国那么多年的传统，你能说没有道理吗？女人不比男人，男人要前进，不能输了面子，可女人呢，输了面子没关系，但女人不能输了里子。贤妻良母，就是女人的里子。"

薛蓓怔了一下，她想不到晓涛妈会突然说出这一番话。是，女人不能输了里子，她薛蓓不就是例子吗？她就是在为曾经输掉里子的自己，赎罪。

额头一层细汗。两个人继续逛，薛蓓无意中提到请晓涛姐姐帮忙的事。

晓涛妈说："这个关系要注意尺度，毕竟不是我皮里出来的，他们不找我，我不会找他们，但是你不一样，你们是下一代，还要有一些走动，在深圳这个地方，没有一点儿关系，没有一点儿人脉、路子，怎么能行呢？不过一定要小心，妈这些话只能跟你说，你跟我，和我跟他们，还是不一样的。"

哦，晓涛妈已经把她划归为自己人了。薛蓓心里多了一份喜悦。有队伍了。

商场里有卖羽绒服的。这在深圳不多见，可能因为近期寒流，新闻报道说是气温三度那天，香港冻死好几个人。薄羽绒，款式不错。薛蓓让晓涛妈试试。

一试，正合身，颜色也好，老绿。薛蓓二话不说，就让服务员包起来。晓涛妈也不客气。

结账时，薛蓓拿出了晓涛的工资卡。

晓涛妈眼尖，问："钱都混着用啦？也好，女人当家家才安。"

薛蓓不想撒谎，如实说："我用自己的钱给妈买，打麻将输掉了，借晓涛的用一下。"

晓涛妈没说什么。

回去路上，薛蓓又说给姐姐过生日的事。

"他们家的事你千万别掺和进去。"

薛蓓连忙说好。

"你看你那个姐姐，有能耐管住你姐夫吗？呵呵，那小子有本事着呢！当初两个人结婚我就不赞成，但我也不能参与意见，你看你那姐姐，长得跟倭瓜似的，姐夫倒一表人才，图什么？还不是图他爸这个关系，现在你姐夫翅膀硬了。在外头这这那那说不清，你姐姐还雇侦探去查，乌七八糟，日子过成这样有意思吗？"

薛蓓听了，又是一身汗。虽然她久经沙场，可还是觉得，这个家庭太复杂了。

## 14

快到老家前沈伟特地让朵儿挎着他。"靠近一点儿。"沈伟说。

朵儿意识到，自己和沈伟好像两个木棍，不粘不连的，实在不像一对情侣，新婚夫妻就更算不上。朵儿有点担心，就她妈妈那明察秋毫的劲头，他们俩能不露馅儿？朵儿打退堂鼓，快到巷子口才说，要不算了吧。反倒是沈伟鼓励朵儿："继续吧，开弓没有回头箭，我也就帮人帮到底，送你送到西。"朵儿感动，同学的情谊不是盖的。刀山火海，过了这一遭就行。

进门了。朵儿刚叫了一声妈，朵儿妈就从椅子上弹起来，也不朝朵儿，直奔朵儿身边这位，说你是沈伟吧。啧啧，我就说我们家朵儿有福气，好饭不怕等，还是等来了。

朵儿嫌她妈粗俗，有些难为情，可沈伟早已有了准备，先是把礼物放下，给朵儿妈的，给朵儿爸的。朵儿爸本来是存心想刁难准女婿一番，摆摆老丈人的派头，可一见来人这么百依百顺，派头自然有了，无名气也就消了。

饭桌上，沈伟说："是我配不上朵儿，她是女人堆里的英雄，有勇有谋。"是夸奖，可朵儿听着也是话里有话，虚虚实实真真假假，有着对朵儿的佩服。

朵儿敲敲小碗："吃饭吧。"

朵儿妈不乐意了，护女婿："牛朵儿你这什么态度，你看我对你爸，从来都是尊重尊重再尊重，他说话的时候，我从来不插嘴从来不对着干。"

朵儿爸随即露出满足的表情。多少年了，至少在外人面前，他是个顶天立地的男人。即便是在他丢了生意，中了风，发了福，看上去一塌糊涂的今时今日，依旧是。因为这，他们的婚姻便有了存续的理由。

朵儿反驳道："妈你乱讲，以后结了婚，我就不是女强人了，有靠头了，男主外女主内，男耕女织，我就负责家里面，沈老师负责外头，出去赚钱去。"

朵儿妈听罢哈哈大笑。这正是她理想中的婚姻图景，她奋斗多少年没实现，却一不小心被她女儿实现了。虎母无犬女。可朵儿的强调点却在"出去赚钱"四个字，因为不久的将来，沈伟的定位就是在国外赚钱，一去三五年不回来的。

饭快吃完了，牛朵儿收拾碗筷，朵儿爸不陪客，吃完饭大脑缺血，犯困，他去里屋冲盹儿。朵儿妈这才细细盘问："家里怎么样，爸妈对朵儿都满意吧。"沈伟发愣。虽然来之前已经跟朵儿对好了剧本，但还有遗漏的，只能现编。

"我相信他们会对朵儿满意的。"说得玄玄乎乎。

朵儿妈听出了什么："会？会满意？他们还没见过朵儿？"

"都……已经……走了。"沈伟哽咽，泫然。戏假情真，能拿影帝。

朵儿妈大惊，找了个孤儿。转念想也好，等于上门女婿，以后都贴他们家，朵儿没有婆婆，一结婚就能当家做主。

朵儿妈又细细问了一番别的，工作，生活，爱好，对未来的打算，这都是必答题，沈伟对答如流，没有任何破绽。问到什么时候办婚礼，怎么办，彩礼多少这些问题，牛朵儿揩着手走过来了。

"妈，彩礼钱给了，回头打给你，结了婚以后就住他的房子，我那套租出去，也是一份钱，将来花销的地方多，我看就没必要大办，我们打算旅行结婚。"

朵儿妈一听大惊失色，旅行结婚，婚宴不办，那她以前放出的份子钱怎么办？

"办，必须得办。"朵儿妈斩钉截铁，说着，她便走去里屋，翻开床头柜上的一只破旧的电话本。虽然早有手机了，朵儿妈还是只信得过手写，多少年老关系的电话号码，全抄在那本子上。

朵儿在客厅都能听清她妈妈的大嗓门，"喂，我们家朵儿要结婚了，明天来吃饭吧，对，对，就是清风路，明月帝国酒店，对中午，对对。"

朵儿头都要炸了。

她本来就是带沈伟来家里见见父母，可没想到任务忽然加重。她望向沈伟，无比抱歉。沈伟回馈一个理解的微笑。

朵儿向爸爸求救："爸，你看妈，这要闹哪出啊！"

谁知朵儿爸却说："热闹热闹，人生大事，应该的。"朵儿知道躲不过，只好就范。死活就这一下，满足妈妈的虚荣心。

第二天一早，朵儿妈就把她准备好的中式礼服拿了出来。

类似旗袍，是朵儿妈参加旗袍会的时候定做的。有点瘦了，朵儿穿正好。朵儿结了婚，她妈又能去旗袍会做人了。朵儿爸也贡献了一套西装给沈伟做礼服。朵儿爸穿着大，沈伟穿刚刚好，紧绷绷的。

镜子前，朵儿爸朝沈伟屁股上一拍："像我的女婿。"弄得沈伟面色绯红。

明月帝国是小城请客吃饭的豪华场所。朵儿妈人头熟，粗算算有一百来号人，那就定十桌，再预留两桌预备。这么年的人情给出去，要一锅收回来。朵儿妈也要好好出出风头。

中午，朵儿妈带着朵儿和沈伟在门口迎客，朵儿爸搬个小桌子收钱。点清捋顺，放到小腰包里，有点类似过去的公共汽车售票员，你上车就得给钱。朵儿妈则长袖善舞，从头到尾笑就没停过。

朵儿甚至觉得，今天的主角不是她和沈伟这对假夫妻，而是她妈，今天的宴会，是她三十几年做妈妈以来的一次成果验收，以证明她是多么成功，多么骄傲。

客人来得多，好多朵儿都不认识，但她和沈伟都只需要根据妈妈的指示，叫来客叔叔阿姨爷爷奶奶，当然还有自己亲戚，那更是朵儿妈炫耀的主要对象。

她特爱把沈伟领到这些人面前，像展览品介绍一样说："我女婿，深圳来的。"众人听罢无不上下打量啧啧称赞，眼神里透露羡慕嫉妒恨。朵儿妈则充分享受着这份落差。

进餐前，她还破天荒发表了一段嫁女感言。朵儿听了，恨不得钻进地里去。朵儿妈清了嗓子说："以前有一次我买了一瓶酸奶，放在冰箱里忘记了就没喝，它就过期了，这个价值好像就没了，但是后来呢，我就拿这个酸奶加上一点中药材做成了面膜，结果一用，哎哟，那个皮肤哟，特别好。所以说以前有人跟我嘀咕说你们家朵儿呀不小了再不出嫁真是大问题了，我听了我就放宽心。这有什么，过期的酸奶都有大用处，何况我女儿还没过期嘛，好得很，幸福，美满！"

这是示威，给亲戚看，给朋友看，给一切曾经想要看笑话的人看。多么不恰当的比喻。过期的酸奶，等同于大龄的女性。

站在人群中，端着酒杯，朵儿忽然又有些同情她妈妈。她那狠狠的幸福，仿佛在斗气，她妈的生活从来都没有"云淡风轻"四个字。

成全，也只有成全。谁让她是她妈？这就是小城生活。抬头低头都是熟人，人全靠一口气一张脸活着。

朵儿从沈伟那接过酒杯，白酒，四十度，她对着空气，空气那头是她伟大的妈妈，从前精明如今憨傻的爸爸，敬他们一杯。

朵儿也更加确定这次请沈伟一起回来的合法性、必要性。如果是老默，会怎样？当然如果是老默就不会有这场宴会。可朵儿终究有些不忍心剥夺父母人生中一大盛事。

行吧，如果注定是演戏，那就一演到底。想到这，朵儿拉住沈伟，换上笑脸，仔细周旋起来。

份子钱朵儿没要。

第三天一早，她便和沈伟回了深圳。一场喧嚣，生活照旧，朵儿又重新回到生活的轨道上，有工作，有老默，还有肚子里的孩子。薛蓓给朵儿打了一通电话，问过年的情况。

朵儿说："回来了，名义上，我现在在男方家过年呢。"

薛蓓又说年后聚聚，没提超男的事。

朵儿说等等吧，等我这肚子稳定了。

## 15

初一的生日初三过。薛蓓勇于表现，包办。过年饭店不好定，薛蓓敦促晓涛找了人，定下二十人的大包间。菜提前点好了，还有生日蛋糕，晓涛定了个寿桃，薛蓓嫌太老气。"本来姐姐就不愿意过生日，再用寿桃就不妥当了，催人老，用白雪公主的。"

女人再老都是公主。

薛蓓为了给自己撑面子，还是希望朵儿来，认识的人里，也就朵儿一个"科学家"，名头听上去上档次的。电话里说明利害，朵儿当即就答应了。"你们三个在外头一定要相互帮衬！"妈妈的叮嘱言犹在耳。好姐儿们的场，得撑。薛蓓问老默过不过来。朵儿说随便，态度平和，她并不觉得老默和她同场出现有什么不妥。薛蓓又请温晓涛去请老默来，他会唱歌，搞不好能表演一曲助兴。老默也同意了。晓涛说："等着听兄高歌一曲啊。"老默客气，"多少年不唱了。"薛蓓又通知超男。超男本来不打算让四海去，怕坏了事情，或者抠抠搜搜上不了台面。可眼下的情况是，胳膊还吊着，四海陪着，也算个照应。于是她便提前给四海打预防针，什么该做，什么不该做，什么该说，什么不该说，当然都是她的想当然。四海说："知道啦，到时候有酒，我替你挡。"

年初三一早，薛蓓便起来洗澡，化妆，收拾好了就提前去酒店里照看。

晓涛晚一点儿去。快到点,开始上客人了,晓涛的嫂子和姐姐到了。姐夫没来。薛蓓也不问。姐姐自己倒先说,你姐夫又去见个什么客户,我们吃我们的,算自己给自己找个台阶。又过了一会儿,朵儿和老默一起来了。好几个人上去招呼。薛蓓要介绍,早就有人说,牛朵儿,知道,女科学家。

"算不上科学家,就是做实验的。"朵儿客气一下。薛蓓觉得脸上有光。一桌客人,各行各业,教育系统,IT 行业,金融系统都有。温晓涛到了,和老默等几个男宾站在处理间里抽烟。四海和超男夫妇一到,薛蓓就把教育口的朋友介绍给他们认识。超男聊得手舞足蹈,忘记有绷带,疼得直叫唤。

简单介绍一下。开始上菜了。姐姐旁边的座位还留着,给姐夫的。嫂子笑道:"刚打过电话了,一会儿就来。"薛蓓率先举杯,说我们敬寿星一杯。

大家都站起来举着红酒。

目光集中到晓涛姐姐这儿。姐姐笑道:"我们家以前吧,过生日总是偷偷摸摸就过去了,现在年纪大了又懒得过生日,再说也没人张罗,现在都忙。妹妹要管孩子,晓涛没结婚之前,也是神游,现在好了,有人管了,蓓蓓以后你多管管他。"众人笑了。姐姐继续说:"今天大家都来给我捧场,我特别感动,尤其是这位,还打着石膏。"

指陈超男。超男连忙说:"祝姐姐,万寿无疆!"

一片寂静。这显然不是一句合时宜的祝福语。这么直不愣登说出来,又有一种喜剧效果。几秒钟后,众人举杯,也跟着说,"万寿无疆!"喝酒。吃菜。

菜上齐了,姐夫还没到。话说干了,姐姐脸上有点挂不住。薛蓓给姐夫打过去,用姐姐电话,没人接。薛蓓怕冷场,找晓涛商量,要不要让老默高歌一曲。晓涛凑过去跟老默提议,立刻获得响应。晓涛站起来:"下面有请廖自默先生,为我亲爱的姐姐,献上一首歌曲。"朵儿拍拍老默的背,鼓励他去。她当然知道老默会唱歌,可在这种场合表演,还是第一次看。

老默款款上台。先是致辞:"世界是我们的,也是你们的,但归根结底还是孩子们的,今天,是一位尊敬的女士的特殊日子,我就唱一首《致亲爱的天使宝贝》送给大家。"

超男和薛蓓互看一眼,心照不宣。再看朵儿,她并没有拿眼神回敬她们,双手插在裤子口袋里,一脸幸福的光。

老默唱歌,是借花献佛。亲爱的宝贝,显然不是,或者不仅仅指温晓涛的姐姐,而是指向牛朵儿,或者是,朵儿肚子里的宝贝——一个即将来到人世的小生命。隔着好几个人，薛蓓都能感受到朵儿身上散发出来的温暖的力量。她找老默，也许真找对了。这是个没有多少牵挂的男人。那未来呢？是人都要老，老默一天天老去，薛蓓不愿意再多想。谁不会老？谁又知道未来会怎样？能抓住今天的幸福，就已经是幸运的。可是，不是说人无远虑，必有近忧吗？薛蓓有些迷惑。

老默的歌声似乎有种魔力，混合了美声、流行、古典，说不清道不明，魅力独到，唱到高潮处，众人听得呆了。没人注意包间门被推开。温晓涛的姐夫走进来，后面跟着个男人。中年人，中等身材，简单的平头，看上去很精神。晓涛姐夫招呼他进来。可能是生意伙伴。薛蓓刚开始没注意，后来转头一看，浑身鸡皮疙瘩起来了。她连忙转过头，不看那男人，可闪烁的目光在逃离的瞬间还是被那人捕捉到。超男在薛蓓旁边，问："蓓姐，这人你认识啊，一看就是成功人士，是教育口的吗？介绍我认识认识。"超男下定决心在社交场有所斩获。

薛蓓无心答应，只"嗯"了一声，脊背嗖嗖冒凉气。老默的歌声继续，优雅得仿佛在歌剧院。那男人竟悄悄走到薛蓓身后。薛蓓一转身，脑袋轰然一响，本能地躲避，朝包间外头走。

男人跟上。薛蓓心中大乱，失了阵脚，懵懵懂懂间朝洗手间去，那男人竟抢先一步，挡在洗手间门口。

"李安东，你到底要干吗？！"薛蓓轻吼。

李安东的情绪却并没有起伏。"我也是客人，是被邀请来的，是不是有什么误会？"

"已经说清楚了，这辈子都不要见面。"

"缘分来了，你说怎么办？"

"闪开。"薛蓓露出凶相。

"你现在和温晓涛在一起？"

"跟你没关系。"

"都是生意伙伴。"

正说着，温晓涛朝洗手间走来。看到两人，愣了一下，问："安东大哥，你们认识？蓓蓓。"温晓涛看向薛蓓。薛蓓道："不认识。"说罢迅速走进女卫生间。

隔着门板，薛蓓听到李安东说："也刚知道是晓涛您的太太，晓涛，好福气啊，找了个这么漂亮的太太。"温晓涛客气了一下。李安东说："我刚来深圳，多亏你姐夫帮忙引荐了一些朋友，你们在本地路子广，多关照啊。"

温晓涛忙说哪里哪里。

薛蓓在洗手间暗骂：虚伪！她对着镜子，打开水管子，狠劲地冲自己的手。

坑。这聚会就是个坑。自己挖坑自己跳。这也是命。

薛蓓隐约觉得，这聚会仿佛把潘多拉的魔盒打开了。

## 16

过了三个月危险期，朵儿才把怀孕的事跟妈妈说。

朵儿妈不出所料惊惊乍乍："你这没有婆婆的人真是，实在不行就我来伺候你吧。"朵儿连忙劝阻说不用，一来还在坚持上班，二来反应没那么严重，三来你还得照顾爸呢。

朵儿妈啐道："我照顾他一辈子了，他也该独立生活了。"朵儿妈又问沈伟呢。朵儿说他出国挣奶粉钱去了。

朵儿妈道："就是不上路子，这时候去挣什么钱？"

朵儿有点不高兴，半是真，半是假。"深圳花销多大，他不出去挣钱，怎么维持这个家。"

电话里，朵儿妈小声道："你小心点儿，现在男人呀，在外头……"欲言又止，话没说尽。但朵儿已经心领神会，她恨她的不勇敢，她如果当初有勇气离开她爸，朵儿或许会对这个女人有几分佩服。她自己防守了一辈子，现在要传授给女儿。

"他要敢有什么就离婚。"朵儿计划好了。

朵儿妈连忙说了三声"呸"。"什么离婚不离婚，你们这些小年轻，就是草率，女人离婚是根草！"

朵儿不要听她妈这些教唆，挂了。朵儿想过几天消停日子。

上班忙，老板承诺给她一些公司股份，说如果将来公司上市，她就是富豪。这么个小公司也想上市，天方夜谭，但多少也刺激了员工的积极性。老默还是打理好后方。一个礼拜出去钓一次鱼，唱一次歌，与朵儿则是晨昏相见，日子也甚愉快。

只是有回周末，老默开车，带她去附近山上呼吸新鲜空气。进了山，忽见有片墓园。老默忽然说，"我也打算买一个。"朵儿愣了一下。这事对她太遥远，可已经在老默的考虑范围内了。但她不避讳，跟他在一起的第一天，她就慎重想到了这个问题，她觉得自己能面对，何况将来还有孩子。

墓园空气清新，长眠在这里的人，井然地埋在地里。

墓园销售员跟着，笑着问老默："要单的还是双的？"单的是一个人埋，双的是夫妻埋在一起。老默没回答，偷望朵儿。

朵儿笑说："双的！"有点儿开玩笑般，但也冲淡了悲伤氛围。

"人生不过百年。"朵儿总结。

电话来了。是她妈。

"朵儿，妈妈来深圳了，你房子怎么有人住的？朵儿，你们搬家啦？"

这突然袭击。她婚后她妈还没来看过"沈伟"的房。

朵儿很不耐烦，她捂住听筒，跟老默商量，意思是说要不就说自己在外地出差，让她先回去。可老默不赞同。

朵儿没办法，只好说："妈，我在医院检查呢，你稍等一会儿，别乱走，就在楼底下等我。"

主意已定，朵儿就不慌张了。

车先开回去。老默回家收拾，朵儿打车去把她妈接了，两个人去福田打算先买两件衣服。

为拖延时间，朵儿跟她妈说了一车好话，耐心前所未有，她妈试什么衣服她都说好看，弄得朵儿妈选择焦虑症都犯了。

一会儿问这件好不好，一会儿又问那件怎么样，朵儿说好，营业员也赞，可朵儿妈却不相信，试了瘦腿裤又试阔腿裤，不亦乐乎。

营业员都快失去耐性，委屈般问："姐姐，你到底喜欢什么样的？"

朵儿笑，却乐得奉陪，给老默充分的撤退时间。

朵儿妈一边在镜子前比画，一边跟朵儿说："以后小孩的衣服我全包，全部手工。"

"别费劲了，现在什么买不到。"

"能一样？那布料，那手工，机器能做多好？还是要相信传统，我跟你说小沈这一点比你好。"她喜欢叫女婿小沈，可惜不怎么能见得着。

朵儿虚虚应付着，孩子的事她想清楚了，请保姆，老默这方面肯出钱，到底是本地人，老底还有一点儿。朵儿没图过他的钱，可现在生儿育女，有钱总比没钱好，花男人的，比花自己的，又多了一层心满意足，哪怕她自己的薪水又高了。

买了衣服去吃饭。朵儿请妈妈吃西餐,牛排,外滩十九号,上档次的。朵儿妈连忙说不要,可女儿强拉着孝敬,她也就勉为其难,可又担心自己今儿衣服穿得不好,不适合那个环境。

"换新的,这不刚买了吗?现在不穿,什么时候穿?"

"太夸张了吧。"朵儿妈有几分羞怯。

"没有的事。"

那就换。

找了个肯德基,去洗手间换衣服,女厕所要排队,朵儿妈也不嫌烦,耐心等待着。

进去再出来。囫囵个变成个新的人。气场出来了,这是新衣服给的,虎皮黄的套装,松松的,但腰带一束,气提起来了。浑身上下都是得意。

"妈!"朵儿招手。朵儿妈跑过去,朵儿从皮包里掏出BB霜,挤出豆大一点儿,帮她妈在脸上推匀了。

真年轻不止一两岁。

母女俩挎着胳膊进了餐厅,坐下,点牛排套餐。朵儿要五分熟。她妈忙阻拦:"太生了,小心孩子!沈伟知道了要跟你闹,都九分!"

没办法,由着她。

九分,不是十分,她也知道她妈不会选十分。十分就太外行太丢面子了。

朵儿看得出她妈眼神中压不住的兴奋。她在努力地做一个深圳人,比本地人还深圳。每一处都充满了戏剧。

服务员来问喝什么酒,朵儿要开拉菲。朵儿妈先是阻拦,而后再次"勉为其难"地接受了。

"喝不完带回去。"朵儿妈强调。靠窗,外面就是南山江景。时不时有游船经过,朵儿妈立刻拿出手机拍。

牛排套餐上来,先是蘑菇汤,拍,再是沙拉,拍,等牛排上来,又是一阵拍。朵儿由得她妈。她是她妈的骄傲。吃饭途中,电话来了,是朵儿妈的闺密打来的,只听得朵儿妈嚷嚷着说,哎呀,不跟你说了,我正跟朵儿在高档饭店吃饭呢。

吃完饭发朋友圈,朵儿妈才心满意足。

"真是做人了。"朵儿妈用餐巾一角揩揩嘴。这才突然想起她另外两个"女儿"薛蓓和陈超男,又问朵儿要不要请她们过来。朵儿觉得没那必要,时间也不早了。朵儿妈又说干脆打个电话。朵儿说要打你自己打。朵儿妈也不客气,拿起手机就跟薛蓓聊起来。"出门在外,你们三个一定要相互帮衬……"朵儿妈又说起这句永恒的叮嘱。

趁这个空当,朵儿起身去趟洗手间,跟老默通了个电话,家里收拾好了,老默暂时去快捷酒店避上一晚。

"你受屈了。"朵儿说。说这话的时候,朵儿考虑过跟她妈摊牌的事,可考虑来考虑去还是觉得不是时候。

"没事儿,凑合一两天,你那房子我看下半年也别租了,万一老太太来,可以住。"老默净是为她考虑。可听老默说老太太,朵儿总觉得有些奇怪,因为老默自己已经是老头子了。

出租车上,妈妈坐在朵儿旁边。朵儿思绪万千,爱,这个东西说不清,她跟老默,原本是最简单的关系,可没想到如今比普通夫妻还要复杂几层。他们成了革命夫妻,地下夫妻,见不得光。好在老默周围邻居也都是新面孔,房改之后很多租了出去,住进来不少外乡人。

一瞬间,朵儿甚至想到了以后。刚才那块墓地,安安静静,一小格一小格,冷静的秩序。人生路上,老默走在前头,该发生的他提前演给她看。她心里更有数了。

算了,瞒着吧,模糊处理,好像饭店的毛玻璃,一眼看过去,是模糊的处理过的现实。老默哪一天走了,一切都不用解释了。真残酷,但这就是生命。

司机提醒到地方了。朵儿妈一下车就毛手毛脚的,差点摔了个跟头。看清楚了又说,这什么地段,南山区哟,我老天,这什么价格,小沈年纪轻轻父母都不在,没想到有这个家底。

朵儿怕她妈多想,解释道:"不是他家的,是他一个叔叔的,人家在国外,就给我们住了,当看房子。"

"那小沈自己没房子?"朵儿妈的意思是自己受骗了。女儿嫁给没房的男人。

"也有,在郊区,租出去了。"朵儿是天生的小说家,"你回头进去别乱翻,有的是人家的。"朵儿妈应了一声。

进门了。朵儿妈脱了鞋,先是惊叹,说这装修有品位,到处都是古董,然后去各屋转悠。

朵儿捏一把汗。细看过去,不得不惊叹老默的细致。鞋架上的老式皮鞋收起来了,取而代之的是新运动鞋,接近年轻人。阳台上没干的男式内衣裤也不见了踪影，估计是带走了。还有墙壁上挂着的照片，老默年轻时候的飒爽英姿。收了。另外沙发布换了，床单换了，每个屋床头都插着鲜花。主卧是香槟玫瑰，给朵儿妈住的插着紫罗兰。

朵儿妈发现了花，连声赞叹，她问你们还买花？

"沈伟知道你来，特地订的。"朵儿以沈伟做掩护。

"孝顺孩子。"朵儿妈满意。

一会儿，朵儿妈又发现书房的小提琴，硬要拿出来看。朵儿说妈你别动了，沈家的老古董。

"小沈还会拉这个？"

"会……一点儿。"

"他几岁爸妈去世的？会拉这个的多半是家里有点底子。"

"底子不底子，你这不都看到了嘛。"朵儿口气有些不耐烦。

"我也拉过，但都忘了。"

朵儿知道她妈的那一段光辉岁月，跟厂里的一个男工人学拉小提琴，还差点恋爱。当然没成功，否则就没她牛朵儿什么事了。

朵儿知道今天她妈铁定要开提琴，但这把提琴可是老默的心头好，古董琴，来自意大利，价值十几万，碰坏一点儿就完。

"就看看，别乱动。"朵儿说着，她妈已经把琴拿出来了，架在脖子上，还真有点那个架势。

"小夜曲。"朵儿妈轻声说了一声，兀自开始表演。那调子仿佛一根皮筋被拉满了，始终紧绷在高位，别别扭扭的。是舒伯特的小夜曲。朵儿虽然理工出身，但这点文艺细胞还有。

拉了一阵，朵儿妈说，以前我在厂里的时候，有工人晚会，我上台独奏，还有一个配合朗诵的。这段历史朵儿听说过好几遍了，一万多人的大厂，文艺晚会是大事，不过她听到的最接近真实的版本是，朗诵是主角，她妈是准备给朗诵者配乐的，而且最后她也没上台，因为演出前出了点工伤没上场。她不懂她为什么坚持说自己完成了表演。一切历史都是当代史。朵儿妈就是有这种能量，靠自己的意念修改历史。

唠叨了一阵，朵儿听不下去，干脆拿了筒饼干边吃边听，牛排她就没吃几口，全看她妈表演了。朵儿妈又夸沈伟，说跟沈伟有共同话题。朵儿随她怎么说。她吃她的。

"再来个'匈牙利五号'。"朵儿妈起劲。"匈牙利五号"是个体力活，刚吃的牛肉正好派上用场。

朵儿放下饼干，抱着臂。朵儿妈夹紧琴，搭上弓，狠劲开拉，跟对待阶级敌人一般。

"崩"一声闷响。弦断了。

朵儿妈满脸通红，知道自己犯了大错。

"可以睡觉了吧。"朵儿转身回屋。

该落幕了。断了根琴弦，还好，回头再跟老默解释。没碰坏琴身算好的，弦可以换，琴坏了就坏了。

躺在床上，朵儿给老默发信息，问情况，老默说在一个老朋友家里。是他在歌舞团的老哥儿们，听老默提过。

第二天朵儿去上班，老默暂时不能回来。朵儿妈没有要走的意思。

朵儿也不好硬赶，毕竟是妈，只叮嘱了几句不让她乱走。

朵儿妈笑得甜："我给你做饭！肉丸子汤，你最喜欢吃的，你什么也别管了，下班就开饭。"

肉丸子汤是朵儿的最爱，她妈搓得最好，可就是委屈老默了。

她跟他说抱歉，他说就当度假，有情后补吧。

下了班，一推门，果真肉丸汤的鲜味飘过来。

朵儿妈听到动静，大声问："是牛朵儿吧？"她叫女儿全名，显得亲切。女儿翅膀硬了，她们平起平坐。

"回来了。"朵儿应答。

"去，拿筷子，"朵儿妈端着炒苋菜出来，一会儿又去端汤，还炸了鸡翅，"凑合吃吃。"

随便凑合都是大餐，这是能耐。

母女俩面对面坐着。半碗汤下肚。朵儿妈才突然想起什么似的，跑到里屋，拿出个快递，厚厚一包，丢到桌子上，朵儿跟前。

"今天送来的。"朵儿妈只顾喝汤。

朵儿一看有些傻眼，是老默网上买的书，还有唱片。老默收拾来收拾去，忘了快递小哥。

"廖自默是谁？"朵儿妈问。

是老默的大名，可朵儿不能这么说。快快快，朵儿脑子转得飞快，必须脱口而出不着痕迹。

"就是沈伟。"

"改名了？"

"笔名，"朵儿多说几句，"现在个人信息被盗得厉害，买东西哪能用自己的名字，会泄露隐私的。"

朵儿妈若有所思，点点头，算相信了。暂时这么过去了。

朵儿还嫌做得不真，又跟沈伟联系，对好点，大概说了说。吃完饭，他就打来电话。朵儿妈果然高兴，跟沈伟聊了半小时，两个人聊到廖自默的问题。沈伟当即承认，但笑声干得都能起火了。

"早点回来，朵儿现在非常时期。"

"好嘞，阿姨。"

"阿姨？"

"妈——"沈伟配合。朵儿感激不尽，将来必须犒劳沈伟。

挂了电话，朵儿妈指指快递。"我能看吗？看看什么音乐，我女婿有品位。"

要在平时，朵儿和老默从来不干这事。尊重对方隐私。

可朵儿妈不管那么多，都是一家人。

拆开。果然有文化含量。书，中文的，英文的，唱片CD，都是提琴曲，朵儿妈不认识的，有的是录音室专辑，有的是音乐会的全真版。

压在最底下，有个小包装。朵儿妈猛一下没明白，拿起来琢磨。

包装盒上一对激情男女，小字部分更具煽动性。

"什么玩意儿。"朵儿妈显然看懂了，可她必须装不懂。

这事早跟她无关。

朵儿脸红了。想不到老默还邮购这个。客观说，这方面老默还行。要不孩子怎么来的？但也防患于未然了。促狭，该。

朵儿诡异一笑，把东西收拾好，归置到书房去了。

## 17

这天，超男一进门就嚷嚷："你看看人家，就是有路子就是有办法，我真有可能去重点中学了。蓓姐的面子，那个大。"四海说，还是钱的力量大，有钱能使鬼推磨。超男冷笑道："钱？我们请客吃饭，别人一点儿跑路费，这点钱也叫钱？"四海说怎么不叫钱，都是辛辛苦苦赚来的。

"现在深圳有钱人遍地都是，光有钱有用吗？不是说一句俗的，没有路子,拿着钱你都没处花去,"超男撇撇嘴,"像我这么优秀的教师,教着全区最差一个班,带那群毛孩子,还负着伤,受着冷嘲热讽。"超男瞬间有些失落。可她懂得自我安慰:"不过,这马上就要拆了线,胳膊也正常了,正好去重点中学教书,离我们家也不远,连车都不用买了,自行车上下班,省了一笔,真是时来天地皆同力呀。"四海小声道:"重点中学有那么好吗,去了压力还大呢。"

超男立刻纠正他,说:"重点中学、重点中学,那是重点,那是一种身份和地位,是你在行业里的水准,那里的孩子基础好,容易教,上着课你都是开心的。而且你想,如果我是重点中学的老师,那得多少人巴结我,即使将来我不在那儿做了,我到外面的培训机构,有这一段经历,那身价,也是可观的。"

四海妈在一旁听着,笑道:"我支持超男。"超男说,妈你就该教育教育四海,什么叫上进,什么叫人往高处走水往低处流,什么叫双手劈开生死路,这不闯,能行吗?四海及时认错,这话就不提了。

说到拆线,四海妈说:"男男,我陪你去拆吧。"超男这才说:"忘了提了,我妈下午打电话来,说拆线那天她来,陪我过去。"四海妈连忙说:"哦,亲家来,那家里不够住了,要不我先回去。"四海不说话。超男连忙说我不是那个意思。

"我们搬出来,睡客厅,让两个妈都睡卧室。"四海表态。

超男说:"我看两个老太太都睡卧室也行,我妈也不是那矫情人,条件有限,都艰苦朴素吧。"

当即说定。超男对四海妈的姿态表示满意,显然,到了大都市,四海妈迅速调整了自己的位置,在村里,她是一霸,到了这里,别说是她,就连有工作有收入的陈超男,也都只是渺小得不能再渺小的一分子。超男和四海妈都认识到,要在这个城市立足,她们就必须通力合作,内讧要不得,只能一致对外。

四海妈问超男爸过不过来。超男说:"暂时不过来,家里还有弟弟呢,得照看着。"超男弟弟学历不高,又没有一技之长,目前在家啃老。

没几日,超男妈来了。超男问,朵儿妈也在深圳,要不要见一见。超男妈想了想,还是拒绝了,都是女儿,差距不小,超男妈不打算讨这个没趣。当初给女儿取名陈超男,是想让她超越男人,立足社会,可现在看来,别说男人了,就是女人,她也未曾超越多少。牛朵儿自己干得好,薛蓓嫁得好,超男是两不沾。超男妈总觉得提不起气。

亲家见面，一团和气，婆婆和丈母娘似乎也没什么矛盾，住在一间房里，东拉西扯说了不少。一起吃饭，超男妈问了问亲家老家的情况，还有没有地。四海妈则问超男妈退休的情况。

超男妈说："有一份退休工资，不拖累孩子们。"

四海妈则说："我们没有退休金，但提前存了点钱，凑合养老，再加上两个孩子孝顺，给买了寿险，也算有个保障。"提到寿险，陈超男立刻建议自己妈也买一份，说回头找薛蓓咨询一下，在深圳这几天就办了。

去拆线，超男妈陪同，四海去上班，四海妈就在家准备饭菜。等都回来，就庆祝超男身体康复。母女俩到了医院，拆了线，做检查，照X光看骨头缝隙严密程度。刚上机器，医生便喊停，跟着把超男扶下来，说："陈小姐，建议你去妇产科做做检查。"什么，陈超男有点发蒙。妇产科！超男妈进来说怎么了，有什么问题。超男没说话，又去挂号，去妇产科。超男妈一路问，超男也不答话。直到医生非常肯定地说："恭喜你，确实已经有了妊娠迹象。"超男妈高兴地摇女儿肩膀，"真怀上啦！"

陈超男却怔怔地，她不知道该不该高兴，孩子来了，是，意料之外，情理之中，可是来得却不那么是时候，她马上要进重点中学，难不成刚去就怀孕，没教几天课就休产假？学校该怎么想？介绍人又怎么做人？学校不是产房。

"不行就拿掉？"超男轻声说。超男妈连着轻打了女儿好几下，"闭嘴，这话可不能让四海和你婆婆知道，孩子是你一个人的吗？这是一条人命！这个孽，我绝对不允许你做。"

"不是妈，我这刚换工作，进重点中学。"

"工作重要人命重要？你昏了头了？以前没觉得你糊涂成这样。"

"这个事情你先不要跟四海和他妈说。"

"你什么意思陈超男？"超男妈一百个反对。可真等晚上到家，她还是听从女儿的建议，乖乖闭嘴了。四海妈问骨头长得怎么样。

"还不错。"超男妈简单应付，有心事。

四海拿来几罐啤酒，要庆祝。超男妈连忙阻止："男男不能喝酒的。"

四海奇怪，笑道："妈，你太小看男男了，她酒量不错，白的二两没问题，别说啤的了。"超男也跟着起哄，说来点啤的。

"陈超男！"超男妈大喝。

四海和四海妈傻了。自打认识超男妈妈以来，没见过她发这么大脾气。

超男嘀咕道："不喝就不喝……哪来的邪火……"

吃完饭，四海妈去刷碗，四海下楼溜达去了。超男打电话给薛蓓，约了时间谈人寿险的事，电话刚挂，超男妈就凑到女儿眼前，指着女儿鼻子，小声道："坚！决！不！允！许！"

超男笑道："妈你这是唱的哪出，我没说不要啊。"

"不许不要。"

"也没说要。"

"死丫头，你如果不要，我死不瞑目！"

"妈你哪来这么大火气，死啊活啊的，至于吗？明天去谈保险，趁着这段把这事办了，马上我就要去重点中学了。"

"你就是这山望着那山高。"

超男不理她，撤了。晚上睡觉，四海猴到超男身上，超男拒绝了。四海兴味索然。超男不经意问："四海，假如我犯了一个错误，你能不能原谅？"四海说你能犯什么错误，出轨了？还是爱上别人了？提前告诉我。超男不细说，翻身睡了。

次日，超男和妈妈一起去见薛蓓，咨询了一番，认为问题不大，跟着就是检查。

"没问题。"薛蓓陪着，"阿姨容光焕发的。"

超男妈道："唉，男男要有你一半的眼力见，也不至于今天这样。"

超男不答应，说，妈我怎么了，我好端端一个人，马上还要去重点中学。薛蓓一听，笑了。

检查结果要等一周。拿单子那天，超男一个人去。到手里，翻开，单子差点没掉到地上，检查结果栏，清清楚楚写了一个"癌"字。胃癌！陈超男直觉得天旋地转，差点没倒在地上。

她打电话给四海，哭着说要见面。等真见了面，超男哭得更厉害了。

"怎么会这样，老天太不公平了，我妈苦了一辈子。"超男泣不成声。四海理智，说先确诊，又劝超男别哭，回去被妈发现就坏了。

超男只能抹掉眼泪。控制，必须控制。

回到家，陈超男控制着自己，没事，一切没事，她告诉妈妈，保险公司还有一项检查，需要继续配合。超男妈说没问题。第二天就配合着去了，躺在巨大的检测仪器里。

超男给妈妈鼓劲儿："妈，没事的，不要乱动，一会儿就好。"越说越伤心。

超男妈道:"我跟你说陈超男,孩子你绝对要生!"

这个时候还说这个。陈超男眼泪唰地就下来了,流成河。

"嗳,一定生,我绝对要生,不去重点中学也要生。"超男心如刀绞。

仪器启动,妈妈被送进去了,陈超男的一颗心悬在半空,整个人也仿佛飘在生与死的边界。

## 18

年初三过后,薛蓓多少有一些惶惶然。

李安东的出现让她不知所措,如果是偶然出现,那命运太可怕了,如果是刻意,那麻烦就大了。

不过自年初七上班之后,寿险的单子却接二连三地来。只不过来得莫名其妙,多半是团购——老板和老板的太太们也不缺少这些保障。

而她真正想服务的,比如超男的妈,却得了癌症,无法定保。

薛蓓约着朵儿去见了一次超男。超男已经去重点中学报到了。多年的心愿完成,可超男却说着说着就泪流满面,有了新的心事。

一点点难得的快乐,被另一个苦难冲淡、稀释,几乎快感觉不到,就仿佛是一杯苦透了的咖啡,你怎么加糖也无法挽救败局。

正月十五,薛蓓和温晓涛自然又是回婆家过。吃完饭,又是麻将局,这回薛蓓没输,时来运转了一把。打完麻将,几个人坐在沙发上聊天,晓涛姐姐突然在小群里发了一个视频。点开看,一个黄头发的女孩在舞台上狂舞,所有人围着她,众星捧月,音乐伴奏是陈慧琳的《不如跳舞》,有年头了,甩头发,扭屁股,抖肚子,一看就是那种夜店里疯狂的女孩。

谁知这女孩一抬头,众人才发现,好像有点面熟,再仔细辨析辨析,眼睛、鼻子、嘴巴,都组合到一起。哦,远在天边近在眼前,是薛蓓。

多少年前的往事,因为这视频,仿佛像被硬生生推高了血压,血流奔突,全涌向薛蓓的脑门。

是,那段时间,她活跃在北京,被称为夜店女王。她和李安东就是在北京认识的。那时她还在读书。

视频为证,无可辩驳。

薛蓓干笑笑，尴尬极了。她用余光看温晓涛的脸，似乎没有表情，但嘴唇抿得紧紧的。再看晓涛妈，眉头蹙着。她知道，她嫌丢了面子了。晓涛的继父干脆起身走开，写他的书法去了。

可是，晓涛姐姐哪来的这东西？又偏偏在大家聚会的时候发出来。她什么目的？

薛蓓笑呵呵说："小时候的事了，姐姐哪儿来的，我都没有这记录了。"

晓涛姐姐支支吾吾，只说是一个朋友发来的。不提。告一段落。

晚上吃完饭，晓涛妈把温晓涛喊过去，嘀嘀咕咕了一阵儿。跟着回家，一路上晓涛开车，薛蓓总觉得氛围有点奇怪。随便问："怎么不说话？"晓涛说："没事。"装作很大度的样子，听着，薛蓓明白，他已经有些介意了。婚前婚后反差太大。以为娶了个淑女，可没想到是太妹？可薛蓓叫屈，她真不是什么太妹，只是有年代感，那两年的娱乐就是这样，审美趋势也就是这样。只不过，她还有更不可说的事。她不能多说话。

到了家，洗完澡准备休息。温晓涛刚换上睡衣，突然转过身，拿着手机，放出一段《不如跳舞》的音乐，他说，你怎么不给我来一段儿。

薛蓓一下确定了症结所在。今晚没那么好过。晓涛还在吃醋。可是，谁没有点过去？她凭什么处处让步。

"别闹。"薛蓓轻声说。

温晓涛并不打算就这样结束："别啊，在视频里跳得不是挺欢快的嘛，为什么就不能给我跳一段？"

薛蓓直面，口气加重："那是在北京，那是在夜店。"

"那咱们去夜店，换衣服。"

"你疯了！"

"疯的人是你。"温晓涛捉住薛蓓的胳膊，薛蓓反抗。两个人扭打，都倒在床上。

终于，晓涛把薛蓓拧疼了，薛蓓大声叫唤，晓涛这才放手。

薛蓓瞪着晓涛，整理好睡衣，关灯，侧躺在床上。温晓涛也慢慢躺下。两个人背对着背。无言。

这一夜，薛蓓好久好久都没有睡着，就那么侧躺着。往事一幕幕翻涌，她经历了太多。当她带着这一切来到这个家庭，一次地震，就把所有东西翻了出来。可是，到底是谁？谁干的？薛蓓总觉得有一只黑手在幕后抹黑她。

上班的时候，李安东来电话了。他怎么会有她的电话。薛蓓听到他的声音，第一反应是这个，但旋即理解，没有他弄不到的信息。

第一句话就是问怎么样，那些个客户还不错吧。

薛蓓深呼吸，她就知道，不会无缘无故来那么多客户，又是他在操作，是他！他总是觉得自己无所不能。不用说，那视频也是他的杰作。

不行，必须把一切了结，必须把一切说清楚。

薛蓓环顾四周，如惊弓之鸟，似乎没有同事关注着她。

"见面聊吧。"李安东提议。

薛蓓本来想说没必要，可事情已经出了，不解决只会继续烂下去。

"时间，地点。"

"华侨城，洲际酒店，池畔餐厅。"

"不行。"薛蓓怕遇到熟人。

"那去海边找个民宿。"李安东改换方案。这下薛蓓同意了。

第二天，薛蓓请了一天假，开着车去海边。

到地方，李安东已经在天台上等。一把遮阳伞，他坐在下面，戴着墨镜。跟他太熟了，薛蓓觉得没必要客气，一进去，刚坐下就说："卑鄙。"

李安东并不生气，还是微微笑着，一副愿闻其详的态势，跟着吟了一句诗："卑鄙是卑鄙者的通行证，高尚是高尚者的墓志铭。"又说，我不是什么好人，可是分对谁。

服务生上饮料，点心。薛蓓拿出手机，点开那段"金蛇狂舞"一般的视频，在李安东面前晃了一下。"你满意了？你的杰作，现在还翻出来到处发，你什么目的？"

"这都哪年的皇历了，还有人看，谁录的？我都不知道。"

"过去的过去了，已经埋在坟堆里了。我们结束了，你有你的生活，我有我的生活，如果你还是一个男人，就请不要打扰我的生活。"

"谁说坟堆不可以继续长草。"李安东侧过身子，面朝大海，"你对温晓涛，真的有感情吗？"

"这不是你需要知道的事情。"

"今天来就是要跟我说这些？"

"我和你没有别的话要说。"

"蓓蓓。"

"叫薛蓓。"

"好，薛蓓，不是我说你，你还是道行太浅了，你以为你崇高，洗心革面，重新做人，你就是一个好人了，别人就另眼看待你了？我们是同一种人，我们都有野心。你真的就甘心做家庭妇女了？我看未必。你才多大，思想这么老套，你见不得人吗？和我李安东恋爱很丢人吗？轰轰烈烈一场，有什么错？何况已经过去了。香港的富豪太太，离了婚还能再嫁富豪，第二任老公介意了吗？体面是自己给自己的。"

薛蓓喝断他："关键那时候你有太太！"

"那时候你真的不知道我有太太？是真傻还是装傻？一个四十岁的成功男人会没有太太？你扪心自问，当时那种情况，有几分是你心甘情愿的？我理解你，也理解你和我的处境，每个人都有自己的不得已，那时候你在北京，没有我的帮助，能那么快立足吗？哦，立了足了，好，就算过去了，分手了，抽身了，也不是一件值得羞耻的事情，我李安东绝对不会做这种偷偷摸摸的事情，发视频，真他妈浑蛋！"

"你做的偷偷摸摸的事情还少吗？"

"蓓蓓，你这人最大的毛病是不分好坏，我是为你着想。"

"用不着！"

缓了一会儿，李安东点了支烟，抽了几口，利落地弹弹烟灰。"你以为你真的了解温晓涛那个家庭吗？那个视频，是温晓涛的姐姐查她丈夫的时候，顺带查出来的。"

薛蓓浑身发冷。晓涛姐姐找人查她丈夫，她此前听晓涛妈说过。

"你怎么知道？"

"我和你姐夫还是有交情的，他们夫妻俩这么斗，不是一年两年了，晓涛姐姐现在就是有些强迫症，她恨不得所有的秘密都知道。"

"那也是姐夫对不起姐姐。"

"哼哼，"李安东充满意味地笑，"你知道你这个姐夫到了温晓涛继父这个家庭之后受了多少气吃了多少苦吗？那损伤的，是一个男人的尊严！男人什么最重要？物极必反，把人逼急了，迟早要反弹。"

"姐姐还是爱姐夫的。"

"那不是爱，那是占有欲，温晓涛那个姐姐现在只爱钱，她只确定离婚财产百分之八十归她，她磕巴都不会打一下立马签字。"

薛蓓想不到，李安东对温晓涛家庭的了解比她还要深得多，这一切，是巧合，还是李安东的故意调查？薛蓓吃不准。

不可思议，人心难测深如海。

"你以为你那个婆婆就很简单吗？晓涛的前任太太是怎么死的？"

薛蓓想起新婚当晚，晓涛痛苦的呻吟，也提过前妻的死。

"跳楼自杀，抑郁症，这里面恐怕有你婆婆的功劳。"李安东弹弹烟灰，"还有你那个公公，虽然还是区里的干部，只不过，听说风声已经有点紧了，不少人都躲着他走。我不希望你牵扯进去。不过晓涛还是个明白人，做自己的事情，这份工作也是自己找的，只不过，人在江湖，别人看你，都不只是看你，而是要看你背后的人。温晓涛就没有从他这个继父那里受过益？人家跟他做业务，心态是比较复杂的。"

薛蓓久久回不过神来，该听到的听到了，不该听到的也听到了，所有的答案几乎都出乎她的意料。

薛蓓站起来，说："不管怎么样，谢谢你，不过以后我们用不着再见面。"

## 19

本命年到来之前，牛朵儿完成两件大事。

第一，把孩子生了，是个大胖小子，七斤三两，母子平安。朵儿也觉得自己有福气，生男生女全靠男人，老默这年纪，还能老来得子，实在是烧高香了。

第二，换了套房子。自有的房子，朵儿嫌楼层不好，潮，生了孩子干脆卖掉，自己添点，老默出二分之一，合起来在福田买了个二手 loft，够大，宽敞，房产证写她一个人的名字。她承诺让老默住到老死。

说得很白。

老默笑笑，算是同意。反正也不是她贪，她想他总会考虑自己儿子。老婆是假的，儿子可是真的。因为准生和生育保险的问题，朵儿和老默去打了个结婚证。民政局的小姑娘波澜不惊，也不多问，也不恭喜，盖了个章就算名正言顺的夫妻了。当初为结婚不结婚的事纠结好久，如今为个保险问题，顺水推舟，完成大事，两个人走出民政局，对望，一笑，尽在不言中。

老默市区的房子保留，租出去，算月月奶粉钱。朵儿没让她妈来伺候，在月子中心住满一个月，两个人搬到新房子里住，宽敞，能堂堂正正请个保姆带孩子了。

一时间，牛朵儿振奋无比，人生第一次，她体会到"拥有"这个词的含义。房子，车子，体面的工作，对她好的丈夫，健康漂亮的大胖儿子，短短两年内，她明修栈道，暗度陈仓，什么都有了。对生活，没必要硬碰硬，有时候耍一点儿小花招儿，游击战争，反倒能够出奇制胜。她跟老默是有爱情的，老默也忍得下这口气。深圳人务实，到了老默这个年纪，更是处处落到实处。相比之下，朵儿觉得她妈简直可笑又可叹。

满月回娘家摆酒。朵儿事先宣布了，沈伟在厄瓜多尔出长差，回不来，公司派了个司机接她回去。朵儿妈没说什么，只是惊叹女儿长本事了，都有专职司机了。

老默就是专职司机。他故意打扮朴素再朴素，匿着名，跟牛朵儿回老家看看。又是一番富贵风光。这次开的宴席比朵儿结婚时还多，三十桌，只多不少。朵儿妈再度风光无限，又见一辈人了，是姥姥了。劳苦功高。喝！朵儿跟着她妈，移步换景，笑脸盈盈，她也高兴，不得不说，有时候她乐于成全妈妈，可不，她这么老天拔地费尽心思，可不就是为了顾全她妈的面子，成全一个美满家庭。朵儿喝多了，走路不走直线，老默心疼，上来扶，朵儿妈却道，怎么回事，司机去那桌。她阶级思想很严重。老默这才想起来身份，连忙去从桌了。朵儿妈敬了一圈，到老默这桌了。她多少已经有点糊涂，但也说不准，还认人。半梦半醒，难得糊涂。"辛苦啊。"朵儿妈举杯邀明月，是对着老默的。

"不辛苦不辛苦。"老默一饮而尽。

"爽快！"朵儿妈叫好，"不能酒后驾驶哟！"老默唯唯。朵儿妈又问："师傅贵姓啊？"老默没过脑子："廖。"

朵儿爸过来了，朵儿妈扶着丈夫，走了。

庆贺了三天三夜。朵儿和老默带着孩子回了深圳。刚开始不让走，说心疼孩子。朵儿承诺，等百天之后，再把孩子送回来给姥姥带。朵儿妈又送了好些金锁银镯保佑她的乖孙子。

一切静悄悄的，安定，团结，朵儿的幸福在老家被传得神乎其神，干得好，嫁得好，生得好，样样好，当然这一切都多亏了朵儿妈的宣传之功。

朵儿爸日日喝点小酒，下午打牌，近来也学会遛鸟，更多的时候是在小公园里跟一群老头吹牛皮，国际国内地侃。不过侃来侃去，朵儿是他最大的骄傲。

到了夏天，公司给朵儿放了长假，大概半个月，朵儿撒了个谎，说要去海外跟沈伟团聚。合照早拍好了，在金山海边聚会时拍的，跟沈伟，应付差事。

实则把儿子送回老家，给保姆放个探亲假，她跟老默坐邮轮去北欧玩了一趟。朵儿和老默坐在甲板上，海风清凉，四周是茫茫的海水，老默拿起小提琴，琴弦换了，音色尚且生硬，但老默技术好，又投入感情，他拉《爱情万岁》。

恍惚之间，朵儿才记起她和老默的最初就是因为音乐，因为才情，因为爱情。虽然如今，也成了家庭，但这种古怪的家庭模式，谎言叠着谎言，朵儿反倒觉得有几分浪漫。她相信老默也是这样认为的。

他的不争就是争。谁能陪谁一辈子，能在一起，如此良辰美景，朵儿知足。

船靠近哥本哈根，手机才有信号。朵儿的脚刚挨着陆地没几分钟，只听到手机一阵狂响，是短信息。朵儿本能觉得不妙，她甚至想到了儿子。能出什么事？才送回去几天？！她开始有些怨妈妈。

定睛一看，是她爸出了事。

是她妈发的。一条信息发了几十遍：你爸病重，速回。

朵儿直觉得头皮上有一万只蚂蚁爬过。下船就买机票。她不等老默，一个人先回去了。

朵儿爸是急性脑出血。喝酒喝多了，又胖，高血压药不定时吃，在澡堂里泡澡吹牛皮，一高兴，出问题了。

朵儿到医院，她爸已经昏迷。朵儿妈抱着孩子，一把鼻涕一把泪，一辈子吵吵嚷嚷，真有事情了，她心里也过不去。

朵儿妈一个劲嚷嚷："朵儿，快救爸爸，朵儿，沈伟呢，快让他回来。"

朵儿早哭成泪人了。可一听她妈提沈伟，火气就有点上来。

她着急："他是我爸，我能不救吗？！"几乎咆哮。

朵儿妈不说话了，泪也被吓退。女儿翅膀硬了，有才又有财，在家里的地位自然上升。朵儿妈惧她几分。

忙了一天一夜，朵儿爸的病情稳定住了，但还是危险。小城医院不肯给开颅，说出血太多，唯一的生机是转院。

第二天晚上，老默开车来了。深圳那边已经联系好了医院，到小城来接人。

朵儿妈对老默还是淡淡的，或许他是司机，朵儿是领导。她没必要对他客气。

人拉到医院，朵儿跟在后头跑来跑去，朵儿妈跟着救护床进了病房。她发现主治医生和护士都围着这个司机转。

等人都走了,朵儿妈上去问:"刚才跟你们说话的那位是……是司机吗?"值班小护士说:"什么司机,是我们院长的朋友,著名的歌唱家廖自默老师。"廖自默?他果然是廖自默。朵儿妈心沉入海,又来不及打捞。朵儿爸立刻安排手术,她得去签名,只能暂时放下。

手术室门口,母女俩等待着。过了最初的焦虑,她们似乎都平静了些,等待命运的判决。

老默站在几人外,朵儿妈看过去,越看他越不像司机。但她也不问,管他是谁,她也不认。

"沈伟什么时候回来?"朵儿妈小声问。

朵儿一愣,这个时候了她还问沈伟。她爸出事,沈伟已经给了钱,以朋友的名义。

"本来没打算跟你说,我跟沈伟,最近感情出了点问题,两地分居……"朵儿想毕其功于一役。

"那也不许离婚!"朵儿妈声调提高八度。

朵儿和老默都被吓了一跳。激动过后是冰冷的一夜。

手术结束了,生死未卜,医生说,生死就看能不能挺过这一夜。朵儿妈也没哭,就趴在丈夫床前,目光呆滞。

朵儿哭了。她原本以为自己看淡生死,可真临到头上,还是缺乏经验,而且这是爸爸啊!只有老默跑前跑后,打点着一切。

一夜好长,朵儿觉得自己仿佛经历了几世,从生到死,又死而复生。可等到天快亮,朵儿爸还是一阵高烧,话都没留就撒手人寰。

朵儿妈这才放声大哭。

朵儿要忙前忙后,想着料理后事,反倒来不及悲痛。

医院就地就有丧葬服务,一条龙。朵儿和老默联系了最高档的。

朵儿妈却说:"不行,老牛要回家的。"

朵儿不敢置信,又问一遍。

"老牛要回家的。"朵儿妈还是那话。

朵儿知道她妈的意思了。最后的仪式,最后的心愿,虽然她爸客死他乡,也应该"寿终正寝"。

朵儿跟公司告了假,儿子请保姆带着一起走,她照顾妈妈,剩下的事,只能委托老默办理。

借了冰车，一路把朵儿爸拉回老家。停在客厅里，好在天还不算热，单元门口搭上凉棚，灯泡点得亮亮的，为了让朵儿爸能找到家。

吊唁的人不绝。朵儿跪在灵前，她是孝子贤孙。朵儿妈瘫在一边，哭得没个人形。薛蓓焦头烂额，超男自己家一摊子事忙不开，都只是打了电话，给了钱。钱是由超男弟弟送过来的，虽然说不成器，可关键时刻，好歹也是个人。

夜深人静，保姆忽然跑出来，说孩子哭了。朵儿起身去给孩子喂奶，喂了一阵，孩子还是哭。

老默赶过去，抱起来来回走。朵儿妈看不过，对朵儿说你去照顾孩子，我守着你爸。朵儿怕露馅儿，过去接过孩子，抱了一会儿，不哭了，交给保姆，她继续守灵。

一夜不能睡。朵儿和她妈都裹着军大衣，歪在那。冷不防，朵儿妈问："沈伟什么时候回来？"朵儿听了全身鸡皮疙瘩都起来了。

不答。这一次她坚决不答。

朵儿妈继续说："回头立碑，得把沈伟的名字刻上。"

朵儿浑身一紧，什么意思？朵儿第一次觉得不对。难道她妈已经知道了什么？那她为什么装傻？是，自从接了廖自默的快递，她就感觉有些不妙，老默还说过，有一阵他老接到朵儿老家的电话，刚开始他还以为是营销的，后来才发现，那个号码通了之后没人说话。

是，也许她妈都知道了。

那试试吧。

"妈，你知道廖自默是谁吗？"

沉默许久。

"我不想知道，也永远都不要知道，根本没必要知道。我不知道，你爸更不知道。"朵儿妈冷冷的。

清楚了，朵儿清楚了。她妈早知道了，她知道，她知道自己女儿其实并没有跟沈伟在一起。廖自默才是真正的男主人！可她就是不承认，不面对，朵儿设计骗局，她干脆将计就计，错就一错到底，一生一世，一辈子，反正外面都知道，沈伟才是她的女婿！

不，朵儿在内心呼喊，不公平，她看着老默萧瑟的背影，这太不公平！老默不能白付出，她必须给他一个名分。至少在她妈这儿。

"我跟廖自默在一起了。"朵儿掷地有声。

朵儿妈不看女儿。

"我跟廖自默在一起了。"

一抬手,朵儿妈狠狠打了朵儿一个巴掌。

## 20

页面是网上银行,电脑前,超男双手扑在桌子上,重重地吐一口气,问四海,"就这些了?"四海说:"连私房钱都在这儿了。"超男说:"取出来吧,先做手术。"四海问,跟妈说了病情吗?超男难受,说妈那么聪明一个人,说做手术,还能不知道吗?现在都只是装傻,妈不说,我不说,你不说,你妈也不说,就这么往前走吧。四海说,手术后的化疗、治疗,也需要钱,我再问我妈那边,看有没有一点儿老底。

陈超男忽然感动得热泪盈眶。有这句话就够了。一个男人的担当,不过如此。他就这么大能耐。超男说:"先做,不行我再找人借一点儿。"四海问找谁借,朵儿还是薛蓓。超男说朵儿爸刚去世,她和她妈吵了一架,我弟刚跟我说过,蓓姐那边也是焦头烂额。四海问:"蓓姐怎么了?"超男没细说,只说跟婆家有点矛盾。

"我这工作不能丢,我得继续站在讲台上。"

"实在不行辞工算了,我养活你。"

"现在家里的情况,不是你一个人能养活的了,你一个行政秘书,能挣多少,妈要治病,我们要吃饭,将来还要添一张嘴。"

"什么?"四海惊觉,"添一张嘴,"他脸色忽变,"有宝宝了?你怎么不说?"

超男说:"才有的事。"又说,"无论怎么样,妈总得见到孩子一眼吧。"向死而生,超男心里做了最坏的打算,准备做手术。超男弟弟过来了,搭一张床,日夜看护。超男爸还不知道这事。超男不说,超男妈不让说。他们的意思是,等手术做完,休养治疗的时候,才让老头儿过来。仿佛在一夜之间,超男成熟了许多。超男,原来是说她的承受力要超越男人。

上课,放学,看妈妈,关照自己肚子里的孩子。四海妈格外多做几个菜。超男吃不下。四海妈则劝:"为了孩子,多吃点。"

终于手术了。医生说还算成功,胃被切掉了大半,但主要斗争更在后面的化疗和恢复。

　　沈伟又要打高尔夫。朵儿情况特殊，找超男陪同。超男去了。大大的草坪上，帽子遮住阳光，超男不能挥杆。沈伟问她怎么了，不在状态。超男忽然哭了。妈妈生病以来，除了检验结果出来那回，超男一直没哭过。她告诉自己，必须坚强。可现在面对沈伟，一个说不上远也说不上近的朋友，她竟然控制不住自己的眼泪。

　　"发生什么事情了？"沈伟问。超男没应答，哽咽了一阵，说："能不能借我点钱？"沈伟二话没说就拿出银行卡。朵儿的朋友就是他的朋友。超男刚想说话，沈伟说："感谢的话就不用说了，里头还有十万，你先用着，不着急还。"

　　"那么信得过我？"超男收了泪。

　　沈伟打趣道："又跑不了，实在找不到人，我去找牛朵儿，你不还她还。"说完又补充道，说是开玩笑的。

　　钱拿到家，四海问哪来的钱，超男说找朋友借的，先用着。四海妈说："孩子，没钱我们再想办法，千万别借高利贷啊。"

　　莫名其妙。怎么可能借高利贷？在婆婆眼里，她陈超男就是这么一个没有理性为了救妈妈铤而走险的人吗？

　　超男赌气："是，高利贷，还不起来杀我，不会连累你们。"

　　四海妈忙好言道："别生气别生气，也是担心你，小心孩子。"

　　超男缓缓坐在板凳上。是，肚子越来越大了。她时常感到吃力，课还是得照上。只不过，校方已经有点不愉快。刚上课肚子就凸显出来了，人事处主任懊恼不迭，觉得自己在谈合同的时候没有"明察秋毫"。教研处主任找超男谈话，说理解女人都有这个难处，可这是不是来学校之前的事情了，你应该说出来。超男连忙说："主任放心，我一定坚持到临产那一天，绝对不会脱离教学岗位。"主任笑呵呵说："这不是脱离不脱离的事，这多少有点反映……咳咳……人品问题。"超男说："主任，这完全是个意外。"主任乜斜眼："你们年轻人现在意外总是特别多，我们那个时候，怎么没意外啊？存了这个心就是存了这个心，别说是意外。"

　　被扣上这么一个大帽子，陈超男尴尬极了。她原本想，离开原来的学校，另起炉灶，她一定好好做人。可没想到，不过是从一个坑走入另一个坑，而且这个坑还更大，她身子更沉。超男在心中默默呼喊：宝宝啊宝宝，你怎么来得这么不是时候呢。可转念一想，哦，不能这么说，也许宝宝提前到来，就是为了见姥姥一面。想到这，超男眼眶又红了。下了课，她提前走，偷偷摸摸闪出学校门。到了医院，隔着病房的窗户，超男看着躺在那里的妈妈，几个月前，她还生龙活虎，不允许她打掉孩子，可如今孩子在超男肚子里慢慢孕育，姥姥却倒下了。超男转过身不看妈妈。在医院走廊，她打给薛蓓，想让她想想办法。可以薛蓓目前的情况，自身难保，她也只能安慰安慰超男。超男弟弟从医院走廊那头走过来，见到姐姐，上前道："姐，医院又催着交钱了。"超男问："都没了？大病险呢，能报销吗？"超男弟弟说，有一部分不能报销。又说，爸问情况了，说怎么这么久不回去，妈也不打电话。超男说，明天你先回去，安抚一下爸，这事我还没跟他细说。超男站着，一头脑都是事。望向窗外。过了一会儿，一转头，弟弟还站那儿。

"怎么还不走，妈我顾着呢，吃饭了吗？去吃吧。"

超男弟弟道："要不，咱把老家的房子卖了吧。"

超男胸口一热。弟弟懂事了。可是，老家的房子怎么可能卖？将来妈走了，爸还在，弟弟还在，爸爸要养老，弟弟要成家，老家的房子卖了，等于把他们的未来毁了。一个老，一个没本事，她这个做女儿做姐姐的，怎么可能让他们雪上加霜。

"你不用管了。"超男说。她只能自己想办法。

晚上吃粥配小菜。当着四海和四海妈，陈超男把后续看病款的问题提出来了。四海满面愁容。四海妈不说话。超男用胳膊肘戳了四海一下。四海啜嚅："能拿的都拿了，能借的也都借了。"

超男压住怒气："那你的意思是不救了？直接送太平间，是这意思吗？"

四海妈连忙凑到超男旁边，护住肚子："男男，别动气别动气，你现在可不是一个人，现在生气，将来宝宝脾气也会不好。"又说，"四海不是那个意思。"

超男不理会婆婆，泫然道："我知道，照现在这种情况，很多人都会选择放弃治疗，谁不想给子孙后代多留点东西。我妈现在不能吃不能动，可她还有意识，我就是想再坚持坚持，也让妈看孩子一眼才走。"手放到肚子上，超男低头，她是两代人的桥梁。奈何桥。一个走，一个来。

四海和四海妈不作声。超男也没提出具体办法。可谁都清楚，最后的办法，就是他们住的这一套小房子——两个家庭几十年的奋斗结晶，四海和超男的一阙屋檐，孩子的安乐窝，一个家庭的诺亚方舟。失去它，意味着什么，四海和超男都清楚。一夜无话。超男和四海背对背睡着，但都迟迟闭不上眼睛。这是大事，超男再跋扈，再不讲理，也得婆家允许。日子要继续。她忽然发现，她能依靠的，也只有这个不甚强大的四海了。

次日，收费处前排着长长的队，四海站在里头，四海妈站在他旁边。四海妈塞给四海一张卡，是她的私房钱。四海惊诧，"妈。"

"孩子都有了，你还是应该跟男男过下去。"四海妈叹气。

"我没说不过。"

"也只剩最后一招儿了。"

"您同意卖房子？"

"房子是你们的，你们同意就行。"

"妈您真深明大义。"四海竖大拇指，"可卖了住哪儿？"

"先租着，政府不是有安置房吗，也申请着，总有办法。"

"苦了我孩子。"

"一个人一个命，都得接受，三穷三富过到老，心大一点儿。"四海妈说，"只是不知道一旦超男妈妈走了，超男爸和她弟弟怎么办？"

四海笑道："妈，你什么意思，对她爸感兴趣，两家过成一家了？"四海妈打了四海一下，说去，乱说话，你妈怎么可能再找。

当四海和妈妈把卖房子的想法跟超男提出来的时候，超男差点又哭了。结婚的时候，她什么都没提，就说要一套房子。如今……不堪回首。陈超男在房子里东转转西转转，卧室墙壁上结婚照，几乎占了半面墙。

超男笑中带泪，"都说不要那么大的，现在好了吧，去哪儿都是累赘。"

她身后，四海上前，从后面抱住超男。超男喃喃："当初还以为，永远不会再搬家……"眼泪如珠坠落。

四海鼓励，不忘幽默感："谁说的，我们会越搬越大。"超男心暖，可还不忘打击："就你那点工资。"

四海表态："继续努力！为了老婆的房子！"

房子挂出来，价低，很快就出了手。超男妈妈有了高级待遇，内出血止住了，病情稍稳定些，人算暂时保下来。薛蓓和朵儿都来探病。朵儿给了些灵芝，是公司制药的原料，说能保命。薛蓓给了冬虫夏草，是她和晓涛结婚时别人送的礼。不过薛蓓事多，坐了一会儿就走。朵儿陪超男吃了个午饭。超男问朵儿："你妈现在一个人在老家？"她也关心自己父亲将来的情况。朵儿说想接她过来她不肯。"老默那个坎子，她还是过不去，这老太太，真是拧。"朵儿说她过不去也就算了，她还自欺欺人，现在对外，对我，还老

-072

说沈伟是她女婿，这担名不担利的，人家沈伟凭什么。

一提到沈伟，超男的心缩了一下，她本想跟朵儿提提沈伟借给她钱的事，可话到嘴边又咽下去了，却问："沈伟就打算一直这么耗着？"

朵儿停了一下，说："他好像有女朋友。"

"那次次打高尔夫找我们？"

"他又找你了？"

超男语塞："找过一次。"被问得尴尬，超男连忙调转话题，"你们家孩子取名字了没有，还叫宝宝呢。"

"马上上户口，该取一个了，听老默的。"

超男忽然叹道："妈这一病，你知道我有个什么感觉吗？"

朵儿看着她。

"人到中年。"

"人到中年？"

"上有老，下有小，工作也不顺利，朵儿你知道吗？我都有可能被学校辞退，本来就没编制，说过几年转，照这个情况，还怎么转？"

"别想那么多，先把眼前的处理好。"牛朵儿劝她道。

## 21

朵儿怎么也想不到在这个节骨眼上，温晓涛会约老默上山喝茶。老默家里家外照顾孩子，朵儿本不想让他去。可她隐约觉得，温晓涛这种无事不登三宝殿的人，既然开口，就肯定有事。于是她把孩子托付给保姆，礼拜六一早跟着老默上了山。

"你觉得温是来做什么的？"车在盘山路上开着，朵儿问。老默面容舒展，利落地打方向盘，转过一个弯。"兵来将挡，水来土掩，不用想太多。"

一句话，开解了朵儿的心结。她越来越佩服老默。她觉得他活透了，几乎接近不忧不怖的状态。朵儿问老默有没有想过未来。老默说我的未来看得到的。朵儿又说那是定数，可变数呢。老默说："变数也不怕，做你应该做的，没有命运，只有选择。"

上山，采了新茶。这块地和屋子他们没出租，平日里托一个附近老农打理。朵儿煮好水。到时间，温晓涛到了，薛蓓没来。朵儿明白了几分，她没立刻给薛蓓打电话,听听风声再说。

老默开始做功夫茶,手法一如既往地漂亮。新采的茶青,老默在里头配了一点点葛根。温晓涛品了品,问添了什么,老默如实说了。晓涛赞道:"还是你会配。"又喝了一会儿,晓涛感叹,说老默,说实话,我真羡慕你。

"羡慕我?你正是最好的年纪。"

"著名的女科学家都被你拿下。"

"不是拿下,是相互吸引。"

"还是你魅力大。"

"活到我这个年纪,也只能与世无争。"

"以不争为争,才是真的争。"

牛朵儿过来添水,一笑,添完又走了,去小院整理花草。

温晓涛小声问:"你女儿接受朵儿了吗?"

老默笑道:"这个她倒不问,现在加拿大,就视频见过一面,各有各的日子。"

温晓涛叹了一口气,说你们这种家庭最简单。又说,不过朵儿妈可是有名的。老默一听也笑。喝了一会儿茶,晓涛和老默合作,一个吹笛子,一个吟哦,珠联璧合来一曲。朵儿惊诧,她想不到温晓涛还有这种雅兴和技能,年初三姐姐的宴席上,只有老默表演,没见晓涛炫技。太藏着。

吃了茶点,天有点黑,要下雨的样子。三人决定早点下山,老默去后山开车——他的车停在农户建的停车场里,晓涛和朵儿在前头等。

朵儿冷不丁问:"你爱蓓姐吗?"先发制人。温晓涛措手不及。他本来是想问朵儿,知不知道薛蓓过往的事,毕竟朵儿是媒人。可朵儿率先开口一问,一下打到本质问题上。温晓涛只能先用笑掩饰,这个问题,他自己都从来没有正面思考过。他喜不喜欢薛蓓,喜欢,肯定的,这么一个美女,又通情达理。可是不是爱呢,他说不清。喜欢是表层的,爱要更深。他们认识没几个月就结婚了,哪来得及深爱。

他们没有多少共同的经历,还没遇到过事。可就在他和薛蓓的新生活刚刚开始的时候,一个潮头过来,几乎扑灭了爱的火苗。

"爱吧。"晓涛终于回答,加了一"吧"字。

"很勉强。"朵儿说。

"你爱老默吗?"温晓涛也抛一个问题给朵儿,看她怎么回答。

"我们会一生一世。"朵儿非常坚定。

温晓涛呆了。这个答案显然是他始料未及的。

老默把车开过来了。朵儿上了车。老默给朵儿递来一瓶水，又给晓涛一瓶。晓涛觉得，这个男人真周到。

晓涛一走，牛朵儿就和老默商量，要不要把晓涛到访的事情跟薛蓓说，好歹提个醒。老默建议不要说，静观其变。可朵儿还是不放心，上班的时候，做着做着实验，还是给薛蓓打了个电话。

"他问了什么？"薛蓓想了解关键的。朵儿说："也没问什么，我给挡回去了，不过姐，你连我也瞒着？你过去是杀过人还是放过火？"薛蓓把晓涛姐姐找到的夜店视频如实说了，但她没说自己和李安东的关系。

朵儿抱不平道："这有什么，谁年轻时没疯过。他们家要是因为这个为难你，我决不答应，这个温晓涛，自己家里一摊子烂事，还能嫌弃别人。"

"烂事？"

"他那个姐姐、姐夫，还有哥哥、嫂子，有几个成器的。"

"以前没听你说。"

朵儿怕薛蓓埋怨自己，道："你又不跟他们过，他们家，也就温晓涛正常点，现在还这样。"薛蓓没再多问。

近来，温晓涛对她的态度有明显的转变，低落，消沉，冷淡，几乎冷暴力。过去，他们俩每天都会并排坐在沙发上看电视。这个画面是薛蓓喜欢的。她之所以南下，其中一条她曾说过，就是想找一个能一起看电视的爱人、丈夫。漂泊了太久，她渴望庸常的家庭生活。这代表着俗世，简单、安稳，老夫老妻。可现在呢，一下班就躲到书房里，要么看书，要么打游戏。薛蓓故意叫了他两声："晓涛，你喜欢的节目来了。"晓涛只会从喉咙里发出咕噜噜的声音，大致意思是你看吧。

晓涛近来也很少在家里吃饭。菜，薛蓓做了一桌子，冷在那儿。第二天只好倒掉。打电话过去问，不是说在加班，就是说在陪客户，忙，你吃你吃。

以前两个人在正式安睡之前，会有个十分钟的聊天节目，说说白天发生的新鲜事、工作上的烦恼，或者干脆是打打闹闹，可现在呢，一上床立刻入睡，背对背。薛蓓心里明白，晓涛似乎也明白，可两个人却又都在揣着明白装糊涂。最后，还是薛蓓打算主动出击，打破僵局。

晚间，开门的声音，是晓涛。薛蓓准备好了，端端正正坐在皮沙发上，连电视都没开。房间里静悄悄的。

"干吗呢，吓人一跳。"晓涛放下包，去洗手间擦脸。出来了，薛蓓还没动，跟雕塑似的。

"来。"薛蓓拍拍沙发，示意晓涛过去坐。

想躲躲不了，晓涛只能过去坐了。中间隔着半个人的距离。"近点儿。"薛蓓拉晓涛过去，屁股滑近了。

"到底怎么了？"薛蓓问。

"没事。"

"咱们俩好好谈谈。"

"真的没事。"

"你是不是特别介意我跳舞的那段视频？"薛蓓说，"那是过去，那不是常态。"

"不用解释。"

空气凝固。一片静默。一会儿，空调出风口呼呼释放冷风，大地冰雪，洗掉人间温暖。

晓涛转正身子："我们之间到底还有多少秘密？你知道吗蓓蓓，你对我来说现在就像一口深井，根本让人看不清看不到底，你到底还在隐瞒着什么？"

薛蓓没想到晓涛会这么问。

"你就是透明的吗？谁没有一点儿过去？你前妻现在怎么样了？你过去说的，就都可靠吗？"

前妻？仿佛是上辈子的事了。轮到晓涛为难。

"你查我？"

"这是秘密吗？"

晓涛突然大吼："自杀的行了吧，抑郁症自杀行了吧。"

面对如失控的狮子一般的温晓涛，薛蓓有些后悔发起会谈。本来打算开诚布公一场，没想到突然演变成为自结婚以来最大的冲突。为了"势均力敌"，她不惜说出了温晓涛家里的前尘往事。可是，随之而来的却是更大的冷战。晓涛起身，开门，一走就是好几天。薛蓓担心他会去他爸妈那儿，如此一来，矛盾升级，更难以收场。她打电话到晓涛妈那试探了一下，说周末不去吃饭，晓涛妈表现正常。哦，没去那里。也是，他们的关系一直谈不上那么近。可能住在公司，也可能在宾馆要了房间。但可以确定的是，温晓涛对她的过去，一定有所了解。薛蓓思来想去，还是给李安东挂了个电话。大致意思是，请他不要跟温晓涛有任何来往。

"那估计有点困难，我们有个进口项目，刚好要合作。"李安东笑着，"蓓蓓，我们以前的日子多么潇洒，你跟我是一种人，我不明白，你为什么总是逃避，有什么是我给不了你的吗？你有必要把自己的生活弄得那么复杂吗？做业务员，找一个谈不上多优秀的男人，你这是在作践你自己知道吗？"

"错的时间，错的人。"

"知错就改，有什么大不了，你要什么？名分？金钱？我现在没有吗？立刻就可以给你。"

"我要一份正常的日子！"

"你现在的日子就是不正常的，他们那种家庭充其量也就把你当成一个花瓶。"

"我给你打电话不是说这个的，你知道你该做什么就可以了，谢谢。"

薛蓓挂了电话，百感交集。十年之前的北京，她和李安东一场纠缠，如前尘旧梦，鬼魂附体。错就错在，她曾经贪慕虚荣，走了捷径。可如今她抱定决心重新开始，为什么老天就不给她这个机会？薛蓓一个人对着大大的电视机，她想给晓涛发个消息，服个软，让他早点回家。可字打出来，又删除，如此几遍，消息终于还是没有发出。多么寂静的周末。过去，但凡周末，只要晓涛有时间，他们都会开车去海边走走。他们在海边结的婚。晓涛老说，海是纯净的。薛蓓没点醒他，海也是藏污纳垢的，包容的。

敲门声响。晓涛回来了？薛蓓连忙整理好头发。开门却是晓涛的嫂子。进门就问："你跟温晓涛怎么了？"薛蓓有些意外，她怎么知道这些？

"没事。"薛蓓笑笑，掩饰。

"还没事呢，天天住办公室。行了妹妹，姐姐的眼线多着呢，就别跟我打马虎眼了。"

他们家人都适合做情报工作。

"吵了几句。"

"就因为你跳舞？唉，这姐姐也是，你还给她办生日会，发那么个视频到群里，你说不是存心，谁信？把妈也气得够呛。"

"妈说什么了？"

"倒也没说太多，不过那脸色就……"嫂子道，"她是什么样人你还不知道，都存心里呢。"

"那嫂子的意思是？"

"没什么大问题,小夫妻吵架正常的,年轻时候跳个舞也没什么大不了。"

该说的都说完了。晓涛嫂子迟迟不走，薛蓓觉得有些奇怪，难道她今天就是来通风报信的？可似乎也没说什么关键事情。又喝完两杯果汁。他嫂子才说："蓓蓓，上次介绍那几个保险客户，做得怎么样？"

薛蓓这才恍然大悟，是来要提成的。二话不说，连忙去里屋拿钱，现金不够，薛蓓只好从床头柜小抽屉拿，都是晓涛放的。薛蓓的手停了一下，心中感慨。嫂子拿了钱，欢天喜地走了。薛蓓本想让嫂子帮忙劝劝晓涛，但估计没什么用，她这种人，晓涛会听她的？可笑。

天在下雨。薛蓓去关窗户。转身到客厅，晓涛站在门口。"回来了。"薛蓓柔声。又连忙去帮他脱衣服，全湿了。"怎么也不知道借一把伞。"幸福的埋怨。

晓涛不说话，只是脱了衣服，只穿一条内裤，薛蓓递给他一条毛巾。

"你去洗澡，热水有，我给你下一碗面。"薛蓓利落地。标准的贤妻。回到家，温晓涛也觉得一阵暖。原本的好强、不甘，似乎被这家的温暖融化了。一个家，他从十几岁来就想要有一个自己的家，一个自己可以肆无忌惮、完全不用掩饰、想怎么样就怎么样的家。现在有了，他也不希望它破碎。可他又怎么能过得去男人的自尊这一关。

洗完澡，洗手间，水池子旁，薛蓓在洗衣服。灯光昏黄。淋雨花洒漏水，滴滴答答。晓涛走过去，突然从背后抱住薛蓓。

薛蓓全身一紧。

"你爱不爱我？"晓涛这么问。从认识到现在，这是开天辟地头一回。问得薛蓓倒有些不好意思，但心里喜欢。能问出这话，说明他还爱她。他们有感情。

"爱怎么样？不爱又怎么样？"

"你爱不爱我？"晓涛捉住了她的乳房。

薛蓓艰难转身，双手捧住温晓涛的脸。普普通通、平平凡凡的脸，像极了一切平凡的日子，这是她的选择。"我不爱你，又怎么会任凭你发脾气，不爱你又怎么会等你到现在，我不爱你，又怎么会宁愿忏悔、承担，我只是害怕自己配不上你的好，我爱你甚至多于你爱我。"

晓涛的脸被揉得变了形，只有一双眼睛依旧坚定。

"我们会一生一世吗？"朵儿的话，晓涛拿来问薛蓓。

一生一世。薛蓓从来没想过这个问题。前半生她颠沛流离。后半生呢？她不好说。

"我们到底会不会一生一世?"晓涛再追问。

薛蓓吸了一口气,说:"会。"

## 22

朵儿爸去世,朵儿妈一个人住在小城,她不想去深圳——至少她没开口提出过这个要求。

朵儿也没发出邀请,不开心的事情还没过去,朵儿妈接受不了老默。她更接受不了的是自己苦心孤诣营造的完美世界,一夕之间就破碎得好像粉末,随风一洒,就消逝得无影无踪。

朵儿妈整天就待在家里,她不愿意跳广场舞,不大与人接触,因为她受不了别人的同情和流言蜚语。

虽然她守口如瓶严格保密,但关于朵儿和丈夫关系不好的"谣言"还是长着翅膀到处传播。

无他,老丈人死,女婿都没来。还不能说明问题?

有人说朵儿太用心工作,忽略了家庭,有人说是女婿在国外跟洋妞好上了,也有人说还没离婚,只是分居,不在一处睡,听说女婿嫖娼被抓过一次。

朵儿妈在老家根基深,有人来找她"汇报",她听了只是心安,因为没有一个说到点子上的。那就好。那就好。

朵儿妈苦笑,这些庸俗的街坊四邻可能永远也猜不到,朵儿和一个老司机在一起。

人家问,她就还说沈伟是女婿,在厄瓜多尔出差,仅此而已。

突然一个人,朵儿妈感到孤单。

闲时,她竟也找出一把小提琴,咿咿呀呀拉着。邻居投诉了几次。她也就不好意思拉下去了。

牛朵儿一周给她妈打一个电话。母女俩都只是问问无关痛痒的问题,比如,吃了什么,天热了或者冷了,衣服少穿多穿,每天要运动保持血液循环之类。

朵儿妈不打算先低头。

后来辗转有个亲戚去深圳,提起朵儿妈的状态,很是担忧,说照片拍出来人都不好看了。

苦相。相由心生。可能有点肿。

朵儿听了，心疼，再给妈妈打电话，一堆没用的话当中也跳出一句有用的："要不你来深圳吧，房子够住。"朵儿妈听到这话眼泪都下来了。

爸爸去世，妈妈被女儿接到深圳养老，这又是一个可歌可泣值得周围人传颂的故事。

母慈，女孝。

可朵儿妈不能就这样同意，绝不，一山不容二虎。她不能就这样低头。

"我不去，"朵儿妈云淡风轻，好像那些无眠的黑夜都不作数了，"眼不见为净。"这是价值判断。意思是，那个什么廖自默，你自己伺候。

朵儿妈刚送走一个老头儿，见不得另一个老头儿。

"你把孙子给我送来，我带。"朵儿妈突然提出要求。

若在平时，朵儿断不会同意。这不成了留守老人和留守儿童了吗？可如今时期非常，朵儿妈不愿意来深圳，孩子送回去跟她待一段时间，解她心苦。

送走孩子前，朵儿哭了一场，她有些后悔，不是后悔和老默在一起，而是觉得当初简单问题复杂化，如果硬把老默抛到妈妈面前，恐怕如今也接受了。哦不，还有爸爸呢。

生了孩子之后，朵儿的心软了许多。她发现自己更像一个女人了，完整的女人。

她哭，老默就劝："慢慢来吧，人心都是肉长的，我们真心相爱，有什么错呢？更老的科学家还跟更年轻的女孩子结婚呢。"

朵儿发笑："你是科学家吗？名人总是有更多特权，无形中的，我们只是普通人。"

正因为朵儿意识到自己的普通，她才不打算冲撞世俗，而是绕着走，曲线救国。可没想到遇到朵儿妈这堵绕不过的南墙。

孩子送回老家前落了个户口。之前为朵儿爸的事忙，没得空。

上户口，取名字，朵儿让老默取。

老默想想，道："就叫廖尼尼。"

朵儿一直讨厌自己的名字，叫朵儿就罢了，偏姓牛。儿子的名字不能取错。

"有什么寓意？"朵儿问。

"儿子跟小提琴大师帕格尼尼一天生日，纪念一下。"老默的解释很合理。朵儿应允。她爱这充满艺术气息的名字。

廖尼尼，一听就是个小提琴家，不是有叫马友友的是个大提琴家吗？廖尼尼类似。

尼尼被送到小城去了，刚开始有些认生，可朵儿妈很快就和尼尼亲得分不开了。是亲姥姥没错，而且还是个有能耐的亲姥姥。

只要不是大风天，或者空气不好，朵儿妈都会带尼尼去小城的一个大广场上散心，练习走路，也教说话。朵儿妈和尼尼一出现，自然就成了焦点。多半是夸赞的，夸也就夸相貌。

"哎呀，丽云，跟你长得真像。"朵儿妈大名"丽云"。

"鼻子像，嘴巴像，脸形像，皮肤像，一个模子刻出来的。"就是不说眼睛。

朵儿妈先听着高兴，后来也不自觉觉察出一点儿不对，比对着看，就一双眼睛突兀，丽云的眼睛是细长，可尼尼的眼睛是圆滚滚的大。

像廖自默。可恶。男人要这么大眼睛做什么？！蠢头巴脑！还叫什么尼尼，怪相。

所以在报名儿童早教班的时候，朵儿妈填报，姓名一栏改写成：廖忧忧。算是反叛。

忧忧，心还在姓沈的那。

朵儿一周来一次，一个月把尼尼接回去几天，孩子应该有正常的家庭，见得到父亲、母亲，可朵儿老家，一时半会儿老默又不可能去。

朵儿只能协调，周旋，老默配合，她妈妈不配合，她尽量弥合。

她有时候不懂她妈到底在抗拒什么，老默除了年纪，哪里不好？朵儿妈为了一点儿面子，固执挣扎，太没必要。

女人嫁给年龄大的人，太常见了。就因为她是头婚？吃亏了？她没有能力说服妈妈。也许这就是普通人，被条条框框束缚着，安定团结。

这一两年为家里的事忙，朵儿感觉到老默也老了。上了年纪，一年一个样，晚上看电视，他有时看着看着就睡着了。

依赖。她前所未有地体会到这个词的含义。尽管老默一而再再而三地强调过，以后真到老得走不动那一天，他都不会给朵儿添麻烦，虽然有客气的成分，但这就是跟老人在一起的麻烦之处。不过朵儿想清楚了，她享受了他给予她的安定、稳重、舒心，剩下的，也是该承受的。

只是她妈怎么办？这扭曲的状态。尼尼迟早得接回深圳。他要上幼儿园，将来还要上学、读书，开始他自己的人生。

有时候在办公室忙碌着，也就一打岔的瞬间，端着花茶杯子，她不知怎么的会想起，如果有朝一日她妈和老默有一个人先走了。事情就都解决了。太邪恶吗？但这就是事实，就是人生。

朵儿的内心早老了。这恐怕也是她能和老默在一起的真正缘由。

关于忱忱的问题，朵儿还是发现了，幼儿游泳课，老师叫名字，"廖忱忱"，朵儿以为自己听错了。

老师又叫，这才听清楚，尼尼和忱忱，天差地远。

去看登记簿，老师说孩子的家长就是这么登记的。

哦，朵儿明白，是她妈所为无疑了。忱，心在沈的左半边。可笑，真是可笑。她不懂她妈妈到底中了什么疯魔，不但不面对现实，还要篡改，指鹿为马了。

朵儿妈远远地从商场尽头走过来，刚去洗手间，朵儿阴沉着脸，等她妈走近。

"妈，我儿子叫廖尼尼，不是忱忱。"

朵儿妈呆了半秒钟，立刻嬉皮笑脸说："对，尼尼，尼尼尼尼，我记错了，看我这脑子。"

妈妈的反应朵儿有些意外。她原本以为，她亲妈会强烈反弹，严重声讨。可她没有，和风细雨，承认错误。但很快朵儿就发现，她妈是承认错误，但就是不改正。润物细无声，她甚至听到她拍手叫他忱忱了。

朵儿喊儿子，"尼尼，尼尼，我是妈妈"，尼尼看都不看她，换成喊忱忱，孩子立刻扭头看人了。

很明显，儿子平时被忱忱两个字包围了。"罪魁祸首"没别人，就是他亲姥姥。

回到深圳，朵儿没跟老默提这事，直接找沈伟谈了谈。逢周末，沈伟陪朵儿回了趟老家。

饭店摆一桌，是为赔罪。朵儿妈刚进去就觉得不对。沈伟的笑容古怪，充满抱歉。他曾经主演了婚礼宴席。

"来了。"朵儿妈说，走到桌前，坐下。

沈伟连忙说要点菜，拽过菜单。朵儿按兵不动，不晓得妈妈葫芦里卖的什么药。

服务员站过来，朵儿妈就拿起菜单正常点，一边点，一边还询问朵儿和沈伟，什么爱吃，什么不爱吃。乍看上去，真像一家人。

朵儿心里乱乱的，她妈却从容平静。饭菜上来，满满一桌，朵儿妈微笑着，时不时给两个孩子布菜。

沈伟讪讪地，他是来请罪的，戴罪之身，却忽然被宣布无罪释放。原因不详。

"阿姨，谢谢。"沈伟怯怯。朵儿不说话，时不时跟沈伟对个眼神。

"来点酒吧。"菜吃到一半朵儿妈忽然说，"来一点儿，来一点儿。"

沈伟和朵儿都没拒绝。拿酒上来，一人一杯，齐了。沈伟敬朵儿妈，两个人都干了。又是一杯。酒劲慢慢上来了。沈伟喝酒上脸，脖子都红了。

到第三杯，他终于鼓起勇气，说："阿姨，这个，其实我今天来……"

朵儿妈用酒拦道："什么都不用说了，都明白，阿姨明白，都在酒里，不说了，都在酒里……"

沈伟只能陪着喝，刚准备好的话，到了嗓子眼又混着四十几度的白酒冲到胃里，燃烧着，粉身碎骨。

"从今以后，我就是你妈，你就是我干儿子，我不管你是谁，我就认了。"朵儿妈燃了。

这样的剧情在意料外，但沈伟也被深深感动。他上前抱住朵儿妈，眼泪哗哗流。好半天，两个人才分开。

朵儿望着这一幕，眼窝竟也热热的。为什么，说不清，她只是觉得妈妈有些悲壮。唉，只要活着，谁不悲壮。

"妈，我敬你。"朵儿终于举杯。

朵儿妈不看朵儿，头偏向一边，忍住泪，随意碰了一下："好，喝，你大了，长本事了。妈妈管不了你。你都对。"

说罢一饮而尽。

朵儿双手持杯，充满仪式感。喝完了，才说："妈，尼尼要上幼儿园了，得回深圳，跟我去深圳吧，那里没人认识我们，一切都可以重新开始。"

这些年，老家年轻人朝外走的越来越多，那个老社区，越发只剩下一些老年人留守。

深圳，一个广阔天地。朵儿妈又何尝不想去？只是，就这样去吗？那里是她的家吗？中间还夹着个老默，生活在一起是不可能的。

朵儿妈不说话。这是个大决定。

"妈——"朵儿深情呼喊。沈伟也跟着劝。

"我单过。"朵儿妈置气般。其实一瞬间她就想清楚了。就一个女儿，不跟她走，又能跟谁走呢？去养老院，似乎还太早。而且她一时半会还不能接受。

"去深圳你单过你的。"朵儿还是劝。

"孩子我带。"

"你带你带。"

"我要再婚的话。"朵儿妈忽然说。

朵儿和沈伟哑然。

"找个比你那位还年轻的。"

沈伟笑了。朵儿知道她妈是故意气她。

"你找谁我都没意见。"

"你巴不得把我扫地出门。"朵儿妈假装翻脸。

"我养你到老死。"朵儿坚定。

"呸呸呸。"朵儿妈用筷子敲了朵儿一下，破嘴话是不作兴说的。

## 23

超男肚子越来越大，但超男妈妈却被下了好几次病危通知，医生已经不建议住院治疗。可超男认为，在医院起码随时能有护士、医生专业救治，有助于延续她妈的生命。四海和四海妈都不提建议或者意见，他们知道，这时候的超男是最敏感、最脆弱的。

房子已经卖了，等于大钱花出去了。至于小的方面，尽量让超男满意，免得伤及无辜——肚子里的孩子。由于超男妈的情况，超男让她弟回老家把爸爸接了过来，再租一间房，凑合住。四海和妈住一套。超男一家三口，哦不，四口，还有肚子里的孩子住一套。可没过多久，又得换，超男爸爸和弟弟，一辈子没为家务伸过手，全仰仗超男妈。现在妈倒下，爸爸和弟弟经过努力，勉强能自理，照顾超男就谈不上了，只能四海妈来。

夜深人静，四海妈陪在超男旁边。天气热，孕妇不太能吹空调，开一会儿，关一会儿，偶尔，四海妈拿着个蒲扇，给超男扇两把。

超男睡不着，婆媳俩一睁眼看个对着。超男小声说："妈，太辛苦您了。"

"一家人不说两家话。"四海妈道。

其实自打四海妈来到深圳，陈超男一直想压老太太一头，无他，她能耐大，挣得多，对家庭贡献大，可现在呢，她花得也最多，麻烦也最大。能跟她同舟共济的,似乎除了没有太多经验的四海,也只有四海妈了。

"我就想让我妈看看孩子。"超男哽咽。四海妈忙道:"理解,明白,人活一辈子图什么,不就图个儿孙满堂,平平安安,你不用想太多,对孩子不好。"

说也奇怪。陈超男越想把孩子生下来,这孩子越是安安稳稳地待在小世界里不动弹。已经足月了,过了预产期。超男住进医院,跟妈妈一幢医疗大楼。没反应的时候,她就小心翼翼溜达到妈妈的病床前。超男妈心里头明白,但已经不能说话,大部分时间闭着眼。

"妈,你摸摸,摸摸。"超男努力捉住妈的手,轻轻抚在她肚皮上。

"猜猜是男孩是女孩?"超男说的时候脸上有一丝微笑。护士走过来,叮嘱超男注意。她说我没问题,说着,双手扶腰,顶着肚子往外走。护士说,都这个时候了就不要乱跑了,你家属呢,这太危险了。正说着,四海妈进门。见超男在,急道:"男男你怎么还乱跑啊,医生都说了不要乱跑。"超男说我这就回去。四海妈扶着她刚走出没几步,超男就感到一阵腹痛。四海妈连忙找医生,又找医疗床,急急忙忙把产妇弄回病房。可一到病房,超男的肚子又不痛了,羊水也没破。小家伙重归安稳。超男只能继续住院,等待生产。又过了三天,还没动静。这日,超男又要去看妈妈。超男弟弟却说,姐,你就别乱动了,也就这几天了。

"没事。"超男哪里会听弟弟的。

"弟说得对,你跑来跑去有什么用?做好你该做的事,你现在的状况也很危险。"四海说。

"爸呢,妈呢?"超男有些警觉。

超男弟弟眼睛红红的。"爸呢?"超男抓住弟弟问,"妈怎么样了?"超男弟弟不说话。四海也不说话。

"妈到底怎么样了?!"超男一声大喝。没人回答。可肚子里孩子却不老实了。这次的疼痛来得比往常汹涌十倍。妇产科迅速行动,陈超男就这么进了产房。她不知道,早在六个小时之前,她亲爱的妈妈,已经仙去,即将被送回老家,等待火化。超男流着泪,耳朵边都是护士、医生鼓励的话。她预感到了什么,是的,一切都太迟了。走得快,来得晚,只有她夹在祖孙之间,她甚至恨自己忘记打催产针。不,还能来得及,还能来得及吧。送妈妈最后一程。

头顶一片光亮。超男一声大喊,融合了全部力气,产道外推,一个生命挤过那道门，哇哇哭喊着，来到人间。超男闭上眼，满脸都湿了，也不知道是汗是泪。

超男妈的葬礼上，超男一身素衣，庄严肃穆，抱着孩子。是个女儿。葬礼在老家办，吊唁的络绎不绝。超男妈生前是个好人。

朵儿陪着妈妈来了。朵儿妈感怀于心，自己男人刚走，这边又走一个邻居，她愈发觉得，这小城不能待。朵儿妈上前抱超男，眼泪货真价实。

"走吧，走吧。离开这个伤心的地方。"朵儿妈道。

"阿姨要去深圳了？"

"朵儿非让我去，"朵儿妈道，"也是，就这一个女儿，不跟她我跟谁。"

"去是对的。"超男劝。

一会儿，薛蓓问超男怎么打算。

"就在家坐月子吧，我这真跟外国妇女一样了，生了孩子就下地。"

的确，陈超男的月子是在老家坐的。超男爸和弟弟肯定伺候不了。她婆婆只好从深圳到她老家，跟着伺候，顺带照顾他们爷儿俩。四海一个人在深圳上班，挣钱，朵儿知道超男困难，托老默给四海谋了一个新差事，在一个航运公司管理集装箱，工资高了许多。

一个月下来，陈超男身体恢复得差不多，孩子养得白白胖胖。四海妈老家有事，回去一趟。刚走，家里就乱成一片。超男爸和弟弟，反倒需要超男来伺候他们。超男问她弟，你们平时就这样？你就这样照顾爸？

超男弟弟说："爸说不用我管。"

超男道："爸不用你管你要找个事情做，妈现在不在了，你就吃爸的？那爸要不在了呢？你吃谁的，今年也二十几了，好歹有点奔头。"

超男弟弟想不到姐姐忽然批评他，只是鼓着嘴，站在一边不说话。的确，超男的火气不是没来头。妈妈一去世，家里没了女主人，她爸没有生活自理的能力，只知道玩，除了打牌还是打牌，弟弟是个啃老族，游手好闲，打游戏居多。那些野在街上的青年，里头据说有吸毒的。弟弟再没个正经事，误入歧途的可能性很大。

"你以后指望什么过日子，想过没有？"超男问弟弟。

"我又不像你，读过书。"

超男一听来气："家里不愿意供你读书吗？你怨谁？"

"没怨，姐你别生气，你让我干啥我干啥。"超男弟弟只能靠态度博同情。

一句话说得超男的气又下去了。恨铁不成钢。可终究是自己亲弟弟。陈超男忽然意识到，自己需要面对的，不仅仅是妈妈去世的伤痛，还有更大的任务，是爸爸和弟弟未来的生活。人亡，家破。她成了主心骨。她必须行动。考虑了一夜，陈超男给四海打了个电话，开头第一句便是："我们回湖北发展怎么样？"电话那头，四海不说话，眼前的集装箱被巨型钢索吊着，慢慢装向海船。"回来再说好不好？"四海放大声音。

## 24

这一阵温晓涛出差。薛蓓一个人在家，李安东打电话来，要求见面。薛蓓话都没听完就挂掉了。她和温晓涛的关系刚缓和，平安日子没过几天，她不想惹事。最近她在积极备孕，生个孩子稳固江山，两个人的关系更紧密些。朵儿和超男相继有了自己的儿子、女儿，薛蓓心也痒痒，可努力了一阵，都没有动静。薛蓓以前打过一胎，先天性不足，孩子是最早的一个前夫的。那时候年龄小，不懂事，在小诊所就做了，后来再去检查，医生说生殖系统没有毛病，可薛蓓再没怀孕过。

这天，薛蓓在公司加班，晚上十点弄完材料，开车回家。车刚开出公司没多远，她就发现后面有一辆车跟着。是巧合？不对，是跟踪。薛蓓打了个方向盘一拐弯，便朝海边开去。那车紧追不舍。薛蓓以前是玩过赛车的，各种技术到位，可后面那位似乎也不赖，她超车前进，他也挤着车缝过去，她突然转弯，他也能跟得上。一前一后，仿佛拍大片。薛蓓一撇过去，看不清司机的脸。天黑，一副墨镜架在脸上，更成了保护色。

夜市。薛蓓急刹车，停住了。这人多，不怕他做坏事。那人也下来了，果然，是李安东。

薛蓓火大："有意思吗？你这是犯罪！"

"赛车技术还没忘，你还是那个蓓蓓。"

"我懒得跟你说。"

"你总是试图抹掉过去不做你自己，你不累吗？"李安东笑着。

薛蓓不管三七二十一，抄起旁边大排档盘子，里头尽是蛏子，直朝李安东泼过去。安东被击中了。薛蓓上车，走人。一路开车，薛蓓打了个电话给温晓涛，问他光缆项目合作得怎么样了。温晓涛先说问这个干吗，又说多家在接触，沈伟那边可能好一些。薛蓓又来几句腻歪的，叮嘱晓涛在外面多注意安全，才挂了电话。

第二天一早，薛蓓上班。车刚开出没多久，她发现又有车跟上来了。

心中的火腾地烧旺了。这个李安东！这已经是骚扰！

不行，必须制止。薛蓓单手扶着方向盘，另一只手拨出电话。传来的声音是"您所拨打的电话已关机"。薛蓓愣了一下。思考。哦，他可能就是怕她打过去质问，才故意关机。行，薛蓓下了狠心。玩就玩一把，在这早高峰，看他能怎么样。薛蓓一打方向盘，进了小路。那车也稳稳地跟着。小路尽头，再一拐弯，加速。一踩油门，飞过去，台阶只在车轮下。回头看，跟踪的那辆黑车根本来不及反应，就从高高的台阶上摔了下来。跌在路边，车头撞出个坑。薛蓓得意，优雅地从车子里出来，慢慢地走向车祸现场。她是胜利者。李安东有了教训了。

可走到旁边一看。车子里坐着的不是李安东，却是自己的婆婆。

"妈……"薛蓓音颤。

"还不赶紧把我弄出来！"晓涛妈大声道。

车被拖走了。晓涛妈除了蹭破了点皮没大碍，只是这一场游戏玩得惊心动魄。薛蓓连声跟婆婆说对不起，可心里却有一千一万个疑惑解不开。她追查她，跟踪她，说明她对她还是不放心，或者根本就知道她过去的事。晓涛不在家，所以她开始行动。可是，如果都知道，或者掌握了什么不可见人的证据，又何必再追查？那难道是对她现在也不放心？当天，薛蓓百般恳求晓涛妈去医院看看，可这婆婆坚持说自己没事，打个车就回家了。婆媳俩没对谈，没解释，仿佛一切发生了跟没发生一样。

这样薛蓓更担忧。

晓涛妈没叮嘱薛蓓，不要告诉晓涛。明白人。薛蓓自然也不会说，这是两个女人之间的事，而且晓涛知道了，十有八九向着她妈。

薛蓓没了主意，打电话给朵儿求助。朵儿惊诧，说还有这种事情。朵儿妈在电话边问怎么了，她即将到深圳。说着又接过电话，一五一十地问了，薛蓓大概说了说。朵儿妈道："你吃亏就吃亏在没有娘家人，没关系，我就是你干妈，你就是我女儿，他们要敢欺负你，做了对你不利的事情，我帮你出头。"朵儿拍了她妈一下，小声，嫌弃，嫌她妈话说得太满。

说完了，手机递给朵儿。朵儿妈不满女儿的态度，说："怎么了，路见不平一声吼，该出手时就出手，我早都跟你们说了，老家就你们三个在深圳，一定要团结，要团结，你倒好，该团结的不团结，不该团结的瞎团结。"

过了几天，晓涛妈忽然通知说有个家宴，叫薛蓓过来。薛蓓心里犯嘀咕，可婆婆发话，不去不礼貌，转念一想，既然是家宴，应该没什么危险。婆婆最看重面子。当着家人，她应该不会有出格的举动。到时间，薛蓓去了。帝豪酒店餐厅小包间，统共只能坐七八个座位。等了半天没人到。刚准备给晓涛妈打电话，她老人家推门进来了，拎着名牌包，已经没有了那天翻车的狼狈。薛蓓本来想问车修得怎么样了，可显然不合时宜，赶紧闭嘴。

"妈，您上座。"薛蓓招呼着。晓涛妈也不客气，施施然走过去，坐定了。薛蓓嘀咕，说这人怎么都还不来，又问都哪些人，晓涛妈没答话。薛蓓去门口探着头看。里头传出来个声音："不用看了，没人啦。"

薛蓓脑袋轰然一响。没人来了？就她们两个人？

"过来坐吧。"

"妈，这……"

"服务员，上菜吧。"

服务员得令，菜很快上来了。

"妈，您这是……"薛蓓赔着笑脸，"前几天车的事，真是……万幸……没伤着您。"

"跟那个没关系。"晓涛妈不看薛蓓，低垂着眉眼。

"这一大桌。"薛蓓绕话，缓和气氛。

晓涛妈夹了一块肉在自己碗里，象征性地吃了一口，扭过头，直面薛蓓，温和地说："我认为你和晓涛不合适，你们最好分开。"

薛蓓的世界，猛然天黑般。她头昏脑涨，过了好几秒才反应过来。

"不是，妈我应该跟您道歉。"

"你们不合适。"

"您的意思是嫌我的那个视频？"

"天知地知你知我知，当然，还有别人知道，但现在还不算多。"

"我不知道妈在说什么。"

晓涛妈抿了一口茶水，微笑没落下。

"十年前你二十四五岁的时候，在北京，和一个叫李安东的商人在一起两年，他那时候有婚姻，在婚内，李安东给你买了车，支付了日常的消费，还为你买房子付了首付款。在此之前，你还跟一个叫李锐的人在一起过，他同样是有太太的。"晓涛妈说，"我这还有详细数据，还需要我继续说下去吗？"

瞬间石化。十年之前，就算薛蓓知道李安东的情感状况，她也没以自己爱过一场为耻。可十年之后，面对这样一个女人的指责，她竟无言以对。晓涛妈代表的不仅仅是她自己，她背后有一个庞大的群体，公序良俗，不容动摇，不容挑战。

"妈，我不该隐瞒……"薛蓓认为这是她唯一的错。

"蓓蓓，我不能审判你，我没有这个立场，就算你以前做过什么，那也是以前的事，我只是说，你不适合晓涛，不适合我们这个家庭，如果这件事情发展下去，我们和你都不好做人，你要知道，晓涛的爸爸还是一名干部，不说广阔，在相当的范围内，还有着一定的影响力。蓓蓓，我是为了你好，这件事情晓涛还不知道，我之所以先跟你说，先跟你商量，就是为了给你，也给晓涛留一个面子。退出吧，给彼此留一点儿美好的回忆有什么不好。"

"你让晓涛再离婚一次就是给晓涛面子？第一任妻子不明原因去世，第二任妻子结婚没多久就离婚，这样就是为了晓涛好？这种事情难道不应该让晓涛来决定？"薛蓓告诉自己，必须勇敢。

"选择权在你，我只是善意提醒。"晓涛妈并没有激动，"蓓蓓，真的，一个人，无论你出身怎么样，遭遇过什么，做人应该坦诚坦率一些。"

薛蓓觉得自己像被闪电劈中了。

一顿饭吃得无声。一小会儿，晓涛妈招手，结了账，又让服务生把菜打包，叫薛蓓拎回去，口气和蔼，仿佛刚才的对谈从未发生过。乍一看，她们哪像婆媳，根本是母女，妈妈在关心女儿的生活，然而，早已弹指间一切灰飞烟灭。

握着方向盘，薛蓓泪如雨下。晓涛妈是怎么知道的？那次跟踪是不是调查？是不是晓涛姐姐透露出去的？千百个问题环绕，她都不愿去多想，想有什么用？是的，她不得不承认，晓涛妈说得有道理，晓涛的前妻去世，对一个男人来说，不算耻辱，社会不会谴责他，可她做"小三"、情人的过去，却成为她生命中的黑点，为"正经"女人不齿。

最关键是，她自己都做不到"理直气壮"！

用晓涛妈说的话，她"好意思"继续在这个家生活吗？

良心在对她进行审判。

可恶！李安东！可恶！也许是他泄露出去的，是，一定是！商人做久了，什么事都干得出来。他已经毁了她的前半生，难道还想毁掉她后半生？

深圳的雨说来就来，薛蓓开着车，在城里一圈一圈打转，雨水浇不熄怒火，一踩油门，车冲了出去。

"你在哪儿？"薛蓓打电话，带着气。

"家，怎么，要过来？"李安东的声音。

"我找你有事。"薛蓓声音低沉，"给我发定位。"

看手机，定位发来了。薛蓓一打方向盘，利落地漂移，车飞了出去。

雨还在下，薛蓓踏出车门撑了把伞。红色，雨中路灯下格外抢眼。楼道口，李安东穿着拖鞋，身上白色T恤，下身短裤，天上打了个雷，他招呼薛蓓："过来啊，什么事上去不能说，在这杵着。"薛蓓撑着伞慢慢走近。两个人在房檐下，雨在身边淅沥沥下个不停。

"到底什么事？"李安东关切地。

"是不是你？"薛蓓眼睛通红。

"我……我怎么了？"

"到底是不是你？"

"什么就是我啦，好了好了，是我是我！"李安东讨饶。

"就知道是你！"薛蓓忽然挥动握在左手的刀。刀锋从李安东脸庞划过。一道血痕。他踉跄朝雨中逃。水冲刷了血。

"你疯了！"李安东站稳了，湿透了。薛蓓上前又是一刺。

李安东一抬脚，正中手腕，刀飞了出去。

薛蓓头发耷拉在面颊上，她站在雨中，仰面朝天，电闪雷鸣。她宁愿闪电将她劈中作为惩罚，雨水冲刷掉她过去的所有过错，明天过后，她就是个崭新的人。

李安东上前抱住薛蓓，双臂箍紧了。

挣脱。再抱。

她连打他四个耳光。他任凭她发泄。他大概已经猜出了谜底。晓涛妈，他知道那是个什么角色。

"郎才配女貌，豺狼配虎豹！"李安东发狠道。

"你去死！"薛蓓踹了他一脚，奔回车上，发动，踩油门，车开走了。

## 25

朵儿妈进深圳了，在老默香蜜湖的小房子住着。上回来，朵儿还谎称这房子跟沈伟有关，这一次，撒谎没必要了。真实情况，母女俩都不提，模糊处理。

老默也厚道。朵儿不说她妈要见，老默也不问，要住就住。他给朵儿面子，也是为了尼尼。朵儿妈毕竟是孩子的姥姥。刚到深圳，新鲜感冲淡了寂寞。朵儿妈开始好好检阅这房子。她想要弄清，这个老男人到底凭什么迷住了她的宝贝女儿。

典雅的房间布置，一尘不染。朵儿妈来之前，老默请小时工来打扫过了。房不大，但古董和艺术品不少，都是这些年老默天南海北收回来的。

"妈，那东西你可都注意点儿，有的，可值钱。"电话里，朵儿叮嘱。

朵儿妈东摸摸，西看看，不屑："有什么值钱的？还能比我女儿值钱？搞笑的。"说着，拿起一只细颈大肚的青花瓷瓶，看看瓶底，再瞅瞅瓶身。

"磕了碰了都是我们自己家的。"

"哎哟，听听那口气，还磕了碰了自己家，哪家，是哪家？把你老娘都不知道忘哪儿去了。"打电话没留神，过个门洞，青花瓶正撞在门板上。当啷一下，碎了半边。朵儿听到了碎裂声，忙问情况。朵儿妈本来有点愧疚，可一听女儿那紧张样，她就有些生气。

"就碎了一个青花瓶，怎么啦？乾隆的还是康熙的？干脆把你妈抓去海里喂鱼赎罪算啦！"

老默凑在朵儿身边摆手，小声说："算了，赝品，不值钱。"

朵儿顿时释然，说妈你别乱动了，碎了就碎了吧，好好休息，回头我去看你。

朵儿妈不解气，挂了电话，随手抄起桌子上一只吃饭用的铁勺，狠劲摔到地上。勺子蹦得老高。朵儿妈嬉笑，自言自语道："还不让我摔，我就摔一个怎么了？此处是我家，想怎么砸怎么砸。"

牛朵儿去东南亚出差一周。尼尼有保姆带着，她又不愿意去见老默，整日里，闲出个烟来。朵儿妈分别给超男和薛蓓挂了个电话，问她们怎么样，并且正式通知二位，她，朵儿妈，已经正式开始在深圳生活啦。超男刚出月子，妈妈的事情办好，她还有一段时间产假，因为要跟四海商量未来发展的事，所以一早带着孩子回到深圳。

听说朵儿妈来深圳了，超男拎着两袋水果上了门，见面亲，在异乡见面，更亲。朵儿妈说超男，你的感受我最能体会，我们家老头子刚走，这没过多少日子，你妈又走了，人有时候不信命不行。超男说谁说不是呢，我都不知道我是什么命了,反正就一个感觉,我命不怎么样。

"你爸怎么打算?"朵儿妈问。

"我现在脑子也是乱的。"

"亏得你们家有两个孩子,一个在外头闯,一个在家陪老人,挺好,你看我,也是在家待不住,你叔叔去世之后一直回不过神来。"

"朵儿能干,我如果在深圳有两套房,我也把爸爸接过来享享福,可现在倒好,一套都不套,自己混得恨不得都睡大桥底下,不怕跟干妈说实话,我存着心要回老家了。"

"别提朵儿,不提不来气。"

"反正不知道您在气什么,朵儿虽然不走寻常路,可结果不好吗?您过得不舒服吗?务实一点儿,干吗跟自己过不去。"

"你这小丫头,朵儿的事你早都知道,也没见你汇报,你就不把我当成个妈。"

"朵儿那脾气,还有您这脾气,两座火山,谁没事找喷发去。"

超男又说了一会儿自己弟弟的事,大致嫌他啃老,在家不务正业,连女朋友都没谈过,迟早也是个事。

"长姐如母,你妈不在了,你该为他操操心。"

"我也想操心,不过归根结底,授人以鱼,不如授人以渔。"

朵儿妈建议她让弟弟去学门手艺技术。

"干什么?开挖掘机?他也得能吃得了那个苦。"

没几日,薛蓓来了。上门笑盈盈地,朵儿妈问情况,薛蓓也不藏着掖着,说温晓涛在出长差,等一回来,就打算离婚。轻描淡写,情绪早处理好了,薛蓓并不激动。

朵儿妈大睁两眼:"什么?这才结婚几天?你这孩子脑子发热了吧。"

"过不下去。"薛蓓吞了一个音,有点哽咽,但控制住了。

"为什么?"朵儿妈急切想知道。

薛蓓道:"阿姨,我爸妈都不在了,我一直把您当成我妈妈,有什么说什么,这事其实也怪我,婚前应该说的事情,婚后被晓涛妈知道了,她不能接受,晓涛也不能接受,所以我退出,对两方都好。"

朵儿妈还是不理解,说多大事啊,非得离婚。薛蓓只好如此这般把自己这些年的经历简单描述了一番,主要说和李安东的事,以及当年李安东的婚姻状况,自己得的好处她没说。朵儿妈听了,一番感慨,她说女人最大的招牌,是名誉,男人跟几个女人,人家会说他风流,只要他有钱有势,都好说。可女人就不一样了,你这种经历,他妈不接受是她的问题。问题在于,温晓涛接不接受,这话应该摊开了挑明了谈一谈。

薛蓓一笑:"我受的羞辱还不够?"

"疤瘌大了不疼。"朵儿妈道。又问:"你找好下家没有?那个李安东人怎么样,跟他老婆离婚没有?"

薛蓓苦笑,说绝无可能,再跟他在一起,我还洗得清吗?朵儿妈说局势已经变了,这是两茬子事。薛蓓依旧强调没可能。朵儿妈说离婚倒没什么,现在你们也没孩子,只是,你这担名不担利的,哦,人家都知道你第二次离婚了,你的实惠呢?

"算了。"薛蓓有心无力。

"不能这么算了,"朵儿妈道,"这事你别管了,我得帮你做主。"

听到"做主"二字,薛蓓的眼泪控制不住了。热情,仗义,勇敢,朵儿妈令她感动。虽然她并没有让她做主的意思,但有这句话就够了。

"你最后给我一句话,你到底想不想跟温晓涛过?想过,咱们就做工作;不想过,就要钱。离婚嘛可不是随便离的,不给抚养费,女人亏死了。"

薛蓓破涕,说她也不知道,先平静平静再说。风口浪尖,太不理智时做错事以后又要后悔。

"那就等等再说。"朵儿妈道。

朵儿和温晓涛前后脚回深圳,朵儿妈跟朵儿说了薛蓓的事。

朵儿说,自己是媒人,这么个结果,比较失望。

"你把那个姓温的约过来,咱们探探底,帮帮薛蓓。"

"得了妈,你别越帮越忙了,你就是唯恐天下不乱,看热闹不嫌事大。"

"我怎么跟你们说的,你们三个都在深圳,一定要相互帮衬,现在蓓蓓有难,你不相助就算了,你还不准你妈相助,你是不是做实验把脑子做坏了。"

"妈,我跟姓温的不熟。"

"不熟你做的什么媒人?"

"就是工作关系认识的,沈伟跟他熟。"

"那让沈伟叫他过来。"

"沈伟现在走动也少了,而且如果你要叫,请沈伟组局,你不觉得奇怪、突兀吗?你以什么身份出现?你的出现必须自然。"

"那你说怎么办吧,蓓蓓的事情妈妈不能不管,她妈走的时候托付给我的，小事不管，大事得管起来。"

"老默倒是跟温晓涛是朋友。"朵儿故意把"老默"两个字说得很轻。

"谁？"

"你讨厌的那个人。"

"那个老男人？"

"人还没你大呢，要老你先老，"朵儿说，"所以说，妈你还不是真要办事，办的不是急事。"

"别，给我请，天底下还有老娘见不了的人？照请，就请姓温的，蓓蓓先别过来，回避，免得尴尬。"朵儿妈嘱咐。

趁这个机会，朵儿为老默和她妈缓和关系。她回去跟老默表达了这个意愿，老默坚决赞同。第二天，就把晓涛约好了。

晓涛到家，一切正常。薛蓓没提他妈见她的事，晓涛还带着她一起去吃海鲜。薛蓓估计，他妈真的没说这事，决定权在她。但她预感，已经倒计时了，如果她不摊牌，迟早晓涛妈也会。

朵儿打电话来，说了老默邀请晓涛喝茶的事，又说了她妈的打算。薛蓓觉得也好，让朵儿妈试探试探，便接过电话，跟朵儿妈交代了几句，表示拜托。朵儿妈打包票，说交给我好了。过了几日，朵儿让老默请晓涛来山上喝茶，晓涛的反应有些惊讶，才喝过不久，但他也没拒绝。

次日，薛蓓上班，他单位调休，当真一个人开车过来。老默站在门口迎接。这次喝花茶，朵儿妈钦点的。花茶上不了档次，可既然朵儿妈发话了，老默就设一个花茶席。流水一般做着功夫，晓涛和他对坐着，颇有些青梅煮酒论英雄的架势。

时候到了，朵儿妈端着点心出来，说来来来，吃点曲奇饼干，光喝茶，肚子里那点油都刮尽了。温晓涛愣了一下，忙叫阿姨。他听薛蓓说过，朵儿妈和老默的关系一直没有缓和，看来不是事实。朵儿在里屋望着，没出来，垂帘听政的样子。曲奇摆好，老默和晓涛请她也坐，朵儿妈一边说你们男人谈事情我一个老太婆坐什么，一边还是坐下来了。三个人闲闲说话。朵儿在里头听着，心里打鼓，她怕她妈别一张嘴，来个反效果。不过她私下问过薛蓓，对于这场婚姻，薛蓓已经不抱太大希望，死马当作活马医。

"怎么样，蓓蓓不错吧？"朵儿妈这么开场。

朵儿一听这话，大叹糟糕。朵儿妈却接着说："人嘛，哪有十全十美的。都是过去的，你看老默，一把年纪了进我们家，我也没反对呀！做人嘛，心大一点儿，什么都会过去的。"

轮到老默惊讶了。这就弥合关系了？来来回回闹腾了几年，朵儿妈从未承认老默。可今天为了薛蓓的事，她竟开了口。

朵儿也听得直起了身子。

"什么事情？"晓涛问。

问得太直接，朵儿妈忽然不知如何继续。

"蓓蓓的事情我知道，她过去很苦。"晓涛带着感情说。

朵儿妈一拍桌子："对了，蓓蓓过去很苦，所以现在更需要一个好男人对她。"

"我怕我承受不了，更怕蓓蓓自己承受不了。"晓涛说，他对自己倒有个清醒的认识。

"爱，就要承受。"朵儿妈道。朵儿在里头心急，几个人绕了半天，也没说到关键问题上。薛蓓做过小三，现在她过去的情人还活跃在他们的圈子里，抬头不见低头见，这就是最大的问题。这甚至是朵儿妈都不敢、不愿触碰的，这在她几十年的情感体验之外。

"蓓蓓已经跟我提离婚了。"晓涛轻声说重话。

朵儿妈和老默呆在那儿。朵儿从里头冲出来，抓住晓涛，狠狠问道："什么？怎么回事。"

已经提离婚了，那今天的茶会，是为了疗伤。蓓姐为什么没跟她说？或者她已经下定决心？

"是蓓蓓提出来的。"

"你都知道了？蓓蓓跟李安东有过一段你都知道了？"朵儿没空再绕弯子。

老默去倒茶。朵儿妈望着朵儿，满脸惊诧。朵儿比她直接多了。

"晓涛，我当初是真不知道这些，不然早告诉你了。说实话，依我看，都是过去的事了，没什么大不了，要放在古代，文人不就最爱找名妓。"

朵儿妈听了连说了三个"呸"。"别名妓了。晓涛，你今天就表个态，你愿不愿意继续跟薛蓓过？"

晓涛语气急切说，不是我不愿意，是她不愿意，她过不了自己那一关。

"就这么散了？"朵儿心痛。

晓涛自斟一杯茶，一饮而尽。对老默，问："有酒吗？"

"有。"老默说。

酒是自酿的，度数不低。老默心脏不好，早就不喝酒了。朵儿尚在哺乳期，也不沾。只有朵儿妈陪晓涛喝。朵儿妈酒量大，这点自酿的米酒根本不算什么。料不到温晓涛这么个行走江湖的，酒量却着实一般。或许，酒不醉人人自醉。

　　一会儿工夫，晓涛喝得兴起，朵儿妈也放开了，两个人说了好些知心话，一会儿又玩老虎棒子鸡，直到夜幕降临。朵儿跟老默商量，两个人分头送人。老默说，我送晓涛吧。朵儿说不行，她送温晓涛，正好见面问问薛蓓情况。

　　"你能行吗，晓涛怕喝得有点多，我看着快不省人事了。"

　　"对付他我没问题，不行我叫蓓姐下来领人。"

　　那朵儿妈自然就由老默送了。老默没多问，大大方方去开车。朵儿心里舒坦，她欣赏老默身上的坦然劲。

　　车开过来了。朵儿妈问："他送我？"那意思有点为难。朵儿劝她凑合坐，这个点下山也没车了，又说自己得去见薛蓓。

　　挖坑，活脱脱给自己挖坑，可还是得硬着头皮上。

　　"前面后面？"朵儿对她妈，"怎么，妈你怕了？"

　　朵儿妈冷笑："老娘这辈子的字典里就没有一个怕字。"拉开副驾驶，上了车。老默招呼着，微笑。朵儿妈说你看什么看。

　　"安全带。"老默不卑不亢。

　　朵儿妈连忙把安全带系好了。两辆车一前一后开出去，到山口分道扬镳。一个向东，一个向西。朵儿妈坐在副驾驶上，一会儿要喝水，一会儿又嫌空调风太大，百般不舒服不配合，老默伺候着，很有耐心。

　　"我看你看着年纪比我大。"

　　老默嘿嘿一笑，并不反驳。女人的年纪是个谜，老默不打算揭开谜底。

　　"车只能这速度？"朵儿妈很不屑，"腿脚不好使了吧。"

　　"开快一些也可以，"老默说，"怕你承受不了。"

　　"开什么玩笑，有我承受不了的东西吗？我年轻时候，最喜欢的就是兜风，知道什么是兜风吗？……"朵儿妈喋喋不休着，车顶棚却已经慢慢弹开，向后，朵儿妈小声叫了一下，整个人已经裸露在风中了。

　　"坐稳了。"老默话音刚落，车子就已经子弹般飞弹出去。朵儿妈感受到一股强大的后坐力，路边的景物迅速后退，她头发也被吹散，飘如乱草。忍住，忍住，朵儿妈告诉自己应该忍住。她是见过世面的，所以不能输了面子。

　　差点没吐出来。

好容易到地方了。老默下车，朝楼上走。

朵儿妈连忙说："不用送了。"老默笑笑，说，回去拿尼尼的奶嘴还有玩具。

哦，好像是有奶嘴，储藏箱里则有玩具。不好拒绝了，老默和朵儿妈一前一后上了楼，老默开门。朵儿妈大惊小怪："你怎么有钥匙？！"

"我以前住这里。"

"那我太不安全了！"

"那钥匙给你？"老默平和地。

"毛骨悚然，还是换锁吧。"

老默没说什么，进屋拿了该拿的东西，跟朵儿妈告别，请她早点休息。

"说你礼数不周就是礼数不周。"

老默留步，一头雾水。

"哦，我养了个女儿，你就这么瞒天过海得了好处就当理所当然了？"朵儿妈道，"你可不能做温晓涛那样的人。"

"晓涛我也不是很了解。"

"有什么不了解的，他跟我们蓓蓓要离婚，条件都没说好，那肯定是不想给钱了。"

"应该不会。"

"最好不会，如果这样，我是要为蓓蓓出头的。"

"您真仗义。"

"你彩礼钱是不是该算算？"

原来是指这个。老默说那回头算一算，补上。

朵儿妈说别回头，就现在算吧，说着，拉着老默坐到小桌子旁边，又掏出手机备忘录，念念有词道："首先是'一动不动'，'一动'是车，你们有了，'不动'是房子，将来这房子怎么算，不能算婚前财产吧，起码得给朵儿一半。"

老默面容舒展，认真听她说。

朵儿妈又说，我们那边的风俗，是"万紫千红一片绿"，我也不跟你细算了，二十万吧，一把清，你们这孩子都有了，木已成舟，也不是难为你，总跳不过个老礼去。

老默连声说是。等她都说完了，起身去里屋书房拿起一个鎏金菩萨塑像，递到朵儿妈手里："这个先典在你这儿。"

朵儿妈莫名其妙，本来就是这屋子里，什么叫典在这儿。

"你这干吗干吗，就这个，糊弄谁呢，这值二十万？"

"只多不少。"

"行了，别跟我来这套，给现金吧，银行转账我都不认，现在骗子太多了，一个破铜烂铁就跟我说值二三十万，怎么证明，难不成我还拿着它去鉴宝节目。"

老默说行，那等两天，说完，把塑像抱在怀里，出了门。

门一关，朵儿妈嘀咕道："得了便宜还卖乖，我赔出去一个女儿，要你点钱算少的，什么人。"

进了小区，朵儿才给薛蓓挂电话。晓涛早在后座睡熟了。

薛蓓下楼，朵儿正在路灯下等她。"送你们家那位回来。"朵儿双手插在口袋，耸了一下肩。薛蓓有点窘，说了声谢谢，便要去扶晓涛。

朵儿在她背后，追问："就这么结束了？是你的决定？就这么结束了不后悔吗？好不容易得来的平静的生活。"

薛蓓站在那，并没有回头："该结束了。"

"究竟为什么？"

"平等，这段感情里没有平等，我想晓涛妈说的是对的，在我没有身败名裂之前退出，对彼此都好。"

"这都什么年代了，谁还在乎这个，谁还真关心别人家的事。"

薛蓓转过身，面对着朵儿："跟任何人没有关系，是我自己的问题。我不是个好人，不是个好女人，也不是彻底的坏人，我的痛苦恰恰在这个地方。也许这就是我们这种人，我们这一代迁徙者，为自己走过的路付出的代价。朵儿你知道吗？我的痛苦在于我总觉得自己是有原罪的，无论我怎么赎罪洗刷，似乎都洗不清，我无法和晓涛继续在一起。"

"晓涛家没有原罪吗？他们'害'了前任，他们的原罪比你还大。"

"可是我是女人。"

"女人怎么了，女人不应该是第二性。"

"但事实就是，这个社会对于女人并不宽容。"

"这个社会对任何人都不宽容，无论男人女人，最关键的是你自己要努力。"

"朵儿，谢谢你，谢谢你一直帮我，"薛蓓叹息，"男人可以没有，一个家庭也可以瞬间灰飞烟灭，但好姐妹是一辈子的。"

朵儿上前抱住了薛蓓。

薛蓓没哭，朵儿倒先哭了。

## 26

家里的事安顿好，陈超男回深圳了。她觉得自己的生活简直像经历了一场大地震，一切都已经被摧毁，除了她这个小小的家庭，有她、四海、四海妈，还有新出世的女儿，她的宝贝，林如意。一切又都需要重建。超男认定自己必须担负起地母一般的责任。妈妈离世，意味着，在她的家庭里，她彻彻底底地开始挑大梁，是承重墙。她的命不仅仅是她自己的，她的生活也必须交公。她得为周围的人负责，为他们而活。

当务之急有三。第一，爸爸的生活。她爸爸被她妈照顾了一辈子，自理能力基本为零。洗衣服、做饭这些基本的弟弟能做。可他一个男孩子，总不能这么困在家里。超男考虑把爸爸接到深圳。想了想，又觉得不现实。她爸那脾气，早都被她妈惯坏了。别说四海、四海妈，就是她自己，从小到大，跟她爸相处都谈不上融洽。第二，是弟弟的未来。她弟弟超贤已经二十出头了。别说正儿八经的工作，就是散工也没做过几天，没谈过恋爱，朋友也不多，内向。超男看着都愁。第三个问题就是钱。欠沈伟的钱肯定是要优先还的。超男不是那不懂事的人。沈伟和朵儿关系好，跟她就远了一层，可他还是愿意为她出手。超男为这事感动了好久。

还有就是要重建自己的生活，房子不能总租，如意出生了。她应该有一个家，比较一劳永逸的办法是回老家。房子车子都很快能一步到位。在老家的时候她跟四海提过这个可能性，四海没接茬。回到深圳，超男一提，四海立即表示反对："现在回去等于前功尽弃，真的，男男，没必要那么悲观，你现在不是已经进了你理想中的学校了嘛，我也继续努力。"四海说得很恳切。超男也就没继续坚持。从某种意义上，她提出这个办法，就是等着四海否决的。

在内心深处，她并不想就这样回去。尽管眼下，她已经被生活打得落花流水。

"我就说着玩儿的，看你那激动样，不就吊一个集装箱嘛，不知道的还以为你在深圳做上亿的生意呢。"

四海打趣："你还别说，我们那还真是不少上亿的生意。"

"跟你有一毛钱关系吗？给你提成吗？给你发奖金吗？你们那就是盘子好看，不实惠。"超男打心眼里看不上四海那点事。

四海妈拎着一袋子基围虾回来，进门就说："男男，给你买了基围虾，下奶的。"超男凑过去一看，都是死的，她不想吃。一向都吃活的。跟四海反映，四海悄悄说："也是妈的心意，她图便宜，你就说你过敏，我吃。"超男果真跟四海妈说："妈，不巧，我最近过敏呢，这顿大虾，只能便宜四海了。"四海妈一头雾水。超男小声对四海："让妈以后别买这种劣质的了，咱们缺钱宁可少吃，也不能吃不好的。宁缺毋滥。"四海说你别声张，我来说吧，观念不一样。

正说着，超男手机响了，是信息。超男瞄了一眼，连忙藏起来。四海随口说了一句那么神秘。超男立刻把手机翻出来，迅速删了，出示一条垃圾消息过去。"有什么神秘的，就是垃圾信息。"四海不作理会。

是沈伟来的信息。一个人的时候，超男才小心把消息回过去。他问蓓姐和温晓涛是不是要离婚。超男还不知道这事，连忙问了问朵儿。朵儿如实说了，又让她保密。沈伟约见面聊。超男想了想，同意了。约了打保龄球。这个超男倒是有点经验，只是好多年不打了。她谈第一个男朋友的时候，在大学，约会的时候就是去打保龄球。

不容多想，去吧。超男已经开始上课一个礼拜了。她不敢大意，学校随时都可能辞退她，就是不辞退，她也必须做出成绩，以证明她的到来是有价值的。

下了课，超男特地去女厕所换了一身衣服，刚好撞到学校好事女老师，狼狈样被看到了。女老师好奇，揶揄："呦，陈老师这干吗呢，上班下班还两套衣服，生了孩子真回春了。"超男的衣服有点紧。生孩子生胖了，还没瘦下来。

超男道："天热，汗透了，换一件。"

老实说，跟沈伟的会面超男都十分重视。就好像现在，她站在沈伟面前，还是有些拘束。"坐啊。"沈伟招手。超男收起平日里肢体上纵横捭阖的部分，小家碧玉般坐下了。

"老跟我见面，你先生介不介意？"沈伟问。

超男说他有什么好介意的，要人才没人才，要钱财没钱财。沈伟笑说不相信，如果一无是处你也不会选。超男说："真是抱歉，你那钱，估计还得等一段。"

沈伟连忙解释，说今天小聚可不是为了催款，别误会了。超男心里又是一暖，她当然知道他不是那种人，可他不提，她却不能不说。穷人跟富人打交道要格外小心，虽然沈伟也谈不上是什么大富大贵，但在深圳，也算中产以上。

沈伟跟超男谈到薛蓓和温晓涛的事，超男只简单说了说她所知道的情况，薛蓓的第一段婚姻，以及在北京打拼的情况。沈伟没再多问。

"晓涛那个家庭，特别复杂，他本人也是太传统。"

"离婚不离婚，总得有个说法，总不能就这样就把蓓姐扫地出门。"

"是薛蓓先提出来的。"

"话这么说是没错。"超男说，"晓涛家一定也发力了，这就跟老板想让看不顺眼的员工辞职一个道理，总有办法逼着你不干。"超男说得很重，但也几乎接近事实。

沈伟避开这个话题，简单问了问超男她老公的情况。超男说在一个贸易公司，管理集装箱的。沈伟一听，又进一步问了问年龄、学历、工作经历。超男如实说了。

"怎么样，考不考虑到我们这边来干，近一二年生意不少，主要做欧洲和中国之间的进出口，马上跟晓涛的项目合作，也需要人手，你老公可能大有用武之地。"

超男受宠若惊，一时不知如何作答。

"开个价吧。"沈伟问得直接。超男扭捏，但事关丈夫前途，她还是强作镇定，随手拽过桌子上的点菜单，拿起笔，用手捂着写出个数字：8000（税后）。

递过去。

沈伟浅笑，不说话，拿起笔划了划，改了改，递过去。超男一见大惊，8000被划掉，改成了10000。

超男咽了一口水，手足无措："我得再要一杯巴黎水压压惊。"

沈伟得意，一举手，示意服务员："再来一瓶巴黎水。"

一回到家超男就兴奋地表明了她为他争取的职位。"一万一个月，还是税后，这工作你去哪儿找？工作地点我问了，比你现在还近一点儿，都是做大宗的进出口生意，跟你这个也接得上。怎么样，不错吧？"

可超男的"好意"四海似乎并不领情，反应没有超男想象中热烈。他背对着她，忙着手中女儿的尿布——超男主张用尿不湿，但四海妈却连天加夜裁出好多尿布来。

超男见四海不出声，走过去夺了他的剪子："你忙什么呀你忙，赚了钱，直接用尿不湿了，还要这些尿布做什么，都什么年代了，省能省出有钱人吗？别老节流，还是得开源。"

四海妈进屋，超男对婆婆撒娇。"妈，你看四海怎么就是不听劝呢，好好一份工作，一个月一万，他还不肯做。"

四海妈沉吟："小林，看在钱的份儿上。"

四海微怒："妈，你怎么也掉钱眼里去了。现在的工作还是老默介绍的，好端端地辞了，怎么交代。"超男抢白道："你不好意思说，我帮你说，我找朵儿，真的，你跟自己人不用客气，明天去见一见，真不合适，再说，我是你老婆我能害你吗？"四海拗不过，只好从命。第二天，换了身西装，临出门前超男还检查一遍。"好好表现！"超男拍拍四海胸脯，这才放他走。上午是三四节的课，超男出门晚一些，离家前还不忘叮嘱："妈，你别给如意喂乱七八糟的，容易便秘。"四海妈微微不满，小声嘀咕："我什么时候喂乱七八糟的了，四海不也这么喂的？"

下课铃响，超男抱着教案到办公室。有老师说："陈老师，有人找。"看到弟弟站在门口，她才想起来今天是弟弟来深圳报名学蛋糕和烘焙。时代再变，一技之长总得有。"你到门口等我一会儿，有个面馆，你先吃点东西。"超男塞给超贤一百块钱。等她安排好班里那点事，这才收拾清爽，去面馆找弟弟。一个空碗摆在弟弟面前，早吃干了。"在家没人给你做饭还是怎的，吃这么干净。"

她弟弟嘟囔着："爸做的还没我做的好吃。"

"爸怎么样？"

"你指哪方面？"

"各方面。"

"天天打麻将。"

"吃饭呢？"

"早晨不吃，中午晚上麻将场管。"

超男一阵心痛。这个她妈宝贝了一辈子的男人，如今日子潦草得仿佛简笔画，只有麻将能麻醉灵魂。她妈刚去世的时候，家里亲戚有人提过让他爸再找一个，话传到超男耳朵里，她还有点抵触。可现在，她认清了现实，男

- 103 -

人的世界没有女人能行吗？他们大多数人一点儿自理能力都没有。

"选好了哪一家吗？"超男忽然问弟弟。

"都行，姐帮我选选。"

超男瞬间来火："你搞清楚，这是你来学做蛋糕面包，是你学，以后你要开店的，爸爸姐姐只能给你出钱，你自己要有主意，陈超贤，你以后可是要顶起一个门户的。"

超贤不吱声，他从小怕姐姐，什么都比姐姐差一头。

"那就选超越学校吧。"超贤被迫说了一个。

"哪里好？"

"有一个'超'字，跟我们很像。"

无心一句，超男的火气一下又下来了，是，都有一个"超"字。他们一奶同胞。她只有一个弟弟，他也只有一个姐姐。忽然间，超男觉得，即便弟弟再蠢再笨，她也能原谅了。

## 27

确定要离婚，薛蓓和温晓涛的日子一下子安静了。知道了即将到来的终结，他们把这最后做夫妻的日子过得特别守规矩。一切倒计时，每分每秒都变得珍贵了。好像什么都没发生，照样上班，照样下班，下了班，薛蓓照样买菜做饭。两个人面对面吃着，却不说话，吃完了看电视，还是如常。

只是心境，大不同了。

既然已经决定，多说无益。薛蓓想，给晓涛留个好印象吧。

有一天，晓涛妈来电话，让晓涛回家吃饭，说是他侄子的生日，晓涛拒绝了。薛蓓听得真，晓涛妈在电话里问："你跟那女的怎样了？"

那女的，应该是指自己了。也是，离了婚，她就不再跟温家有什么关系，跟晓涛没关系，跟晓涛妈更没有。人走茶凉，世道如此。

朵儿妈也来过电话，她是真把薛蓓当女儿看。"你别傻，要点钱，也是你以后的指靠，不然你吃亏。"薛蓓不反驳，只是笑说知道。

她怎么能要钱呢？怎么好意思？是她犯错在先，如果结婚之前，她就把自己的过往和盘托出，能接受，结，不能接受，一拍两散。可她有那个勇气吗？

她仿佛一名逃犯，警察没来之前，她始终怀有侥幸，不愿意投案自首。

约定了十五号去民政局办手续。

十三号,薛蓓开始收拾东西了。房子已经租好了,一居室,北京房子的房租已经用来还贷,再租房,她尽量小一些,都要自己付。

大箱子摊开,放在卧室床上。一件一件朝里放。她突然看到晓涛在香港给她买的那只昂贵手表。拿起来,摩挲着,百感交集。晓涛站在她身后。悄无声息,一个长长的人影。薛蓓看到了,没转身,手上停了一下,又继续忙活起来。

"能不能不走?"晓涛忽然说,声音里有感伤。

薛蓓没回答,现在说这种话还有什么意思。不过晓涛是爱他的,只是,他能背负娶了"小三"的流言吗,更何况,他们的感情基础并不牢固,相亲认识,能有现在的感情已经是奇迹,薛蓓不奢求更多。

现在说这些话还有什么意思?"谢谢你。"薛蓓把口气尽量放轻松。她要做大女人,至少现在在晓涛面前,她不愿意展露脆弱。

留下来,她如何面对晓涛,又怎样融入他那么一个张牙舞爪的家庭?薛蓓没有信心,对自己没信心,对晓涛,对晓涛周围的人更没有信心。

她想不到,这世界上原本就没有平淡的日子,再平淡的表面,也有暗流汹涌。

"离婚不离家。"晓涛提出这个办法。

薛蓓觉得太可笑。名都不担了,干吗还要担这个实,离婚不离家这种事情,只能发生在穷困潦倒的小说故事里了。她还不够惨吗?还离婚不离家?

"已经决定的事就不要改了吧。"薛蓓说。

"为什么是李安东?"温晓涛直面薛蓓。

薛蓓不说话。为什么?她自己也不知道。是命运?

"可以理解,他也很优秀。"晓涛自言自语。

"我很烂。行了吗?"薛蓓的自尊再一次被刺痛了。

"我不是那个意思。"

"你是来审判我的?跟你妈妈一样,你们占据着道德的制高点,对我的自尊进行着凌辱。"

"你想多了。"

"别虚伪了!"薛蓓的情绪有些失控,"你实话告诉我,在你内心深处,你真的不介意我的过去吗?"

"我介意!但我在努力,努力适应,努力忘记。但你首先要过了自己那一关，你解放你自己了吗？现在最重要的不是别人在意，而是你自己在意！"

"不必了！"薛蓓由弱变强，"我们都冷静冷静，分开最好，现在还没孩子。"

温晓涛带着影子走出那屋子。"手表还你。"薛蓓一转身，晓涛人已经不见了。

自打离婚的事情定下来之后，晓涛妈、他继父、哥哥、嫂子、姐姐、姐夫就再没出现过，他们很自然地将她排斥在这个家庭之外。是的，她的所作所为是不可原谅的。更可恶的是，她出身低微，却充满野心，企图通过隐瞒事实来打入这个家庭，这个阶层。她和晓涛的哥哥、姐夫不一样，他们在外面再花天酒地，也是可以原谅的，可以回归的。但她不行，她是女人，而且是一个曾经穷困、现在依旧算不上成功的女人，她要为谎言付出代价。

"我睡书房。"薛蓓说。

"现在我们还是夫妻。"

薛蓓不说话。

晓涛改口："还是我睡书房。"

好了，薛蓓一个人睡卧室。夜深人静，睡不着，来了条消息，是李安东发来的。他问需不需要帮忙，薛蓓没回复。也只有在这个时候，她才开始愿意去思考自己曾经和李安东的感情。李安东做错了吗？是的，在社会伦理意义上，他错了。他在有太太的情况下，还找薛蓓，发生了感情。是自己太特殊吗？薛蓓也这样想，但很快又否定了。在她之前，在她之后，李安东的感情线索就没断过，旧的，新的，成功的男人都喜欢征服，以证明自己更成功。更何况，当今社会，优秀的资源很多都是共享状态，尤其是成功的男人。但薛蓓在骨子里认为这种状态是畸形的，不健康的。她向往愿得一心人，白首不相离。可现在还有希望吗？

过了一会儿，手机又亮了，还是李安东发来的，这回三个字："都是命"。

一个"命"字，击中了薛蓓神经。什么是命？在如今的时代里，一个人的家庭出身，就是他最大的命数。谁让她生于穷苦，长于艰难，迷于诱惑，归于悔恨。

"我们还是朋友。"这是李安东发来的第三条消息。

是朋友，只不过是见不得光的朋友。

她无意中抢了一个女人的丈夫。这是一个道德问题。众口铄金，积毁销骨，别说外面人的唾沫星子能把她淹死，就是她自己，不也过不了自己这关。

班还是照上，接业务。李安东陪着几个客户来了。哦，的确有他介绍的人，他的功劳。薛蓓一愣，但还是很快展现出专业素质。安东也装作不认识她，只是说一些场面话，时不时发出爽朗的笑声。李安东和薛蓓公司的很多业务员都熟。

薛蓓听着心里堵。看他高兴那样！他为她离婚欣喜。

"收起你那副恶心表情！"人不在，薛蓓低声喝。

"该是什么表情？"

"你不缺女人。"

"我只是念旧。"

薛蓓的心沉了一下，抿住嘴唇，控制表情，她要求自己变得冷血。

"没有你，就没有今天的我，没有今天的成功。"

"你看重的还是成功。"

"多少人排着队要跟我结婚你知道吗？"

"套路，如果闭嘴我们或许可以做朋友。"

李安东用手在嘴唇上一比画，是闭嘴的动作。

真到离婚那天，薛蓓发现自己也没想象中那么难过。工作排满，去办理也是抽空，叫了个车，都忙，迅速地，还没来得及伤感就已经走出民政局大厅。晓涛一向克制，这次跟薛蓓抱了一下，就独自开车回公司。

离婚没那么可怕，天塌不下来。薛蓓站在街道上，忽然不知道往哪儿走。叫了个车，她本能地上了车，司机问去哪儿，她想了好久，才说出地点，南山区南国大厦。上班不好带行李，下了班，她得回去拿一个箱子，就此告别，去自己的住处，开始新的人生。

下班点。薛蓓故意加了一班才走。到家晓涛已经在家里等着了。

薛蓓进屋把行李箱拖出来，晓涛要送，薛蓓说我自己叫车就行，但温晓涛还是坚持要送到楼下。他很绅士，一直都是。

"就到楼下。"薛蓓口气故意俏皮些，缓解忧伤气氛。

路灯零落。深圳天热，到晚上有点潮气。晓涛拎箱子到路边。薛蓓说你回去吧，上去吧。温晓涛说要不我送你。

"真的不用。"薛蓓苦笑。这婚到底是离了还是没离。离就应该有个离的样子。等了一会儿，没车来。薛蓓接了个电话。跟晓涛说："你上去吧，车马上来了，我去前面路口等。"晓涛还要送。薛蓓说我这都有拉杆的。

薛蓓渐渐走远。温晓涛看着她的背影，感慨万端。可这一刻，他告诉自己，理性必须战胜感性。可是，在薛蓓的过去这个问题上，在理性上，他是和他妈妈站在一起的。他应该跟薛蓓离婚。可此时此刻，看着这个略显凄惶的背影。他又觉得，自己是不是已经接受了薛蓓。

他目送着薛蓓的背影，越来越小。

一辆车从路边开过去。不是出租。私家车？哦，现在也流行叫私家车的。温晓涛看着那车开到薛蓓身旁。怎么？薛蓓依旧走着，并没有上车的打算。

车停住了。里面下来一个人。温晓涛看到似乎是个男人。不对。

他大吼一声："干什么的？"跟着快速起跑，冲了过去。

走近才知道是李安东。自从晓涛姐姐生日那次之后，李安东和晓涛是第一次见面。

薛蓓要搬家，是保险公司的同事透露给李安东的。他提前做好了准备，确确实实想要抓住机会好好跟薛蓓聊聊。车早都停好了，窝在楼下。

薛蓓走远，他才跟了上去。

薛蓓在一旁，矗立。不看晓涛，也不看安东。

"绅士一点儿，"晓涛对安东说，"她不愿意上你的车。"

"跟你也没关系。"

话音没落，晓涛的拳头就飞了过去，正砸在李安东的鼻子上。安东朝后趔趄，差点摔倒，可终究是站稳了。他脱掉黑夹克，甩在汽车引擎盖上。紧身打底衫，在身上勾勒出肌肉轮廓。年纪不轻了，可他一直坚持锻炼，是个业余拳击手。

晓涛见对手玩真的，也有模有样摆开架势。薛蓓并不阻拦，只是站在一边，静静地，仿佛是格斗比赛的裁判。晓涛先出手了，往前一冲，一拳打空。李安东抓住这个空当还击，一拳打在肚子上，晓涛痛得弓成一只虾。李安东笑了。

"年轻也不见得就怎么样。"他嘲笑晓涛，"姜还是老的辣。"

温晓涛坏笑笑，走到跟前，佯作出拳，却冷不防一抬腿，轮到安东中招了。

晓涛道："让我看看你这块老姜，还有哪两下子。"

李安东被激怒了，铆足了劲儿，飞扑到晓涛身上，两人滚作一团，厮打蹬踢，完全没了刚才决斗的架势，直滚到薛蓓脚下。

"够了！"薛蓓大喝。

两个男人停止厮打，抬头看着薛蓓。

终于，来了辆出租车，薛蓓拉开门，一抬脚上去，还没等温晓涛和李安东反应过来，薛蓓已经扬长而去。坐在出租车后座上，薛蓓本想回头，可又忍住了，他们都是过去式。是的，过去式。一个本来想哭的夜晚，不知为什么，她忽然想笑。到了新住处，一处小公寓。牛朵儿给找的，里面朵儿妈已经收拾过一遍。她一进门，就能感觉到氛围的温馨。客厅桌子上放着一捧百合，空气里都是香味。

薛蓓本来想打电话给朵儿，怎奈时间太晚，不便打扰。

她洗了个脸，打开行李箱，拿出护肤面膜准备敷一张，却忽见箱子右手边搁着一只牛皮纸信封。打开，是个存折，看看数字，有三十万。开户名是她薛蓓。

再对着光看看信封。上面写着一个小字：温。是晓涛的字迹。

不用说是温晓涛的"遗赠"。

薛蓓本能地拿起手机，准备给晓涛打电话。可翻到号码，想了想，又放下了。

## 28

人怕见面。更何况喝了一次茶水，飙了一次车。朵儿妈的戏似乎也没必要跟自己再演下去。吃人家的，住人家的，用人家的，再不认人？最令朵儿妈满意的，是老默的"听话"，不计较，人到了这个年纪按说应该活明白了。可不明白的还是占大多数。好在，老默除外。她刚提了彩礼钱，过了没多久，老默就带着钱上门了。

一盒子，现金。赤裸裸出现在朵儿妈眼前。

"哎呀，你看看，这青天白日的，你也不怕被抢劫！"

老默微笑着："我不起眼。"

"你不起眼钱起眼啊，财不露白啊，我的妈呀，这现金摆在家里，我会不会有危险，走走走，跟我去银行。"朵儿妈并无谢意，只是为钱担心。老默时刻准备着。朵儿妈换好衣服，戴上墨镜，又用纱巾包上头。她说箱子太起眼了，改换一只旅行袋，让老默夹在胳肢窝底下。

两个人走到楼下。刚巧碰到个老默的熟人，是一个中年女人。撞了个面对面，不好装不认识了。老默举手示意，算是招呼了。"蜡梅。"老默微笑。女人叫邹蜡梅，从前也混过乐队，担任鼓手，好多年不打，长了一身肉。蜡梅上上下下瞧了老默身边的女人一眼,半笑着问:"新找的?"

朵儿妈连忙:"不是。"

"香港过来的亲戚。"老默解释。

"挺时髦的嘛。"蜡梅又上下打量了一番,"时髦,有派儿,香港现在流行这种装束哟。"又问:"是月亮那边的亲戚吧。"廖明月是老默的女儿。在香港待过,现在加拿大,英文名叫 Moon。老默说,是。蜡梅说,哎呀,月亮也是好多年没见着了。老默也配合着感慨了几句,走开了。朵儿妈这才问,沐恩是谁。老默说,是月亮的英文发音。朵儿妈怕露怯,连忙说,我就猜到是月亮的英文发音。

到了银行,开了个账户,把钱都存进去。给了个卡,朵儿妈非要存折,银行柜员给办了。办完,朵儿妈问老默:"这事牛朵儿知道不知道?"老默说没告诉他。

朵儿妈满意点头。这是她的私房钱。

"你那些破铜烂铁还挺值钱,就不怕我糟蹋了?"

老默想了想,说:"你还是有文化素质的。"

"还是?还是有?"朵儿妈横眉冷对,"是很有,相当有,非常之有。"

老默还是挂着笑。他最大的优势,是脾性。朵儿妈需要针尖对麦芒。可老默净给她安排空拳。想发火,她也没处发了。

"你小提琴拉得不错。"朵儿妈终于小规模肯定老默。

"学过一点儿。"老默谦虚。

"还有什么爱好?"

"游泳。"

"听说游泳对身体好,各部位都能锻炼到。"

"是有这个说法。"

"不过我不游。你可别让我游。"

"绝不勉强。"

"我跟你讲,很多人在游泳池里撒尿的。"

老默咳了一声,没应答。

"有没有这种情况,你说实话?"朵儿妈追问得紧。

"应该,有。"

"我是问你有没有这种情况,有没有,做人要诚实,我最见不得别人撒谎。"

"有吧。"

朵儿妈这才满意地:"嗳,对了,都是人,都是人。"

"也有卫生泳池。"

朵儿妈忙问什么叫卫生泳池。老默说高端酒店里的泳池,应该不错。朵儿妈一听是高端酒店,来了兴致。她自恃身材傲人。也是,她这个年纪,有这种身段,难得。再加上"高端"二字也是她喜欢亲近的。"回头我问问牛朵儿。"

老默理解这句话。不作声。打算回去跟朵儿商量。

护送到家门口,朵儿妈转身,笑眯眯地,然而是社交式的笑,伸出手:"就不请你进来坐了。辛苦。"说完,还没等老默答话,她就开门进去,把老默隔在外面。

老默刚扭身要走,门又开了。

"钥匙交出来。"朵儿妈伸手。

老默报着嘴,点点头,并无反抗,从一串钥匙中取出一只,交到朵儿妈手上。朵儿妈说:"请多多理解,我一个独身女人,不能不防。"

回到家,老默跟朵儿简单说了说白天的情况。

"你胆子真大,敢一个人去见我妈。"

"她又不是老虎。"

"她比老虎还可怕。"

"那我就智取威虎山。"

"什么法子,说说,廖子荣。"牛朵儿抬着脸,一只胳膊撑在床上,愿闻其详的样子。她佩服老默,首先就是他的包容。

"真心换真心吧。"

对,这就是老默的无招胜有招。真善美,他永远的法宝。

"老太太想学游泳。"

"她本来就会一点儿,狗刨。"

"但是她担心,泳池里有……尿……"

"你怎么解释?"朵儿问,"海里没有。"

"我跟她说高端泳池没有。"

"打中要害了。她就喜欢高端。"

说到这,两个人相视一笑。

很快,朵儿把游泳馆场地张罗好了。五星级酒店顶楼。然后请示她妈,

-111-

穿什么样的游泳衣。朵儿妈说:"保守点的。"朵儿说:"您那身材,保守点,太吃亏了吧。"朵儿妈道:"我像你那个年纪的时候,还更好呢,胳膊是胳膊腿是腿。"朵儿一笑,不置可否。等到日子,她开车去把妈妈接了,直奔酒店天台游泳馆。还好,一路上,朵儿妈没问老默去不去,朵儿也就不提。

这在她妈,基本就算接受她牛朵儿这个夫婿了。

车开到半道上,朵儿妈忽然问:"场地谁选的?"朵儿本想说是自己选的,可妈既然问了,她乐意让老默做好人,便说:"廖自默同志。"

"他的眼光,我不放心。"

"都是顶配,人不多,游得开,为了完成您这个心愿,廖同志可是跑了好几家场地,这是货比三家的结果。"朵儿说话用廖同志,革命语贴近妈妈他们那个年代的表达。

朵儿妈不理会,只是老佛爷般微笑着。到地方了,换好衣服,朵儿和老默已经在泳池边等待。只见朵儿妈优雅地上场,朵儿连忙来扶着。朵儿妈道:"哎呀,要是我的尼尼来就好了,祖孙同乐。"朵儿连忙说小孩子还不能沾水。

朵儿妈道:"那婴儿游泳都是怎么弄的?"

老默说:"主要今天是陪冯老师来玩,孩子来了,又要注意孩子,游不开。"这个解释朵儿妈还满意。开始游泳了。朵儿妈在江边长大,好歹有点底子。一下水,出水芙蓉一般。朵儿喊她妈:"把泳帽戴起来!"可朵儿妈死活不肯,说戴那么一个皮套子,还不如绾起来好了。朵儿只能从她妈。一下午玩得尽兴。

朵儿妈圆了在高级游泳场游泳的梦想。她表扬老默:"小廖,你还蛮有眼光的嘛,这个酒店,高级。"晚上吃饭,本来说回家吃,可既然出来,老默不能不请冯老师一顿好的。就在酒店餐厅点菜,鹅肝、海胆,该上的都上齐了。

用餐的时候,朵儿无心一句:"妈你染头发了?"

"没有啊,胡扯。"的确染了,白头发多,她定期染黑的。但朵儿妈并不打算承认。

"这颜色挺时髦。"朵儿继续,口无遮拦。老默用胳膊肘捣了她一下,可朵儿并不觉得有什么不妥:"棕黄色,今年流行。"

棕黄色?朵儿妈在心里嘀咕,随即拿出一面小镜子,对着,仔仔细细看了。一声大叫,仿佛见了鬼。

"这不成黄毛老怪了！"朵儿妈哭丧着脸，"我回去非得找那个小张，这染的什么……"刀叉都放下，朵儿这才忽然意识到，未必是理发师小张的问题。"是不是游泳池那个水，有消毒剂，一定是！把我这好好的头发漂成这个色了！"

怎么劝都不行，朵儿妈愤怒到极点。归根结底一句话，是今天的游泳害了她。再追责，那老默就是罪魁祸首，不可饶恕。

饭没吃完就散场了。

老默先回家看孩子，朵儿妈也懒得见到他。朵儿陪妈妈回住处，路过公司，她上去一趟，拿了几盒染发剂下来。她们公司也研发此类产品。她是科研带头人，引以为傲。她打算到家帮妈妈染头发。

到家，换好衣服，齐脖子，用围裙围着。朵儿拿着小刷子，一点一点给妈妈刷着。

"你们公司这个产品绝对有问题。"朵儿妈质疑。

"放心吧，绝对不致癌。"

"你这闻着味不对。"朵儿妈说，"刺鼻。"跟着连打两个喷嚏。

"染发剂有不刺鼻的吗？我们这是天然材料，是进口的印度天然的染色剂。"

朵儿妈不屑。弄了一会儿，齐全了。朵儿妈变回一头乌黑亮丽的头发，心情舒缓了一些。染发跟P照片一样，都是自己骗自己。朵儿妈宁愿活在谎言里，美丽的谎言。朵儿见其心情恢复，见缝插针道："今天的事不能怪廖老师。"

"我没说怪他。"

"酒店是我选的。"

"我就知道是你。"朵儿妈若无其事，对着镜子只关注自己。朵儿得意地握了一下拳头，知道妈妈算是勉强接受老默了。老太太嘴硬，接受也不会说我接受，说不反感，就已经是最高赞誉了。

过了没多久，老默过去团里几个老哥们打算给他开一个小型音乐会，前期准备很费一番功夫。

对这事，朵儿就两个字，支持。艺术让老默不同，让他区别于一般的深圳老好男人。

朵儿妈也有她的乐趣。参加旗袍会，姐妹下午茶，晚间走步，中老年妇女到哪都能找到自己的组织。一来二去，瘦了点。

朵儿妈面相微变，竟招来几个追求者，都是老男人，比她显老得多。

她当然看不上，可跟朵儿说这事的时候，嘴笑得却合不拢。我可以不答应，但得有人追。骄矜。

隐隐约约，朵儿捕捉到了几分妈妈身上的少女气，老少女。女人不管多老总还有少女的残留的。

老默的小型音乐会是个拼盘。古典的有，潮流的有，还有怀旧的。老默这帮人跨越了几个时代，但却没落伍，靠历练镇场子。

朵儿邀请妈妈来。朵儿妈欣然应允。

场子是朵儿妈没见过的，有点像艺术剧场，百老汇的意思。人是朵儿妈没见过的，都是修炼成精的中老年人。

表演是朵儿妈没见过的。唱流行歌《雨伞》，几个老家伙竟跳起舞来，中途朵儿被请上台，也狠狠舞蹈几段。她竟然会踢踏舞！

朵儿妈认识了全新的女儿！朵儿妈在台下，淹没在黑暗中，不得不感叹，大城市的魔力，过去老默在她看来，不过是一个棒槌，木头疙瘩，可没想到人家却是多面体，但正因为多面，保持一份单纯质朴的心就更难得。

懵懂间，串场主持人握着话筒喊，下一个歌曲《我只在乎你》，表演嘉宾，冯丽云女士。

是她，朵儿妈。全场找不到第二个冯丽云。

慌不择路，她恨不得逃出去。她早忘了自己曾经有机会在几万人面前表演，胆子大。现在几十人，却都怕了。

全场都在找冯丽云。

朵儿站在台边，遥遥地望着妈妈，是她安排的。游戏让人忘记恩仇和偏见。想要一个丈母娘接受女婿，最好的办法是让她对他有几分钦慕。

朵儿妈无处可逃。

终于上了台。音乐响起，老默从舞台左侧走出，西装，打着领结。

他先唱："如果没有遇见你，我将会是在哪里。"开口脆。

到第二段，朵儿妈战战兢兢接了，没想到效果不错，那就唱下去，唱下去。越来越轻松，放松。朵儿微笑着。妈妈快乐了。她相信一场音乐会下来，妈妈就可以和他们一起包饺子了。

的确，下了音乐会，朵儿妈就被"软化"了。这种软化不是说一场表演朵儿妈便被收买，而是说，朵儿妈看到了一种新生活。年近花甲，还能见识到新生活。

算算账，朵儿妈觉得赚了。

朵儿问："妈，有空来家里坐坐，指导指导，过日子，你是专家。"

位置抬高了，再给个台阶。朵儿妈，冯丽云女士，也就顺着台阶下了。

"尼尼想姥姥吗？"朵儿妈很严肃，但已经算松口了。

然后就是两方准备，还有时间，朵儿妈是准备衣服。老默的朋友圈她见识了。

有档次，有品位，但什么档次、什么品位，好在哪里，她说不清。以前她总是居高临下看朵儿。什么不是她调教出来的？整个人都是她生的。几十年过去不一样了，她发现朵儿身上也有了一些她不可亲近的东西。

买衣服，自己去，豁出去。上街。大红大绿。试试，不行，赛狗屁了。可那种素淡的衣服，她这个年龄穿，也显不出气质，只能更显得臃肿。

到最后，朵儿妈只好还是按照年轻时候的审美，两截式，下面束裙子，白底蓝碎花，上半身是小褂子，掐腰——尽管已经没什么腰，也就端然可喜了。

当天，朵儿要来接。

朵儿妈说："路我还认识。没老到那份儿上，绿色出行吧。"朵儿只能放弃，她说怎么就怎么。

约莫到时间，没人上门。朵儿打电话问，朵儿妈说一会儿就到，迷路了，那就问，又被人指错了路。

过了十二点，才终于找对地方，满头大汗。本来想好的优雅出场，在实际生活中一下变得狼狈无比。

朵儿一身居家服，自自然然。老默也是一件旧T恤，挽着袖子，围裙是藏青色，也洗旧了。

一下子就衬得丽云的新衣服少了点沉淀。老默笑呵呵的，朵儿妈不发话，他不好叫人，半天，只说："来了。"

朵儿妈侧身进屋。倒好的果汁在桌子上。尼尼坐在地上玩玩具。

老默一头扎进厨房。朵儿妈坐了一会儿，跟朵儿也无话，便起身到厨房里，问老默做的什么。

老默手下正压着一块瘦肉。朵儿妈问："打算怎么做？"老默说做肉片。

"做什么肉片。"朵儿妈专家味很重。也是，在厨房耕耘了一辈子，她最有发言权。

"对半切。"下命令。

老默照做。

朵儿抱着尼尼探头进来看,被她妈打发出去了,说给孩子闻什么油烟。

"朵儿喜欢吃炒肉丝。土豆有吗?青椒呢?"

老默连忙奉上。朵儿妈一步一步教,好像在教小学生,说要切细一点儿,朵儿喜欢吃细丝,然后裹上面粉。老默一脸心悦诚服,是个好学生。

然后是第二道菜,第三道菜,都跟朵儿有关。也是,这些细节老默确实不知道,又确实感兴趣,这和朵儿过去三十几年的生命有关。

对老默来说,那是一片永远也无法开垦的土地,而朵儿妈却忽然把这一切带到他面前。

做好了,几个人坐下吃饭。老默开红酒,朵儿妈忙说不喝,不会。朵儿见不惯,"妈——"牛排店的红酒是假的?装什么装。朵儿妈又说喝了,一点点。

一顿饭,朵儿妈似乎就融入这个家庭了。表现是,她没把自己当外人。但这也是因为牛朵儿在。牛朵儿是这个家女主人。她是女主人的女主人——皇太后。

老默在丽云面前,也总是放低身段。这点朵儿妈比较满意。他当然不叫她妈,而叫冯老师,一个充满含义的称谓。

朵儿妈和老默的话题不算多。聊尼尼,孩子才多大,历史短,说来说去只能说一点儿当下的事情,胖了瘦了渴了饿了。聊音乐,朵儿妈道行太浅,老默道行又太深。好在有一个话题的富矿,就是朵儿。

朵儿的一切老默都感兴趣。但朵儿妈又能巧妙地将关于朵儿的材料组合,并且不失时机地突出自己的作用。比如,朵儿从小摔过一跤,摸瞎瞎的时候从三楼楼梯缝里掉下来的。能拣一条命主要是因为朵儿妈,"赶到得及时",再晚五分钟,就可能失血过多而死。

可朵儿的版本却是,"只是碰掉了点皮"。

朵儿说她妈一向有自欺欺人的毛病。再比如,朵儿妈说朵儿三岁就会背诵唐诗一百首,是她教的。朵儿这点承认,不过据说是朵儿爸的功劳。不过,老默也不问真假,她说,他就听,他是一个好的听众,都这个年纪的人了,真的假的,重要吗?

一家人其乐融融。朵儿妈一周上门一次,吃个饭,聊个天,解个闷,所谓天伦之乐,不过如此。朵儿知足。

## 29

　　薛蓓自认为这婚离得无声无息。可没多久，满世界就都知道了。冲击最大的是工作。婚后升的那一级，在离婚后顿时下降。薛蓓又成了普通业务员。人事来通知薛蓓工位搬迁，口气平稳。可同事们私下却议论开了。"爬得高，摔得重。"做小领导的时候无法融入同事当中，现在又做回普通业务员，还是无法融入。薛蓓哭笑不得，但业务量还有，收入还不错，只不过，好多客户，稍加辨析，就知道是李安东的法子。他总是以他的方式帮她，虽然这对她来说并不需要。

　　更糟的还在后头。也不知道从哪天开始，薛蓓每个礼拜一早晨都能收到一大束玫瑰花。品种、颜色每个礼拜一换，想低调都低调不起来。快递员到了，喊薛蓓女士，交给她一只盒子，薛蓓打开，众人"哇"的一声。又是李安东，一定是他。可是，薛蓓并不打算因此就跟他联系。花是匿名送的。她没必要去求证。

　　同事们又有话了。"美女就是不一样。""明明可以靠脸吃饭，偏偏要靠劳动力。""何苦啊，还跟咱们抢饭碗。"……说什么的都有。本来薛蓓还有些不好意思，可这些话一传到耳朵里，她索性理直气壮了，抱着花，绕场一周，就秀给他们看，羡慕嫉妒恨。插在花瓶里，也算她的战旗。

　　情场失意。薛蓓努力工作。这日，加班到八九点才回家。走到楼梯口，薛蓓发现家门开着。狐疑，诧异。

　　"你是哪位？怎么随便进别人家。"

　　确认不是小偷，更非强盗。屋里站着的是个青年女子。"小姐，这是我家。"口气笃定。

　　"这房子我租下来了。"薛蓓有些摸不着头脑。

　　"这房子我买下来了，我怎么不知道你租了？"

　　"就是一个高高的、瘦瘦的男的租给我们的。"

　　"头上经常戴个铁发卡是不是？"

　　"你认识？"

　　"他是我的租户。"

　　被二房东骗了？这年头还有这种事？赶上了。

薛蓓连忙拿出手机拨打朵儿电话，说明情况。这房子是朵儿帮忙找的。再打那男人电话，号码已经停机了，薛蓓这才发现自己真被骗了。房东走了，薛蓓调整情绪，开始收拾东西。

风雨再大她也不怕。

朵儿赶到。薛蓓并不怪她，反倒苦笑："福无双至，祸不单行。"朵儿说损失我承担。薛蓓颓然，都是命。

"你住我妈那儿。"朵儿说。

"合适吗？"

"有什么不合适的，她肯定特别欢迎。"

朵儿妈果然举双手赞成薛蓓的到来。她有同盟军了。在深圳的日子，除了一周看两次尼尼，也没什么正事。都收拾好，朵儿妈和薛蓓并排坐在沙发上。朵儿妈盘坐，薛蓓揉太阳穴。

"辛苦你了。"朵儿妈心疼。

一句话饱含深意。辛苦什么呢？所有的一切都是因果。再苦，也是自己造的。

"顺其自然。"

"怎么打算？"朵儿妈牵住薛蓓的手。她真把她当第二个女儿，发自内心担忧。

"先努力工作。"

"对对，立足。"

片刻，朵儿妈又问："蓓蓓，论理这话不该我说，可你爸妈都不在了，我又是你的长辈。"

薛蓓连忙："阿姨，你都是为我好，知无不言，言无不尽。"

"那个李安东，就这么讨你的厌？"

薛蓓呆了一下。她怎么也料不到朵儿妈会来这么一句。

她本能地："他跟你联系了？"

"怎么可能，你别误会，我不是说要当他的说客，只是听朵儿说，客观分析，我觉得这个人也不是一无是处，你冷静下来分析分析，再作决断。"

"难道让我嫁给他？"

"他是单身。离婚了，切干净了。"

"我不能背这个骂名。"

"朵儿都背骂名背那么久了。"

薛蓓苦笑，道："谁骂她？除了您。"

"你以前跟他的时候，他不对，你也不对，但现在情况不一样了。"

"我良心上过不去。"

"阿姨也只能把话跟你说到这儿。你不年轻了，不打算要孩子吗？离了两次婚了，再找，不知根知底，又要磨合。"

"知道了。"薛蓓抓住朵儿妈的手。

是的，她不年轻了。尽管一张脸上了妆还是美艳动人，可年龄在那摆着，骗得了别人骗不了自己。薛蓓忽然觉得她已经步入中年危机。

婚姻，一败涂地。事业，犹如鸡肋。容貌，日渐衰老。现在已经不是奋起直追的问题，而是必须超车，不走寻常路。可是，一切的一切，都如此茫然。朵儿妈给的建议是好心，可是，吃李安东这口回头草有意义吗？还是利用他的人脉、财力崛起？还是干脆生个宝宝做阔太太？那种家庭生活并不是她想要的。然而，此前她和温晓涛的生活，就是她想要的吗？未必。平淡是真只是一句美好的幻想。

生活的大潮容不得你平淡。起起落落间险象环生。只有有能力者、幸运者，才能稳稳从一个潮头跃至另一个潮头，往前看吧。

和薛蓓离婚后，温晓涛被沈伟约着去了一趟泰国。碧青色的海水，游客不算太多的小岛，沈伟和晓涛一起下海潜水，上来之后，乘坐游船在海上漂着。晓涛抽烟，沈伟凑过去点火。"什么感受？"沈伟问，"这二进宫了。"故意刺激他。

晓涛倒也不在意，解嘲道："水很深。"

沈伟哈哈大笑，随即说："女人，深不可测。"

晓涛说，我望而却步了，还是你明智，一直单身，明哲保身。夕阳西下，两个人光着上半身站在余晖中，格外俊美。上了岸，有游客来找沈伟帮忙拍照。拍好了，沈伟才对晓涛说，我们都没有合照过呢，大男人不好意思。借此机会，游人又帮晓涛和沈伟咔嚓了几张。拍完又漫步在沙滩上，沈伟说别多想了，马上光缆的项目结束，我陪你去欧洲走一趟，费用乙方出。晓涛问："明细做好了吧？"沈伟说没问题，已经安排小林去做了。晓涛没在意是哪个小林。那是超男的丈夫四海，已经开始在沈伟他们公司上班了。

## 30

自从生了孩子，陈超男忙得焦头烂额。进了重点中学，她必须打起十二分精神，教学上不能放松，时间上也紧，晚自习有时候还要看在教室里替学生解答。她甚至开始有些怀念普通中学的轻松了。超男的弟弟超贤在深圳学了三个月糕点师。该拿的证都拿了，这孩子真要认真做起事来，也不是完全提不起来。

超男佩服自己的判断，超贤就是应该学门技术。超男跟四海妈说："等小贤学好了，在深圳找一份工作，那么多面包店蛋糕房，我就不信找不到，等有经验，回老家开个店，还是可行的。"

超男对弟弟长期留在深圳是不抱希望的。她如此拼搏，尚且无法落脚，何况她弟弟。"少玩点儿游戏。"超男总是这样教育弟弟，"把你的技术练好了，有你一口饭吃。"

几个月下来，超贤顺利毕业，实习在福田区的巴黎贝甜，做裱花师，店里人手少，他也兼顾着烤面包。第一份实习工资，超贤请姐姐一家吃了一次烤肉自助。

超男觉得有面子。举起酒杯，为弟弟，也为自己，鼓劲，"争气！我们家的日子，必然蒸蒸日上！"到了第二个月，超贤又长本事了，带了个女朋友回来。

是个周末，两个家伙手拖着手就回来了。

超男正在家里给如意做早教，四海加班去了，四海妈正在做饭。

"姐，这是我女朋友，玲玲。"超贤直接说，手抓着女孩手不肯放。超男一激动，连声招呼着，把如意安顿好，伸头对厨房："妈，中午多烧几个菜，家里来客人了。"

第一次见面，措手不及。超男就这一个弟弟，她不能不上心，但她不能问太多，比如最关心的家庭情况啊、恋爱经历啊，年龄、学历这些倒是侧面问出来了。其余的，只能观察。

中午四海不在家。孩子吃饱了，剩下四个人围着方桌吃饭。玲玲一点儿不怯生，拍了超贤一下："去，盛饭去。"

这个小细节令超男担忧。弟弟显然拿不住这个女孩。

饭后，送走两个小孩，超男把这个担心向婆婆表达了。四海妈说道："只要两个人感情好，拿住拿不住，倒不是最关键的。"四海晚上回来，超男又把这事跟他说了。

四海说反正超贤是男的，又不吃亏，你担心什么。

超男讥道："是不是你们男的都是这种想法，占了便宜不吃亏，吃亏的永远是女的，跟那温晓涛似的，占了蓓姐的便宜，一分钱不给就把人扫地出门了。"

"你怎么知道没给钱？"

"那给了？你听说了？"

"温晓涛现在可是我们甲方那边的代表，你最好客气点。"四海说。

"做什么大生意了？"

"就是进口光缆，我们公司做担保。"

"你在里面发挥什么作用？"

"没什么作用，就是个拎包的。"

超男说，你德行。四海嬉笑道："不过，有后台就是好办事，我在这里拎包，比在之前地方拎包，得到的关照多一些，还是得谢谢老婆大人。"

"你刚开始还拉硬，不愿意呢。后台，后台，没后台怎么在职场混，你看你老婆我，肠子都悔青了，工作干得多认真，可在学校里哪有我什么事啊？"

"你们不一样，还是看升学率。"

"是，在原来的学校，我带最差一个班，到了现在的重点中学，还是带最差一个班。"

"忍一忍，等你老公我发达了，你就做全职太太。"

"有那一天吗？"

"绝对有。"

"冲你这句大话，给你一个奖励。"

一听奖励。四海来劲，问是什么？

超男拿出皮夹，掏出十块钱。四海说，就奖励十块。超男笑呵呵道："奖励你下楼买一袋老奶奶花生。"四海说这叫奖励，给你自己吃的吧。

"找的零钱给你啊，那不是钱？眼别那么大。"超男为自己的聪明劲得意。

没过多久，超贤转正式工了，公司包吃住。超男心算放下来，弟弟扒上饭碗了。结果有一天，超男刚从课上下来，刚往办公室去，一抬头，却看到超贤站在门口，泪眼婆婆，咬牙切齿。超男头皮一麻，顿感不妙。"怎搞的？

工作丢了？还是被人打了？"超男一说话气又来了。都是惹事的，没有成事的。可恶！

可弟弟是亲弟弟，她不能不管。

超贤瘪着嘴站着，低着头。

"说话呀！"声调提高好几个八度。周围的老师绕着走。

"钱没了，人也没了。"超贤道。

"哪个人没了？爸没事吧？"

"没事。"

爸没事就行。超男估摸了个大概。事情应该出在玲玲身上。外人，怎么都好说。

"别在这丢人！出去等我会儿，外面那个小面馆，上次那个知道吗？别乱跑。"

超贤点点头。

一节课上得心烦意乱，超男为弟弟担心。她愈发认为，超贤不适合这座城市，太简单，太实诚，不设防，没有刺。这是一个需要你八面玲珑、两面带刺的地方。回老家吗？似乎也只有如此。开个面包房、蛋糕店，做做自己的生意，再一个，回老家也能照顾照顾爸爸，身边有个人总好些。本来打算再历练一阵，可照目前的情形看，一切必须提前了。

下了课，超男收拾了一下就去找弟弟。到面馆，不是饭点儿，就超贤一个人对着大门坐着，桌子上一碗残面。好几瓶白酒，空了。超贤醉醺醺地倚在墙壁上。

"麻烦钱付一下。"老板对超男说。超男连声说抱歉，快速把钱付了。扶着弟弟出去，姐弟俩跟跟跄跄。路边有棵大榕树，超贤哇哇吐了几口。超男扶他坐到另一侧。超贤这才声泪俱下，说自己钱被骗了，挣的一万块钱工资全没了。

责怪？声讨？这是学费，生活让你交的。可超男能说吗？她只能劝慰，钱没了可以再挣，姐姐也是一无所有，再打天下。

说出"天下"二字，超男自己都笑了。天下在哪儿呢，跟她有什么关系？她在这个城市连立锥之地都没有。可她胸怀天下，心强，只是命不强。她既没有牛朵儿的才学，也没有薛蓓的美貌，很多时候，她连自己都不得不承认，她越来越向一名"中年妇女"靠近。逃不过、挣不脱的生活。

"她回老家了，把钱都拿走了。"等情绪平复，超贤才说出完整的故事。

说的是玲玲。"走了就走了，旧的不去新的不来。"超男说。

"心里难受。"

"被骗了当然不好受。"超男说，忽然又促狭问，"你那方面吃亏了吧？"超贤酒劲还没过去，脸红红的。

"我是第一次，她不是。"

超男咯咯笑："哎呀吃亏了吃亏了，回家给你补补，是该哭一场。"

看姐姐这么乐和，超贤似乎也不那么难受了。

一会儿，超男收起笑容，严肃地："超贤，回老家吧，开个自己的店，做自己的事情。"

"我也这么想。在深圳，太累了。"

累，的确，每一天晚上睡觉，超男都想就这么一睡不起。因为一睁眼就又都是事。忙忙碌碌，却似乎根本忙不出个头来。

"人活着，就要累，你还年轻，还有机会，老家女孩多呢，有合适你的，再说你也回去陪陪爸。一个人在家，老担心他出问题。"

"爸最近相亲呢。"超贤说。

超男当即愣住了。

相亲？她妈才去世多久他就开始相亲！情感上，陈超男一时无法接受。在她心目中，爸爸和妈妈就是应该相亲相爱比翼双飞长长久久白头到老，谁也离不开谁。

可事实却是，她妈走了没多久，看样子，她老爸就准备进入下一段感情生活了。

"什么时候的事？"

"就前一阵。"

"怎么没听你说？"

"爸不让说，说八字还没一撇呢。"

心里有鬼。多久了？那时候没一撇，现在该有撇了。到家跟四海说这个事。四海认为正常，爸爸妈妈感情再好，妈妈走了，爸爸也该有个伴儿。

"这不是有我弟吗？"

"你爸那自理能力，你弟能补足吗？"

"那至少也应该跟我说一声，偷偷摸摸的算什么？"

"这不是说了吗？八字还没一撇呢，有眉目会告诉你的。"

"那就晚了！"超男来气，"这种大事，我没有投票权吗？不行，我得问问。"

"问谁？问你爸？"

超男一笑，拿出手机，给朵儿妈挂了一通电话，说了她爸的事，朵儿妈保证给打听打听。朵儿在一边，问怎么回事。朵儿妈说："是超男，让我帮她打听打听她爸找老伴儿的事。"朵儿说，他找他的，你管这些事干吗。朵儿妈说，你这孩子怎么有时候感觉你整个一个不长心。"你爸刚去世那会儿，如果你妈我找了一个老伴儿，你什么感受？"

"没意见，赞成。"

"那是你跟你爸没感情。"

"妈妈的幸福我不能阻挡啊。"

"你认为那叫幸福？"

"老年人再婚的很多啊。"

"女的多？"

"肯定多啊，老头儿找的不都是老太太吗？"

"唉，我说牛朵儿，你是不是觉得你有这个妈负担特重，恨不得赶紧把我这个包袱甩掉？行，那我去找超男爸去了，两家问题都解决了。"

"妈你看你，一说就较真儿。"

"我还实话告诉你，超男爸那种，你妈我还看不上，整天好吃懒做的就知道打麻将，一点儿文化素质都没有，以前我看上你爸，首先就是看他有那么一点儿文化，没想到，后来堕落了。"

"那妈你告诉我，你想找什么样的？女儿我帮你留意掌掌眼，这可是深圳，什么优秀产品没有，何况你是我牛朵儿的妈。"

"是你妈怎么了？你有多了不起？就一个做洗头水的。"

"过上自己喜欢的日子，在我看来就是成功。"

"什么日子？老头子加小孩子，再加上一个老妈子，就是你喜欢的日子？我跟你说牛朵儿，你将来会为自己的不走寻常路付出代价的。"

"妈，你怎么还纠结这些，那有些明星，还有运动员，那跳水的……"

"人家是明星你是吗？咱就是一个普通人普通家庭，折腾不起。"

"不跟你扯这些，你就说你想找什么样的？"

"问这干什么？"

"以前你催我，现在我反过来催催你，让您老人家也感受感受。"

"我说我要找一个比廖自默好的你信吗？"

朵儿傻眼，但立刻回过神，搂住她妈，笑道："妈，你千万别考虑我的感受，我无所谓的，日子都是自己过，你可着小的年轻的找都没问题，我不干涉，也无权干涉，只要你开心舒心。"

朵儿妈撇嘴："开心舒心，我现在揭你的皮我就开心舒心。"

两个人正说着，薛蓓进门了。应该是加班刚回来，一脸疲惫，手里拎着两个袋子。牛朵儿："蓓姐刚回来，晚上我不陪你吃了啊，家里尼尼还等着呢。"

朵儿妈对薛蓓："你看看，这就是有了儿子忘了娘，能指望她干什么？我还说去香港呢，她硬是没时间陪我。"

薛蓓疲惫的脸上挤出微笑："我陪您过去吧，明天就可以去。"

"明天礼拜三，你不上班了？"朵儿妈问。朵儿同问。

薛蓓说："都交接好了，明天不用过去了。"

"什么意思？"朵儿问。

"我辞职了。"薛蓓轻轻地说。

## 31

虽然远在深圳，可朵儿妈仅需几通电话，就迅速搞清楚了超男爸的情感状况。是，的确有人在帮超男爸介绍对象——本地的中老年妇女。见了五个了，有一个正在相处。超男接到线报心里有些不舒服。她自认思想不算僵化，妈妈去世了，爸再娶，找一个人安度晚年，她可以理解，只是他不该瞒着她。

偏偏学校近来事多，马上中考。考完之后，学校据说要分流一部分老师去关外的分校。虽然挂着重点中学的名头，可情况大不一样了。别说生源差很多，就是工资待遇，跟本校比，也是个未知数。而且，最讨厌的一点是，远，离家远，来回跑，太累。住到学校附近？按说反正是租房子，可总不能一家人都凑合她一个。

四海刚换了工作，算是有起色了。她不能再给他添乱。

为分流的事，超男去找过校长一次。"校长，我这孩子小，家也离得远，我还是希望自己能留在本校。"

谁知校长一本正经："这个不是你希望你不希望，在哪儿都是为学校做贡献，而且小陈，这个事情是要校务会讨论决定的，不是我一言堂决定的，这个都是要看你平时的工作表现。表现好的,自然要去开疆拓土,也是光荣。"

"不不不,校长,我不能算表现好。"超男口不择言。

"表现不好更不应该留在本校了,本校的教学质量一定是要保证的。"

"我不是那个意思……"自己给自己挖了个坑。超男为难极了。如意这一段身体不好,小儿疳积,吃什么都吐。超男想让四海陪着去医院看看,可四海忙得家都不怎么回。四海妈说你别管了,我给孩子捏脊,慢慢就好了。捏了几次,果然好多了。超男对婆婆说:"妈,多亏你来帮衬,不然这个家都不知道怎么支撑下去。"四海妈道:"都是一家人,咱们就想着怎么把日子过舒坦了,哪里需要我就去哪里,我不怕当老妈子,付出也值得。"

超男热泪盈眶。

月底,超贤领了工资,辞了工。超男带着弟弟一起回老家。一进门,家里没人,可屋子的摆设全变了。床挪了位置,以前挂在墙壁上的父母的合照也不见了,老式布沙发不翼而飞,取而代之的是木头新沙发。再看,厨房崭新,抽油烟机都换新的了,这哪还是原来那个家。"陈超贤!"超男大喊。超贤在一旁吓了一跳。连忙说有!在!

"让你在家看着,怎么看的?妈的东西呢?"

超贤说这不有一阵子没回来了嘛。超男一转身,当门口进来个人,是个中年妇女,胖胖壮壮的,穿着绵绸的衣服,看上去还算和善。

"超男超贤,回来啦?"

超男愣了一下,她并不认识她。她看看弟弟,超贤不说话。

"哦,你爸还在楼下,我上来拿点东西,你们先坐啊,打完三圈,我给你们做饭。"胖女人笑呵呵地,到柜子里拿了两包烟,又下去了。

"她谁啊?"超男十分不耐烦。

超贤不敢说话。

"是谁就是谁,你说啊!"超男声音放大。

"楼下麻将场的,老板娘。"

"老板娘?这么肆无忌惮,老板呢,老板是谁?"

"没有老板,她就是老板。"

"这人跟爸什么关系?"

"不太清楚……"

超男怒火中烧。一路旋风般下了楼,到麻将场,乌烟瘴气,人仿佛坐在云里,四下噼里啪啦一片摔牌叫牌声。超男爸看到儿女来了,招了一下手,得意地对牌友说："我姑娘小子。"超男却连开三门，冲到老板娘屋，胖大婶正斜歪在床上。

超男问："我们家是你重新给装修的吗？"

胖大婶没反应过来，过几秒，才说："是你爸弄的，我只是搭把手。"

就知道是这样！超男几乎气炸，冲到牌场，孙悟空打人参果树一般，一通乱砸乱翻，地上一片麻将牌。

众人皆呆住了。

哪来的女土匪。

啪！

超男觉得自己脸上一记猛烈冲击。

她爸给了她一巴掌。

"你疯了！"超男爸狮吼。

超男哭着跑了出去。超贤为难，跟着跑出去安慰。

眼泪横飞。外面是小吃一条街，超男在烟熏火燎中穿越，空气里混杂着烧烤和馄饨面的味道。这还是她的家吗？显然不再是。妈妈才刚走几天，就改朝换代，有了新的女主人，垂帘听政。超男分外孤单，她刚刚失去了故乡。

"姐，不一定是你想的那样。"超贤追上来安慰。

"他们只是在一起玩麻将牌。"

"你会让一个玩麻将牌的人随便到你家拿东西吗？会让她随便改变自己家的布置吗？会因为女儿的质问就打了孩子一巴掌吗？我看你还是跟我回深圳算了，这里没有你的位置。"

"姐……"

"你站哪边？"

"姐……其实爸已经给我租了个门脸……准备做面包房。"

好啊，连弟弟都被他们收买了。那我走！陈超男洒泪而去。

连夜赶回深圳。陈超男向四海哭诉了这一切。可这点事在四海看来，纯属超男自己的问题。四海说别说没抓到什么证据，就是抓到了证据，男未婚女未嫁，法律上也没什么毛病。

"我说的是情感上的问题。我作为家中长女，爸爸要再娶，我难道没有知情权吗？更何况找的还是那么一个开麻将场的不堪的女人，拿什么跟我妈比？身材、长相、脾气性格、料理家务的能力？怎么比？老头子真是瞎了眼。"

四海本来想问，那你爸跟这个人在一起开不开心呢，话到嘴边又咽下去了。说开了，你妈再好，那也是过去式了不是，人总得观照现在，面对未来。四海只能抿嘴苦笑。

"我就知道，对于你们男人来说，人生三大开心事是升官发财死老婆。你也是这样想，你如果以后发了财，财产必须写清楚，留给我，或者我女儿，不防着点你不行。"

四海岔开话题，问超贤的情况。超男恨道，说这个弟弟不长心，也鬼得很，爸给他租了门脸，他竟然不说，憋到家里才说。反正这个女人要来我们家，我反对。

"反对反对，睡觉。"四海倒下去，"马上光缆就要来了，货到了必须协调好。"

超男不理他这些，说，你说过一阵把爸接来深圳住两天怎么样。

四海没说不好，但脸上表情反映了他的为难。老丈人到女婿家住，有几个能住下去的。而且，他实在不能理解超男的心态，老家有个女人愿意把他爸管起来，两个人一起过日子，未尝不是一件好事，她的反对声音为何如此巨大。或者是怕她爸吃不好？生活没有作息损害了健康？又或者是她想扳回一城，以证明她在这个家庭里的权威。算了，随她吧。四海"唔"了一声，翻身睡去。

"妈不会反对吧？"

"你什么时候在意过妈的感受？"

"妈现在对我太重要了，我和妈关系比你都好，这个家没了谁都行，就是不能没有妈。"

"算你聪明。"

"没有妈，菜没人买，饭没人烧，孩子没人带，我们的工作都没法展开，不工作就没钱赚，我们的日子就越来越难。"

"你说的那是请个老妈子。"

"看你说的，妈马上生日了，我准备帮她庆贺庆贺。"

"你还知道妈的生日？"

"前两天注册新媒体账号用了妈的身份证。"超男话锋一转，"不过我跟你说，我们学校马上要分流教师去分校，我很可能被分流到宝安去，到时候可就麻烦了。"

"你誓死不从好了。"

"誓死不从？有用吗？现在蓓姐也没势力了，调动工作估计没戏，先熬着,等过两年如意熬大了,你也熬出本事了,我出来,创创业。"

"坚决支持。"四海有气无力。他上班,太累了。

## 32

薛蓓辞职后的第一件事是陪朵儿妈逛香港。

薛蓓想考察考察代购的行情。薛蓓跟一个北京的姐儿们联系。这姐儿们做代购有年头了,本职国企行政,业余赚的钱比上班还多几倍,日子过得优哉。这事能不能作为一个突破口?薛蓓打算尝试尝试。姐儿们仗义,薛蓓去看货,她卖,薛蓓去香港扫货。带了几次,薛蓓觉得这种老牛拉水的方式不适合她,太累,生产力太低,挣了一点儿辛苦钱,还不够去按摩店按摩的呢。后来薛蓓请了几个老太太,个个劲头十足,每天从关内到关外,只是为了几罐奶粉的差价。

运营了一段时间,也放弃了。老太太毕竟是老太太,运营过程中有个三长两短,作为雇主,她负不起这个责任。李安东还在找薛蓓,找到朵儿那。朵儿问薛蓓,给不给联系方式,薛蓓严词拒绝。朵儿说:"蓓姐,你真打算创业了?以你的条件,没必要跟自己过不去,历史上哪个成功的女人不是踩着男人的肩膀走向高峰的。"

"你怎么不干,你还不是随心所欲,连你妈的话都不听?己所不欲,勿施于人。"

朵儿笑道:"我是没那资本,我如果有那资本我早怎么省事怎么来了。"

"自己挣钱自己花,心安理得,你有空帮我想想项目。"薛蓓说。朵儿问薛蓓有没有想过离开深圳。薛蓓说暂时没有,哪里跌倒哪里爬起来吧。朵儿又问薛蓓,我妈在你面前有没有抱怨老默。薛蓓问,抱怨什么。

"就那些不中听的话。"

"知道不中听你还要听。"薛蓓捏牛朵儿的脸,"以前你不是天不怕地不怕嘛,还找沈伟滥竽充数,瞒天过海,现在怎么反倒在乎了?"

"妈毕竟是妈,以前离得远,两个世界,不管不顾就做了,现在一层窗户纸已经捅破了,抬头不见低头见的,不和解,她给你难受。"

"你也知道那难受,你妈是属锉刀的。"

"什么意思?"

- 129

"磨死你。"

朵儿又提议薛蓓干脆做他们产品的代理商。薛蓓问能赚钱吗？别又是直销。朵儿说我们大城市一直没动，主要在中小城市生根。现在三四线城市，我们的贵妃露、贵妃蜜、贵妃霜已经打开一定市场了。但北上广深还比较谨慎，大地方，见识多，未必看得上我们的牌子。薛蓓说，百雀羚这两年又做起来了，价格还不低。朵儿说，你干脆弄一门店，做我们品牌代理得了。

"能行？"薛蓓问。

"怎么不行？折扣给你最低的。"牛朵儿说。

晚上到家。薛蓓打开行李箱，当着朵儿妈面拿出温晓涛留给她的那个存折。

朵儿妈问："真打算做生意了？"

薛蓓笑说，死马当作活马医吧，不是有话说，二十岁的时候，你在做别人让你做的事情，三十岁开始懵懵懂懂做自己的事情。到了四十岁，你就得真正开始做自己想做的事情了。

"你想做的事情是什么？"

"不久之前，我想做的还只是当一个贤妻良母。"

"你是做贤妻良母的料子，朵儿就不行，跟野马似的。"

"这就是命，朵儿不想做，可偏偏是贤妻，是良母；我是一门心思想做，却到现在还是一个人。人，有时候不由得你不信命。"

朵儿妈瞅一眼存折，瞥着数字了，问："多少年攒的？"

薛蓓直言："温晓涛留的。"朵儿妈当即感叹："离了婚还能给你留点念想，这男人也算仁义了，不过说实话，以他们家的实力，给你这些也不算多。放眼现在，为富不仁的多数。"

"硬给的。"

"你还不要？什么硬给软给，能给就不错。我是不理解你们为什么分开，谁没点过去？那么点过去算什么？还有杀了人从牢里出来照样结婚的；还有那明星，年轻时候被包养，都是公开的秘密了，我看她丈夫也不介意。活在当下，真的，我都明白，他们有什么不明白的。"

"明星的承受力更大，大风大浪见惯了吧。我们终究还是普通人。何况看淡容易吗？阿姨还不是看不惯朵儿家的那位。"

"再看不惯，如今也看惯了，住着人家的房子，享受着人家的孝敬，我还能说什么？我闹有什么用？能改变现状吗？而且我算明白了，在深圳这种地方，就家里这点破事，算什么？除了你自己谁关心？我在这住了有日子了吧，这邻居长什么样我都不知道。安心过吧。"

跟着是看店面。看了几个位置不错的，一年都得几十万店租。便宜的也要二十万左右，再小一点儿，薛蓓又觉得不太合适，环境太差，再加上装修费、人工费、渠道维护费、进货费等，整个店开下来怎么也得七八十万。薛蓓不是没钱。可钱都套在北京的房子里了，她不忍心卖，本儿跟不上。朵儿说，要不我入点股，店算咱俩的。薛蓓忙说不行。

是，朵儿虽说挣得不少，可上有她妈要养，下还有孩子，怎么能让她冒风险。算来算去，还差二十万。对有钱人来说不算多，可对平头百姓，也算是一笔钱了。一天，薛蓓不在，朵儿带着尼尼来看她妈，聊起这事，朵儿妈道："这事好办啊，这不温晓涛给过一笔钱用上了吗？让李安东也给一笔啊，这叫风险投资。"

"人家能愿意？这不跟肉包子打狗似的。"

"他欠她的，还一点儿也应该，不过得作保密协议，让他一辈子不许承认他给了钱，等于默默付出。"

"够玄的。"

"试试。"

回到家，牛朵儿把这前前后后跟老默学了一遍。老默正歪在椅子上，冷风过境，他有点感冒。他怕传染孩子，一直猫在书房。屋子里都是醋味，说是杀菌。

"你妈说得有道理。"

"你什么时候跟我妈一条心了，这跟诈骗有什么区别？"

老默咳嗽了两声，说，对李安东来说，这点不算什么，愿打愿挨的事情。朵儿决定一试。翌日，她给李安东打了个电话，说有一点儿关于薛蓓的事情，想跟他聊聊，约在书店附近的咖啡厅。

"怎么，她让你来找我的？还不好意思。"

朵儿说："她不知道这个事情。"

"不知道？"不可置信的表情，但立刻又放松了。李安东是见过大世面的人。

"我是为她好。"

"我真为蓓蓓有这样的朋友感到高兴，"李安东略微不屑，吸了一下鼻子，"放着老板娘、公司董事不做，非要从开个小店开始做起，这就能体现自我价值了？"

"如果你没有投资的打算，那就当今天我们没见过。"朵儿干脆利落，说着就要起身。李安东伸手拦了一下。

"温家给了三十万。"牛朵儿面不改色心不跳。

"你在激我？"李安东跷起二郎腿，"好了，你的计谋得逞了，我给三十五万。"

"还有零有整？"朵儿嬉皮笑脸。

"四十万。"

"签个保密协议，保证是匿名无偿捐赠，我这边也会确保用在薛蓓店上，保证给你明细。"

"我也想有你这么个朋友。"

"签了协议，我们就已经是朋友了。"

"我可不是因为什么温家才做投资的。"李安东往沙发上靠，"你还不知道？现在圈子里谁敢和温晓涛他们家沾？"

"什么意思？"

"温晓涛继父已经正式开始接受调查了。"

牛朵儿没把晓涛继父的近况告诉薛蓓，但跟老默说了。老默说没想到，这么一个谨慎的人，也会出问题。朵儿说，越谨慎，说明秘密越多。其实这样看来，薛蓓离婚还离对了。老默说跟温晓涛也没关系。两个人说了一会儿话。老默说可能吃饭吃多了，胸口难受，要下去走走。保姆在料理尼尼。朵儿去书房料理自己的论文，她准备一会儿给薛蓓电话，说投资搞定的事。她还需要撒一个善意的谎言。

没多久，老默回来了，到门口，他连着咳嗽了几声。嗓子痒，吐了一口痰，殷殷发红，老默呆了一下，又揩干净嘴角，进屋了。朵儿正大声跟薛蓓解释着投资的事。

## 33

想来想去，超男实在无法接受一个开麻将场的女人当自己的后妈。她打算把她爸接到深圳来住几天，软化软化。电话打过去，先道歉，超男爸接受了，再提请他来深圳的事。"我让四海借个车去接你，到老家也没几个小时。"

超男强调服务的优越性。可超男爸却说："你弟的蛋糕店要开了，我得帮帮手，家里还有一堆事，我就不过去了。"

直接亮明态度，没有商量的余地。

她把这事跟四海说了，可四海却说她杞人忧天，说你小时候没看过陈佩斯和他爸演的"爷俩开旅店""爷俩开歌厅"吗，挺好。

"那最后不都砸了？好在哪儿？"超男白了四海一眼。她知道，这事跟他们娘俩是商量不明白了。下了课，超男给朵儿妈打了个电话。在深圳，朵儿妈在她们三个发小中间，是唯一可靠的、能出主意的老人。朵儿妈请她到家里来坐。但又考虑到路远，两个人找了个折中的地点见面。超男要请阿姨吃饭，朵儿妈客气，选来选去选了个小馆子，朵儿妈撇撇嘴，看不上，但一转脸还是喜笑颜开。

"阿姨，按说家丑不可外扬，但现在在深圳，放眼望去，也就你是我家里人了。"

基调定好了，朵儿妈解了点没吃到好饭的气，开始带耳朵认真听了。

"我爸现在跟楼下开麻将场的女人混在一起。"蹦出这一句，超男忽然不知道从哪里说起，尴尬地停在那儿。

"没了？"朵儿妈故作惊诧。

"我不想让他们在一起。"

"鱼找鱼虾找虾，癞蛤蟆找青蛙……"朵儿妈一秃噜嘴，连忙刹车，"那女人有什么不好？"

"男男，老人的事，少管，你也管不了，你现在能把他接到深圳来吗？你怎么住？他能住得惯吗？谁来照顾？都是问题，他在老家一个人还要照顾你弟弟，有个人陪着消遣，真真假假的，也挺好。我也听到一些消息，我估计，你爸还不至于跟那个女人结婚做夫妻，做朋友嘛，无所谓。你爸本来就有点江湖气，开麻将场的也是闯江湖的，江湖对江湖，你爸不会吃亏。"

"他现在一天三顿都不能按时，这样下去，没几年就翘辫子了。"

"他开心就好了。"朵儿妈站在自己的立场思考，"反正我是这么想，像我们这个年纪，更应该及时行乐，什么养生保健谨小慎微，多活一年少活一年差别有那么大吗？"

超男没想到，她请女版诸葛亮来出谋划策，她却站到对方的阵营里去了。超男不语，挖一勺子饭填到嘴里，双唇颤抖，格外凄怆。

一不小心，落泪了。

朵儿妈这才意识到自己的立场问题，连忙好生劝慰。

"我就是不想我们这个家变了味，妈走了，我不是不允许爸再找，我就是觉得，再找你也找个像样的、过日子的人，找这么一个野味，就算他吃得下这口荤，消化得了吗？我一到家，家里布置全变了，恨不得重新装修，我妈的照片都收起来了，我能不恨吗？"情绪爆发，陈超男声泪俱下。她内心的忧虑和恐惧，仿佛一眼活了的泉水，在朵儿妈面前喷发出来。一个时代落幕，另一个时代即将开启，可新的舞台上，她陈超男不是主角。她恨在这个家，她还没当上主角就下台了。

"那就找一个人取代开麻将场的。"

"取代？哪有合适的。"超男不哭了。

"你婆婆人还不错，两家合一家，这种情况也不是没有。"

超男若有所思。

两家合一家。这种突破性的组合方法超男此前真没有想到过。

丈母娘去世，老丈人和婆婆凑合过了。这怎么听怎么像在拍电视剧、写小说，可是，从理论上讲，又有什么不可以呢？一个未娶，一个未嫁，又没有血缘关系，如果两方愿意，在一起过日子也是一桩美谈。超男和四海都是外地来深圳发展的年轻人，两边老家的父母都需要照料，如果两家合成一家，不但节省了生活成本，还能增加亲密度，是件双赢的事。

"阿姨你怎么没再找？"超男反问朵儿妈，她想了解这个年龄段人的想法。

朵儿妈说，找啊，只不过阿姨眼睛是长在头顶上的，我跟牛朵儿说了，只要我再找，肯定找一个比她那个什么廖自默要年轻的。

"姜还是老的辣……"超男笑得直不起身子。

"你不信？"

"信，绝对信。"

为光缆的项目，四海随着沈伟等几个公司高层去荷兰出差，起码走半个月。

撮合爸妈是大事，应该当面说。超男只能先自己盘算盘算。周末在家，她亲爱的婆婆——四海妈戴着老花镜，大拇指套着顶针，正缝一件小衣服，给如意的，夏天穿，绵绸的凉快。

超男凑过去，夸赞："妈你手真巧。"四海妈抬头瞧了儿媳妇一眼，说你们现在不讲究这些手工活喽，反正赚了钱就买，但其实还是自己做的贴身子，舒服。超男乖巧："妈你回头也教教我，让我也进步进步。"四海妈笑说别回头，现在就能学，说着递过针线，又脱下顶针给她戴上。超男兵荒马乱，胡乱缝了两针，荒腔走板的，毫无章法。四海妈连忙指导，这个正过来，那个反过来。缝了几针，超男故作惊奇，说妈你这个针法跟爱马仕的手工活差不多呀，了不得，能赚大钱。四海妈说赚什么大钱，以前镇上张裁缝教的，都是老针法。超男话锋一转，离婆婆更近了，柔声问："妈，这么多年，就没想过再找一个人？一个人过日子，还是挺辛苦的。"一个炸弹抛下去，四海妈没有讶异，反倒开诚布公："他爸刚走那几年也有人介绍，还是怕四海受气，一个女人带着儿子再嫁，没那么容易，后来我想，穷就穷吧，穷有穷的过法，什么都干过，卖菜、摆地摊，还在顺德的工厂里做过一段。当时我就想，怎么着把儿子供出来就好了。现在你看，蛮好，四海找到你也是他的福气，又能干又体面，你们也不赶我走。那我就厚脸皮，发挥余热，凑着你们这个小家继续过了。"

一段话说得超男也有些不好意思。核心思想，没那必要再找。

她只能硬生生说一句："其实有合适的，也不是不可以考虑。"

"你想妈赶紧离开这个家啊？"四海妈笑着说。

"妈，您想哪去了，怎么可能？不论再找还是不找，妈我今天就跟您保证，您就是我们这家里的一分子，不说养老送终这么不吉利的话。反正，有我们一天就有您一天。"

"那真是谢谢男男了。"

超男一阵客套，说，这个家要是没妈那真是乱了套了，如意只认奶奶，我也只认妈，没了妈，我们在深圳怎么待得住。四海妈说，我现在就巴望着你早点把房子买回来，踏踏实实的，以后如意要上学，没个住处怎么行。

这正是超男担忧的。孩子长得快，上学也是指日可待。好在她所在的中学设附属幼儿园，教学质量一流，教职工子女能得到照顾。超男心想，就是熬，也要在这所学校熬下去。新学年伊始，学校举行教学竞赛。一年级三个名额，落到超男头上一个。看看其他两名竞赛者，一个是学校的老教师，男的，教语文多少年，甚至有些落伍；另一个是刚从省师范学校毕业的大学生，小姑娘，没什么经验。硬推超男本就不想上，可见这两个对手，她突然有了信心。主任拿着表来确认，超男说，那就上吧，勉为其难。同办公室的同事起哄，说赢了可要请客。超男故意正色："都是省教学专家来评的，我没什么经验，不垫底就不错了。"

- 135

报上去的篇目是毕淑敏的《我很重要》。在老单位，超男讲过这课，驾轻就熟，没问题。老教师报的是讲朱自清的《荷塘月色》，新来的年轻人打算讲《离骚》。

超男信心又增加了几分。《荷塘月色》是老篇目，讲不出新意。《离骚》难讲，学生不容易懂，讲出彩也有难度。只有她的《我很重要》恰到好处。准备了一晚上，第二天就是比赛。

多功能教室，后门齐黑板坐一排人，都是专家。老教师第一个讲，超男和年轻女教师旁听。超男时不时看看自己的教案，嘴唇微动，听也听不进去，光想着自己要上的课。《荷塘月色》本就是中规中矩的一篇，教下来没问题，老教师又有多少年经验，在调动学生和讲述课文方面，早已形成套路，偶尔一两处出彩，已经算是劳苦功高。很快，一节课完成了。

轮到超男上场了。不知怎么的，老教师的正常发挥，反倒令她有点紧张，可还是保持微笑，款款走上讲台。放好教案，要说准备上课，可一张嘴，声音有点哑。

开门就是哑炮。超男额头出汗了。教室后头专家们低头记录，估计在扣印象分。

超男稳住心神，抓主要矛盾，先导入课文："同学们，你们觉得自己很重要吗？"学生反应冷淡。超男读了一段课文。"我们的生命，端坐于概率垒就的金字塔的顶端。面对大自然的鬼斧神工，我们还有权利和资格说我不重要吗？"进行了一段解说，可点学生互动，学生却说："老师，其实每个人都很重要，每个人又都不重要，单纯地强调自己很重要是没有意义的，宇宙很大，人类都很渺小，恰恰是当你认识到自己不重要的时候，才能好好地活。"是个男生回答的。

陈超男脑袋一蒙。盯着那个男生看了三秒。恐怖的空白。来上课班级是借来的，为显公平，不是三位老师代课的班级，可孩子们的脸她基本眼熟，但这位男生，她怎么看怎么陌生。

不妙！

超男告诉自己微笑。是的，微笑，把话圆回来。我很重要，超男颠过来倒过去，你是唯一的，对亲人，对工作，对社会，你都是唯一的，你很重要。可越解释，连超男自己都觉得苍白。

一堂课上得拖拖沓沓。最后讲字词混淆，超男还把 xiáo 读成了 yáo。引发全班学生质疑。

一瞬间恨不得钻到地里去。

"口误，口误。"超男一脸窘，解嘲。可评审们却只是冷冷地在本子上记上一笔。

陈超男浑身燥热地下了台。课间十分钟，她都没离开板凳，就坐在教室后头回不过神来。"我很重要"四个字在她脑海中来回盘旋，然后，一个个爆炸性粉碎。

是的，你不重要。

轮到年轻女教师了。讲《离骚》，四十五分钟都嫌太短，竟是行云流水。

超男蒙了。她不仅仅是被后来者的精彩讲授震撼，更多的，是为自己在学校里所处的位置担忧。如果家里"上有老下有小"还只是让她感受到了生活的重量——没关系，她还年轻，还背负得起——那学校里发生的这一切，则令陈超男忽然意识到自己尴尬的处境。不管她愿不愿意，她都必须面对一个残酷的事实：她已经迈入中年了，她切切实实感受到了危机。

没有老教师的资历，没有年轻教师的冲劲和活力，她忽然上不上下下下，存在感弱极了。更糟糕的是，这次讲课很可能与学校拆分教师分流有关。

超男预感到了自己的未来。她浑身一紧，跟着，鸡皮疙瘩起来了。

教学竞赛没几天。调离分校的教师名单就出来了，陈超男赫然在列，老教师和新来的年轻教师都留在本校。

一口气上来，直接去找校长。办公室门口，超男深吸一口气。

"校长，不是……我这孩子还小，离不开，家也住得远……"进办公室前超男就已经在酝酿情绪，打算哭一场，拼死留在本校区。

"这是校委会的决定，再说，陈老师去到那边就是骨干，还要带领新教师搞教学研究呢。"

明褒暗贬。超男教学竞赛刚刚垫底，谁不知道。

"可是校长……"

"没有可是。不管个人有什么困难，这还是一份工作。"

"我可以转岗。"

"什么意思？"校长问。

"我愿意转换岗位，留在本校，继续为学校做贡献，分校那边，今年新来的毕业生人员已经足够了。"

"你觉得自己适合哪个岗位？"校长问。

"我是革命的螺丝钉。"超男自己都不理解自己为什么说出这种话。

"小陈，你先回去。"

"校长！"

"总要开校务会讨论才能有答案吧？"

"什么时候给我答复？"

"尽快。"

校长没有食言。果然，晚自习开始之前，校长秘书就来了电话，基本上算是通知超男，新一学年，她的岗位有所调整。"陈老师就承担起心理咨询室的工作吧。"

意料之外，情理之中。整个本部，除了这个岗位，也只有食堂有岗位了。总不能让她去烧饭——管不了人家的嘴巴，只能管人家的心灵了。

好歹留在本校了。

可超男仿佛坠入悬崖一般失落。人往高处走，这是她一贯的宗旨。她从普通中学跳到重点中学，就是为了在事业上再进一步。可现在呢，无非从一个坑到另一个坑。深深的挫败感偷袭了她，陈超男无力极了。她甚至不好意思给朵儿或者薛蓓打电话。给老公四海打？他能理解吗？显然不能。走上坡路的人是看不见走下坡路人的辛苦的。

下了公交车，超男拎着皮包，漫无目的走在街头，一抬头，哦，到华强北了。一个小姑娘抱着一沓传单，见人就发。超男来了，她便靠近："姐，学学英语吧，免费听课。"若在平时，超男一定躲开，甚至厌恶，可这天，她恍恍惚惚地，连拒绝都没了力气。歇歇也好。她跟着小姑娘拐过几道弯，上了写字楼。小会议室，果然坐着不少人。老师是个洋派的中国男人，反反复复用英文强调梦想的重要性，氛围热烈，俨然传道，或者传销。

"OK，tell us your dream." 老师开始组织学生们互动。

第一个说完，他点超男。超男用汉语说，我不知道说什么。老师说，说什么不重要，首先你要说出来。

不重要？不重要！魔音传耳。

几天之前，正是"我很重要"这四个字坑了她。超男喃喃道："我不重要……我很重要……我不重要……我很重要……我不重要……I'm not important, I'm not important！"最后几近大叫。

老师鼓掌。"说得好！这位同学说出了我们每个人的心声，做人，活在这个世界上，不要把自己看得太重要嘛，跟宇宙比，我们都是微小的尘埃。I'm not important！发出你们的声音！"

耳边一片嘈杂，超男渐渐被"我不重要"的声音包围了。

滑稽，可笑，可叹，可悲。

超男一下子哭出声来。四下都愣住了。

男老师半蹲下，轻轻拍着超男的背部："这位同学，怎么了，你很重要，对于我们来说，你很重要。"

## 34

薛蓓的店开起来了。朵儿是明股东，李安东做暗的。有朵儿在背后支持，薛蓓拿货办了特约经销商牌照，又办了营业执照，请了两个小姑娘做店员，洗涤、护肤的各类贵妃产品就摆起来了。

店的位置还不错，在一家商场旁边，人流量是有的。开业那天，牛朵儿和陈超男一起订了个花篮送到店里。朵儿妈高兴，也订了个花篮送过去。一大早放了炮，就算正式开张了。店刚开，打折促销力度大，再加上新店有新鲜感，人气不低，第一天营业额就破万了。朵儿妈比薛蓓还高兴，说你出来自己干就对了，照这个势头发展下去，发财指日可待。薛蓓笑说借你吉言。晚上到家，朵儿妈一阵洗漱准备睡觉。

薛蓓拿着一沓钱，约莫有三千块，到朵儿妈跟前，轻轻叫了一声妈，就把钱往她怀里塞。朵儿妈触电般："孩子，你这是干什么，拿走，快拿走。"薛蓓坚持，一阵推搡，还是塞过去了。"我爸妈都走了。"薛蓓有些动情。

"那我也不能代理你妈，就算代理，也不能接受你的钱。"

薛蓓笑着："这是劳务费，没多少，刚开业，讨个彩头，以后您有空的时候，我的意思是让您也去店里给我帮帮忙，掌掌眼。还有我整天跟您屋檐下住着，也没什么回报您的。"

"太见外的话就不要说了。"朵儿妈又把钱往回搡。

"收着！"薛蓓态度坚决。朵儿妈这才把钱揣进口袋里，鼓鼓一包。

"哎呀，按说你们三个姑娘，就你最懂事，就是命苦了点，妈疼你，啊。"朵儿妈上前轻轻拥抱了薛蓓一下。

薛蓓面上有些伤感神色。朵儿妈连忙改口，"明天会更好！"气势又提起来了。

良好的势头持续了没多少天。虽不至于门可罗雀，但人流量也渐渐降下来，跟着，销售额也跟跳水似的。贵妃系列产品毕竟知名度差，靠口碑传播时间成本太高。朵儿妈着急，这产品卖不好牵扯到她两个女儿。亲生女儿的产品和干女儿的生意。偶尔兴起，她也走到街上拉拉客人，发发传单，卖个化妆品也卖出了老鸨的感觉。

又过了一阵，日日就是搭房租进去，薛蓓只能把两个营业员小姑娘辞了，只剩自己和朵儿妈看店。超男来过一次，薛蓓不在。朵儿妈镇店，超男买了点面膜回去，又说四海最近老出差，人影都见不着。可她就不说这工作是她介绍、促成的。她本来想说自己工作上不顺利、不如意，可见着薛蓓这店的赔钱状态，便也闭嘴，不能给蓓姐再增添负能量。

倒是见着朵儿妈，超男又提起给爸找对象的事。

朵儿妈诧然："你还没跟你婆婆提？"

超男说，边上敲了敲，她似乎不想找，守寡守惯了，年轻时候都不找，何况现在。再说，这事我只能先跟四海商量。朵儿妈道："四海肯定不同意，哪个儿子会同意把他妈推给不是他爸的另一个男人。"

"那这事就没戏了？"

"也未必，你爸条件不差，有退休工资，你婆婆没有吧？"

超男说，没有。

"你爸那长相说实话也不错，就是脾气拧，倔，出了名的，这几年没打照面，身体怎么样？"

超男说，还凑合。朵儿妈道："你先别挑明说，先把你爸弄到深圳来，租个房子让老太太和老头儿一起带着孩子过，人，就怕见面，就是两个不相干的人，你天天把他放在一处，也有感情了，这叫日久生情。到时候不用你撮合，人家自动就成一对了，两家变一家，皆大欢喜。"

哪还有钱另租一套房子。超男说不出，心里为难。还有她弟弟，刚开始做面包店，人手不够，也需要人帮忙。再就是麻将场老板娘。她跟他爸究竟到什么地步，难说。蹚蹚路子，摸着石头过河吧。

转念一想，超男又觉得，自己这么做值得吗？爸爸和弟弟会领她的情吗？唉，应该还是值得。老妈一走，家里就她一个女人，她得有大局观。事业目前没有突破点，就那样了。家里这点事，必须捋明白了。

超男又问了几句朵儿的事。朵儿妈在外永远不说自己的女儿好，尤其在男男和蓓蓓面前。"凑合过，我也是睁一只眼闭一只眼，不然你说怎么办？都跟人家不一样，都是反常规的来，这要在古代，沉潭十次都够了。"

超男道:"主要按常规的来不灵了。你看看我,够常规吧。结果呢,捉襟见肘。我算看明白了,现在无论你在什么行业处于什么状态,你如果想出头,特别是没有背景路子的,只能是,先炒红,再洗白。"

"洗白容易吗?看看你蓓姐。痛苦。"

"蓓姐骨子里就是个良家妇女,误入歧途,又迷途知返。说句实在话,如果换成我,也未必顶得住那成功人士的追求,有什么大不了呢?完全是个时间上的误会,命运的安排,别说女人,就是男人,完完全全白手起家的有几个,还不是要拉社会关系。"

近晚,天开始落雨,还不小。街灯路灯都亮了。深圳像泡在水里的一尾鱼。到点了,超男本该返家,可雨水留人,店里又没有多余的伞,只好再等一会儿,继续聊。一抬头,店里进来个人。朵儿妈脸迎着门,说欢迎光临。超男一抬头,却见来者是李安东。朵儿妈第一次见,以为只是一般客人。超男无措,一时不知如何应答。

李安东反倒比谁都淡定,问:"人呢?"

朵儿妈不明就里,"这不是人吗?在呢,你要什么产品,给多大年纪的女士买?我给你介绍。"

超男用胳膊肘拐了朵儿妈一下。

还是没理解,急人。超男拉朵儿妈到工作间,朵儿妈还是一脸诧异。

超男压低声音:"就是他。"

"谁啊?"

"就是蓓姐之前那位……"

朵儿妈大惊失色,但又忍不住探出头去,以观看"奸夫"的心态观看这名来客。

"看着挺正派。"朵儿妈小声说,又立刻否定自己,"歪门邪道的人脸上也不会写着歪门邪道。"

李安东站在门店里,拿着贵妃系列产品看。超男不得不出去招呼,说要给李安东倒杯水,安东说不用。然后又问超男,是不是认识一个叫四海的。

"是我爱人。"超男说。

"不错,忠诚,可靠,能干,沈伟这小子挖到一个宝。"

丈夫忽然遭到表扬,超男先是惊诧,四海是瘪惯了,在她眼里,四海是个不成器的小子,可跟着,超男又骄傲得忘乎所以。"太抬爱了,以后有什么用得着的地方……"话没说完,推门又进来个人。

是牛朵儿。下雨，她来接她妈。抬头没看见她妈，李安东的身影却先跳进眼里。

"你怎么在这儿？"是惊讶的口气。

"刚好路过。"

"你不遵守协议。"朵儿脱口而出。朵儿妈嚷嚷着，什么协议什么协议。朵儿改口说："跟你没关系。"又问超男，"蓓姐呢？"超男说出去了，可能一会儿回来。

朵儿对李安东："你这样对你不好，对别人也有困扰。"

"站一会儿就走，也是支持你们公司的产品，我女儿也喜欢做面膜，点明要贵妃牌。"

"你这谎撒得真美妙。"

老默推门进来，咳嗽了两声。安东问："这位是？"

"我爱人。"朵儿大大方方地。朵儿妈皱眉头，她不习惯女儿和老默当着外人亲昵。在内心深处，她依旧无法认可眼前的这个人是她的女婿。

"要走赶紧走，趁着这会子雨小。"朵儿妈打岔。

"店还没关呢。"超男提醒。朵儿妈这才说忘了大事，说着去收银台料理一番，跟着就要关灯。也就几分钟，雨眼见着大了。外面的路灯，车屁股灯，都影影绰绰，红的，黄的。几个人伫立在店里，隔着玻璃等雨小。公交车东面驶来，在店正对面的站台停了一下，又开走了。

一名乘客下了车，从马路对面朝店里跑。

朵儿睁大眼睛，熟悉的身影。

是薛蓓。

拉门进来，薛蓓一边甩头发，一边笑说这么多客人呢。再一晃眼，看到李安东，火上来了："你来这里做什么？"

"把客人往外推？"李安东还是好脾气。朵儿妈上前，打圆场，"雨大，刚好路过，也真是要买东西。"

"这里不欢迎你。"薛蓓说得很笃定。超男说蓓姐先擦擦头发。安东毕竟是生意场上的人，其余人脸上都有几分尴尬。可他不，还拿起一款贵妃蜜端详。老默说，李兄，要不出去抽支烟。朵儿瞥了老默一眼，老默不作声了，几个人僵在那儿。

"你放下，这里的东西跟你没任何关系。"薛蓓说。

朵儿知道内情，李安东是入了股的，她连忙尴尬笑笑："也该关门了。"

李安东把选好的产品抱到收银台，对朵儿妈道："结账。"
　　朵儿妈不知道该动还是不该，望向薛蓓。
　　"出去！"下逐客令了。
　　牛朵儿劝道，别这样，都是朋友。没人动。外面打了个闷雷，跟着是闪电。超男说，现在也没法出去啊，这风大雨大的……
　　"那我走。"薛蓓低着头，脚下步子匆匆，一拉门，冲到雨地里去。众人惊呼，制止已经来不及了。朵儿妈懊恼："你说这到底哪门子仇哪门子恨哪！"
　　李安东跟着跑出去。
　　薛蓓急穿马路。
　　一辆车横着撞过来，大灯穿过雨幕，雨线急得仿佛子弹。
　　车紧急制动，可还是撞到了人。
　　天地模糊。一声惊叫刺破雨幕。血混着雨水汩汩流淌。
　　朵儿也出来了："蓓姐？蓓姐！"
　　薛蓓躺在大雨中。胳膊前伸，还有意识。李安东抢在所有人前头："薛蓓！"
　　薛蓓有气无力，眼睛几乎睁不开。
　　"老天爷……"朵儿妈捂住嘴巴，不敢相信眼前的一切是真的。
　　超男已经哭了。
　　老默说，我去开车。

## 35

　　身上六处骨折。最严重的是左腿胫骨粉碎性骨折。幸亏送医院抢救及时，医生说，恢复健康还有希望。可薛蓓却幻灭极了，店开不下去了。本就天天亏，投资七八十万，半年下来，至少亏了一大半。跟朵儿商量了一下，还是转手，套一点儿是一点儿。薛蓓对朵儿说："就是亏了你那个投资人姐儿们了，这点钱，还是先还给人家。"朵儿说这倒不着急，等你伤好了再说。在医院住了一个礼拜，脱离危险，转回到老默的房子，朵儿妈的住处。在医院李安东就要几次上门，薛蓓坚决不同意。朵儿和朵儿妈只能挡着。
　　回到家，都安顿好，朵儿妈才劝："你出这个事，也不能全怪他。"

"不怪他怪谁？如果没有他出现，我会过成现在这样？"

朵儿妈好声劝："年轻时候谁没疯狂过，谁又没做过错事？最关键的是，知错能改，你就是知错就改了，那就行了，过去的事，你要学会自己放过自己。说句老实话，你当初就算不遇到李总，难道就不会遇到张总、王总？看淡一点儿，真的，别人都不在意，你在意什么？"

薛蓓听朵儿妈叫李总有些刺耳，有钱能使鬼推磨。这老太太八成也被收买了。

"那意思是，我还得感谢这个人？感谢他来到店里，我才有机会被撞散架？"

"人家要赎罪你总不能不给人机会呀。"

"用不着。"

"当局者迷，旁观者清。我看这个人，不错。"

"一把年纪没个正经，哪里不错？"

"成功的男人里头能做到像他这样的，不容易。那照你这么说，结了婚的就一直没问题了？就不能离婚不能再婚了？都要向前看，死揪着过去那些事也没意思。其实照你看，你是想做一个贤妻良母，结果呢，进入一个新家庭，那么多盘根错节的关系，不是那么容易摆平的，感情这个东西，有时候你自己都看不清楚。"

薛蓓不应声，闭眼。纱布缠得一身都是，更像木乃伊。感情的事，薛蓓已经不愿意去想，多余，奢侈，她跟李安东，过去都没走到一起，现在更没这个必要。至于温晓涛，她对他有感觉，可是注定有缘无分。薛蓓操心的是，接下来怎么办，不年轻了，再过几年都快四张了。生活、事业，甚至孩子，都是她必须考虑的，薛蓓感到前所未有的压力。也好，车祸一场，刚好停下来想一想。

天好，超男带着四海来看薛蓓，还带着女儿如意。尼尼刚好也在姥姥这儿，朵儿妈让两个孩子一起玩。薛蓓见了，表面高兴，心里难免又想到自己。一把年纪，没个正常的家庭生活，伤感。

牛朵儿加班，老默不过来，中午就超男夫妇、两个孩子、朵儿妈以及薛蓓一起吃饭。朵儿妈和超男忙活一上午，鸡鱼肉蛋都备齐了，饭桌就凑在床边，凑合薛蓓。没了朵儿，席间偶尔会有冷场。朵儿妈胡乱问，对四海，说听说你换工作了，怎么样，赚钱多吧。四海有些腼腆，说凑合着。超男抢着，骄傲地："刚从荷兰回来，也是走了狗屎运了，我都还没去过欧洲。"朵儿妈道："有这么一个老公撑着，指日可待。"超男说待什么待，我自己都离开教学岗了，现在做心理老师。

超男调学校是薛蓓帮忙，那时候还在温家，但现在她已没那个能耐。

"要不要再找找关系？"薛蓓说。

"凑合挨着吧，学校建分校区，要分流，主要还是想留在本校，以后如意上幼儿园方便。"

朵儿妈道："有男人在外面忙就行了，一个家，也不可能两口子都在外头奔。"跟着朵儿妈又问四海工资待遇什么水平。四海说现在差不多一个月一万多，不过在深圳，也是紧巴巴的。朵儿妈问："那待遇不错啊，什么公司？"四海说是朵儿姐的朋友，沈伟做副总的。一提沈伟，刚好触动朵儿妈心思，不久之前，她还心心念念让沈伟做她的女婿——他也确实做了，只不过是，好梦变噩梦。

朵儿妈听着头疼。往事不堪回首。

超男抢着说，他们跟温晓涛所在的集团做生意，上亿的买卖呢。

门只露一条缝。声音从客厅传到卧室。薛蓓脑子一炸，温，晓，涛，三个字都是她的伤疤。可不知为什么，薛蓓又想要知道温晓涛的消息。他过得怎么样？单身还是又有了新感情？可她又不可能去问四海，何况就算问，四海也未必知道。

客厅里，朵儿妈对温晓涛依旧好奇："这个男的不行，太听他妈的。"

超男为薛蓓抱不平："借口，都是借口，真爱能够超过一切，何况都是以前的事，说白了，就是还不够爱。"

薛蓓的眼睑抖了一下。超男的话，刺痛了她的心。

的确，不够爱。多么正确的解释。这也是她长久以来关于她和晓涛为什么最终离婚的一个答案。虽然是相亲认识，可她始终认为，她对温晓涛是有化学反应的。这跟多年前她对李安东的感情不一样，她对李安东，最初是崇拜，最后是厌弃。

可温晓涛呢，即便现在离了婚，也不能说她是恨他的。

她只怪命运，或者怪自己，太自卑。

朵儿妈又问超男她爸怎么样了。

超男一下没反应过来。这事她还没跟四海提过。朵儿妈曾经建议，两家合成一家，可超男想来想去，觉得直接跟四海提，百分之九十不会成功。孤儿寡母那么多年，熬都熬过来了，现在何必找一个老头子约束自己。

"等以后有条件，能把爸接过来孝顺孝顺，你说这妈走了，没来得及享过一天福，就剩一个爸，不能再给自己遗憾。"

朵儿妈笑说："四海现在一个月一万多，还没条件？怎么才有条件？"

房子是租的。再租一套，还有一家子的吃穿用度，她爸再来，肯定不够。超男望向丈夫四海，当着外人的面，他必须给一个答案。谁知四海说，该接过来。

"住哪儿？一家人凑合在一起？跟窝棚似的。"

四海轻声，"公司倒是可以申请一间宿舍，就是太委屈男男了。"

还有宿舍？没听他提过。也是，刚从欧洲回来，估计没来得及说。朵儿妈帮超男问是多大的房。四海说就是个小一居，在公司附近。

"行啦，住进去吧，我看行，一家三口温温馨馨的。"朵儿妈拍手。

"真可以？"

"我问问老沈。"指沈伟。

"不行我让朵儿跟他说说。"朵儿妈打包票，又改口，"我说也行，我的话，沈伟不敢不听。"超男大喜，一劲儿管朵儿妈叫干妈。闹腾了一阵，薛蓓睡着了。超男和四海跟朵儿妈告别。朵儿妈又在超男耳朵边嘀咕了一阵，说得超男咯咯直笑，超男有主意了。

隔天，牛朵儿来接尼尼，自然少不了又安慰薛蓓一番。薛蓓倒还安静，别的不想，就是养病。赶着回家，晚饭吃得早，吃完朵儿就抱着孩子下楼，迎面却撞见李安东。

"你怎么又来了。还嫌事惹得不够多？你这可是违反协议了。"

"我看看蓓蓓。"

"你这个人怎么就这么轴呢，下来，"牛朵儿一手抱着儿子，一手扯着李安东的袖子，"你先跟我下来说。"

到楼下了。风大，吹得人走了形。尼尼开始扑腾。

"别吹着孩子，换个地方说。"李安东建议，"去咖啡店坐坐怎么样？"

朵儿说没时间。李安东无奈，但还是笑，说我好歹也是股东，给了几十万呢。

"你跟我谈钱？"

"不是谈钱。"

"那刚才你说的是什么？"牛朵儿说，"好，谈钱也没问题，但我是这样想，谈感情的时候，那就是谈感情，别谈钱。谈钱就专门谈钱，你今天来谈什么的。"

"你别带情绪，好吗？孩子不能老站风地里。"

楼下有个便利店。两个大人一个孩子进了店。李安东问她吃了没有。朵儿说管你自己就好。李安东要了一桶方便面，店里有开水，泡好了，两个人站在便利店进门的一角，尼尼在儿童车里玩。李安东说以前跑生意的时候，有几次跟蓓蓓也是，就站在小卖部里吃泡面，她这个人什么都追求"普通"，就吃康师傅牛肉面。有一次外面也下雨，北方天气也冷，但那个面的香味，真是香。

"放手吧。"朵儿忽然插进去一句话，"如果两个人注定有缘无分，在一起只会给彼此带来灾祸，洒洒脱脱放手吧。"

"蓓蓓恢复得怎么样？"李安东不正面接话。

"我始终不明白，是，蓓姐是漂亮，可你身边应该不会缺女人，放手吧，我理解你男人的好胜心，你在追一个猎物，尽管这个猎物已经伤痕累累，甚至把你咬伤，你还是要坚持到底。可是这种坚持有什么意义？"

"我也是从小地方走出来的人，从一无所有到今天，我跟蓓蓓在灵魂上是一个人。"

"你爱的是你自己。"朵儿忽然有点理解李安东了，"那你们也没有可能，你走错了路，挑战这个社会的游戏规则，是要付出代价的。"

"是我的前妻不愿意离婚，我跟她早都没有了感情！是，她帮助过我，我被她骂成陈世美，可你能理解吗？在这个过程中我遭受了多少次的精神凌迟。我们的婚姻注定走不下去的，蓓蓓只是刚好出现。"

"温晓涛也是刚好出现。"

"不是照样离了吗？"李安东不屑，"他充其量只是比我年轻几岁，我在他那个年纪，要比他帅气十倍百倍。"

朵儿不禁笑出声，男人，永远是好强的动物。比，是免不了的。

李安东追击："何况他们家现在也要败了。"

"谁家？怎么败了？"

"温晓涛的继父，已经被叫去谈话好几次了，相关工作暂时停止。现在圈子里谁还敢跟刘泓江接触，包括温晓涛的姐姐和哥哥，刘文娟和刘文强，都吃不开了。"

"有那么严重？"

李安东笑笑，多少有点幸灾乐祸："犯什么别犯法，违犯了党纪国法，这两年看着风光,但迟早要出问题的。"

"这对温晓涛有什么影响?又不是亲爹,只是继子,他做他的工作,总有一口饭吃。"朵儿对晓涛印象始终不错。李安东笑说,"朵儿你真是做技术的。你以为像温晓涛所在的大国企,只要有能力就行了?温晓涛这个年纪为什么能做到采购的位置,这在过去,可是有大回扣的,现在虽然规矩多了,但那也是你争我夺的一口肥肉,凭什么是他?说没有看着他背后的这点关系路子,你信吗?"

面泡好了,揭开盖子,一阵浓香。李安东低头吃面,爽快,利落,完全没有有钱人身上的矫情。尼尼闻到香味,咿咿呀呀要吃。安东挑了一根面,逗尼尼。朵儿不想让孩子乱吃东西,小声喝退。又问:"你的意思是,温晓涛的工作不好展开了?"李安东说倒不至于那么立竿见影,现在局面不明朗,谁也不会动他,但是这种低气压已经来了,谁都会不舒服。

其实朵儿这话是替超男问的。她知道,超男的丈夫在沈伟的公司做事,而沈伟,又在跟温晓涛合作。一桶面吃完,牛朵儿盯着李安东开车离开。李安东没办法,撞到枪口上,只能开车走。朵儿见李安东走了,这才叫了车,往家里赶。老默最近总是身体不舒服,她有点担心,但只能自己担着,不可能跟妈妈讲。

路上,朵儿给沈伟打了个电话,问他知不知道温晓涛家里的事。沈伟说知道,晓涛妈找人都找上天了。"那看来真有事?"朵儿吸了口气。沈伟说,晓涛的继父在深圳根植多年,真不好说。朵儿又问合作会不会受影响。沈伟说:"晓涛只是集团的经手人,他继父那边的事跟这边没有什么关系。"朵儿这才放心,超男已经够难的了,她不希望她的生活雪上加霜。

朵儿妈和薛蓓住处的楼下,一辆黑车缓缓驶来。停住,一个男人下了车。还是李安东。他从后座拎了两盒东西,抬头看看楼宇,窗灯还亮着。

上楼,轻轻敲门。朵儿妈开门,大吃一惊,刚想说话,李安东做了一个噤声的手势。朵儿妈不说话了。

东西递上,是冬虫夏草和灵芝,给薛蓓的。朵儿妈接过,薛蓓叫她,问是谁,这么晚了。"送快递的!"朵儿妈胡乱说。再一转头,李安东已经走了。

"什么东西啊?"薛蓓隔着好几个屋子问。

"朵儿从国外买的,说给你大补元气。"朵儿妈撒谎没有任何障碍。

"真是谢谢阿姨和朵儿了。"薛蓓坐在窗前衷心感谢。

再一偏头,她看到楼下有辆车灯亮了两下。一个人走过去。她偏着身子,竭力趴向窗台边。那男人站住了，也朝楼上望。两个人隔着近百米的距离，竟也捕捉到了彼此。雨后，深圳的空气清凉，透透亮亮的。薛蓓连忙把窗帘扯上，一颗心扑通扑通跳个不停。

## 36

超男问，你真愿意带着老婆孩子住公司宿舍？

四海答，你又不愿意了？

超男说，我有什么不愿意的，我怕你受委屈。

四海说，我如果怕受委屈，当初就不会跟你在一起了。超男笑说，这倒是。超男又问："你说爸愿不愿意来深圳？"四海说，你不是跟他说好了吗。超男说，我怕那个女人魅力太大，把爸的魂给勾去了。四海说："要我说你弟就没必要在老家开店，在深圳开店不也一样吗。"

"他有那水平吗。他做的蛋糕，"说着超男拿出手机，划拉几下，划出一张图片，一张机器猫蛋糕出现了，"看，就这样的。"

"这不挺可爱的嘛。"

"不上档次，都是色素，在小地方行，换到深圳，谁买这个。"

"深圳的消费群体是有层级的，别太武断，你自己的眼光，是长在头顶上的。"

"我还不够省？我的妈！我恨不得是我们学校最省的了。就是朋友里，我也是最持家的，朵儿、蓓姐，那花钱那架势，你承受得起吗？"

"所以找对人了，找了个省钱的。"

"没出息。"

"爸什么时候过来？"四海问。超男说，我再让我弟做做工作，说实话，我本来都不想管他了，还打了我一巴掌呢。四海说，再打也是你爸，何况你做得也不对，去掀桌子。超男不愤，拎着四海耳朵道："林四海你长本事了，喷喷喷，要不怎么说钱是人的胆子呢，这你挣的刚比我多一点儿，我就浑身不是了。"

四海求饶。超男见好就收，说："就是有点对不住妈。"

"没事。"

超男偷看四海一眼，大概是真没事，她便先软化软化："再怎么说，也是男女有别，我们搬到你公司去住了，爸来了，只能和妈住一起，虽然说一个里屋一个外屋，但总归是孤男寡女共处一室，我就怕妈有什么想法。"

四海说："就你封建思想多，爸和妈都多大了，能有什么故事？你别多想了，所以我说如果还觉得尴尬，就应该让弟也来深圳发展。"

超男说："那更不方便了，两个老爷儿们一个老娘儿们。"四海说，我没说让你弟也住进去，何况如意多数时候还要妈带呢，我们就周末接回来住住。超男连忙说，对对，如意是定海神针。谈到这儿，超男喜滋滋的，撮合她爸和四海妈，并非一件容易事，直接撮合，四海不会同意，四海妈更不会同意，但如果她爸来了，一处住着，日久生情，就是另外一码子事了。到时候两家合成一家，指日可待，这个家又再度属于她了。都收拾好了，真要搬走，超男免不了和婆婆依依惜别。"妈，不远，我们天天回来。唉，我倒想多一套房子，两个老人，一人一个小套，都怪我没本事，唉，还做心理老师呢，自己心里都憋出病了。"四海妈连忙说，孩子别自责。但话锋一转，也问些实际问题，"你爸会做饭吗？"

超男没想到婆婆问这个。

"会一点儿。"

"我这带孩子时间不固定，尽量一起吃，但两个省的人口味不同，能单做还是单做。"

超男表面上说，那是必须的，可心里有点不高兴，她家老头能吃多少，还单做。可她终究也说不出什么。四海妈可以伺候儿子，伺候孙女，甚至可以伺候儿媳妇，但人家凭什么伺候亲家老丈人呢？

是一家人没错，可吃到一个锅里，也没那么容易。

若在平日，超男早就跟四海吵起来了。可如今，人家母子让步那么巨大，四海又想办法搬到公司宿舍，再加上人家林四海现在是家里的赚钱支柱。积极性必须保护，超男更不好说什么了，只能找别的地方发脾气。

"你这些破烂就别往公司宿舍搬了。"超男指着四海健身用的哑铃、拉力器和腹肌轮。四海说你不是希望我练得结实点嘛，都按照你的来了。说着，四海撩起衬衫，展示腹肌。

是，这是超男的指令，可四海越这样，她就必须反着说："都多大了？人到中年了，我现在倒不喜欢一身肌肉的男人，那说明他工作不认真，有点小肚子的男人才是真正靠得住的。"

四海诧异，想了想，说："行，努力向靠得住靠拢。"

很快搬进去了。公司租的员工宿舍在中档小区，唯独用水得在公共区域。可在超男看来，已经是额外的奖赏。超男说，假如这房子是自己的该多好。四海说，努力奋斗。工资涨上去后，四海的自信都增添了许多。这日，晚间，四海还没下班，超男在公共区域洗衣服，一身睡衣。一个男人，三五个人拥簇着，朝这边走来。

揉揉眼，没看清，再仔细看，西装革履，是沈伟。超男觉得形象不雅，当即弃盆，闪进屋。"见着人就躲啊。"沈伟却看清了洗衣妇的真面目。走到跟前，陈超男不好意思躲了。"刚住进来？"沈伟笑呵呵地，"怎么样，还习惯吗？有要求提出来。"超男为自己的穷愁发窘，捋了捋头发，说，还不错，又说，谢谢对我们家四海的关照。

"他做得很好。"沈伟遣散了随从，跟着超男进屋看。他问，可以进来吗？

依旧很绅士。超男连忙说当然没问题。低头，姿态婉转，脸已经红了。她总是能沾着沈伟的光。贵人，是贵人。超男又说要给沈伟倒茶。沈伟说不用了。一瞬间，空气很静，洗手间滴滴答答，似乎漏水了。沈伟打趣，基础设施不行啊，我来看看。

自告奋勇，外套脱掉丢在床边。超男没必要拦着，只是穿着一身蓬蓬的睡衣跟在后头。

是水管坏了。

刚下手，水花乱溅。衬衫湿了一半，脸上都是水。

超男惊慌，觉得不好意思，连忙找了块毛巾递上去，"快擦擦。"沈伟在脸上抹了抹，皱皱眉头，似乎有些异味。超男这才反应过来，这布是擦脚的。

"抱歉抱歉。"再拿一条，这回是她自己的毛巾了，用精油点过，薰衣草淡淡香味。没有扳手，没有工具，可沈伟还是三下五除二将马桶修好了。

超男在一旁拍着小碎手，十分感谢，百分景仰，千分欢喜。好像过去四海修了一万个马桶也没沈伟修的这一个有意义。"差不多了。"沈伟擦着头发，起身，回到卧室兼客厅。衬衫还是湿的，胸肌若隐若现，沈伟倒还坦荡，可超男眉眼之间却有些不好意思。同时感到抱歉，她说要不你脱下来给你吹吹。说着，就要去拿电吹风，刚搬过来，在床底下箱子里，但超男不拒周折。

好容易找出来了。超男举着吹风，严阵以待。沈伟似乎也不好意思不脱，嗨，坦坦荡荡，都这个年纪，有什么呢。脱了就脱了。

超男接过衬衫，背过脸，找到插头，插稳了。

轰轰然，吹风机开始工作。

沈伟坐在床边，看着超男忙碌的背影，他忽然觉得这样的家庭妇女也有几分可爱。他感觉得到她的紧张，她的幻想。虽然他们注定无缘，可他似乎也不排斥做她平淡生活中的调料。

"好了，"关掉吹风，递上衬衫，超男一脸满足。可余光却捕捉到一个人，林四海站在门口，一脸讶异。他一进门就看到一尊赤身裸体的肉体。

"回来了……"声音有点颤。青天白日，什么也没发生，可超男不知为什么有些心虚。

四海往里走，沈伟转身。四海更诧异了。"沈总？"四海不知该说什么。

"你们家抽水马桶坏了，我刚好路过，帮忙修一下。"说的都是真的，可连超男这个当事人听着，都像假的。

"谢谢。"四海的感谢很微弱。三个人又客套几句，沈伟离开了。

门关好。四海把皮包放在桌子上，不说话，坐在床边。

超男觉得不妥，只好虚张声势，提高音调："你干吗呀！这个脸，给谁看呀。"平日里四海吃她这套的。可这天，越是这样，越显得超男心虚。四海找包，掏出烟盒，磕出一支夹在手上。

"屋里不许抽烟。"超男还是女主人的样子。可这会儿，四海已经不吃这套。连烟带打火机拍在桌子上，转过脸，怒气冲冲："你许干吗你说吧，这不许那不许，自己就什么都允许。"

陈超男本来心里莫名其妙有些愧疚，她是讨好丈夫的，可四海这一口横醋吃上之后，超男真正来火了。她做什么了？光明正大，什么也没发生，完全就是偶遇，巧合，她凭什么心虚？凭什么装孙子？她为这个家付出的还不够多吗？没有她，没有她的闺密朵儿，没有朵儿介绍的沈伟，没有她陈超男不失时机地推荐，他林四海能有今天？知恩图报她不想了，两口子一荣俱荣，可他这种小心眼的样子她就看不上！

破罐子破摔。超男一屁股坐在床上。"林四海，你什么意思？有意思吗？"

四海冷笑："你有意思吗？"

"你怀疑我？"

"不做亏心事，不怕鬼敲门。"

"随你怎么说。"

四海故作不屑，这醋吃得有点深。

"林四海你还来劲了是吧，人家就是路过，我在洗衣服，人家来视察来了，刚好路过，明白吗？"

四海暂时不明白，咬牙切齿。

"林四海，再这样我打你了。"超男说真的。四海持续无言。超男发狂，真开始打，劈头盖脸。四海就受着。打了一会儿，超男心也虚了，哭着说："我还不是为了如意为了你为了我们这个家！"

"为了家就能孤男寡女赤身裸体！"

"你浑蛋！"超男暴吼。她委屈！左手三指竖起。"我陈超男对天发誓！我刚才绝对……"眼泪纵横。这下四海解气了，释然了，他斜睨过去，扑倒超男，用嘴把她的嘴堵上了。好久没有这般云雨。

事情结束后，两个人静静躺在床上，超男才有打趣的心情，"你以为人家能看上你老婆？做梦吧你。"四海说，为工作付出我可以，但不可以为工作付出了家庭。超男说你少来劲，你不知道沈伟旁边有多少女人围着，那是个挑个拣。

四海说我倒没见他身边有几个女人。

超男反唇："都让你知道还得了，你就一个办事的。"

四海说："行行行，我是办事的，不过办得还不错。"

"跟温晓涛那事妥了？"

"差不多了。"

"我过两天得回一趟家。"

"看你弟弟？"

"爸该过来啦，也是你太忙，不然这事该女婿做的。"超男不满。

"马上可就发工资了。"

"我没赚钱？说得好像就你是家里的顶梁柱。"

"我可没那个意思，你现在特敏感，动不动就炸。"

超男埋首在四海臂弯里："你说，我是不是到更年期了？"

"才几岁就更年期。"

"早更。青年更到中年，中年危机。"超男叹气，"我现在发现，在学校都没我什么事了。"

"不是在做着心理咨询老师吗？"

"唉，谁找我咨询呢？"

## 37

去医院拆线,朵儿全家都陪着去,薛蓓心里满满感动。一早朵儿妈就开始忙了,絮絮叨叨念着:"轮椅今天就可以不用了,收起来,鞋子穿平底的,这个全是亮片的怎么样?"

是薛蓓几年前喜欢的款式,全是水钻,现在已经抛弃这种浮夸风了。薛蓓故意说:"这可是我最喜欢的。"

朵儿妈道:"咱俩喜欢到一块儿去了,显得年轻,闪耀,你该年轻年轻了,孩子。"

"您喜欢就您穿。"

"那不行,这是你的东西。"

"您先穿,今天我不一定能站起来呢。"

"别胡说。"朵儿妈小声喝道。安慰了一阵,最后决定,穿一双带一双。朵儿妈先穿闪亮的鞋,薛蓓站起来之后,再让出来。过过瘾就行。

没有电梯,老默过来背。到单元门口,朵儿见她妈巴洛克式的着装,闪闪亮亮的脚面,说妈你这是干吗呢,是去拆线,不是走红地毯。朵儿妈说我是帮蓓蓓穿的。朵儿撇撇嘴说,你别说你是我妈,我得喊您妹妹。

朵儿妈撒娇说:"你还真猜对了,小时候他们都叫我九妹。"

老默背着蓓蓓出来了。蓓蓓一个劲儿道谢。背下楼,老默已然气喘吁吁。朵儿妈拉着女儿在一边,说看到了吧,这个年纪的人,一年不如一年。朵儿说你不是返老还童了吗?朵儿妈说跟我比什么,我特殊,女的跟男的还不一样。朵儿懒得跟她妈理论,找老默要了钥匙,去把车开过来。说实话,看见老默面色苍白,额头尽是汗珠,牛朵儿很是心疼。一日夫妻百日恩,她曾经认为,跟老默在一起,只是舒服,可是孩子生出来,日子过下来,她真觉得自己跟他是一体,是一个家庭了。上了车,老默上副驾驶,朵儿递了张纸巾给他。朵儿妈和薛蓓在后座,朵儿妈一个劲嚷嚷,说拆了线,绝对要去吃一顿,有空再去海边,拍两张照片。蓓蓓说我买单。朵儿妈忙说怎么能让你买单。

"已经订好位子了,拆了线就过去。"老默说得平静,随即咳嗽两声。其实拆个线,本没必要那么多人陪着,可老默最近身体欠佳,朵儿让他去医院,他又死活不肯。干脆,趁着陪蓓姐去医院的当儿,一并查了。抵到跟前,又有妈妈在,朵儿认为老默应该不好意思拒绝。没多大工夫,到医院了。挂号,排队,就诊,行云流水,幸运的是大礼拜六人竟然不多。朵儿前前后后跑。朵儿妈站在医院就诊处大堂,直朝玻璃里看自己的影子。鞋,美就美在鞋上。老默陪在一旁,拿着手机随意翻着。一抬头间,她以为老默在看她,便问:"怎么样?"老默恍然,说,等着呢,一会儿。

朵儿妈低头"啧"了一声,嘴努着,示意是鞋。

"好看。"老默小声称赞。

"这词穷的,"朵儿妈要求高,"能换个词称赞不?"

"美丽。"

"也就这水平。"朵儿妈嫌弃。摆着步子,说这可是吉米周的限量版,别说深圳,就是整个香港也没有几双,所以说蓓蓓有眼光,而且刚好,跟我脚一般大。

老默说,鞋子穿着舒服就行。

朵儿妈故意示威,来回走了两步:"女人穿高跟鞋太正常了,哪不舒服?越穿越舒服,体态美。"稍不注意,崴了一下。她又立刻扶正了。

一会儿,朵儿过来了,安排好薛蓓。她打算请老默好好查一查,起码是肺。当着她妈面,装作若无其事对老默:"去,也去照个胸透,X光。"人上了年纪怕检查,怕上医院,老默本能抵触,说照那个干吗,又没毛病,白吃一次射线。

"等会儿,"朵儿妈果然听出了点端倪,"没毛病你怕什么,廖同志,牛朵儿是为你好,不要讳疾忌医。"老默说不是,真没那必要……

朵儿妈抢白道:"怎么没那必要?去,吃射线,吃射线我回去给你拌黑木耳吃,一下就抵消了。"牛朵儿挽着老默胳膊,号已经挂好了,两个人径直往放射科走。

"你黑我。"老默并不激动,"给我下套。"

"不祭出我妈这面大旗,你是根本听不进话,人老了就是固执。"

嘴上不说,老默心里还是咯噔一下。老,这个他从前根本不放在心上的问题,这一阵身体不好,他也开始过脑子了。过去买墓地,多少有些买着玩的意思。可真到了医院,那种氛围里,他甚至忽然开始想要感谢薛蓓。是她曾经帮他办了人寿保险。穿好防护服。医生叫名字,廖自默进去了。

作业时间比正常长一些。朵儿心里打鼓。

照完出来，等片子。老默和朵儿静静的，仿佛在等待审判。手机响了，是朵儿妈来的电话，她说蓓蓓那边差不多了，在做全身检查，让朵儿跟她过去一趟。朵儿把取号条留给老默，起身去找她妈，两个人又一起去全检科找薛蓓。

腿恢复得差不多了，骨缝儿弥合得很好。医生建议休息一阵再下地走路。朵儿妈笑说："遗憾，那今天这昂贵的鞋子，只能我代劳了。"薛蓓说送您了。朵儿妈连忙客气。"不过子宫肌瘤要注意发展。"医生插一句话。

"子宫肌瘤？年纪轻轻怎么会得这个。"朵儿妈诧异。医生说可能跟情绪有关，尽量不要生气。

"可不是气的。"朵儿妈一拍手。朵儿急得说，妈你少说两句。医生说，也不用太担心，各年龄段的女性都有可能长子宫肌瘤，注意休息，注意观察。朵儿妈随口问："那我这个年龄段呢？"医生问："您今年有四十五吗？"朵儿妈喜滋滋地，说再加十岁还多。医生说建议您做一个妇科B超，立刻就可以看到情况。

朵儿妈心动了。可她不想一个人做，就让朵儿陪她一起。朵儿说我做这个干吗，单位年年体检。朵儿妈说拣日不如撞日，查查没坏处。

磨不过，只能从命。

躺在B超床上，朵儿露着肚子，溜溜的一只白西瓜。

负责照的是个女医生，她拿着窥视镜仔细走了一圈，再走一圈，然后，用一种发现新大陆般的口吻，对着检验单上的名字问："牛朵儿吗？"

"是！"朵儿答。

"你怀孕了。"

朵儿头蒙蒙的。"什么意思？"

"你已经有妊娠迹象了，你怀孕了。"

听到"怀孕"二字，站在门缝外的朵儿妈扛不住了，破门而入。"医生你再查查，没查错吧。"女医生很不高兴，这是对她医术的无情质疑，她根本不理朵儿妈的问话，故意调大声音，朝门缝外喊，"下一位！"

把薛蓓送去康复科，朵儿妈才开始教训女儿，在她胳膊上狠狠拧了一下。打击来得太突然，生尼尼的时候，朵儿妈是希望女儿怀孕生子，早点"完成任务"。可现在呢，她坚决认为朵儿不适合再生。

"你脑子坏掉了吧。"朵儿妈把女儿逼到一个小角落。"为什么不做避孕措施？你要吃这种亏吃到什么时候？"

"妈，这是意外没错，可怎么能算吃亏。"

"你还生？你是造蛋机器？你多大了，他多大了？生下来孩子怎么办？"

"生下来我就能养。"

"拿什么养？凭什么养？你是给自己制造麻烦，给他们老廖家生一个够对得起他们了。说句不好听的，谁知道哪天人就没了，你一个人拖着两个孩子，你怎么办？"

朵儿故意缓和气氛："到时候不是有妈帮我吗？不着急。"

"你妈是千秋万代的？怎么三十好几了还这么幼稚。"

"你担心根本就是多余，以前的家庭，谁不生三五个，不照样活得挺好。"

"哎哟哟我的小姑奶奶，以前什么时代，现在什么时代，这里是深圳，养孩子什么价钱？你觉得你挣得多，孩子花得比你挣得快，以前三五个，那养的什么质量，个个都成才了？家里多少个初中没毕业的。"

"妈你什么意思你直说吧，今天就打掉吗？残害一个生灵？"朵儿挑明了说。朵儿妈忽然有些不好意思了。的确，这是她的想法，可这话不能由她说出来，毕竟是人命一条。"不打？那走，回去吧，老默等着呢。"朵儿利落起身，怀了二胎，她没障碍。朵儿妈追在后头小声说："这事先不能让廖自默知道，留个余地。"

朵儿不理睬，走自己的。朵儿妈怒不可遏，说，你听到没有？！朵儿敷衍地点点头。生二胎，她没想过，可既然来了，那就顺其自然，让该发生的发生。她明白却不愿意去理解妈妈对于未来总是持悲观态度。在她妈妈的人生字典里，世界随时可能坍塌，婚姻靠不住，爱情是个脆弱的东西，子女当然更不是可以依赖的对象，可是，她越是这样认为，越是死死抓住这一切。

检验科。老默刚拿到片子，朵儿和朵儿妈迎上来。三个人一起去内科诊室找医生看片子。是个中年男医生，他对着光，看了看片子，不放心，又放在专业灯箱上看，扭头问老默，"有没有肺病历史？"答，没有。"抽不抽烟？"抽，不多。"最近有没有剧烈运动？"好像没有。"咳嗽吗？"一点点。

"肺部有阴影，可能是一般性的炎症，回家休息几天再来复查一下。"

老默感谢医生。朵儿不说话。朵儿妈却抢着问："严重吗医生？"

"回去休息休息，注意观察。"医生的回答很官方。

朵儿妈忧心忡忡。薛蓓来电话，让去康复接一下。朵儿妈叫朵儿一起。母女俩走到大厅。朵儿说口渴去买瓶水，朵儿妈便一个人想先去康复中心接薛蓓。

进门，要脱鞋。朵儿妈问鞋放哪儿。小护士说，放门口就行了。朵儿妈挎着包进了康复中心。薛蓓已经治疗得差不多了，温灸做完，就又回到轮椅上。见朵儿妈来，薛蓓笑说："还是离不开轮椅。"朵儿妈说勇敢一点儿。一会儿，护士把薛蓓先推出去了。朵儿跟在后头，到门口，左找右找也找不到那双闪闪的鞋子。想问护士，没人管。朵儿妈懊恼不已，今天唯一开心的事情就是这双鞋，偏偏还丢了。

不行。朵儿妈在一堆鞋子里仔细翻找，终于看到一双还算合心的。环顾四周，没人注意，朝脚上一套，小跑着出去了。还没走到医院门口，脚就疼得受不了，鞋子是漂亮，看着也适合，可穿着，小了点。朵儿妈走了没几步，终于还是让朵儿来扶着，从包里拿出那双自己的鞋子。捡来的，丢进花丛里。

朵儿抿嘴一笑，明白了一切，待妈妈转过身来，她又连忙严肃了。

"回头去香港给你再买一双。"

"算啦，没那个命。"

## 38

其实很多时候，四海并不理解超男为什么一定要把爸爸和弟弟接到深圳发展。他知道如果他提出这个问题，超男一定会说，你妈能来，我爸为什么就不能来？可是，四海妈的到来，多半是因为她还能承担带如意和整理家务的重任。可这话能说吗？超男的自尊心受不了。天刚转凉，超男请了个假回老家——在学校边缘化之后，她有了更多的富余时间。她开始学英语，报了一个班，每周抽出一个晚上去听课，旨在武装思想，还报了一个肚皮舞班，旨在修饰身材——可这一切，依旧无法缓解超男的忧心忡忡。"我还希望我爸多活几年。"临走前她这么说。

家里的一切果然如超男预料的一样。她爸又胖了，挺着大肚子，日夜麻将，无节制的生活，让他的健康状况更加糟糕。她弟弟开店，基本住在店里，她爸的伙食完全附着在麻将馆里。唯一有一点出乎超男的预料。那个胖女人，对超男的爸爸根本不感兴趣。她只喜欢他来送钱——十打九输。

"爸，你再这样下去，活不了几年。"超男痛心疾首。

"不用你管。"超男爸抽自己的烟。

超男急道:"你以为我想管,妈交代过,这个家不能散不能破。"

超男爸说,你妈的话你听过吗?让你不要去深圳,非要去,让你在老家找一个,非要找一个外地的,现在好了,连陪我洗澡的女婿都没有,一天到晚跟小头猫似的,窝巴在那儿,我明白跟你说,那小子我瞧不上,我姓陈的还没难到要上他门上吃一口饭。

陈超男这才忽然理解爸爸一直不肯去深圳的真正缘由。那就是男人的自尊。

也是,一个老丈人,自己有房子,有儿子,怎么能够去女婿门上吃饭?他当工人一辈子,腰杆子挺得直直的。怎么能到这时候就弯了呢?

超男落泪了。超男爸一看女儿落泪,闷不作声。

许久,超男说,爸,这房子是我租的,钱是我挣的,接你去住,硬硬气气的,怎么能说是上女婿门前吃饭,而且到时候你一个人一个房间,吃喝都是你自己负责,再不行,弟也去,还是你们过日子,老陈家的面子没掉地上。上次我掀桌子,是觉得妈刚死,就掺和进来这么一个女人,我生气,但现在发现根本不是这样,爸还是我爸,清高,有骨气,即便输光了钱还是照掏钱不装孬。爸,咱们这个家不能散,我是你女儿你是我爸,这到什么时候都不会变,再者说,弟开了个小店,你看看一天就几个生意,为什么,人流量小。去深圳还是有机会。

超男爸拧着脖子:"去了你可别管着我。"超男说我管你做什么,一不住在一起,二孩子大人一摊子事,接你去深圳,只是图个你在眼前,大事小情相互能照顾到。

"我该打牌还打牌。"

"你打你的,"超男先表示同意,再说,"就是不能赌博,不能熬夜。"超男爸说:"那我也得约法三章。"超男说,你说。超男爸说,暂时没想起来,回头再说。说服了爸爸,再找弟弟做工作。超贤的面包店本来利润就薄,他做得没什么精神,姐姐一说,他便同意了。准备尚需一段时间,过了没几天,超男先回深圳。四海公司事情多,跟温晓涛集团所做的光缆合作到了交割环节,连着一段时间都不在家。超男一个人懒得在公司住,还是带着如意跟婆婆住。谈起自己爸爸,超男始终强调一点,他在老家待不下去,妈妈去世,他睹物思人,难受。四海妈听了,倒没说什么,只说看不出来你爸是个心思这么细的人。两个人又聊起薛蓓。四海妈只说一句话:"女人靠来靠去,还是要靠自己。"

说得很对。可超男听着就是不舒服。薛蓓怎么没靠自己了？这么多年，她其实靠的一直是自己。而且，超男认为四海妈也没有立场说这话。她还不是靠着自己儿子？但人家可能认为，儿子是自己生的，所以还是靠自己，会生。

又过了一个礼拜。超贤来电话说面包房转让出去了，很快就能交割，问姐姐超男，他能不能早点来深圳。来深圳是超男提议的，她当然不好说不能来。可目前的情况，是她爸还没来，如今硬塞一个超贤过去，之前没报备，四海妈心里肯定不好受，只能问问朵儿和朵儿妈。

"来，住吧，热闹。"朵儿妈言简意赅，表示欢迎。超贤一到深圳就跟朵儿妈和薛蓓住在一块儿了。朵儿妈对超贤说，你来了正好，照顾照顾你蓓姐，最近阿姨忙，白天也可能不在家。

傍晚，朵儿从公司门口出来，刚准备开车。朵儿妈上前去，说要跟朵儿一起吃饭。吃饭可以，但吃饭时要谈的内容朵儿大概已经知道了。怀二胎的事，朵儿已经征求过老默的意见。

"尊重你的意见。"老默说得谦和，"怪我，日子选得不好。"

"正好想添个女儿。"

"钱都准备好了。"老默多卖掉几个收藏。

"不是钱的事。"

"感觉到你妈担心。"

"她担心她的。"

"我这身体……"老默叹气。已经去复查了，还没确诊，医生说有百分之五十是癌变的可能性。

"这些你不用考虑。"牛朵儿向来我行我素。所以当朵儿妈破天荒到她公司楼下准备做工作的时候，朵儿一句话就把路堵死了。饭桌上，服务员上菜了。牛朵儿笑眯眯说："吃饭就好好吃饭，生孩子的事，妈你就别操心了，一不要你生，二不要你养，我这也不是第一次做妈妈了。谁的孩子谁操心。"

碗一推，朵儿妈道："我就是在操心我的孩子！"

"妈！"朵儿知道妈妈的心，不好意思撕破脸。到底是母女。朵儿妈说，老默身体不好，以后搞不好还需要人伺候，你现在弄出个孩子，合适吗？

"请保姆。"朵儿喝汤，干脆利落。

朵儿妈道："这是请保姆的事吗？不要费心不要操劳？是，我女儿现在是科学家，有本事能挣钱，不管什么事，一句我出钱，就天王老子也管不了。以后有你的苦吃。"

朵儿终于耐不住，只能摆到台面上，掰开了揉碎了说："妈，我觉得你的问题很大，为什么你总是喜欢干预别人的生活，为什么你总是希望别人在做自己人生选择的时候照顾你的情绪？我跟老默在一起，为了照顾你的情绪没跟你说，后来知道了，果然反对，过去是催着我生孩子，现在倒好，我要生你又不让我生。妈，为什么不能找找你自己的生活，这里是深圳，你是自由的，没有人会约束你，你更不需要通过约束别人的生活来证明自己的存在。"

一段话，比牛排都生，哗啦一下塞给朵儿妈。她显然无法消化。颤抖着，挖了一勺奶油蘑菇汤，拿起餐巾揩揩嘴角，身子前倾，朵儿妈压低声音，郑重地："你不是别人，你是我女儿。过去，现在，未来。"

"你是造物主？我是你女儿，就应该被你掌控一辈子？我首先是一个独立的个体、独立的人。"

"有哪个妈妈会看着自己女儿往火坑里跳？"

"这不是火坑，这是我的幸福。"

"幸福？你是在服毒！饮鸩止渴！以后你做了单亲妈妈，拖着两个孩子，你找人都不好找。"

"你怎么就见不得我婚姻幸福！"

"你这是作，慢性自杀。"

聊不下去。

朵儿觉得她和她妈彻底聊不下去。动了胎气可不得了。牛朵儿三两下收拾好皮包、衣服，一躬身，头也不回走了。朵儿妈留在原地。对着一桌子菜，狠吃了几口，蓦地，眼泪下来了。心酸，委屈，苦恼，她这么多年培养女儿，到头来得到什么了？又为了什么？女儿的幸福在她看来，根本就是扭曲的，不管不顾的，不合常理的。可一个又一个坚固的事实，仿佛一座座大山，直不愣登摆在朵儿妈眼前，告诉她，存在的就是合理的。即便她是愚公，她也移不了山。

恍惚之间，朵儿妈觉得无力极了。她能改变什么？胃口都比以前小了。她连眼前的牛排、沙拉、土豆泥、蘑菇汤、蟹味煲都解决不了。朵儿妈忽然发了狂一般低头猛吃，风卷残云，差点没恶心。终于吃光了。

服务员上前，问："请问买单吗？"再不走耽误人家翻台、赚钱。

好，买单。一翻衣服，没带钱包，零钱只有十几块，另存一张公交卡。这个牛朵儿！不付账把老妈丢下。可恶！

再打回去要钱太跌面子。朵儿妈只好给薛蓓打电话，要钱，麻烦超男的弟弟超贤跑一趟。

半小时后，超贤来了，带着钱。餐桌已经收拾完，第二波客人已经吃上了。朵儿妈坐在门厅沙发上，形象窘迫。"阿姨……"超贤也有些尴尬。

"把钱给他们。"朵儿妈依旧霸气。心里没底面子也不能输。超贤上前付了钱，跟着朵儿妈出了餐厅。

公交站，车来了。朵儿妈率先上车。超贤跟在后头提醒："阿姨，反了，坐反了。"朵儿妈不理睬，上了车，坐稳了才说，陪阿姨去海边走走。车沿着深南大道，到车公庙附近南下，往下沙走，车上人越来越少。窗外的灯火倒点得亮亮的。拉开窗，有风倒灌进来。司机竟破例开了音乐，唱的是老歌，陈慧娴的《飘雪》。粤语，老歌，朵儿妈和超贤都听不懂，只是觉得心间柔柔软软的。朵儿妈问超贤，为什么来深圳。超贤想了想说，我姐在所以我来了。朵儿妈苦笑，说，那你跟我一样，我女儿在所以我来了，不过我告诉你，千万记住，人，到什么时候都不能靠别人，只能去靠自己。

下了车不远就是海滩。海风很大，涨潮了，这里一向有台风。朵儿妈提着鞋，赤着脚走在沙滩上，超贤跟着，凉，小伙子都瑟瑟发抖。电话来了，是朵儿的，朵儿妈见了，不接。再打超贤的，超贤接了，朵儿问她妈的情况，说什么时候回来，还说这么晚了不安全，不要耍小孩子脾气。超贤如实转告。朵儿妈火上来，台风都压不住，"她是自由的，我就不自由？丫头片子还能管得了老娘的事，倒过来了。"超贤夹在中间难做。挂了电话，朵儿妈让超贤给她拍几张照片。

风大，头发被吹得倒卷，梅超风一般。

朵儿妈又怪超贤不会抓拍。

一会儿，朵儿又来电话了，催他们回去。

朵儿妈坐在海滩边，文艺女青年一般抱着腿，狂风大作都不在话下。"多好的天气，不懂欣赏，人生哪能都是晴天，狂风暴雨，我们也应该舞蹈。"

下雨了，超贤瑟瑟发抖。就这么坐到半夜，没车回去，最后还是老默开车来接。老默绕过来，开副驾驶门。朵儿妈却对超贤："你坐前头。"一路无话。快到地点，朵儿妈才问："复查结果怎么样？"老默说没什么大问题，支气管老毛病。

下了车，上楼，朵儿妈才对超贤吐槽："听到了吧，老毛病，支气管，结婚前不说，根本就是骗婚。"

一夜发酵，海风没白吹，朵儿妈半夜烧得差点没说胡话。

天还是黑的。

薛蓓不得不给牛朵儿打电话："那个……朵儿……你妈发烧了，39度8。"

电话那头，朵儿把手机朝床上一摔："作，就作吧。"

老默睡眼惺忪，刚劳累过，他问怎么了。

"还是我那个妈！"

"耐心点。"老默温柔地。

## 39

朵儿妈送医院去了，肺炎转肺气肿。朵儿两口子负责照料。

家里只剩薛蓓和超贤。薛蓓已经能站起来走了，但坚持不了多远，所以只能来回在家里晃荡。超男一向忙，偶尔来看看，没工夫给弟弟超贤找工作，四海妈那，因为她爸还没到，所以超贤不好被"塞进去"。

他本来就内向，白天在家待着，晚上才偶尔下楼吃个粉，散散步。薛蓓拄着支架在屋里慢慢晃荡，超贤在打游戏，两个人也是从小就混熟了，薛蓓是大姐，超贤是小弟。过去聊得不多，现在出其不意住到一个屋檐下，便有一搭没一搭地说话。

薛蓓问超贤，说你来深圳打算做什么工作？

超贤嘿嘿一笑，自暴自弃地，"像我这种没有学历、没有工作经验、没有颜值、没有后台的人，实在想不出能做什么工作。"

薛蓓自嘲："听着怎么像在说我。"

超贤连忙说姐，你怎么会跟我一样？最起码你还有颜值，明明能靠脸吃饭，干吗非要靠才华。薛蓓觉得好笑，这就是代沟，这个社会对有颜值的女人来说，更加凶险，可她还是愿意冒这个美丽的凶险，"以前可能有一点儿，现在老了。"两个人聊到工作方向，超贤说，时代不一样了，像我们"90后"，就算是没读过书的，又有几个愿意去工地累的？你看现在工地上，几乎没有四十岁以下的人在干活了。

薛蓓说快递员中倒大多数是小哥。

"姐，你还真说对了，想来想去，我似乎也只有去干这个，比较实际，来钱快，主要是深圳的天不算冷，不像北方，开电动那风能把你脸给撕了。"

薛蓓说先挣点钱,给你姐减轻点负担,其他的,慢慢再说。刚巧碰到超贤生日,超男都没来。晚饭时间,超贤说下楼买点粉算了,可薛蓓"姐"性大发,硬要下厨给弟弟做一顿。材料就地取,家里只有西红柿和鸡蛋,那就做西红柿鸡蛋面。做好了,两碗,端上桌。薛蓓还挺有仪式感,用一副姐姐的口气,说超贤,你今年年纪也不小啦。可超贤根本心不在焉,眼盯在手机上。

"看什么呢?"

"直播。"

"什么直播?"

"美女主播在吃东西。"

"面来你不吃,你看别人吃?"

"有意思。"

什么意思?薛蓓不解,扳过手机屏幕,果然是个小姑娘在吃面。哦,也是吃面。什么玄机?哦,明白了,胸前汹涌,还不停地自言自语。

"这也有人看?"

"每天这个时候,几万人看她吃东西呢。"

"不懂你们这些年轻人的世界。"

"她老粉也不少。"

薛蓓指着屏幕上不断浮起来的动画问:"这是什么?"超贤说有人打赏,有人送礼物。蓦地,超贤说姐,你也可以玩这个,你自己好赚钱发财。

薛蓓皱皱眉头,拿不下来架子。她多大了?还玩着这个。这是在她视野范围之外的新大陆。"生日快乐。"薛蓓祝福弟弟。端着碗,进屋了。忍不住好奇,薛蓓从网上下了一个App,点开,自己出现在视频框里,就是直播了。这就是直播?跟真人秀差不多,有人看吗?薛蓓怀疑。她靠在床头上,侧坐着,台灯拉开,一只胳膊垫在头后头,像个慵懒的维纳斯。小图标上,人数上升了,一百个人在关注。

超贤忽然推门进来。"姐,老干妈放在哪儿了?"

维纳斯姿态映入眼帘。超贤忍不住一笑。薛蓓连忙调整姿势,装作什么也没发生,维纳斯的姿态被抚平,她又是个端端正正的大姐姐,却没想到脚一跷,踢到床上小桌子,一碗面当啷落地。薛蓓惊叫,煞是狼狈。可直播的人数却突然跳到了两百。

薛蓓连忙关了直播。

"姐——"超贤长叫一声,充满包容、喜爱。

"会不会觉得姐姐太装？"等一切都打扫好，薛蓓问超贤。

超贤说，不会，正常，对待新事物，每个人都是忐忑的，摸着石头过河。

"真能尝试？"

"我看行。"超贤挥起拳头，做加油鼓劲状。

第二天，晚饭时间，在超贤的包装下，薛蓓这回是有备而来了。美颜镜头打开，妆化好了，客厅的桌子铺好桌布，两盏台灯架起。餐桌也是演播室。

手机架好。超贤问，准备好了没有。薛蓓点点头，直播开始。面送上，薛蓓开始直播吃面。人数上来了。超贤像导演一样，在旁边做无声口型，示意：吃慢一点儿，慢一点儿。薛蓓只好把速度放慢，就上黄瓜小菜，一碗面起码得吃四十分钟。

超贤又做口型：性感一点儿，性感一点儿。

嘟嘴，吸溜面，眼神妩媚起来。人数上去了。

第一天，战果颇丰，首秀，1368人观看，还有人送了礼物送了花。

"不行，得刷点粉。"超贤忧心忡忡。这是个事业。薛蓓问什么叫刷粉，超贤说你不用管了。说着，给几个朋友打了电话，又问薛蓓要了启动资金，打过去，第三天，薛蓓一上线吃饭，人一下就涨到了三千多。

满足感，前所未有的满足感。所有的礼物，花、车、钻石，尽管都是虚拟的，但最终还是可以折算成钱。短短一周，薛蓓的吃饭视频，稳定的观看人群已经有四千人左右。

第二个礼拜，视频公司开始主动跟薛蓓联系，超贤去接洽，大概意思是，希望薛蓓成为平台的签约主播，要求是，保证一定的在线时间，保证直播质量，不能去其他平台直播。福利是：获得好位置优先推荐。接电话，超贤清清嗓子，煞有介事，"对，我是暖色调的经纪人。"自信回来了。薛蓓对他竖大拇指。

挂了电话，超贤跳起来拥抱薛蓓，"姐，我们的春天来了！"

一不小心踢到脚，薛蓓嗷嗷叫。超贤连忙说对不起。

是的，春天来了。在YX直播平台上，"暖色调"的崛起几乎是一夜之间的事。观看人数冲天式增长，四千，五千，一万，三万，七万，最高人数达到近十万。

不可思议。这种即时感，让薛蓓混淆了演戏和生活的界限，生活就是演戏，演戏也是生活，每天晚上七点，有几万人在世界的各个角落等待着看薛蓓吃饭。

孤独无限大。网络只是将它们连成一片。

除了超贤和薛蓓,朋友们中间,还没有人知道在老默的这间房子里发生了什么。

超贤从一个说话小声小气的男孩,变成了一个挥斥方遒的从业者,他会跟薛蓓说:"姐,看到了吧,流量,一切都是流量,这个时代,有了流量,就有了一切。"

可半个月过后,流量下来了。突然有一天,观看她吃饭的变成只有一万人。

恐慌,前所未有的恐慌。

超贤说:"姐,得换菜。"第二天换了菜,还是不行。超贤又说得做菜。薛蓓说我就会那几样。超贤说不是还有菜谱吗?做菜不是主要的,你得有定位。

"我什么定位?"薛蓓问。

"都市,"超贤若有所思,"大龄。"

"再惨点儿。"薛蓓开自己玩笑。

"失婚,单身,独居,女子,一人餐。"超贤一口气说出关键词。就这么办。

"累死了。"

"赚钱没有轻松的,姐,咱练起来。"超贤推着薛蓓走。

做菜开始了。当真是西红柿炒蛋,薛蓓笨拙的手法,反倒吸引了观众的注意。超贤在场外监视,无声鼓劲。"介绍,介绍你的生活状态。"

刚开始不自然,但薛蓓很快就找到了感觉和节奏,不明说单身,只是在不经意中露出来,给观众以猜谜的乐趣。粉丝送礼物更疯狂了。双十一,直接有人要送现金。两个人兴奋了好久。超贤说,姐,干脆你成立公司吧,我们好好干。

公司本来就有,卖朵儿制造的产品的,但经营范围需要修改。

"你要什么职位?"

"你的秘书?"超贤小声说。这将会是他进入社会后的第一份正儿八经的工作。薛蓓不说话,若有所思。超贤以为她不同意,连忙改口:"助理,跟班的,都行啊。"薛蓓看他样子可爱,笑说:"真有成立公司那一天,你就是副总,兼跟班的。"超贤放下心来,嘿嘿笑。

体系化,接下来的工作是体系化。关于直播,哦不,关于业务范围,超贤给薛蓓设置了两个,一个是美食,一个是美妆。形象定位除了都市伤心女子，还要加一个——独立，他偶尔让薛蓓讲述一下自己的奋斗故事。"不用全部是真的，按照脚本来讲。"

脚本是超贤拟定好的。薛蓓不得不对这个弟弟另眼相看。在过去，她总觉得超贤的智商和机灵劲没有超男的万分之一。现在看来，是他隐藏得深。

还有，做自己的信息发布平台，微信公众号刚出来，超贤就帮薛蓓注册了一个。用他的话说叫抢滩。还有录视频，美妆和美食，都适合在视频中表现。没DV，找老默借，不会剪辑，超贤现学。一时间，"暖色调"这个名字在网络四面开花，具有了一定的号召力。薛蓓自然而然有了一份恨不得是24小时的全职工作，很快，盈利了，并且赚的钱比她曾经做过的任何一份工作都多得多。

## 40

到医院拿DV。朵儿妈躺在病床上还不忘叮嘱超贤："家里的水电一定注意。"超贤唯唯称是，不走心，转身要走。朵儿妈问："干吗呢在家，魂不守舍的。"

超贤说："发财。"说罢走了。朵儿妈认为超贤不踏实，小声嘀咕："发屁财。"她心情不好。朵儿去东南亚出差，看香料。保姆带尼尼。老默照看她。刚说嘴，就打了嘴，老默的"疑似肺癌"解除了嫌疑，可她却得了货真价实的肺炎加肺气肿。在医院下楼又崴了脚，薛蓓的轮椅和拐杖，直接让渡给她老人家了。

"我这是气的。"朵儿妈这么对护士、医生说。当着老默的面，护士说："那您就消消气，顺顺气，看您老伴把您照顾得多好啊。"

朵儿妈立马气不打一处来，茫顾四周干瞪眼。

护士刚走，朵儿妈便质问老默："你为什么不解释？不好意思了？"

"跟别人没关系。"

"我凭什么背这个骂名？"

"怎么能是骂名？"

"好女不二嫁。我是那种人吗？"

"误会误会。"

"你巴不得。"朵儿妈抢白。午饭时间，朵儿连视频，问老默她妈的情况，老默说，一切都好，就是生着气呢。"她没有一天不气的，做得再好她都不满意，真有一天我们都不在了，她就快活了。"老默又连忙劝，说要理解，更年期。朵儿说，你懂那么多，你经历过？是不是已经过了危险期，我可告诉你啊，都说更年期脾气会变，以前脾气好的就变坏，你如果脾气变坏了，我可一脚把你踢出去。老默说，不至于，我调理着呢。

"老实交代，"视频里朵儿坏笑，她要问个一直没好意思问的问题，"家里桌子上苁蓉益智胶囊，你吃多久了？"老默愕然，说不是他的。"真不是？"朵儿问。可老默并不打算"屈打成招"，是就是，不是就不是，否定得很坚决。

"难道是妈的？"朵儿深思。"你去问问妈？"又连忙改口，"算了，问了她也不会承认。"两个人又聊了几句闲话。朵儿鼓励老默，再辛苦辛苦，受委屈了。老默乐观，他只是不明白，朵儿爸是怎么跟她过一辈子的。

"秀才遇到兵，我妈就怕横的。"

"不像。"

"色厉内荏。"

"什么时候回来？"老默问。朵儿说，这香料还没长成呢，起码还得一个月，抽空我会回去看看。半个月后，朵儿妈出院，超男、超贤，薛蓓和老默都来了。薛蓓请客，在素菜馆摆了一桌，拣贵的点。超男一看菜单，问："发财了？"薛蓓不说话，抿嘴笑。超男说，我跟你说，现在结婚久了，我反倒觉得，结婚就那么回事，累，还不如一个人呢。超贤凑过来，说，点个松茸。超男敲超贤的头，说，有病，才挣几个钱，还松茸，小心给你松松骨。超贤说，姐，你干吗呀，你弟现在不是你以前的弟了。超男说，那你是谁？你现在是成李嘉诚了还是马云了，不说去干快递吗？报名啊，天不冷不热的，你等人家请你去呢。

超贤不服气，正要顶嘴。薛蓓说："小贤现在是我的助理。"超男脑袋边三条黑线。小贤？助理？她一个字也听不懂，这个不久之前还是个怂包失败的面包店主，失败了二十年的弟弟，一夜之间就逆袭了？"姐，你猜上个月我们挣了多少？"超贤毕竟年轻，藏不住话。

被薛蓓拦住了。超男摇蓓姐的胳膊，求答案。薛蓓用手捂着嘴，小默小声在超男耳朵边吹了一口气。超男眼珠子差点没瞪出来。

"真的？"超男调整呼吸。

薛蓓微笑，点头。触底反弹，败部复活，逆袭不过如此。

"那我干脆辞职跟你干吧！"超男脱口而出。

超贤笑着说："这个是有门槛的。"超男问什么门槛。"颜值啊！"超贤打趣。钱是人的胆子。赚了钱之后，他竟然有了幽默感。超男气得拧超贤的耳朵，又说，一会儿让你姐夫来治你。薛蓓问，四海什么时候到。超男说，下午就告诉他这事了，说公司有事，慌里慌张的，地址发他了，弄完就来，我们吃我们的。薛蓓说："在沈伟那公司做得还不错？"超男说现在也有脾气了，我跟你说男人就不能有钱，一有钱，脾气大了，还烧包，过去上班从来不讲究什么衬衫领带，现在也挑剔了，嫌我给他买的领带太素，我说你也不照照镜子看看你那张脸，配不配艳的。

几个人说笑着，老默扶着朵儿妈进来了。腿脚不好，朵儿妈右胳膊下架着一支拐棍。刚进门，众人站起，朵儿妈情绪不错，一边走一边自叹："这还没修炼到点呢，就成铁拐李了。"薛蓓上前去搀。朵儿妈就近坐下说别搀了，我就坐门口吧。超男忙说不行，非央求着她坐主座。朵儿妈勉为其难，架着拐棍挪了挪，笑说："真是，我生了个女儿没享到她的福气，另外两个干女儿的福倒享到了。"

超男忙说："这顿是蓓姐请的，我没有功劳。"

朵儿妈说："你能来就是功劳，几个丫头里，就你跟我年轻时候最像。唉，你说说我跟蓓蓓，这前后脚摔的，我都不知道是不是房子风水不太好。"说罢看看老默。

老默并不觉得难堪，仍是一脸风轻云淡。薛蓓暗暗佩服。

超贤插嘴说，怎么可能，我也在里头住呢。说着下座给众人倒茶，地滑，一个没走稳，跟跄了一下。朵儿妈说你看，你住你也不稳，你要小心，别回头这副拐杖我传给你了。四座尴尬笑笑。薛蓓知道朵儿怀了二胎，她怕超男提到孩子触雷，引发不愉快，便小声跟超男交代了一下。超男惊诧，她没想朵儿"进步"那么快。

好，回避，不提。

开始上菜了。上一道，服务员念一次名字。酪梨山药卷、幽香淡雅白茉莉、香煎牛仔菇、铁骨柔情、芥蓝苗、核桃派、杧果探戈、少林香椿饭……都不错，名字好听，样子雅观，吃得开心。"多子多福。"服务员又上菜了。是盐焗葵花籽。正摆到朵儿妈面前。"多子多福。"朵儿妈跟着念叨，没有塞牙的肉，她却还拿着根牙签剔着牙缝，很不屑的样子。薛蓓机灵，率先道："服务员，这道菜我们没点，拿走拿走。"服务员对着点菜单，凑近了，说点了。超男连忙把人支出去。朵儿妈这才说："孩子这个东西，普通家庭，有一个就行了。要那么多，累的是自己，是吧，廖老师。"

话抛给老默了。一桌子人都等着看他怎么接话。

"中国正在走向老龄化社会，一个孩子养几个老人，太累，多一点儿好，为国家做贡献。"高瞻远瞩，上纲上线。

"生孩子就为了养老？这觉悟？"朵儿妈抬杠。

超男一见这势头不好，连忙调转话题道："朵儿什么时候回来？"

"说还有一个月。"老默说，说好了朵儿妈接到家里，保姆照顾，加钱。门开了，饭店大堂吵吵嚷嚷，有人来订年夜饭。哦，快过年了。朵儿妈说，今年过年，几家凑到一起过，超男超贤，薛蓓，你们都得来，我现在发现了，深圳这个地方，每个人都是外来的，就更应该抱团点，你们三个，一定要相互扶持。

超男提议喝点红酒。薛蓓说，阿姨刚出院，哪能喝酒。朵儿妈却豪爽说，行，没问题。超男从包里拿出三百块，交给超贤。超贤刚走到门口，四海迎面进来，闷着头，找了空座坐下。

超男见他脸色不对，问："干什么？谁欠你的？"四海长叹一口气。服务员上了碗筷。吃了一会儿，林四海仍然别别扭扭的。

超男更急了，说，怎么回事，妈病了，还是爸病了？薛蓓也直起身子，探着脖子。朵儿妈说，四海，你有什么说什么。四海抬头，看了薛蓓一眼，有些为难。超男掐了他一下。

四海这才说："温晓涛被抓了。"

薛蓓胳膊一抖，瓷勺掉在地上，当啷摔碎了。

超贤进门，欢快地："酒来了！"

满桌默然。

薛蓓起身往外走。

超贤发愣。超男拍一下弟弟，命令："跟着你蓓姐。"


## 41

薛蓓边走边给沈伟打电话，温晓涛的事，他应该比林四海知道的要多。"温晓涛怎么样了？"薛蓓开门见山，口气关切。电话那头一片混乱，杂音不断，沈伟只说，晓涛的确被抓了。至于为什么被抓，被谁抓，抓到哪去了，都没来得及说，沈伟只说我在处理，回头联系你。薛蓓怀疑这事跟温晓涛的继父被调查有关系，就想问问李安东，他消息最灵通。刚准备打电话，李安东先来电话了。

薛蓓当头一句："你是幸灾乐祸的吧？"很意外地，李安东并没有一点儿兴奋情绪，而是说，温晓涛继父家可能遇到大麻烦了。"到底是怎么回事？"薛蓓问关键的。李安东说，可能跟集团进口的那批光缆有关。

"进到假货了？"

"货是真的。"

"有人搞鬼？"

"这不是一边的买卖，交易部分不可能有问题。"

"那警察找温晓涛做什么。"

"好像是光缆丢了。"李安东也不确定。他之所以给薛蓓打电话，是怕她得到消息后情绪激动。另一个，也来探探实底。跟竞争对手不好问，跟薛蓓倒不用客气。他知道薛蓓的脾气，藏不住话。

"晓涛他爸怎么样？"薛蓓问。对这个前公公，薛蓓没有什么太深的印象，只记得，永远一副严肃面孔，像是从革命年代穿越过来的。

"有一阵没露面了，有传他被双规的。"

"消息确实？"

"只是传言。"

如果温晓涛继父被双规是真的，晓涛这事，里头大有蹊跷。薛蓓想给晓涛妈打个电话，她应该知道全部情况，只是，她知道又怎么样。她恐怕什么也不会说。离开的时候闹得那么不愉快，薛蓓有点怵她。

等吧，等沈伟消息。林四海恐怕也知道，问他吗？薛蓓拿出手机又收回去了。超男肯定在旁边，追着问前夫的事情太不雅观。超贤追上来，问薛蓓要不要叫车回家，薛蓓揉揉太阳穴，同意叫个车。

公交车上，陈超男和林四海并排坐在末端。车厢里没几个人，难得的包车。超男说你看，早都跟你说，不要打车，坐公交划算。四海说我怕你太累。路过世界之窗，一个假的巴黎铁塔闪着光芒。假的，一切都是假的。可这一刻，超男的心却出奇的安定。四海一如既往陪在她身边，尽管只是坐公交车。她暂时忘记了发财、奋斗这些励志的东西，仿佛又回到了恋爱初期的状态。

四海忽然问："如果有一天，我被抓了，你会怎么样？"他还陷在温晓涛事件的情绪里。超男立即俏皮地："那还用说，当然立即离婚，带着孩子

-171-

改嫁。"

"那么狠？"

"犯罪分子，决不容留。"超男正义感很强，"那个温晓涛，到底犯了什么事？"超男对姓温的没好感，可对这个重磅炸弹兴趣比较大。四海说："好像是进口的光缆被盗了。"

资产被盗？就这么简单？光缆这个东西有多大？放在仓库怎么会被盗？超男觉得匪夷所思。

"我也觉得不可思议，刚完成交易，送到仓库，第三天就被盗了。"

"仓库没人看？"

"交接班之间发生的。"

"温晓涛没问？"

"最近他在忙家里的事情，心思不在这儿，他继父风传很不好。"

"也是摊上了。"

"如果真是个巧合，意外事故，那真是寸了巧了摊上了。该倒霉。"

"该！"

"怎么这样说话。"

"他甩了蓓姐，该有报应。"

"温晓涛这个人不错。"

"你到底哪头的？"超男掐四海胳膊，四海大叫。车上除了他们这对小夫妻，已经没了别的乘客。司机见他们打情骂俏，便放起音乐，迪克牛仔的悲伤情歌。超男问，说这事跟你没关系吧。四海说，已经完成交易了，跟我们中间代理商没关系。马路旁有老人在散步。四海见了，想起超男爸的事，问："你爸快过来了吧。"超男说还有两天。四海说，没听你说。

超男火上来了："跟你说有用吗？又没时间去接，接了也不讨好。"四海说，地址告诉爸没有。超男说，早都说了，车票还没订呢，到时候我抽空接吧。四海说，让超贤跑一趟，火车站离他那儿也不远。超男立刻说，别，超贤现在跟着薛蓓赚大钱呢。

"什么大钱？"

"在网上捣鼓些事情，我们是落伍了。"

四海妈住的地方比四海的公司近几站。天还不算太晚，超男提议回去看看四海妈。四海同意了。

到婆婆的住处，九点多。一开门，客厅里坐着两个老人。

-172

一个是四海妈，一个是超男爸。四海妈在做钩针。超男爸拿着一份老报纸，翻来覆去看。

　　"爸，你怎么来了？"超男惊诧。

　　"有老乡开车过来，搭了个顺风车。"超男爸说。

　　"那应该说一下，你怎么找到路的，怎么不给我打电话？"

　　超男爸指了指桌子上的小字条，说，喏，你不是留了地址吗？直接就送过来了。手机呢？

　　"没电了。"

　　大剌剌的。就是她爸。

　　"也不开电视。"超男抱怨。四海连忙去把电视打开。

　　尴尬气氛缓解了一些。超男爸小声对女儿说，去给我烧一壶洗脚水。

　　超男拉着四海到厨房，水烧上了，可她却为两个老人担心。"住在一起，能行吗，怎么看怎么像坐牢。"

　　"刚来，还没过陌生期。"

　　"我们不来，他们打算这么坐一晚上？"

　　四海劝慰："这有什么，过去农村没电视没娱乐，可不就是坐一会儿就睡觉了。"

　　超男还想抢白，可想想，算了，别说出什么不好听的来。农村睡觉，人家是两口子上床。这算怎么回事，枯坐。

　　从前超男爸和四海妈见面，那是亲家吃饭，中间还有个超男妈。可现在超男妈不在了。两个人中间少了缓冲地带。多说又怕多错，四海妈一向谨慎，只好枯坐。超男爸拿着一份给锅底垫过油的报纸胡看。

　　水烧好了，拿盆，端水。超男把孝顺女儿做到位———一直把老爸的脚放进脚盆里，又按摩几下，才算完工。等爸爸擦好了脚，超男清了清喉咙，说："今天爸正式来了，咱们家现在就两个老人，都要孝敬，老家没人了，所以都来了深圳，爸和妈现在住到一个屋檐下了，按说不应该，一个人有一个人的生活习惯，可实在是没办法，咱们目前就这个经济条件。如意马上要上幼儿园，也是一笔费用，不过好在四海的收入比以前高多了。"说到这儿，超男望向四海，满是赞赏，四海妈也一样，超男爸却瞥了女婿一眼。他一直看不上四海，觉得他不出趟子，没有男子汉的气魄。挣钱？那也是挣的窝囊钱。

　　超男对四海妈说："妈，你千万别觉得不好意思，你做你的饭，爸做爸的饭，各人吃各人锅里的，各人管各人的事情，互不干涉，互不影响，是亲家,也是邻居。说句不恰当的,您二位,是高度自治,这是老年公寓,好处是,儿女随时都能来,有问题,随时打电话。如意时不时还得送过来托妈照顾,爸有时间,有余力,也多照看着点。"两位老人都"嗯"了一声,算是同意了。

超男爸问:"小贤呢?"超男说在蓓姐那呢,忙事业呢。超男爸猛咳了一声,吐了一口痰在地上:"他忙屁事业,癞蛤蟆上秤盘,自己都不知道自己几斤几两,让他给老子通个电话。"

众人一惊。一是为他的不讲卫生,二是为言语的粗鲁。在丈夫和婆婆面前,超男也觉得没面子。但她爸脾气暴,她也只能柔声劝道:"爸,注意点,这里不是家里,客厅也是公共场合。"她爸不痛快:"刚才还说让我把这当家。"

超男说我不是那个意思。

超男爸脸拉下来:"那你什么意思?"

四海妈终于说话了,但似乎并没有打圆场的意思,而是直白说:"亲家,孩子的意思是,让你不要随地吐痰,不要说脏话,不文明,不礼貌。"超男爸若有所思,"哦"了一声。他似乎并不介意四海妈的批评,又或者他就是个直脾气,直来直往就好。超男、四海深以为罕。

超男拨通了超贤的电话,爷儿俩聊了几句,挂了。

超贤在那头,望着提不起精神的薛蓓,小声嘀咕:"一个晚上就损失了几千块。"

薛蓓恹恹地斜靠在客厅沙发上。身旁是老默收藏的一具非洲雕塑,狰狞的面孔。

一日夫妻百日恩。她对温晓涛还有感情。离婚,不是因为情尽,而是因为过去那些沉滓泛起,搅动江湖,不得不离婚。她总觉得自己有些对不住他。

在内心深处,薛蓓认为自己是一个传统女性。虽不至于三从四德,但对于旧有的男女之间的秩序,她是尊重,甚至向往的。

她犯过错。她对李安东呢,也有感情,但那种感情是扭曲的,那里面有个糟糕的自己,她不愿意去面对。

超贤给他蓓姐端来一杯水。"要不就打电话问问。"他鼓励她。

问?问谁呢?问晓涛的哥哥、姐姐?显然不太现实。这二位都是拒人于千里之外的主儿。嫂子?或许可以问问他嫂子。主意已定,薛蓓来了点精神。拨过去,通了,那头说"喂",薛蓓准备得很好还是措手不及,叫什么好呢,想来想去，还是直呼其名。"好久不联系了。"他嫂子说。薛蓓客套了一番，他嫂子是明白人，单刀直入地问："你是不是想打听晓涛的情况？"薛蓓怔了一下，说"是"。

"这事我也是刚听说，具体情况还不太清楚，最近家里情况不是很好，我现在带着孩子在加拿大。你哥，哦嗨，还什么哥，我跟你不妨说实话，我跟我们家那位也到头了。这一家人，没几个好东西。"

信息量颇大，这才离开几天，家里遭逢如此巨变。薛蓓顿感人生无常。

"晓涛她妈呢？"薛蓓问。

"她在国内，陪着老头子，晓涛出事，她有的忙了。"他嫂子有些嘲讽口气。

严重，一通电话打得让薛蓓觉得事情比想象的更严重。没办法，只能等，天亮去找沈伟，问清情况，看下一步怎么办。

眼角挂着泪珠。薛蓓梨花带雨，格外有种风情。超贤打开直播，哭泣的薛蓓出现在镜头里，她并不直视镜头，只是侧着脸，灯光柔和，她整个人仿佛一幅油画。

观看人数迅速攀升。

很多人问怎么了。也有送花的，安慰的，送车的，送钻石的。每一种情绪只要用得恰到好处，都能赚钱。比如演员就是一个靠情绪赚钱的行当。

超贤真心觉得，这世上的人都太寂寞了。在这样一个夜晚，薛蓓的眼泪将无数人寂寞的情绪放大，并恰到好处找到了共鸣。超贤打开直播配乐，是许美静的《都是夜归人》。"干了票大的。"超贤说给自己听。但薛蓓已经被这无尽弥漫的悲伤淹没。

## 42

老默没喝酒，能开车。散了饭局他开车带朵儿妈回自己家，家里有保姆，事先打了招呼，照顾小的之余，也照顾照顾老的。朵儿妈本来不愿意。朵儿远程做工作，好说歹说同意了。朵儿的意思，一个是她妈有人照顾，二个也是创造老默和朵儿妈接触的机会。人嘛，都是感情动物，怕见面。将来她二胎生下来，她妈的气不解也是个问题。

上车了。朵儿妈半躺在后座上。老默开车。上了深南大道，车开稳了。

朵儿妈问老默："你跟温晓涛不是挺熟的吗？"

"有点交情。"

"你就不感兴趣他怎么了？"

"可能工作上出了点问题。"

"没了？"

"也帮不上忙，明天问问。"

"冷血。"

"是福不是祸，是祸躲不过。"

"你倒看得开。"朵儿妈用手顺顺肚子，"本来是个出院快乐，现在闹的，一波未平一波又起，我都不敢回去了。"

"你说薛蓓？"

"你看她那为难样，都是前夫了，不知道操个什么心，真的，人要学会放下。"朵儿妈做逍遥状，"就比如我，我在老家有多大的人脉关系网，多少资源，多高的威望，我还不是放下一切，来深圳了，看孩子，照顾女儿，还负了伤，我说过一句抱怨的话吗？"

老默觉得好笑。笑出来，又连忙收回去。他怕朵儿妈从后视镜看到。开了一会儿，朵儿妈还说饱得厉害，老默听出她大概想出去坐坐，便问要不要去南方院子坐一会儿，吹吹风。朵儿妈立刻表示欣然。南方院子是个小酒吧，二楼天台能看到海。朵儿妈腿脚不好，进了院子，讪讪地说就坐一楼。老默知道她心思，还是请服务员扶她老人家上二楼去。坐定，一会儿工夫，酒上来了。两杯椰子酒。

深圳的夜将将开始。街面上吵吵嚷嚷都是人。海，黑黝黝的，就在远方躺着，仿佛一张席梦思床。楼下卖纱巾的小贩在叫卖。朵儿妈嫌冷，想要一条纱巾披着。老默便去买了来。喜欢深圳，就喜欢它的夜晚。朵儿在老家，不到九点一定是回到家的，街上扔一根棍子都砸不到人。可深圳就不一样了，夜，无限延长。人的思绪也婉转得多。天空有星星。难得。朵儿妈说她小时候，老家天上星星是满的。地上河水是清的。"我下放的时候也是。"

"下放？"朵儿妈直起腰，"你还下放过？"

"我倒没有，没赶上，跟着哥哥姐姐在农村待过一阵，知青的事，关注得多。"老默很平静。这倒是朵儿妈喜欢的话题，跟朵儿谈不上。没想到在这个天涯海角，这个夜晚，能和老默这样一个人聊聊过去，更难得，聊着聊着就聊出笑声了。

夜越深，却越上来些人。快十一点，天台上上来个驻唱的小伙子。跑场的，气喘吁吁，估计刚从别的场子过来。唱了两首，有客人给小费。

朵儿妈打趣老默："怎么样？来一个？也赚点钱？"

"人家的场子。"

"小伙子唱两首就撤了。"

"场地有分成的。"

"我去跟老板谈。"朵儿妈擅长这个。说着就要起身，老默说千万别，他把吧台经理叫来，朵儿妈如是这般一说，把老默吹得天花乱坠，又说五五分成。吧台经理立刻表示同意，点缀氛围，还能赚钱。双赢的事。

老默站到键盘前了。边弹边唱，唱了一首周杰伦的《世界末日》，又唱了一首本地歌手陈楚生的《有没有人告诉你》，有掌声，也有一点儿小费，但不多。朵儿妈一看势头不好，有些着急，拄着拐棍上。走到键盘跟前，站定，对老默说："《枉凝眉》。《红楼梦》主题曲。"朵儿妈拿起话筒，说："我很喜欢深圳的氛围，第一次来南方院子，为大家献上一首歌曲《枉凝眉》。"说罢，音乐起，歌声飘来，朵儿妈有些唱歌的底子，真有些天籁的意思，只是到后面有些提不上去调子。客人们轰然一笑，也就过去了。小费竟然比老默挣得还多。

趁热打铁。朵儿妈又唱了《西游记》的插曲《女儿情》、《三国演义》里的《滚滚长江东逝水》以及《水浒传》的《好汉歌》。四大名著唱遍了。算算小费，对半分，竟然有一千多块。朵儿妈点着票子，齐了之后在手里拍拍，笑对老默："要是我学唱歌去唱歌，哪还有你们的饭吃！"一高兴，腿脚都好像利索很多，架着拐杖，也不需要老默扶了。

老默开车。朵儿妈这回坐副驾驶，钱数出一半，塞到老默口袋里。老默忙说不用。

"留着！"朵儿妈道，"说好了是合作，弹琴有弹琴的功劳。"

老默说，这没什么，不用给我。

朵儿妈忽然叫道："不是给你，是给我未来的孙女。有钱留着点儿，孩子以后花钱的地方多着呢。"

这算是"原谅"或者说承认朵儿怀孕了？对他们生二胎不再耿耿于怀了。

"谢谢。"老默握紧方向盘。朵儿妈头靠在椅背上，长舒一口气，"你跟我一样。"

"嗯？"老默发出声响，不知道朵儿妈什么意思。

"你跟我一样，都未必能享到孩子福了。"

老默憨憨一笑："不一样。"

嗯？这回轮到朵儿妈不理解了。

"我可能享不到儿子、女儿的福。您能享到女儿的福，但可能享不到孙子、孙女的福。"

朵儿妈"切"一声，说大女儿的福你没享到？现在的孩子真是。

大女儿在加拿大。妈妈去世后，父女俩关系一直不算融洽。大女儿叛逆期一直延续到中年。

车进小区，已近夜间两点。老默去地库停车。朵儿妈说楼下报箱有杂志要拿，然后直接从一楼坐电梯上。架着拐杖，朵儿妈跟跄着来到电梯门口。

忽然，朵儿妈看到电梯不锈钢门板上闪过一道黑影。跟着，一把刀架在脖子上。"别说话别动。"

明晃晃的锋利。朵儿妈被震住了，但她还没失去理智。

遇上抢劫的了。如果好手好脚，她能跟他拼一把，可现在缺胳膊断腿的，朵儿妈决定先听话自保。劫匪把朵儿妈往楼梯间推，条件谈好了，他希望朵儿妈带他回家，进屋找钱。"行，没问题，不过我这脚有点疼。"

"少玩猫腻，老子道行比你深多了。"劫匪看上去不大，充其量二十多岁，圆寸头，光着上身，背后盘着条龙刺青。"你家哪儿的啊？怎么干这行？"朵儿妈慈眉善目，并不紧张。"少他妈废话，我抢劫呢。"劫匪勒紧她脖子。

朵儿妈忙说："好好好，抢，抢。"

回到电梯口。电梯缓缓下行。到一楼，"叮"一响，门开了，轿厢没人。

"进。"

朵儿妈乖乖进去，一拐一拐。

"按。"

朵儿妈按下楼层，十八。

"确定没错？"

朵儿妈不说话，点头。

"错了抹了你。"

静静地，轿厢上行。朵儿妈又说："你哪儿人啊，怎么来深圳的？我也是外地人，来深圳混不容易。"

劫匪伸手，啪，给了朵儿妈一巴掌。

"你怎么打人呢？"朵儿妈申辩。

啪，清清脆脆，又是一巴掌。

"你……"

话没说出口又是一巴掌。朵儿妈闭嘴了。

到十八层了，"出去！"劫匪发号施令。朵儿妈出汗了，家里有尼尼，保姆也是个手无缚鸡之力的，这老默呢，该死，该出现的时候不出现。

"这边……"朵儿妈讪讪地，领着劫匪往反方向走。那户空着，没人。敲敲门，没人在家。"我没带钥匙。"朵儿妈嬉皮笑脸。"少他妈玩花招儿！要命还是要钱？！老子道行比你深着呢！"

"是吗？"朵儿妈来自信了，"钱在后头呢。"

劫匪回头。老默如天神站在他面前，一起脚，飞踢，正中腕子，刀飞出去，当啷落地。再一脚，劫匪飞了出去。朵儿妈一闪，一百好几十斤撞到无人户的门上，"咚"的巨响。朵儿妈神助攻，连着好几拐杖。"这叫打狗棒法！我打！"

拐杖继续，劫匪遍体鳞伤。邻居们闻声而出，一起制伏了劫匪。

朵儿妈扬扬得意。老默说："报警。"朵儿妈这才想起来打电话。

要录口供。

老默和朵儿妈从警察局出来，天已放亮。东边蒙蒙橙黄，太阳快出来了。

朵儿妈拍了一下老默："来首歌。"

老默随口唱："最美不过夕阳红，温馨又从容……"

"什么夕阳红。"朵儿妈反对，"我们是朝阳，朝阳红，照样红，我来到深圳照样红。"

沙发边，薛蓓慢慢苏醒，看看时间，起身了，她走进洗手间，拢了拢头发，洗脸，化妆，准备出门。

四海妈从里屋出来，桌子上一只方便面袋子。"亲家？"她试探着喊。这老头儿起那么早。

"亲家？"又一声，还是没人理。看来出去了。早锻炼？这习惯不错。

四海妈进洗手间，刚抬起马桶盖，一股熏天臭气把她惊得差点连昨晚的饭都要吐出来。

是超男爸忘记冲马桶了。

## 43

温晓涛被抓的具体情况还是沈伟告诉薛蓓的，跟交易的进口光缆有关。在光缆交易完毕之后，温晓涛派出的收货车把光缆放在了户外空旷场地，两夜，被偷。温晓涛是第一责任人，属于渎职，造成国有资产重大损失。温晓涛已经被拘留。

"是意外，不是故意。"薛蓓着急，"应该很快就能出来吧。"沈伟说这个不好说，还要看具体的案情走向。"一定没事的。"薛蓓喃喃自语，"在哪个看守所，我们应该去看看他。"她情绪激动。

"蓓蓓，冷静点，我比你还着急，这不仅关系着我们最好的朋友温晓涛，对我们公司的声誉影响也很大，光缆丢失虽然跟我们公司无关，可是，也是下游出了问题。"

"我没有不冷静。还有，他不是我最好的朋友，他是我前夫。"

沈伟不说话了。这层关系，是他不能比的。他跟温晓涛再好，也只是朋友。薛蓓却曾经跟他睡在一张床上。曾经，沈伟非常反对牛朵儿把薛蓓介绍给温晓涛。他认为薛蓓只是一个贪慕虚荣、意志薄弱的女人，可现在他的态度隐约有些改观。

"他继父呢？就不管了？"

"他自身难保。"

"他妈呢，哥哥姐姐呢？"

"他妈只是一个退休人员，现在非常时期，他继父不可能也没有这个能力有任何动作，这是法律，是不可逾越的红线。"

薛蓓觉得头都大了。她给朵儿打电话，朵儿还在印度尼西亚。她也没有好办法，只能等，再就是通过正常程序申请见面。"在哪个看守所总应该知道？"

"这也是秘密。"

"深圳的看守所是有限的，去问问。"

大海捞针。可朵儿说的或许有道理，去问，去找吧。次日，薛蓓让超贤陪着她一起找。超贤说，姐，咱们的生意……

"要不你顶一天？"

"我？我不是名人不是 IP……"只好跟着去了。

找了几天，没结果。

还是李安东来说了前前后后的情况。约在咖啡厅，薛蓓去了。

"温晓涛本来应该跟我们合作。"李安东说。

"跟你们合作就没问题？"

"至少问题会减少。我们有专人负责交割，更完备，更安全。"

"现在说这些还有意义吗？"

"他离婚之后一直有赌博的习惯，据说，在光缆被盗的当天晚上，他还在赌桌上，新加坡、澳门的赌场，他更是常客。"

"你想说明什么？"薛蓓不高兴，"我爱上了一个爱赌博的男人？瞎了眼、走错了路，导致现在一败涂地、无路可走？还是说离婚让这个男人堕落，罪魁祸首还是我？"

"蓓蓓，你总是活在你的臆想里。"李安东指指脑袋，"你们在这个层面上，真的有沟通吗？能发生灵魂的共鸣吗？蓓蓓，你和温晓涛不是一路人，如果离个婚就能把他打倒，一个女人的过去他都介意，只能说明他太脆弱，只能说明他并不是深爱这个女人。蓓蓓，你为什么总是不明白你自己，年龄相仿真的就那么重要？有一个表面光彩体面正常的家庭就那么值得追求？现在看到了吧，一切随时都可能坍塌，最重要的还是自己的心，人与人之间心灵的息息相通。你看牛朵儿，她就是一个非常聪明的女孩，想要什么不想要什么，一目了然，清清楚楚，老默多适合她。"

"我就知道我现在不想跟你在一起，明白了吧？"

"想跟我结婚的女人排着队。"

"这一点就不用再强调了。"薛蓓冷漠地，"有温晓涛的消息告诉我。"

薛蓓起身，准备离开。

"你害这个家庭害得还不够吗？"李安东冲着背影喊。

薛蓓停住脚步，手微微颤抖。

"两个不在一个层面上的人在一起，注定是悲剧，如果没结婚就没有离婚，如果不离婚他就不会堕落，如果不堕落，光缆或许就不会丢……"李安东无限制地推测下去。

"如果我不遇到你，我还是一个简简单单的女人，我想我会幸福得多。"薛蓓坚定地。李安东跑过去，一边抓住薛蓓胳膊。"蓓蓓，你为什么总是对我冷漠无情，我到底做错了什么，你告诉我，我改。"李安东无限柔情。"我

- 181 -

们的相遇方式不对。"薛蓓叹了口气。李安东说，你说要怎么相遇？薛蓓忽然觉得好笑，她转头望着这个男人，说，已经发生的历史是改变不了的，这就是命运，我现在只想踏踏实实找个人过安安稳稳的日子，你不是那个人。你不安稳，你的世界永远只有追逐。

李安东呆立原地。他不明白薛蓓到底在挣扎什么，做贞洁烈妇？有必要吗？第一段婚姻糊里糊涂，接着是跟男人恋爱，找到经济上的自尊，然后呢，第二段婚姻，她想要找到作为女人的尊严。可是，温晓涛的家庭显然没有给她尊严。他能给她。只要跟他结婚，她就能呼风唤雨。这有什么问题？如果说有问题，那也只是普通人的偏见。他们会认为，她只是一个靠男人上位的女人，但却忽略了，她跟他有同样的野心、同样的活力和忍耐力。薛蓓这样做，是从了众，是精神上的自我阉割。

难道只有回归到传统的家庭中才有安全感？

李安东不认为如此，他有耐心等。他甚至觉得，薛蓓根本像是《乱世佳人》里的斯嘉丽，他就是白瑞德，温晓涛则是那个孱弱的男人。斯嘉丽最终是属于白瑞德的。

"姐，到底签不签？"超贤挂了电话，把手机还给薛蓓，征求她的意见。

入网三个月，业绩惊人。直播平台邀请薛蓓去北京发展，做专职主播，有专门的演播室，重点打造。薛蓓一笑。

"我多大了？"

超贤支支吾吾说，三十几。女人的年龄是秘密。薛蓓不当回事，超贤不能。

"做直播，我还能做几年？"薛蓓继续问。

超贤说，五六年不成问题。薛蓓笑说："你见过四十岁还在直播界长红的吗？"超贤说，只要角度和灯光打好了，有这个可能性。

"灯光、角度，再好也是虚幻的。"薛蓓喝了一口橙汁，"最关键的还是保养，我们开的两个方向很好，一个美妆，一个美食，前半生的容貌是爹妈给的，后面全靠自己修炼了，不保养，暴殄天物，最终还是会老得难看，这就是我们生意的切入点，不过，还需要人帮忙。"

"真不去北京发展了？"

"那是条死路，直播平台，良莠不齐，我们还是应该从线上，慢慢转线下，两线互动。"薛蓓很自信，"我们的公众平台有多少人关注？"超贤说，已经过十万人了。薛蓓说这十万人还有直播平台上的散户，是我们发展的基础。超贤还有好多想法。薛蓓说，美妆和开发饭店的事情，可以等牛朵儿回来再说，"美妆她有天然优势，开饭店也可以问问她的意见"。说到饭店，超贤说，我饿了。薛蓓说，你下去买个粉。

超贤说，吃够了。薛蓓惯着他，毕竟是弟弟，"煮包泡面给你？"超贤欣然说好，又说正好直播。薛蓓说，你这小子真是着魔了。

超贤说："其实我并不是对美妆、美食或者直播着魔。"

"怎么说？"

"我是对成功着魔。"超贤很认真地说，"都说女人的青春短，只有二十二岁到二十六岁，过了这个年纪，就会差劲很多，当然蓓姐是个例外。"薛蓓说，你别贫嘴。"所以人家说，男人呢，就好很多，男人可以到三十，四十，还是会有很好的状态，还是有机会的。"薛蓓说，这话也对也不对，不过跟你前面说的这些有什么关系。

"其实我也觉得男人的青春才更短呢，"超贤话锋一转，"二十三岁之前，很多男孩子做什么都是对的啦，你弹吉他会有人喜欢，你打篮球会有人喜欢，你学习成绩好会有人喜欢，就算你长得不是那么帅也会有人喜欢，可是到了三十岁往上，那就很危险了。"

"危险什么？"

"一个男人超三十岁上面，如果你不成功又没有钱的话，那可是很难招人喜欢的。所以像我这样二十岁都很难招人喜欢，失败了近乎前半生的人，如果到三十岁还没有成功没有赚到钱的话，岂不是很惨。"

薛蓓发笑，点了一下超贤的头，说，你这是典型的年轻人对中年危机的臆想。其实人到中年没那么可怕，也没那么乐观，像我这样，到了三十几岁，我就不响，不出声，默默做自己的事情，仅此而已。真正的中年危机是来不及感叹的。

也有趣，此时此刻，说中年危机的不止薛蓓一个人。超男躺在床上，身旁是如意，四海还在看材料。"真是中年危机。"超男直起身子，看四海的头。四海以为超男在自况，头也不回，说："怎么啦，学校的小姑娘教学大放异彩啦？心态放平一点儿，你现在的岗位是心理咨询老师，要学会自我调节。"

超男拿枕头打四海："我说你呢，你还反过来说我。"四海说，你说我什么。超男说，中年危机呀。四海撑了撑胳膊，做运动健将状："我，还好，状态大勇。"

超男喷喷两声："还大勇呢，你看你的头，中间毛都没了，我给你放只

- 183

鸡上去，立马能下出个蛋来。"超男说，那不是秃，是天生的，旋上头发本来就不多。

"天生的秃头，"超男捂嘴笑，"我可跟你说，你要成了地中海，我可把你扫地出门。"

"你舍得吗，我这么一赚钱大户。"

"有什么舍不得，旧的不去新的不来。"

"你还有新的了？"四海故意提高声调。

超男捏起床头一面十元店买来的塑料镜子，照着脸庞，道："想我当初也是闭月羞花沉鱼落雁，可现在呢，为这个家操心操的，哎哟你看我这法令纹，你看我这鱼尾纹，都能把蚊子夹死。"

"你说怎么办吧？"四海合上电脑，"找朵儿要几片面膜贴贴？"

"难道我一辈子都当她们的跟班儿。"超男心气上来了，"虽然她们混得都比我好，可我也没必要事事求人，我好歹也是一职业女性，标标准准的心理咨询老师。"

"你是典型的既自卑，又自大。"

"林四海！"超男抓起东西就砸。四海求饶。超男说："给我办张卡。"

"又办卡。"四海口气拖着。

"什么叫又？看你这态度我就特别来气，你老婆脸都成抹布了。"

四海求饶："好好好，办办办，怎么个办法？"

"3888，划给我就行，就是妈楼下那家，好多人都说不错。唉，生孩子生的，我都有黄褐斑了。"

四海掏出手机，把钱划过去了，又问："也不知道妈和爸磨合得怎么样了。"

超男觉得不是事儿："一个人一个屋，各过各的日子，有什么可磨合的，那天不是说了吗，高度自治。当初……"超男刚准备说，当初朵儿妈建议把老两口撮合到一起，但现在看，似乎也没必要，不战不和，保持现状，万年长青，现在最重要的是维持家庭稳定。四海忧心忡忡。超男夺过四海手机，说，给妈打个电话。

电话打过去，好久才接。超男秒换柔声。"妈，都好吧？"开免提。四海妈正在洗手间，坐在一堆塑料瓶子里，一只一只清洗。"都好都好。"四海妈最近迷上拾荒，捡塑料瓶卖钱。

"爸呢？"

"去楼下老年活动中心了。"超男朝四海挤挤眼,力证生活和谐。

"都好吧?"

"都好都好。"

"那您好好休息,不打扰啦,有什么需要的打电话啊,如意最近学习古典音乐欣赏班,周末不送过去了。"

"注意卫生!"四海妈叮嘱。

瓶子如山。四海妈硬要愚公移山。深夜,超男爸归来了。进洗手间,一脚踩到瓶子上,滑了一跤。

一声惊叫,跟着是"哎哟哎哟"的碎喊。

四海妈从梦中惊醒了。


## 44

朵儿到家后惊奇地发现,老虎不吃羊了。她妈属虎,老默属羊。他们一个坐在沙发上翻着书,一个在里屋拉着小提琴。保姆在厨房忙碌着。尼尼安睡。

和谐社会。鸡兔同笼也没冲突。

朵儿仔细观察,关键是她妈的面容状态都变了,舒展,从容,甚至慈祥。

保姆张姐端着煲好的鸡汤出来。朵儿妈安排的,特意为朵儿补补。摆到桌子上,盛出一碗,端到朵儿妈沙发边的小茶几上。"给廖老师盛一碗。"朵儿妈吩咐。

朵儿甚是惊诧,老佛爷的恩泽都照到穷苦人身上了。

厨房,趁两个人都不在,朵儿问张姐:"喂,这两人什么情况?"

张姐摆摆手,一脸为难,示意不清楚。

终于,稍晚在洗手间,朵儿妈在敷脸,黑黑一层去角质膏,头上系着一圈毛巾,陕北羊肚式,朵儿笑嘻嘻靠近。"怎么啦?招安啦?"

朵儿妈白了女儿一眼:"什么?有病?"

"发生什么故事了呢?"牛朵儿举起一根手指,若有所思。

"乱想,廖老师和我,完全是革命友谊。"

"哟哟哟,革命友谊都出来了,打倒的哪个阶级?"

"打倒你,不听话阶级,胡闹阶级,瞎折腾阶级,不听妈妈话阶级。"

"我倒成罪大恶极了。"朵儿笑说。

睡前，朵儿开始审老默。审来审去就一句话，没什么事情。

"你俩还待出秘密了。"朵儿佯作不悦。老默知道不说点什么估计晚上不得安睡，便把那天电梯惊魂的一幕大致说了一遍。朵儿一听，说呦，我就说这个小区不安全，太老了，物业都不管理。等我这老二出来，怎么着也得换一套房子了。保姆也住不下啊，你看张姐，恨不得都住阳台上了。老默不作声，算表示同意。

朵儿躺在床上，肚子起来了，睡觉必须仰面朝天。她看着天花板，忽然一笑。是的，人与人之间的关系，必须经历事，才能坚固。

老默冷不防说："你妈就是好强。"

朵儿斜着头看老默。他很少评价别人。

"你随你妈。"又来一句。

"我好强我能找你？怎么也得找个霸道总裁之类。"

"两强相争，必有一伤。"

朵儿不想继续这个话题，就问温晓涛被抓是怎么回事。老默说，大概听说是擅离岗位导致国有资产失窃。"贼抓到了没有？"朵儿急切，她跟温晓涛关系不错，温甚至曾经对她有意思，不过这点她从未告诉过老默，"看监控啊。"

老默说，监控事先被人停了，应该是蓄意盗窃。

"找人查查。"朵儿说，"李安东应该有办法。"牛朵儿一直不能理解，薛蓓对这个李安东为什么一直坚壁清野，就算过去有一段扭曲的人物关系，可现在不早都云开雾散了吗？什么是天长地久？没有。人生短短几十年，就是在不安稳中寻找安稳，薛蓓期待的安稳，还是太理想化了。更何况，像李安东这样痴情的有钱人，别说深圳，在全国，比例都算小的。

第二天，朵儿到公司回岗。实验刚上，超贤来了。等了几个小时，朵儿出来了，一边脱实验服一边说话，问超贤来做什么。

"来学习，考察，求教，求合作。"

"我能跟你合作什么？"朵儿问。实验室的同事纷纷侧耳。朵儿并不避讳，又跟超贤谈了谈发展路子，包括公众号的推广，怎么做线下。不过朵儿说："我现在情况特殊，等过几个月。"超贤说姐你真是事业家庭双丰收。朵儿说："你好好陪陪蓓姐，你来了，我们也放心些。"超贤说起蓓姐心情不好。朵儿没再多问。

没几日，李安东给朵儿来电话，说已经托律师沟通，家属可以去看温晓涛了。朵儿是聪明人。但她故意说："直接打过去说啊，人家会感谢你。"

李安东说："我现在是罪大恶极，好事也被看成坏事。"朵儿说，那你还做。李安东说，这就是我的优点了，长情，念旧。朵儿说"谁信"，又说，算了，我来协调吧，我被你感动了。

"感动？"

"一个人能帮助自己情敌，并把自己喜欢的人推向情敌，这是什么精神？牺牲精神。这是什么样的胸怀？维多利亚湾一样宽广的胸怀。"

李安东哈哈大笑。

朵儿话锋一转，说，你怎么谢我。李安东说，你这么实际。牛朵儿说："我打算创业呢，年纪大了，公司也不待见了，34岁在有的公司就算糟糕的人了。"

"你可是首席科学家，多少家抢着。"

"过了气的首席科学家罢了。"朵儿嬉笑着，"我说真的，你别打马虎眼。"

"有方案，盈利线索明晰，方向合理，我一定投资。"

"算你有数。"

当晚，牛朵儿跟薛蓓通了电话，说了去看晓涛的事。薛蓓激动，但朵儿没说李安东从中帮忙的事，非常时期，只能抓主要矛盾，牛朵儿似乎能料到李安东必然出现，只是到时候兵荒马乱，生米煮成熟饭，她认为薛蓓也顾不上那么多。

第二天一早，牛朵儿跟公司告了假，不顾老妈的反对，老默开车，拉着薛蓓一起去看守所。一路无话。

看守所门口，一辆黑色汽车停在那儿。老默的车开过来，那车车门打开，下来个人，夹克衫，棒球帽，意气风发。是李安东。老默把车停好，薛蓓才看清来者。

"他怎么来了？"

朵儿劝："人家也帮忙的。"

"你怎么没说？"

"都这时候了，进吧，你就当没看见。"

薛蓓低着头往里走，老默去和李安东寒暄。薛蓓硬生生觉得来气，温晓涛沦为阶下囚，他却一身簇新精神抖擞，什么意思？"别想那么多。"朵儿小声劝，"周瑜打黄盖，愿打愿挨的事情，他要做，就让他做好了。"

走道长长的，铁窗在两侧，肃穆，森森然。

朵儿搀着薛蓓。两个人生平第一次走过这种场合，都收着心，屏着气。

到会客室。是个两进的屋子，外面塑料椅旁，站着个女人，一身西装的男人陪着她，显然是律师了。薛蓓觉得这背影有些眼熟，可一时没反应过来。那女人一转头，薛蓓吃了一惊，牛朵儿也唬得往后退了一步。

是温晓涛妈妈。

薛蓓窘得不知道叫她什么好。脸对脸硬碰硬，自打离婚后没见过，没想到再见却是在这个地方，还是因为晓涛。"伯母。"薛蓓吃吃地吐出两个字。

晓涛妈点了一下头，端着手臂，大家闺秀的样子。丈夫被查，儿子入狱，她依旧维持着一个女人的尊严，优雅，头发盘着，衣着朴素，但胳膊上的名牌皮包，还是固执地诉说着往日的辉煌。

是巧合？还是安排？这念头在薛蓓脑海中一划而过。有什么关系？她们关心的，都是晓涛。工作人员推门进来，问谁是家属。薛蓓想举手，可突然又意识到，自己已经没了这个资格。晓涛妈上前一步，说："我是。"牛朵儿和薛蓓跟在后头。

"一次只能见一个人。"工作人员公事公办。

那扇小门，静静的，拉开就能见到温晓涛。

鞋跟敲击地面，嗒嗒，更增添了紧张气氛。走到门口，她却转过身，对薛蓓说："你去吧。"

薛蓓恍惚，是在说她？

"你去。"晓涛妈口气柔和，像换了个人，苦难让人谦卑。

薛蓓看朵儿，寻找精神支持。

工作人员却问："什么身份？"

薛蓓心上又是重重一锤。前妻，一个多么尴尬的身份。工作人员又问了一遍。薛蓓刚准备张口应对，晓涛妈却先说："她是温晓涛的爱人。"

哦，不是前妻，还是爱人。

薛蓓和晓涛妈对望了一秒钟，她跟着进去了。

玻璃窗，两端由电话连着。她等了一会儿，他从里头的小门出来了。

晓涛瘦了，胡子老长，两鬓白了不少。或许这就是所谓的一夜白头？他见到她来，也是吃了一惊。颤颤巍巍坐下，举起电话靠在耳朵边，又立刻放下了，薛蓓拼命拍玻璃，工作人员提醒她冷静点。

电话又拿起来了，温晓涛眼睛熬得红红的，薛蓓理解为他很伤怀。离婚后没再见，再见隔着一道玻璃，两个世界了。

薛蓓先说话，急促地："没关系，我们请律师，案子还在调查，光缆还有可能追回。"晓涛稳定情绪，故作放松，说，没事，我没事。又问："你好吗？"

薛蓓已经哭了，不停地说，我很好，我很好。

长时间的沉默。两个人只是对望着。除此之外，还能说什么呢？

终于，晓涛说："其实我不希望你来。"薛蓓问，为什么。

温晓涛说我不想让你看到我狼狈的样子，我觉得全世界都在看我的笑话，看我怎么跌倒怎么失败。薛蓓连忙说，怎么会，你不要多想。

晓涛说："可以理解，人之常情，就连看运动会，看人摔倒也是一种乐趣。"

薛蓓说，你只想跟我说这些？我也很失望。

温晓涛吸了一口气说："其实我们分手之后我好长时间回不过神来，是的，我曾经接受不了你的过去，接受不了婚前你对我的欺骗，可是真的分开之后，我是恍惚的，好像一个梦没有醒来，我甚至觉得有朝一日我们会重逢的，可是直到今天，直到你和我之间隔着这样一层透明的板子，我才终于告诉自己，确认了，我们之间再也不可能了。"

薛蓓泣不成声："我会等你。"

时间到了。温晓涛放下听筒，被带回了。

薛蓓吸了吸鼻子，迅速整理好情绪，她不想让晓涛妈妈看到她的软弱。走出探问室，朵儿上前陪着，晓涛妈迎上去，伸出手来。薛蓓惊诧，但也伸出手，两个女人握了握。薛蓓不懂晓涛妈的意思，等到走过那长长的通道，到了室外，晓涛妈才礼貌地跟朵儿说，能不能单独给她们一点儿时间。朵儿说，没问题，走开了。

看守所的屋檐下。晓涛妈和薛蓓站在阴凉地。薛蓓刚进入这个家庭时，晓涛妈在上，她在下，但现在，她们算是平起平坐了。许久，晓涛妈转正身子，说："如果你愿意接受，我想跟你说一声对不起。"

薛蓓惊诧得说不出话来。对不起？对不起什么？对不起把她赶出那个家？还是对不起自己的一败涂地？薛蓓佩服这个女人的身段，够柔软。

识时务者为俊杰。

晓涛妈接着说："我们这个家，现在就是这么一个情况，今天既然你来到这里，想必也知道一些情况，我就不多说了，人生无常，谁也没有一竿子到头的。我承认，过去我为了稳定家庭、保住现有的幸福，对你有些不公平，但现在一切已经结束了，你来看晓涛，我相信你对他还有感情。实话实说，离婚之后,我难受,晓涛更难受,但我想这也是给我们大家上了一课,你为欺骗付出了代价,我,晓涛,我们这个家庭,也为自己的不理智付出了代价。蓓蓓,你是一个好女孩。晓涛需要你,我真诚地邀请,真心地希望,你能留在晓涛身边。是,现在晓涛身陷囹圄,但这是暂时的,以他的能力,他会东山再起,会有好日子的。"

屋檐下是阴影,一道黑线,外面就是白亮的太阳地。

薛蓓的世界早已经不是黑白分明。可过去的日子里,她总是想着过非黑即白的日子,哪里有?做梦?一切都在变化,命运超出每个人的控制。连晓涛妈这样强硬的女人都能为了家族的稳定弯得下腰,伸得出和解的手。她又有什么不可以呢,她的确有和晓涛破镜重圆的心。

只是,薛蓓坚信,她的破镜重圆,绝不是、也不能是因为晓涛妈的劝说。

"这是我和晓涛之间的事情。"薛蓓保持微笑,"谢谢您的道歉,我接受。"

晓涛妈道:"退一步,海阔天空。"

## 45

不过摔了一跤,超男爸本没当回事,可坐在地上起不来,头晕头痛,四海妈吓得连忙给四海、超男打电话。近午夜了,社区医院的值班医生给超男爸量了血压,对围在旁边的超男、四海还有四海妈说:"现在降下来了。"问还有什么反应。

超男爸说头还有点闷:"都说了没事,晚上喝了点小酒,睡一觉就得了。"他以前得过轻微脑梗,超男不敢掉以轻心。"幸亏妈在旁边,要不然今天后果可严重了,爸,你也稍微注意点,怎么到哪都有你的牌局。"收拾好了,四海扶着他老丈人,几个人一起回住处。四海妈怕家里的塑料瓶子被发现,说,你们回去吧,也不早了,看如意困的。超男说,这大晚上的,打车也不好打,别回头两个老人再出问题。

坚持要送回去。

到了家门口,四海妈说:"行了,回去吧。"四海说妈,进去喝口水。四海妈白了儿子一眼,要求合理,无法拒绝。进屋,把超男爸爸扶上床。

几个人在小客厅坐下。四海妈先去把洗手间门锁上。水倒来了,四海和超男轮着喝了几口。如意醒了，哭嚷不停。

"饿了，该喂奶了。"

四海帮忙从超男包里拿出奶瓶。超男说，妈，家里奶粉还有吗？四海妈连忙说，有。超男指挥丈夫，说，四海，去把奶瓶洗一洗。四海下意识朝洗手间走，四海妈连忙提醒："去厨房，水流大。"四海又调换脚步去厨房。

又喝了几口，超男摸摸肚子，尿来了，起身要去厕所。四海妈和四海在厨房热牛奶没注意。

推不动。门被锁了。有点卡？硬推。锁跳了舌头。哐当一声被推开了。
满地的废弃塑料瓶。一股臭气。

超男忍不住叫出声来："这是谁囤的？！"一秒清醒，明知故问了。除了她的婆婆，还能有谁呢。如意偶尔还送过来带，这样的环境，卫生吗？超男一起脚，一只瓶子飞得老高，撞在墙壁上又弹回来，落到面盆下方的水管旁边。超男下意识低头看了一眼，却见洗手池旁，墙边上，躺着一副眼镜。

面熟？是她爸的老花镜。打麻将必戴的。

一只镜片碎了，惨兮兮的样子。超男脑中"丁零"一响，前前后后的事情连接起来了。她爸一定是在洗手间摔的，眼镜甩出来，碎了。

这就是案发现场！

超男当即就想发作。可当着孩子，还有她爸，已经睡了，大声喧哗免不了又是一番折腾。吸气、呼气，忍住了，超男告诉自己。

走出洗手间脸色惨白。

四海妈喂好了孩子，打发他们回去。四海和超男抱着孩子下了楼，打了一辆车，往公司宿舍去。

刚上出租车，陈超男就抱怨开了："妈也是，没事找事，弄一大堆塑料瓶子囤家里，能挣几个钱？还弄一大堆细菌。真是搞不懂，什么时候能大气一点儿。好歹你现在也是个副经理了，副经理的妈就不能有一点儿自觉？我这个儿媳妇是假的，儿子和孙女总不是假的吧，回头如意生了病，一去医院，这几个烂瓶子还不够造的。"

林四海坐在副驾驶位子上，半闭着眼，司机偷偷觑了他一下。

若在以前，四海可能早开始讨好超男，可现在他一是没力气，白天忙了一天，大半夜折腾，二是自从经济水平上去之后，上层建筑的关系似乎也有了微妙变化，他没必要那么低三下四了。他是一家之主。

一家之主怎么能在一个司机面前丢面子呢？

沉默是金。

念叨了一会儿，超男也发现了丈夫的柔软抵抗，伸手在他后脑勺点了一下，"什么意思？不把你老婆我放在眼里？当我空气？当我说的话是放屁？"又是连珠炮。

四海吸气，顶住，守住阵地。

超男又哩哩啦啦说了许多，到家之前，好歹算解气了。

"不愧是老师。"林四海最后点评。

"什么老师？"超男没反应过来。

"每一句话都紧紧围绕着中心思想。"幽默感还没丢。

"你什么意思？"超男警惕，"意思是我丢了语文老师的饭碗，故意讽刺？"

四海百口莫辩。马路上，一家三口，两前一后走着。四海抱着如意在前。超男在后。她仿佛女版唐僧，喋喋不休。半梦半醒间，如意瞪着一对大眼，冷不丁说："气！气！屁！屁！"

如意说话了！女儿说话了。超男和四海当即庆贺着。然而，等听清楚如意的发音，两个人又有些失落。女儿开口说话，第一句话不是爸爸妈妈，也不是爷爷奶奶，而是那么粗俗的两个字眼。

四海很认真地："言传身教，很重要。"

"就是你，"超男说，"都怪你。"

## 46

薛蓓的直播"事业"因为温晓涛的事停了一阵。不过有超贤在幕后打理，但凡不用露脸的地方都照常。推荐美妆产品、家居产品还有美食，超贤给蓓姐的定位更宽泛了，就是打造更美好的生活。薛蓓现在是"生活家"。

超贤说出这个口号的时候，薛蓓忍不住苦笑。她的日子过得水深火热，狼奔豕突，在网络上，在大众的视野里，她却成了"生活家"。讽刺。但这就是世界运行的规则。苦，背后吃去，乐才适合展现在大家面前。情绪的起伏不是不可以有，但薛蓓提供给大众的，总体是一个高品质的世界。

这日，超贤找朵儿定做面膜，说打算试试水。研发中心外面，朵儿刚脱了实验服，超贤说："姐，你一定要帮我们，你是首席科学家，做个研发，哦不，你有现成的配方。"朵儿专业，问："你有代工厂吗？"超贤连忙说，已经找了，先试做一千张，品牌名就叫暖色调。"利润呢？"朵儿问。

超贤连忙递上一张规划表，利润三三分。

小本生意，刚开始，朵儿其实并没有分钱的打算，只是既然是做生意，她就必须吸取上次李安东投资薛蓓店面失败的教训，这真是要赚钱的。两个人正谈着，朵儿的副手小周上前说事情，等朵儿回来，超贤已经被保安拉开了。

晚上，超贤又央求蓓姐给朵儿姐打电话，基本把此事敲定。虽然朵儿有孕在身，可姐们儿有难，她不得不出手。周末一大早，老默把她送到公司，牛朵儿就忙开了。做实验，检测，合成，做样品，连着忙了两周，终于有了雏形。不巧的是，这日小周在实验室落了个东西，周末急着要，便上来一趟，看到牛朵儿在忙。她猫在门口瞧了好久，终于还是没进去。

圣诞节开卖。五十八秒钟，暖色调的单款产品一千张全部告罄。超贤乐得和薛蓓击掌相庆，又立刻打电话给牛朵儿，约饭，分钱。朵儿身子越来越重，超贤和薛蓓便抽个空上门，一直住人家房子，超贤在薛蓓的提醒下也决定付房租。

到老默家，超贤嘴甜，说，廖大哥的房子总是那么优雅。

朵儿妈笑道："优雅能当饭吃？"

薛蓓和朵儿互看一眼，撇嘴笑。老默一个人在厨房忙，家庭煮夫的样子。薛蓓小声叹："还是你找对了。"朵儿知道薛蓓又为温晓涛的事伤心，朵儿说，蓓姐，晓涛的事顺其自然，是劫难，总要走一遭。薛蓓不说话。朵儿又说，回头找人去他们集团打听打听，人被抓了，总不能一直放在里头。薛蓓说："案子还没破，只能等。"当时在看守所外头朵儿没好意思问，这会儿才问起："晓涛妈那天跟你说什么？让你走远点？"薛蓓苦笑，说，同意我和温晓涛复合。

朵儿惊叹，"这个女人！"又问，"你怎么打算？"

薛蓓说，现在人都没出来，经历了那么多，晓涛对我是比较拒绝。

"你没做错什么。"

"他自尊心受不了。"

"男人啊。"朵儿感叹道，"想想我也知足，老默好歹省心，像你这样，做一个合格的女人，要既是情人，又是太太，又是妈妈，又是女人，太难了。"

薛蓓笑道："那你现在是什么？情人还是女儿？难不成是妈妈？"

"霸主，我是家里的霸主。"

"你比你儿子地位还高。"

朵儿恍然，说，哦，那还是他的地位高。一会儿，两个人聊到合作，薛蓓先说，总是麻烦你。朵儿说，蓓姐你客气了，这是合作，我也有好处的，不是白帮忙。说着，薛蓓让超贤把信封拿过来，圣诞节档期的收入，三三分，这是朵儿的一份。朵儿妈连忙抱着孩子凑过来说，"真有钱啊。"超贤连忙转递给朵儿妈，又从裤子口袋掏出自己的一份房租，说阿姨，一直白住您房子，实在不好意思。朵儿妈欢天喜地接了，一边说"不是我的房子"，一边说"哎呀，以前我就说超贤这孩子有出息，他姐强，他可能更强，就没人信我，现在信了吧"。众人哈哈大笑。朵儿妈又劝女儿："牛朵儿你也长点心，别给资本家猛干，自己也留点外耍，跟蓓蓓小贤多合作。"

正点，老默端汤、端菜上来。围坐一圈，超贤先下筷子，说姐夫做得好吃，不过跟阿姨做的比，稍微差那么一点点。朵儿妈乐呵呵的。老默说，那是不能比。饭桌上谈起薛蓓和超贤创业的事，问老默意见，老默建议找风投。"是个有赚头的事情，而且前期的基础打得很好，但早期投入也不小，如果有人愿意投这个项目，相信会有不错的发展。"

说得很中肯，可找投资是个难题。超贤对风投圈十足陌生。薛蓓了解一些，但如今已不大愿意在那个圈子走动。朵儿说，我问问吧，再怎么着，也得等我生了老二。席间，朵儿妈问起超男两口子和他们各自爸妈的事，超贤说自己也就回去几趟。

"老头老太太住一起了？"朵儿妈兴趣来了。超男爸是她老邻居，年轻时候是一个厂的。超贤说是，一人一个屋。

"怎么样？"朵儿妈追问，"你爸适应吗？"

朵儿嫌她妈太过八卦："妈你问这些干吗，都是人家家里私事。"

朵儿妈随即道："我跟贤儿他爸有什么公事私事，年轻时候都在一个河里游泳的，他爸还追过我呢。"光荣历史，值得炫耀。老默忍不住笑。薛蓓差点被水呛到。超贤一口饭在嘴里喷出来一半。朵儿笑道："行行行，您老伟大，年轻时候千万人追，可就是瞎了眼找了我爸，倒贴。"

朵儿妈脸拉下来："我不找你爸还有你今天吃饭这张嘴吗？"

众人又笑了。

节后上班，朵儿刚到，总务处小秘书提醒她开会。牛朵儿放下早餐就朝会议室走。人坐得齐齐的，个个正装，只有她一身休闲。肚子大，特殊原因，可还是显得有些格格不入。朵儿靠门找了个椅子坐下。老总，一个秃了头的中年男人却说来来来，首席科学家坐这边。全场瞩目，朵儿有些不好意思，但也只能像只企鹅一般，慢慢走到中间，两手撑着，坐下了。一场会开下来，朵儿脸绿。就玩她一个？公司请了新人，组建新团队，带队者，小周，她原来的副手。开完会老总单独做她的工作。"你现在身体情况特殊，退居二线也是对你的保护，这个年纪生老二，要特别注意。"

退居二线可以，但是退得连职务都没有了，那不跟撤职差不多？再回来，还能有她的位置吗？手里的几个项目现在顺理成章被接过去。牛朵儿觉得自己被算计了。这几年，她教了小周不少东西，她要去美国、法国培训进修，她都鼎力支持。会是她吗？不确定。可这场地震中，获利最大的就是她。意气用事是没用的。老总既然这么说，就已经打好了算盘，再争也是徒劳。没过几天，朵儿借身体不舒服为由提出休年假，公司批准。牛朵儿在家几天，朵儿妈见女儿没上班，便问怎么不去公司。牛朵儿把休假的情况提了一下。这日，朵儿妈问朵儿要钱，说尼尼的儿童游泳班又要交钱了。牛朵儿把卡交给她妈。如果是往日，这点钱她根本不往心里走，可冷不丁歇在家里，虽然不是正式辞职，朵儿还是有了点危机感。当初她之所以有这个自信跟老默在一起，经济上完全独立是她很大的信心基础。"妈，省着点儿花。"牛朵儿不知怎么说出这一句。朵儿妈说："你妈什么时候不省了？怎么，嫌我花你钱了？这可是给你儿子花的，我一分钱没占你们两口子便宜，还倒贴。"

妈妈一连串说出来，牛朵儿才认识到自己话说过了。赚钱是正经。当天，朵儿就在网上找了一圈，然后又跟圈内朋友碰了碰。深圳精细化工企业不多。朋友介绍，倒是有几家广州的大企业HR立刻表示有兴趣。只是去广州，太不实际。家不要了？儿子不带了？还有老默，还有她妈。她离不开深圳。

"妈！"床上放着笔记本电脑，"还有果汁吗？猕猴桃的！"怀孕之后牛朵儿的口味变得十分难测。朵儿妈在阳台忙着晒衣服，说，稍等会儿。没多久，尿来了，朵儿提着身子去洗手间。刚出屋，朵儿妈端着猕猴桃汁进来，朵儿不见，笔记本屏幕朝外，正是求职网站的页面。朵儿妈唬得手一抖，果汁差点没泼出来。难怪这不年不节的休假。是要跳槽？还是已经裁员了？朵儿妈千万个问题想问。可又怕问得急了，朵儿起逆反。现在是非常时期。只好压着。

晚间，老默的一个朋友给了两张音乐会的票。古典音乐，这斯基那斯基。本来说是朵儿两口子去的，可朵儿妈非自告奋勇。朵儿倒爽快，说那你去。朵儿妈连忙说："别，咱娘儿俩好久没一块儿听歌了。"朵儿说这不是歌，这是音乐,古典音乐。

"那就好久没一块儿听古典音乐。"朵儿妈更正,去是一定要去。

朵儿嘀咕:"说得好像什么时候一块儿听过似的。"

还是老默送过去。到地点,老默说一会儿散场了他来接,就在旁边转转。朵儿妈连忙说,我们打车就行,你先回去,这天冷的。朵儿觉得奇怪。

音乐会听了没十分钟,朵儿妈睡着了。等醒过来,已近散场。朵儿妈扶着朵儿出门。朵儿妈道:"吃点甜点,饿了。"朵儿觉得奇怪,她妈很少吃甜点,而且又在这个点,可能真饿了。两个拐弯到商业街,找了个甜点店坐下,朵儿点了双皮奶,朵儿妈要杧果捞。

朵儿正低头吃着。朵儿妈冷不丁说:"牛牛,你是不是被裁员了?"

牛朵儿手抖了一下。

知女莫若母,她紧张,什么都逃不过她妈的法眼。

## 47

朵儿放下手中的勺,说,没事儿。

朵儿妈正色:"跟妈还不说实话?"朵儿被叫得没了魂,本想说出来算了,可临了一想,还是不能全说。留半分,真真假假,好有余地。

朵儿说,公司有一个女的想取代我。

"取代你?"朵儿妈冷笑,"可能吗?我女儿是博士首席科学家。"

"妈——"朵儿觉得妈妈的炫耀毫无道理,给谁看呢?

"你休假不耽误发工资吧?"朵儿妈关心关键问题。朵儿说没有的事。朵儿妈兀自计算起来:"马上要生二胎,生了又要带,这两年你想在工作上发力是不大可能了。"作为丈母娘,朵儿妈一直担心老默的赚钱能力,好在朵儿一直高薪,她才稍微放下心,来深圳,过起小中产的日子。朵儿妈吃掉最后一块杧果:"反正现在公司不能辞退你,你是哺乳期妇女,他们如果敢,我就去告。"

一个老婆子,法律的武器都拿起来了。想得真远。

朵儿忍不住说,妈,哪有你说的那么严重。就算我要走,也是正常流动。

"流动到哪去?香港、澳门?还是美国、西班牙?你从老家流动到深圳,够了,不用再流动了,人,稳一点儿好,你都多大了。"

这是朵儿妈挂在嘴上的一句话——你都多大了。说也奇怪，对于一个二十岁之前或者五十岁之后的人来说，"你都多大了"似乎是一个假命题，因为年龄在他们那里，推动得特别缓慢，可到了三十出头的人这里就不同了，仿佛睡一觉，俨然就要抵达四十岁，就变成牢牢靠靠的中年人了。在老妈的提醒下，牛朵儿也多少有些恐慌。当初奋不顾身跟老默在一起的勇敢，仿佛海风海浪中的柱子，越磨越细。她有一点点后悔怀二胎了。

"我歇一年总没问题吧。"朵儿随口说。朵儿妈眼睛一翻："你歇十年都没问题，只要你有钱，能让这个家转起来，你如果在深圳有几套房，吃房租过日子，你天天躺在床上，睁眼就吃闭眼就睡我都不管你，但牛牛，你现在马上就会是两个孩子的妈妈，你比我当年还艰难，我只有一个孩子。难不成你现在就想啃老？"

"你那点退休工资能啃几口？"

"是说啃老默，廖老师，他也不年轻了，拿了退休工资，你吃他的跟啃老有什么分别。"

朵儿被她妈的说法逗乐了。

朵儿妈快马加鞭，又点把火："我不怕实话告诉你，廖老师搞音乐的，赚钱不容易，出去唱歌，就那个在酒吧唱唱，我一张嘴都比他挣钱多，你说指望他什么？专业的？哼，曲高和寡，广大人民群众不接受，没有市场，那么就没有回报。"

眼看着妈妈又要回到老问题上去——不该嫁给老默。朵儿连忙吃掉最后一块奶皮，两个人起身要走。但朵儿妈的嘴巴并没有停下，她说牛牛，这两年你存到钱了吗？朵儿有点惊诧，这算私密问题了，她妈第一次问。"有点老底。"朵儿说。

"不是我不提醒你。"朵儿妈说，"给自己留点后路。"

朵儿不明白她妈说的后路是什么。

朵儿妈继续说："不要只出不进，坐吃山空，坐以待毙，过日子，还是要有点盼头。"

再说下去没完了，朵儿只好斩断话题："好了，你不用管了。"

上了出租，朵儿妈说："倒贴，你这点随我，我们家的女人遗传，都是倒贴。"

"你倒贴什么了？"

"我的首饰都被你爸给当了。"

"还有这种事？"

"委曲求全，你以为日子好过的？也就你爸对我还不错，不然我早跟他拜拜。"

"那您受苦了，以后我孝敬您。"

"拿什么孝敬，你自己都快吃不上饭了。"

超贤注册了工作室，注册资金十万，跟着找办公地址，他托姐姐超男帮忙。超男问四海，四海给推荐了个地方，在华侨城附近有个小的创意产业园，入驻税款上有优惠。很快办理好，也没大装修，粉了粉墙，只是买了几张桌子椅子，两间房，一个摄影棚，一个直播室，外面客厅留会客。超贤建议早点跟朵儿合作。薛蓓说，一来朵儿在怀孕，二来确实需要资本投入，所以要再等一等，还是先稳步增粉。晓涛还关在里头，没好消息。这日，薛蓓又上直播，忽然来了个叫"冷色调"的人，一来就猛送花送钻石。

李安东？薛蓓凭直觉猜测。完全有可能，自己做直播那么久了，也算小有名气，他知道也正常。他要送，她挡不住。超贤在一旁鼓掌，说，姐你再不创业，就要痛失良机，这势头火的。薛蓓没说话。第二天，超贤又打电话给朵儿汇报这一好消息。朵儿说，我知道啦，昨晚看了一晚上你们的直播呢。

"真得想想办法。"超贤脑子灵活得吓人，真看不出来他就是不久前被女孩骗的小男孩。朵儿说，什么想办法。超贤说，融资啊。朵儿说，我记着呢。

"姐，我找朋友做了一个项目细则，明天我给你送去。"超贤笑着说。

"行，送来吧，顺带买二斤榴梿带过来。"她跟超贤不客气。

"好嘞。"超贤立刻说。

很快，材料送到牛朵儿手上了。若在以前，朵儿不可能那么迅速上心，可公司的事一出来，再加上老妈一鼓吹，牛朵儿忽然有了危机感。是时候开辟第二战场了。看完了，改了改，又把超贤叫过来商量，回去重出一份计划书。牛朵儿约李安东见面了。"朵儿，你给我挖的坑可不少啊。"李安东一贯儒雅，但话里有骨。牛朵儿正面迎接："上次你是为蓓姐投的，这次是为项目，我会亲自抓，新媒体商务目前还是一片蓝海。"李安东说，项目是好项目，蓓蓓参不参与？

朵儿说："她的位置项目中已经体现了。"

"那我得在明处。"李安东说。朵儿不懂什么意思，"嗯"了一声。李安东说："必须让薛蓓知道，投资人是我找来的，我也参与了投资，一切都要在明面上。如果这个条件不能答应,我不打算参与。"上一次合作,李安东和牛朵儿有协议,不能泄露他是投资人的事情。这一次,更大的合作,李安东不打算做无名英雄。他和薛蓓的关系,应该更透明,更阳光化,抛去私人关系,如果合作,他们之间的伙伴关系,应该是健康的。

牛朵儿说:"我真有点后悔劝你来深圳。"

"后悔?"李安东笑笑,"我的人生字典里没有'后悔'两个字,离开北京,离开过去的记忆和纷繁的人际关系,来深圳寻找新的生命蓝海,有什么不好?"

"你和蓓姐相遇的时间不对,身份不对,年纪不对。"

"所有的不对累加起来,或许也可能得出一个正确答案。"李安东话锋一转,"我可耻吗?"朵儿说,这话从何说起。李安东说,经历了那么多,还想拥有真的感情,也许到我这个年纪是个奢侈品。朵儿说,其实你未必要和蓓姐结婚。

"不结婚?"

"你认为结婚是对她的最大承诺。"牛朵儿分析道,"蓓姐也曾经向往简单的婚姻生活,只是两进两出,婚姻简单吗?事实证明结了婚还可以离婚,如果把结婚当成尘埃落定,是不是太傻了?"

"你要知道多少女人期盼着在我这里尘埃落定。"

"蓓姐不一样,她太辛苦了。"

"温晓涛就那么好?搞不好要坐牢。"

"你还是不服输。"

"男人就应该不服输。"

"其实蓓姐现在最急缺的,未必是男人。"

"那是什么?"李安东问。

"一个孩子,她缺一个孩子。"

"你是说我跟她生一个孩子?"

"我可没这么说。"

李安东低落了一会儿,说:"蓓蓓有她的困难。"

牛朵儿没理解他的意思,只关注她关注的:"行吧,蓓姐那边我做工作。"

元旦,薛蓓给超贤放两天假,不直播,不发平台。

牛朵儿把时间空出来,跟薛蓓见面。朵儿妈身体好得差不多了,但她暂时没打算住回去。开始赚钱之后,薛蓓打算从老默的房子退出来,如果租出去，好歹也是一份收入。朵儿怀孕，身体情况特殊，可上门谈又担心她妈介入过多。考虑来考虑去，牛朵儿决定让薛蓓陪着去找超男做心理咨询。一打电话问，超男要带家里人和超贤去香港购物，不能赴约。朵儿这个身子，逛街是不现实了，两个人最终决定，找个小书店慢食吧窝着，眯一下午。

薛蓓先到，坐在靠窗的位置，书店有个小院，繁花似锦，但跳过树墙，还是能看到外面。按点，朵儿到了，还是老默送的。进门，点好东西，薛蓓和牛朵儿面对面坐着。薛蓓要意大利特浓咖啡。朵儿有身孕，只要了花茶——柠檬草生姜茶。

喝上了，薛蓓头朝外一点，迷人的微笑："你老司机不错啊。"

是指老默。

朵儿说："我是怕操心的人，找个大一点儿的，我少管点。你也有老司机呀，人家要进门，你硬往外推。"是指李安东。

"能一样吗？"薛蓓叹息，"我过不了那担惊受怕的日子。"

"担什么惊受什么怕？李安东在外头还有人？"

"能不能不要跟我提这个名字，好好的下午茶。"

"那叫什么，英文名，皮特。"朵儿直起身子，"快，说说，皮特难道外头还有四五六？他富到那份儿上了吗？"

"他那个日子，是尔虞我诈大风大浪的日子，我要的，是小富即安平平淡淡踏踏实实的日子，能一样吗？"

"这里是深圳。"

"跟深圳有什么关系？"

"这是大都市，国际化大都市，这里可容不得你简简单单小富即安平平淡淡，这里有的就是向前，向前，向前，何况你不想想，你现在平淡了吗，不也在找个风口等待起飞吗？我告诉你老薛，没有绝对的平淡，就像没有绝对的静止，你以为的平淡在温晓涛家里有吗？根本没有。"

"这个名字能不能也别提？心里难受。好好的一个下午茶。"

"那叫他杰克吧。"牛朵儿为难地说，"不过我跟你说老薛，我被你和超贤害惨了，我马上就要失业啦！"

## 48

牛朵儿的"危言耸听"唬了薛蓓一跳。细问缘由,朵儿便也认认真真解释,说公司发现她给外面做活,又有人釜底抽薪想取代她,情势不容乐观,生完孩子估计就得走人。听完,薛蓓愁眉不展。以她们的关系,她倒不至于给牛朵儿道歉,但她真心为朵儿发愁。一大家子,两个孩子,她如果真失了业,问题十分严重。

"你怎么打算?"薛蓓问闺密。

"简历投了一圈,没几个合适的,要么就是在广州,我怎么去?"朵儿故作愁容,"34岁危机,去哪儿都别扭,蓓姐,我们真的老了。"

"朵儿,你可是首席科学家,是我们这拨人里最优秀的!你如果没心劲了,我们就更没希望了。"牛朵儿说,老薛,你现在是网红,我就靠你了。薛蓓说,跟你合作是我的荣幸,可是说实话,做网上的买卖,不知哪天就靠不住了,而且我们的盘子太小,根本做不起来。朵儿见薛蓓入了套子,便顺理成章说,这个容易,拉点投资。

"你有办法?"薛蓓眼睛一亮。朵儿说创意产业投资,皮特最擅长。皮特?薛蓓一时没反应过来。等朵儿又强调一遍,薛蓓才想起来,李安东刚才得了一个"皮特"的外号。"他就算了,听着烦。"

朵儿劝道:"这是大家一起做事情,不是感情用事的时候,现在都什么时候了?这事做成了,我们下半辈子也有个靠头,不然指望什么?我是搞研究的,我一个人能玩得转吗?刚跟超贤跟你合作一点点,就被公司整成这样,你更是了,女人要独立,要有自己的事业。"

"可我不能再靠他来建立自己的事业。"

"我们独立经营,他只是找几个人一起来投资,并不插手经营。"

"用他的或者他找来的钱,我有罪恶感。"

"你应该活在古代,做一个贞洁烈妇,老薛你告诉我,"朵儿从皮夹子里掏出两张百元大钞,放在茶桌上,"这两张钞票,哪一张是罪恶的,哪一张是纯洁的?"

薛蓓别过头,端起咖啡杯,小心地喝了一口。她欠朵儿的,朵儿因为帮她,工作出了问题,她怎么能因为自己的一点点感受就那么自私?还有朵儿妈。朵儿妈如果知道这一切，就算嘴上不说，也会怨她。薛蓓的心有点动摇了。一瞬间，她想起和李安东过去的种种。李安东老婆曾经在众人面前赏她的一巴掌，李安东在情人节送她的九百九十九朵玫瑰，那些癫狂的岁月，过去了，她现在害怕那种不管不顾的燃烧。

"Just a job."朵儿用英语，"Just friends."

说完这些，朵儿不再多说，服务员来续杯，两个人只是面对面坐着。朵儿知道，需要发酵的时间。喝完第三杯咖啡，薛蓓终于说，试试吧。又说："具体接触，由小贤负责，我和大股东不直接接触。"

"够任性的。"朵儿佯作嗔怪，"行，听你的，大小姐身娇肉贵，啧啧，人家出了那么多钱，连人都见不着，这什么身价？以前我不懂，现在我渐渐明白了。"

"明白什么？"

"颜值即正义啊。"

"去！"薛蓓用小勺敲了下朵儿脑袋。

港澳通行证都是齐的。可临出发头一天，超男学校突然有个学生躁郁症爆发，超男需要紧急做心理辅导，四海提前说了要加班，一定不去，超贤一个人照顾不了两个老人，四海妈、超男爸和超贤只好再等超男一天。下午，超贤接到烘焙培训班同学的电话，上来就说，你猜我看到谁了。超贤有钱之后脾气也变得豪爽，说，谁，直说，没工夫瞎猜。同学说："张玲玲，记得不？"

瞬间头大。张玲玲，玲玲，夺走了超贤的处男身，卷走了他的钱，人间蒸发，死都记得！"她在哪儿？"超贤恶狠狠地，那边话音刚落，超贤已经拿起手机出门了。四海妈在他身后，端着盆鲫鱼汤出来："喂，小贤，不是要喝鲫鱼汤吗？！就喝一口再走。"

麻辣烫店在东门。超贤到地方，那通风报信的朋友刚子——光头，瘦瘦的，超贤老乡，过得比超贤还不如意，但却有一副抱打不平的热心肠。

"就在里头。"刚子指了指。超贤说，走，进去。刚子说："就咱们俩？要不要再叫几个人？"

"她一女的，我们俩男的，她能怎么样？又不是去打架，那几个破钱我他妈还不稀罕！"超贤气冲斗牛，刚子也有底气了。两个人大摇大摆走进店里，找了个当中的位子坐下，服务员小妹拿菜单来，杵在旁边，拿着小本子准备记。"张玲玲呢？你们这有个张玲玲吧？"刚子问。

小妹说，有。

超贤说，让她来给我们点。

小妹一头雾水，但还是喊了几声，很快，张玲玲过来了。有日子不见，她换了发型，但颜色没变，还是那种浓黄。见到超贤，她愣了一下，哦，讨债的上门了。但毕竟在江湖混了不短时日，张玲玲没乱阵脚。敌不动我不动。

"吃什么？"扑克脸。

超贤说："这服务员脸咋这么臭呢？谁欠你的？给点笑脸才有心思吃饭。"

张玲玲鬼脸假笑，迅速收回："吃什么？"我忍。小不忍则乱大谋。

"一个鸳鸯锅底。"刚子说，眼睛里飞出刀子。超贤之前，张玲玲借过他的钱，当然也没还。

"一个蒿子秆。"超贤说完，把菜单朝桌子上轻轻一丢，"先这么多，一会儿再点。"

闹的什么鬼。张玲玲阴沉着脸，拿着单走了。锅刚端上来，超贤又说点菜，还是要张玲玲，这次点了牛百叶。以次类推。这游戏玩了四五次，分别点了黄喉、鹌鹑蛋、牛肉片、羊肉片、整只鱿鱼。故意折腾张玲玲。到最后张玲玲脾气也上来了，说这是最后一次，你们看好，不加菜了。

"你也有今天。"超贤出气，不看张玲玲。张玲玲停住脚步，背着身子。

"骗来骗去，不还是在火锅店端盘子吗？有用吗？"超贤冷笑。刚子故意加大声调："哎呀！这里有只苍蝇，看看看，多大的苍蝇。"他事先准备好的，"投诉，有苍蝇！"周围的顾客都停下来，看这一场好戏。

"你们想怎么样？"张玲玲认识到问题的严重性，这茬硬找上门来，缩头终究不行。

超贤说，没怎么样，找你做服务，你现在做得不好，就那么简单。张玲玲说，钱我回头还你。刚子说："那点小钱，哼，我告诉你，小贤现在有钱了，不在乎你那一星半点儿！就你这种人恶心！跟这苍蝇一样，小贤也是瞎了眼，喜欢你这种人。"听到这话，超贤喉头哽了一下，的确，他当初爱她很深，可正因为如此，他受伤更深。是，他是社会底层，最没本事最无能最弱势的一群，可他也有自尊，他不允许他的自尊如此被践踏。他为什么不配得到一个女人的爱和尊重？

"骗鬼，有钱到这儿吃？"张玲玲不屑。

超贤道："有钱没钱，反正这顿我们不付钱。"听到喧哗，老板从柜台过来，是个四川人，一口乡音，唯唯诺诺，和气生财，说免单免单。可张玲玲却不认这账："苍蝇是他们自己带的，钱必须付。"说着抓住正要起身的刚子。"你撒开手。"刚子火气上来了。张玲玲道："姐儿们我专治流氓！"说着，另一只手掐起两个鹌鹑蛋，直朝刚子鼻孔里塞。刚子也不落后，随手拿起吃剩的蒿子秆就朝张玲玲头上打。食客们瞬间成了看客。大厅里放着音乐，是范晓萱的《我要我们在一起》，碎碎念的节奏。张玲玲抓起鱿鱼了，是最厉害的武器，这次袭击对象是超贤。超贤本来就不太会打架，可这回热血沸腾，有样学样，也以黄喉、牛百叶为武器打了起来。

五颜六色，五花八门，五彩缤纷，战斗持续了两三分钟。由于店里的小姑娘们加入了战争，超贤和刚子完败，被丢掉街上。可两个人似乎还来不及沮丧，对看一眼，百感交集地笑了。笑自己，笑别人，笑生活，笑命运。走，走吧。刚子手里还抓着一只鹌鹑蛋。填到嘴里，吃了。走到夜市，到处都是美食。他们像是经历一场二次元战斗，现在才回到人间，才开始认认真真吃东西。一人一杯鱿鱼丸子甜不辣，竹签插着，一口一个。

走在闹哄哄的人群中。刚子先哭了，他说："我还是一个屌丝，我混这么多年还是一个屌丝。"

超贤安慰他："跟哥干，我们公司马上有人投资了。"

刚子收了泪："真的？"破涕道，"你再有钱你也是屌丝，你连打架都不敢打，不硬气，心态屌丝。"

超贤说，我打了啊，随即做了个奥特曼的手势，"牛百叶，攻击！"

刚子苦笑，说，什么时候才有人真心爱我们？

超贤震动，刚子说到了他的心事，但他只能把这心事包起来，藏藏好，"会有那一天的"。至少现在他有点钱了。

## 49

超男回到家就发现了弟弟的"熊猫眼"，是张玲玲左勾拳的杰作。

"被打了？"她问。

超贤点头。

"谁干的？"

"竞争对手。"

"行啊你小子，现在有人对你羡慕嫉妒恨了，你离成功不远了。"超男幽默，超贤也放松下来。姐弟俩开始收拾东西，准备过去香港。如意本来也要去的，去迪士尼，可这两天幼儿园小朋友排游戏，走不开。超男便把女儿托给四海管。她和超贤带着两个老人去。超贤起的意，那就超贤多花钱，可超男作为姐姐，一分钱不花也不像话，所以下了班，她还是提前准备了点现金，该出手时得出手。晚上，快睡觉了，超男问四海："妈有什么特别想买的东西没有？"

四海说："你这话问得就多余。"

超男不满，丈夫现在时不时噎她一句，她气不顺："我关心妈怎么我就多余了？"

四海下床，捏了支烟，要去洗手间抽："妈省惯了，去香港玩玩倒罢了，买东西，对她来说是受罪。"超男说，一分钱不用出，那也是幸福的受罪。她见四海要抽烟，立即禁止，又说："再说小贤要带爸去香港买东西，我不给妈买，妈会什么想法？再省，也是不患寡而患不均。"四海呵呵笑，对超男的禁烟令置若罔闻，赤着上半身，穿着底裤站在门口，迅速抽完了。回到床上，超男让他漱漱口，四海照办。再回来，超男才问："你们公司这些人整天忙什么呢？神神秘秘的，项目不是刚做完吗。"四海说项目有个头吗，无穷无尽的。

"温晓涛还关在里面？什么时候出来？"

"好像还在调查，这事听说是有人提前泄露消息，才导致失窃的。"

"跟你没关系吧？"

"我还没到那段位，就是一干活的，没那么多事。"四海倒头睡。

"沈伟最近都上杂志了。"超男翻手机，又解释，"我听他们说的。"

在老公面前赞别的男人，大忌。四海憋出个屁，算是回应。超男一边捂着鼻子一边打他屁股，哎哟作死作死！四海咯咯笑，像一个大肉虫一样扭动了几下，不动弹了。

超男拿着本书看，鸡汤类，她拨弄四海，说，你听听这段，多有道理，跟着就朗读："人生就像打麻将，不能太小心，有时候就要敢于'凑'大牌，相信自己的直觉。"又说，唉，我怎么就凑不上大牌呢。继续读："'人生就像打麻将，有时候你苦心经营了一手好牌，却被别人的"屁和"抢了先，令我们唏嘘不已。'唉，真对，我本来好好的一个班主任语文老师，现在就被新来的小姑娘屁和了。"四海嫌灯光亮，用毯子蒙住头。可超男还没尽兴，又读:"人生就像打麻将,要小心谨慎,有时候你可以自己不'和'牌,但千万不要点炮,这样才可以立于不败之地。"读完自己若有所思:"太对了,不能点炮,不能点炮,不能点炮……"说着躺下了。

四海提醒老婆:"关灯。"

超男一伸手,夜真正降临了。

香港,超男爸和四海妈都乐意来的地方。在他们印象中,香港是一个图腾,代表着20世纪八九十年代的辉煌。超男爸浅吟低唱了一路的《东方之珠》,走在前头,超贤拎着行李,陪着老爸。超男和四海妈走在后头。

"儿子,我们来香港干吗的?"超男爸用家乡话问超贤。

超贤豪爽:"还能干吗,花钱的呗!"

四海妈在后头直皱眉头。这种人生态度太不可取,艰苦朴素才是正道。可说一千道一万,人家爷儿俩花自己的钱,她也说不出什么来,但就看不惯。超男捕捉到婆婆的纠结,直用打岔来解决问题。四海妈嗯嗯啊啊,还是放不开。刚到地方,行李放酒店,超男爸就开启今朝有酒今朝醉模式。午餐吃日料。超男爸问超贤:"你爸我没吃过这个,什么好吃?"超贤还未回答,服务员就撇着普通话说,这里有北海道新来的新鲜海胆。超男爸数数人头:"那先来十二个。"四海妈连忙制止,说她不吃。超男也劝,说还吃别的呢,少点些。

最后改成五个,超男爸吃两份,其余三个一人一份。还有别的,诸如烤和牛、鹅肝一口寿司、拆毛蟹、金枪鱼大腩、刺身……一道道点下来,四海妈看着价格头皮都麻。可超贤hold住了。超男爸更是爽利:"一辈子能吃几次,吃一次是一次。"

呵,今朝有酒今朝醉,哪管明朝吃大亏。

一顿饭吃得千姿百态。超男爸是风卷残云,穷形尽相。四海妈是小心翼翼,如履薄冰。超贤还要点,被超男制止了。

该结账了。超男让超贤去服务台结算,免得单子拿来四海妈看到了,心里又不痛快。超男爸去洗手间,榻榻米上只有超男和四海妈。四海妈叹道:"这么花钱,唉,如意的学费都没那么多。"

超男略带抱歉,说,难得一次,一辈子一回。说完才反应过来,哦,上次如意的学费是妈给的。若现在就说回去补给你,则显得太小气了。那就意味着她认为四海妈在要钱。婆婆没面子。回去在其他地方补吧。四海妈又说:"小贤真是挣钱了。"超男一时不知怎么接话,想了想,说:"我也有点不适应。"

是大实话。小贤落后了几十年，一夕之间成发达国家了。瞠目结舌。这就是风口，一头猪放上去也能被吹起来，何况小贤还有点闷闷的聪明劲。

"老喽，跟不上时代喽。"口气缓和了。

"别说您，我都跟不上了。"超男说，"唯一的办法，就是学会遗忘。"

"怎么个遗忘法？"四海妈问。

"忘记自己的年纪，什么都不要想，人到了中年以后，就是默默前行，不要去期待前路是什么，就是走，一点点走，命运给你的终究会给你，不给你的，张牙舞爪也没用。"

四海妈笑说："想不到你还活出智慧来了。"

"摸爬滚打的经验。"超男又露出一些少女气息。

下午逛景点，走走山。到山脚，超男爸说要去喝下午茶。喝，超贤满足老爷子所有愿望。坐稳了，点餐，其余三人都是喝水。超男爸则要了一份三明治。这个年纪还有那么大饭量。惊人，也难得。可一付账，四海妈又噘嘴。出门就花钱，到香港，则是花大钱。

晚上回酒店。房间小似鸽子笼，标间走道仅能下脚，刚好住两个人。但好在景观，窗户对着维多利亚港。灯火辉煌。跟在深圳那边遥望，感觉又上了一个档次。两个老人在房间休息。超男和超贤洗了澡，轻松很多，下楼坐巴士到海边吹风。街灯下，超男想教育超贤两下，但很委婉："钱省着点花，我婆婆心脏都受不了了。"

"又没花她的钱。"

"她省惯了，"超男说，"也是，虽然是给爸花，但也是你辛辛苦苦挣的，别说四海妈那种老一辈人，就是你姐我看了，也心疼你。"

"你们都穷惯了。"

弟弟一句话炸出超男内心海啸。他说的，是他们长久以来不愿面对不敢面对也没有能力面对的实话。穷，让他们失去了自信。可超男还是得维持住面子，她谨记自己是老师，最擅长做教育工作："富人都很节省的，像李嘉诚什么的，还有那些嫁入豪门的，都是在路边摊买东西的。节省是美德。"

超贤说："姐，勤俭当然是美德，可你不看看人家豪富住的什么地方，开的什么车，生活是什么档次？偶尔的节省，只是一种姿态，一种自我提醒，只有真正富了的人才有资格谈节省，如果你什么都没有，那就是被迫的节省，是生活的困难。姐，富不可耻，穷不光荣，都是一种状态，我相信大多数人都希望靠自己的能力走向富裕。我现在赚了点钱，花在爸爸姐姐身上，我并不觉得有什么问题，这就是铺张浪费，但其实反倒使我对自己的未来有信心，我能花，我也能挣，我相信未来我能挣更多。姐，以前我什么都没有，没有学历，没有特长，长得也不帅气，压抑，自卑，现在我通过努力扭转了，爸也是，爸爸年轻时候也是一身才华，可是为了家庭为了妈他也放弃了很多，姐，一生能有几回，你就让我和爸都放肆一次吧。"

海浪再起。超男沉浸在深深的震撼当中。几十年来，她都站在超贤前面，是弟弟的人生导师。但在这个夜晚，在香港的维多利亚港湾，超男发现自己没有发言权了，因为她已经渐渐失去指导弟弟人生的资格。她自顾不暇。一侧，海水撞击着海岸，生活如航船行帆，只要你一个不小心，就有可能搁浅。人生的绽放期、事业的窗口期都太短了。对于普通人来说，哪里有机会给你奋斗几十年。过了那个村，没发展起来，就再也没有那个店了。超男当然为弟弟高兴，可站在前头，回头看看这些虎视眈眈的后辈，超男的一颗心，多多少少，忍不住惊跳着。

"小贤……"万语千言不尽，都含在这声呼唤里。他们终究是姐弟，是亲人。

超贤垫一步，上前抱住姐姐，他心疼姐姐。"我希望我的姐姐，我的爸爸，都能过得体体面面的。"孩子气的话语。

超男心窝一热，是暖流。

"给姐花钱，我不含糊。"变俏皮口气，超贤扳住姐姐的肩膀。

超男瞬间变回姐姐了，软弱消失，气场恢复："你这暴发户心态。"

"暴就暴吧。"

身后有个小孩捏爆个气球，"嘭"的一声。超男和超贤受到惊吓，又都笑了。

酒店鸽子笼，眼前是维多利亚港。四海妈多少有些感慨，守寡多年养儿子，她一直把自己看得比较低，她对于"享受"二字的态度总是谨慎。

敲门声响，是超男爸。"亲家，"超男爸穿着居家衣服，洗完澡了，头发还没擦干，"这是白天买的肉脯，给你两袋，饿了吃。"四海妈从洗手间拿出一条干毛巾，递给超男爸擦头发，笑说，白天吃了不少，哪还能饿。

算是点了一下。胡吃海喝的旅游状态，她不赞同，这是犯罪。粗茶淡饭才是他们该过的日子。只是，钱是人家儿子花的，哪容她置喙？四海妈只好说："我牙口不好。"超男爸连忙说，这牙不好也能吃，软和的。说着，超男爸又说肚子疼，匆匆进厕所，出来之后，一股臭气。四海妈连忙去把排气扇打开，关好门。"舒服了。"超男爸摸着肚子。

四海妈打趣道："白天吃的，都拉出来了？"

超男爸满足地："拉出来了，拉出来了。"

四海妈这才说："吃米饭和吃仙丹拉出来的不都还是一样。"

超男爸没理解四海妈的讽刺调子，连忙说："那还是不一样。"

"哪不一样？吃仙丹拉出来的是香的？"

"吃仙丹拉的少，吃米饭拉的多。"

四海妈忍不住笑了。这就是超男爸，没有坏心，只是水浒的风范，她觉得可叹可笑。第二天，超男爸提议去迪士尼看看。超男和四海妈都觉得匪夷所思，那是如意要去的地方，她爸一个半老头子，去那发什么少年狂。超贤赞同，出来一趟，他全面满足爸爸。到地方，能玩的项目没几个，不是太危险就是太幼稚。等于转公园转了一圈，到了下午，一群拿着米老鼠、唐老鸭头套的工作人员走过，超男爸嚷嚷着，说这不是你们小时候最喜欢的吗？

嚯，还想起他们小时候。超贤上前，要了头套，给他姐一只米妮，自己留一只米奇，给他爸一只唐老鸭。超男爸说给亲家的呢，超贤连忙要了一只女版唐老鸭。

"合照合照。"超男爸撺掇着。四海妈一百个不愿意，可在儿媳妇的鼓动下，还是照了。"靠近一点儿。"照相的人说。超男和超贤靠近了。

"唐老鸭靠近一点儿。"照相的人纠正。两个唐老鸭靠近了。

合照成功。

超男爸和四海妈都一头汗。四海妈从皮包里翻纸巾，递给他擦汗。超男笑嘻嘻碰了超贤一下："看看，怎么样？"

超贤没理解："什么意思？"

"老头老太太，这画面，怎么样？"

超贤反应过来："姐你不是吧？"又看看，摸摸下巴："画面也挺和谐。"

有了这画面，超男真就觉得这趟值了。

玩完迪士尼，最后一天得安排购物了。超男想给婆婆入两件像样的衣服，超贤也打算给爸爸买点"奢侈品"。一早，进商店，分头行动。超贤跟他爸一路，超男带着婆婆看女装。琳琅满目，先给如意买了两身。接着超男自己入了一身。可四海妈的衣服，愣是难买。正规商场的衣服对四海妈来说，太超前，她喜欢深圳东门或者小商店里的中老年妇女的衣服，这里都是"时装",不符合她的定位。

为难。

来就是赶时髦的,她却嫌太时髦。

活脱脱的悖论。香港不属于她婆婆,她婆婆甚至都不属于深圳,她还是一个根深蒂固的十八线小城市妇女。超男没办法,只好说:"妈,要不去看看首饰,说这儿的彩金不错。"

四海妈连忙说不用,说她有,干活,也不戴。

就是这种克己复礼的态度让超男难受。四海妈太见外了,怕担人情,怕还不起。虽然她完全表示理解,但还是觉得婆婆太小家子气。两个人悻悻然去找超贤和他爸。名表专柜,超男爸正试得欢快。超男忽然觉得,她爸是可爱的,尽管只是小城没钱的男人,可他硬是有一股大老板的气派。营业员难得抓到大鱼——香港的生意不如以前了——一个劲儿力推,说哎呀,这是百分之百的金表,说法国王室都戴的。

胡扯!超男忍不住笑,她这点知识还有,法国哪来的王室。

他爸比着手腕子,说:"男人啊,就一块表,一条皮带。皮带有了,以前巷子口轧鞋口的老王给我定做的,就差一块表,我那块西铁城呀,老得都走不动啦!"超贤一听,立马掏卡。老爸的此次旅行的心愿,怎么也要满足。讨价还价了一阵。那数字,还是令四海妈头晕。

好了,结束了,花钱如流水的日子。四海妈吐一口气,拍拍胸脯,定定神。

回到家,四海妈只能抽空逮住儿子抱怨,说超男一家,那真是花钱的祖宗。四海笑说:"反正也不是花咱们的。"他得向着妈妈。

"腐败浪费,那就是犯罪!"四海妈不赞同儿子事不关己高高挂起的态度,"这么花,金山银山都能给败光了。"她心里有气。

放在头十年,四海一定非常赞同妈妈的消费观。可如今他自己挣钱了,收入逐渐增高,打心眼里,对他妈的消费观有些不认同。节省是好的,可消费不等于浪费。尤其是他妈整天捡塑料瓶子,超男说得对,挣的仨瓜俩枣的钱,还不够买水费和消毒费呢。前一阵还把老丈人摔了,得不偿失。四海抱着如意,背对他妈,门响,四海连忙说,哦,男男回来啦。

四海妈赶紧闭嘴。

后查实只是风吹的,她又开始抱怨:"反正我看不惯,看不惯。"

如意趴在爸爸林四海的肩头,看着奶奶,听着抱怨,也跟着学:"看不惯……看不惯……"

四海立刻得其所哉，高兴地："哎呀，小如意会说话了，看不惯，看不惯，看不惯……"

四海妈想不到自己的恼怒竟然以如此喜剧的意外消解，皱了皱眉头，只好作罢了。

看不惯也得看。

## 50

薛蓓和超贤在工作室附近租了房子，朵儿妈的房"物归原主"，一下子清静许多。

朵儿妈热闹惯了，女儿家够住，一时半会，她并不打算搬回去单住，只是闹脾气的时候，偶尔象征性地回去几天，甚至几小时后，朵儿派老默去"请"。朵儿妈这尊"菩萨"自然就回来了。朵儿还是那话，跟老默说："你委屈了。"

老默笑说："我总还是愿意见到同龄人过得好。"

家里的保姆被辞退，换成小时工，多半时间，在这个家，朵儿妈是霸主。这日，朵儿妈琢磨来琢磨去，还是跟老默沟通："你说你那房，空着也是空着，还不如租出去，也算一笔收入。"

老默没正面表示反对，只说，里头都是老东西，不经造，就怕一租被糟蹋得不像样子。再说也不是彻底不住，偶尔不是还要回去吗。

朵儿妈道："回去也有限。我看把那些古董啊收藏啊搬过来，剩下那些破桌子烂柜子也不值什么，租出去，挑挑住户，顶半个人的工资呢。你看朵儿现在，肚子那么大，将来工作上我看指望不上，所以这话我只能跟你说，你是一家之主，怎么着都得顶起来。虽然说吧，你们文化人总是想得远，墓地都买了，可就跟我一样，活着一天就得为孩子操一天心，为他们的未来打算。"

一番"忠言"，说得老默没词儿。朵儿在里屋睡觉，朵儿妈瞥一眼，蹑手蹑脚走过去，把门阖上，小声对老默："你知道吗？牛朵儿等于被公司给裁员了，跟你说了没有？"

老默说没有，但也并不惊诧。

"好面子。"朵儿妈叹息，"你想想，马上两个孩子，到处都要花钱，二胎好生的？所以我说你那些古董该出手要出手了，存点现金在手里头才是真的。"

老默说回头看看怎么出点货。

"尼尼马上也能上幼儿园了,脱开人了,廖老师,你就没想过出去工作?你看朵儿那几个好朋友,薛蓓,对吧,弄得风生水起,还有超男,也在外头做心理咨询师,都在想办法。人生紧迫,不到最后一刻都不能放松。"

"要不去唱歌?"老默故意说。朵儿妈立刻说那不行,不行不行,上次在酒吧你还没体会到,有人买账吗?

老默爽快地:"你安排吧!"朵儿妈着急:"你在深圳混那么多年,难道还不如我熟悉?"老默说过去倒有几个老朋友,都是唱歌的,不过那一拨都北上了。朵儿妈嘀咕:"真是百无一用是书生,你们唱歌的,连书生都不如。"老默说我在山上不是租了块地吗,可以种点东西。朵儿妈恨铁不成钢:"廖老师,都什么年代了,你还去牛郎织女,来得及吗?到了咱们这个年纪,不能蠢干了,要从人物关系上下下功夫,事半功倍。"

老默不吭气,他能理解她的恐慌,适应这个都市,适应这个节奏,他也花了好多年。他同情她,理解她,配合她,原本全是因为有朵儿在,可这些日子接触下来,老默开始把朵儿妈当朋友了。她只不过是一个进退失据,茫然无措,想要急匆匆在深圳站住脚跟的同龄人。

"我来想办法吧。"朵儿妈面色凝重。她掏出手机,翻了一圈,电话拨出去,通了,立刻换上笑容:"喂,小伟啊,我是阿姨,朵儿妈妈。"

她给沈伟电话。她的面子,他总会给。薛蓓婚礼和家乡的婚礼过后,来到深圳,她和沈伟没见过几面,她提醒自己千不该就这么忘记这个青年才俊,最佳女婿候选人。有时候一个人,朵儿妈曾经冒出个这个念头,万一老默哪天不在了,朵儿带着孩子再嫁,沈伟和她能够再续前缘吗?答案是否定的。朵儿妈不相信女儿有这种魅力,这也是她始终不赞成女儿生二胎的原因。一个孩子,再婚尚且困难,两个呢,那简直雪上加霜,自找苦吃,走投无路。照当下都市生活的成本,单亲妈妈,太难了。

朵儿妈把自己的实际困难夸大其词地表达了一番。沈伟当然给她这个面子,一小时后,来电话,说公司新员工培训,要做团队建设,问他们愿不愿意做领队和副领队。"资金上不限制,你们可以再接触专业的团建公司,等于你们来抓这个活动。"朵儿妈连声说了三个没问题。一转头,跟老默击掌,这事就算接下来了。

"牛朵儿!团建资料发给我!"朵儿妈闻鸡起舞,从头开始学。请专业公司？不必！她包揽，钱落到自己兜里，何必流入外人田。昏天暗地，朵儿妈看材料看得眼睛发饧。朵儿睡了一觉起来，见她妈还在弄，嘀咕："别回头钱还没挣呢，先去医院交钱去了。"老默笑："都是为了你。"朵儿说："她就是没有安全感，你就是给她一个亿，她依旧这么拼命。"老默说，有这种革命精神，才能保持年轻的心态嘛。

朵儿叹了一口气："有时候我逼着自己不要想那么多，未来，自然会来，说实话，跟你在一起，我没想过自己会有两个孩子，换作几年前，我会认为这算什么，根本是生育机器，是对女性的侮辱，怎么可能，绝对不可以！可现在一切就这么发生了。什么是天意？天意就是你猜得到开头永远猜不到结局。你能把握的只有过程，只有你体会的角度。过一天是一天，不辜负这一天就行了。"

老默深觉朵儿说得有趣，道："你该去婆罗双树下坐着了。"

朵儿侧目，不懂其意。

"修炼成精了。"老默轻声赞。

海边，小别墅，前面是片小沙滩。尽管是黄昏，朵儿妈还是戴着太阳帽，一身广场舞运动衫。老默站在她旁边，做副手。新员工十人，七个男的三个女的，围成圈，各就各位。白天太阳大，上了古代哲学思想课和古典音乐欣赏——老默主讲，到了傍晚，团建活动，该朵儿妈上场了。

第一个项目：嘴传吸管。

"两队两队！"朵儿妈招呼。她和老默各领一队。第一个项目：吸管运输。

游戏道具：吸管，钥匙环若干，秒表一只。

游戏规则：每人嘴里叼一支吸管，第一个人在吸管上放一个钥匙环，比赛开始，不能用手接触吸管和钥匙环，用嘴叼吸管把钥匙环传给下个人，直到传到最后一个人嘴叼的吸管上。

朵儿妈兴奋起来了，她和老默都是最后一环。游戏开始，朵儿妈这队男生多，进展神速，一会儿工夫就比老默队快了一个人。"快！"朵儿妈挥动手臂喊加油。速度加快，快到最后一个了，是个男生接环，一转头，朝朵儿妈这边送，朵儿妈还在喊"快"，但口气已经冷不防扑到那男生脸上。

她刚吃了蒜，僵尸都能被熏晕过去。那男生一闭气，咳嗽一声，钥匙环掉地上了。老默队后来居上，赢了第一轮。

第二轮，信任背摔。朵儿妈朗读游戏规则："每个队员都要笔直地从1.6米的平台上向后倒下，而其他队员则伸出双手保护他。每个人都希望可以和他人相互信任，否则就会缺乏安全感。要获得他人的信任，就要先做个值得他人信任的人。对别人猜疑的人，是难以获得别人的信任的。这个游戏能使队员在活动中建立及加强对伙伴的信任感及责任感。"两队队员维持不变。朵儿妈信心满满。"我们队男生多！"她朝老默挑衅。的确，老默队有两个女生。

老默队的小姑娘先来。站到海边的高台上，下面人手织成了网。他喊1、2、3！

自由落体。下面"嗡"的一声，接住了，都叫好。

"同学们，我充分信任你们！"朵儿妈登上高处。1、2、3！往后一倒，哇，接住了，可朵儿妈体重过大，又是跳着倒的，手网被冲破。朵儿妈还是摔在了沙滩上。

"怪我，怪我！"朵儿妈连声说，"我们的团队精神是好的。"有苦，咽下去。

第三轮，计时问答。由任意一个人定好手机闹钟，几分钟即可。然后相互提问题，手机由答题者拿着，回答完上一个人提出的问题，旋即将手机转给下一个人，并问问题，以此类推，手机在谁手上响起来，谁出局。

围成圈，所有人站好了，朵儿妈刚好站在老默上位。秒表启动，游戏开始，孩子们刚开始的问题还比较腼腆，等到第三人，那人忽然问了一句："你有几个前女友？"回答问题的男孩也不怯懦，说："五个。"哇。笑疯了。继续往下传，有人问朵儿妈：你喜欢什么样的男士？朵儿妈想都没想就说，喜欢听我话的男士。众人又笑。再往下问，该老默了。朵儿妈直接问："你喜欢牛朵儿什么？"队员们不知道牛朵儿是谁，只是静静听着。老默忽然紧张了，清了清嗓子，说："喜欢她的简单、勇敢、执着，她总是知道自己想要什么，并且大胆去争取，她是我想要共度下半生的人。"

朵儿妈一时无言以对，说不上是震动还是感动。

时间到了。闹铃在老默手中响起。

跟着是他手机响。半天，他才反应过来，是沈伟打来的。

团建队员全部撤回，全公司严肃整顿，警方要针对温晓涛的事情问话。

朵儿妈的新工作戛然而止。

## 51

资金到位，暖色调工作室升级了。风投一千万，作为一个个人平台，已经不算少。挂牌当天，朵儿因身体原因没到，几个投资人都到场祝贺，超贤前前后后忙着，不亦乐乎。

当然有李安东。但他比以前都低调，一身旧夹克，藏人堆里，仿佛不太想让人发现。可薛蓓还是一眼看到了他。不得不承认，他是个到哪都引人瞩目的成功人士。他的气派，他的身形，他的谈吐，哪怕他不说话，往那一站，都满是霸气。尽管她一百个不情愿，可用牛朵儿头一天晚上给他电话、打"预防针"的话来说：她还是应该感谢李安东。

这个时代最可贵的是什么？资源。

金融资源，人脉资源，她这么一个小小的个人工作室，如果没有李安东的加持，能急速飞升打开局面吗？她能够像现在这样，对财务自由开始有一点点幻想吗？她扪心自问，这么多年追求的是什么？不就是独立、平等吗？经济上的平等，感情上的平等。可她和李安东曾经是经济上不平等，跟温晓涛是感情上不平等，这是她前半生的最大失败。

朵儿说得对，做不成情人，也不必成为仇人。对自己的历史，应当尊重。李安东只是代表着她一直恐惧的自己的过去，那些走"错"了的路。可这一切，在新一代的女孩子眼中，似乎已经不成为问题，她们多半是那么凶猛、直接，没有道德包袱，具有颠覆性。

花篮摆上了。其中最大的一只绶带上写着"李安东恭祝"。超贤啧啧赞叹，超贤的朋友刚子则忍不住把绶带上的文字念了一遍。"李安东恭祝暖色调开张大吉！"

超贤连忙拉他过来，无知者无罪。可他的念白成功引起了薛蓓的注意。李安东也抬头朝花篮这边看，安东和薛蓓的眼光对了一下，又触电般闪开。终于，安东来到薛蓓面前。

他什么话都没说，手插在口袋里，望着她，无限温柔，仿佛在看着自己亲手打造的艺术品新鲜出炉。这种场面薛蓓不是第一次经历，可这一回，她却有些不好意思，低头，绾绾头发，又偏过头，笑容时有时无，茫然无措。她忽然觉得自己有些对不住他。曾经他们亲密无间，曾经她对他冷血无情。

此时此刻，她发现自己过去过于清刚决绝了。

她必须接受，人生和做生意一样，总是有灰色地带的。所谓人艰不拆，就是对于这种灰色地带的宽容。没有谁没有秘密，没有谁洁白无瑕。

终于，薛蓓打破沉默："朵儿今天没来了，很遗憾。"

李安东始终没把眼神从她身上挪开："恭喜你。"

薛蓓愣了一下。他还是和以前一样，只关注自己关注的话题。"谢谢你。"她说。

"不用谢我，我做的是生意，我只投有潜力、有前景的项目，说直白一点，我的目的是赚钱。"

薛蓓轻松了许多，她笑说："那我们的目的刚好一样。"

李安东伸出手，薛蓓迟疑了一下，还是伸出去，两只手握在了一起。薛蓓意识到，这正是自己和李安东之间最好的距离。过去的已经过去，现在是合作关系，她眼下所要关注的，就是做好手头的事情，年底给股东们一份漂亮的成绩单。自暖色调成立以来，薛蓓的信心一直随着业绩的增长上升。她刚开始不理解自己的成功，可超贤说："这是垂直传播的时代，只要抓住小众群体，就能成功。"线上的"鸡汤"，线下的"励志"。美容产品、教育培训、女性私密旅游，连薛蓓自己都不得不承认，暖色调"风生水起"了。这就是时代浪潮的力量，技术迭代带来的机会。

仪式结束，薛蓓给牛朵儿挂了通电话，简单说了说现场的情况。朵儿挺着肚子坐在沙发上："怎么样？"薛蓓说不是说了嘛，挺成功的。朵儿说，我不是问这个。薛蓓立刻领会了朵儿的意思，只说："来了。"朵儿还问怎么样。

"战争与和平。"薛蓓说。

朵儿被逗乐了，说战争与和平？还安娜·卡列尼娜的《复活》呢。

"生意就是一场战争，但人物关系，保持和平。"

"这样就对了，都什么年纪了，三十拐弯啦，还有什么看不惯、看不透，还有何惧。"

两个人又聊了几句。朵儿妈从洗澡间出来了，她夺过电话，跟薛蓓道了喜，又忍不住炫耀，说哎呀，阿姨现在也挣钱啦。朵儿听不下去，阻断她，要过电话，强行告别。

朵儿妈刚从沈伟公司回来，领了钱。"老默呢？"朵儿问。朵儿妈说他还在公司待一会儿，男人之间有悄悄话。说着，从信封里数出几张钱，交给朵儿:"喏,你的营养费。"

牛朵儿觉得莫名其妙。"自己收着吧。"又问,说你们不是还有两天吗,怎么提前回来了?朵儿妈说,哦,说是公司有事情,全体开会,警察来公司了,说要调查。

朵儿脑中的弦立刻绷起来了。跟沈伟联系,电话没人接。最后还是老默回来跟她说了情况。温晓涛的案子,又有新情况,沈伟公司的交货时间是没有问题并且严格保密的。但公司内部恐怕有人泄露了交货时间,导致竞争对手采取了措施,故意制造了这起失窃。竞争对手?牛朵儿陷入了思考。会不会是李安东?她第一时间想到他,他的嫌疑最大。她跟老默表达了自己的想法。"不排除,但在没有证据之前,也不能妄下结论。"老默沉稳。

"温晓涛什么时候能出来?"

"应该快了,他妈妈一直在运作,走正规程序。"

"这事不能让薛蓓知道。"牛朵儿担心万一真有问题,李安东和薛蓓的合作罅隙顿生,就不好办了,她自己也得搭进去。这个项目不错,是她产后的指望,必须保住。"无论怎么样,温的玩忽职守罪是肯定的。"老默让朵儿别想那么多,现在只需要顾好她自己和孩子。

林四海一进门,超男就看到他头上一头的汗。"没事。"四海放下包,去洗手。他藏得住事。可超男一眼就看透他,老夫老妻,太了解,等四海出来。"到底什么事,你不说我出去问别人了,公司里有的是人。"四海还是没作声。超男站在门口,一会儿,有公司的人回宿舍,喊喊喳喳聊天,超男听得不太真,隐约听见调查什么的。门开一条缝,四海把超男拉进去了。"还是光缆被窃的事情。"四海吐真言。超男说是你导致的?四海摇头。超男说为难你了,要把你抓进去了?四海说也不是。

"那要你顶罪?"超男越说越激动。四海说先别急,又说:"我们公司怀疑出内鬼了,交易的消息可能提前被人知道,盗窃案的主犯已经抓到,他供认,有消息来源。"

"谁放的?"

"嫌疑人自己都不知道。"

超男说,我打个电话给沈伟。四海连忙拦住她:"你跟他有这么熟吗?"超男忽然意识到,过了,她和沈伟的关系确实没到这种地步。

她能感觉到四海的不悦。因为这案子,还是因为她和沈伟?

都不应该。她和沈伟清清白白。岔开话题,"温晓涛快出来了?"超男问。

"差不多这几天。"四海说。超男问他消息来源。四海说听沈伟和警方谈话时说的。超男本想打电话给蓓姐，通风报信一下，可中间碍于沈伟的关系，或许人家早就通气了呢，又或者，在这个警察查、公司乱的当口，事情从她嘴里说出去也不妥当。

还是先通知朵儿吧。她跟几方都熟，下一步怎么处理，要不要跟蓓姐说，由她掂量。

毕竟是前夫前妻了。她不理解薛蓓的地方恰是这里，是夫妻的时候说放手就放手，不做夫妻了，还牵肠挂肚的，没必要。

第二天，在办公室时超男想好措辞，电话打过去，她说温晓涛要放出来了。朵儿正准备孕检，在门口排队。这是她二胎之后的第二次检查，上回是确定怀孕。

"又得是一番血雨腥风了。"朵儿说。

血雨腥风？什么意思？超男不理解。她又说，你知不知资产被盗案，是有人故意放风给盗窃团伙的。朵儿笑笑，说："这个事情我已经跟李安东核实过了。"

"他不承认？"超男问。

"他说他没必要做这个事情。"

"未必，他们可是竞争对手。"

"没有真凭实据，不要妄下定论。"朵儿说。

"嫌疑人都招了，据说。"

"线索还没有指向那边。"

"蓓姐怎么打算？"

"哪方面？"朵儿整理了一下头发。

"跟温晓涛啊。"

"维持现状呗，难不成还复婚？"

超男叹了一口气："老温家也败得不成样子了。"

"继父被抓，哥哥姐姐都去国外了，只有一个妈在国内，他从里头出来，又是孤儿寡母，这个时候老薛如果还迎难而上，我真佩服她，那可就真是真爱了，圣女，去力挽狂澜的。"

其实早在超男得到消息之前，薛蓓就已经知道了晓涛即将出狱的事情，一整天，她没录视频，也没做直播，她甚至都没走出她那个演播厅。超贤见蓓姐心事重重，便不去打扰，外卖来了，开一条门缝，送进去，及时消失。

是不是李安东？薛蓓想。

干脆直接问。发消息？不，还是电话问更直接。她和李安东是合作伙伴了。

吸一口气，拨过去。李安东在那头"喂"了一声。

短暂几秒空白，只有呼吸声。

李安东轻轻唤："蓓蓓。"

薛蓓思想上准备好接受一切结果。"你我之间没有秘密。"薛蓓先这么说。

李安东有些意外，顿了一秒，然后带着轻微的笑声，说："对，没有秘密，我们是透明的，有秘密我也会告诉你。"

"是不是你？"薛蓓问，单刀直入。

"什么？"李安东退一步。他猜到薛蓓会来电话，可没料到她会这样问。

"温晓涛出事情，说是有人在中间做局，是不是你？"得问清楚了，话音刚落，薛蓓又补充，"你考虑一下再回答。"

李安东脱口而出："不是。"

"不是？"薛蓓反问。

"不是。"李安东坚定。他明白不果断意味着什么。他喜欢薛蓓身上这股子刚烈劲，这样一个女人，当年愿意和他在一起，想来不仅仅是为了钱，肯定还有爱情的成分。

"谢谢。"薛蓓放松了。

警报解除。

李安东这才说："晓涛也是我的朋友。他快出来了，到时候我会安排一起去接一下。"

薛蓓没说行也没说不行，挂了电话。

超贤进门，递上文件："薛总，这是这个月的财务报表，我们持续盈利，势头看好。"

薛蓓苦笑，阴差阳错间，她和超贤一路走高。可晓涛一家，曾经高高在上，如今却大难临头各自飞了。她并不笑话他们。她只是感叹命运。

"恋爱了？"薛蓓问在一边忙忙碌碌的超贤。

超贤对这突如其来的问话有些意外，瞬间显露出年轻人的羞涩，摸摸头："还没有。"

"一个喜欢你的人，一个你喜欢的人，你会选哪个？"

超贤说："这要分情况，不一样。"

"那么多学问，还分情况。"

超贤笑嘻嘻说："如果光是谈恋爱,当然要找一个你喜欢的人,因为恋爱追求一种感觉嘛,但如果是要准备结婚,就要找一个喜欢你的人,这样过日子不累。你看我姐,整天在家作威作福。"

薛蓓被逗乐了。"超男那是两全其美,四海对她不错,她心里也有四海。"

"什么不错,她那是贫贱夫妻百事哀,相濡以沫亦可悲。"

"那你朵儿姐呢?"薛蓓喜欢听超贤的评论,都是年轻人的俏皮话。超贤说:"牛朵儿老师就比较任性啦,她结婚,或者不结婚,打个不恰当的比方吧,像我爸,高血压、高血脂,是不能吃肥肉的,可他偏爱吃,谁也拦不住,吃了之后呢,居然也没事。"薛蓓问,为什么没事。超贤说,他喝茶,喝茶解油腻,一物降一物。朵儿姐也是一样,有本事,自然可以胆大妄为,不过我是觉得,做人得留几手。

"还留上几手了?"薛蓓笑出来。

"人无千日好,花无百日红,"超贤说,"《红楼梦》里头有个王熙凤,富贵的时候,人家让她在农村买点地,为以后打算打算,她不听,后来好了吧,败了,所以说人要留后手,好的时候要想着不好的时候,这就叫人无千日好,花无百日红,跟当明星当演员一样,谁能红一辈子,没有。所以蓓姐直播上人的时候,我就布下了一大盘棋,才有了我们今天的格局。"

"谢谢你。"薛蓓说,"请你去茶餐厅吃烧鹅。"

"姐你真小气,茶餐厅,起码得帝豪。"

妇产医院走廊,一名护士拿着检录板,圆珠笔划着,喊号:"176号,牛朵儿。"朵儿"嗳"了一声,起身进屋,坐稳了。医生是个中年女人。

一番交代,大致说没什么大问题,孩子健康,她的状态也还稳定,回去注意营养均衡,多吃蔬菜,蛋奶也不能断,适量补充点维生素。

"恭喜你啊。"医生说得温婉。

"谢谢。"

"像你这种自然怀上的,这个年纪,还能有这种情况,不多见。"

朵儿一头雾水。

"我什么情况,医生,我没什么事吧。"

"没事,你上回不是做过一次B超了吗。"

"哦,上回拉肚子,就没来得及检查。"

医生还是微笑:"哦,难怪,你还不知道?你怀的是双胞胎。"

朵儿下巴拉长,回不过神儿来。

## 52

翻过周末,超男一早去学校,如意起床闹了一会儿,送到婆婆那儿,再折回头,到地方已经晚了。校长站在学校门口,脸铁青。超男缩着脖子,一猫腰,进去了,快速小跑。到办公室,上午没人。偷偷去洗手池倒掉昨天的剩茶,哗啦一下,枸杞菊花都出来了。

卫生间门口,刚好撞见另一个关系不错的老教师,如今退居二线,管图书室。她招手,让超男过来,鬼头鬼脑,看样子有事。超男迅速洗刷杯子,两人躲进厕所。逼仄的小空间。

一股怪味。超男捏着鼻子:"鲁老师,什么情况?"有点抱怨口气。

"你还不知道吧?"鲁老师不怕臭,一副说聊斋的口吻。超男不耐烦,等着下文。鲁老师徐徐道:"学校里马上定岗定级。"欲言又止。

超男马上耳朵竖起来了,倾听状。跟钱有关的事,不能不上心,臭也不怕。

"我是快退休的人,怎么靠边站都无所谓,我就替你不服,高风亮节从岗位上退下来,做一份辛苦的心理咨询工作,每天帮助多少人,哦,分级定岗就没你的事了?凭什么,那些小丫头片子,上蹿下跳,有什么能耐?那课讲得有多好?又不是没听过,狐假虎威虚张声势。"

虽不至于立刻破门而出,可陈超男还是震动异常。的确,鲁老师是来拱火的,她还不至于如此不冷静,别人一撺掇,就立刻去找领导大闹一通。可是,鲁老师说的也是事实。她进校有年头了,因为校区调整,才从教学岗位下来做心理咨询室的工作,学校申请素质教育,她的咨询室不说立下汗马功劳,但也是发挥过作用的。

超男心里有一条红杠杠。她不能比新来的几个小姑娘低,才当几天班主任,就能越到她前头去,还有王法没有。"唉,真是得看清现实,继续努力工作,谢谢你啊鲁老师。"超男表面还是和气的。四海出差,得一周才回来。

晚上发个视频,本来想跟他说说,起码分析分析情况,可他那边,没说几句同事就叫他过去,又是工作的事。是,他挣的是多了,但也不过比她多几千块钱。可对男人来说,就是这么重要的几千,至少证明自己是个男人,比老婆挣得多,在家庭中的地位重要了。

"去吧,少喝点酒。"超男只能这么劝。他爸来了之后,她尽量接如意回来住，她原本是希望四海妈和爸爸有机会，如今只能顺其自然。她自顾不暇。

公平，她就要起码的公平。没有。在职场是没有尊老爱幼一说的，在该绽放的窗口期，她忙着生孩子、带孩子，操持里里外外，丈夫的工作、妈妈的病、爸爸的生活，如果错过了，就过了那个村没了那个店。她落了一身不是。跟婆婆是不能抱怨的。

跟四海说，人家就一句话："实在不行我养你。"说得好像他是多大的老板。房子还没买，车倒买了一辆。为了四海工作方便，在外面做事情，一辆车都没有，实在不像话。他拿驾照有年头了，一直心心念念车子。

跟爸爸也不能说，父女俩自小话就不多，她爸又是那么一个今朝有酒今朝醉的脾气。跟弟弟超贤呢，以前多半是她教训他，可现在弟弟发展得风生水起，她有什么立场去说。她的烦恼很可能他都会认为是自找的。

喝点小酒？超男不是那样的人。走到士多店门口，问了一下，想了想，还是退了出来。

次日定级就下来了。果不其然，超男比新来的小姑娘都低，这就意味着，她一个月少拿近两千块，一年就是两万多。论资历、论贡献，都不应该这样。送完来心理咨询的学生，鲁老师来了，进门就嚷嚷："看到了吧？"

超男火气压不下来："那几个人是不是有后台？"鲁老师说，那就不清楚了，不过咱们学校，谁没点关系路子，敞开了说，陈老师，你也是有点路子来的吧，只不过有的人路子宽了，有的人路子窄，流量不同。超男不说话。鲁老师说，就这么认了？超男抱着水杯子，现在说自己有行动那就暴露了。一点儿动作没有？就这么被欺负。她忍不下这口气。

"还是认真工作，上头会看到的。"超男尽管不喜欢新来的小姑娘，但也不想中鲁老师的计谋。"我提出病退了。"鲁老师忽然说，"身体本来就不好，付出一辈子，得到什么了，改朝换代还知道优待元老呢，我就咽不下这口气，咱们学校去年语文学科成绩在全区是下滑了的，怎么定岗定级她们那帮小丫头片子就抬得高高的，我们这些功臣却压得低低的？不干了，准备回家带孙子。"

陈超男无比震动。提前退休，不拿你这点钱，也不看你这些人的嘴脸，这是鲁老师的反抗方式，只是鲁老师有一个能赚钱的老公，一个事业有成的儿子，一个据说收入还不错的儿媳妇，家里还有两套房子，她有底气打翻这条工作的小船，因为她立即就能跳到家庭那条大船上去。

可超男不行。目前为止，她那条家庭的船已经人满为患，她这条工作的船沉了，她就掉到水里了，孩子要养，两套房子的房租，还有车子也要养，两个老人，四海妈是没有退休工资的，她亲爸虽然有退休工资，但到了深圳，以他那个大手大脚豪放做派，自顾不暇，不可能再贴补家用。她也不好意思找爸爸要钱。超男深吸一口气，冷静，冷静。中午吃饭，她端着饭盒，过去她和谁都能坐，可指标一下来，自动分成两个阵营。她和不得势的老教师们坐在一起。定岗定得高的几个年轻小姑娘，叽叽喳喳，谈笑风生，越看越气。可偏偏下午来咨询的学生又多，七八个，在门口坐着排队，只能耐心地一个一个倾听。如意只能拜托婆婆去接。

到婆婆家，家里没人。坐着等一会儿，四海妈回来了。"如意呢？"超男问。四海妈说，煤气费没有了，你爸不认识缴费的地方，只能我跑一趟，他去接如意了。又过了半小时，还不见人回来。超男有些着急："爸去过如意的幼儿园吗？"四海妈用围裙揩手，说认识，一起去过好几次，回来的路也认识。说着就要下去看。超男连忙阻止，她爸不带电话，只能硬找。超男说，我去吧。

到幼儿园问老师，老师说如意已经被她爷爷接走了。

路途不远，超男一路沿着找了两遍。一头汗，没见着人。她爸办事就是这样。抬眼间，看见肯德基里，爷孙俩沿着窗坐着，她爸正在喂如意吃薯条。陈超男顿时起鸡皮疙瘩，她冲进去，坐下来，眼睛气得乱转，她爸不知所以，继续吃，超男一把夺过薯条盒子："爸，如意不能吃这些垃圾食品，她才多大，内脏根本代谢不了这些垃圾食品，高油高盐高热量。"

超男爸莫名："是我吃，只给如意比画比画，馋馋她，象征性地吃。"超男语塞，可话都说出去了，必须下台阶，"接了就应该回家，妈都急死了。"

"不是跟她说了一会儿回去吗，不用急，是不是？如意如意真如意，日子过得很如意……"超男爸根本不把女儿的话放在心上，转而跟孙女说话去了。

超男胸中憋闷无处发泄，眼眶有点红了。她原本以为，她爸会看到她的变化，起码问问情况，可是，人家吃完薯条就拉着孙女回家了。超男走出肯德基就哭了，她爸突然回头喊快点走。超男连忙回头，朝反方向走。老爷子望着女儿的背影，一言不发。

晚饭超男爸和四海妈是分开吃的。可这日四海妈以为超男来，就准备下面，配肉丝。一到家就拿了块肉出来化。超男爸领着如意到家，四海妈问：

"超男呢，她去找你们了。"

"先走了，估计有事。"

四海妈说："我去给她打个电话，给她备饭了。"超男爸连忙说："不用，她吃过了，肯德基，她那份说了，给我吃。"四海妈愣了一下，又说，也行，下面条，肉丝面。超男爸说看看老妹的手艺。水开了。

有人敲门，是邻居，小年轻，说是孩子有点疳积，一个劲儿吐黄水，吃了药也没用，请四海妈过去看看，说是"帮捏捏脊"。

"火关掉，回来我煮。"四海妈放下手头的活儿，对超男爸说。

"没问题，我来，下个面条又没什么技术含量，你回来就吃。"超男爸大包大揽。四海妈担忧，可还是走了。进厨房了。超男爸表也不摘——儿子孝敬的名表，二十四小时都戴着。肉化了，是五花肉。肥的瘦的一起切，切成块，大大的，方方正正的。乍一看当是做东坡肉。

锅里水翻得厉害。开始下面，抽一把，放进去，看看不够，又抽一把，锅里涨得满满的，差不多了。然后开始下肉，哗啦一下倒进去，煮一煮，放水，放盐和鸡精，一锅面做好了。端上桌，超男爸把如意抱过来，等着奶奶回来吃饭。

一会儿，四海妈回来了。近桌，看到满满一盆面，涨得鼓鼓的，上面堆着肉块，仿佛一座小山。四海妈心疼，怎么下那么多，都是钱，尽浪费，可亲家做的，又不好立刻批判，只能在心里暗自埋怨。

"吃吧。"超男爸把碗筷都摆上。

四海妈夹了几筷子。超男爸热情，一个劲儿说，吃肉吃肉。又拿来酱油碟子，一边蘸酱油，一边吃肉。四海妈吃不下去那肥的，只能先把肥肉咬下来，拣瘦的吃。超男爸疑惑："你不吃肥的？给我。"说着要夹。四海妈忙阻拦，说别吃了，对血脂不好，留着榨油吧。如意吃了一小点儿，四海妈一碗，超男爸一碗半，还剩半盆。超男爸开始收拾碗筷，盆也往厨房端。"面不要了吧？"超男爸理所当然。

四海妈终于忍不了了。"留着，你都留着，明天早晨吃。"

"糊成这样了。"

"早知道会糊就别下那么多。"四海妈发作，"超男和四海都来也吃不了那么多，肉也不能这么切，我们家不是水泊梁山，大口吃肉大碗喝酒。"说着，四海妈利索地用筷子，一块肉一块肉夹到干净小碗里："明天切碎了，做云吞或者烧卖吧，肉好吃，也要会吃，太粗放了等于浪费……"四海妈喋喋不休着，超男爸也没往心里去。四海妈又开始安排面的未来。敲门声又起。四海妈将小碗递到超男爸手里。

超男爸随手放在沙发扶手上。

"快谢谢奶奶。"邻居——孩子他妈来感谢来了，随手送上一大盆荔枝。四海妈忙说客气什么，忙婉拒，邻居坚持，四海妈便接过来。有功，受点禄也是应该的。

邻居一个劲儿夸四海妈手法好，说什么您这手法，不去儿童医院上班都可惜了。四海妈受用，说不过是从小跟老人学了几样，自己也带过孩子。邻居说："考虑过做月子嫂吗？"说完又忙说："嗨，当我没说，您女儿孝顺，哪还需要出去做事，享福就行了。"四海妈说，本来就是普通人，劳碌命，你说得对，提醒了我去发挥余热。

两个人一人一句聊得起劲。门口窜进来一条小黄狗，是邻居家的宠物。脚下一溜，两个人都没注意。那狗鼻子灵敏，直接冲到沙发边，吃起那一碗肉来。

狼吞虎咽。一分钟不到，扫荡干净，还不罢休，两只爪子扒着碗边，舌头伸进去舔，那碗失去平衡，当啷一声撞在地上。碎了。

聊天声戛然而止。四海妈回过头看，心疼得无以复加。谁也出得起这点肉钱，可人没吃着，却给狗吃了。浪费！怪谁？！超男爸是罪魁祸首。

外头有声响，超男爸也出来了。如意已经睡了。那狗本就是人来疯，见超男爸，格外亲切，吐着气，伸着舌头，欢天喜地。人与狗玩在一处，对地上的碎瓷片视而不见。邻居却不好意思了。

"阿姨，"邻居臊眉耷眼地，"真抱歉，赔您两个。"

四海妈忙说没事。超男爸多了一句嘴，说赔得好，最好肉也赔一碗。四海妈当即不乐意了，什么意思，她就这么小气，一碗肉还让人家赔？

"赔什么赔，这值几个钱，碗我早说换了，还有肉，都是吃剩的正准备丢掉呢，这下好，帮我们解决难题了，不然只能是贡献一点泔水。唉，我们家人都是眼大肚皮小。"

一会儿，邻居带着狗走了。四海妈气得坐在凳子上，不看超男爸，看了就来气。超男爸端起面条盆，问："这个倒了吧？"四海妈气得撞脑门，大喊："放那儿！"

超男爸不懂她气从哪里来。好，说放下就放下。"我去洗碗。"

"放那儿。"

"不不不，我来洗。"

看不惯，坚决看不惯，四海妈忍不住了，道："亲家，去洗碗，总要有个洗碗的样子吧？"

超男爸疑惑："样子？什么样子？"

四海妈指指他的手表："这么一个奢侈品，戴着去洗碗？这可都是孩子们的辛苦钱。"

超男爸道："防水的。"

还犟嘴！老男人不可教也！四海妈腾地站起来，抹布一摔，回屋了。

<h2 style="text-align:center">53</h2>

朵儿和老默很久没一起逛街了。这日，近晚，牛朵儿主动提出去商场走走。老默二话没说就答应了。车开到万象城，老默扶着朵儿往前走。朵儿笑说，还没到那一步呢。

"地面有点光。"

朵儿抬抬脚："防滑鞋，一回生二回熟了。"

"从来没想过自己会有三个孩子。"老默感叹。

朵儿缩了一下脖子，老默猜到了？难道她说梦话被他知道？朵儿问："三个孩子？"老默扳手指头说："月亮，尼尼，马上又来一个，福气，真是福气。"朵儿这才意识到，他把大女儿月亮算进来了。可他还不知道，他将会迎来第四个孩子。牛朵儿感觉到了压力，这种压力不是老默给她的，而是她自己给自己的。至于老默，她认为他有知情权。不过在明确告诉他之前，她还是想试探试探老默的态度。"福气是福气，就是太辛苦了。"朵儿说。进儿童用品店，朵儿在看小衣服。老默说，主要辛苦你了。又主动说："最近出手了几件收藏。"朵儿惊讶，望着他，不说话，那可是他大半辈子的心血。老默接着说："你的情况现在不适合出去工作，你妈也比较担心你，说实话，跟老太太去做团建赚钱，只是照顾她的赚钱兴趣，靠这个赚钱不切实际，在深圳养一个孩子几百万打不住，成不成才两说，但我们得准备好了，或许我都见不到那一天啦，可是既然做了爸爸，就要尽到做爸爸的责任。"

一段话，说得朵儿差点胎动。老默就是有这种魅力，什么事都考虑在前头。跟他在一起的时候，牛朵儿从未考虑他的经济实力，可现在看，不差。

朵儿挑了两套小衣服，老默以为是换着穿的，拿着去结账。买完回家，在车上，牛朵儿叫他名字："廖自默。"很严肃地。老默也晃了一下神。

"你想要男孩还是女孩？"朵儿问。

"都好。"老默偏头，微笑，"儿子也好，女儿也好，不过最好是女儿，凑成一个'好'字，你就是有儿有女的妈妈啦。"都是从朵儿角度考虑。

"你有没有想过自己会有四个孩子？"朵儿问得奇特。

"四个？国家只允许二胎。"

"就是二胎。"

"月亮，尼尼，马上还有一个……"老默又数了一遍。

"一次两个。"

"唔？"老默踩了刹车，停在路边，"你的意思是？"

"是双胞胎，男孩。"朵儿说。

老默久久回不过神来。高兴是真高兴，他搂住朵儿，眼泪快下来了。几年之前，他就是做一百个梦，也不会想到这辈子会有三个儿子。可等一切成真，似乎又成为一种宣判，忍不住让他在多子多福和无子无忧的纠结中摆荡。的确，到了他这个年纪，一个孩子是福，老来得子，可一下来三个儿子，就是一种巨大的考验了。但他又必须安慰身边的妻子，牛朵儿，她理解她的喜悦和忧虑。说出这个事实，朵儿也落泪了。她甚至不知道自己为什么哭。喜悦，忧伤，还是对未来巨大不确定的迷惘。这里是深圳，国际化大都市。

"我快成某著名女歌手了。"牛朵儿半哭半笑。

"哪一个？"

"我们亚洲，山是高昂的头……"朵儿唱了一句。

"跟她有什么关系？"老默问。

"她有三个儿子。跟我一样。"

"都有福气。"

"她离婚了，一个人带三个儿子。"

"我不会跟你离婚，除非你把我扫地出门。"

朵儿破涕，环抱住老默："我怕失去你，现在弄出这么多孩子来，无法收场了，这是我搞不定的局面，我警告你，不许比我先走。"太沉重的话题，朵儿笑着说出来。从他们在一起的第一天起，两个人就从未回避过这个话题。可一旦附加上三个孩子，无论是朵儿还是老默，都不那么轻松了。

"我好着呢。"

"死在夫前一枝花。"朵儿说。

"你还是那个独立闯天涯的牛朵儿吗,说出这种话。"老默温柔地。

"生孩子生的,心都生软了。"

"这事你妈知不知道?"

"孩子见到这个世界之前,都不能让她知道。"

老默没再多问,他太理解朵儿妈的惊惶。她太没有安全感。三个外孙子是什么样的负担,她会发疯的。可老默也相信,等朵儿妈看到孩子们可爱的小脸,一切都又变得有接受的余地了。

"人的心是个无底洞。"老默说。

"填不满。"朵儿望着老默。

老默报以微笑:"也掏不空。"

心理咨询室。超男在给一位男孩做咨询。男孩说他就是心里烦,上课的时候烦,还有晚上做作业的时候他妈在旁边也会很烦。超男劝解道:"还是要接纳,要学会接纳,当你接纳了这一切,你就会感到舒服一点儿。"

男孩说他接受不了。他低下头,在玩手指头。超男站起来,绕过桌子,带他到旁边的治疗床。自从在区里获表彰过后,学校心理卫生室的条件有了略微改善,有音乐放松椅了。

学校要求超男考一个心理咨询师资格证,她顺利拿下。"躺这儿。"超男温柔地。男孩躺下了。

舒缓的音乐响起。

超男说闭上眼睛,想象你正躺在一片草地上,空气非常清新,到处都是鸟语花香,头顶是蓝蓝的天空,感受到了吗?

"老师,都是黑的。"男孩拼命闭眼。

"你要放松,不要紧张,不要用力闭眼,要舒展,慢慢地闭上,放松你的眼皮,你现在什么烦恼也没有。"男孩又试了试,不再挤眉弄眼。"好,现在深吸一口气。"超男下指示。男孩哗啦吸一口,快速地。

"不要那么快,要慢慢地吸。"

这下男孩照办了。慢慢地,可还不对。

"不要用嘴吸,"超男说,"用鼻孔吸。"男孩汇报,说老师,我鼻子有点塞住了。超男略微不耐烦,说:"那就用嘴巴吧,好,吸气,慢慢地,然后吐出来,再吸,好——你状态很好,慢慢地吐出来,看没看到蓝天草地,想象一下，生活多么美好，烦恼、烦躁都抛到九霄云外了，你是最棒的林洒洒。你看你的名字叫林洒洒，代表你是洒着雨露的一片树林，放松，好……"

整个治疗大概持续十分钟。超男拖着舒缓的调子，像模像样。治疗完毕，超男问，好些了吗？男孩怔怔地，终于说好像没那么心烦了。谢谢老师。超男跟林洒洒说再见。

忽然嘀嘀两声，是手机短信。超男没多想，拿起就点开。身子瞬间就僵了，哪还有什么鸟语花香、蓝天草地，这是定岗定级后的第一次工资，基本工资没变，可学校给的奖金学问就大多了，这次调整之后，她到手的收入不升反降，一个赤裸裸的数字——4236元到账。超男觉得，简直是对自己的侮辱，情绪一起来，眼眶有点红了，下眼皮不争气，一滴眼泪落下。刚好被林洒洒看到。洒洒也有些无措。"老师……"他叫了一声。超男这才感觉到失态，连忙揩掉泪水，换上笑脸。"老师没事，快去上课吧。"

林洒洒说："老师，放轻松，想象一下蓝天草地，生活多么美好，有什么烦恼都能被抛到九霄云外的，老师最棒。"将刚才的一番话，奉还。可这对超男来说，根本不是治疗，反倒是眼泪的催化剂，她更想起了自己的悲惨遭遇，可还得强忍着，尴尬地微笑："去吧。"洒洒开门，走了。刚一出屋子，合上门，超男就哭出声来。

又有敲门声。超男强力刹车，控制住哭声。

"老师，我的外套忘拿了。"

超男背着身子，压着气息，调整嗓子："拿了快去吧。"

这下真走了。门锁啪嗒一声响，超男才恢复哭泣，这次是无声地，极力控制着，一脸痛苦的表情。她就是不明白，她陈超男怎么混到这个份儿上了。

中午没去食堂吃。在学校周围便利店买了个鳗鱼饭团。一个人坐在咨询室，更显得凄凄惨惨。鲁老师来了："下午教职工运动会，我报了铅球。"鲁老师身高体胖，年年都是铅球第一。超男这才想起来，自己报了一千米跑。这是她的强项。过去在那所中学，连续多少年都是她拿冠军。"给她们点颜色看看。"鲁老师说，"价钱上面咱们落后了，气势上面，咱们不能落后。"

超男望着鲁老师不服输的一张脸，斗志又燃起来了。

运动会上，人声鼎沸。鲁老师一身短打，运动装，橙红色，胳膊是胳膊腿是腿。铅球架在肩膀头，屈身，转体，随着"嗷"的一声喊叫，铅球在空中划过完美弧线，破了纪录。完毕，鲁老师故意大摇大摆从几个年轻小姑娘面前走过——她们这次定级都定上去了。鲁老师做睥睨状，意思是：年轻？

你年轻就有资本？未必。

检录了。超男站在起跑线上，鲁老师挥拳头给她鼓劲。哨声响起，七八个女人一起冲出去，前二百米，超男领先，节奏掌握得很好，后面的小姑娘眼看冲上来，超男立即卡位，封住赛道。姜还是老的辣。她们没戏。还剩半圈。后面的小姑娘们突然集体发力。连续两人踩了超男的鞋子。不妙！掉了一只！超男心一横，拼了！光脚也要跑！干脆把鞋脱了！可就在超男跑动中弯腰拔鞋时，后面又有人上来，一撞，正中超男屁股，重心失衡。她一个前扑，人出了赛道，趴在塑料草坪上，胳膊还蹭掉一块皮，见红了。鲁老师着急，一拍大腿，闭眼，沮丧。

那一刻，超男深深地体会到了什么叫雪上加霜。

## 54

温晓涛马上出来了，消息确实。薛蓓打算先找晓涛妈妈聊聊。虽然上次在看守所，晓涛妈已经表了态。她识时务，原本介意薛蓓的过去，可现在她儿子从看守所出来，离职几乎是肯定的，也成了"有罪"的人，加上家道中落，她还怎么挑剔薛蓓呢？如果真爱晓涛，薛蓓觉得，她现在可以和温晓涛平等对话了。她甚至想，她可以和晓涛联手，在事业上共同再进一步。一切都可以重来，一切都可以重新开始。然而当她把电话拨出去，得到的却是失望。晓涛妈妈停机了。可以理解，变故那么大，换号码是正常的。再问晓涛嫂子。他嫂子也表示不太清楚。原来的住处已经换了主人，晓涛妈就这么人间失踪。薛蓓见朵儿，在菜市场，提到晓涛妈妈的事。

朵儿说："你还找她做什么，她不找你，你千万别找她，这个女人眼睛是长在头顶上的，难不成你还真想继续做她的儿媳妇？你真有牺牲精神，如果当初我知道他妈是这样子的一个人，我根本就不会把你介绍给温晓涛，他那个家庭，现在你也看到了，就是驴屎球子外面光。我可警告你，一定要慎重，你和温晓涛的事情不要那么着急下定论，慢慢走着看。"

薛蓓打趣道："能跟你比吗？一进门就没有婆婆，自己当婆婆了。"朵儿叹息，说没有婆婆不是还有妈吗，她是省油的灯？薛蓓说，她也是为你好，哪有妈妈害女儿的。朵儿，我真羡慕你，马上都是两个孩子的妈了。有时候我也想要一个孩子。朵儿说："两个？是三个！"

薛蓓没反应过来。朵儿问农户，说你这咸鸭蛋确定是双黄的？农户大姐说保证双黄，油还多。朵儿称了十个，薛蓓拎着，她见薛蓓还没反应过来，便轻轻摸摸自己的肚子："双黄的，这次是双黄的。"薛蓓惊讶得说不出话来。"老默知道了吗？"她问。

"在家准备钱呢。"朵儿口气轻松。

"什么钱？"薛蓓跟不上朵儿的节奏。

朵儿说我的老姐姐，你这个跟钱打了半辈子交道的人，怎么不食人间烟火了呢？我马上要成为三个孩子的妈了，而且是三个儿子，在深圳，三个儿子，这跟三座大山有什么区别，要养大，成才，那费用，啧啧，老默最近把他那些收藏出了一批，分成几份，理财的，买保险的，存银行的，留着用的。姐，知道我的难处了吧，不敢想不能想，几年前我还是一个不婚主义者，一个人自由自在，顶多再来一份感情，做丁克。现在呢？看看我，我说我以前是科研工作者谁信？站在菜场卖菜，都不用化装。

"谁让你不采取措施？还是想要。"

"都是意外，都是居委会发的。"

"真省。"

"命里该，来了就不忍心下毒手，就让他们来见见这个世界吧。"朵儿叹息，"要不过继一个给你？"开玩笑的口气。

薛蓓翻了个白眼："我还没老到不能生。"而后又自言自语："问题在于，找谁生？"

朵儿劝道："想生孩子不是难事，其实我有时候不能理解，你为什么一定要找温晓涛，是，他过去是比较优秀，不然我也不会推荐给你，但这一连串的事情下来，他真的未必是最佳人选。"

"我对他还是有感情。"

"感情？不会变吗？感情是最大的变量。"

"你说别人会说，你当初对老默，不也是义无反顾。"

"不一样，刚开始我可没打算嫁给他，都是意外。"

"唉，人生都是意外。"

"你真的不考虑李安东？"

"结婚？还是生孩子？"

"你不是说想生孩子？"

"那真成一辈子的牵绊了。"薛蓓说，"朵儿你说你一个女科学家，思想怎么这么复杂。"

朵儿说，不是我复杂，是生活本身变复杂了。说完，朵儿又问，超贤现在怎么样，薛蓓说，不错，能干，头脑清楚，忙事业呢。薛蓓问朵儿超男的情况，朵儿说，也有一阵没听到她的消息了，也就那一摊子，家家都有的，不过她那一摊子，也够难的。"晚上喝鲍鱼粥。"朵儿对薛蓓说，"老默下厨。"薛蓓说，你妈歇着了？情绪怎么样。朵儿说她出去赚了点小钱，觉得自己特有价值。

下了班只能打车回宿舍。

胳膊蹭掉一块皮，缠着纱布，挤公交风险大。超男看上去像是刚从战场回来的。

落魄的士兵，刚打了败仗。哦，才想起来，如意今天是四海妈接，可这个样子，怎么照顾孩子？超男站在树下，给四海妈打了个电话，说，妈，学校今天有点事情，如意今天你带着，麻烦了，明天我去接。四海妈表示同意，她刚想说给超男熬了冰糖雪梨，超男就把电话挂了。头一天她听到超男有些咳嗽。

到宿舍楼下，超男一时不想上楼，筒子楼，她住够了。楼下咖啡店坐坐，点一杯喝的，只是静静坐着，不说话，不想任何事情，对于她来说，已经是人到中年的最好奖赏。"嗳，嫂子。"有人叫她，是四海的同事，就在他们隔壁的隔壁，小年轻，牵着女朋友，来这种地方消遣。超男忽然不知道怎么解释，平静被打破，满是尴尬。"等人呢？"人家已经开始脑补了，不如借着台阶下。超男说，刚约了个客户谈点事情，说你们坐，我还有事，先走了。说着让位子。起身，离开。超男有些恼火，就连这种地方你都无所遁形，关键你的出现还有些显得不合时宜。真他妈的人到中年！超男三两步走出去，算了，上楼吧。坐电梯，徐徐朝上，开了电梯门，走廊尽头，好像有个人，超男看那背影有点眼熟，再一侧身，是四海妈，她怎么来了？不是说了明天去接如意，她就一天假也不能放？还是不放心，来查岗？超男反思，是自己在电话里表现得不同于往常吗？不行，眼泡是肿的，胳膊是破的，纱布就是见证。现在碰面，婆婆肯定会发现。她来她的，超男缩回去，揉了揉眼睛，又上了电梯，匆忙下行。天大地大，她忽然觉得，根本就没有她能去的地方。下了楼，匆忙忙跑过马路，天已经黑透了，他们住的地方，路灯不多。去公园里坐一会儿？等于喂蚊子，在树下站一会儿就已经被叮了好几个包。超男伸手去包里翻风油精，没翻着，却意外抓到四海临出差前给她的车钥匙——

"喂，出门啦，这个宝贝交给你保管。"四海郑重地说。超男刚从浴室出来，包着头，问，什么宝贝？一看是车钥匙，随手就往包里一丢。她又不会开，要这玩意儿干吗？

可偏偏癞蛤蟆也有垫桌腿的时候。是的，她需要车子，此时此刻，现在！不会开不要紧，她需要那一方空间，没有别人，只有她自己——那个封闭的世界只有她自己。

她只是想安安静静在车里坐一会儿！

她忽然明白了车的意义，人到中年，车子，小小的一块空间，那就是你能够短暂逃离现实的地方，是净土，是中年圣地！

对，不错，很好，四海就把车停在小区的马路对面了。就在这一片，可车太多，不那么好找。她拿着钥匙，走一段摁一下，看看有没有车门响起。终于，在一棵巨大的榕树旁边。车灯闪了一下，超男迅速走过去。上车了。关上门，钥匙插进去，调好空调，她如释重负般靠在驾驶座上，闭上眼，一动不动。她谁也不想见，什么也不想听，意识渐渐模糊……

睡了一个小时。

醒来，有些口渴。摸摸后座，还有一瓶水。打开音箱，还不错，流行歌曲杂烩，第一首就是她喜欢的梁静茹。棒呆了，酷毙了。已近晚间十点，超男的情绪随着音乐逐渐恢复，仿佛是一个刚从井底救出来的人。她跟着音乐哼唱，手舞足蹈，像个孩子。

到张信哲了，《忘情忘爱》，超男跟着唱，"心情再乱，再坏，再无奈，也不掉一滴泪，心上的那个空缺不求人安慰，虽然寂寞如影随形，怎么都不对，伤痛会加倍，从此忘情，忘爱，忘伤悲，忘掉你有多美，让自己没有时间，没有念头要挽回……"唱到兴起处，啪啪两下，正拍中喇叭。车外也跟着两声喇叭响。意外，纯属意外。

有个人在车头站住了。

## 55

那人走到车窗边敲了敲。

超男这才意识到闯祸了，摇下车窗，连声说抱歉。在外面她一贯怂。那人微笑，也不说话，居高临下望着。一抬头，才见是沈伟。超男的梦一下就醒了，又坠入另一个梦里。

"这个点还出去？"沈伟笑着说。超男不好解释，绺了绺头发，笑而不语。"好久没见了。"沈伟拉开车门上了副驾驶，才偏头："最近怎么样，没听四海提你，忙什么呢？"口气是老朋友。

"没……没忙什么……瞎忙……"超男慌乱地，她在沈伟面前，总是不那么自然。音乐还在响，吴奇隆在唱《做你的天》，"我只能说抱歉，后悔在我心中蔓延……"连忙关掉。空间静静地，外面开始下小雨。沈伟打趣说，呦嗬，人不留天留人。系好安全带。超男还是不动。他望向超男，诧异地，"走起来啊，溜一圈就回来，去买个东西。"超男为难地，皱了皱鼻子。她是来车里解闷的，这车对她来说，是个彻彻底底不会动的玩具。

"走起啊。"沈伟又说一遍。

"我这胳膊……"超男找理由。

"不耽误。"沈伟还是不理解。超男鼓起勇气，终于说，我不会开车。

沈伟没说话，微笑着看着她。"我就是来这里坐坐。"

"一个人静一静？"沈伟立刻理解了，中年圣地，自己的车，没有任何人打扰，"那我下车。"说着解开安全带。"别走！"超男一声呼喊。沈伟停住。气氛变得有些凝重，奇异。

"遇到什么难事了？"沈伟问。超男控制不住泪崩。短短十几分钟，超男好像一盘被摁了快进键的磁带，把自己在学校受的种种委屈倾倒而出。沈伟侧着身子，认真聆听着，时不时递上一张纸巾，等超男一切都说完了。他才说："你的情况是大多数职业女性会遇到的情况，到了这个年纪，会有瓶颈，但很多人权衡利弊之后会选择隐忍，毕竟，教师这个工作有寒暑假，相对稳定，方便照顾家庭。你女儿年纪还不大吧？"超男点点头，但又说："可是我也应该实现我的个人价值。"沈伟问你有什么特长？这可难住了超男，特长？上语文课？还是心理咨询？似乎都算不上特长。"你应该具备一定的人群管理能力，因为作为老师，最大的经验，就是管理那些孩子，把人拢起来，共同学习，其实我们公司能力拓展部有个机会，只是这等于迈出一大步，你还是应该慎重考虑一下，这个位子给你留着。"沈伟说得很爽快。超男感动极了。

作为朋友，沈伟够意思了。给了她老公机会，现在又给她机会。作为男人，他又充满魅力，干练，果决，有担当，也有这个能力担当。这样的男人，简直就是王老五中的王老五，钻石级的。哪个女人找到这样的男人，是一辈子的幸福。超男早都不哭了。重新打开音乐，吴奇隆继续唱《做你的天》，老腔老调老滋味。"我撤了？"他看她，征求意见的样子。礼貌，真是礼貌。超男连忙说，您忙您的。下了车，来个电话沈伟接了，连声说好，又说在看守所门口等着就行，早点去。

车里，超男隔着车窗望沈伟背影，感动还在蔓延，在学校受的委屈倾倒而出后，她又是个新的人了。她忽然觉得自己可笑。或许她这点事在沈伟面前根本不是事儿！可正因为不是事儿，他还能认真听，更见情谊。超男羞羞一笑。她要在车里再坐一会儿，让喜悦蔓延。该赵传唱了，是《快乐似神仙》，"朋友们好久不见，我们相约今天，一起笑看冷暖人间……"超男举起双臂，随着音乐摆动着身体。"哎哟！"拉到胳膊了。痛。

沈伟上了公司宿舍楼。出电梯，朝走廊那头走。一户门口喧嚣不止。好像是业务部小汪，口气着急，"阿姨，真的不用，收拾得够好了，垃圾我来拿……"沈伟走到跟前，问怎么了。一个老太太转过身。是四海妈。她把东西放在四海和超男的住处后，路过小汪房间，见他在忙乱，就伸了把手，一会儿工夫就收拾得窗明几净，桌清地洁，临走还要带垃圾下去。小汪不好意思了，才有了这一幕。

"你是小时工？"沈伟进屋转了一圈，对四海妈的工作成果表示满意。

"哪里人？"

"广东？"

"会做饭吗？"

"做了几十年了。"

"我那缺个小时工，有没有兴趣，按市场价给你，每天做一顿晚饭，打扫一次卫生，包月，我不在家也算钱。"

四海妈愣了一下，没想到工作来得如此突然。她考虑了一下，当机立断："行，留个联系方式，下周去见工。"

超男在车里又陶醉了半小时才上楼。开门，脱掉鞋子，洗了澡，才发现饭桌上放着一个保温桶。屋子也利亮多了，显然刚收拾过。保温桶打开，冰糖雪梨还热着，这便是四海妈过来的缘由。超男鼻子一酸，又哭了，这回是愧疚加感动。愧疚的是自己的小心眼，感动的是四海妈的体贴入微。婆婆做到这份儿上，真能是妈了，往深了想，超男不晓得自己爸爸有没有那个福气。硬凑合是凑合到一个屋了，可要能吃到一个灶里，不是凑合的事儿。

超男整理好情绪，拨回去，开头是假意埋怨："妈，您过来怎么也不说一声，我好去接您。"四海妈说："没什么事情，你们工作忙，不打扰，就是拎点东西过去。"超男道："我这偏，天又黑，大老远的，下次一定一定要提前告诉我。"电话里超贤嚷嚷："吃你的吧，哪这么多规矩！"超男听到了。四海妈解释："小贤来看你爸爸，今晚就住这儿了。"超男问了如意的情况，四海妈说，她已经睡了，超男说，那让小贤接电话。

超贤说，姐，你又要教育我什么。超男说，我现在敢教育你吗？你换个地方说话，别让他们听到。超贤嘟嘟嚷嚷，拿着电话走到外头，说你说吧。

"你今晚探探爸的口风。"

"什么口风？"超贤冒傻气。

"难道爸下半辈子都一个人过了？"

"他爱怎么过怎么过。"

超男着急："你这脑袋，真不知道你是怎么赚到钱的。四海妈，我婆婆，还有我爸，这人物关系，究竟要不要从量变到质变，明白了吗？"超贤醍醐灌顶，连声说明白。超男又叮嘱别问得太直，免得无回转余地。超贤说，这点脑子我还有。

"你最近怎么样？"超男想起来关注弟弟事业。

"准备招聘。"

超男差点脱口而出，说我去试试，但还是忍住了。姐弟俩在一个公司，还掺和着闺密，终究不太好。"你多注意。"超男想了半天，说了一句万能的话，不失姐姐的尊贵，又显得有风度。挂了电话，茶炊水响了。四海妈怕吵醒如意，小跑着去把煤气关了。用抹布包着，拎过来，放在茶几旁边的纸盒子上。超男爸从里屋出来，坐在椅子上，下面是小板凳，脱了鞋子、袜子，脚搁在凳子上，身体后靠，闭上眼睛。超贤看了四海妈一眼，好笑："阿姨，他这闹的哪出啊？"

四海妈也觉得好笑，摆摆手，进屋去了。

"水呢？"超男爸拖着悠长的调子。两臂抱着，还是不睁眼。超贤明白了，可还是嘟囔，说什么时候养成的毛病。

端了一盆水，放在他爸脚底下。茶炊往他爸脚下推一推。

"倒上。"他爸还是悠然，气场十足。

过去他爸不这样。超贤做了副总经理，气性早已不复当年，小声嘀咕："这演太后吉祥呢。"他爸听到了，还是不睁眼，道："你就是做了宇宙的总裁，也还是我儿子。"

- 236

"谁说不是了。"

"给你老子洗个脚，还一肚子埋怨，你就是比你姐多赚一万倍，你也没她那素质。"

"怎么又跟我姐扯上了。"

"以后这房租，你承担一半。"超男爸说。超贤听了没打磕巴，说行。对他姐，他没什么不愿意给的，只是没想到。但超男爸却顺着话头说开了："从小到大你姐怎么对你的，哦，现在你有钱了，就不顾着你姐了，我跟你说要不是你姐的关系你能有今天？薛蓓首先是你姐的发小，然后才是你的合作伙伴。你姐现在负担两个房租，你能看不到？感受不到？"

"姐又没说……"超贤小声，委屈地。

超男爸恨铁不成钢："这还用说？你不领悟，我再不说，你让你姐怎么开口？你姐是什么人你不知道？从小到大都好强，宁愿自己扛着也不会给家里人找麻烦请人帮忙，总是为别人付出，你是她亲弟弟，能不能往心里去去？"超贤想不到今天晚上有这一出，一劲儿说没问题、没问题，说着跟老爷子要了房东联系方式。

看来老爷子心情一般。超贤开始担心姐姐交付的任务。

"怎么样？"超男发来一条消息。超贤回复，还没睡呢。超男说侧面点一点。

到睡觉点了。超男爸问超贤："里头外头？"

"里头吧。"超贤连忙说，"沙发太小。"

超男爸看了一眼客厅的破沙发："也没见你有多长。"

爷儿俩有日子没睡到一处了。深圳气温高，晚上只需要搭一块毛巾被，超贤和他爸一人扯一头，倒腿睡。闷热，超贤要开空调。他爸说，把窗户打开，空调他腿受不了。超贤就去把窗户打开了。他们这屋连着露台。两个人躺了一会儿，他爸还是睡不着，便坐起来，摸黑下床。从床头摆着的小凳子上一把抓了打火机和烟盒，光着脚走，开了纱门，站到露台边上，又拉开窗户。

打火机，"啪"，一下，没打着。再准备打，火伸过来了，是超贤擎着火机。他爸一笑，点上，然后撆给儿子一支，说什么时候抽上的。

"在家那会儿。"超贤也不撒谎。外面大月亮，乌云退去，明晃晃的圆盘。两个人吞云吐雾。超贤想问问他爸对个人生活的打算，可一下不知从哪开口。他爸却先开口了。"打算在深圳扎根了？"

"唔？"超贤没反应过来。这种平心静气的爸爸，很少见。

-237-

"真喜欢这里？"

"不喜欢。"超贤说。

"唔？"轮到他爸惊诧了。

"已经回不去了。"超贤说，"我回去还能做什么？开那个面包店？一天没三五个人光顾？老家没有人流量了，我在深圳才有尊严。"

他爸抽了一口烟，说："你是回不去了，我是来到这里很困难，我觉得我在深圳过得没有一点儿质量。"超贤深感意外，来到深圳有段日子了，老爸头一回吐露心声。

生活质量，多么严肃、富于思考的问题。

超贤说爸，你说的没有质量指哪方面？等我那摊子再做大一点儿，你可以来帮忙，那么多事情，还愁没得做吗？超贤爸说，这儿全是四川麻将，还不允许推，等自摸等死。超贤发窘，不知怎么接下茬。他爸继续说："你妈走了以后，我这脑子总是蒙的，只有打麻将的时候，能稍微定定神。"

提起妈妈，超贤有些伤感。"还有其他什么方面不适应吗？住得还行吗？"

"家有千顷，你也就住一张床。"

超贤往话头上引："你觉得我姐姐的婆婆这人怎么样？"

"人是个好人，就是有点啰唆，小气，可以理解，乡下婆子。"

"女人不都那样，精细点好。"似乎是劝的口吻。

"你还懂女人了？被骗的事又忘了。"他爸教育儿子。超贤说，爸你能不能别提我的伤心事了，大仇早报了，而且那都是小时候的事，现在我都多大了，做事情做得也不错，我想我不愁。

他爸说，你就是沾了薛蓓的光，走了狗屎运，有时间读读书。

超贤说，我正打算报个班呢，不过以后我一定要找个大学生，缺啥补啥。话锋一转，超贤说，爸，你也是，缺啥补啥。

"我缺钱。"

超贤被他爸逗乐了，忙说，是，都缺，不过你还缺人，缺个人管管你，归置归置，爸你现在的日子过得跟洪水似的。

"这么说你老子！"他爸伸手要打。

超贤忙解释："意思就是粗放，没有规律，家也不像个家。"他爸不说话了，又要拿烟，被超贤阻止。看来走心了。月光下，他爸的侧影多少有几分惆怅，肚子划出弧线——他是个老人了。

"爸，你真没想过再找一个？"

"人家图我什么？一个月三千块退休金？房子还是女儿给租的，还得过一次脑梗，小子，你要真是孝顺就每个月多给你爸一点儿补贴。"

谈话不在一条道儿上。超贤悄悄给姐姐发了四个字：诸事不宜。

## 56

隔日大早，超贤开始忙招聘的事。暖色调接受风投之后第一次正式招聘。内容运营，超贤和薛蓓同时抓，超贤跑对外业务，刚子做超贤的助理，这次除了内容编辑，还需要一名程序员。

薛蓓起得晚。初选由超贤负责。刚子拍他马屁，说，陈总，准备开始了。刚进门，就绊了一脚，超贤连忙调整姿态，端端正正走到主考官席位上，自己稳住自己。不久之前，他还是一个求告无门找不到正式工作的失败者，现在呢，看看简历，已经有"海归"来面试了。

十来个人，一个一个往里进，到倒数第二个，薛蓓来了，一身运动装。门口只剩一个等待面试的人——二十五六岁，一米七八左右，不胖不瘦，平头，看着舒服，他见薛蓓来，问："你也是来面试的吧，怎么这么晚，都快结束了。"薛蓓原本是路过，可男孩跟她说话，她便略停了一下脚步，这才看清楚他的脸。中原人长相，瘦国字脸，显得刚毅，眼睛大小中等，嘴唇不厚。薛蓓一笑——为自己看上去年轻。没再停留，飘过去了。

下午，超贤把简历摆在薛蓓面前，一份一份解说，一会儿，内容编辑定了，该说技术岗。超贤说有三个候选——北京科技大学毕业的博士，加州理工大学毕业的硕士，武汉理工大学毕业的本科。薛蓓翻了翻，问："博士？海归？我们这里确定留得住？"超贤说我们可是知名创业公司，做内容的，而且这个岗位是做技术。超男说："博士首先不考虑，一个博士愿意自降身价来做技术，要么他技术不怎么样，要么他有别的目的。海归那个人你注意了吗，回国之后有一年半没出来工作，另外两年跳槽又太频繁。武汉理工这个看上去还比较正常，换了两份工作，虽然不算少，也不能算多，有点历练了。"

"那就定这个？"超贤充分尊重蓓姐。薛蓓坐在椅子上，又把简历拿过来瞅瞅，"行，就他吧，叫什么？吴宇飞。就吴宇飞。跟他谈谈待遇，不能太高。"

-239

很快谈下来了。实习期三个月，表现好就转正，三天之后，吴宇飞就到岗了。薛蓓是老总，虽然没有刻意，但对吴宇飞还是捎带着暗中观察。她发现这个吴符合一切她对于技术男的想象，话不多，不善言谈和社交，面部没有什么表情，做事情认真。和超贤的热闹形成强烈反差。一个火焰山，一个冰川谷。年轻人那么沉稳的，难得。

下班了，薛蓓拎着皮包走出写字楼，一辆车从她身边开过去，后倒回来，是别克君威。车窗下拉，竟是吴宇飞。薛蓓本要去地铁，可自己一个老板坐地铁，员工倒开着车，多少有些不好意思。"捎你一段。"吴宇飞还是没有任何表情。薛蓓说不用，就去万象城，不远。"上车吧。"吴宇飞不放弃。

没办法，上车吧。薛蓓坐到后座上。开出十来米，她问："车什么时候买的？"

"有几年了。"

"自己买的？"

"炒股挣了一点儿。"

薛蓓不再多问，她觉得自己似乎有点不礼貌，年轻就不能自己买车？未免太看不起人。可既然上来了，她就得说点什么，又不能有失老板的身份，但要尽量和蔼。她从后视镜里看到，他目光坚定，朝前，她调整调整自己的表情，问："怎么想到来我们公司？"

吴宇飞说："大公司做到头了，来创业公司可能还有发挥的余地，我这个年纪，在互联网行业，已经不算年轻了。"薛蓓问："你多大？"吴宇飞说二十六。薛蓓说不是二十五？

"虚岁。"

薛蓓笑："现在还有人愿意算虚岁的，都宁愿实周岁算到月份，生怕把自己算大了。"

"男人应该算虚岁，给自己一个缓冲，一个提醒，该认真做事情了。"吴宇飞说，"你多大？"

突然袭击，措手不及，女人的年龄是秘密，何况女上司。薛蓓说，我能当你阿姨。

这下，吴宇飞也笑了。从后视镜里看，他笑起来还有几分天真。

轮到薛蓓进攻了。她要扳回一城。

"一个人住？"

吴宇飞确认了。

哦，没有女朋友，也没有同居。薛蓓心里有数了。

"租的房子？"

"自己的。"

"不错嘛，都到位了。"薛蓓有些惊讶，这是个努力的年轻人。

"买得早，"吴打了一下方向盘，右转，"还在武汉读书的时候，手里有五万，就借钱买了，也不大，就一室一厅，当时就想着来深圳工作，迟早都要买。"

有远见，薛蓓轻叹，但尽量不表现出来。

"未来有什么打算？"她问。

"娶个老婆生个孩子，简简单单过一辈子。"吴宇飞不假思索。

薛蓓再一次被震动了。以坦诚的态度，说出朴素的人生观。一个二十一世纪的深圳青年，却有着陕北高原老农民一样的灵魂，靠谱。薛蓓有些发蒙。

"你到了。"吴宇飞回头，提醒她。

薛蓓这才回过神儿来，抓起皮包，下了车。

## 57

温晓涛出来的具体时间李安东还是先通知了牛朵儿。朵儿身子已经很沉，不便前往，她跟薛蓓知会了一下，便让老默也去照应着点。朵儿妈听到这消息，有些不满，说他温晓涛何德何能，值得你们为他闻鸡起舞，老默去做什么，本来就是玩忽职守。"老默的本职工作现在就是把你看好了。不小心要生，现在又不管。"

"都是朋友。"朵儿说。她妈又强词夺理，气还没消。"这话可别被蓓姐听到。"

"听到怎么了，她是我干女儿，我都是为她好。"

朵儿睐了她妈一眼，苦口婆心："干女儿干女儿，不还有个'干'字吗？能跟你真女儿一样任你说任你讲？"朵儿妈道："我就不明白，薛蓓到底迷温晓涛什么，温吞吞一个人，你看名字也是，小涛，能掀起什么大浪来呀？以前是家世还不错，不过也是嫁接的，现在是霜打葫芦，还能玩吗？"朵儿说，妈，话不是这么说，这不是还有感情吗？

"感情？相亲认识的，感情比深圳湾的水还深？谁信？都这个年纪了，不是说妈妈我现实,是必须要考虑实际问题。"朵儿想了想,说:"蓓姐算强势吧,我觉得还有一种可能,就是温晓涛特能引起她的保护欲。温晓涛这个人,别的优点没有,就是还算舒服,李安东就吃亏在太强势,如果他年轻个十岁,跟上一个老婆和平分手后遇到薛蓓,就另一说了。"

"舒服?骗鬼,我看是别扭,"朵儿妈横鼻子竖眼,"他要真是舒服能听他妈的?谁没有过去?重要的是现在这日子能不能过得好。"

朵儿说,人家不是嫌婚前隐瞒吗,闹出来了。朵儿妈道:"这种事情,不隐瞒,难道还自己抖搂出来?说白了他还是不想跟蓓蓓过,否则不会点破。他也是二婚,上个老婆还自杀了呢,点破不说破,日子才能过,都是相互包容的,我看李总不错。"

"您就别操心了。"

朵儿妈不肯松口,若有所思,道:"你跟廖老师在一起,也是因为保护欲?"朵儿说你想哪儿去了,我需要他保护?别说我自己能保护自己,再过十几年,我几个儿子都保护我。

听话听音,朵儿妈立刻捕捉到了"儿子"的事:"什么?你再说一遍,B超照出性别了?怎么没听你说。"朵儿知道躲不过,只能部分承认,"是儿子。"朵儿妈立刻"哎哟",拉着女儿的胳膊道:"牛朵儿,你看看,我为你我头发都愁白了,又是儿子,本来想你一儿一女凑成个'好'字,现在好,尼尼还没长大,又来个葫芦头,两个加一起你等于背了上千万的债。"朵儿努力缓和,说哪有那么严重,以后享福还多呢。

朵儿妈道:"享福?别说我了,就是你,真等到那天,你是能吃还是能玩?牛朵儿你现在做的事情,跟我对你的培养,是相背离的。"

"背离什么?我没成才?还是现在发展得让你们丢脸,我也是有个人意志的,你是我妈我是女儿,但我也有选择我生活的权利。"

"你有权利,你想怎么折腾怎么折腾,但牛朵儿我告诉你,我们培养你是让你更上一层楼,你现在的所作所为,是在跳楼!"

临到出门,朵儿妈又要跟着老默去。朵儿觉得奇怪,刚才还说老默去都多余,这会子自己又掺和进来。朵儿道:"哪都有你,尼尼在家还没人带呢,你说带,又不让请保姆,还不留家里,小东门(对拘留所、监狱的简称,地方方言)也要看?你是看人笑话去吧。"朵儿妈解释道:"薛蓓要不要去?"朵儿说那肯定的。

"那温晓涛的妈呢?"

"必然出现。"

"那边有一个妈出现，我们这边是不是也得出现一个，万一有什么紧急状况，我这个干妈是不是得出现？"

"紧急状况，呵呵，我看你是去打架的，万一撕起来，你能来个猛虎出匣。"朵儿虽嘴上这么说，但她也怕薛蓓吃亏，她妈去了，亏是肯定吃不了了，也好。没多大工夫，老默开车，朵儿妈坐后座，俨然董事长夫人。天阴得厉害，路程到一半，已经开始下雨。雨点不大，雨线密，天地仿佛被网住了。开了半小时到地方。拘留所门口已经有一辆车在等。老默开近了。车里下来个人，撑着黑伞，是李安东。朵儿妈对成功人士有好感，何况李安东仗义，出手大方的事不是一次两次。她忙不迭下了车，撑着花伞，凑到跟前，笑道："这天，不适合出来。"

李安东笑笑。他对朵儿妈的称呼是个难题。叫阿姨不适合，他们几乎同辈。叫姐姐？他跟朵儿又是结结实实的朋友。叫老师？似乎也不太合适。那么只好省略称呼，说："陪蓓蓓过来。"李安东把话头朝薛蓓引。朵儿妈立刻得其所哉，道："你啊，就是太成熟，太可靠，太懂事。"

夸到一定高度了。

连李安东这种行走江湖多年的人都有些不好意思，低头，左手凑到嘴巴前，作意咳嗽一声缓解尴尬。老默停好车，也撑着伞走过来。李安东跟他寒暄了一下，递烟。朵儿妈说"给我一支"，李安东也没觉诧异，又递给她一支，点上，三个人就在雨中喷云吐雾，并不觉得尴尬。

烟气立刻融进雨里。朵儿妈款款道："对人好，也得有个限度，人家领情才行，不然苦了自己，你这种条件，什么样的找不到？"李安东知道在说自己，接话道："我是苦过来的，蓓蓓也是苦过来的。"朵儿妈立即说："谁不苦？是人都苦，牛朵儿不苦？马上又要生，年纪真不小了哪能这样。"

抱怨给老默听。老默不好说话，李安东接过来，笑对老默："你行啊！"

老默憋出一句："计划外的。"

朵儿妈道："你整个人都是在计划外的，计划赶不上变化，真对。"

又一辆车开过来了，是别克君威。李安东对这车不熟悉。公司事多，超贤得管着，是刚招聘进来的吴宇飞开车送薛蓓过来。下雨，路上堵，又不能开得太快。因此是起了大早赶了晚集。一路无话。但接到目的地指令的时候，吴宇飞就开始对自己的女老板"刮目相看"。

薛蓓有她天真的地方。可是她复杂的经历又为她平添了几分迷人色彩。

当然，吴宇飞是没有主动探问过薛蓓的一切事情的。他只是在日常中，听超贤偶尔提及，他便小心收集起来，然后像做拼图一般在脑中拼贴出对薛蓓的整体判断。如果薛蓓是一种程序，吴宇飞是黑客，那他目前还没能破解。

车子快速驶过海岸。不远处一处峭壁，那是薛蓓和晓涛办结婚典礼的地方。山盟海誓，一个完完全全体面的婚礼。如今笼罩在雨中，凄怆得心都能纠在一块儿。薛蓓闭上眼，不去看不去想。可是，她来看守所门口又是为了什么？她和温晓涛，还有未来？

车速放慢，进小广场了，薛蓓见到门口已经停了两辆车。

哦，老默、朵儿妈。李安东也来了。

对李安东，薛蓓已经没有那么抵触，见他也不再不自然。她下了车，撑着把红伞，走过去先和朵儿妈打招呼，说："阿姨您还过来。"口气有些像女主人，仿佛别人都在为她的事情奔忙。老默说，都是朋友。

雨下得更密了，广场上已经开始有点积水。薛蓓说都上车吧，别在外头等。朵儿妈和老默先上了车。一阵狂风。红伞被吹翻，薛蓓差点摔倒，吴宇飞连忙去扶。李安东的手也伸过来了。宇飞一侧身，挡在李安东前头。"薛姐！"吴宇飞以下属的姿态，合情合理。李安东退后了。此时此刻，身经百战的他敏锐地感觉到了什么，这个木讷少言刚毅简朴的男孩对待薛蓓的态度，似乎有些微妙。"进车里吧。"李安东笑着说。

三辆车停在看守所门口。快到点了，薛蓓不放心，又去门岗问了问。门岗态度没有表示什么，只说一切听安排，他不清楚，薛蓓只好又退回车里。雨小了点，天放亮了些，风狂得很。

定的是十二点出来。到时间了，铁门依旧没动静。又黑又高，真是牢笼，两个世界。薛蓓急得撑着伞在门口来回走。李安东开车门站出来，深蓝色的伞。

十二点过五分。

一阵响动。黑色铁门缓缓开出一条缝，跟着走出个人。穿着雨衣，军绿色，连帽式，雨水滴答，看不清脸。

薛蓓率先走过去，忍不住喊了一声"晓涛"。李安东站在后头，一动不动。朵儿妈也出了车厢，撑着伞，见证这感人的沧桑一幕。吴宇飞坐在车里，车前雨刷子不停摆动，他透过玻璃和雨幕观看薛蓓与前夫的重逢。

走近了。薛蓓崴了一下脚。不顾，摆正了，继续前行。到跟前拉住那人的胳膊。一抬脸，却是个陌生面孔。薛蓓连忙说对不起。

不是温晓涛。

薛蓓失望极了。李安东也觉得诧异，消息是律师告诉他的，应该准确，他掏出电话想要确认。朵儿妈对老默："哎哟，这闹的哪出，到底有多少人违法犯罪，怎么一个时间还能出来两个人。"老默说别着急，再等一会儿。

一把红伞撑在雨中。风吹得四周树乱摆，连一贯挺立的棕榈都要弯下腰。

朵儿妈进车里了，感叹："一物降一物，卤水点豆腐，真不知道蓓蓓迷姓温的什么，摆着好好的菜不吃，非要吃这口臭豆腐。"老默为晓涛说话，他说温晓涛这个人挺正的。

"正？"朵儿妈眉毛挑起来，"什么妈什么儿子，她那个妈不正，儿子可想而知，你看朵儿，正派吧，随我。"

话又聊不下去了。雨一直下。薛蓓衣服湿了一半。十二点二十，李安东接到一通电话，律师来的。挂了电话他就招呼，让上车往后门去。看守所有前后两个门，前门靠海，后门靠山。温晓涛可能从后门放出来。

上车，启动，绕过海湾，朝后门开。十分钟，开到了。后门停着一辆车，红色，看着有些眼熟。是晓涛妈妈的？薛蓓努力回忆。停好，薛蓓匆匆下车。红车车窗开着。晓涛妈在抽烟。

"阿姨。"薛蓓叫了一声。她本来想问"怎么不提前告诉我"，可终究有些说不出口。晓涛妈把烟头丢出车窗。李安东也打着伞走过来。晓涛妈说，谢谢你们能来。薛蓓有些为难，她想问晓涛呢，可当着晓涛妈的面，反倒有些问不出口。朵儿妈走过来，她不客气，直接问："小温出来没有？"晓涛妈说："出来了，我都没见着，借别人的手机给我发了条短信。我这个儿子……"欲言又止。终于说："随他吧，各位，天不好，谢谢谢谢，谢谢你们还给晓涛面子。"然后对李安东："李先生，特别谢谢你，请律师，疏通关系，这些费用回头我找你结算，太感谢了。"

薛蓓脑子"嗡"了一下。李安东还帮了忙？晓涛没跟他合作出了娄子，他不计前嫌，主动帮忙？也是，他跟沈伟是竞争关系。但以温晓涛目前的状况，他们将来也没有合作的可能。

那是李安东仗义了。这事如果是他自己说出来，或者哪怕是从牛朵儿嘴里说出来，薛蓓都未必相信，或者至少要打折扣。可现在从晓涛妈嘴里说出，她多少有些震动。

朵儿妈上前，拉着薛蓓的胳膊，说回去吧回去吧，这就是缘分，说不清。薛蓓懵懵懂懂上了车。晓涛妈的车先开走了。李安东建议朵儿妈一起找个地方坐一会儿。朵儿妈问薛蓓，薛蓓没回答，撑着伞，站在原地。晓涛出来这

- 245

一刻，她盼了有日子了，可怎么也想不到，会是人去楼空。

好强。晓涛有他倔强的地方。如果是伤口，又何必展示给别人看。他不想见人，尤其不想见薛蓓。他不想让她看到他的惨样。"蓓蓓。"李安东叫了一声，上前要牵薛蓓的胳膊，吴宇飞上前，用身子挡在中间。"上车吧。"他对薛蓓说。

薛蓓收了伞，坐进了后座。

朵儿妈小声抱怨，是替李安东抱不平："这谁啊，这么没眼力见儿，薛蓓是老板，你还是股东呢，他眼里只有老板没有股东，所以说这些小年轻做事情我是看不上，现在我逐渐理解朵儿为什么找老默了，他成熟呀，稳妥呀。"说得老默有些不好意思，先行回车里了。朵儿妈道："去喝杯咖啡，心情都不好。"李安东婉拒了，说打算去前头的加油站加点油，直接开回公司。

雨越下越大。车子发动，离开了看守所门口的广场。

几公里外，小小的公交车站，三辆车一晃而过，雨幕深垂，谁也没注意车站遮阳棚下面站着一袭绿色雨衣。淡绿色的人影，融在背景板里。薛蓓一偏头看窗外，并没有发现什么，车轮溅起水花，打在路边的雨衣上。

温晓涛站着不动，任凭水洒在身上。他戴着雨帽，头发长、胡子密，憔悴得仿佛一个远征归来的人。他摸摸口袋，硬币叮当响。

一个人撑着伞走过来。"晓涛！"那人喊了一声。晓涛下意识偏过头。雨模糊了世界，看不清是谁？是男的，是他哥？不可能。

"晓涛！"那人又叫了一声，连着几步，跑近了。

却是沈伟。他的好朋友，弟兄。

"温晓涛！"沈伟故意朝他胸口擂了一拳，假装笑意，但苦透了："你往哪儿跑！"

公交车来了，慢慢停在站台前。

晓涛走下站台，要上车。沈伟着急："涛，这事怪我，以后我们一起干，一定可以的。"

"跟你没关系，是我的问题。"

"怪我行吗？"沈伟要留住晓涛。

公交车司机问还上不上车。

温晓涛拍拍沈伟的肩膀："谢谢你，每个人都有自己的路要走。"说罢，上车。

沈伟撑着伞，站在原地。

## 58

　　车路过悬崖，薛蓓忽然喊停。吴宇飞只能停下来，他并不知晓这地方对薛蓓的意义。薛蓓撑着红伞，脱掉高跟鞋，赤着脚一步一步沿着台阶走到上头，草坪，别墅，延伸到海边成了悬崖——下面是乱草丛生，杂花野树。雨小多了。站在这块石头台子上看深圳湾，带着云雨，竟是另外一种风情。大自然震撼着人。渺小。命运面前，每个人都是渺小的。

　　就不能抗争吗？薛蓓突然大叫，可在这天空海阔的地方，连叫声都是渺小的。乱风袭来，她的伞差点被卷翻，她自己也失去了平衡。身后，吴宇飞见危险显现，立刻冲上去，拦腰抱住薛蓓。薛蓓赤脚站不稳，身子一歪，人就朝悬崖边的泥路上滑。吴宇飞一个手，死死抓住薛蓓的右胳膊，可她已经往下沉了。

　　一寸一寸，吴宇飞也即将失去控制力，两个都开始往悬崖下滑去。"蹬树！蹬树！"宇飞呼喊。薛蓓早清醒过来，可脚下却怎么也找不到支撑点。

　　吴宇飞半个身子滑出去了。

　　"抓住！"是李安东抓住了他的脚踝，"不要放手！蓓蓓！不要放手！"

　　雨又开始下了。手愈发湿滑。李安东也开始往下滑了。三个人仿佛曲别针，一个连着一个，却整体下落，伸出悬崖。"安东！往上拉！"薛蓓发出求救。

　　李安东顿时有了无限勇气，一声狮吼，"起！"全身肌肉紧绷，连牙齿都用上力。人一点一点拽回来，终于，吴宇飞两手一抓，薛蓓被抽上来了。

　　三个人累得仰面朝天，迎着雨大口喘气。

　　李安东先坐起来："就算你不选择我，也没必要折磨自己去选择他，他就这么好？你命都快没了！他要真这么好，他就不应该逃避，坐了牢算什么，有错就改，躲什么，真他妈不是个男人！蓓蓓，你好马不吃回头草，你不吃我这口，你也别吃温晓涛这口，看到了吧，你们不合适，这是老天的警示，他对你来说，根本就是个万丈悬崖，你跨出去就是个死。别人的话你不信，老天给你的警示总该相信了吧？"

　　薛蓓躺着，一动不动，石化了一般。腿流血了，汩汩不止，染红了岩石。

　　吴宇飞先发现的。"去医院吧。"

李安东起身要背，吴宇飞却率先把薛蓓抱走了。"放下，你放下我，不用治，这点小伤。"薛蓓回过神了。可吴宇飞还是迅速把她抱进车后座，一句话不说，帮她系好安全带。车发动了。李安东紧跟着，"小子，跟我玩"。他也开车，跟在后头。一会儿，两车并排了。这激起了吴宇飞的竞争心。他不喜欢李安东。他讨厌强迫的爱，虽然他刚救了两个人。

宇飞一踩油门，车蹿了出去，一打方向盘，并入右线，恰挡在李安东前头。"开慢点！"薛蓓下命令。可没用，两车飞驰，飙车游戏开始了。"坐好了。"薛蓓从后视镜中看到吴宇飞刚毅的脸。莫名其妙，今天一整天都莫名其妙，晓涛没出现，她走上悬崖，三个人在悬崖，这一回又飙车，薛蓓觉得所有人今天都中了邪，入了魔。冲动，疯狂，不讲理，好吧，都放肆一把。

李安东的车朝前了。他车子的性能明显好于吴宇飞的。一分价钱一分货。李安东挤过来了。吴宇飞一踩刹车，再启动，从另一条道走，李安东一个甩尾，跟上。他车技早玩熟了。

乡村野地，两辆车飞驰。薛蓓问吴宇飞，这是去哪儿，别再玩了，男人都是好胜的，再比下去，后果不堪设想。"去医院。"吴宇飞说。穿过这片村野，又上高速了。车子上都是泥。李安东跟上，也上高速。刚爬上路道，后面一辆车，轰！追尾了！

李安东的车停在原地，不动了。

"停车！"轮到薛蓓爆吼。吴宇飞知道闯了祸，连忙停住车。薛蓓下车，踉踉跄跄走到李安东车前，安东坐在驾驶室，头磕破了点皮。薛蓓来看他，他还笑。薛蓓说，没事吧，说着伸手去触碰他的额头。李安东乐观，笑笑："小弟兄车技不错，不过我们真该去医院了。"

"我开了他。"薛蓓说。

"别，这人挺有意思。"李安东笑笑说，"好东西是人都想争，只是不是人人都有资格争。看得到，得不到，是一种巨大的痛苦。"

"什么叫好东西？为什么一定要得到？"薛蓓问。

从下雨开到天晴，朵儿妈觉得天公作美，必须去喝一杯咖啡。老默说朵儿还在家呢，还要带尼尼，早点回去。朵儿妈不乐意了："她带尼尼不是应该的吗？谁生的谁带，难不成还让别人带，我可说好了，等这老二下来，我就回老家了，缠不了，别回头都成我的事。当了一辈子妈操不完的心，也没操成功，别回头又成老妈子了。"

听这意思，不去喝点咖啡不解气。进了市区，老默连忙找了一家咖啡店，车停好，恭请皇太后朵儿妈下车。朵儿妈这天穿的本来气场就大，摇摇摆摆进了店。喝上咖啡了，朵儿妈觉得还是有必要跟老默讨论讨论第二个儿子的问题，为女儿争取争取权益。

"廖老师，以前呢，我对你是有点意见，主要是因为按照传统观念，你已经不小了，老夫少妻，我是为朵儿担心。"朵儿妈拉长调子，"但是经过这么长时间的相处，我发现，你这个人用两个字来形容是准确的，那就是，靠谱。"

夸赞来得突然，估计是先扬后抑，后发制人。老默"嗯"了一声，表示配合，赞同。

"对你们老廖家来说，朵儿的功劳，那个大啊。"朵儿妈表情动作均夸张，像在演歌剧，"那个不得了啊！听说了吧你？朵儿跟你说了吗？"

"听说了。"老默顺着说。

"听说什么了？"

"马上可能要换工作。"

朵儿妈说对，是有换工作这事，还有别的事。老默说不知道指哪件。朵儿妈说就在眼跟前的，她比画出大肚子的样子。老默还是点不透。

"干脆跟你说了吧。"朵儿妈爽快，"朵儿这二胎，还是男孩！"

其实老默早就知晓，可既然朵儿妈如此夸张地点出来，他也就配合地"哦"了一声，表示惊讶。

"什么感受？"朵儿妈问。

"开心。"

"你这'开心'两个字我怎么在你脸上看不到？"

老默又笑笑，僵硬地："满意。"

朵儿妈拍拍老默的肩膀，道："行了，廖老师，别装了，跟我你还掩饰什么，我们俩吃的米吃的盐过的桥走的路那都是差不多的，感受也绝对靠近，有压力就释放出来，别说你这个当爸的，就是我这个当姥姥的，都觉得压力山大。五十几啦，再添一个儿子，总共两个儿子嗷嗷待哺。"说着朵儿妈伸出两根手指头比画："你能没压力？压力太大了！"

被朵儿妈说的，老默顿时仿佛真觉得肩膀上压了两座山。

"古董真卖啦？"朵儿妈试探着问。

"出了一些。"老默说，"钱放在朵儿那理财。"

说到正题上了。朵儿妈道："马上有两个儿子了，我知道，当初朵儿是决定做独立女性，都没打算结婚，可现在就是鬼使神差，一步一步走到今天了，你们结了婚，我不反对，你人不错，你们过得也很好，我为你们高兴。廖老师，你是一贯想得远的人，连墓地都买了。"

老默面上有些尴尬，只好说："也是朋友介绍，图个实惠。"

朵儿妈见缝插针道："你跟朵儿的房子，都是婚前财产没错吧。"

是请君入瓮。老默说，是。

"两个儿子，都姓廖？你考虑了吧，这话不用我说，其实廖老师比我明白，不是留给朵儿，朵儿不用你管，可两个儿子总得落着点东西吧，现在房子最值钱，这个你要协调。"朵儿妈说得够委婉了。她知道老默有个女儿。可现在，他们是二比一，她不得不为女儿和外孙子争取。

是，在加拿大的大女儿，老默有一阵没联系了。这个女儿独立，而且自妈妈去世之后，他们父女感情就远了许多。可是，儿子是心头肉，女儿同样也是。老默心里有一杆秤。只是儿子何止两个，是三个！朵儿妈还不知道真相。等她知道了，估计又一阵旋风。

晚一天是一天吧。

"是，是。"老默姿态软一些。他知道跟朵儿妈不能来硬的。

手机响了，是老默的。听筒那边传来了朵儿颤巍巍的声音："快回来，我先去医院，尼尼在家。"朵儿妈隐约听到，夺过电话，"怎么啦？！"

"提前了！孩子要蹦出来了！"朵儿嘶喊。

小区门口，牛朵儿扶着铁栏杆。家里车被开走了，只能叫出租。等了十分钟都没车来。手机上叫网约车，又都堵车。下班点，就算叫了车十之八九也堵在路上。

一头的汗。小区女邻居骑电动车驶过，朵儿连忙叫住，女邻居见朵儿情况危急，问："牛小姐，你出了好多汗哟！牛小姐，你是不是生病了？"又是个不懂行的。朵儿只好说你电动车借我一下。女邻居蝎蝎螫螫，说"好"，又患得患失状，想帮忙又不知怎么帮。牛朵儿骑上电动车，跟赤脚大仙骑铁驴似的，一溜烟蹿了。

世事难料，算准了还有一个月！可这俩小子就是不安分，那疼痛程度，估计是在肚子里打起来了。疼，一阵一阵疼。疼了就喊。车流中，牛朵儿一路呼喊而过。路人均侧目。

咬牙切齿，仿佛一头被针扎了的母狮。

豆大的汗珠往下掉。朵儿知道自己坚持不住了，来了！来了！好，右拐，停在路边，还好是个大药店。朵儿刚进门就瘫在地上，几个药店女店员围了上来，七嘴八舌议论着，有人嚷嚷着让赶紧打"120"，一位年长的妇女道："快围起来围起来，这是要生啦！"

门口都是人。妊娠反应来得剧烈。要生了，要生了！妇女喊："孩子出来了！"

纱布铺好了。有些人不敢看，有些人惊呼不可思议。

小区门口，老默开着车疾驰而过。朵儿妈不停说，开快点，快点。路过药店，人多，堵车，朵儿妈摇下车窗，疑惑，"怎么那么多人？"有人从车缝里穿过，嬉闹着，说有人生孩子了。有人生孩子了！朵儿妈立刻警觉。循声而去，药店里，朵儿已经顺利产下一名男婴。朵儿妈从人群中钻过去，大嚷着："我是她妈妈！我是产妇妈妈！"

孩子用小包被包着，血糊糊的。朵儿妈不敢相信自己的眼睛，牛朵儿当街生了个孩子，伟大？勇敢？怎么会有这种事情？天！"救护车！救护车！救命啊！救命啊！"老默后脚到，立刻也吓呆了。朵儿头发全部被汗黏住了。笛声大作，救护车来了。

药店妇女嚷嚷："又生了，产妇又生了，还有一个，还有一个，是双胞胎！"

"我的老天爷！"朵儿妈吓得面无人色。

老默上前抱住朵儿，夫妻俩不知道该哭还是笑。

担架来了，救护人员赶到。牛朵儿和两个刚出生的孩子，乘着救护车，驶向医院。老默跟着。朵儿妈像被抽了魂一般。她走出药店，茫然不知所向，去医院，还是回家？她朝医院的方向走了几步，才想起来家里还有尼尼。她的宝贝外孙子还一个人被关在家里。哦不！她现在有三个外孙子了！三个！合法的！这更可怕。

家门打开，尼尼坐在地上哇哇大哭着。

朵儿妈忽然觉得委屈，日子怎么就这么不如意！没有一件，可以说没有一件事情是按照她的预想发展的。她让朵儿正常结婚生孩子，她不听，不结，不生，后来是未婚先孕找了老默，现在呢，不要她生，她又接二连三生了三个，后两个还是当街生。

是意外吧，是巧合吧，命里多子，多子真的就多福？

朵儿妈伤心得出了一点儿清水鼻涕。尼尼见姥姥来，一路小跑着抱住她的腿，不停地叫姥姥姥姥。朵儿妈心烦意乱，低头对尼尼说："你马上要多两个弟弟,知道吗?你要听话知道吗?哭,就知道哭,你是长子长孙!"

尼尼被姥姥的严肃吓住,竟不哭了。朵儿妈抱起孩子,匆匆忙忙出了门。

## 59

四海妈上工第一天。工作内容,收拾屋子,负责沈伟的晚饭。中午见了面,沈伟简单询问了一下四海妈情况,身份证留下,到居委会存档,沈伟下午出去谈事情,四海妈开始工作。沈伟叮嘱,卧室不用收拾,其余,一律打扫。

沈伟家的房子真大啊!四海妈虽然是小时工,可站在这样的房子里也无端生出几分豪情。两层 loft 套间,光厕所就有四个,平方数四海妈算不过来,她住村屋住惯了。

装修豪奢,欧系,只是久不打扫,窗帘都是灰。灯永远开着——沈伟说不要关——营造氛围。

四海妈开始打扫了。拉开窗,灰尘抖落,赶紧捂住口鼻,还是咳嗽了两声。再一抬眼,窗外是浩瀚的海景,全无遮挡。四海妈呆呆地站了一会儿,大脑一片空白。"有钱人"三个字,过去对她来说只是一个概念,抽象的概念,缥缈,遥不可及,因为没有什么刺激,可这一眼望过去,这三个字忽然被激活,四海妈突然明白了有钱人和穷人的不同——不仅仅是物质上拥有的差距,更在于站的位置不同,导致视野不同,胸襟也大不一样。超男来电话了,问四海妈如意晚上谁接。四海妈小声:"跟你爸交代好了,他去接。"超男说妈你在哪呢,声音那么小。

"在一个老乡这儿,他生病了,我们几个老乡过来看看。"四海妈急中生智撒了个谎。她很少撒谎,如今冷不丁说一个,超男深信不疑。超男又叮嘱了婆婆几句,便把电话挂了。她并不知道婆婆正在她一直以来深深钦慕的沈伟家忙活着,当然,四海妈暂时也不知晓,这个家的男主人,就是四海的上司,超男的朋友。

清洁。四海妈努力让整个屋子焕然一新。擦:地、窗台、桌面,乃至一切有平面的地方都要擦;洗:窗帘、床单、被罩,所有需要、适合洗的东西都要洗;刷:油烟机要刷,洗手台要刷,马桶要刷,鞋子要刷。只是打开鞋柜,四海妈再次被震撼了。几百双鞋子压在壁橱里,至少有三米高,款式各异,蔚为壮观。

全是男鞋。嗯，的确是单身。

四海妈捡起一双来看看，又捡起一双，丢进去，有事干了。一阵旋风，鞋子先摆好了。事实上这些鞋子大部分不用刷，也没法刷。看看时间，毕其功于一役是不可能了。该去买菜了。主顾说要吃清淡的，不用大鱼大肉，越简单越好。

四海妈的理解是，清粥小菜。花生碎撒在白粥上就是清粥。小菜四海妈发挥了一下。每个都一小碟，厨房里有现成餐具，十几个摆出来，煞是好看：脆笋火腿小咸菜、橄榄菜、油辣酱黄瓜、五香萝卜干、凉拌皮肚、凉拌手撕面筋、毛豆榨菜肉丝、凉拌豆皮、剁椒金针菇酱等，有的是现做，大部分是买的。沈伟回来，往餐桌旁一坐。"阿姨，能人啊！"沈伟夸道，"好像有点食欲了。"天已经快黑了。四海妈才想起来家里的事，连忙告辞，并交代"地擦了，窗帘洗了"，说着笑笑，"您屋子太大，下次来继续"，又递上钱，"喏，这是买菜剩下的菜钱"。一张五十的，下面叠着一些零钱。沈伟接在手里，说："你很优秀。"跟着递回五十块，说这是小费，算打车钱吧。四海妈坚持不收，沈伟劝，她也就收下了。

真是好老板。

换了衣服出门。打车她是舍不得，还是坐公交。刚上车，四海妈才想起来一茬大事，连忙给超男爸打电话。为方便联络，超贤给他配了一部老年手机。

关机！

又往托儿所打。老师接了电话。四海妈问老师："林如意小朋友被接走了吗？"老师道："已经接走了啊！"四海妈连忙问："谁接走的？什么时候接走的？"

"就正常放学时间，如意妈妈接走的。"

四海妈惊出一身冷汗。超男接的，她会生气吗？四海妈有些担心，如果是正常接人，应该不会。打个电话吧。

拨出去，超男接了，声音很小。"妈，怎么啦？如意睡觉了，你等会儿，我出来接。"

四海妈讪讪地："如意你接走了哟，小衣服家里还有吗？要不要我给你送去？"

超男走到门口："还有两套，别送了，你从老乡那回来了？"

四海妈忙说是的，又问："四海还在出差呀？"超男道："今天晚上到家，估计又要倒时差，所以我让如意先睡了，免得他回来折腾孩子。"

"哟，那别把孩子吵醒了，明天送我这来，你们多久没见了，也热乎热乎。"

"看您说的，多大的人了，还热乎，再说如意睡觉本来就沉，也没什么。妈我不跟你说了，我进屋去了，外头冷。"

挂了电话，四海妈心才放回肚子里。孙女是亲孙女，但到底隔了一层，人家才是亲母女，孩子如果在她手上出了问题，她老婆子负不起责任。

超男爸可恶！玩忽职守，漫无规矩，不用说都是他忘了接！玩心就这么重！四海妈火气顶上来了。到家门口，邻居正抱着孩子在走道上，见四海妈回来，便抱怨说，你们家冒烟了，也不像失火，但就是有点冒烟，你看看，这窗户缝里，丝儿丝儿地冒。说着捂住孩子的脸。

四海妈定睛一看，的确，窗户缝里隐隐约约冒出些青烟白雾来，在走廊的灯光的映照下，更显诡异。连忙打开门，客厅灯没开，但超男爸的卧室门缝却露出灯光。开了灯，四海妈终于找到了烟雾来源，超男爸卧室的门缝锁眼恨不得一个劲儿喷烟出来。

四海妈胸中鼓胀，气上心头。

恰在此时屋里头"啪"一声摔牌！跟着群魔乱舞般大笑，"就要你这个红中！和！"是超男爸的声音，豪情万丈。四海妈压住火，走到门口，探着身子，敲敲门，问："如意她爷爷。"超男爸答应了一声。

"如意接到哪儿去了？"

只听到里面"哎哟"一声，超男爸说差点忘了大事，我得去接外孙女去了，最后一盘，差不多必须收工了。其他三家不愿意，说老爷子你不能赢了就撤摊呀。超男爸说我这孙女要接，牌什么时候不能打。另三家没办法，只能准备收工，偏超男爸手幸，最后一盘，杠后翻花，赢得个天翻地覆。其他三家嗷嗷乱叫，超男爸幸福收钱。

四海妈坐在客厅看电视。

结束了，超男爸卧室门一开，一股"仙气"呛得人直咳嗽，真跟修道出关一般。

超男爸乐呵呵地，真跟得了道似的，一一把牌友送走。三个牌友鱼贯从沙发边走过，遇着四海妈，都笑盈盈来一句"嫂子"。四海妈解释也不好，不解释也不好，只能不理睬，视线调向电视。

超男爸一天之内犯了三大罪：如意忘了接，家里弄得像个炼丹炉，让她白担了个虚名！

是可忍孰不可忍！四海妈一直好脾气，不惯发火，可等超男爸从门口折回来，她也不免沉下脸问："如意呢？"超男爸说这就去接。

"不必了！"

"哦，那我烧点水洗洗脚。"

四海妈觉得好笑，她说不必了，他也不问为什么。"你就不担心如意有危险？"

"你不让我接，肯定有了安排，不然你不早就急了。"超男爸还是笑呵呵的。打牌，洗脚，吃饭，睡觉，他生活里头只有这四样事是"正经事"。

四海妈起身把窗户打开，门打开，通风，散烟气。"不能在家打麻将，不能在家抽烟，明天如意还要来，熏着孩子怎么办？"四海妈抱怨着。超男爸说："之前你说的是不能在客厅打麻将，所以我挪到我的小房间了，而且这烟气，风一吹就烟消云散了嘛。"

"你这些麻将搭子哪找来的？"

"都是老乡。"

"你认识他们？跟他们熟悉？知道都是什么人吗？搞不好里头有犯罪分子，把你害了你都不知道。"

"都是老乡群里的，一个地界的，人跟人都认识。"说着，超男爸掏出手机，给四海妈看他们老乡的微信群。四海妈才想起来，说你手机怎么打不通。超男爸说，哦，这个智能的，是小贤刚给我买的，号码也换了，换深圳的号了，亲家，你存一个。四海妈掏出手机。

在超男爸的巨屏智能手机的比对下，她的诺基亚非智能小手机，199元一个的，显得那么寒酸。四海妈忍不住有些自怜，四海没这个心。她也早听说了，有微信，有视频，都很好玩，可她不能提，本来就没有退休工资，靠孩子们养活。这种消耗品，怎么好意思张口？算了，等回头做小时工赚了钱再买。

"哦，你的不智能。"超男爸无心，却哪痛戳哪。

四海妈本就不能言善辩，只能疼在心里，一把抢过手机，号码也不留了。

超男爸终于看出端倪，说，你生气了？

四海妈难为情，连忙解释："我生什么气，反正打麻将不要带人到家里打，太危险，你不同意，我就跟孩子们说去。"

"同意同意。"超男爸还是豪爽，"出去打，今天也是实在没地方，麻将和桌子都是借的，那个大老吴家亲戚来了，不然都到他家打。"

四海妈听了，稍微平息了些。

超男爸说："我打你试试。"说着，拿新手机拨号码，打了两次都是暂时无法接通。四海妈为挽回面子，找理由说是屋里信号不好。超男爸说，我的给你用。四海妈又坚决不接受。超男爸转身回屋里拿出1800块现金，有整票子有散票子。"喏，算我赞助亲家。"

四海妈诧异："你哪来的钱？"

"刚才挣的。"

"打麻将挣的？跟炼丹似的。"

"还真能炼出金丹！"

"你这是赌博，牌打那么大。"

"今天手幸，顺风顺水，也是托了亲家的福。"

"跟我有什么关系。"

"来得早不如来得巧，你敲门的时候，我刚巧赢到顶峰，再打下去铁定输，你不让打，我就顺水推舟不打了，赚他一票。"

"够鬼的你这人。"

水开了。四海妈起身拎了出来。超男爸准备好脚盆泡脚。四海妈帮他倒完水，又说钱不能收。超男爸道："也就这一回，赞助你一把，一个屋檐下住着，我这个人粗，得罪你的地方肯定有，只是我不知道，也算赔罪了，一定要买手机，不要存起来，到我们这个年纪，就要舍得给自己花钱，什么是真的什么是假的，看开了，假的也是真的。"

四海妈道："发挥余热，继续挣钱，也是为孩子们减轻负担，不过你赌博可不好，总有输赢的。"她没说自己去做小时工。

"打打小牌。"超男爸道，"以前刚下岗那会儿，超男、超贤两个人都要读书，他妈也下岗了，一家人没得吃，全家就靠我打牌维持，中午也不吃饭，就去巷子口那家棋牌室打麻将，那时候压力真大，只能赢不能输，赢了就给他妈去买菜买米，有时候孩子学校还要交钱，那压力，看看我这头发，后脑勺这一片都是那时候白的，'不务正业'变成了'正业'，也就没有乐趣了，不像现在，日子虽然不算富裕，但吃穿是没问题了，他妈也不在了，打打牌，消磨消磨时间，偶尔赢点钱，是个念想，就这么混吧。"一番诉苦，说得四海妈打心眼里有几分佩服。下岗工人，靠打麻将养家糊口，撑过了最难的日子，听上去竟然也可歌可泣。四海妈问，那后来呢？超男爸言简意赅，说，后来我和她妈都找到正式工作了，又过几年，孩子都大了，就熬过去了。

正说着，邻居又来敲门，说自己孩子又疳积了，请四海妈过去看看。四海妈抹不过面子，只好跟着去一趟，等回来的时候，隔壁的小哈巴狗又跟过来了。四海妈看着这小动物道："小东西，这回没大肉吃了。"可那小狗迅速凑到厨房里，钻出来的时候，嘴里叼着一只鸡腿。超男爸见了才想起来，骂道："这小狗崽子，那是大老吴拿来给我的！我省着没吃给亲家吃的！你给我回来！"四海妈一听，哦，留给她的，心里热乎，也就劝道："算了，由它去吧。"

晚上十一点，超男准备关灯睡觉，四海回来了。这次出远差，走了足足有一个月。到家，洗了澡，上床，身边的摇篮床，如意已然酣睡。

时差一时半会倒不过来，四海关了灯，只在黑暗中坐着。一个人一张床惯了，猛然两个人睡一张床，超男竟有些不习惯。

"躺下，闭上眼，一会儿就睡着了。"

四海摸摸超男的头，道："我这生物钟还是白天呢，你先睡。"

"你不睡我也睡不着。"

"那我出去抽根烟。"

超男阻止："都几点了还抽什么。"四海便不去，翻身要压到超男身上，超男没兴致，推开他，说孩子在旁边呢。四海佯作生气，说这不能那不能。超男不作答，两个人在床上默默坐了一会儿。超男说："你看看你，出差越来越频繁了，一个月沾家几天？"四海说我这不是为了我们的小日子吗，老沈最近老派我出去。超男一听是沈伟派出去的，话锋一转，反问："给你出差补贴了吗？"四海说给了。超男说那就是了，老沈这个人，还算仗义。

四海微微吃醋，说，这就仗义了？温晓涛出那么档子事情，我怀疑是老沈干的。超男道："你可别乱讲，你这张嘴！可能吗？老沈自己代理的光缆，自己再找人偷走，陷害温晓涛？有这必要吗？而且现在犯罪嫌疑人已经抓了，都说了是个团伙，照我看，是李安东做的局才有可能。"四海说："李总不可能做这种事情。"超男觉察出丈夫的微妙变化，拎着他耳朵问："林四海，你什么意思？叫李安东就叫李总，叫沈伟你叫老沈，你到底是哪头的？"四海打开超男的手，不耐烦："我不是你的玩具。"超男呆了一秒。过去，林四海对她是百依百顺，她找他，首先就图他一个好脾气，好，现在工作上轨道了，赚钱水平上来了，脾气也见长，跟超贤他妈的一模一样，她忽然想起那句：男人有钱就变坏。因此更加愤恨。

"林四海！注意你的态度，不要以为你挣了两个小钱就是大爷了，没人鞠着你。"

超男一吼，四海又软下来，环抱住妻子求和，小声道："等再过一段，我们可以考虑首付一套房子，最好学区，如意再过几年也要上学了，还是得跳跳槽，薪水往上跳一跳。"四海婉转劝解。听前半段，超男觉得上道，可到了后半段，那火气腾地就上来了。

什么人？当初是求着人家沈伟进的公司，如今，刚出了点事情，就要走？不说忘恩负义，釜底抽薪，这起码也不是什么光彩的事情。"你去哪儿？"超男先压住火，这次她要有勇有谋："李安东那儿？都谈好了？给你什么待遇？能解决咱们家住房问题吗？李安东那宿舍都没有吧。还买房，你挣的那两个，够负担爸妈的未来生活吗？做人，真的，不要这山望着那山高，咱有那么能耐吗？你才跑了几天业务，手里有什么资源？癞蛤蟆上秤盘，不知道自己有几两重，人家为什么挖你，你自己掂量掂量。"

一顿抢白，四海无言以对。其实关于跳槽，他才刚动了念头，八字都没一撇，他也没说要去李安东那做，只是超男想象力太过丰富，脑补了后面的故事。他提只是想吹吹风。结果超男如此激动，这让他更加不满——她怎么就这么在乎沈伟。他有这么了不起？四海心里不服，甚至有几分嫉妒，他认为只有独立再谋得一份工，才能撑起作为男人的尊严。他不想永远靠老婆，更反对老婆永远靠着另一个男人！

"跟你预告，"轮到超男反攻了，"我马上也准备成为你的同事。"

奇谈怪论。

四海一下没反应过来，眨巴两眼，瞅了超男许久，问："你辞职了？什么意思？成为我的同事？"超男挺了挺腰，笑嘻嘻道："我准备到贵公司，任职。"

四海立刻，坚决地："我不同意！"

"又不是一个部门，不会影响你，以前爸妈那个时代，不都是双职工嘛，在一个厂子里工作，相互照应，挺好。"

"反正我不同意！你不许辞职。"四海用祈使句。

"有病吧，难不成我就这么一辈子在学校，边缘化，工资涨不上定级定不上，做一个不是自己擅长的心理老师，我自己心理都快出毛病了。"

"你到这边来，业务岂不是更生疏？男男，还是应该做自己擅长的事情，丢了你的专业，挺可惜的。"

"我现在在学校就是没有专业！小姑娘们上蹿下跳，非但语文课教不成，还差点被分流到郊区去，你理过吗，问过吗，知道我的处境我的烦恼吗？"

"还是应该多研究研究业务。"

"研究业务？你说说怎么研究业务？！该研究业务的时候我在帮你们家生孩子，刚结婚没几天就催着要，等孩子生出来，养得差不多了，错过了事业发展的关键期，人家小年轻噌噌往上冲，还有我什么事啊？这还不都是你们老林家的功劳，我现在还继续坚持工作，不是为了你，是为了我女儿。"

四海闷不作声，要点烟，被超男一掌打掉。

话赶话说到这，超男委屈，索性吐个痛快："我跟你说，要不是咱家经济需要提高我都绝对不会推荐你出去做事，哎哟，现在赚钱稍微多一点点了，你回家抓过瓢摸过碗擦过地洗过衣吗？什么不是我伺候着？前两天我把家里那个破花盆丢出去，说什么美化环境，屁！就是根木棍，一片叶子都不长，几十斤的东西我他妈跟个女汉子似的，搬出去就砸到脚了，你看看看看。"超男伸出脚来，大拇脚趾盖上的确有一片紫："现在咱们家就跟没男人差不多，我男人的功能特别单一，就是赚钱，别的功能没有，可问题是功能单一，你要真单一成提款机也成，又不是。"

"我这不是正要跳槽涨薪呢吗，一步一步来，男男，今年我们一定买房了。"

"你能跳我就不能跳？"

"我不希望你跳。"四海轻声说重话。超男知道四海这话的分量，应该是真不许了。

"我还不许你跳呢！凭什么你能跳我就不能跳？"

四海说："那都不跳。"

静默了。半天，超男下床倒水喝，转身一句："我就不明白，你轴个什么劲。"四海翻书，是冯友兰《中国哲学史》，不看她，更令超男愤然。

"别装了，看得进去吗？半年看了几页呀？你有什么哲学呀？日子过得跟野猪似的，还哲学。没那文化人的命，偏得了文化人的病！矫情！我跟你说我算看明白了，你就是嫉妒，嫉妒老沈比你成功，比你帅气，比你有钱，比你大方，比你有风度有能耐有魄力有胆识，嫉妒啊嫉妒，真是一条毒蛇，毒瞎了双眼蒙蔽了心，自己都看不清自己几两几斤，嫉妒，太可怕，是不是？"超男冷笑，嘲讽。

《中国哲学史》横飞过半空，正中超男屁股。她"哎哟"叫了一声，恨道："你来真的是吧！"一扬手，"哗"，一杯清水泼中四海的脸，淋漓尽

- 259 -

致，被头湿了。

如意醒了，见形势不对，也颇配合地哇哇乱哭。

这一夜，注定无法收场。

超男迅速穿衣，收拾，再给如意穿，四海坐着不动。这一次，他根本连动弹的欲望都没有，时差，他活在时差里，黑夜不是黑夜，但究竟也不是白天。

四海就在非黑非白、又黑又白的那个交界，带着一脸的水静默着。

"跟你他妈的没法过！没他妈一点儿出息！"超男丢下一句话，抱着如意，摔门而去。

四海苦笑。他温柔平和的妻子，过去可不会说粗话。现在？脏话吊在嘴上。生活逼的，也许。陈超男下了楼，冷风一吹，大脑才重新恢复运作，考虑去什么地方。去爸爸和婆婆那，不行，又是一番盘问。去朵儿那，更不行。只有弟弟了——她的亲弟弟。

超男打电话给超贤，说你来接我一趟，我沿着佛山路往下走。

"怎么了？谁欺负我姐？"

"没事，快来吧。"超男无力地。力气都在刚才用完了。她把最凶狠的话送给了最亲密的人，自己也仿佛被抽空了灵魂。一条路，寂寂然，弯弯曲曲，在路灯的围簇下格外寂寞，路边花草丛中有虫鸣，唧唧复唧唧。超男忽然哭了。如意伸出小手，说妈妈，不哭不哭。

超男一边流泪，一边说："妈妈没哭，妈妈眼睛热，出汗了。"

## 60

医院，朵儿妈站在病房门口，一个劲儿叹气。她朝病房里瞅瞅女儿，牛朵儿躺在那，闭着眼睛，当街生了两个孩子，她太累了。一直持续到第二天，母子都脱离危险，双胞胎儿子在育婴室安安静静地躺着，朵儿的产后出血也止住了，可朵儿妈依旧沉浸在巨大震惊中回不过神来。

三个儿子。什么概念？她原本以为，头一胎是儿子了，第二胎养个女儿，刚好。实在不行，就算第二胎也是儿子，朵儿一套房，老默一套房，再努力努力，挣一套，最不济无非去住政府的养老安置房。朵儿妈对政府有信心。

可现在呢，在深圳要养三个儿子！吃喝拉撒都要管先不说，那教育费呢，想要成才，那可是一笔巨大的资金。还有房子呢，三个儿子，总得准备三套房子。

天！不敢想。

老默去交钱了，住院费。

朵儿妈心乱，停不下来，忍不住在病房门口逡巡。

薛蓓来了，扶住朵儿妈的胳膊，她听说朵儿二胎是双胞胎，进医院的时候，道喜的话已经想好了，可真见到"干妈"，看她那表情，薛蓓又把话咽了下去。

愁，一脸都是愁。

"老默呢？"薛蓓问。朵儿妈说："交钱去了，双倍。"

"钱"字不能提，何况双倍，自己提了心里都是血。薛蓓忽然不知道说什么，只能握住朵儿妈的手，一切尽在不言中，后来终于说："好事儿，我想要还没有呢。"

朵儿妈看了看薛蓓，叹了口气，道："蓓蓓，阿姨一直说，你们三个到了深圳就是亲姊妹，甚至比亲姊妹还亲，一定要相互帮衬，要抱团一起往前走。"薛蓓说，知道，我记着呢。朵儿妈等的就是这句话，方道："朵儿现在是落难了。"薛蓓说，瞧您说的，落什么难呀，多大的福气。

"我们就是普通小老百姓，福气大，你要能盛得住啊？没那么大碗你偏吃那么多饭不撑你撑谁？这个朵儿，我怎么就培养成这样了，我说真不愧姓牛，上半辈子，她爸跟我缠，后半辈子女儿跟我缠，我不让干吗非干吗，我这么朴朴素素正正常常一个母亲，怎么就养出这么一个非主流的女儿。"

薛蓓道："我看您多少也有些担心过了。朵儿有本事，博士，科学家，老默积累了一辈子，也不是等闲之辈。"朵儿妈冷笑："这些高大上的东西我现在真是看透了。牛朵儿，公司马上就要解聘她，生了孩子，俩，不要在家带啊？她是妈谁能取代她？这三两年是别想挣钱的事了。廖老师，也是个走下坡路的。我就不懂，这个廖自默到底哪来的自信，娶了一个比自己小那么多的老婆，再生三个儿子，这是想干吗？蓓蓓，我跟你说，将来啊，你我再见面也是个难。"

话题跳跃太大，薛蓓一时没反应过来。跟她们见面有什么关系？

朵儿妈痛心疾首："仨葫芦头，这深圳还怎么待，铁定是待不下来了，负担太重，真承受不了。我琢磨着，他们最终的出路，要么只能往二三线城市搬，要么去佛山顺德，要么就干脆回老家算了，反正一家几口老的老小的小。"

薛蓓听了好笑,促狭她老人家一句:"老家您待得住?"朵儿妈惯好面子。

"待不住也得待,这就是命。"

正说着,老默拿着单据过来。朵儿妈见了,背过身子,不理他。老默跟薛蓓寒暄。薛蓓笑着问:"什么感受?"无限内容堆在脸上。老默来一句:"悲欣交集。"朵儿妈一转身一扬手,说:"行了,别装什么文化人了,干的那点事比谁都野蛮,朵儿要喝粥,去买去吧。"

老默得令,转身走了。薛蓓道:"我终于明白朵儿看中老默什么了。"

朵儿妈没好气:"什么?脾气好?能包容?他就是蔫坏,什么毛病都是他鼓捣出来的,我跟你说找个小时工比他干得还好。"薛蓓说不一样,情感上朵儿比较依赖他。朵儿妈说:"那更糟糕,老话说,死在夫前一枝花。蓓蓓,这话我这个当妈的不该说,可好多事情,你不得不往坏处想一想,万一,我是说万一的万一,这是廖自默自己也想到了,不然好端端的买什么墓地。真等用得着的时候,朵儿一个人拉扯着三个儿子,在这大深圳,怎么办?"

薛蓓竟无言以对。不得不承认,朵儿妈的担忧是有道理的。三个儿子,怎么养,怎么带?老天爷对于命运的安排往往真像是玩笑。还记得小时候玩过家家,每次都是薛蓓抱着布娃娃,抢着当母亲,牛朵儿总是扮演父亲,她明确说过,不喜欢孩子,觉得孩子是个麻烦。

可现在呢?全部颠倒了个个儿。朵儿成了"伟大的母亲",她呢,却孤家寡人,清冷度日。

她羡慕朵儿的热闹。至于超男,跟小时候比却没什么太大变化,她从来不是一个离经叛道的人。朵儿妈又问薛蓓公司经营得怎样,说真羡慕超贤,跟着你,一下发达了。薛蓓说,很多主意还是他的。朵儿妈笑说:"真等到牛朵儿那个家我待不下去了,我可要投奔薛总。"薛蓓愣了一下,连忙笑说,就是待得下去,也随时欢迎。

"人老了,就讨人嫌了,我怕你嫌我,我什么也不会。"朵儿妈忽然落寞。薛蓓说:"怎么忽然没自信了,在我眼里,阿姨跟机器猫差不多。"朵儿妈不解,问什么意思。薛蓓说:"机器猫是万能的,你也是万能的。"两个人笑了一会儿,朵儿妈忽然说:"你也该为自己考虑考虑了。"薛蓓知道朵儿妈指什么,低头说了一句知道。

"你就是太重情义,其实人生谁没走错过路,有的时候是身不由己,但最重要的，不是别人对你怎么看，是要问问自己的心，有没有准备好去接受幸福。说实话蓓蓓，你对温家，做得够多了。是，温晓涛跟你是般配一些，温文尔雅，可命运的安排完全阴差阳错，好的时候他们家容不下你，现在呢，大难临头，那个家又配不上你了。我要是温晓涛我也得走，我也得避着不见人。那一页翻过去，太难了。"薛蓓没应答。

朵儿妈拉着薛蓓坐下，循循善诱，道："姓李的，你真就没考虑过？一个男人爱不爱你，不是看他说了什么，要看看他为你做了什么。"薛蓓道："逢场作戏。"朵儿妈说，我看不一定，他有他真性情的一面。薛蓓被问得有些慌乱，只好说，太熟悉了，如果要一起，多少年前就在一起了。朵儿妈说："你还看不到吗？"

薛蓓"唔"了一声，听她下文。

"牛朵儿生个孩子生得焦头烂额的，你看不到吗？"

薛蓓淡淡一笑。

"你也不是刚出道的小姑娘了，再过几年能不能生都是问题，结个婚，生个孩子，将来再说，从这个层面看，李安东不是最好的人选吗？"

薛蓓有些震惊。朵儿妈的思想比她超前得多。可她只想斩断过去，做一个普普通通的母亲。圈子里不少人知道她和李安东那点事，如今真结了婚，等于是坐实了。那么长时间了，翻来覆去都是这个人，有意思吗？

薛蓓笃定，对朵儿妈："就做朋友吧，这辈子没那个缘分，做朋友挺好。"

超贤来电话了，打个招呼，请一天假，公司给刚子照看。薛蓓问没什么事吧。超贤本来想说"我姐离家出走了"，可刚说出"我姐"两个字，紧急刹车，改口："我姐找我。"薛蓓说没问题，让他注意一点儿，又问超男，没什么事吧。超贤连声说，没事没事。

赶上周末。超男带着如意，在超贤帮忙开的宾馆里住了一夜，第二天一早，她让超贤把如意送去婆婆那。她像跟大人说话一般叮嘱如意："别跟奶奶说妈妈在哪儿。"如意点点头。

在宾馆坐了一天。四海竟然没来一条消息，没有一通电话。超男心寒得透透的。晚间，超贤来了，拎着一包吃的。"姐，你这要耗到什么时候，别玩太大了，男人没这种耐心。"

超男光火："你是我弟吗？男人没这种耐心？他凭什么没这种耐心，我嫁给他的时候他就是个屁，现在稍微长点本事了，就没耐心了？"超贤道："姐，你这话可别跟我姐夫说，太伤人了，你知道男人最不喜欢听女人说他什么吗？"超男道："行了，你那套我也懒得听，男人女人的，你当过几天男人，见过几个女人，搞得跟情感专家似的。"超贤笑说："姐你还别不信，男人最忌讳自己爱的女人说自己不行。"

说那么白，超男忽然有些不好意思。自己爱的女人？她和四海之间很久没有那么浓情蜜意了，也是，从一开始，她和他之间，就是一切从实际出发，她找他是为了安心，他找她同样是，结婚，生孩子，过日子……爱？她不知道，太虚无缥缈了，离她太过遥远。

"别扯这些没用的，"超男岔开话题，"送到爸那的时候，爸没问什么吧，你什么都没说吧？"超贤说，姐的话我敢不听吗，我能不保密吗？超男道："也没让你保密成那样，一点儿风都不透，我怎么下台，你姐夫给你打电话了吗？"超贤眼珠子一转："没有。"

超男有些失望。想了一天一夜，自我反省，她承认，自己有不对的地方，但她认为林四海不对的地方更多。即便和解，也不能是她先低头。

"姐，你就别在这演了，本来也挺在乎姐夫的，那是你家，你自己回家怎么了。"超贤觉得好笑，故意拱火。弟弟越这么说，超男越要抬起身段来，随即一声冷笑道："不可能的，你也别通风报信了，看他表现吧，我是想好了，如果明天，也就是礼拜一早晨八点你姐夫还不出现认错，那他以后就不是你姐夫了。"

"什么意思？"

"我跟他离婚！"

"哎哟我的老姐，这暴脾气。"超贤故作手忙脚乱。

敲门声起。超贤问："谁啊？"

"送外卖的。"门外声音粗犷，充满陌生感。超男问超贤："你点的？"超贤强作镇定，"嗯"了一声。小哥进来了，端着个大盒子，上面摆着一张卡片。快递员不说话。超贤说，姐，你签收。超男没留神，胡乱拿起笔签了签，却见卡片上写着：祝亲爱的老婆，陈超男，生日快乐！

超男"啊"地叫了一声，捂住嘴巴。林四海上一回送生日蛋糕给她，还是谈恋爱的时候。她自己都忘记了自己的生日！

"小贤！"超男眼眶含泪，转头问弟弟，"是不是你透露的？"超贤连忙解释："姐你高估我了，我哪记得你的生日哟。"超男接过蛋糕，放在电视桌子上。快递员站着不走。超男正准备打开蛋糕，快递员却上前一步，拦腰抱住超男。

浑身颤抖！超男挥舞着胳膊，反手要打："小贤，还愣着干吗？！"超贤只是笑。待转过身，快递员的鸭舌帽被打掉了。

是林四海。

超男又是惊又是喜，前几天的委屈也全部如喷泉般爆发了，眼泪横飞。

"你再晚来一分钟，我就要给你打电话，宣布离婚！"超男咬牙切齿。

四海笑："所以我提前一分钟赶到了。"两个人都笑，仿佛那夜的不愉快没有发生过。超贤伸手指挖起一坨奶油，朝姐姐、姐夫脸上一抹，三个人打闹起来，都成了小孩。

晚上超男回家住。睡前，一盏灯台，毛黄黄的。她问："还跳槽吗？"

四海梗着脖子："看你跳不跳，你不跳，我就先不跳。"

"跟我有什么关系。"

"一山不容二虎。"

"一石还能二鸟呢。"超男拧了四海的胳膊一下，"我不换了！熬着吧。"

"做老师，多少人羡慕呢，多年的媳妇熬成婆。"

"熬成黄脸婆吧。"超男拉起薄被，倒头，侧身，背对着四海。超男觉得，她和四海之间，有些东西没变，但有些东西，又已经改变了。

## 61

还在医院的时候，朵儿妈就给朵儿和老默打"预防针"，让他们早点请保姆。"尼尼是我带大的，那时候我还年轻呢，现在再来两个，怎么都不行了，总不能养了下一代，折了上一代。我跟你说小区里就有个老太太，带二胎都带出抑郁症了，你妈我这暴脾气，憋不得也受不了你们那委屈。"朵儿好言劝道："这个家，谁敢给您委屈受啊？您不委屈别人，我都得上仙湖烧香了。"

一个礼拜后，从医院搬回家。去小区附近的家政公司一问，月嫂，便宜的都七八千，金牌的，上万。朵儿妈直接咋舌："这是伺候太后老佛爷呢，要这价钱。"家政中心的人笑道："都是这个价啦，现在孩子金贵，产妇身体多半跟以前的人不能比了，月嫂挣的也都是辛苦钱。"朵儿妈跟朵儿商量，说看来看去，还是我自己来吧，我价钱便宜，减半，就四千五吧。

"妈你不是体恤我们经济的压力，怎么还问我们要上钱了？"

-265-

朵儿妈声调拔高:"这是我劳动的价值,没说让你现给,你现在待业在家,先欠着,但是给是一定要给的。"朵儿嘟囔一句,妈你不做会计,真可惜了。朵儿妈立马不高兴:"不是我跟你算钱,你现在不是一个人的时候了,上着班,赚着钱,到周末就出去玩玩,潇潇洒洒,你现在是人到中年。"

朵儿做撒娇状:"妈,我怎么就人到中年了?"朵儿妈横眉竖眼:"哦,你还看不清现实?上头两个老的,下面三个小的,你夹在中间,你不是中年谁是中年?我早都说,生了三个孩子,在深圳住已然不合适了,应该去佛山顺德,或者武汉,或者干脆回老家,老家月嫂便宜。"

朵儿撇撇嘴,道:"您又不嫌面子难看了?老家谁不知道你女婿是毛头小子,现在忽然领回去一个半老头子,邻居不笑掉牙。"朵儿妈跟着道:"现在这个年月,不比以前了,以前是一个大院住着,一个厂子上着班,相处半辈子,知根知底。现在的社区呢,你隔壁住的谁你都不知道,也没必要知道,关起门来过自己的日子。如果回去,老家的老房子铁定出手,深圳的房子出一套,转手就能在老家买一套别墅,楼上楼下,花园车库,一步到位,既能养老的也能养小的,齐了。"

"不挣钱了?回去就坐吃山空了?回去我去哪儿上班?从小教育我人往高处走,现在好,自己走回头路了。"朵儿妈道:"老家虽小,什么没有?洗衣粉厂、肥皂厂、橡胶厂,麻雀虽小五脏俱全,还愁没有你发展的空间?"朵儿说,妈你说的是哪年的事了,那些厂,有的半死不活,有的根本就倒闭了,我在外头做了这么多年研发,去那儿也没有科研的环境。

"这不是等着你去力挽狂澜吗?"朵儿妈拍腿,着急,"宁当鸡头,别当凤尾!当凤尾,你难受!"朵儿并不服从:"我现在是在深圳,扎根了立足了,别说当了凤尾,就是当鸡屁股,我也待在这儿了。"

出了院,回了家,三个孩子分配好,朵儿身子虚,老默接送尼尼,做饭,做一切杂事,朵儿妈不得不勉为其难,照顾两个新外孙。她本来想假装得抑郁症,可外孙子们根本不给她机会,早产,脾气似乎也暴躁,加之朵儿没奶,两个小子动辄大声啼哭,闹得不可开交,日夜颠倒。朵儿妈刚倒下眯一会儿,哇,一个哭了,起来,哄好,再倒下,另一个,哇,又哭了,警报器一般。一张大床,朵儿妈睡中间,两边是两个小的,左右照顾,尼尼推门进来,睁着大眼睛看着姥姥。他跟姥姥最亲。"姥姥,抱。"尼尼已经开始牙牙学语。朵儿妈急道:"抱什么抱,找你爸抱去。"过去她很少在尼尼面前提他爸爸,现在不得不提,以分担重担。

朵儿妈觉得自己所费的心力，根本不是四千五百块钱能弥补的。朵儿坐月子也是个难事。头胎生尼尼的时候，月子是请月嫂来伺候的，老默掏的钱。实际这一回老默还出得起，但朵儿妈选来选去，还是觉得不妥当，不是认为月嫂毛手毛脚，就是认为价钱太高。

这日，超男来看朵儿，朵儿妈才想起来，问超男："你妈能不能来给帮衬帮衬？照价算钱。"超男诧异，笑道："我妈都走了多久了，干妈你糊涂了吧。"朵儿说："不是，是指你法律意义上的妈。"

"我婆婆？"超男说。朵儿连忙说妈你添什么乱，人家那边一大家子来帮你什么。但超男却站在朵儿妈这一边。四海又出差了，超男回家看爸和婆婆。爸不在家，她把这事跟四海妈简单说了说。四海妈立刻表示可以试试。一辈子没怎么挣过钱，现在来深圳打开了第二春，四海妈一是觉得可以帮衬家里，二也实现了自己的价值，多少赚了点养老钱。其实在沈伟家之后，四海妈口碑爆棚，她又在小区里接了两家的活，都是做小时工，收拾屋子，也有要做饭的。四海妈问了朵儿家地址，想来跟沈伟那个小区并不算远，便欣然接了下来。超男刚走，超男爸回来了。

"你现在怎么一天到晚不沾家？"超男爸问四海妈。

"会会朋友，锻炼锻炼。"

"人哪，不要说假话，说假话眼神不一样。"

"跟你有必要说假话吗？"

"小时工有什么好干的，还不是伺候人？"超男爸故意说，"我都看到你的劳动工具了。"

"自食其力，不丢人。"四海妈硬气，"而且，这不是腾出地方给你赚钱吗？"

"什么赚钱？"

"打麻将啊，你的特长，靠打麻将养家糊口。"

"那倒是，"超男爸嘿嘿笑，转而明白过来，"这不是讽刺人嘛。"四海妈不理他，已经钻到厨房里去了。第二日是个晴天，四海妈走马上任，一进朵儿家，朵儿妈就牵住四海妈的手道："盼星星盼月亮，可是把姐姐给盼来了，你再不来，我们这个家就要乱套了。"

第一次见面就如此高的热情，四海妈有些不适应，羞涩，口不择言，只说了一句"谢谢"。

朵儿妈喜眉善目，说："谢啥，你啊，真是世上少有的好婆婆。"说着忽然半捂住嘴巴，凑到四海妈耳朵边："超男可是一个字也没说过你不好，真心话。"又坐回原来的姿势，声音调到正常大小，故意说给里屋的朵儿听："不过超男脾气也好，换成我们朵儿，再好的婆婆也被她惹毛了。"

四海妈礼尚往来，奉承一句："男男也说了，羡慕朵儿命好。"

朵儿妈瞪大眼睛，不可置信："命好？生了三个葫芦头这叫命好？她要真命好，就不用请你这位大仙来救场了。你听听，里头还在哭呢，我脑子都要炸了。"四海妈随即起身，朝里屋走，尼尼去幼儿园了，两个小的，其中一个在哭。四海妈走到床前，抱起来哄了哄，立竿见影，不哭了。朵儿妈佩服，喜道："神仙下凡神仙下凡，这个小的，我真是怎么哄都不行。"

"可能是饿了，得喂奶。"

"喂了，不吃。"

朵儿出来打招呼。朵儿妈对女儿："听到了吗？孩子哭是饿了，是你的失职。"朵儿有些不好意思。四海妈解围："现在很多人奶水都不多，正常的。"

朵儿妈纠正："她不是不多，是没有。"

四海妈道："我刚学了点催乳师的技术，揉一揉就好一些。"

朵儿妈立刻："快，朵儿，让阿姨给你揉揉。"

朵儿大窘，突然让一个尚且陌生的人给自己做胸部按摩，这算怎么回事。朵儿妈见女儿发窘，劝道："都是女的，又是长辈，你扭扭捏捏什么呀，你得为你儿子想想，饿得乱叫，真叫嗷嗷待哺。"没办法，朵儿只好遵命，两个人进屋。揉了约莫四十分钟，四海妈出来了。

"有希望吧？"朵儿妈问。

"大有希望。"四海妈说。跟着又要做家务。朵儿妈连忙让停停，已是下午，她泡好了英式红茶，准备坐一会儿聊聊。盛情难却，四海妈只好陪着，喝一口茶，太苦，朵儿妈又给她加了奶和糖。朵儿妈道："你一看就是利索人。"四海妈半低着头，她这辈子没听过这么多夸自己的话，多少有些飘飘然。

"住哪儿呢现在？"

四海妈说了地址，又说是超男和四海给租的房子，现在超贤也出钱。

"孝顺，"朵儿妈说，"一个人住吗？"明知故问，引蛇出洞，她早就想问超男爸的事。

"跟亲家合租呢。"

朵儿妈笑不嗤嗤："哪个亲家啊？还合租，词儿挺时髦。"

四海妈说就是超男的爸爸，现在姐弟俩都在深圳发展，她爸也就接过来了，在老家一个人不放心，条件有限，只能凑合着住，见笑，成养老院了。朵儿妈故作惊讶，说，哎呀，我都糊涂了，亲家可不就是陈建国吗，我跟他熟，多少年的邻居，以前我跟他老婆还是一个厂的。哎呀，建国这个人不错，老实憨厚，不错不错，真不错。

一阵猛夸。四海妈以为朵儿妈对超男爸有点意思，笑说："妹妹，你要真觉得不错，改天我让他过来，你们团聚团聚。妹妹现在也是一个人吧？"

朵儿妈一听，风向不对，她本来想多事，给四海妈和超男爸撮合撮合，可现在怎么听着像是给自己撮合了。于是连忙道："姐姐，我不是这个意思！"

四海妈说："现在老年人再婚的也多，朵儿不会反对吧？"

"不不不不。"朵儿妈直摆手。自己挖坑自己跳，反倒不好继续再撮合了。

又坐了一会儿，四海妈便告辞了。她还有好几个活等着做呢。

朵儿在里屋嚷嚷："妈！妈！来奶了！来奶了！"

朵儿妈惊讶："真的假的，这么见效？！"

## 62

四海妈握着拖把墩地，热火朝天。

女主人款款从卧室走出来，手里拿着本时尚杂志，头发上缠着发棒。套房不大，一套一，除了卧室就是客厅，四海妈刚来的时候，还以为自己走错了门，这个全小区最小的单身公寓，还用得着请小时工？随便怎么也收拾了。

公寓的女主人叫张美露，刚搬来不久，不做饭，也没见怎么上班，最关键是，没什么可打扫的。第一眼见，四海妈觉得美露有点眼熟，可怎么都想不起来在哪里见过。

"张小姐，我们是不是在哪见过？"

美露皱眉："可能我是大众脸？丑是千奇百怪，美却惊人的统一。"

四海妈"哦"了一声，不多问了。既然人家出钱，就拼命干吧，尤其美露在家，四海妈拖地更用力些。

"歇会儿。"美露端来白水。四海妈过意不去，坐下，抹抹额头的汗，喝了一口水。"我家还算好打扫吧。"美露笑道。四海妈说，比之前那几家好多了，你这屋子小巧，只是打扫不算辛苦，我少收点钱。

羞怯的笑容。四海妈到底是老实人。美露连忙阻止，说，别，该多少就是多少，说好了现结的。说着，进里屋取了现金，交到四海妈手里。四海妈拿了，掖好。

"大姐，我看业主群里都说你不错。"

四海妈有些不好意思，说认真干呗。

"你干了几家的活啊？"美露探着头问。

四海妈眼睛上翻，做思考状："四五家吧。"

美露说："哎哟，大姐，你这挣的比我挣的都多。"说完立即后悔，连忙住嘴，又问："二单元三楼那家，是不是也是你在做啊？"四海妈说是。美露说："那房子可不小。"

"是得费劲打扫。"

"那家住着几个人啊？我看不少人来来往往的。"

"呦，这我可不太清楚。"四海妈警觉，似乎听出什么来。

美露又从里屋拿出两张钞票，塞到四海妈手里。四海妈慌乱，说不能这样。美露说，大姐，没别的意思，跟你我也不说假话，二单元三楼那家的男主人，以前是我朋友的朋友，凑巧看到了，但是贸然上门也觉得唐突，毕竟都这个年纪了，也不是一个人在家里。你这样，如果哪天，那男的——

"沈先生。"四海妈接了一句。

"对！"美露得其所哉，"是沈先生，哪天沈先生一个人在家的时候，你发条消息给我，我好去拜访拜访，不过这事你可别跟人说，我不会亏待你。我家虽然小，但一直需要打扫的。另外，每次发消息，都另算钱。"四海妈明白了，这个美露，只是想认识沈伟，至于目的，不用说，是奔着钱去的，当然也包括人。得到人，多少就能得到钱。所谓钻石王老五，不过沈伟这样。

"沈先生结婚了吧？"美露问。

"好像是。"

"没见他老婆回来。"

"好像是空姐，回来时间不固定。"四海妈将计就计。

"哎哟，空姐，辛苦的，何苦何必呀，那么大个房子不住，当空姐，疯掉了。"美露撇嘴。当晚回家，超男爸从外头回来，麻将局散得早，神态落寞，四海妈猜是输了。她问："输了吧。"超男爸忙说："没输，不输不赢，保本。"

在四海妈印象里，超男爸就没承认输过，永远的赢家。

到家了，超男爸一屁股坐在沙发上。四海妈忙活了一阵，他还是一动不动，电视都不看了。"水烧上了。"四海妈说。是超男爸的洗脚水，每天必须滚烫地兑入脚盆。

"亲家，跟你商量个事情。"超男爸终于开口了。四海妈愣了一下，随即放下手头的小本子，她每天在上面记录自己的工作量以及业主的要求："你说。"

"我想开个棋牌室。"超男爸说，"把兴趣和工作结合起来。"

"在这屋里开？"四海妈担心。

"外头租个房子。"

"那政策也不允许，你这是赌博。"

"合理合法的，棋牌室，只提供场地，收场地费而已。"超男爸说。四海妈不置可否，这事跟她没关系。自从做了小时工，她刚刚开始感受到大城市的魅力。的确，深圳给了她"二次创业"的机会。半老不少的年纪，她连着做几份工，自己挣钱自己花，存点养老的本钱，踏实。四海妈转身忙自己的："这个不用跟我商量，你自己决定，你是老板。"

"不是，亲家，我想请你——合伙。"超男爸终于说出了内心的想法。

四海妈愣了一下。合伙？合什么伙？怎么合伙？她一辈子没打过麻将，一百三十六张牌跟她不亲，如何合伙？不过，待超男爸解释清楚她才知道，他需要一个维持牌场秩序的人，其中最重要的一项内容是烧饭。比如下午开场之后，一直打到晚上能打三圈，晚饭棋牌室免费赠送，在牌桌上吃完了继续打，保证牌桌连续运转，持续有收入。四海妈想了想，问："你征求了孩子们的意见没有？开个棋牌室不是那么简单的。"

超男爸恢复豪爽："老子做事还用请教儿子？！我们决定就行。"他说"我们"，把她划到一个战线上了。老实说，只要是赚钱的活儿，四海妈都觉得有这个必要性，只是她现在手上有三四家要做，时间上未必扯得开，加上这是跟亲家合作，进入容易，退出可就难了，必须慎重。

"我考虑考虑。"四海妈说，"回头男男和四海还有小贤回来，一起坐下来说说，老子做事虽然儿子管不着，可孩子们总有知情权吧。况且这是在深圳，不是在你们老家，开个店，考虑周详了总没有坏处，孩子们在深圳混的年头总比你我长些，集思广益，众志成城，皆大欢喜。"四海妈连用了几个成语。超男爸道："亲家你这还咬文嚼字的。"四海妈说："以前家里穷没办法读书，不然，搞不好我也能上大学。"说罢，两个人都笑了。

次日，周五，四海妈去张美露家打扫。美露问四海妈沈伟的进出情况。四海妈拿了钱便如实说："礼拜五晚上这顿是我给他做好，五点半一定要完工的，温在保温箱里，他六点到家，洗个澡就吃饭。"美露问："就一个人？"四海妈如实回答，说我来的这几次，的确就一个人。美露又问："你跟他提过我没有？"美露期待中的四海妈应该是王婆。她不是潘金莲胜似潘金莲，沈伟不是西门庆要胜似西门庆。四海妈说提过。

"在小区楼下碰到过好几次了，"美露自觉沈伟对她印象不错，"他还问我的狗是什么品种。"张美露养了一只吉娃娃，极小极小的那种。"你是按照我交代的说的吗？"四海妈说，就是按照张小姐的吩咐说的，沈先生问我做了几家，辛苦不辛苦，我就说不辛苦，主顾都不错，比如三单元那家，养小狗的，人不错。沈先生说，哦，那个知道。张美露拍掌嬉笑，满心欢喜。四海妈做了卫生，便转道沈伟家。美露叮嘱，如情况有变，随时告诉她。四海妈虽觉得这女人路子有点野，可既然拿了人家的费用，少不了为人家办事，只好说"好"。

菜早买好了，到家就洗、切、烧。四海妈麻利，行云流水。刚把饭菜温上，沈伟回来了，四海妈简单交代了一下便要出门。沈伟说一会儿朋友过来，一起吃。四海妈道："先生，真抱歉，不是我不给面子，实在是下头还有主顾等着呢，谢谢您的好意。"沈伟听了，不再深留。

四海妈刚出门，电梯口走过个人来。男的，看身形有些面熟。待走近了，却是陈超贤。超贤也有些吃惊，在这个小区，怎么会遇到姐姐的婆婆。他是来给沈伟送文件的，他和薛蓓的公司要拿海外的货，李安东那边没那个资质，只好找沈伟合作。他今天来，是专程给沈伟送合同的。"阿姨，怎么遛弯遛到这了？"超贤先开口。四海妈娓娓道："如意上幼儿园了，我平时也没事，找个小时工做做，打发打发时间，再一个，也赚点养老钱。"超贤笑道："我爸就没这觉悟。"四海妈说你爸有退休工资，我跟你爸不能比。又说："其实四海、男男都是孝顺孩子，不缺我钱花，但我想着，现在还不算太老，能多帮一点儿就多帮一点儿，到现在家里一套房子都没有，以后孩子上小学都成问题。哦，对了，这事别告诉你姐姐姐夫，怕他们心里难受。"

超贤说当然不会说，不过姐姐姐夫已经开始看房子了，准备买个小套。四海妈说："那没告诉我，可能觉得我帮不上忙，小贤你不一样，能耐大，到时候多帮衬你姐姐姐夫一点儿。"超贤被奉承得舒坦，连声说没问题，而后各忙各事,走开了。

到沈伟家,超贤把文件放下,把薛蓓的话带到,大致意思是给沈伟这边多少提成之类。沈伟根本没在意听,只说:"坐下吃点。"超贤道:"这么大一个老板,自己都做菜了?"沈伟笑道:"请了个阿姨,不错。"超贤前后一想:阿姨?莫非就是姐姐的婆婆?

"是那个留着学生头的?齐耳短发?"

"你怎么知道?"沈伟问,"你认识?"

"哦,刚才在门口遇到一个。"

沈伟道:"这阿姨的做饭水平,比牛朵儿她妈强多了。"超贤笑,都是熟人,他知道沈伟还做过朵儿的"未婚夫"。电话响了,是超贤的,公司有事要忙不容多等,他告了别,开门出去了。将将走到电梯口,出来个女的,一身运动装,满头大汗,辫子梳得冲天,脖子上搭条白毛巾,头上有粉色发带。女的"哧"了一声,意思对超贤不屑,超贤反倒更注意她。

瞬间,全身发麻。"张玲玲!"超贤呵斥。是他前女友,骗他钱那个,在麻辣烫店跟他打架那个!那女的转身,觑了超贤一眼,不理,继续前进,走了三两步。

"张玲玲!"超贤又喊了一声,音量更大。张美露怕惊了四邻坏了大事,回头转身,推了超贤一掌:"你嚷嚷什么呢,认错人了吧,我叫张美露,不叫张玲玲。"

此地无银三百两。奇幻,超贤觉得奇幻,这幢楼根本就是个二次元空间,能遇到姐姐的婆婆,还能遇到自己的前女友。"怎么,发财了?搬这住了?"超贤冷静下来。

"许你发财就不许我发财?没工夫跟你废话。"美露转身要走。

"你站住。"超贤不示弱,"你把骗我的工资还给我。"

美露冷笑:"你是真有钱假有钱?工资?我还没让你赔我青春损失费呢。"超贤又气又怨,气的是,自己当初的天真无知,怨的是,即便是他如今有钱了,张玲玲还是没把他放在眼里。

"你到底爱没爱过我?"超贤对着美露的背影。

美露站了一下,她没想到他会说这个。爱?重要吗?她一度认为他们的处境根本不适合谈爱。她来深圳不是为了他,他来深圳也不是为了她。她从走出山村的那一刻起就告诉自己,一定要成功。

"我还愿意在海边骑着自行车,你坐在后头。"超贤用回忆杀。不知为什么,他总忘不了她。

"坐汽车也行,我开车,我有车。"

"只要你愿意,我们可以一起买房子,写两个人的名字。"

……

美好的畅想。然而都只是畅想。

暂停时间到,美露再次起步,走向她认为更有价值的战场。

超贤在她背后,一身落寞。电梯又上来,有人下轿厢,有人上去。"上不上?"那人按着按键,问超贤。超贤转身,离开这幢魔幻的楼宇。

叮咚——张美露按响沈伟家门铃。

## 63

沈伟刚吃完,门铃响了。去开门,门口站着一身运动装束的张美露。沈伟没表现出吃惊,只是微笑着请她进来,等下文。张美露简单介绍了一下自己,是邻居,以前楼下见过,又说大概拐着弯跟他有联系,她也做过贸易,等等。待沈伟确认,美露便说:"我们家浴霸坏了,这刚动了动就一身汗,能不能借你家淋浴一用?"

"没问题。"沈伟很爽快地,并没有半分不自然,"互相帮忙,应该的。"

张美露碎碎念着"互相帮忙,互相帮忙"。抬头看,嚯,沈伟家比她想象的还要大,这种房子,别说是买,就是租,估计她也租不起。美露更加确认了自己这套钓鱼计划的正确。

她来这个小区做什么,就是瞅准了,要钓大鱼。

美露慌不择路,走到书房去了,沈伟为她指正:"这边。"美露连忙不好意思地:"刚跑完步,头有点晕晕的。"沈伟起身,替她指路,又从洗浴室柜子里拿出一条崭新的粉色浴巾,合上门时,笑着说:"请随便用。"

张美露一个人身处洗浴室了。大,这里比她的卧室还大。洗手池边摆着琳琅满目一堆化妆品,高档,好多是她没见过也没用过的。还说没有女人!这个小时工阿姨,调查真不彻底。

来了就认认真真洗。洗好弄好,用浴巾包住自己,光着脚走出去。

"沈先生!"她小声呼喊。没人应答。难道房子太大?"沈先生?"她又喊。光有舞台没有观众,春光无限无人欣赏,十足气馁。

物业打电话来，有垃圾清理车要经过，让沈伟下去挪车。

张美露寻寻觅觅，走到书房门口。门开一条缝，她刚准备挤进去，里面蹿出个男人，半裸着上半身，正在做运动。猝不及防，张美露先惊叫了起来。那男人也叫。美露一时没了主意，拾起衣服，迅速套起，落荒而逃。至于本次"任务"，早抛到九霄云外去了。

"什么玩意儿！"张美露逃到楼下。沈伟正朝单元里走，见美露出来，笑问这么快就洗好了。美露说："你家进来一个男的。"沈伟并不慌张："哦，一个朋友。"

"他没穿衣服。"

"哦，可能也是等着洗澡的，跟你一样。"沈伟幽默一把。张美露窘得无从化解，抱怨道："你家又不是公共澡堂。"说罢又觉得自己话多了。说了声谢谢，跑了。

等四海妈再来做工，张美露没好气地问她："你不是说沈家没人吗那天，怎么里头有个男的？"四海妈莫名，确认她走的时候的确没人。四海妈问："有什么问题吗？"张美露说没问题，她若有所思，躺在沙发上，房租快到期了，租了三个月，毫无斩获，赔得爹哭娘喊，她得尽快想想办法。

这日，四海妈又帮沈伟做好了饭，正要走，沈伟从钱包里掏出五张百元钞票。"拿着。"钱放到桌子上了。四海妈连忙："先生，这怎么行？"

"小费，"沈伟微笑着，"你工作做得好，应该奖励，拿着。"

这么说应该拿着了。可四海妈总觉得过意不去，那就补偿："先生，楼下的女邻居，你要小心。"她打算站在沈伟一边。女邻居？沈伟来兴趣了。"张美露？"

"她图谋不轨。"四海妈自认还有是非观念。沈伟听了哈哈大笑，不是笑这件事本身，而是觉得四海妈这种郑重的态度着实可爱。

"谢谢提醒。"沈伟说。停了一会儿，沈伟才继续说："你知道我为什么一直单身吗？"

四海妈说，不太清楚。沈伟说，因为我一直在等一个人。

哦，痴情，四海妈想。

"人活一世，自己要对自己好一点儿。"沈伟起身，背对四海妈，玻璃窗外，是浩瀚的风景。

忙完沈伟这，四海妈又去牛朵儿家料理。一进门，只听到咣当一响，是里屋门被摔上了。

朵儿妈拉着尼尼，竖着手指比在嘴唇上："小点声，心情不好。"四海妈缩了缩脖子。尼尼牙牙道："妈妈尿床了。"朵儿妈当即呵斥："不许这么说妈妈！"

一会儿，尼尼被打发去书房玩。朵儿妈拉着四海妈，两个人站在厨房，关着门说话。朵儿妈小声："憋不住尿了，生二胎生的。"仿佛说着家丑。"稍微姿势不对，就漏下来了，自尊心受不了，博士，人家是博士。"

四海妈笑道："博士也是人，也是个女的，第二胎生了两个，盆骨肌肉难免受影响。"

"老妹看不出来你还挺专业。"

四海妈说之前做过一家，也是有产妇的，也遇到过类似情况。

"愁。"朵儿妈说，"好好的一个女儿，成这样了。"

四海妈说："不着急，可以练习，练习括约肌，很快可以恢复。"

朵儿躲在屋内，一脸惆怅。生完二胎之后，她的心情跟生完尼尼大不相同。那次是兴奋，初次当妈妈，为了孩子不管不顾，可这一回，一次来两个小家伙，她成三个孩子的妈。说给谁听谁都不信，她一个博士，还产后漏尿。可博士跟产后漏尿也没关系，牛朵儿只是无法接受眼下的自己。老默从外头回来，带了她喜欢的流沙包。她吃了一个，不说话了。老默坐在小沙发上，对着朵儿，不知道如何安慰。朵儿的二胎不愉快，他罪莫大焉。

半天，老默说："对不住了。"首先认错，缓解朵儿的心理压力。

"你有什么错？"朵儿安慰，时至今日，他们还是牢不可破的同盟。

"三个。"这是老默第一次强调这个数字，带点苦笑。二胎双胞胎，完全意料之外，他们理想中的情况是，二胎女儿，凑成一个"好"字，不料凑成了"众"字。

"三个。"朵儿盘着腿，披散着头发，跟着念了一句。

"三个。"老默做了个OK的手势。三根手指。

"三个。"朵儿笑出声来，带点戏谑，生育也成了个游戏。

老默也随着笑了，开怀地。是闹剧，但他们当成喜剧看。

"你还爱我吗？"朵儿问老默。

"我有什么资格不爱你。"老默深情地，"你是我的命，我也把命交给你了。"

周末，超男、四海带着如意回家。四海妈存心想看超男爸在孩子面前提不提开棋牌室的事。结果没提，那她也就装不知道。超男和四海倒是提了提买房子的事。这一向深圳房价走低了些，谈不上抄底，但如果出手，也算占了点便宜，超男算算存款，首付不够，打算再问超贤借一点儿。

超男爸第一个反对："买房子要还贷，这套房也要付房租。"

超男笑道："买了也不是先住，先租出去，房租就能还房贷了，我和四海还是住公司的房子，你们还住这，没变动，现在买房子等于存钱了。等如意上学，房贷压力也小一些，我们再搬进去。"

理由充分，合情合理，没有道理反对。超男爸瘪着嘴不说话，他做棋牌室，也是个创业项目，可从女儿首付款里出，当着一家几口的面，他也觉得不太好张口。

"小贤呢？"他这才想起来问儿子要。超男道："小贤说公司有急事，加班，不过来了。"超男爸有点来火："挣多少钱忙成这样。"超男维护弟弟："爸你可不能这么说，小贤现在可是今非昔比了，我买房子，没有他的赞助，呵呵，也没戏。"四海妈说，到底是亲姐弟俩，怎么可能不帮。

超男觑了四海一眼："该挣钱的没挣着多少。"四海妈脸色稍变。四海不作声。超男解释："我是说我自己，读了这么多年书，就是转化不成生产力。想要不为五斗米折腰，你家里仓库，至少要有五十斗、五百斗米，我没那底气。"

吃完饭，超男爸出去了，看麻将。四海妈让四海洗碗。她拉着超男进屋，掏出一叠钱来。猝不及防，超男不好意思，本能后退："妈，你这是做什么？"四海妈还是塞。

"这都是你的辛苦钱。"超男知道婆婆在朵儿家做小时工，多少挣了一点儿，但不会多，这钱她没想过，但婆婆主动给，她多少有些感动。"妈，钱你存着，留着花。"四海妈说，男男，你看这家里家外，我也帮不上你什么，以前只能说帮个人场，也是应该的，现在多少累一点儿，能减轻一点儿你们的负担，我心里舒服些。

打心窝子暖。

超男感动得一时不知怎么应对，钱是收下了，好话跟着就来，婆媳俩热热乎乎。超男又问婆婆在朵儿家做得怎么样，朵儿妈怎么样，孩子养得怎么样，老默怎么样。

"老默还在家？"超男的意思是，老默怎么没出去赚钱。

"看到几次，应该在家。"

"心真大，"超男拍胸脯顺气，"三个儿子，三座大山，啧啧。"

"朵儿倒是不太好。"四海妈说。超男关切，问怎么了。四海妈把漏尿的事说了，又说了朵儿的精神状态。"产后抑郁。"超男说，"她一个女学霸，怎么走到这个死胡同里来了。"

次日，逢礼拜天，超男拎了几条活鲫鱼上朵儿家探望。朵儿妈久没见超男，喜得又是搂又是抱，惊得几条鱼差点从黑胶塑料里跳出来。超男跟着朵儿妈将鱼拎到厨房，暂时放在地上。朵儿妈说，既然来了，你给开解开解。

不用说就是指朵儿了。超男问，什么问题。朵儿妈朝里屋看一眼，不出声，随后比出三根手指，狠狠杵到陈超男面前。是指三个孩子，还是儿子。尽在不言中。

"思想上一时接受不过来。"朵儿妈又戳戳太阳穴。

尼尼从客厅跑过来，年纪不大，说话已经利索了，他问："姥姥姥姥，袋子里是什么？"朵儿妈说是超男阿姨给的鱼。尼尼又嚷嚷着要看鱼。没办法，朵儿妈只好找了个盆，放上点水，再把鱼解放了。尼尼蹲下，瞅，又伸手要摸。鱼感受到危险，一个翻身，水花溅出老高，喷在尼尼脸上。孩子"哇"地就哭了。

事发突然，超男有些不知所措，虽然她也是孩子妈，可对自己的孩子能凶能打，对别人的孩子不行。朵儿妈连忙让把厨房门关上。三个孩子，同气连枝。她怕一个哭了，引得另外两个也不安生。如若三个同时哭闹，那真是世界大战。

超男关好门，又要来安慰尼尼，朵儿妈摆手，说你不用管，去吧，她在里头。超男只好退出去。再推开门，却看见牛朵儿蓬头垢面，盘腿坐在沙发上，手里抱着个手机，横摆，玩游戏。

天，这可是牛博士，她什么时候这样颓废过。

玩游戏？网游？

超男什么时候见过这样的朵儿？

## 64

"玩什么呢？"超男坐到牛朵儿身边了。

"王者荣耀。"朵儿收了，放下手机。超男帮牛朵儿拢了拢头发，又抓住她的手，往好了说："福气福气，你不知道多少人羡慕你。"

超男来了朵儿自是高兴，可她的苦并不因为别人的几句浮皮潦草的恭维就能缓解，从王者荣耀的世界出来，她必须面对现实："羡慕我什么？是羡慕生孩子生得夹不住尿，还是羡慕家里养了三头小牛，我这头老牛整天产奶量根本不够他们的口粮？"

一段话说得超男想笑，但还是忍住，换个角度道："这是你的能耐，这是深圳，大城市，就算给你放开了，现在有能力生的有几个？这是综合实力的体现，你是成功者，说白了你养得起。"

朵儿不作声，跟着比出三根手指——中指、无名指、小指。这家里提起孩子，动辄比出三根手指，似乎都不愿意面对这个残酷的数字、不确定的未来、沉重的负担。随即苦笑："我妈都建议我们回老家了，别说升级，保级都困难，公司里出问题，休完产假我也不可能去上班了，再跳槽，年纪大了，本地又没有合适的，只能创业。"

"创业好，小贤、薛蓓那一摊子，你不是也牵线搭桥了。"超男严肃状，朵儿面对的问题，她同样有。

"人家都是一人吃饱全家不饿的，再说老薛和小贤，都已经做出点事情了，我去干吗？掺和得上吗，还是做自己的专业，真是人无远虑，必有近忧，头几年里，我哪能想到会为收入发愁。"超男本来想问"老默不想办法？儿子终究是他的"，可话到嘴边又咽下去了。

多余。这话不该她问。她只说："你是嫁给爱情，生孩子也是爱情的结晶。"

"就是结得有点多。"朵儿补充，"还嫁给爱情？你不也是嫁给爱情？"

超男指了指自己："我？相亲认识的，不过也不能说没感情，唉，说句实在话，我现在真是觉得，当初结婚生子，也都是做给别人看的，糊里糊涂就走到这一步了，现在多想也没用，我就想有个自己的房子，做一点儿自己的事情，透不过气，真的，现在的生活我透不过气。事业不是事业，家庭不家庭，无处发力。"

结婚生子都是做给别人看的。这句话犹如一只鹰，在牛朵儿脑海中盘旋。她呢，曾经她想要做一个洒脱的女性，在都市里有一份体面高薪的职业，有一个顺心如意的爱人，过一份潇潇洒洒的日子，她也确实这么做的。可现在呢，日子偷袭了她，她一不小心便一败涂地。

这不是她想要的。

可是，想要又如何，不想要又如何，她还不想老去，不想要妊娠纹，不想漏尿，不想行业发生这么大变化，不想孩子半夜哭闹，不想喂奶，不想为未来发愁……但时间已经悄悄改变了一切。

超男眼角明显的细纹像一面镜子。哦，同龄人。朵儿惊觉自己也已经是中年人了。

外间传来一道清亮哭声，仿佛闪电一条，劈开了寂静和寥落。有得忙了。跟着是朵儿的声音，"是老大吧！"朵儿猛吸一口气，趿拉上拖鞋，找奶瓶。超男赶在前头，书房改成育婴室，两个孩子雪团一般躺在摇车里。左边这个哇哇暴哭，超男刚到跟前，另一个也哭了。

朵儿妈来了，后头拽着尼尼。伸手摸摸左边这个孩子的屁股，"小舒没尿"，又摸摸另一个，"老二也没尿"。

小叔？超男不解，怎么叫小叔？问孩子的名字，朵儿妈道："一个叫小舒，一个叫小坦，舒舒坦坦，现在一家子人都想着过得舒坦点，别说朵儿，我都快得抑郁症了。你说我这一身的本事，在这当老妈子？"朵儿妈抱怨着。朵儿到跟前了，递过来奶瓶。

朵儿妈接了，可瓶子凑到孩子嘴边，塞进去又吐出来，塞进去又吐出来，孩子愣是不吃。朵儿妈为难："还是想吃母乳。"看向朵儿。

超男在旁边，朵儿更要几分面子，她妈虽然不是针对她，可说到母乳，那就是她的责任。超男劝："再喂喂试试。"她接过奶瓶，抱起孩子，尝试喂了喂，没用。

朵儿妈还是那句话，"牛奶上火，拉不出屎来，估计憋的，得用开塞露，还是人奶好。"

废话！说给谁听的，朵儿敏感极了，几欲落泪："都怪我了？人奶好！人奶好！可就是没有怎么办？！老牛产不出嫩奶！"说罢转身离去，门摔得天响。

什么老牛？什么嫩奶？这是博士说的。

超男和朵儿妈愣在原地。孩子还是哭。她们哭笑不得。

朵儿妈叹道："你看看你看看，谁说她什么了？不成熟，太不成熟，孩子是我的？尼尼是我要她生，小舒小坦呢？怪谁？没那么大头偏要那么大帽子！怪谁？"

超男只能劝，又说米汤可能好些，朵儿妈半信半疑，说要试试，又说自己以前怀孕的时候奶量别提多充足，那奶滴到鞋面上，立刻就能成奶粉……

在朵儿家忙到半下午才回去。刚到公司宿舍，中介来电话，又是说带着看房的。约了第二天上午。超男刚好学校没咨询，便同意了。晚上四海回来，洗完澡，刚出来，超男就拦着他说正事。四海注意力并不集中。

超男拍拍床铺，示意四海坐过来。四海擦着头发，床沿上坐了。

四目相对。

超男郑重地，清清嗓子："我明天去看房。"

"看呗。"四海显然不觉得这事需要这么正襟危坐。

"那房子很不错，之前去看过一次。"

四海不解，说看过还看。超男说，不一样，买房子不是买白菜，不看个四五次能下来？上次是晚上看，这回是白天看，白天还要分上午下午，上班下班，还有雨天晴天的区别，总之要慎重，要小心。四海搂住超男："你办事，我放心。"说着去西装口袋里掏出一张卡，说是出差的补贴，攒了一万多。

超男有些感动。是，钱上面，四海没含糊过，挣多少，给多少，这次准备买房子四海也交出了老底，包括私房钱。四海的意思，是别找超贤拿太多，他刚来深圳，得攒点老婆本。超男说又没找你要。四海说小贤还要管爸，负担也不轻。听妈说，爸打算创业。超男没放在心上，翻身准备看房的事。四海起身，去逗了一会儿如意，问："车钥匙呢？"超男说在我皮包里。四海说明早我送你过去。超男说，我呀，也得学学开车。

翌日，一早，一家三口先吃早茶，四海说吃清淡的，可超男非说嘴里没味，要吃牛肉汤。四海跟着要了一碗。接着是送如意去幼儿园，送超男去天辰小区门口的房产中介。超男下了车，四海掉车头，觉得口渴，伸手抓矿泉水，却见车座地下有个小卡包，里面放着卡。打开看，各种会员卡，沈伟的。

四海脑袋"嗡"的一声，打方向盘，急踩刹车，停在路边。

掏出手机，想给超男打电话，也想问问沈伟，可划了一圈，还是锁上了手机。去公司，直接去沈伟办公室。问小秘书，老板还没到。秘书问四海，有什么事。四海说，没事，有个材料要汇报。小秘书又说要去个洗手间，等回来的时候，小卡包已经放在小秘书桌子上了。秘书四顾问："谁捡到的？"没人应答。秘书狐疑状。

看房看得顺利。晚上回来，超男说房子不错，就是里面旧了点，需要改造。四海表示同意。超男拿出小本子，低着头，一项一项跟四海解释："现在付了钱过完年就能开工，要换的地方我都统计好了。厨房橱柜要换，窗改成铝合金的，瓷砖重新铺，水管最好换一个，都上锈了，过门石、挡水条、窗台、台盆台面要重新测量，还有吊顶，到时候请油漆工来做，做硅藻泥也需要花时间，做地板起码半个月，这空当我们正好去买点家具，宜家或者去顺德看看，顺德的实木不错，衣柜要整体的，空调也要重新买，还有洗衣机……"超男喋喋不休着，完全沉浸在对未来小家的美好畅想中。林四海望着爱人，白天卡包的气，似乎消了一点儿，他不打算提，至少暂时不提，眼神里只有无限温柔。

超男抬起头，发觉丈夫的状态，诧异："怎么，你不同意？"

"百分百同意。"

"我真付钱了。"

"都是你该得的。"

"这还像句人话。"超男憨笑。四海问："什么时候成装修专家了？"

"久病成医。"超男说得悲壮。四海更心疼男男了。

周末，四海加班，超男一个人带如意。中介约着付钱，超男打算先把如意送到婆婆那去。到地方，才想起来婆婆可能在外头。好在她爸在家。超男拍了拍如意肩膀，说找爷爷去。超男爸从里屋出来，如意走到爷爷跟前。超男说爸，你给带半天，我下午回来接。超男爸阴沉着脸，道："整天瞎忙。"超男本想跟他爸说"怎么叫瞎忙，我买房呢，去付定金"，可看他爸脸色，想了想又闭嘴了，只说："挣钱呢。"

超男爸道："挣钱挣钱，你们都想着挣钱，就我没钱挣。"超男不解，说爸，没人给你挣钱任务，你好好养老就行了。超男爸说："你爸我什么时候成只索取不奉献的人了？看你婆婆，还知道出去做个工，挣点养老钱。我呢，混吃等死。"

意志消沉。超男也开始担心爸爸，她走到爸爸身边，一手拉着如意，促膝坐下："爸，是不是遇到什么难事了？还是跟我婆婆吵架了？你直说，我肯定向着你。"

超男爸望着女儿三秒，道："我想开个棋牌室。"

超男头皮过电，但还是冷静下来，问："多少钱？"

"粗算算，四十五万。"超男爸说，"我也不想问你们借钱，你看，小贤给我的名牌表我都卖了。"超男爸伸出手脖子，空空荡荡。看来是真卖了。超男犹豫，他爸这么正儿八经地提，肯定是动真格的了，可钱是有数的，小贤那边这阵子赚的钱也耗得差不多了，支持了他爸，房子什么时候能买，真不好说。找老薛借一点儿？不切实际，她一个单身女人，正是用钱的时候。找沈伟？他有，一定的，可工作的事已经够麻烦人家，再借钱，合适吗？而且这事让四海知道了，免不了又是一口酸醋。或者买房还是用自己的钱，他爸创业，借沈伟的？名目换了，就算闹出来也没问题。可谁能保证沈伟一定会借？

纠结，还是先把钱预留出来给爸吧。

超男爸说："你婆婆也打算参与。"超男疑惑。超男爸道："棋牌室总要有人招呼，你婆婆干活麻利，也算入伙了，帮着干，我给她开工资。"

好事！超男一直巴望着婆婆和爸爸能过成一家人，现在二老合着做生意，接触多了，或许真能有点患难真情。"他妈答应了？"

"爽爽快快的。"

"租在哪儿？"

"就小区沿街后头，原来就是个棋牌室，算转让，拿过来就能做。"

"爸，你阴谋大大的。"超男恢复轻松。超男爸笑道："女儿儿子都那么能干，遗传谁？虎父无犬女！"口气大，夸人也自夸。

协调。超男脑海中出现的是迅速协调的方案。先给中介打电话，说今天不能付钱，暂缓，中介问还要不要，超男只能说突然出差，等几天。中介说："您不是老师吗？老师还出差？心理老师还出差？"超男编瞎话："哦，有个客户在外地心理出问题了。"说出来她自己都不信。

然后是找四海妈确认，约地点。四海妈刚从主顾家出来，两个人就在咖啡厅见面。四海妈还有些不自在，一个劲说别点餐，就喝白水。超男说妈，我出钱。四海妈说不是出钱不出钱的事，这钱不该花，就不能花。超男只能依她，去端了两杯白开来，喝上两口，才问："妈，爸要开棋牌室？"

四海妈不看媳妇，也小心喝了口水，吐了两个字："好事。"饱含深意。

"妈真愿意？"

"什么？"四海妈故作不解。

"爸都说了，他开棋牌室，妈肯伸把手。"

四海妈说有这事，我愿意帮忙，但实在太忙，能帮也有限。超男笑着婉转道："妈肯帮忙，是爸的福气，妈是利索人，爸虽然在棋牌室泡了那么多年，可在做人上，还是缺点细致，其实妈现在忙，四处做事，也是为我们着想，谁不知道钱好，只是将来这棋牌室如果做好了，来钱也充足，守着摊子就能挣，妈就不用四处跑了。"大环节谈好，超男放心了。只是四海妈还担心一些细节，比如开场时间，结束时间，盘子费、伙食费都怎么收，超男说这些爸都懂，回去你们商量，只是一点，不要太熬夜。婆媳俩谈好了，超男再想着怎么跟沈伟提。

晚上回到宿舍，四海问房子定了没有。超男说中介有事，再等几天。四海也没多问，超男提了提她爸开棋牌室的事。四海倒不反对，只是问政策允不允许。超男说是转让的，应该没什么问题。

"妈也参与。"

四海吃惊。

"做股东，两个老人要办点大事。"超男嬉皮笑脸缓解气氛。四海没再说什么。

## 65

牛朵儿去做产后恢复，薛蓓陪同。两个人有段时间没见面了。朵儿生了孩子薛蓓固然道喜。在所有朋友里，她给的礼是最重的。朵儿也觉得，自己不想生，还一鼓作气生了三个，薛蓓一直想生，到如今一个没有。她怕刺激老薛，所以不主动提。这次见面是薛蓓提出来的。朵儿本来犹豫。可朵儿妈撺掇，说你有病治病，出去散散心，应该的，别整天在家鼻子不是鼻子脸不是脸的。

去还是老默开车送。到地方，薛蓓已经把房间开好，朵儿进去就开始做脸。两个人都没说话。做了一会儿，开始做身体，朵儿不好意思，说自己没腰。薛蓓才说："你都不知道我多羡慕你。"朵儿笑道："羡慕我？你知道以前的研究生同学都叫我什么？"薛蓓问什么。

"老母鸡。"朵儿自嘲，"下蛋高手，一会儿一个。"

薛蓓说那你也是一只伟大的母鸡，能下双黄蛋。这比喻把牛朵儿逗乐了。跟薛蓓在一起，产后抑郁能好三成。进了蒸房，面对面坐下。四下无人，牛朵儿才开始说自己的真正的苦恼。老薛懂她，也给实际的建议。

首先是身体上的，属于吐槽，比如产后漏尿，一晚上起来好几次。比如没有奶，孩子饿得哇哇直哭，喝牛奶又拉不下来屎。"母婴关怀，现在的关怀都在婴上面，母没有。"朵儿抱怨。这种事，谁也帮不了，只能自己面对。其次是精神上的。

朵儿隔着果盘抓住薛蓓的手："焦虑，三个儿子。"

"你是科学家。"薛蓓淡定。

"科学家生三个儿子也受不了。"朵儿分析,"过去,我是一人吃饱全家不饿,不用想未来,老默和我情投意合,那就在一起过过,你知道我们可是去看过墓地的,按照自然规律,老默走后,我还能自己顾自己,但我走后呢,后面三个儿子怎么办?"

"儿孙自有儿孙福,眼下顾好。"薛蓓言简意赅。

"这里是深圳,吃穿用度,我不想谁想,还能指望老默和我妈?老薛,最近我总觉得力不从心,人到中年,真的,有时候我半夜都能哭醒,做梦做的。"牛朵儿很忧伤。薛蓓笑道:"经济上你暂时不用考虑那么多,以老默的积蓄和能力,你把孩子养到三岁没问题吧?"朵儿说,那倒没问题,那你意思是,这两年我就在家待着?我受不了。薛蓓说:"做了妈你就认认真真做妈,过个两三年,我这边项目也不错,再有李安东也支持你,只要有合适项目,你还怕没人投资,没事情做?倒是你妈,我们亲爱的干妈,你需要好好安排安排。"朵儿说我安排她什么。薛蓓说,你妈是安于室的吗?让她长长久久地做老妈子,你不怕她对老默有意见?

朵儿说,都什么时候了,还意见不意见的,就是在一个屋檐下过日子,我们都是一条船上的人。薛蓓捏了颗葡萄,塞进嘴里吃了:"羡慕你。"

第二次说了。羡慕。人总是羡慕那些自己没有的。

朵儿说,又羡慕我什么。薛蓓道:"羡慕你什么都有了。深圳是个海,还有人跟你一条船。我呢,一人一船。"朵儿随即道:"有大船你不上,非要自己弄个皮划艇在这游荡。老薛,我们都不小了,你还有必要守着那个所谓的底线吗?谁在乎?都是单身,都是苦出身苦命人,你所谓的洗心革面重新做人,的确有些幼稚。这个年纪,经历了那么多,过去的事有什么不能放下的?"

"不是不能放下,是不合适。"薛蓓知道朵儿又说她和李安东。又补充道:"是过去式了,现在就是朋友,还有合作伙伴。"朵儿恨铁不成钢:"跟温晓涛还有可能吗?他就不是个男人,一点儿挫折受不了还能行?我生了三个我还没自暴自弃呢,现在连人都不见了,这样的男人你到底喜欢他什么?老薛,该醒醒了,都什么时候了,该结婚结婚,该生孩子生孩子,你要做传统女人,这时候该各就各位了。"

暴风骤雨般的一段话,打得薛蓓心潮澎湃。朵儿说得没错,道理她都懂,可一时半会儿,她还是忘不了温晓涛。从看守所出来之后至今没有见面。他们之间还没有了结。她和李安东太像了,苦出身,有企图心,为了目的不择手段，早年都犯过错误，他们有一样的灵魂。李安东当初跟前妻在一起，是弱势的。这反而导致了他如今从内到外的强悍。温晓涛不一样，他也苦，但他的苦跟他们不一样。他出身中产家庭，天生就带着一种优雅、安然。薛蓓向往和温晓涛组成一个家庭，是向往另一个世界。可李安东的世界，却是黑色的。这一点牛朵儿未必明白。

"我想生个孩子。"薛蓓冷不丁儿说。

朵儿刚开始没理解，说你就是应该生个孩子，已经是高龄产妇了，喋喋不休了一阵，才反应过来。"你什么意思？"两眼圆睁，朵儿不可置信。"我就是想生个孩子。"薛蓓加了个"就是"。

"你的意思是……"朵儿欲言又止，"这条路可不好走。"

"单亲妈妈多了，现在好歹经济上还算有这个能力，情场失意，也应该给自己一个补偿。"

"真想好了？"

"试试吧。"

牛朵儿看着薛蓓，久久不知如何再劝。这个女人主意太大了。她根本不需要人劝。劝什么呢？她是女人，有那一亩三分自留地，能够自己做自己的主。只是这一步，在朵儿这个科学家看来，都似乎太超前。"再想想。"临了朵儿只能一再叮嘱。

出了美容店的门，小车开过来。吴宇飞从驾驶室出来，给薛蓓和牛朵儿开车门。朵儿好奇，小声嘀咕："什么时候找的司机？"带点促狭。薛蓓并不打算接招，只说是单位同事，学理工的，刚好司机不在，来接一下。朵儿要打电话给老默，薛蓓却说就坐这车走吧，拐一下，给你送到家。

上了车，车厢里两女一男。朵儿忍不住俏皮，问吴宇飞什么时候来的。吴答："三个月零三天。"牛朵儿"嚯"了一声。精确，像个机器人。"多大年纪？哪里人啊？什么学校毕业的？"朵儿一口气问了好几个。薛蓓用胳膊肘撞她一下。"你查户口的？"白了一眼。朵儿抿嘴笑，不作声。车开得稳稳的，到香蜜湖，伶俐地拐进去，朵儿下车。吴宇飞又载着薛蓓往公司去。宇飞汇报："香港那边房间订好了，行程超贤哥在做。"薛蓓"哦"了一声。公司第二季度业绩不错，超贤建议拉去香港做一次团建。回公司，超贤把行程情况大概介绍一下，薛蓓表示同意。到周三，全公司人员启程去香港做团建。酒店定在香港大学附近，当天入住，先在港大校园转转，然后去烧味小店垫垫肚子，晚上十点多，一行人出发去兰桂坊。跳了一会儿，薛蓓吃不住了，酒喝了不少，略有些醉。超贤和一些年轻人还要跳。吴宇飞自告奋勇，说我送蓓姐回去。宇飞搀着薛蓓往外走，到小路上招手叫出租。

"去海边走走。"薛蓓不打算回去。吴宇飞只好陪她去维多利亚港。维多利亚港的夜，璀璨夺目。海边一站，薛蓓更觉得繁华中无限落寞。吴宇飞站在她身后，不声不响。起风了，他脱了外套给她。薛蓓挡过去，笑说："你个小鬼，跟我来这套，姐姐我恋爱的时候，你还不知道在哪儿呢。"

"你没必要伤害自己，让自己痛苦。"吴宇飞忽然说。

薛蓓呆了一下。从天而降的一句话，可偏偏打在她心上。她是痛苦，而且多半是咎由自取，可这个刚进公司没多久的小男生怎么知道？他知道了什么？薛蓓心头纷乱，只好用玩世不恭搪塞，笑着说苦话："你懂什么？"

"我都知道。"宇飞憨憨地，有些不好意思。

"那你告诉我，我要做什么，不要做什么？"薛蓓想逗逗这个小男孩。

宇飞也就照实答："你要早睡早起，要按时吃饭，要定时锻炼，要珍惜爱惜自己，要找到幸福。"

薛蓓有些吃惊。她不敢相信这样的话是从一个看上去如此木讷的男孩子口中说出来。是因为维多利亚港的夜色太令人迷乱？今夜注定无眠。

"那不要做什么？"薛蓓抱起双臂，倒想仔细听听。

"不要乱吃外卖，不要熬夜，不要生气，不要再去医院打针催卵，孩子是爱情的结晶，不要做傻事。"一口气说完了。吴宇飞不看薛蓓。

除了震惊还是震惊。这是大人世界的事，他一个小孩子怎么会懂？哦，她几次去医院，都是他送过去的。

"不许跟别人说！"薛蓓喝道，是第一反应，像一个家长在批评犯了错的孩子。

"不要那么辛苦，你不应该那么辛苦。"宇飞柔声。

薛蓓的防线被击溃了。眼泪喷涌，止不住，好在夜色打了掩护。宇飞不再劝说，只是站在原地，任凭薛蓓流泪，风吹过，泪吹干了。时间抹平一切，包括悲伤。

天慢慢放亮，灯光暗了。两个人离开港口，在街道上漫步。城市慢慢复苏，香港恢复了热闹。吴宇飞打了个电话给超贤，说在尖沙咀碰头。超贤说大家太累，建议回酒店休息休息。宇飞转头问薛蓓的意思，薛蓓表示同意。

"要不要叫个车？"吴宇飞问。

薛蓓说再走走，前面有小吃店，吃了早茶再回去。上班族已经出门，中环是最热闹的地方,两个人路过一幢酒店。透过人群,一个穿红色制服的男子在帮外国客人运送行李。起眉抬眼间,薛蓓似乎看到了什么,她不敢相信自己的眼睛,揉了揉,再看,那人已经朝酒店大门内移动。是晓涛?!他来香港了?顾不上细想,薛蓓逆流而上,恨不得伸出双脚,直接越过人群。她大喊:"温晓涛!"没人应答。红色制服已经消失。眼前只有汩汩的人流。吴宇飞跟在后头,双层巴士驶过来,挡在他和薛蓓之间。他落后了。

终于冲到酒店门口。"温晓涛!"薛蓓还在呼喊。旋转门里只转出一些外国人,一脸嫌弃,大清早,哪里来的疯女人!

酒店大堂。薛蓓抓住个穿制服的服务生,急促地问:"你们这里有没有一个叫温晓涛的?"

服务生摇头。再问一个,还是否定答案。

吴宇飞赶到,问怎么回事。薛蓓并不回答他,只是四顾喃喃,说一定在这,没看错,一定在这。上下都找遍了,没这个人。

"一定用了别的名字。"薛蓓非常笃定。可要找酒店经理查,经理却告诉她:"你没有这个权限。"那就住在这,总能遇到。薛蓓让宇飞给超贤打电话,说改酒店。

电话那头,超贤为难,苦脸:"那里贵啊,预算会超支。"

## 66

住了三天,团建结束,温晓涛还没有出现。超贤跟吴宇飞讲:"一定是蓓姐眼花了,她那个前夫,以前在深圳是个人物,怎么可能到香港在酒店里做。"宇飞说她比较确定,亲眼看见,千真万确。超贤说你们晚上干吗了?吴说在维多利亚港。超贤说那就对了,冷风吹的,眼也花了,魔怔了。谁知道呢?天空海阔,一个人想要消失很容易,可薛蓓就是认为,一切近在咫尺。一定会遇到,一定会。第四天,全体员工回去了。超贤认为,这事不宜让更多人知道,免得破坏薛蓓在员工中的形象。吴宇飞要留下来,可薛蓓却说一个都不用留。她只是在香港再住几天,等等老朋友。确实,她也没法走。在看到温晓涛侧影的那个瞬间,她就仿佛遭遇了陨石袭击,毫无预兆,雷霆万钧,砸得她五脏六腑都成了渣。

她和温晓涛是和平分手的。分手最初的理由是她的过去的"意外"曝光。

可谁能想到，温晓涛的整个家庭，会在短短时间内支零破碎。她对他又多了几分怜惜。

牛朵儿批评过薛蓓："你的圣母情结会害了你，你以为男人都需要你拯救？你拯救得了吗？自己尚且水深火热。老薛，你就应该找一个爱你胜过你爱他的。"

一整个下午，薛蓓都坐在酒店大堂的咖啡厅里，戴着墨镜，看上去跟香港那些有钱有闲来喝下午茶的贵妇没什么区别。

她其实是侦探。她坚信温晓涛一定会出现。

她还是问，问大堂酒吧的服务生有没有温晓涛这个人。服务生当然说没有。一定改名了。她找出照片，举着手机，说就是这个人。服务生仔细看了看，还是说："我们这里没有这个人。"

只能等。

看着大堂人来人往。薛蓓忽然觉得自己可笑。广阔天地，一个人想要躲开另一个人，太容易了。又或者根本就是她眼花？她知道，自己和温晓涛已经结束了。然而她还是期待见到他，也许在她内心深处，还需要一场真正的告别仪式。上一段婚姻的二次祭奠。

蓦地，大堂内侧朝电梯口去出现个人，背影跟温晓涛有几分相似。

薛蓓立刻侧身飞过去。到电梯口，电梯却慢慢合上了。缝隙中，她看到他的侧脸，化成灰也认识，是他！

来不及了，再等电梯来不及了！他从右梯上去，左侧的电梯迟迟不下来，她问服务生，说是正在检修。干脆上楼梯？太慢了。温晓涛已经停在二十八层。只能等，等电梯下来。

终于，薛蓓跳上电梯，直接按了28，还有人要上。她请他们等下一班。

粗暴也就这一回。

到二十八层了，长长的走廊两侧都是房间，没有人。红地毯吸光了所有声音。薛蓓轻唤了一声温晓涛。她意识到这样的叫喊反倒"打草惊蛇"。他如果刻意不想见她，暴露了自己则更糟。

一间一间房查视着。他如果在这里工作，一定进了某个房间。

走廊尽头，一间工作室开着门，里头满是酒店用品，一个大姐坐在里头。

薛蓓拿出手机，着急地："大姐，帮帮忙，见过这个人没有？"是温晓涛的照片。

"上去了，上头东西坏了，上去看了。"大姐是四川口音。

薛蓓控制不住脸上的喜悦，说了声谢谢，立刻从楼梯间上去。酒店总共三十层。上到二十九层，跑过走廊，地毯式搜查。没有。上三十层，同样。

只剩楼顶了。

薛蓓气喘吁吁跑上楼顶。天空海阔，辉煌的香港，然而薛蓓毫无兴致。她跑到巨大的水箱室窗前，里头没人。电工房呢？抽气管道轰轰作响，大楼换气系统正常运行着。

还是没人。薛蓓在四周跑了跑，山，海，楼宇，街市都看尽了，就是没有温晓涛。

她呆呆地立着。

风好大。

入口铁门当啷一声响，门被锁上了。

薛蓓意识到不妙，小跑着赶到门口，确认被锁。她拍门，无效。打电话，也不知道打给谁。歇一会儿吧，她告诉自己。她靠着水箱，席地而坐。没多久，铁门又是当啷一声响。开了。

薛蓓警觉，赶过去，入口重新暴露在她面前。

但并没有一个人。

她喊："晓涛是你吗？"停了一会又喊一遍，无人应答。

绝望。薛蓓决定放弃了。

主意定了心就定了。回到房间，洗澡，睡觉。这一觉睡了不知几个小时，薛蓓做了几个梦，有好的，有坏的，她又梦见自己和温晓涛结婚时的那个悬崖。他们一起跳了下去。

惊出一身冷汗，坐起来，天黑透了。窗外又是一片辉煌。

这里是中环。

最繁华也最落寞。

咚咚咚，敲门声起。薛蓓用粤语问了一声："是谁？"

外头也是粤语答，说是客房服务。

"我冇叫客房服务。"薛蓓说。外头说，有个嘢系别人送畀你嘅（有个东西是别人送给你的）。

薛蓓说你可能弄错了。

外头说不会错。"系畀薛小姐嘅。"（是给薛小姐的）。

开门。是服务生没错，陌生的脸孔，一个年轻的男孩子。她怎么也不会错看成温晓涛。

递上一只盒子，四方四正。薛蓓接了，回屋，刚要关门，打开看，手表！是温晓涛和她一起在香港买的手表！她当初没带走，是他！

急忙闯出去，趁服务生还没走，薛蓓抓住他问："送这东西的人呢！人呢！"服务生一脸惊吓，他想不到她如此激动，只说不知道。"怎么可能不知道，这谁给你的！"薛蓓几乎失去理智。

服务生还是一张茫然无措的脸。

失魂落魄。薛蓓靠在走廊墙壁上，慢慢蹲下。她知道，他就是自卑，出了狱，他早不是过去那个公子哥。没了公职，没有家族的庇护，他可能会觉得自己连普通人还不如。

可是，她不在乎啊！

他真傻。

不如就离开，离开她也愿意。天大地大，找一个小城市，就做一对平凡的夫妻。

薛蓓流泪了。不结束，就没有新的开始。索性放声大哭。有客人探出头来，看这个哭泣的女人。外国人，内地人。门缝里，有个女客问她身后的男人这女的哭啥。男人说，八成是后台倒了。

头都缩回去了。门里欢笑，门外哭泣。这世界不会陪着你一起哭。

哭累了不得不回屋，过了今天就回深圳。又冲了个澡，然后开始收拾东西。

敲门声又起。

薛蓓不耐烦了，操着粤语，带着怒气："讲了多少遍了我冇叫客房服务，你哋酒店到底点回事！"（说了多少遍了我没有叫客房服务，你们酒店到底怎么回事。）

敲门声没停，三下。

火上来了。薛蓓冲到门口，也忘记看猫眼，直不愣登拉开门。

温晓涛站在她面前。还是那眉眼，只是留起了胡子。

怒火消了，心潮澎湃。薛蓓一时不知说什么。晓涛笑着，和煦地："不请我进去坐坐？"

薛蓓连忙说请进，又匆匆忙忙跑去烧水，说要泡茶。晓涛说不用麻烦了。

短暂的沉默。

两个人一时都不知从何说起。终于还是温晓涛打破沉默。

"问题在我。"有些愧疚地。

"有问题可以解决，而不应该躲避，我们可以一起面对的，一切都可以重新开始。"

"我过不了自己这一关，一个男人，什么都没有了，沉到底，但他不能没有自尊心，不能失去自知之明，我给不了你想要的生活。"

"我想要什么生活只有我自己知道，我现在可以明确告诉你，我什么都不想要，只要一屋两人三餐四季，就要一个简简单单的日子，晓涛，别纠结了，把过去都忘了吧，你继父的事情跟你没关系，你工作中的失误也仅仅是个意外，有什么过不去的。"

"我有污点，深圳已经没有我的位置，家毁了，一切都变了，我们也回不到过去。蓓蓓，人和人的聚散离合，都逃不过命运的安排。"

"对，命运，现在命运不是又让我们聚在一起了吗？你为什么抗拒？"

"蓓蓓，我知道你现在发展得很好，我也为你高兴。我们在一起太沉重，我们都承受了太多，在一起，我们都会承受不住。蓓蓓，你应该去找一个单纯的人过单纯的日子，生活把我们都变得太过复杂了。"

薛蓓从后面抱住晓涛，失声痛哭。她理解晓涛说的一切，也是事实。她原本想翻越自己的阶层，走进一个稳定幸福的家庭，那有关她对于传统家庭严父慈母兄友弟恭的幻想，可现在呢，一切破灭。就算晓涛的继父不出事，她在那个家也无法待下去，她跟他们不是同类。

过去不是，现在不是，未来也不是。

她下沉的时候，他崛起；她崛起了，他则下沉。他们注定擦肩而过。女强男弱对晓涛那样家庭出身的人来说，无法接受，等同于犯罪。

"你就一直躲在这个地方？连你妈妈也不管了吗？"薛蓓忽然想起她过去的婆婆，一个好强又强悍的女人。现在她应该是温晓涛唯一的牵挂。

"上个月她已经去世了。"晓涛淡淡地说。

薛蓓脑袋轰然作响。好久，她才仔细从记忆的仓库中找到线索。哦，见她最后一次是在看守所门口。一个人就这么没了？不可思议。生命太脆弱。她知道太残忍，但还是向晓涛询问前婆婆是怎么去世的。温晓涛说是癌症，从病发到去世只有三个月。

"你说我还怎么回原来那个世界？"温晓涛苦笑，"回不去也不能回去。"

是的，回不去了。

痛过，哭过。薛蓓和温晓涛站在玻璃窗前，外面是中环的夜色，无边，诱惑。可与他们并没有一丝一毫的关系。他们只感觉到人生的无常与寒冷。

这一刻，薛蓓才真正相信，她和温晓涛的故事真的结束了。

## 67

年前朵儿家忙得很，尤其是朵儿妈。为了给朵儿减轻负担，冲淡抑郁情绪，朵儿妈打算把这个年狠狠过一下。她还给这个年张罗了一个名目，叫"五喜临门"。三个生日，朵儿妈、老默和廖尼尼的生日都赶在年头，是三喜；两个百天，小舒和小坦刚好一百天。要拍照片，宴请宾客。到深圳来就没了亲戚，赶在年里，老乡朋友好友都簇在一起热闹热闹。朵儿妈想，女儿一高兴，兴许什么病都好了。抑郁的产妇，心情很重要。

饭店不好定。朵儿提议，让老默把农家乐收拾出来，仙林山上那块地，搭个棚子，多少人都够坐了。室内有地方，户外也宽敞。朵儿妈问老默："你有什么朋友必须请的？"

老默说："我朋友不多，那些老伙计就别请了吧，过年了，各家有各家的忙，晓涛我倒想让他过来坐坐。"朵儿妈一挥手，说："那不可能的，你就不要说了。人都没影了，还吃饭呢，请了温晓涛，还请不请薛蓓？廖老师，按说你也不比我小多少，请客吃饭是个学问啊，谁能来谁不能来，谁和谁能坐一起，谁和谁不能坐一起，都要考量。"跟朵儿商量不切实际，牛朵儿现在情绪不稳定，只能跟老默商量着来。列出名单，自己家一家六口：丈母娘一名，女儿女婿，外孙子三个；薛蓓那边一个人，充其量再带个司机。"那司机跟得紧。"朵儿妈说。她不知道吴宇飞的名字，但听朵儿说过；超男那边多一些，算算一大家子，超男一家三口，超贤、超男爸是老邻居不能不请，超男婆婆还在家里做事情也是必请的；朵儿妈还打算请沈伟，虽然联系不多，但旧情深厚。假女婿成了真朋友，提到沈伟，老默也不觉得尴尬。

朵儿妈倒愿意不失时机地刺他一下："当年如果沈伟愿意，假戏真做，估计就没你什么事了。"

老默也有了幽默感，来一句："那您也没有三个外孙子了。"

朵儿妈拍腿道："哎哟，真光荣。"口气带点讽刺，顺势借着话题道："廖老师，你是真没考虑还是装没考虑？"

老默真没明白："指哪方面？"

朵儿妈油乎乎地："我们都要搬到佛山去了，你还没考虑到？三个孩子都姓廖的。"

话挑明了。

"在考虑。"老默也不装孬。他不知道丈母娘嘴里的考虑指什么。

"南山那套房子，打算怎么处理？"朵儿妈问。

房子？南山那套？老默的确是打算给朵儿的。朵儿妈问，他便干干脆脆说："说好给朵儿了。"朵儿妈强调："不是给朵儿，是给你的儿子们，这还不够，朵儿一套，你的一套，还差一套，不，两套，朵儿以后自己也得有地方住吧。廖老师，你给句实在话，那房子你能做主吗？加拿大那边没意见？不是重男轻女，也不是说不一碗水端平，但谁给你们老廖家传宗接代，哪边更困难，你自己心里要有数。"

老默连连说有数。

差不多了。朵儿妈认为说得够深了，再逼他赚钱也不切实际。房子，还有那些古董，老默能贡献的，估计也就这些了。去团建？去卖唱？朵儿妈实在想不出这个年纪的男人，又没有过硬的技能，怎么才能迅速致富。

"别怪我说得太多。"朵儿妈笑着。打一巴掌给一颗糖吃。"自然规律就是这样，你们不也去看过墓地了吗，我们都是要走的，很可能我和你都走在朵儿和孩子前头，留点东西，钱够用，就是心疼他们了，我这当妈的心情，廖老师，理解吧？"

老默连连说理解。

朵儿从里屋出来，小舒小坦又哭了，朵儿妈见女儿愁眉不展，连忙说："你别管了，我温了米汤。"喂了孩子。孩子睡了，老默带尼尼下楼散步。朵儿抱着靠枕，把她妈叫到一边，冷不防问："妈，又给老默吹什么风了？"朵儿妈说没事。朵儿说刚看到你们在厨房嘀嘀咕咕。朵儿妈说你这疑心病，商量过年请客的事呢，场子定了，马上还要买菜，另外请谁不请谁，也需要商量。朵儿问她请谁。朵儿妈挨个说了，不忘补充道："蓓蓓一个人来，怕她孤单，允许她带个司机。"重音落在"司机"两个字上。

"还司机。"朵儿说，"不是有超贤吗。"显然没理解。

朵儿妈说人家超贤有自己一家子，"不是你说那个司机挺有意思的？"朵儿妈是老江湖，两次加重口气，朵儿这下明白了。她说蓓姐来了你可别乱扯，回头真生气了，有些玩笑我能开，你不能开。"为什么我不能开？"朵儿妈抗议。

"我是她闺密，发小，多少年的好朋友，她事业助推的伙伴。"

"我还是她干妈,是她人生导师呢。"

朵儿笑出声来:"人生导师四个字你快别说了,这年头,谁能导谁?都明白着呢。有时间安排安排您自己的老年生活,听说了吧,人家超男爸和四海妈,那才叫发挥余热,再创辉煌。"朵儿妈单手叉腰:"牛朵儿你什么意思,让我去做小时工、保姆?还需要去外头做?我现在在家,干的不就是这个活儿?"朵儿说你想哪去了,真是没有自卑就没有自大,人家开的是棋牌室。朵儿妈问你怎么知道的。朵儿说是超男说的,不会有假吧。

超男打算找沈伟借钱,鉴于朵儿跟沈伟关系近,她想先咨询咨询朵儿。电话中,粗粗提了一下她爸开棋牌室要用钱的事。

"棋牌室?"朵儿妈鼻子一拧,"他老陈也就这两下子,我看他是自己想玩想打。"说完了又问朵儿,超男的爸和婆婆是不是拢在一起了。朵儿说,这是人家的家事,我可不知道,或者等年里头人家来了,你观察观察。

备菜备了一个礼拜。不光是为请客,自己家添丁进口,也要吃。老默多少年不吃腌渍的东西了,太咸,对嗓子不好,他还是个有专长的人。但这年朵儿妈兴致高涨,他也就陪着前前后后忙活。天晴的时候,阳台上挂一溜干货看着也可喜。香肠、咸鸭子、咸鸡、咸鱼、猪耳朵、牛肚子、鸭肠……尼尼生平第一次见,好奇地一个一个问。朵儿妈就一个一个解释。

尼尼指着咸鱼问:"它的眼睛跟姥姥一样。"

朵儿妈有点死鱼眼。

童言无忌,可听着也瘆人。老默和牛朵儿抿嘴笑,都不解释,朵儿妈只好亲自上阵解释:"姥姥眼睛大,漂亮,尼尼也是,尼尼眼睛也大,遗传姥姥。"

仙林山上的小屋需要打扫。请客,还是应该有请客的样子。老默自告奋勇,这日朵儿精神头不错,心情也不错,便也要求跟着去。临行前,朵儿妈嚷嚷着:"孩子都喂了吧,别回头又闹起来,这可是三个祖宗。"朵儿说喂了,奶放在冰箱里。在超男妈的帮助下,牛朵儿现在有点奶了。她自嘲:"以前是黄牛,不产奶,现在是正儿八经的奶牛了。"朵儿妈却说不好笑,你本来就应该是奶牛。

朵儿问:"为什么?"

朵儿妈道:"因为我生你的时候奶多,是奶牛,你遗传我,也应该是奶牛。"

朵儿笑:"那真遗憾,真是黄鼠狼下耗子,一窝不如一窝了。"

车开进盘山路，绿树成荫。一拐弯处，一棵参天的榕树，依旧。牛朵儿忽然觉得恍惚。她刚跟老默相识的时候，好像也是这个季节，也是从这条路进的山。一转眼，她都成三个孩子的妈了。

真是人有多大胆，地有多大产。

她感觉活了几辈子似的。单独跟老默在一起的时候，她总觉得安静，他是她的定心丸。进了小院，牛朵儿就坐在秋千架上，看着老默收拾树叶，忙忙碌碌的。

忙完了，两个人并排坐在秋千架上，吃着带来的饼干，好像又回到了谈恋爱的岁月——也就几年前。聊着聊着说到这院子的租期，老默说还有十年。

"十年之后你什么样，我什么样。"朵儿随口说着。她并不惧怕衰老，甚至不惧怕分离。女科学家，这点理性还有。

"十年后我老得估计你都不认识了。"

"只要在，就能认识。"朵儿顺着说，可话说出来才意识到不太妥当。唉，转念想，有什么不妥当的，老默不会在意这些。他果然没说话，一脸轻松。

朵儿岔开话题："妈跟你说什么了？"老默没反应过来。朵儿说，问你房子的事，还是遗产的事？朵儿问得直白。她和老默之间，没有什么不能开诚布公。老默也坦诚地聊了聊，大致意思是，儿子这边，肯定会多留一点儿。房子过户目前不划算，再等一等。朵儿打趣道："你就这么贬低女性？看不出你这样一个人，男权思想还挺严重。照我看，不能听我妈的，月亮在加拿大，家里这边本来就照顾不到，百年之后，你的婚前财产，该怎么分还怎么分，她的一份，该多少还是多少，于情于理，都应该这么办。至于尼尼小舒小坦，以后的事情以后再说，我牛朵儿的儿子，只要接受了良好的教育，还不至于连一口饭一套房都挣不到吧。而且几十年后，说不定房子就不值钱了。"

一番话，说得老默心窝子暖暖的。牵着朵儿的手，四目相对，凝望许久。两个人都笑了。

老默说："想不到你是这样一个人。"朵儿不解其意，愕然。老默说："想不到你这么通情达理，虽然是理工科出身，却有一颗入世的能理解他人的心，你如果生在大观园里，估计能当贾母。"

"我有那么老吗？"朵儿佯怒。又说，"老实讲，见到你之前我没想过结婚，甚至说尼尼出生之前，我都没想过。但孩子来了，总得给个名分，不清不楚也不行，后来才有了沈伟那一出，一直到现在。我们俩在一起，我不是没考虑过复杂性，但既然当了你的妻子，那我就是月亮的妈了。年纪差了没多少，当了妈，就要做一天和尚撞一天钟。该给月亮的，我们不能少给，该尊重的要尊重，辈分上不同，但其实也是朋友。"

这是朵儿第一次说这个话，剖析得清清楚楚。连老默也不得不赞叹牛朵儿对于人情世故的通达。到底是两代人了。有些话，换成他们这代人，可能就心照不宣，不会说出来。可朵儿不一样，不惧怕把事情摆在明面上，理一理，顺一顺，说开了也就舒坦了。

## 68

饭局定在年初一。朵儿妈赶着煮卤菜，春节晚会都没来得及看。四海妈过来帮忙，朵儿妈留她在家里住，晚上干晚点没关系。朵儿妈道："不用带孩子了？"四海妈说，现在也不用怎么带，孩子还是跟自己爸妈好，亲，老人带，容易偏差。朵儿妈立刻引为知己，又道："带尼尼的时候新鲜，现在，真带不动了，我们还有多少日子？还不为自己活活？你还好，一个，我们三个！要人命了。"说着，朵儿妈拿筷子夹起一根香肠，闻闻看卤得怎么样。又说："以后这个都得失传，天天买着吃，外卖满天飞，健康吗？卫生吗？味道能跟这比？不是我说，我随便开个饭店，都能发财。"四海妈附和说，那是。

"你跟老陈真合伙开棋牌室了？"朵儿妈想起这茬，故作随意地问。四海妈说，亲家开的，暂时没人帮忙，我去搭把手，就晚上那顿饭，做了就没我什么事了。朵儿妈啧啧两声，半戏谑地："能人，都是能人，这都这个年纪了，还跟小太阳似的，发挥余热，不像我，整天不是管孩子屎尿屁，就是围着锅台子转，不过老陈这个人不错。"促狭一笑。

四海妈道："朵儿她妈，你考没考虑过跟我亲家？他人不错，我帮你搭搭线。"

朵儿妈本来存心想着撮合四海妈和超男的爸爸老陈，没想到四海妈反过来给她介绍。被动，太被动了。她随即干笑两声："不劳您费心啦，我们都是老街坊老邻居了，要成早成了，还等到现在？老妹，我是为你着想。"说到这，手上的活也停了，任凭香肠在大锅里煮，水汽蒸腾，厨房里闷热热的。"老陈这人不错。"朵儿妈媒人上身，"月月又有退休工资,人也有事业心。"

四海妈道："是超男拜托你说的？"朵儿妈连忙否认，说只是个人感觉，世间的事，冥冥之中早有定数，不然怎么刚好你们两个住在一个屋，怎么刚好一起开了个棋牌室，怎么刚好成了单门的亲家，天意，你得领悟。四海妈不懂什么叫单门亲家。朵儿妈说："这边只有一个妈，那边只有一个爸，这就叫单门亲家。"四海妈笑着说，"别想那么多，干活吧，咸鱼该下锅了。"

两个人慌忙忙把咸鱼下锅煎，朵儿妈拿着长条筷子，夹着那鱼身一翻，道："我来给它翻翻身，希望明年，咸鱼翻身。"四海妈听着有趣，笑了。

第二天一早就往仙林山上赶。菜都带上，一众腌渍食物，蔬菜是新鲜的，朵儿特地要带上红菜头，说要做个红菜汤，玩点洋的。四海妈晚上就在朵儿家睡的，一早自然先跟过去。朵儿问她妈："今天要不要给阿姨算工钱，也算帮忙。"朵儿妈说你别管了，我安排。

到了地方，老默收拾场地。朵儿妈和四海妈就在厨房忙开了。牛朵儿一个人照顾着三个孩子，尼尼又到了淘气的年纪，一会儿要上秋千，一会儿又要玩游戏，一对双胞胎，一会儿这个哭了，一会儿那个尿了，鸡飞狗跳，热热闹闹。年初一，有不少人上山拜佛，山道上热热闹闹，还真有几分新年气象。朵儿妈主张晚上过年。一来路远，二来估计也有早上起不来的。

下午快三点，薛蓓先到的。果真带了个司机，吴宇飞。过年就他一个没回家。

来了先跟朵儿打招呼，再去问候一下超男的婆婆，以及干妈朵儿妈。

朵儿妈余光一瞧，院子里来了个小年轻，是那个司机没错了。等薛蓓去找朵儿，便一边做事，一边跟四海妈聊："人长得漂亮，就是有优势，老少通吃，你看看是不是，那边还有个老的神魂颠倒，这边又来个小的迷乱情思。"四海妈说看着不像在一块儿的。

朵儿妈说这叫日久生情，何况在这么一个美女身边。说到这，朵儿妈忽然缩了缩脖子："我告诉你一个秘密，你不要说出去。"朵儿妈是从来不能保守秘密的主儿："蓓蓓要做人工授精，自己要个孩子，你说这是何苦，老的有小的有，怎么就不能结婚生孩子，就非迷到温晓涛那一家。哼，照我看，哪家都比那家强，一点儿人味儿都没有。"四海妈说："感情的事情，不好说，有时候是当局者迷，可有时候呢，外面的人又不知道人家门里头的情况，顺其自然吧。"

接着来的是李安东。车开进山，老默帮着找停车地点，两个人先站在院子外头抽了根烟，保护小朋友。李安东比老默年轻个几岁，他拍拍老兄弟的肩："羡慕你。"

"跟你比差远了。"老默也会说客气话。

李安东努努嘴，院子里朵儿、薛蓓带着孩子玩得欢快。"三个儿子了，我一个都还没到位。"

老默嘿嘿一笑，说你还愁这个。

两个人不说话了，只是默默抽烟。抽完了，安东进去跟每个人打招呼。朵儿妈从厨房跑出来，上前拥抱安东："我的大老板，真是给了面子了，真是小庙装不下大佛，廖老师，招呼安东进屋，喝喝茶，外头风大。"

牛朵儿皱眉，她为老妈的过度热情赧颜。都是朋友，何必搞得跟接待外国元首似的。她招呼，说妈你忙你的，都是老熟人了，哪来那么多不自在。安东笑，见到薛蓓，她也刚好往这边看，四目相对，两个人都点了一下头。温晓涛的事情，他大概知道一点儿。

薛蓓和他的确结束了。

他觉得好笑，到底是年轻，他认为温晓涛太不勇敢。

见到李安东，薛蓓多少有些不自在，本能地，只是，这是朵儿妈张罗的局，于情于理，李安东出现也属正常。她听朵儿说过，将来她产后复出挣钱，少不了李安东的帮衬。至于她，就更没理由不允许他出现——他是她公司重要的股东之一。好在商是商、情是情，薛蓓自认分得开。李安东进屋了，他的助理却进了院子，拎着个巨大的蛋糕盒，粗估摸，有五六层。

"哎呀，这么客气做什么，也吃不了……"朵儿妈手舞足蹈着，嘴上都是客套，心里的高兴却都显现在脸上。

跟着抵达的是超男一家。如意一下地就去找尼尼玩了。小坦哭了，跟着小舒也哭，老默被朵儿叫去照顾孩子。

四海去跟李安东寒暄，做一个行业的生意，都是熟人，两个人谈到温晓涛的案子，关于光缆失窃，他们一致觉得有些蹊跷。四海说，警方来公司调查了，没查出是谁泄露的消息，但嫌疑人那边却又确实招认，是得到了线报。

"有没有怀疑过是我这边？"李安东捏着茶盏，闲庭信步的样子。四海说，那倒没有，如果仅仅是为了搞垮竞争对手，你的目的也没达到，而且据我了解，李老板不是这样的人。李安东哈哈大笑，说知人知面不知心，你哪知道我是什么样的人。四海说直觉，做生意也是跟交朋友一样，有时候需要一点儿直觉，这种判断是全方位的，是系统工程，是大数据处理，处理的中心就是人的大脑，我认为李先生你是一个有道义的人。

道义。这两个字仿佛春雨，润到李安东心里去了。这年头，说一个人有道义，那可是层级非常高的夸赞。

"敬道义！"李安东举杯。四海同举，一饮而尽。

超男带着孩子，跟朵儿、薛蓓混在一处。三个人发小，姊妹，好朋友再聚首，说不尽的话，叽叽喳喳不停。超贤插不进去，只好去找姐夫四海和李安东。李安东辨析人物关系，指着超贤说："哦，才想起来，你们还是亲戚。"超贤说："李董你才知道啊，这是我姐夫，特别能干。"四海被夸得不好意思，挪了挪屁股。

超男爸钻到厨房里。朵儿妈先看到他的："呦，这谁来了？"她用家乡话欢迎。超男爸没招呼四海妈，上前和朵儿妈握了握手，故作严肃道："做人不好这样的哟。"

朵儿妈不解，疑惑状。

超男爸说："同在深圳有段时间了，我说你怎么没来看我，原来是来当地主来了，以前说的苟富贵勿相忘，看来都是糊弄鬼的。"四海妈偷着笑。朵儿妈说："什么地主，就是女婿包了一块地，租的，不用白不用。"解释完毕，朵儿妈不忘将一军："你才是富贵了把人忘了吧，棋牌室都开起来了，一声不吭的，我想去捧场，只怕够不上你的桌脚。"

"随时欢迎。"超男爸还是豪气。

朵儿妈道："你可别欺负我老妹儿。"超男爸接不起话来，说什么老妹，谁是你老妹。朵儿妈："你说谁是，做饭的这位。"超男爸委屈："我这刚开张赶上过年没人，亲家一顿饭还没去做呢，就被你拉壮丁了，谁欺负谁这是？"

"不许违法。"朵儿妈道。

"就是怡情，违什么法，我是那样人吗？"超男爸辩解。

朵儿妈扭头对四海妈："老妹，他是不是那样人儿？"故意学东北腔，白云黑土，宋丹丹赵本山状。四海妈也捏着嗓子学白云："那人儿我也不是特了解。"

几个人哈哈笑开了。

饭时定在晚上，户外吃不合适。长条桌还是挪到室内，几个男人合力搬家具，女人们带孩子做饭，还真有点男耕女织的意味。屋内尽是灯，院子里的树上也缠着彩灯。热热闹闹，是欢喜的天地。众人坐定，朵儿妈、四海妈端菜出来，摆了一桌子。沈伟还没到。朵儿妈打了个电话，说有点事情一会儿就到，让他们先吃。开席前先作仪式，李安东叫上吴宇飞，一起把蛋糕推出来。

吴宇飞刚开始有些不大愿意。他不喜欢李安东，本能地，眼神向薛蓓求助。薛蓓使了眼色，意思是去，大场合，顾全大局。他只好把蛋糕抱上小轮车，两个人一人一边，扶着推出来。

全体起立，点上蜡烛，两小根。牛朵儿抱着小舒，廖自默抱着小坦，朵儿妈拉着尼尼，站在蛋糕边。真是一座蛋糕山，雪白雪白，顶上缀着小红花。

开始唱生日快乐歌。薛蓓发现不对，说是孩子百天，唱什么生日快乐歌啊。大家又说老默是专家，老默不好意思，说哪有自己给自己唱。朵儿妈跳出来，说我来唱，就唱一首《绒花》，电影《小花》的插曲。说着，还真唱起来，唱完都叫好。超男爸撺掇她再唱一首，朵儿妈不含糊，又唱了一首《二十年后来相会》。应个景，算是和老友们相会了。

## 69

唱完算差不多了，都落座，吃饭。长条桌，朵儿坐在最头里，算主坐。右手边一溜，依次坐着朵儿妈、四海妈、李安东、陈超贤、吴宇飞，左手边则坐着尼尼（小板凳）、老默、超男爸、薛蓓、陈超男、林四海。

按理，朵儿该说两句，毕竟是女主人。老默捣了她一下胳膊，朵儿清了清嗓子。大家知道她要说话，都抬头等着。只有超贤嘴里嚼着块咸鸭——完完全全的家乡味道。

朵儿笑说："我这抱着孩子，就不站起来献丑了，简单说就是。我生了三个孩子之后呢，就很郁闷，其实说一千道一万，还是怪自己，有了尼尼，还想给尼尼生个妹妹好做伴，没想到，来了两个弟弟。再加上各种各样的问题，情绪就不太好。大家都来深圳有年头了，都是外地人，都是为了自己的理想来的，今天聚到一起，名义上是为我和仨宝贝庆祝，其实也是让大家伙碰碰面，热乎热乎，无论未来的路有多难，我们合成一股力，抱成一个团，日子总会好的！我还要喂奶，就以茶代酒！干！"

一段话说得轩昂，李安东率先叫好，众人哈哈一笑。老默也佩服朵儿，他当初为朵儿倾倒，也是因为她身上这股子野劲儿。说完就是吃，朵儿妈招呼着夹菜，吴宇飞腼腆，不怎么动筷子。

朵儿妈对超贤："小贤你给你旁边的小兄弟夹两块咸鱼，这大过年的人不回去过，跟这伺候老板还不善待人家一点儿。"超贤说："我们给加班费的！"众人一笑。朵儿妈又问吴宇飞姓甚名谁，何方人士，宇飞一一答了。朵儿妈说，这过年也不回家，家里人肯定想。

"爸妈离婚了，都各自有新的家庭也有孩子了。"像在说别人的事，口气里并没有悲伤。

饭桌上气氛冷了一下。马上，又各自嗡嗡聊起来。朵儿妈给出主意，说那你尽快结婚，有个自己的小家就好了，吴宇飞不知怎么答。朵儿听不下去，说妈，人才多大你就催着人结婚，我是被你催进套子里了，你可别再教唆别人。众人又是笑。

朵儿妈道："你听听，你结这个婚，不是我让你结的，我还没说你假戏真做能折腾呢。生孩子也不是我让你生的，你哪句话听过我的？你要听我的你发达了。我告诉你，我现在跟小飞说的，都是金科玉律，是过来人的明白话，祖祖辈辈都是这么过，人生就那么几十年你折腾什么？别说你犟，犟不过时间犟不过命。你妈年轻的时候，那比潘虹刘晓庆还漂亮，你信不信？"

四海妈在一边笑。超男爸说："这个我可以做证，朵儿妈妈以前是我们的厂花呢。"

李安东打趣："阿姨这么催人结婚，我们这种没在婚姻中的中老年人，那真不要活了。"

朵儿妈喝了点小酒，兴奋，屁股垫起来，说："李董事长这话说的，你是不想结不愿意结，你这么一块大钻石，那么一个王老五，只要抛出去，那还不是你争我夺的一块肥肉呀。"说着，夹了一块咸鱼到李安东碗里。"喏，吃了这块，我包你明年结婚。"李安东不解其意。朵儿妈还指挥着，说翻过来吃，翻过来吃，这叫咸鱼翻身，你就说想要什么样的，我帮你留意。

朵儿见她妈越说越不上道，忍不住要拦，长长地叫一声："妈——"

超贤二百五，跟着附和，说李总到底喜欢什么样的。超男爸斥责儿子说你闭嘴，自己的事都没弄明白呢操心别人。四海低头吃菜。超男道："阿姨，一般人可配不上安东大哥，这成就，这样貌，这胸襟，要我说，男人到了这个年纪才是最有魅力的，他成熟，他不迷惑，他有能力给予……"超男说完，四海侧头看了她一眼。这才是真心话吧，戏假情真。四海心里有些不舒服，他总觉得超男现在多少嫌他没能力。尽管他已经拼尽全力在赚。是，刚来的时候，他也奉承李安东。可超男这是从两性的角度来夸，满满的崇拜的目光，他受不了，觉得没面子。他是她丈夫，他才应该是她崇拜的对象。怎么能反过来，对自己的男人不屑一顾，对别的男人却四十五度角仰望？

李安东见氛围到了，多少也因为酒劲上来的缘故，笑呵呵说："我还真有喜欢的，想跟她结婚的，但人家看不上我。"

薛蓓浑身一紧。是在说她？真让人不自在。可如果不是说她，她同样有点不舒爽，仿佛是战利品被人抢走了一般。

朵儿妈喳喳道："这人谁啊，这么不开眼，是黄花闺女还是大家闺秀，我们李董都看不上，那估计只能看上玉皇大帝了。"朵儿感觉不妙，想让她妈闭嘴，可一步一步，已然来不及了。

"我真说了？"李安东卖个关子。

超男爸也是个豪爽惯了的，撇着家乡话说你说，是男人你就说。

李安东让老默先把酒杯给他满上，端稳了，站起来，敬天敬地，一口闷掉，才说："我李安东这辈子，非薛蓓不娶！"

声音像被点了穴，也像遇到了黑洞，一下子消止。

薛蓓窘得起身要走，超男把她按住了，小声告诫："半开玩笑的，走了就没意思了。"碍于朵儿两口子的面子，薛蓓还是稳住，憋着气坐好。

"蓓姐是我女神！我这辈子也是非蓓姐不娶！"吴宇飞突然站起来，"嗷"的一嗓子。

什么？搞什么东西？！薛蓓呆掉。

众人被惊得五脏六腑直抽抽。超贤捶了吴宇飞两拳，还不解恨。

连朵儿妈这种在两性关系上自认专家的人，也有种被偷袭的错愕感。朵儿拉住老默的手，直挤眼。救场，必须救场。老默直不愣登站起来，说："下面，请容许我给大家献唱一首艺术歌曲《教我如何不想她》。"

开嗓，起唱，这段尴尬算勉强抹过去了。可再吃饭，气氛明显不如刚开始了。

"怎么，都吃完啦？"沈伟姗姗来迟。进门，迎面看见朵儿、老默、薛蓓还有安东，都是熟人，点头坐下，看到四海也在，他有些吃惊。他们属于上下级，但他不是四海的直接领导。"对不住，一个客户非要跟我一起过年。"四海妈起身去帮忙盛饭，四海更有些不自在。沈伟才发现四海妈，错愕，说阿姨，您怎么也在？

四海道："这是我妈妈。"

超男一时也弄不清里面的道道，也跟沈伟笑笑，算是招呼。她不久之前，刚找沈伟借钱，用在买房上。沈伟说年里头就借给她。

"我迟到，自罚三杯。"沈伟说。

还真喝了。

四海帮老板再满上。

朵儿妈开口就道："哎哟，你看你这，我看着都心疼，大过年还忙忙碌碌慌慌张张的，真该成个家……"

又来！朵儿见她妈"屡教不改"，连忙支应她道："妈，小舒饿了，奶在保温包里，能不能去给温一下。"尼尼自告奋勇："我去给弟弟拿。"朵儿喝道："坐好，让你姥姥去。"

朵儿妈不服："你凶孩子干吗，我拿就我拿。"

没了朵儿妈，场子一下冷静了许多。薛蓓情绪不佳，跟朵儿说了说，朵儿为自己妈刚才的失礼抱歉，也不好深留，只说让她回去好好休息。薛蓓起身，李安东也跟着起来。朵儿拉他坐下，小声说你就别跟着了，还嫌闹得不够。超贤起来跟着薛蓓，吴宇飞跟在超贤后头。

超贤说："蓓姐，我喝酒了，不能送你了。"又转头问宇飞："你行不行？"

吴宇飞说我没喝酒，开车没问题。超贤拍了他一下头："没喝酒说什么胡话。"

看不出薛蓓是高兴还是不高兴，只是静静的。可是，在这样一个大年初一的晚上，这种平静，已经代表着不高兴了。吴宇飞把车开过来，朵儿两口子都抱着孩子到门口送。超贤尿憋得紧，去厕所了。

朵儿妈温奶回来，见人少了好几个，问四海妈："怎么回事啊，吃得好好的走啥啊，什么情况？"李安东回座，说怪我，来吧，我陪您喝。朵儿妈见有来劲的，劲儿也来了，张口来一句："甭管他生活给你的是奶还是酒，照喝！我里头还有好酒。"李安东说那我得去看看，一般的酒我还不喝。朵儿妈说那可不是一般，是二般。说着，两个人哈哈笑着朝屋里走，跟跟跄跄的。

超男爸也要去厕所。四海起立起身要扶。超男爸甩开他，说我还没老到上厕所都要人扶。四海只好坐下，一脸尴尬。

一时间，桌上只剩下沈伟、超男、四海和四海妈几个人。

沈伟笑对四海妈："阿姨，怎么没早说你是四海的妈妈，做饭真好吃。"他夹起一块咸鸡入口，说，对，好像就是这个味。四海诧异，看看妈妈，又看看沈伟，说沈哥，你说什么呢。超男看出问题了，她怕沈伟再说出借钱的事，嚷嚷要拉四海走。

四海看出端倪，偏不走。

沈伟又说："男男，那笔钱过几天就给你打过去，不耽误你买房，公司的宿舍，你们继续住没关系。"

百般照顾，可不应该搬上台面。

超男一边说好，一边皱眉，为难极了。她知道，她和婆婆都犯了四海的大忌——现在林四海特别敏感，跳开他去求助于另一个男人？他作为男人的脸往哪儿搁？沈伟还叫她男男！

四海打着哈哈，说，还有这事？沈哥，没这事，男男胡说的，别打了。

沈伟一块咸鸡没吃完，四海已经起身走了。超男尴尬，跟在后头，出了门，他兀自上车，打火，开走了。脾气说来就来，四海妈追在后头，无望。超男先哭了，她跟婆婆抱怨："妈，看到了吧，这就是您儿子，还是在外头混的人呢，说走就走，一点儿场面不顾，我真是难死了。"

四海妈道："你受委屈了。"

超男才想起来问："妈是给沈伟去做小时工的？"四海妈说，都是人托人介绍的，那个小区我做得多，刚好他家也需要，没想到是四海的上司。唉，我给四海丢脸了。超男恨道："丢脸？我们辛辛苦苦赚钱他嫌我们丢脸？越没本事的人，自尊心偏偏还越强。"

超男爸上厕所回来，见桌上只有一个沈伟，也不怯生。

"来，我们喝。"

沈伟来者不拒，笑呵呵地："喝！"

烦恼？什么时候都有，今天年初一，一切都是新的。哪怕是烦恼，也是新的。新烦恼总比旧烦恼好。

今朝有酒今朝醉吧。

## 70

车在盘山路上稳速行驶，过转弯处，慢行。车厢内没有声音，吴宇飞打开广播。薛蓓说，关了吧，头疼。刚才那一嗓子，彻底打破了吴宇飞与薛蓓旧有的关系形态。薛蓓不敢置信，又多少有些沾沾自喜。然而归根结底，她最好的姿态，是装作没事，不当真，他只是个小弟弟，说这话也只是一时冲动而已。她不会当真。

广播关了。又没了声音，只有路灯时不时闯进这个沉默的世界，从吴宇飞脸上着陆，再迅速划到薛蓓脸上去。两个人心里都有千万种想法，可都没说出来。

最后是宇飞率先打破沉默。

"我是不是就要失业了？"口气平淡。似乎什么结果他都能接受，也准备好了接受。

有趣。薛蓓没料到吴宇飞会想那么远，她可从未打算过因此开除他。这就是年轻人有趣的地方，诚惶诚恐。

"这种场合，不应该开那种玩笑。"薛蓓只能用这种那种指代，她不想说第二次。

又是沉默。汽车匀速行驶，看不出吴宇飞有什么情绪起伏。

出了山，进了市区，快到薛蓓住的地方，吴宇飞才说："我没开玩笑。"

"什么？"薛蓓没反应过来，等了几秒，才有些被激怒了。他只是她聘来的一名员工，带他去参加私人聚会，已经是给了他天大的面子，闹了场，闯了祸，说了不该说的话，她都打算原谅了，他还不承认错误？就这么硬气？这什么人？还是年轻人都这样？难怪她一直讨厌跟太年轻的人合作，没谱！

"你现在把话收回还来得及。"薛蓓下了车，吴宇飞也下车了。

"我没开玩笑。"又说一遍。清清楚楚。

火上来了，薛蓓抡起皮包，打了吴宇飞一下，正中前胸。他一动不动。"替你家里人教育教育你，什么叫礼貌！"

她只能把自己辈分抬高，他的爱才没有了合理性。夜色中，她踩着高跟鞋，抬腿就走。他上前两步，声音稍微放大些："为什么我就不能喜欢你？"

薛蓓站住了，没回头。她听见了，但必须装听不见。她怕一回头，就进入他的议程设置。不可能，这根本就是一个不需要讨论的问题。她就是老板。他就是员工。他们之间不可能有别的关系别的故事。

"你受那个老男人的骚扰还不够吗？"宇飞胆子越来越大，"你应该有你自己的幸福。"

"节后你不用来上班了！"她不得不强调身份，搬出最严厉的惩罚。

他没再追上来，倚着车身，看着她远去。

朵儿妈的宴会，吃到最后的是超男爸和沈伟，喝酒，聊天，十分投缘。超男爸甚至感叹："哎呀，要是你是我女婿该多好。"

朵儿妈在一侧听了，说，真行，成女婿专业户了。她拍了一下超男爸的肩膀："真要是有可能，老陈，也轮不到你，伟子提前就成我女婿了，关键人家看不上。"超男爸醉醺醺的："怎么回事，你请来的人怎么都是这个看不上那个看不上的，做人呢，不要把自己看那么高，对别人好一点儿，不会吃亏的。"沈伟一脸窘，双颧发红，不知是酒醉还是害羞。

超贤喝了酒不能开车。林四海又赌气走了。朵儿的意思，他们一家三口就在仙林住一夜。超男、超男爸、四海妈和超贤以及如意就请老默开车送回去。朵儿妈说这样好，又问："那沈伟呢？他开车来的，又喝了酒。"朵儿说找代驾。老默提醒说年初一谁给你代驾，出租车都没有。"那就挤挤？"朵儿看超男。

"没问题。"超男说，"都瘦，我们家人都瘦。"

本着尊老爱幼的原则，副驾驶的位置贡献给超男爸和如意。后排四个人，依次是超男、超贤（抱着沈伟）、四海妈，拥拥挤挤上了车。朵儿问行不行，超男说行，没问题，凑合吧。

自己老公不争气，超男一肚子气。可在闺密、闺密的妈以及闺密的老公面前，她必须云淡风轻，必须"高风亮节"。朵儿交代老默一定要安全送到。

"老司机了。"老默以驾龄保证。

超贤却听出了喜剧效果，嘿嘿嘿直笑，说，老司机带带我，廖哥你真是老司机，生三个儿子。

超男搂头给超贤一下，教训他。超贤闭嘴了。

车慢慢开了。人多，天黑，老默不敢开快。黑暗中，车子仿佛一只偷偷下山的甲壳虫，探头探脑前行。沈伟醉醺醺的，超贤昏睡过去。如意躺在超男爸的膝盖上，胳膊搂着姥爷的脖子，陈超男和四海妈却睡不着。

暴露。沈伟的突然出现，"口无遮拦"，暴露了她们不可告人的小秘密。其实也并非什么大事，但四海的自尊心，现在似乎特别需要维护。超男坚决认为，这就是男人不够成熟不够强大的表现，可林四海终究还是她的丈夫。

超男和四海妈隔着超贤以及超贤腿上的沈伟对看一眼，无限内容。她们都在想着，回去怎么收场，四海突如其来的情绪如何处理。累，这一年的第一天，婆媳俩共同的感觉就是累。

进市区了，灯火辉煌。下路口，汽车颠簸了一下。超贤的拳头硌到沈伟胃。"哇"一口，车厢里瞬间酒气冲天，超男和四海妈连忙将两侧的窗户打开。

行驶了没两百米，汽车又颠簸了一下。这次动静更大，跟着"砰"的一声。汽车轮胎爆了。老默连忙下车检查情况，迎面走过来一名交警，过年执勤的标兵。

"驾驶证看一下。"很严肃地，老默照办。交警拿出酒精检测器，对准老默的嘴巴，说，吹一下。老默只能继续照办。

一吹，过八十，超标了，属于醉驾，情况特别严重。老默坦承，说我没喝酒。超男和四海妈也下了车，一会儿，超贤也出来了，几个人围着交警七嘴八舌。超男急迫地："警察叔叔，司机真的没喝酒，一晚上我们都在一起我们可以做证的，他没喝酒，一滴都没喝。"

警察冷笑道："看看你们这车厢，这味道，丢根火柴都能爆炸了。去局里说吧。"

老默知道百口莫辩，来不及细想，只能先把人分流出去。他先用叫车软件帮超男他们叫了个车，让超男、超男爸、如意和四海妈先回去。超贤醉醺醺的，说他送沈伟。四海妈站出来说别惹事了，我送吧，我知道他家地方。超男担忧地："妈你能行吗？"超男爸嚷嚷着说要自己送。超男轻喝："爸！"

还不嫌事多。等车等了二十分钟，终于各就各位。老默被拘，超男带着大人孩子先回家。超贤说要给市里的朋友打电话，说根本是误判，又说要跟朵儿说，老默连忙阻止，他向来报喜不报忧。上车了，四海妈扶着沈伟，身上的一点儿污秽，她用纸巾帮他擦。

到了小区门口，她扶他下来，好在还能走。迎面撞见美露拎着皮包要出门。

"呦，怎么落你手里了。"美露说得含混。四海妈不得不招呼，说喝多了。美露说那不应该，我来帮忙。四海妈忙说不用。美露道："你能帮我就不能帮？阿姨，你看你累的，我年轻力壮，我来我来。"四海妈说："他身上脏，这吐的，回头把你衣服弄脏了。"

"弄脏了洗个澡呗。"没有机会创造机会。

"真的不麻烦了，我也是受他朋友的托，把人送回来，沈先生安全到家，我就完成任务了。"

张美露接过沈伟："那么好，现在我宣布，你完成任务了。"

四海妈说不行不行。抬头看看，楼上的灯亮着，数一数，恰是沈伟家。

四海妈用嘴努了努，说你看还有人呢。张美露抬头辨析：哦，没错，亮着，只能放弃。

超贤上了出租左想右想不对，便又给老默打了个电话："廖老师，没事吧？"老默说没问题，只是去采个血，刚才的测试未必准确，放心吧，我已经给你朵儿姐打过电话了。哦，是，他打了，但他说的是老人的情况不太好，所以晚点回去。

回住处？超贤有点不乐意。今儿是年初一。

去酒吧续摊？一个人有什么意思。艳遇也没兴致。回公司吧，只有工作能救赎他今晚的寂寞。超贤跟司机说去幸福路。到地方，上公司楼，开门，打开灯。超贤心差点没跳出来。吴宇飞斜躺在办公椅上，两只脚跷在纸箱子上。

"你在这干吗？"

宇飞醒了。"没地方去，感受一下办公氛围。"

超贤摆出副总的架子："疯了你，你今天就是疯了，瞎他妈整事儿！有你这么干的吗？当着这么多人的面给蓓姐难堪，比尬聊还尬聊，哈哈哈，不好笑。"

宇飞不说话，接受批评。在超贤面前，他并不打算解释那么多。超贤踢开椅子，走到自己工位，仰八叉躺下来。结果两人都辗转反侧。

注定是个不眠之夜。

"出去玩玩。"超贤起身对宇飞发出邀请。二话没说，宇飞弹了起来。

夜店。年初一的夜店依旧人山人海。深圳，太多没有根的人聚在一处狂欢。宇飞和超贤下了舞池，灯光乱闪，热力无限。过年特别节目让酒吧聚拢了不少人气。两人下舞池跳了一会儿，找宇飞的女生多，超贤这边却门可罗雀。超贤觉得没意思，下场子到卡座继续喝。

吴宇飞也下来了。音乐轰响，超贤端着酒杯，凑到宇飞耳朵边，大声问："你说的是真的？"

宇飞没听清，问什么。

超贤又问一遍，更大声："你喜欢蓓姐这事是真的吗？"

宇飞愣了一下，也大声回应："真的！"

超贤竖起大拇指："厉害，牛，有你的，胆儿肥！"

宇飞说："蓓姐把我开除啦！"超贤摇头说，不可能，气话。宇飞说是真的。

抬眼间，超贤看到舞池中一个身影扭动，那侧脸，熟悉的。超贤凑到宇飞跟前，说："去，把那个黄头发短发的女的，就那个扭屁股的，勾引过来，再甩掉，我帮你向蓓姐求情，留你下来。"

复杂的逻辑关系。勾引过来，再甩掉。宇飞发蒙，不懂什么意思。超贤简单说："让她喜欢上你，你再说你不喜欢她！"

大致理解了。吴宇飞走进舞池，慢慢靠近，那女的转过脸，是张美露，超贤以前的女友，过去叫张玲玲。到跟前，宇飞开始他笨拙的舞蹈，跳得是真不好，可架不住人帅。

上钩了。张美露贴着宇飞狂舞，音乐一变，温柔地，张美露又变身窈窕淑女。吴宇飞凑到美露耳朵边，嘀咕了几句。美露一扬手，给了宇飞一巴掌。超贤看不过，嘀咕："呦，冤家路窄，还动上手了？"说着跳进舞池，上前推了张美露一下。美露的小姊妹围过来。五六个人拽住超贤，有的拽头发，有的扯裤子，吴宇飞想要解救哥儿们，瞬间也深陷群架之中。

没几分钟，超贤已经被打倒在地，仰面朝天。

乱阵之中，保安的呼喝声传来。

## 71

上了车，超男把她爸和如意送回家。

到地方，四海妈已经回来了。她惊叹于婆婆的速度。如意晚上留在奶奶这住。超男预感，回到家和林四海可能会爆发冲突。门口，四海妈抱着如意，一脸愁容："这么回去行不？"她怕她儿子犯浑。

"没事，放心吧妈。"超男故作勇敢。

"要不我跟你回去。"四海妈说，"我在，他不敢怎么着。"

"真的没事妈，他能怎么着。"

"这事我也有错。"四海妈柔肠百转。为了儿子的面子，她隐瞒了自己做小时工的事，可没想到，到最后反倒更加伤害了林四海的自尊心。

"行了妈，都几点了，好好休息吧，四海就是一时想不开，我们做的一切，都是为了这个家。"超男耸耸肩，表示没压力，"他要想不明白，我揍他。"当然是玩笑。她不过是一个弱女子。

下楼，叫车，电话却响了。超男疲惫得眼都睁不开。派出所打来的，问她是不是陈超贤的亲属。

"我是。"困乏一扫而光，她必须打起精神。

"你弟弟聚众斗殴。"春节，派出所是不放假的。

上了出租，超男跟司机说去福田区长宁派出所。到地方，超贤和宇飞被扣押在监督室。春节期间聚众闹事，罪加一等。问询了情况，划卡交了罚款，超男终于见到弟弟了。搂头一巴掌。"你疯了？！"超男怒目相向，"还嫌事不够多？！"

超贤瘪着嘴。宇飞上前，企图顶罪："这事怪我……"

"闭嘴！"憋了一晚上的火发出来了，超男脸涨红，"都是神经病，没一个正常的。"又对弟弟超贤，"罚款三倍给我！吃饱了撑的惹事，还打架。"说着直戳超贤脸上青紫的痛处，弄得超贤哇哇乱叫。

"这不是遇到张玲玲了嘛，冤家路窄，拔刀相见，我就气不过，这么一个女人，凭什么甩了我。"超贤解释。

"就凭你心胸狭窄，睚眦必报，人家就不能跟你怎么着，"超男吼道，"过去了就过去了，不合适就是不合适，你以为你挣了两个小钱在张玲玲那就算扬眉吐气了？小贤，那种花里胡哨的女孩不适合你，你也驾驭不了，你到底有什么过不去的，你就找一个普普通通老老实实的女孩安安分分过日子，比什么都强，清醒，你必须清醒明白吗？"

"你不就是按照这个程序来的吗？你过得好吗？"超贤冷冷道。

超男呆住，不知如何应答。这是她亲弟弟的质疑，质疑她的选择、她的幸福，直接撕开了她现在千疮百孔的生活。是的，她过得不好，她烦透了。可这个幻想不应该由她的亲弟弟来戳破。

"姐夫为什么那样？为什么提前离开？姐，你就是从来不懂得保护男人的自尊！"

啪！一个巴掌打在超贤脸上。

陈超男嘶吼："你浑蛋！"又要伸手打。吴宇飞挡在前头，抓住了超男的手腕："不能老打人。"超贤挤上前，对宇飞："你让开，让她打。"气鼓鼓地。

陈超男却连发火的力气都没有了。

走出派出所，东面的天已经有了一抹绯红。超男这才往公司宿舍走。长长的走廊，天亮了，廊灯关了，清清冷冷。哦，已经年初二了，大年初二回娘家。

天煞的！

这个林四海，一晚上一个电话都没来。他没喝酒，清醒着呢！看来这回真是不管不顾了。可是，他凭什么生气，他有什么资格生气，这个家里几个老爷儿们，她和婆婆唯独把他捧得最高，帮忙找工作，婆婆还出去干小活贴补，有什么不好。你有男人的自尊，那你得能挺起来不是？吃穿用度哪里不需要花销？再过两年，如要上幼儿园上小学，什么不需要经济后盾，起码一套房子是必需的。这个节骨眼，就是再有气，也应该忍耐，这才是一个成熟男人应有的修养。

开门，屋里黑洞洞的。四海还没到家？超男更来气。她不允许他比她更痛苦，他就没资格痛苦！脱掉高跟鞋，超男双脚踩在地上，可心还是不踏实。

洗个澡吧。

超男脱了外衣，散了头发。四海进门了，醉醺醺的，隔着好几米都能闻到酒气。

超男嫌恶地："还跑出去野！"

四海笑着说："就隔壁，跟老朱喝两杯。"

超男不看他，继续脱。四海却猛地拦腰抱住她，嘴跟着就乱亲上去。超男根本没这心情，扭身反抗，两个人滚在地上，四海的攻势越来越猛。超男腾出手来，给了他左脸一巴掌。

"你浑蛋！"短短几小时内，这是超男第二次骂出这三个字。一次给弟弟，一次给丈夫，这全天下她本应最信任的男人，都出了问题。

四海借着酒劲，咆哮道："我跟我老婆都不行？你到底要留给谁？！"

"你疯了。"超男情绪沉潜。四海终于爆发了，这是她预料之中的，只是她没料到会如此猛烈，借酒发疯。可人还是清醒的。

"我不许你找沈伟借钱。"是命令式。四海突然又平静了，更显得可怖。

"我没借。"矢口否认是最佳方案。

"借了为什么不敢承认？"四海冷冷道。

"房子是好房子，本来想找小贤借，他一时不凑手周转不开，所以找老沈周转了一点儿，还是通过朵儿周转的。"超男给出可信的逻辑。四海却并不打算买账，他说，行，小贤周转不开是吧，还通过朵儿，那打电话问问他俩。说着要拿手机，超男却起手拍住四海的胳膊。

"你心虚了？"

"小贤刚出派出所，聚众闹事，我去把他保出来的。朵儿累了一天，你让她休息会儿。"

"你总有理由！"四海狂风暴雨般，"再接着撒谎，编，你不应该去做老师，你应该当编剧，编，你到底要给我们的生活编织多少谎言，连你自己都信了吧。"

"我问心无愧。"超男只能坚守底线。

"你真会演戏。"四海冰冷冷地，让人害怕。

"林四海你什么意思？"超男的忍耐也快到了极限。这一晚上倒的霉，比她一年倒的还多。

"你不就是最会演戏吗？你演过沈伟的太太，现在在演纯良无辜的家庭妇女。人生如戏，防不胜防。"

"你疯了！"超男站起来，要去洗手间。

"为什么不敢承认？你敢说你和沈伟没有一点点瓜葛？"四海有些癫狂，"我老婆要给别人做小三，我妈给别人做老妈子，他姓沈的就那么香？这么香？！"四海上前捉住超男的手臂，彻底癫狂。"他愿意借钱给你，为什么？为什么？！你当我小孩子？这点事情都不懂？"

超男被抓得生疼，尖叫："你撒手！神经病！你就是有病！我不借钱，你挣啊？怀疑我？你还没资格！我清清白白走到哪里都不怕！"

四海撒开手，掏出手机，划了几下，找到了，杵到陈超男面前。

什么意思？一张图片。是汽车前座，缝隙里塞着一只棕色卡包。超男不解其意。

"你们在汽车里干什么了？"四海准备来个清算。自他发现沈伟的卡包在汽车里的时候，他就已经觉察到了不对，忍，一忍再忍。也是，自从他出差回来，哦不，至少半年，不不不，半年以上，他和超男都没有性生活了。每次他提出，她都以累或者别的理由搪塞。把所有的线索、问题放在一起，四海判定，超男和沈伟的关系不一般。搞不好，他已经被戴了一顶大大的帽子，绿色的。

"这什么东西？"

"沈伟的钱包，卡包。"四海挑明了说。

"你哪拍的，跟我有什么关系，跟你又有什么关系？"

"在我们家的汽车里发现的，"四海仿佛福尔摩斯解释案情，"你就说吧，姓沈的有没有上过咱家车。"

"上过。怎么了？你在想什么？你应该被送去神经病医院。"超男想起了那次。她的中年危机，躲进车里那次，是沈伟帮助了她。他们之间什么也没发生，清清白白，却被自己的丈夫污蔑为奸夫淫妇。

"你不会开车，沈伟为什么要上我们家的车，你们在车里做什么了？还

- 313 -

需要往下说吗？还是你自己说？"四海的推理环环相扣，不容置喙。

被扣这么大一顶帽子，超男委屈得心都要炸了！可一时半会儿，她怎么说呢，又从何说起，说她心情不爽遭遇中年危机躲到车里，说沈伟刚好路过两个人在车里说了一会儿话，还是说一切只是个巧合。词穷的超男只能瞪着双眼，用尽全部力气，一个字一个字说："我！没！有！"

"天地良心！"四海忽然变得能言善辩。

超男泪崩了。自结婚以来，她所做的哪一件事，不是为了这个家？辛辛苦苦、劳劳碌碌她为了什么？养育孩子、扶助丈夫、关心婆婆，家里家外打点、应对，她图个什么？

就图个四海的误解、苛责、污蔑、谩骂？！

"离婚！"超男嘶吼，没过脑子，摔门扬长而去。

出门就后悔了。离婚？她也不知道自己怎么说出口的，一时冲昏了头脑，脱口而出。她这个年龄段的妇女，最怕的就是离婚。在学校她时常跟同事炫耀，说我们家四海别的好处没有，就是一个忠实可靠。可现在，没想到四海还没提离婚，这两个字先从她自己嘴里说出来。

大年初二，深圳竟猛下了一阵雨。冲出家门，陈超男才不得不认真思考一个问题：她去哪儿？去单位？学校放寒假，大门都关了。去超贤那？这小子刚闯祸，自顾不暇。朵儿那肯定不行，刚从人家那回来。去薛蓓那？也不合适。已经年初二了。年初二回娘家，她一会儿还得回去看爸爸。她还有女儿需要照顾。

忍一会儿吧。

清早，街面上能待的店都不好找。超男漫无目地走着，遇到一家麦当劳，她钻进去。嚯，暖和。超男抱了抱双臂。麦当劳里没几个人，但大门口有个穿着大红色外套的妇女却引人注目。拉着行李箱，喝着一杯咖啡，风尘仆仆的样子。她时不时拿出手机，试图拨出电话，但似乎没打通。

超男正看着。她的手机响了，是四海打来的。

他不来电话，她觉得慌张，现在电话来了，她反倒有些骄矜。铃声大作，手机放在桌子上震动不已，超男没接。一会儿，又响了。那红衣妇女在侧，歪着身子道："小姑娘，接吧，别把男人逼得太急了，没好处。"

多管闲事。超男浑身不自在，干笑笑，她知道什么男人女人，好处坏处。

也是，这个时间段，梨花带雨，披头散发坐在廉价快餐店里，八成也只能是闹了矛盾跑出来的。这女人算有眼力见。

手机又响，震动得欢。超男接了，没好气，她原本给自己定了个时间表，如果十点之前四海没打过来，就分手，离婚。

好在打过来。

"干吗？！"超男带着脾气。

"今天去爸妈那，妈来电话了。"四海很平静。

"没了？"超男等着认错。可人家云淡风轻得很。可恶！侮辱了她的人格，想这样子就不明不白抹过去？没门！

"如意的粉红色外套在哪儿？"

"自己找！"超男挂了电话。

红衣中年女子见状，啧啧道："哦呦，现在国内的女孩子都这样的哟。"

## 72

处理了一夜，抽血，化验，问询，终于确认老默酒精含量不超标，清白得很。一出派出所，老默给朵儿打电话，说马上回去，让她们在山上再等一会儿。朵儿没多问，身边孩子哇哇乱哭，此起彼伏，交响曲似的。尼尼淘气，凑到话筒旁边说爸爸回来快回来。

聚会聚的，牛朵儿一夜挤不出奶来，朵儿妈做了米汤，可小舒小坦怎么都喝不下去，停一会儿哭一会儿，不得消停。母女俩忙忙碌碌，忙烦了，忍不住相互抱怨。朵儿对她妈说妈你就不应该组这个局。朵儿妈道："我这不是为你好吗？是我生孩子你生孩子？我心都操到谁身上的？"

朵儿说："为我好，你看看这一顿饭鸡飞狗跳的，这些就不是能凑到一起的人。"

朵儿妈冷笑道："这叫大乱大治，不能说的不能见的，都给曝光曝光，我相当于家庭的纪检委员，什么藏着掖着，都是朋友甚至夫妻父母，还一堆秘密，日子怎么过？靠猜？有意思吗？"

"善意的谎言你不懂？"朵儿不甘示弱。

"都跟你学的，跟这个结婚，能领那个回来，你是开山祖奶奶。"朵儿妈嘲讽道，"要不你跟老默那一出，能有今天这个局面？生是能生，养呢，把我也卷进来了。你当初要跟沈伟在一起，生几个都成。"朵儿来气，说，妈你现在说这个有意思吗？不可能，我跟沈伟不可能。说着搂了搂小舒，唱

- 315 -

摇篮曲。小舒睡着了。

朵儿妈怀里抱着小坦，眨巴着眼不肯睡。朵儿妈唱"摇啊摇，摇到外婆桥"，听完小坦还是哭。朵儿妈急得把孩子往摇篮里一放："你外婆是没办法了，找你妈去吧。"转身走开。

有人喊门。朵儿抽不开手来，只能劳烦朵儿妈。朵儿妈以为是老默回来了，老大不愿意，嘟囔着，说，自己没长腿，哄了一夜。到门口，院子铁门外站着个红衣女人。长风衣，戴着墨镜，风衣修得身材更高，墨镜挡住了年纪。朵儿妈问，你找哪位？女人说，让廖自默出来一下。

朵儿妈猜不透这女人的来路。没听说他在外头有花花绕，怎么突然蹦出这么个角色来。朵儿妈坚信老默不简单，换上笑容，搪塞道："不巧，廖老师刚好不在，您贵姓啊？"红衣女人道："潘。"言简意赅，说完就要往里挤。朵儿妈生拦住，说，喂喂喂，这位女士，私闯民宅可不行。潘女士说这不是廖自默租的地方吗？

"是。"朵儿妈承认这一点。

"那就是了。"

"你谁啊？"

"你又是谁？"

"我是她丈母娘。"此情此景，朵儿妈不吝于亮出自己的身份。

红衣女人上下打量了朵儿妈一番，像是要把她生吞了。朵儿妈打了个寒战。

红衣女人"啧啧"了两声，眼神里满是鄙夷。朵儿妈往后退了一步，似乎被她的气场压制住，甚至暂时忘了自己才是这个院子的主人。

山道上传来汽车发动机的声响。朵儿妈面朝着路，眼见着老默的车开回来了。阿弥陀佛，救星来了。

老默下了车，一脸疲惫，见到门口两个人，他怔了怔，停住了脚步，半张着嘴，话却迟迟说不出来。

潘某人趾高气扬杵在门口，仿佛一棵棕榈树。朵儿妈手放下，指了指旁边的红衣服。老默上前："你怎么来了？"

姓潘的女人冷笑一声，说："怎么，不能来？月亮没了娘，娘家人还在呢。"

一时冷场，气氛尴尬得恨不得水分都蒸发了。

她显然是来砸场子的。

"你住哪儿？"

"你住哪儿我住哪儿，我们还是亲戚吧？"

"不许胡闹。"老默有些激动。少见。朵儿妈诧异，她极少见老默如此激动。

"胡闹的人是你？！你是在作你知不知道。"

朵儿妈听着不对，上前护住女婿："别跟她废话，再多说一句我就报警。"

"你是哪头蒜？"

眼看局面失控，老默挡在当中。

牛朵儿刚把两个小的安顿好，见她妈一直不进来，便拉着尼尼到门口观望。

一身睡衣，头上箍着洗脸的绷带。

"被人拐走了？"朵儿嚷嚷着。到门口，一刹那，几个人僵在那。姓潘的对朵儿："就是你。"哼哼了两声。

朵儿一头雾水。老默压低声音喝道："潘攀！上车。"说着拉着她走。

牛朵儿和朵儿妈，连带廖尼尼还没回过神，老默已经硬拉着红衣女人上了车，迅速启动，开走了。回屋，朵儿妈和朵儿面对面坐着，不说话。孩子们都休息了。

红衣女人的到来，打破了这个家的旧有格局。朵儿妈原本以为，以老默这种高龄，朵儿嫁过去，除了一个女儿，不会再有"多余"的亲戚。图个人物关系清爽。

现在看来并非如此。

朵儿妈剥着荔枝，一颗圆圆的白肉跳出来，掉在地上，骨碌碌地滚，晦气。朵儿妈索性不剥了。"你认识？"

朵儿脑子转一圈，没搜索出这人的影像。"好像有点眼熟。"

"姓潘。"朵儿妈掷地有声，口气很重，"月亮的娘家人。"

朵儿这才回过神来，好像听说过，老默和月亮妈分开之后，月亮跟妈姓。月亮妈去世之后，月亮便长期在国外，跟小姨一起生活。月亮妈姓潘，她小姨自然也姓潘了。

"让你不要蹚这浑水。"朵儿妈又从根子上说问题。

有用吗？是否为时过晚？朵儿讨厌她妈一有点问题就翻旧账，一桩桩一件件，仿佛在办案，而一切的原罪，都要归咎到她和老默相恋、结婚的根子上。

- 317 -

"那你说怎么办？离婚？合适吗？"朵儿也来脾气了。朵儿妈眼一翻，斥道："牛朵儿你什么态度，我在为你操心！"

"不需要。"朵儿控制不住自己，横眉竖目了。

静了几秒，跟着是孩子哇哇的哭声。两个人都坐着不动，比定力。最后还是朵儿先抬屁股。没辙，孩子是她的。忙了这个，忙那个，再转身回小客厅。一包荔枝摊在桌上，散乱乱的。推拉门开着，她妈却不见了踪影。牛朵儿下意识掏出手机，拨过去，暂时无法接通。

再打，已经关机了。看来这次，她妈是铁了心跟她赌气。她还不知道生谁的气呢。

孩子又哭了。换尿不湿，沾到手上。朵儿有些厌恶，沾到化学药品她可能还更高兴些。已经不记得多久没摸过化学药品、没做过实验。去洗手间，洗手台上还摆着老东家的化妆产品，朵儿有些恍惚。看镜子，左看看，右看看，朵儿望着自己的一张逐渐疲惫的脸，最主要是垂坠感，肉多了，骨头撑不住肉。心不服老，脸却诚实地写着中年状态，就是一个"撑"字。

摸摸手机，朵儿想给老默打电话，亲妈气走了，也只有老默能说话。她只有他。

刷了刷屏，手停在屏幕上。还是算了，打过去做什么？老默一定在协调，自认识以来，前面的那些关系，他几乎没让她烦恼过。他曾说过，未来的日子，只有他自己。

想不到也会身不由己。

吱呀一声，洗手间门开了。一条缝，一颗小脑袋伸过来。眼睛上瞧，圆圆的，满是疑惑。

"妈妈，我想吃动物饼干。"是尼尼，她亲爱的大儿子。朵儿迅速整理情绪。大儿子在，她必须积极，阳光，状态良好，她对着镜子瞧了瞧自己的脸。还算争气，没哭，她告诉自己不能在孩子面前哭，她是个坚强的妈妈。

调到笑脸模式，朵儿说可以，吃三颗，不能吃多。

"就三颗，不多吃。"尼尼力证自己听话。朵儿牵着尼尼的手，到客厅，从柜子顶上拿下饼干桶，给他三颗动物饼干。

填到嘴里，尼尼忽然问："妈妈你是不是哭了？躲起来哭了？"

朵儿的心皱了一下，什么都躲不过孩子的眼睛。

现在她倒有些想哭了。

山脚下一片小树林，老默的车横在那儿。潘攀，他的前小姨子，一身红衣杆在绿树林里，格外抢眼。潘攀掏出一支烟，老默说这里是禁火的。

烟放回去。潘攀不耐烦了："你怎么回事，月亮的妈是不在了，但月亮是不是你亲生女儿？"

老默一头雾水，但从潘攀愤怒的态度来看，他判定情况不太妙，而且大概与钱有关。

"你好不容易回国一趟，这么莽撞做什么？"

"怎么叫莽撞？"潘攀扶着一棵树，撼天撼地的样子，"咱们就算不是亲戚了，还应该是朋友吧，怎么，朋友到你那去，你不邀请我进去，反倒给我拉这荒山野岭来？廖自默！没想到你是这样的人。"

老默并没有被激怒，而是心平气和地解释："你这样带着情绪闯过来，很多事情都会弄僵。如果要见面，改天单独约一下，大家坐在一起聊一聊也无妨。"

潘攀冷笑一声："真是，大千世界，以前跟姐姐分手的时候，还说下半辈子都单过，哎我说，是不是现在国内的成功人士都喜欢找一个比自己小那么多的？还生三个儿子，欸，不对，你也算不上多成功。"

极尽揶揄。

"小妹！"老默放大音量。

一句"小妹"，过去的人物关系似乎也瞬间复活了。潘攀转变态度，开始变得柔软，但依旧是进攻态势。那是一个失落的世界，里面有她、她姐姐和老默的青春。

"我来不是为我自己，是为月亮，为公道。"潘攀的理性重新归位。


### 73

手机调到飞行模式，就是为了跟朵儿赌气。

走了好长一段路都遇不到出租。朵儿妈跌跌撞撞走着，又打开手机，开始刷网约车，一直到山脚，还是没司机接单。朵儿妈走得脚痛，扶着树站着，远远望见老默的车横陈着。车门外不远处，一红一黑杵在那。朵儿妈火气上来，想冲过去理论理论。猛拍树一掌。

小树震得簌簌抖。

走了两步，又撤回来了。朵儿妈掏出手机，想给朵儿打电话，转而又停下来。刚才还吵架呢，打电话不意味着认输。

走吧。朵儿妈喘了两口气，下山了。

路边，出租车来了。上车，重重坐在后座上。司机问，去哪儿，朵儿妈想了想，实在没地方可去，只好说你先开着。司机"哦"了一声，车开了。想来想去，找不到合适地方。薛蓓那倒可以去，可去了，岂不被人笑话？她还想留点面子。手机上刷一圈，拨通了超男爸的号码。

"陈老板。"朵儿妈笑着说，那边传来睡意蒙眬的应答声。

"还没开张？哪像做生意的哟。"朵儿妈改用家乡话。超男爸说马上开张。朵儿妈这才道："争取开门红，我去给你撑撑场子。"义薄云天的样子。超男爸巴不得。

地址报了。不远，二十分钟直达。

棋牌室设在小区一层，不是当街的门脸，进入小区，拐了几个弯才能看到。近午，门开着，黑洞洞的，朵儿妈走进去，里面一间玻璃房，摆着两张桌子，外头大厅摆着五六张桌。四海妈在扫地。"老妹！"朵儿妈笑嘻嘻走过去，一点儿看不出昨日的冲突，"真合着干啦？"

四海妈见人来了，放下扫帚，去给朵儿妈倒水。"都是亲戚，帮帮忙。"朵儿妈问老陈呢。四海妈说："还在家呢，非说今天开业，我起得早，来打扫打扫，他带如意。"朵儿妈抱歉似的："哦哟，今天回门，真不该来。"抬脚要走。四海妈连忙拦住："孩子们晚上才来，白天都是自由活动，你坐着，我让亲家打电话叫人。"老陈让她叫。

一会儿，安排好了。两个中年妇女并排坐着。朵儿妈问："现在还叫亲家？好正式。"

四海妈说叫习惯了，人物关系就是亲家。

朵儿妈打趣道："看不出来，老妹你还文绉绉的，还人物关系呢，叫老陈不就得了。"

四海妈说："虽然一个屋子住着，但叫老陈，也怕人误会，该是什么就是什么。"

坚壁清野。朵儿妈本想撮合撮合，听她这么说，只能作罢。

一会儿，超男爸来了。老乡见面，这次是他的主场，更加豪气。"来来来，打两圈。"又问四海妈叫人了没。

"能叫的都叫了。"四海妈说，"一会儿我不来饭就凑合凑合。"

超男爸立刻说那不行，得做饭，家里的拿来一点儿也行。当着外人面，四海妈给他面子，简单答应着。她更担心四海，在朵儿那不欢而散，今天晚上吃饭是个修补的机会。

牌搭子来了，两位。"我来吧，大过年的玩一把，我陪。"超男爸舍命陪君子。

"哎呀，好久不玩了，等着输钱。"朵儿妈点头，撸起袖子，准备大干一场。

一赌解千愁。

四家坐好，上牌了。空荡荡的大厅只有一桌，冷清清，倒利于聚精会神。只是缺了点吵嚷的氛围，不像棋牌室。第一将（麻将的圈数），朵儿妈小赢了一些。钱都是现结，朵儿妈蘸着口水数票子，愉快。

第二将，棋牌室上人了。四海妈招呼了一声回去了，有客人来，超男爸也让出位子，递烟倒水，做老板该做的服务工作。第二将，四个人摸风头换位子，朵儿妈摸了个西，坐西面，心里有点膈应，但气势在，牌摔得啪啪响。

还是输了。交票子的时候，朵儿妈有些心疼。兜掏干净了，几个麻将搭子倒时髦，说也可以手机支付。盘盘清，爽快一点。

不行，得翻盘。朵儿妈打得红了眼，要了一支烟提精神。没承想连着放了三个炮。脾气撑不住，朵儿妈骂骂咧咧，又嚷嚷着要换座位。其他三家都不同意。牌一推："不打了。"朵儿妈破罐子破摔。暂时又找不到人，超男爸上来劝，好说歹说，又搬出不同地方的不同规则，三家终于同意重新摸风头。这回朵儿妈摸到个"东"。

好兆头！刚好又坐庄，庄家打东赢得凶！朵儿妈搓着手，抻了抻肩膀，摆开架势，做赌神状。第一盘就输了，还是放铳！急得朵儿妈直朝手心吐唾沫。"我这臭手，要什么不来什么！"

麻将下陷，麻将机自动洗牌。又是新的一局。

四海妈来电话，说晚上孩子们过来，她就不过来了。"还回来吗？"是问超男爸的。超男爸说馆子正上人呢。四海妈说："都是做饭，等男男或者小海来了，我让他们给拿过去。"超男爸匆忙挂了电话，馆子里热气腾腾，都是烟雾。生张熟魏他都要应酬，一时顾不上朵儿妈。

一将下来，朵儿妈输得手机里都没钱了。

"借我点。"她向老陈求助。老陈二话没说，掏现金。朵儿妈抱怨："这大过年的，我这是遭了什么晦气，还是你这个牌场不好？倒点发财汤来。"超男爸问什么是发财汤。朵儿妈说是红糖水，这打得都快低血糖了。

服务。超男爸有服务意识。打电话回去,四海妈说四海马上去送饭,顺便带过去。

天黑了。四海果真送来了饭,分成小份,有菜,有肉,过年,给每个人都加餐。红糖水泡好。四海跟朵儿妈打了招呼,回家了。超男爸站在一旁看,扒拉着饭。朵儿妈摔出一张发财,用余光跟超男爸交流:"找了这么个女婿,你还有什么不知足的。"

"也没出息。"超男爸不假思索。

"怎么才叫有出息?"朵儿妈有点气闷,这要追溯到她出走的缘由,"我们那位,没本事,花头还不少呢。都日落西山了,还作。"

超男爸不想多谈,只说,儿孙自有儿孙福,到了这个年纪,也该享受享受了。

其他三家中也有个老年人。接着这话说:"可不是,什么外孙子孙子,一代不管一代,有什么用,还不如出来玩玩,能活几辈子?"话说到朵儿妈心坎里。随手打出一张"东风",嗷嗷叫地,牌"啪"地落桌。对门那位立刻得其所哉,喜滋滋叫道:"和了!独钓东风对对碰,带杠带翻花!"

又放铳了。"呀!打错了打错了。"朵儿妈迅速捏回东风。

对面的牌已经推倒了,为时已晚。超男爸蹙着眉头。棋牌室,落牌无悔,哪还有往回抽的。可碍着面子,也不好多说。朵儿妈还嚷嚷着。超男爸直抽凉气。

好说歹说,劝下来了。朵儿妈认栽,可人家三家见识到如此牌品,无论如何不愿意继续打,赢最多的那位交了盘子费给超男爸,便要撤人,回家过年。朵儿妈不干了:"等会儿,还得打,不能赢了钱就撤了呀!这都什么人。"已经有一家走了。朵儿妈老大不高兴:"这急的,大过年的,我就说怎么打怎么不对,是不是做牌了。"

问题严重了。做牌,那是抽老千。超男爸连忙夹在中间打圆场:"不可能不可能,我这麻将机都是自动,不可能做牌。"另外两家说话也不好听,说,什么大过年的,谁做牌谁不为子孙后代想想!既然吵开,朵儿妈索性把话亮明了,对超男爸:"做牌不是指洗牌做牌,他们是不是原来就认识?"超男爸无可辩驳,讪讪地:"认识是认识,都是熟人来玩玩,行了老妹,你输的钱我帮你担着一半。"其中一家,一个秃了顶的中年男人见缝插针道:"玩了有日子了没见过这样的,输不起就别来玩,大过年的,有意思吗?"朵儿妈瞬间炸了:"谁输不起谁是孙子,出老千!出老千!"一蹦多高。蹦

- 322

歪了，哗啦一下，脚磕到椅子上，朵儿妈"哎哟"一声，摔倒在地。椅子又撞到麻将桌，秃头男人被牵连，也摔在麻将桌上。噼里啪啦，麻将散了一地。

霎时安静，都不打牌了，都朝这厢看。朵儿妈顺势满地打滚，这撒泼，不仅仅是源自输钱，更是把几天来的郁闷都放进去了，格外尽情尽兴。

看戏的都笑了。

"老妹，老妹老妹……"超男爸央求着，竭力扶她起来，"咱到里屋去。"耽误生意是大事。其他三家早走了。朵儿妈对超男爸："你明知道他们做牌，还不说，你这棋牌室怎么开的，伤天害理！"超男爸都应承着，先稳住再说。

一个人照顾不过来了。安顿好，超男爸给牛朵儿打了个电话。朵儿却很平静，只说知道了，给叔叔添麻烦了，一会儿就过去。

四海送饭之后回家，陪如意玩儿。四海妈还在厨房做饭。先做的店里那一摊，自家吃的后做。蒸锅放好，里头都是卤菜，猪耳朵、香肠、卤牛肉，过年必备的。四海妈把儿子叫到跟前："给男男打电话了吗？"

"她知道今天回来。"

"你给她打一个。"

四海站着不动。

"你要怪就怪妈。"四海妈往自己身上揽，"妈不懂事，不知道你们这里面的复杂，以后不做沈伟那家也就是了。跟男男也没关系。你啊，有时候还是应该顾点场面，那天那么多人，你甩脸子就走，对你对男男都不好，别说你老板还在，就是朵儿一家，帮了男男帮了你多少忙，你不能伤了人家的面子。"

四海瘪着嘴："我知道……我就是控制不住。"

四海妈道："我知道，你有你的自尊，可人在社会上行走，谁能不低一点头，别说是我们这种家庭的，就是王公贵族、富豪千金，也是人外有人，有低头的时候。"

"知道。"四海回答很简短，显然没听进去，道理是一回事，自身感受是另一回事。他过不了自己这一关，更何况沈伟和男男的关系他怎么跟他妈说，尽管男男否认，可他坚持认为，即便没有实际内容，超男这样做，也是身在曹营心在汉，等于给他戴了一顶隐形绿帽，或者有绿帽倾向。他无论如何接受不了。

"房子，也真该买了，"四海妈一边炒菜一边说，"如意一天天大了，老在宿舍里凑合着不是个事，妈给你们凑点。"

四海感动，还是亲妈好。可这都是辛苦钱，是他妈为别人做老妈子、做保姆一点一点挣来的，是他妈妈的养老钱，他又怎么能要。

"妈你自己留着，不能都放在房子上，现在就是过一天是一天。"四海叹气。

锅铲停下，四海妈紧张，转头，看着儿子，命令式的口吻："我告诉你，吵架闹脾气都可以，但是，到什么时候，都不许你跟男男离婚。男男为你付出很多，为这个家付出很多，这种事情绝对不允许发生。"

照妖镜，一枪正中红心。四海的心抽搐了一下。他忍不住想说：我也付出了很多，我付出了一个男人最宝贵的东西，尊严！可他还是忍住了。这几天他有没有离婚的念头？有。两个人吵架的时候就迸发过。他终于明白什么叫贫贱夫妻百事哀，他受不了超男那种见了富贵人家就往上够的姿态。

没钱就按没钱的过。他可以受自己老婆的气，但受不了自己老婆跟别的男人周旋。

"没有。"四海深沉地。

菜煳了，空气中有烧焦的味道。

"爸，妈。"当门口有人叫了一声。超男回来了。

四海妈用锅铲把儿捣了儿子一下，丢了眼神，让他出去。

## 74

进门，迎面撞见四海，超男不说话，只是拉着如意："进去，玩玩具去。"四海就那么站着，两个人一句话没说。超男招呼："妈，我来帮你做。"说着往厨房钻。四海妈忙说，差不多了，你歇会儿，去外面坐吧。超男只好转回客厅。

如意在卧室玩积木。

客厅里，茶几上水果丰盛，是过年的气象。

四海掏出一支烟。超男不客气："出去抽。"四海看了她一眼，拖着步子出了门，在楼梯间里吞云吐雾。超男不解气，也不去看他。她始终不认为自己错在哪儿，多心，多心，还是多心。没本事的男人，还偏偏喜欢多心。她陈超男如果真有那个意思，还用等到现在？薛蓓的路，朵儿的路，她都没走。她只是回归传统，选择做一个社会所要求的模范女人，相夫教子，找一个普通的丈夫，做一名合格的太太。可偏偏做不利索。怪谁？这个时代就没有顺心顺意的普通夫妻。

菜端上来了。四海妈向超男："吃饭了，人呢，叫回来。"

超男硬着头皮，出门，对空洞洞黑黝黝的楼梯间："吃饭。"感应灯亮了。四海显影。他正蹲在墙脚，格外的小，烟还叼在嘴上。

喊了不动。

超男不耐烦，啧了一声，又叫一下。

他动弹了。

如意欢快地爬上椅子，坐好。四海妈下指令："如意，去把电视打开，热闹热闹。"又说，小贤要过来就好了，超男说不用管他。四海妈对四海："愣着干吗，去洗手，这一身的烟味儿。"

洗好弄好，各就各位。四海妈又让超男把葡萄酒满上，才说："你爸在照顾棋牌室，这个年已经算过了，今天小规模的聚，主要是我要道歉。"

四海、超男异口同声："妈——"都没想到老人家以这个开场。

"去沈伟沈先生那工作，纯属意外，我也是老糊涂，没想到里头牵扯那么多，伤了你们的面子，实在抱歉，我自罚一杯。"说罢喝了。

四海低着眉，心里不是滋味。超男说："妈，你有什么错，你不必对我们说抱歉，尤其不必向四海道歉。你是出去挣钱的，何况不知晓情况，你为我们这个家付出那么多，说谁做得不好都行，说妈就不行。妈，真的，我也算不上是一个心宽的人，但是咱们娘俩相处这几年，我发自内心佩服您，我真觉得就算我亲妈活着，都未必能做到您这样，都未必能比你做得多，做得好。至于什么里子面子，咱们不用考虑那么多，都是自家人，心里有数就行。"

"别代表别人。"四海冷冷地说，"人要脸树要皮，活着得有活着的章法、规矩。"

四海妈用筷子头敲儿子："少说话，多吃菜！"

超男坐不住了。从结婚到现在，在和四海的关系中，她一直占据上风，可从昨夜开始，这一切似乎有了扭转。归根结底，是四海不愿意包容她了。

她不适应，甚至愤怒。筷子一放，不吃了。

四海也不理她，不吃就不吃。尴尬的局面。

四海妈忽然哭了，嘴巴抽动，也放下筷子。超男、四海再次异口同声："妈——"如意也叫奶奶。四海妈嗫嚅着："家和万事兴，有什么问题不能谈不能说，怄气要怄出病来。四海，你不就是对沈伟有意见吗，小时工我不干了，清清爽爽的。"

四海笑着，故意不看超男："妈，那我跟您一样，我也不干了，轻轻松松。"

超男惊叫："林四海！你打谁的脸！"

"我有我的自由！那是我的工作！"四海并不示弱。

"那离！"超男气撞脑门。当着婆婆竟说出这句话。

"你说的，谁不离谁是狗！"四海气性也大。如意被吓哭了，哇哇地。四海妈被吓得面如白纸，本来是一场和好饭，却吃成了散伙饭。她手足无措，只能骂自己儿子："四海，不许胡说！"

可两口子的宣言都已然掷地有声。

超男怒气冲冲，起身，找包，要抱如意走。

"孩子留下！"四海拦路。四海妈上前，一只胳膊牵住如意，另一只死死抓住超男，泪如泉涌。

仿佛被藤蔓盘住，超男动弹不得，她也哭了："妈，你说这日子怎么过？"

四海妈哽咽着："有什么大不了的矛盾，怎么就到了这一步，不至于，不允许。"

"你问她。"四海说。

"我问心无愧。"超男涌动着，还是要走。

四海妈忽然撒开如意，侧身一把抓了桌子上的水果刀，比在自己脖子上。

"妈——"四海、超男再三惊呼。

"都发誓！不许离不能离！"四海妈涕泪纵横。


老默回到仙林的院子，朵儿什么也没问，只说："还有精神吗？你得出去一趟，妈被扣了。"

"谁扣？"老默惊讶，"警察？"在他心目中，这个丈母娘什么都干得出来。

朵儿见老默多想，一声叹息："什么警察，棋牌室，输钱了。"说着拿了钱包，里头有现金。她让老默尽量付现，结清了就回来。

朵儿没问潘攀的事。云淡风轻。这正是牛朵儿大气的地方。老默感到佩服。只是，她不问，他不能装傻不说。老默憨憨地："潘攀的工作，我会去做。她有时候不容易控制情绪，这么多年在外头，月亮她照顾得多，立场难免不一样。"话没说完，朵儿就拦在头里，说，没事，回头再说，能有多大事啊？你去解决，我放心。

女中豪杰。虽然拉扯着三个孩子，但朵儿骨子里那种豪爽气没有改变。是自信。对，老默不得不承认，从开始到现在，他都被朵儿身上散发出来的自信深深吸引。

开车去超男爸的棋牌室。老默一路开着车窗，散散味，也提提神，他太疲劳了。到地方，刚进门，就听到朵儿妈嚷嚷，用家乡话跟超男爸谈规章制度。大致意思是说，你们这个棋牌室管理太混乱了，这种场合，怎么能没有纪检部门？很多人是打勾牌来赚黑心钱的。

背对着门，朵儿妈没看到老默来。迎面，老默先跟超男爸点头打招呼，递上支烟。超男爸也不知从何说起，只说"来啦"。朵儿妈转头，看到女婿来，也有些讪讪地。他是来送钱的，输钱的是她，属于战败国，割地赔款。

两个男人走到小包间，朵儿妈没跟上。天色很晚，牌场里只还有一桌人。门缝里瞧，老默是交了一小叠过去。超男爸客客气气收了，他是借贷方。

"大过年的，都不让人安生。"等人出来，朵儿妈嘀咕。

超男爸笑说："我要有这么个女婿，我睡觉都能笑醒。"

老默有些尴尬，垂着手，朝外面走，装作没听见。

朵儿妈道："我输成这样，你还有心思开我玩笑。"

超男爸本就是粗线条的人，跟朵儿妈又是多年的交情，才不在意什么里子面子，随即小声说："人就怕比，你看我那女婿，八棍子打不出一个屁来，挣钱不行，要啥没啥，买房子还要我儿子贴钱，自己生儿子又生不出，要了屁用。朵儿她妈，我跟你说，你别来棋牌室挣钱了。"朵儿妈说，那我上哪挣去。

"开店啊？"

"开店？什么店？"

"药店。"超男爸说，"摆个摊子也行。"

"卖什么？就你鬼。"

"专科，大力丸，生男秘方，保准香港都有人来求医问药。"没说完自己笑了。

"去你的！"朵儿妈要打他。超男爸从年轻时候就这德行，嘴里没个好话。

车开过来了，停在门口。朵儿妈跟老邻居道别，又说了几句"新年好""恭喜发财"等吉利话，才上了车，副驾驶位。"把安全带系一下。"老默提醒。

车开了。朵儿妈的笑意也收起来。打麻将就是消愁的。打完了，愁还没尽消。她还想着潘攀那茬事。朵儿不问，是朵儿的大度修养。可她不行。

一辈子身体力行一个"争"字，她最讨厌的，就是落下风。

"太没有礼貌了！"朵儿妈故作惊诧。老默唔了一声。这是他惯常的应对方式。"你跟那个姓潘的，交代好了？"第二句才切入正题。

"都是误会。"老默尽量不激化矛盾。

"她是谁？"

"月亮的小姨。"

"前朝还能管得着本朝的事？"朵儿妈嗤之以鼻，"成笑话了。"

老默不作声，任由她说。

"月亮自己都没说什么，谁封她的钦差大臣？"朵儿妈展开了说，"难道她醉翁之意不在酒？电视里都演，姐姐去世了，妹妹补上，乌拉那拉氏什么的，我看她看你的眼神就不对。"

天马行空，却歪打正着。老默被猜中往事，手脚一发软，油门乱踩，方向乱打。朵儿妈惊叫你干吗！拐个弯，并错了道，迎面一辆小汽车，轰！

等朵儿妈反应过来，车子已经被撞出好远，倒退，死磕在路边的榕树上。

这破车没气囊。朵儿妈腿被压住，嗷嗷直叫，拼命抽，好容易出来。再偏头看老默，他额头上鲜血淋漓，趴在方向盘上，没了意识。

朵儿妈吓得连声喊救命，没人应。朵儿妈努力掏电话，屏幕撞碎了，已经关机。她要拿老默的手机，怎么找也找不到。慌乱中，朵儿妈深呼吸，两口。冷静，冷静。她摇下车窗，破声喊："救命啊！快来人啊！救命啊！"

路边有人走过来，朵儿妈这才哭出声。

四海妈的住处，超男和四海两口子刚坚决保证完毕，不离婚。暂时的。表面上和好了，一家三口回去。可四海妈想来想去觉得憋屈，自己坐那又哭了一会儿。睡不着，就歪在客厅看电视，迷迷糊糊的。

不能想，但又不得不想，她仔仔细细前前后后捋了一遍，得出结论：冰冻三尺，非一日之寒。在这个家里，四海一度太弱势了。现在有了点成绩，自尊心反弹。说实话，曾经，她也有点看不上超男那种往上够的姿态，认为太谄媚、太巴结，不好看，没骨气。可是，现实证明，一个穷人要有骨气，太难。要么你就甘于穷苦，可是，在深圳这样一个大都市，孩子们又是三十出头的年纪，能穷得心安理得吗？

不为自己想，还得为下一代想一想。因为这，她又理解、支持超男了。

人往高处走。男男所做的一切，也都是为这个家。

她还算守规矩。但不可否认，也有打擦边球的时候。四海妈混了这么多年，很多事情只能说人艰不拆。可她儿子眼里揉不得沙子。男人拼事业，靠的是本事，还有社交。女人拼事业，首先是社交。想在男人堆里找一个位置，谈何容易。

苦了男男。

不能离婚。这个家不能散，也没有这个基础、这个资格、这个能力散。

开门声。跟着灯亮了。四海妈下意识坐起。哦，是超男爸回来了。

"怎么样？赢了没有？"四海妈问，是指朵儿妈打牌的情况。

超男爸会意，哼了一声："三家赢一家，她老人家，差点输得裤子都没了。"

四海妈惊讶："手气那么不好？还是牌技问题？"

超男爸道："她就是太想赢，一手好牌都能打烂了，输了一大票，她女婿来交的钱。"四海妈"哦"了一声，偏头。超男爸反倒注意——眼睛红肿，眯成一条缝。

"你怎么搞的？"

"没事。"四海妈才想起来掩饰，已经迟了。

"大过年的，怎么哭起来了？"

"说了没事。"

"男男给你不痛快了？"

"没有。"

"如意不听话了？"

"别瞎猜。"

"四海闹的？"

"说了没有。"

"那到底怎么回事？"超男爸着急，"居委会来查非法同居了？"

"胡说。"四海妈不接他的幽默，"就是烧饭熏的。"

超男爸不是小孩子，不好糊弄。"亲家，真的，谁要是给你气受你别怕，你告诉我，我替你出头，我不管他是谁，我这一对拳头可不长眼。"

驴唇不对马嘴。若在平日，四海妈只会觉得鲁莽，没脑子的鲁莽。可放到这一晚，超男爸不管不顾的出头精神，却让她感到温暖。是，如果真有那么一个人毫无原则毫无道理地维护你，那是幸运。

"谢谢你，亲家。"四海妈笑了。

"亲家，今天过年，我给你提一个意见。"

四海妈没反应过来。还有意见了？

"咱们彼此啊，以后都别叫亲家了。太官方，太不自然。"

"那叫什么。"

"你就叫我老陈，我叫你老林。"超男爸说。

"我不姓林。"四海妈第一次澄清这个问题。

超男爸一拍脑袋："哦，糊涂了，四海姓林，四海跟他爸姓，亲家尊姓？"

"老陈。"四海妈说。

"哎。"超男爸答应。

没下文了。超男爸诧异，着急："有什么你说啊！"

"我也姓陈。"四海妈说。

超男爸愣了一下，哈哈大笑："抱歉抱歉，两个老陈，那真是一家人。"说着，情不自禁，拥抱上去了。四海妈不好意思，连忙躲开。超男爸这才意识到不妥，憨憨说："那行，我比你大，以后，我叫老陈，你叫小陈。"

阴郁的心情少了大半。四海妈多少开始体会到这样一个男人的好处。

## 75

没出年里，公司一个大股东找薛蓓，说几个股东约着一起去泰国苏梅岛聚聚。薛蓓一听，大概知道是李安东攒的局。若在从前，薛蓓可能一口回绝。但公司发展不错，一年光盈利大几千万，规模也从创业之初的几人发展到二十人左右，都是一条船上的人。薛蓓认为没必要跟钱过不去。可在朵儿家聚餐时，李安东的突兀表现，又让薛蓓警惕。

创投圈的人，到了这个段位，还执着于一段感情，薛蓓觉得，李安东不是情种，就是完全为满足自己的捕猎心态。不过，转眼一两年，薛蓓的心态也有了变化。

最根本的一点，有钱了。她应该感谢李安东。

放到现在，让她再嫁进温晓涛家她都未必乐意。当自己足够强大，又何必寻找贤妻良母这种角色的庇护。更何况，事实证明，温晓涛家也不是固若金汤。

时代风向不明，谁都有可能跃起，也可能瞬间跌落。薛蓓甚至有些享受单身状态。

只是孩子是个难题。

前一阵有女星去冻卵，说是后悔药。薛蓓也关注并联系了，只是没考虑好，暂时没行动。

到苏梅岛。入住椰林酒店，开窗就是泳池。景观是大海。股东们时间不一，分批抵达。晚上聚餐，薛蓓才发现李安东没来。

老实说，她有些失落。谈话间笑说："东哥比我们都忙。"

第二股东是个温州人，在全国有好几个家，每到过年无法协调，总是喜欢出国游，躲起来，都不去，就平衡了。这局是他攒的。"估计到小女友家里表现去了。"温州股东嬉皮笑脸，撇着乡音："不像我们，孤家寡人。"众人纷纷群起而攻之。薛蓓有些不舒服。

李安东一直对她穷追猛打。从北京，到上海，到深圳，从嫁给温晓涛之前到她跟温晓涛之后。她已经习惯了他的存在。作为一只备胎，一种姿态，一个战利品。

大军压境，强势围城多少年，忽然撤兵了，薛蓓反倒觉得空落落的。

人生需要对手。懂你的戏的对手。

泡在泳池里，只露出个头，海岸，满是灯光。不知怎么的，此时此刻，薛蓓对李安东忽然有些愧疚。实现人生跨越，需要贵人。无论薛蓓怎么抵触、否认，李安东的的确确在人生的关键几步，或者说在她落魄的时刻帮了她。

她不说，陌生人谁会知道，在不久之前，她还是个被逐出家门、离了婚、靠卖保险为生的女人。

手机摆在泳池台子上。薛蓓注视着。许久，抓起来，刷到李安东的号码。

想了想，还是放下了。

她给他打，想说明什么呢，说明心里有他，担心他惦记他？有什么用？可惜就是谈不上爱他。

可能是相遇的方式不对。如果是自由恋爱，有没有可能爱上他呢？薛蓓不是没想过这个问题。或许会。可人都有过去，每个人都带着自己原生家庭的烙印走自己的路，这就是命运。

回房间休息。打开电视，正在放电影——老片子《乱世佳人》。以前瞄过几眼，从未认认真真从头看到尾。来泰国，一个人，看了上部看下部，薛蓓点播到半夜。她忽然觉得，自己有点像里头的斯嘉丽，温晓涛是阿希里，李安东就是白瑞德？

哦不，怎么能有这种想法。

按照这个结局，斯嘉丽是和白瑞德在一起的。她刚开始欣赏不了他的好，一个痴情的浪荡子。或许吧，薛蓓想，可惜不是乱世，如果真在乱世，她或许会被他的大男子主义的柔情征服。

拨弄手机，翻翻朋友圈，看不到任何蛛丝马迹。李安东是很谨慎的。

可就是在她这里不谨慎。她才不要做随便的女人。

睡一会儿吧。第二天还要去看四面佛。她打算好好拜拜。

手机振动，来电话了。李安东！

犹豫了一下，薛蓓迅速做决定，还是接了。要装作睡意蒙眬的样子，她可不想让他知道，来泰国度假还失眠。

"喂——"虽然有睡意，但依旧是公事公办的口吻。

电话那头没声音。她又"喂"了一下，跟着又一下，准备挂电话了，那头才说，哦，蓓蓓，真是抱歉抱歉，不小心按错了。

莫名其妙！半夜三更，要给谁打电话，还"不小心"。

显然是心理战。

薛蓓告诫自己，更要装作无所谓："哦，没事。"她大度。

"在那边还好吧？"李安东就势问。

"还行。"薛蓓不做评论。

"主要小贤生病，否则他陪你过去。"

"不是有大家伙呢嘛。"

"那就这样？"

"晚安。"

挂了电话，薛蓓还是睡不着。苏梅岛天亮得早，她一个人到海滩走。李安东是什么意思，她懒得猜。她发现他有个毛病。越是公众场合，他越张扬，恨不得向全世界宣布，他要娶她。但到了一对一的时候，他则变得绅士无比，不越雷池。

浪给谁看？故意制造舆论压力？

越往深了想，薛蓓竟然感到一丝害怕。日久生情也是情，她怕自己再一次陷进去。李安东原配至今还神神道道的。虽然他离婚不是因她而起，而是由来已久，但当年的一场大闹，至今都让她心有忌惮。他还有孩子。一个儿子在国外。李安东强调过，儿子不会妨碍他作任何选择。

所有人都依靠着他，一切都在他掌控之中。

一大早，超男请求语音通话，薛蓓接了。超男求帮忙，想让她问问李安东，四海是不是找过他，是不是打算跳槽去他那。薛蓓诧异："没听说。"

"你帮忙问问。"

"让小贤问不也一样？"薛蓓说，"他没来苏梅。"

"怎么能一样，你跟李总更熟悉。"

这话说得薛蓓有点不高兴。虽然是事实，可她不想跟他"熟悉"。

"四海又要换工作？"

"因为这事闹呢。"

"有什么可闹的。"

"一言难尽，你帮我问问。"超男急切。薛蓓答应回去见到了当面问问。

白天拜四面佛，薛蓓潜心祈祷，可跪下来之后，她才意识到，自己也不知道要求什么。事业？婚姻？孩子？都有求的余地。想来想去，还是先求孩子，这个最迫切。

寺庙外头有算命的，是个当地华人，中泰英三语都没问题。有个秃头股东去算。大师算出他有三房太太，要注意红尘劫。小温州诧异，说不是只有两房吗？大师用手比三。秃头股东抿嘴，含而不笑，算是默认了。小温州咋呼："好哇你个老邢，再纳一房，可杀可恶！"又算事业，大师说他还有两年的财运。问怎么破。说要给钱，做法事了。众人哈哈一笑，都不打算深入。

大家撺掇薛蓓算。薛蓓说她才不信这些，便走开了。

去过大皇宫，自由行动，偏偏又绕回来，薛蓓单独去找算命大师。

伸着手，手纹摊开："我婚姻运怎么样？"

"你有过两段婚姻，都失败了。"

准！头皮发麻了。薛蓓开始重视。

"接下来呢，会怎么样？"

大师摇了摇头。"什么意思？"薛蓓问，"怎么破解？可以加钱。"

"有的能破，有的不能破。"

几个情况？薛蓓抓狂，有钱还不赚？她被撩起来了。

大师用两根手指朝她心口一点。薛蓓呆呆的，静等下文。

"问问你的心。"大师垂目，不看她，"为自己找点信仰吧，福报，是要修的。"

瞬间，如醍醐灌顶，整个人只是惘惘地，转看四周，薛蓓竟然觉得一切都不陌生。云开雾散，迷途知返。自己的心，本心是什么，又去信仰什么。她似乎懂了一些，但又不全懂。

人，最难的是认识自己。

回酒店，突然警报声响，火警。所有人都往外疏散，等都出去了才发现是虚惊一场。小温州抱怨："我就说嘛，都是水的地方，怎么可能失火。"

秃头股东道："那不一定，这叫水与火的缠绵。"

小温州说："啧啧，邢老大就是不一样，水与火都能缠绵，接下来是不是该天地大冲撞了？"

警报解除。酒店要重新办理入住手续。众人都嫌麻烦，但还是配合。薛蓓交上护照，前台小姐用蹩脚的普通话表示，要给薛蓓升个豪华套。小温州问："那为什么，就因为是女士？"

前台小姐用手在护照上划了划，又说英语："This is special gift for birthday."

这下明白了，过生日的客人的特别礼物。

秃头股东第一个反应过来："呦嗨，巧，薛总生日，今晚得庆祝庆祝。"都跟着起哄。薛蓓有些不好意思。说实话，她自己都忘了这茬。但说也没人信，那就不解释。

上了三十之后，薛蓓就没过过生日。太大了，她自己有些无法接受。不过事业有了进展，她的焦虑有所减少，已经能够正视年龄，欣赏这个年纪的美。

二十岁的女人是青葡萄，还没成熟；二十五岁的女人是紫葡萄，鲜得刚好；那三十岁的女人，则如她手中的葡萄酒，已经要开始酿出超越本身形态的韵味。那到了三十五岁呢，应该能品了。

"怎么样？让我们举杯，为薛总的美好年华，庆祝！"秃头股东率先发力，说辞老套，却不乏温暖。

两杯酒下肚，薛蓓脸上烧烧的。

时候到了。小温州带起头来，拍手唱生日快乐歌。

嘿，流程走得真足。薛蓓也不由自主跟着拍手。

服务生推蛋糕车进来。小温州起哄："哎哟真好，看看多帅的帅哥给你送蛋糕来了。"

薛蓓转身，果然，蛋糕塔在车上缓缓移动而来。塔后面，一个男子抱着玫瑰花。薛蓓没注意，接过花，连声说谢谢，一抬眼，却看到个熟人。

是李安东。

## 76

朵儿赶到医院，她妈的伤口已经处理好。头上包着，胳膊上打着，都是绷带。"老默呢？"朵儿急促地。朵儿妈努努嘴。病床上躺着个面目全非的人。几乎全身都被绷带缠满了，打着点滴。朵儿失声痛哭。老默这次恐怕凶多吉少。

朵儿妈晃悠悠道："哭啥，孩子呢？"朵儿哽咽着说，托给儿童中心了。"那我回去先顾着孩子。"

心这么狠！朵儿叫了一声妈。朵儿妈随即嚷嚷道："你妈没死呢！"病房门口走进来个人，抬头看，是老默，架着个单拐。"去哪了？"朵儿拧了他一下。老默哎哟叫说"伤伤……"

以前一个人的时候潇洒，不想未来。就是刚跟老默在一起时，她也从未担心过。未来，稳稳的，何忧之有？可在她接到交通大队的电话，说她妈和老默出事故的那一刻，她脑子"嗡"的一炸。她意识到，原来她可以随时失去他们。未来？哪敢想。三个孩子，没有妈妈，没有老默。

朵儿没落泪，可站在病房里，她上前给老默一个拥抱。

朵儿妈看不过："你妈不是亲的，你妈伤得再重都没问题。"朵儿想提她妈打麻将的问题，可话到嘴边，又咽下去了，避免激化矛盾，伤好了再说。

"孩子怎么办？"朵儿妈提出个现实问题。三个大人伤了两个，只剩一个可以带孩子。"实在不行请保姆吧，"朵儿说，"四海妈不是还顾着呢。"

朵儿妈道："那天吃完饭就说不做了。"朵儿有些着急，说我想办法，你别管了。

"我倒不想管。"朵儿妈横眉竖眼，"你倒是做事靠点谱。"

老默上病床坐好。

"怎么什么都往我身上扯？"

"饿了！"朵儿妈不接女儿的茬，说别的。朵儿说她去打饭。朵儿妈又嫌医院的饭不好吃。朵儿说那点外卖，朵儿妈又嫌外卖用的都是地沟油。

难伺候！朵儿有些光火。

-335-

朵儿妈这才说："那要不咱俩下去看看。"朵儿说你这个样子还走什么。朵儿妈非要去看看菜。朵儿没辙，只好搀着走，木乃伊似的。

到食堂叫好菜。朵儿妈忽然拉着女儿说："你知道这次为什么出事故吗？"

朵儿心不在焉。

"牛朵儿！"朵儿妈正色。

嘴巴挺住，几根菜叼着："一惊一乍的。"朵儿不满她妈的态度。

"你必须提高警惕。"朵儿妈那口气像在防阶级敌人。

"妈你到底要说什么，你这不是大难不死，必有后福了嘛，消停消停，吃饭。"

"你知道为什么出事故吗？"又问一遍。

放下筷子，"为什么？因为你打牌输了？"朵儿随便猜。

"你知道为什么出事故吗？"第三遍问。

"不知道，也不想知道。"朵儿继续吃饭。

"我一提潘攀，就是月亮那个小姨，就出事故了。"

"什么意思？"

"什么意思？"朵儿妈哼了一声，"这个潘攀，月亮的小姨，跟廖老师过去有过一段，你信不信？"朵儿的心脏咯噔一下。

本能地，她不舒服。她对潘攀谈不上厌恶，但也绝对不喜欢。

老默遇到她之前的故事，已经十分遥远。她没问过，他也没说。这时候突然冒出来一个潘攀，月亮的小姨。她来的目的，朵儿早都猜个八九不离十。

她对自己有自信，以退为进就好。她年轻，未来的路还长，有学历有才智，她没必要去争、去抢。至于三个儿子，该承担的她承担。承担不了的，她相信老默也不会坐视不理。他有他的权衡、安排。

可朵儿妈说的所谓的"一段情"，着实出乎意料。

"别瞎猜。"朵儿不把事情夸大化。一个能说成两个，两个能说成一群，这就是她亲妈。都负着伤，缓一阵再说。

"就到此为止了？"朵儿妈着急。朵儿说没那么复杂，意外就是意外，妈，你现在的任务就是把伤养好，其他不用你考虑。朵儿妈道："不用我考虑？这亏得是我跟着一起出车祸。"

朵儿不理解其中深意，直着脖子看她妈。朵儿妈被看得心里发毛，说："看我干吗，事实如此，如果不是我这个福大命大的在车上顺带保佑着，他能这样全身而退？"

"这世上没有如果。"

"以前薛蓓给他办的保险，那受益人，写的是你还是孩子？"朵儿妈思维跳跃。

"现在是考虑这些的时候？"

"怎么不是，你认为那个潘攀回来是做什么的？这些问题老默不提，你也不想，亏你们是把墓地都买好的人。"朵儿妈一扯就扯远了。

朵儿端起饭盆，先走了。朵儿妈跟在后面吐槽："这个不孝女！"

当晚老默留院观察。医生说，最少要住院一个星期。车报废，等着保险公司理赔。交警大队又要取证，问询，明确事故责任方。前前后后，里里外外，朵儿忙得奶都来不及挤，上有老下有小，朵儿真真切切体会到了"中年"二字的分量。

她必须力挽狂澜，必须三头六臂，必须坚不可摧。倒下了，一准就猢狲满地，不可收拾。

在家休息几天。朵儿妈也是变着法儿地抱怨。过去她总担心朵儿受婆家欺负，尤其婆婆。她曾说，牛牛最好找个没婆婆的，跟她一样，进门就当家。但现在，朵儿妈的口风变为："每个人的存在都有她的历史作用，婆婆也不都是不好，你说你当初要是找个有婆婆的，孩子奶奶好歹也伸把手，老骥伏枥一把，发挥发挥余热，咱娘俩何至于累成这样。"也有顺着当年的话说的："当初我跟你爸，就是想把你培养成科学家，现在好嘛，纯种的家庭主妇，早知如此，还费劲巴拉地高考考研考博干吗？浪费时间！你要生，早点生，现在别说我这个年纪帮不了你什么，就是你自己也吃力。牛牛，你多大了，就打算耗在家庭上了吗？真的，不是妈妈危言耸听，你没有那个条件，你还有三个儿子要养，这可不是给口饭吃就行了，是要培养，要成才的，这里是哪里？是深圳，你以为给孩子一个开裆裤就能把孩子养好？那个时代过去了，我都没跟你说，上个月尼尼游泳班的钱，都是我垫的，真是我的亲外孙，都是钱，真的，这是深圳，牛牛，我都替你愁……"朵儿妈喋喋不休着。

朵儿脑子像是被砸了一千遍。

哐当！牛奶瓶子碎在地上。朵儿干的。

"你疯啦！"朵儿妈尖叫。

朵儿不理睬，哄孩子去了。不要说，要做。

听着妈妈的歇斯底里，朵儿反倒觉得解压了。

观察情况不错，没出年里老默就回家了。朵儿怕两个人睡一张床挤到他，单支一张小床，自己睡。大床让给老默。

准备好了。一个晚上，朵儿才不经意问："潘攀这次回国有什么事吗？"

老默稍微侧侧身，不是脱口而出，在想怎么答。

有故事。朵儿警惕了。

思忖了一会儿，老默选择实话实说："说是代表月亮回来的。"

震惊。朵儿没想到老默一上来就来真的，她本打算上演的逼问戏码，直接豁免。

"你怎么处理，是你的事情，我不会干涉。"朵儿深明大义。再一个，月亮长期在外头，她也心疼她。虽然是后妈，也没怎么打过交道，但无论里子面子，朵儿向来顾到。

老默说你放心，一碗水肯定是端平的。朵儿打趣道："你当你是亿万富豪还是《红楼梦》里的贾母，别说一碗水端平，就是端不平，又能有多少水？"

老默憨憨笑。朵儿又问潘攀住哪儿。老默说她自己有住的地方，说是住在一个朋友家。朵儿说到底是亲戚，哪天见见，我们这里实在是事情多，顾不上招待请她多包涵。老默嗯嗯啊啊。朵儿着急："有些话你要说，有些情况你要反映，不然误会不就加深了吗？我跟月亮，一直都好好的，这半路跳出来个小姨，一下破坏了家里的生态环境，得不偿失。"

"还是你有智慧。"老默说。

"等会儿，"朵儿狡黠一笑，"还有问题。"

"什么问题？"老默动了动身子。

"这车祸怎么发生的？"

老默想了一下，吞吞吐吐描述说车子拐弯并道，迎面来了一辆车，我想避开，谁知道没能避开……

"不是问这个。"

"那问什么？"

"心理活动。"

"什么意思？"

"你听到了什么，产生了心理波动，遇到车，没避开，然后才有后面的一切。"

"记不清了。"老默企图掩盖"犯罪现场"。

"真的？"朵儿点头微笑，蓄势待发状。

"千真万确。"

"那我问你，潘攀以前和你什么关系，你们之间有过什么样的化学反应？"是笑着说的，朵儿故意营造轻松感，但其实格外严肃、凝重。

老默这下翻了个身，吸了口气。"化学反应没有，物理反应可能有一点儿。"老默说，"她追求过我。"

彻头彻尾的大实话，是老默的风格。

朵儿反倒不知道怎么接了。追求过，然后呢？她扭了一下脖子，做坐等下文状。

老默继续说："一共两次。"

唔？还两次？！有故事。朵儿心海泛波，但还是保持微笑，维持镇定。

"一次是在我和月亮妈结婚之前，那时候我是歌唱演员，年轻，有朝气，也有一定魅力。一次是在月亮妈去世过后，她觉得她应该来照顾我和月亮，可是感情的事情怎么可能勉强，我拒绝了她。她很不高兴。月亮去国外也是她一手操办的。她们亲，我成了坏人。"

老默的坦诚令牛朵儿心里舒服多了。至少她可以确定，眼前这个男人的心，是向着自己的。两次强攻，两次不下，潘攀铩羽。而她呢，四两拨千斤就拿下了老默。这证明了她的价值，也证明了老默的价值。有人抢，她更有"如获至宝"感。

"她没结婚？"朵儿想了解更多。

"结过，男方是个白人，离了。"

"她做什么工作？"朵儿问，"很缺钱？"

"学的是中文，去加拿大之后改计算机，做程序员，2000年左右她在美国倒房子，囤下一批房产，现在当地主，清闲。"

"这个新鲜，怎么倒房子？"朵儿坐起来，聆听。

老默说，我也是听说，说大概2000年左右，美国经济不太行，很多公司裁员，潘攀也被裁了。后来她搬到波特兰，在半导体行业混了几年，在牙医软件行业混了几年，到2010年左右，当地房价大跌，尤其是华盛顿州温哥华以及周围小镇跌幅尤其大，四五十万的豪宅有的都降到二三十万，潘攀就像买白菜一样，到处看房，买房，买得多是银行卖空房和银行持有房。又过了几年，房价又开始涨了。波特兰涨幅全美第一，租金也跟着涨。潘攀富起来了，把月亮也叫过去发展。

"她当初哪来那么多资金买房？"朵儿不解，"她存款多？"老默说，这在当地华人圈里已经不是秘密了，现在以房子赚到钱的，当初都是现金加贷款双管齐下。低价位的房子直接拍现金，现金比贷款更有优势。如果有一栋物美价廉的房子有几个买主抢，直接拍现金击退他们。不过潘攀手里的所谓"现金"，本质上也来自贷款，钱都是从房屋增值抵押贷款里取出来，充当"现金"。当她付清一笔房子的钱之后，再拿这栋房子申请抵押贷款，再买下一栋，以次类推。最后就当了"地主"了。

"聪明的女人。"朵儿赞叹，"商业头脑，我开始有点喜欢月亮小姨了。"

"她是聪明，没有智慧。"

"她没孩子？"

"年轻的时候忙事业，没生。"

"有远见。"朵儿说。

老默不解，皱皱鼻子："什么远见？"

朵儿道："都是搞理工的，人家搞了几套房子，我呢，欠了几套房子。"

老默笑，半起身要拥抱朵儿："你是伟大的母亲。"朵儿反手一击，不小心打在受伤处，老默耐受不住叫了一声。身边两个小的哭起来，炸弹般。

怎么哄都不好。

门外传来朵儿妈的抱怨："顾好点，半夜了都哄不好在这号，要吃给吃，邻居都要上门了。"朵儿抱着孩子站起来，又是唱摇篮曲，又是解衣喂奶。

一个，又一个。

终于不哭了。夜，静静的。

## 77

当着四海妈做了保证，不离婚，但超男、四海气都没消。一到住处，两个人就各分两头，忙自己的事情，不言不语。很晚了，如意聪明，见爸爸妈妈都不动弹，小声试探性地喊："爸爸妈妈该睡觉了。"

超男不挪屁股，抱着电脑看东西。

四海先脱了衣服，坐在床上。

"今晚我和如意睡床。"超男不抬头，但气场很大，稳稳地。

四海也不跟她争，抱着被子歪在沙发上。

大开间，很容易相互影响。过去一家人同步起睡，互不干扰。现在各自为政，四分五裂，难免磕碰。

"灯能不能关掉？"四海没好气。

电脑一合，超男起身，走到沙发边，一扯，四海光溜溜露在外面。

"盖毛毯去！"超男不看四海，"跟孩子抢被子，你好意思？"

搬出女儿来，四海没话说了，只能自己去柜子里拿出一床毛毯盖。如意爬上床，跟妈妈睡在一头。灯还没关。超男在翻手机，她故意耗一会儿。不为别的，就是不想听四海的安排。要杠，那就杠到底。如意散开头发，像个瓷娃娃。

趴在妈肚子上，如意微微抬头："妈妈，不要和爸爸离婚。"

超男愣了一下，很认真地："那要看你爸爸的表现。"

"一家人要在一起。"如意一套一套的。

超男不说话。灯光斜着照过去，如意的睫毛忽闪忽闪。

"我们幼儿园小朋友里有爸爸妈妈离婚的，特别可怜。"如意越说越深入。超男不得不正面应对："可是如果爸爸妈妈没有感情了，就不能够在一起了哟。"是狼外婆的口吻。超男试图用儿童的语感沟通。可如意根本不买账："没有感情也不能离婚，奶奶说了不能离婚。"

超男不耐烦："睡觉！大人的事，小孩别管。"

如意"哇"地哭了，喃喃碎语："不离婚不离婚，爸爸妈妈不离婚……"一瞬间，超男百爪挠心，朝女儿屁股上轻轻拍了一下。如意哭得更大声了。四海从沙发上跳起来："你打孩子做什么？"又对如意，"来，跟爸爸睡，不离婚不离婚。"

是说给孩子听的，也是说给超男听的。

真到了离婚那一步吗？未必。在超男和四海心里，都没有下定离婚的决心。可是，局面已经闹到这一步，两个人都不服，都有气，谁都不愿意先割地赔款，低头和好。今时不比往日。相敬如宾，那是说刚结婚或者婚姻已经麻木达成潜在契约的人的。超男和四海，则是不上不下。更何况，局面远未明朗。超男揣度着，四海未必敢辞职。辞了职他去哪？静观其变再说。四海则想着，是男人就动真格的，两口子吵架好比打仗，这一役，他一定要把超男的"坏毛病"扭过来。

第二天，事先定好陪如意去海边的亲子农庄玩。早起，四海占着厕所，反锁。超男着急，敲门。四海把门打开。"你快点，让让。"超男一脸难受。若在从前，四海保准三下五除二解决了，给超男腾地方。可这天，他偏偏要多坐一会儿。

超男用牙刷头戳他:"快点儿!憋不住了。"

四海见她来真的,洪水决堤对自己也没好处,这才处理了,让出位子,晃晃悠悠去刷牙。

超男坐上去。半秒钟不到,伴随着声响,泥石俱下。

过去四海从来不说,可这天偏偏摆出嫌弃脸,拖长音调:"注意,你是女同志。"

超男当即反驳:"你就是把世界小姐娶回来,也得吃喝拉撒!"

四海捏着鼻子出去了。超男随手抓一个洗脸棉,丢过去,啪,贴在门上。

收拾好下楼,四海开车。过年,不少人回老家,深圳道路略空旷。四海忍不住飙了一段。超男抱怨:"慢点,车上还有老弱病残孕呢。"

如意问:"妈,谁是老弱病残孕?"

被问住了。超男有些尴尬,四海忍不住笑。可超男毕竟是学中文出身,急中生智道:"老是你爸,老男人了,弱是你爸,有点弱智,病是你爸,神经有病,残是你爸,脑子残疾,孕……"编不出来了。四海接话道:"孕是你妈。"

如意天真地:"妈妈,什么是孕?"

超男温柔地:"孕是好的意思,孕育,妈妈孕育了如意宝宝。"

如意若有所思。

超男恢复严肃脸,气未消,鼻孔撑得老大。如意仰望超男的鼻孔,小手比在小脸旁,画弧:"妈妈,记得微笑。"超男哭笑不得。

四海得意,故意放大音量:"如意,别管你妈妈,你妈妈是心理咨询老师,会自己调解的,没有她不开心的事情。"

赤裸裸的挑战。超男反唇:"你爸才厉害呢,专治开心,谁开心,他能把人治得不开心。"

四海立刻反击:"你妈妈才厉害呢,没有你妈妈不认识的人,上上下下,没有你妈妈搞不定的事情。"超男来气,对如意:"你爸才厉害,比葫芦娃的铁头都硬。万事不求人,都靠自己,你爸爸不应该做男的,应该当女的,家庭主妇,关起门来管自己就行了。"

两口子喋喋不休。如意捂住耳朵,如临大敌。

还在说。如意尖叫,两个人都不说了。

车沿着海岸开着。一只海鸥乱飞,迎面撞过来,四海乱打方向盘。海鸥却轻巧一闪,翅膀拉伸,留了一大泡白屎,击中挡风玻璃。

"这晦气!"超男嘀咕。启动雨刷。白屎糊成一片,四海不敢乱开,喷水,雨刷子刷得勤。

进了童乐园,人不少,超男给如意换了一身运动装,便放她去塑料球城堡玩去了。一片蓝白色,塑料球的海洋。

充气门口,超男站在一边,四海站另一边。孩子进去了。他们没必要再装和谐,仿佛包公两边的王朝马汉。四海望着球的海洋,呆呆的,他无法理解,为什么超男会变得如此不可理喻,从前她虽然好强,可还不至于像现在这样是非不分,毫无做人的底线。他装作不经意朝她那边望一眼,又赶紧收回目光。她好像也在看他。

超男也慌忙调回眼神,还好,撩头发作掩护,重重吐一口气。她很失望。她自认自结婚以来,她陈超男一心扑在家里。她考虑所有问题的出发点,都是想着怎么为他们这个小家添砖加瓦。可他呢?唱反调不说,还提离婚!是可忍孰不可忍!超男怎么都猜不透,原本那个老实木讷的丈夫林四海,怎么会变得如此强硬、霸蛮!关键还毫无道理!

上空一阵悦耳的音乐。亲子农庄春节运动会开始。

超男和四海都下意识往后躲,如意却嚷嚷着要参加。超男对如意:"别闹,一会儿采摘春甜橘呢。"工作人员上前,劝超男和四海。超男朝四海看,"参不参加?"四海不作声。超男不满,"该你说话的时候又不说了。"如意还在嚷嚷,好说歹说参加了。

第一个项目。爸爸上,搬南瓜。庄园也不知从哪里弄来六十个巨大南瓜。六个赛道,六个爸爸参加。把南瓜从这头搬到那头就算胜利。每人的任务量,十个。

纯体力活。四海算不上健壮,平时疏于锻炼,猛然上阵,头皮发麻。但不行,为了孩子,为了自己的面子,拼了。吭哧吭哧搬。第五名。倒数第二。

超男皱眉。如意高兴不起来。

第二个项目。妈妈上。穿针引线。塑料做的大型缝衣针,针鼻子老大。妈妈用一个瓜藤做线,先穿过针鼻者获胜。超男准备好了。如意给妈妈叫好。可号令声一下,超男又慌了神。猛眨眼,隐形眼镜掉了一只,根本对不准针鼻。得了个倒数第一。

如意叹气叹得更重。太失望!

超男和四海对看一眼,相互鼓励,最后一个项目,只能赢不能输。

第三个项目。采摘春甜橘。爸爸和妈妈单脚捆在一起，三只脚行走，在规定的时间内去果园采摘春甜橘并返回。孩子称重量。采摘重量最大的家庭获胜。

捆到一起了。两人三足跑，超男和四海有信心。团建的时候玩过。

一二三，开跑！如意给爸爸妈妈鼓劲。超男和四海数着拍子，一同出脚一同迈步。去的这一路，还算顺利。到橘子树下了。超男命令："捡大的摘。"四海手忙脚乱。超男不耐烦。配合不协调，橘子摘得不多。时间快到了。

"撤退！"超男像在打游击。

四脚并三脚。超男和四海一手抓着一筐，连忙往回赶。有人超过去了。又一家，又一家。超男着急了："冲啊！"四海慌了神，脚下不稳。刚好遇到个坑。一个前扑，狗啃泥。超男被四海的一百好几十斤牵扯，重重摔在地上。春甜橘滚了一地。

其余家长都到终点了。

如意傻愣愣站在终点线边，终于哭了。

超男和四海对望，唉声叹气。

整理好衣装，超男抱如意上车。她手上还有泥，一块湿的黏土，怎么也洗不掉。四海开车，稳稳上路。一家三口一言不发。

后座椅上，手机响了。是超男的。

她手脏，便指挥如意："按免提，帮妈妈按免提。"

心灵手巧，如意接了电话，按免提。

是快递员，说："请问是陈超男先生吗？快递。"

超男白眼一翻："是陈超男女士。"

快递并不感到抱歉，改口："陈女士，您在家吗？您的快递。"

超男也有些抵触情绪："我没买东西，没有快递。"

快递员一字一句读出来："寄件人，沈伟，寄件地址，英文的，新加坡？"

刚说完，四海头脑一蒙，脚下一使力。车刹住，停在路边。他扭头对手机免提咆哮："丢掉！丢掉！垃圾桶丢掉！"

"你疯了！"超男护住孩子。如意吓哭了，她没见识过这个样子的爸爸。

"不许你跟姓沈的往来！"

超男瞬间火撞脑门："那是你老板，给你发钱的人！你别搞错了！"

"再往来就离婚！"四海说一不二。

"离就离！"超男脖子上的筋爆着。

第二天，两个人果真拿了材料，去民政局要办离婚。没开门。民政局值班的人说呦，抱歉，我们这办这个的小姑娘回家休婚假了，这大过年的，再想想，不急着这一天两天。

出了民政局。两个人都有些索然，气已经不像头一天那么大了。

可既然来了，总要有个说法。

四海说："那就算我们试离婚吧。情感上已经离了，现在就是离的状态，至于这张纸，以后再补。"

"同意。"超男答得很干脆。

## 78

生日闹到过午夜。都喝了酒，形骸放浪，情绪复杂而高涨。小温州和秃头股东均对酒当歌，发出了人生苦短的喟叹。李安东还保持着庄重，他喝酒不上脸，不耍酒疯，喝了跟没喝一样——至少看起来如此。薛蓓双颊绯红。

李安东这日的"突然袭击"，薛蓓惊愕，但打心底却并不反感。

时过境迁，当年所有的疙瘩解开，她离了婚又重新开始，取得现在的成绩，心中已经没有了当初的"道德负罪感"。她不得不承认，自己的出身，曾经是那么样的限制了她的视野。

从底层上来，她以为自己想要的不过是一个安稳的家庭。这个家庭要中产以上，有一定的社会地位和人脉网络，她身处其中，扮演一个贤妻良母的角色，踏踏实实、安安稳稳过一辈子。

可事实证明，她演不好这个角色，中产家庭不接受她。何况当下的中产，是那么的不堪一击。薛蓓扪心自问：自己想要的生活是什么？

财务没压力，有自己的一份日子，有个孩子更好。于婚姻的围城两进两出，慢慢地，她甚至觉得，婚姻这个东西，对于她这样一个女人来说，未必就是必需品。

退一步讲，即便需要，也一定一定要慎重。

三入围城，如果再次破裂，那真要成为"佳话"了。她不是伊丽莎白·泰勒。

站在天台上，薛蓓裹着披肩。夜晚的海，黑黝黝一片，不复温柔。

后面走上来个人。

薛蓓猜到了是他。那沉实的步子。她没回头。

李安东走近了。两个人并排站着。一时无话。

还是薛蓓先开口。"谢谢你。"

李安东说:"本来来不了的,临时过来,刚好赶上了。"

"其实你不用这么做的。"薛蓓说,"你就是太不入俗流,你看看人家小温州,邢哥,还有金老师,有放不开吗?人在商场,在两性关系上,有几个出淤泥而不染的?你真成一道清流了。"

"俗流容易,我愿意做清流,更有价值,要走难的路。"

薛蓓说:"可能我没你那么伟大,我这辈子就想入个俗流,但没想到一不小心活成另类了。"

"我们结婚吧。"李安东突然说。

一记闪电。薛蓓头是蒙的。是第一次?哦是,李安东第一次在两个人的场合,严肃认真地表达这个意愿。

"为什么是我?"薛蓓问,"像小温州那些情人,都想跟他结婚,小温州就没这么傻。"

"那不一样。"

"本质上都一样。"

"我认为结婚是对你的尊重。"李安东很郑重地,"小温州不会跟那些女人结婚,是因为那些人你就是不跟她结婚,她们也不会走。那还有结婚的必要吗?你不一样,你会跑,会离开,你知道吗?我们之间,我是弱势的那一方。"

"你有钱,有身价。"

"钱能买到感情?"李安东说,"内心深处你不是这样想的。你如果真这样想,当初你就不会走,也不会走后来这么多所谓的'弯路'。"

"什么是弯路,什么又是近路,人生的终点不都一样?"薛蓓说。

"你还相信爱情。"李安东感慨的口气,"这是一种珍贵的东西。越是往人生的后半段走,越珍贵。我和你一样,也相信。"

"你可能误会了。"

"我看人不会错,真正想走捷径的女人不会像你这样波折,现在很多小姑娘都明白,提升自我条件就能过得顺风顺水,直接上一个档次,最简单的模式是,花十万整容,花一百万留学,然后嫁给家里有一千万房子的人。这种女人看上去完全是精致的,纯洁的,高尚的,可是有什么用,哪里有什么真感情？而你，从头到脚，一根头发，一颗毛孔，一个细胞都是真的。"

"你太高看我了。我不过是一个庸俗的女人。"

"你去冻卵了？"话锋一转。李安东有备而来。

薛蓓震惊，她盯着李安东的脸。他怎么知道？哦，天底下或许没有他不知道的事。在他面前，她是透明的。

"有什么指教？"薛蓓下意识挡了一下。保护自己，敞开的心瞬间关闭了。

"何必这么大费周折。"李安东说，"你如果不想结婚，可以不结婚，那样也可以生个孩子，这些都可以保密。蓓蓓，我只是觉得，我们这一生，一定是会发生联系的。"

感动。薛蓓有些感动。这感觉仿佛是，她成了个男的，他则是个女的。开天辟地以来，哪有男的求着女的合作生孩子的？看来李安东是真爱她了。

可是，生了孩子就甩不掉了。那是一生的连接。

薛蓓出神，往事一幕幕，在脑子中迅速走了一遍。她为什么不爱他？恐怕因为她最初接近他是为了钱，一开始相遇的方式就不对！

"蓓蓓，你在顾虑什么？"

瞬间回到人间。薛蓓望着李安东的一双眼，无限迷离。

"你比我都超前。"薛蓓说。她不想这么不清爽。

"再考虑考虑。"李安东劝，"什么事情都不要着急第一时间做决定。"

隔天说好潜水，上午起床，一行人上船，开去不远的小海岛。换好衣服，电话来了，是李安东的。小温州说："快点啦，老李，衣服都换了，都在等你。"

李安东面色凝重，频频点头。

薛蓓见他脸色不对，取下氧气罐，在一旁听着，海风磅礴。李安东对着电话大喊。本来说笑的几个人，都不言声了。秃头老邢问："老李，别生那么大气嘛，出来玩还带什么电话。"

小温州等几个人也在旁边起哄。薛蓓举手示意，让他们闭嘴。

"马上停止交易！"李安东咆哮着。挂了电话，李安东让驾驶员立刻回岸。众人皆呆住，气氛骤降。

到酒店迅速收拾行李，李安东订了最早的飞机。薛蓓来到他的房间。"需要帮忙吗？"事情来得太突然。薛蓓也有些手足无措，她从未见过李安东发这么大的火。昨天你侬我侬的情感游戏，放到这个突然的变故面前，变得微不足道。情啊爱啊，是调剂品。金钱事业，是立足的根本。"没什么大问题。"李安东一边收拾一边说，"你们玩你们的。"

正话反着说。薛蓓心沉入海。

行李箱收拾好了。拉着，走到门口。门廊，李安东站住了。薛蓓在他身后。

"走了。"李安东微笑着，看不出一点儿异样。

薛蓓情绪反倒比他低落。此时此刻，她知道自己帮不上什么忙。

李安东站定了，捋了捋西装："怎么，开始担心我了？你这样我很欣慰。"

一记反攻，薛蓓猝不及防。这话如果放在头一天晚上，是轻浮，但现在说，却莫名地有几分悲壮。薛蓓镇定住情绪："去吧。"

李安东忽然上前，狠狠地抱了她一下，又迅速松开，头也不回地走了。

李安东一走，众人也没心思玩了。薛蓓问小温州知不知道李安东眼下的情况。小温州说没有确切消息，但也大概听说东哥最近遇到点困难。秃头老邢说，不会是IPO被卡之后引出来的事吧。"什么问题？"薛蓓没听说过这事。IPO？李安东要组织上市？他的生意有这么大？不过是个贸易公司。老邢说："沈伟那边跟温晓涛的案子出来，上头跟着就去查了沈伟的公司，然后国企也被查了，操作上都有些问题，但好像并没有到此为止，顺着查下来，老李这边也有财务问题，资金链也有些撑不住，前几天，他就是去香港和新加坡找他以前的朋友救急。"

小温州痛心地："早都跟东哥说了，摊子不要铺那么大，这边制造业是发达，可总不能什么都干。"老邢道："或许老李有他的打算。"

"打算什么？跑？"小温州说。

薛蓓没听明白，插话问李安东都做了什么产业。小温州说手机、汽车、文化、教育、养老，就没有东哥不敢做的，这么弄哪行，随时都可能崩，资金链根本负荷不了。薛蓓自己也做公司，当然知道资金链的重要性，只是像她和超贤做的这种文创产业，对于资金的依赖并没有制造业那么高。

听完这些，薛蓓莫名地有些惶惑。李安东的身价，比她想象中的还高得多得多。但转而她又有几分得意，这样一位"成功"的男人，居然对自己念念不忘。

是她太优秀？还是只是一场梦魇？人都有一迷。包括她自己，也有执迷不悟的地方。

可她恰恰不喜欢这种在刀尖上行走的日子。嫁给李安东？做一个呼风唤雨的女人？见识过繁华，薛蓓才真真正正体会到平淡的可贵。只是这种平淡，不是超男那种日子。那是贫乏，是挣扎。薛蓓想要从容。

回到深圳，薛蓓始终忐忑。给员工多放了几天假，公司还没开始上班。

她给超贤打了电话，了解了一下年里头公司的运作情况。超贤说，没什么问题。又问："蓓姐，你真把吴宇飞开除了？"薛蓓说，什么时候的事，我怎么不知道。

"宇飞自己说的。"

"是谣言。"薛蓓很确定，"过年没回家？"她岔开话题。超贤说，回去了一趟，我姐跟我姐夫正闹呢，家里气氛不好。薛蓓问，你姐又怎么了。超贤说，具体情况不明，但离不开一句话：贫贱夫妻百事哀。挂了电话，薛蓓先给朵儿打了个电话。朵儿忙着带孩子，妈妈和老默都"负伤"，家里鸡飞狗跳的。

三人聚是没戏了。再给超男打，她有空。薛蓓约她一起做脸、美体。

"找你这个心理咨询师帮我咨询咨询，疏导疏导。"

换好衣服，躺在美容床上，超男小声嘀咕："我这脸，都不记得多久没保养了，跟砂纸差不多，油腻的中年妇女，基本丧失了审美能力，悲哀。"

是自嘲，也是无奈。薛蓓发笑。超男打小就有俏皮的一面，如今只是被生活压在底下，偶尔露露峥嵘。"我最近学了点催眠的技术。"

"催眠？"薛蓓不信。

"也是种心理治疗。"超男说，"能释放你的潜意识里的一些想法。"

美容程序启动。

薛蓓微笑着躺上去，机器刚架好，她正准备和超男说话，一偏头，却发现超男已经睡着了。

生活用疲劳给她催了眠。

技师做了个手势，示意要不要叫醒。薛蓓摆摆手，难得来休息。

做完，薛蓓先起来，又睡了半小时，超男才迷迷糊糊醒来，恢复意识才觉得不好意思。"你怎么也不叫我，我这家庭妇女真是来出丑了。"超男笑着说。薛蓓也笑，说能睡就睡。超男伸伸胳膊，抻筋骨，浑身疼："瞧我这，真跟死过一遍似的。"

出了美容院，薛蓓开车带超男去喝茶。她问："如意不用带吧。时间晚不晚？"

超男说今天该她爸带。

"两口子分工还挺明确。"薛蓓打趣。

喝茶是为了谈话。等大溪地套餐端上来的时候，薛蓓和超男竟异口同声，准备倾诉。两人都笑了。薛蓓做了一个请的手势。

"生活太不容易了。"超男抿了一口咖啡,感叹。

"不容易。"薛蓓低眉,很配合地感慨。

这是中年闺密的吐槽时间。

"我离婚了。"超男很平静,可却架不住喉头暗涌。

薛蓓内心震动,可她不愿意表现得特别夸张:"想好了?已经离了?四海不错,你再考虑考虑,年少夫妻老来伴。"

最后一句逗超男乐了。"才多大,就老来伴了。"

"原配还是不一样。"薛蓓历经沧桑,但依旧保守。超男说,看不出来,像你这样一个走在时代前端的人,又是老来伴,又是原配的。薛蓓说,不是我要走在前端,是时代把我推到这里了,不是心甘情愿的。超男说,至少你现在不用为钱发愁。

"钱能买来感情吗?"薛蓓说。超男说:"这个问题我觉得你不能这么说,钱买不来感情,但是经济上搞不上来,会不会伤感情呢?我们都活在现实中,谁也不是仙女,喝风饮露就能过日子。"

"还有孩子,再考虑考虑。"薛蓓还是劝和不劝离,"有什么大不了的矛盾。"

"我受不了。"超男咬牙切齿,"一点儿本事没有,脾气还一大堆。"

薛蓓微笑:"男人嘛,就算再没本事,在家里都要捧得高高的。"超男愕然。她不敢相信这话是从薛蓓嘴里说出来。她的女权主义呢?她的坚强勇敢一马当先呢?还是她有错觉,这难道不是"谁说女子不如男"的时代?

"你有更好的去处吗?"薛蓓问超男。超男无言以对。去处?当然是没有。自结婚以来,她一直"贬值"。

"离婚证还没办,"超男瘪着嘴,"但心理上已经离婚了。"

薛蓓一笑。"好多事情,急办不如缓办,拖一拖反倒能拖出真相来。我相信万事都有它的时间,局面在变,你的想法也会变化。不要做让自己后悔的事。"

有道理。超男虚心接受。吃点儿小点心,轮到薛蓓了。

一时不知话从何说起。薛蓓欲言又止。超男说怎么啦,照实说啊,我们几十年的朋友,跟我还有不能说的?要不我给你催眠。

"还催呢。"薛蓓说,"刚才没人催你都睡着了。"超男说,我那是疲劳,真正的催眠不是说让你睡觉。薛蓓说,那试试。超男探着身子,让薛蓓平躺在沙发上。

"放松。"超男下指令,"闭上眼,深呼吸。"

薛蓓照做。

"现在你要进入一部时空电梯,每一层的层数代表你的年龄,你现在三十五岁,处在三十五层。好,电梯下降,下降到二十三层,那一年你二十三岁……电梯门即将打开,你能看到什么?"

意识翻滚,薛蓓脑中复现二十三岁那年。她留着干练的齐耳短发。走进一个男人的办公室。那男人穿着睡衣向她走来,手里拿着一把刀……薛蓓惊叫一声,逃回电梯。

电梯继续下降,到十八层。她十八岁,头发上喷满了发胶。门打开,是个婚礼现场,许多人搡着薛蓓上一辆轿车,薛蓓探着身子进去,一抬头,眼前是一副骷髅。薛蓓拼命缩回身子,逃回电梯。

电梯又开始下降,到十层。她留着妹妹头。门打开,是个家庭场景。她原来的那个家。板凳,椅子,桌子,墙上的挂历,五斗橱柜上还有麦乳精盒子。房间内有吵闹声,她循声而去,一个女人摔在地上,是她妈妈。她爸正在用脚踢她。薛蓓尖叫着,流着泪,搀扶起妈妈,母女俩一同逃向电梯。电梯门却缓缓关闭。她们被挡在外面。她爸拿着刀赶来……

一身冷汗。薛蓓惊坐起来。

"看到什么了?"超男问。

薛蓓深呼吸。"我不能跟李安东结婚。"她很确定。

"什么?"超男不太明白。

"李安东又向我求婚了。"

"好事!"

"我不能跟他结婚。"

"不要固执。"

"他的公司出问题了。"

"应该同舟共济。"

"这是两码事。"薛蓓抹了一把额头,"我应该帮他。"

"你嫁给他就是帮他。"超男苦口婆心。

"天被你聊死了。"

"好好好,不嫁,他出什么事了?"

"我也在打听。回头问问朵儿,她路子广一些。"

超男说,朵儿妈和老默都骨折了,真是,彻彻底底成为最安稳的家了。

又说:"你说说我们三个是不是好笑?朵儿那时候最要冲在前头做独立女性的,结果最是贤妻良母。你是最要做贤妻良母的,结果成了时代先锋。我呢,求个中庸,随大流,结果被时代的洪流冲得支离破碎。生活,从来都不会按照自己的想法进行的。"

"生活跟自拍一个道理。"薛蓓说。

超男问什么意思。

"自拍总是看上去很美吧?"薛蓓道,"可那不是真实的自己、真实的生活,真实的生活,总是比想象中更残酷一些。"

超男说,是啊,生活太残酷,能用自拍麻痹一下自己,也算一点点小小安慰。要梦,就梦一辈子,不要醒。她举起手机,摆出笑脸,凑到薛蓓旁边:"来,咱来个自拍,心理的真实也是真实,自欺欺人,很美。"

薛蓓很配合,比出个和年龄不符的剪刀手。

## 79

潘攀来了,朵儿一直考虑要不要见她一面。可老默没提,她不好主动提。邀到家里不切实际。她亲妈在这摆着呢,严阵以待,寸土不让,只要潘攀敢在她面前提及利益问题,朵儿妈一定上前撕了她。

何况家里还有孩子。朵儿并不太希望潘攀看到孩子们。

三个儿子,虎头虎脑,暴露在前妻妹妹的视野下,朵儿觉得不那么舒服。可她还想和谐。思来想去,决定先探探路。

"月亮小姨在国内待到什么时候?"朵儿冷不防问。老默在忙孩子,盯着尼尼做坦克拼图,没顾上看她,也没作答。

又问一遍,老默还是不回答。

朵儿生气:"廖自默!"

直呼其名。这下有效了。老默迅速料理好尼尼那一摊子事,问朵儿什么事情。朵儿耐性快磨光了,不愿意重复说,只问:"你是不是对潘攀有什么?"

正打到七寸上。这下老默不得不面对了。"你怎么也成多心的人了。"

"没什么,怎么那天突然就被拉走了,她来得气势汹汹,问题没解决总不至于走。"

"我会妥善解决的,放心吧。"老默还是一贯的沉稳。

妥善？怎么妥善？朵儿本能觉得老默搞不定这个女人。

"这样吧，我去见她，跟她谈谈。"天塌下来朵儿都不怕，何况她大概也知道潘攀为了什么。头一天，朵儿已经跟月亮通了视频，说了潘攀来的事，月亮长期在外，也是个外国人的直脾气，朵儿没套几句话，她就什么都说了。

潘攀这次回来，还是为房子。朵儿三个儿子，再加上她自己，四分之三就占去了，按照法律，月亮只能分四分之一。

"别惹事了，本来井水不犯河水的。"老默拍拍尼尼屁股，让他出去找姥姥。

"把她电话给我。"朵儿说一不二。

"你可别去吵架。"

这话朵儿有点生气。吵架？都是高级知识分子，何至于？"你把我看成什么人了。"朵儿压住火，微笑着。老默摸了摸额头，捋了捋头发："怪我。"

"怪你什么？"

"怪我把持不住自己，情不自禁，晚年还红袖添香了。"

"你后悔了？"

"我后悔没有早点遇到你。"老默偶尔会冒出这种情话。朵儿虽然听惯了，但还是不能免疫。说得比唱得好听。

朵儿妈推门进来，拿剩下的拼图，见朵儿和老默面对面站着，觉得有些奇怪："干吗呢？"

老默忙说，没事。朵儿妈说，没事去看看小舒小坦，累死了。老默瞟了朵儿一眼，尽在不言中，出去了。

朵儿妈把门关好，问女儿："月亮小姨来闹了？"朵儿说闹什么。朵儿妈说她回国不就是为闹嘛。朵儿说你不要把人都想得那么坏。朵儿妈说鸟为食亡，人为财死，亲戚不算亲戚朋友不算朋友，牛朵儿我告诉你，脑袋清楚清楚。朵儿"唉"了一声，不耐烦了。朵儿妈知趣出门。老实说，朵儿不能认同她妈妈的这种价值观，一切围绕着利益转。从她和老默结婚开始，她的所作所为，没有一件事情能让她妈满意。可是，人与人之间，退一步海阔天空，何至于如此剑拔弩张。更重要的，是牛朵儿对自己的能力有自信。她有自信抚养孩子，有自信照顾好这个家，尽管在失业的这段时间，她有过动摇。可她还是给自己打气。一定可以，一定可以！这个社会还是应该承认能力。她靠本事吃饭。

她妈出去了。朵儿一个人坐在屋里，她忽然又觉得自己有点傻。如果要

- 353 -

去见潘攀，何必要让老默知道？哦不，他必须知道，如果将来要办手续，他是经办人。

她和他之间没有秘密。

老默把号码给她了，充满信任。第二天，朵儿收拾了一番，化化妆，请小时工来家里跟两个大人一起照料孩子。过了中午，准备出门。朵儿妈本能感觉不对。自生产以来，牛朵儿什么时候这么仔细化过妆？她虽然做化妆品，可最抵触化妆品。临行前，朵儿妈问："去哪儿？"朵儿说约了薛蓓。朵儿妈"哦"了一声。朵儿出门了。又过了没几分钟，老默也出门了。朵儿妈问，你去哪儿？老默随口说见一个朋友。

"都见朋友，赶到一块儿了？"朵儿妈诧异。想了一会儿，觉得不对。朵儿妈叮嘱保姆看好孩子，她去去就来。换好衣服准备出门，尼尼拽住朵儿妈裙襟子要跟着，不同意就哭。朵儿妈没办法，只好带着尼尼一起出门。

跟踪。上了出租车就跟踪。老默跟着朵儿的车，朵儿妈又跟着老默的车。

车里，尼尼问："姥姥，我们去哪里？"朵儿妈瞪大眼睛，面孔严肃，右手中指比在嘴唇上："嘘，别出声，看，别出声。"

尼尼两手捂住嘴巴，眼眸忽闪忽闪。

约了在华侨城！是个喝茶的会所。朵儿拎着古驰包，调整了一下姿势，进门了。三号茶间，潘攀已经泡好了昆仑雪菊等着。朵儿进门，她也不站起来，只是盘坐着，微微笑，点了点头。

"有什么想喝的？"潘攀道，"点了昆仑雪菊，上好的山泉水泡的。"

"就这个吧。"朵儿不挑，脱下风衣，挂好。

面对面坐下。两个人都没说话。潘攀盯着朵儿的脸，仔仔细细，扫描一般看着，像是连毛孔都要研究一番。朵儿有些发毛。她知道，潘攀恐怕是想看看，迷住老默的，究竟是什么样的一个女人。

稳住了。潘攀给她倒了一杯茶，朵儿也就端起来喝。

"还是年轻。"潘攀说。

什么意思？还是年轻？意思说不漂亮，只占个年轻。朵儿想回嘴，可她知道如果一旦开战，就没完没了了。"你保养得不错。"礼尚往来。

气氛有点干。两个人似乎都不知道聊什么，又都在等对方挑起话题。茶室的音乐忽然停了，静悄悄地。

"我是代表月亮来的。"潘攀打破沉默，"也代表我去世的姐姐，廖自默的前妻。"

身份亮出来了。

朵儿颔首，一切尚在意料之中。她微笑着，做愿闻其详状。

"首先恭喜你，生了三个儿子，这在中国，都不多见。"潘攀还是和气。朵儿说，谢谢。潘攀说："月亮可怜，从小就没妈，爸又是个艺术家。"朵儿表示同情。潘攀说，现在她一个人在国外，要不是我盯着，搞不好都学坏，这个廖自默，太不尽心。

朵儿道："老默说了好多次，想让她回来，跟我们一起生活。但月亮可能还是适应了外头的日子，国内职业环境也复杂，她怕适应不了。"潘攀说，月亮回国是不现实了，但不说一碗水端平吧，只说凡事讲个源头。朵儿说，是，讲源头。

潘攀笑了一声，说牛小姐，不瞒您说，我姐夫那套房子，还有他一屋子的收藏，都是跟月亮妈一起奋斗买的，按照国内的法律，算是婚前财产吧。

一切仍在料想中。朵儿喝了一口菊花茶，调整节奏，然后才说："婚前财产，我没有资格继承，但是我们家三个孩子有。"

战火燃起，潘攀着急："谁也没让你生三个，超生的部分，不能算继承权，这样才公平。"朵儿不慌不忙，按了服务铃，让加了点水。又问潘攀要不要加茶点。

潘攀道："我没跟你开玩笑。"

朵儿道："姐姐，先喝茶，不谈事。"

潘攀紧追不放："你们就不考虑考虑月亮的处境？一个女孩子孤身漂在外头，妈去世爹再婚，谁也指望不上谁也靠不上。"

朵儿还是隐忍不发。茶点上来了，说是鄱阳湖当地空运来的。茶室老板是江西人。潘攀说："姐姐和姐夫，当年真是一对璧人，在江西乡下认识的，回城之后又都是艺术家，谁想到后来是这个结局。姐夫以前都是在音乐家、画家、写东西的人里混，没想到，最后找了个科学家。"朵儿笑说，我还算不上"家"，只能算个科学工作者。潘老师才是成名成家，房地产上做得不错，钱是不缺。

谈到钱，潘攀有些激动，说那点小钱够什么的，还不够国内一套房子，在温哥华有个北京过去的朋友，说20世纪90年代把自己家四合院卖了，拿着钱出国，现在带着几百万美元回国，以为自己混得很像样了，再一问，以前卖掉的那四合院，早都作价上亿了。人再强能强得过时代吗？我那点小钱，连养老都不够，更别说月亮她们这一代了。你知道月亮头两年都吃过救济金，没钱租房子，就住我那。出去做事得开两个多小时的车，一个女孩子，多危险。"

"说吧。"朵儿抬头，直面。

猝不及防，潘攀反倒有些不好意思。她扭捏着，终于还是说出了口："廖自默原来那套房子，还是应该给月亮。"

这不符合法律规定。可既然来了，潘攀就是来抢来着，她扭了扭身子，做战斗状。"我知道，你有三个儿子，负担重，可毕竟孩子还小，用房子的时候还早，月亮不一样，再过年，她都该结婚了。就说国外不讲究嫁妆吧，可她总要生活吧……"潘攀哩哩啦啦说着，仿佛想要穷尽一切理由。

朵儿就这么看着她，眼睛、嘴巴、鼻子、耳朵，甚至鼻孔，都仔仔细细观察一遍，这是一个着急的小姨的态度，仿佛她牛朵儿是偷吃了那人参果的孙悟空，她潘攀则是护林的道徒。争夺家产的故事，在当代中国，太多了，电视里每天都在放。周围的家庭时不时上演。可牛朵儿并不打算让剧情按惯常的方向发展。朵儿对自己有信心，对儿子们有信心，对老默，则不希望他难做。退一步海阔天空，儿孙自有儿孙福。

牛朵儿点头，耳边嗡嗡嗡，她并不在意，等潘攀说完了，朵儿自斟一杯，端起来抿了一口。微笑，嘴角上扬，仿佛一弯新月，给人希望。

一切都刚刚开始般。

"可以。"朵儿说。

潘攀愣了一下。披甲执锐，她本打算大干一场。谁料想城门洞开，事情一下都解决了。

"说真的，我没跟你开玩笑。我的意思是，老廖那房子，给月亮，百分之百给。"潘攀说。

"没问题，给月亮。"朵儿给她认证，让她放心。

"真的？"

"你再问我要反悔了。"朵儿给她倒一杯茶。

"啊！老妹！"潘攀站起身，捧住朵儿的额头，猛亲。

茶室的门哗啦一下开了。

怒目金刚，朵儿妈站在门槛外。

朵儿惊了一跳，手上的茶差点没泼出来，跟着是咳嗽，呛着水了说不出话来。

潘攀不明就里，问赶来的服务员小女孩："这谁呀？半老不老一老太太，我们这不是VIP包间嘛。"朵儿妈稳住了，不对潘攀对朵儿："你给我出来一下。"

妈妈面前,她永远是女儿。妈令如山。朵儿出来了。

"妈,你这是干什么呀?"朵儿拖着调子,没好气。

"你就这么各色?"

"什么各色?"

"我让你不要跟这家人结婚,当初你瞒天过海,找了小沈来当冒牌货,妈不跟你计较,现在呢,你又玩这套?"

"我玩哪套了?"

"房子你就不要啦?你脑袋被海水灌啦?"

"妈——"

廖自默赶来,搂住朵儿。

来得正好。一并打倒!"姓廖的!是不是你的意思?!你怎么给我女儿洗脑了!"朵儿妈的吼声破坏了茶室的宁静。有人推门出来看好戏。服务员匆忙来劝慰。

但没用。朵儿妈铁了心讨个说法。

"什么事情,我都不知道什么事情。"老默委屈。

潘攀走出来:"阿姨,回去说行不行?这喝茶呢,动这么大的肝火。"

"你叫谁阿姨?"朵儿妈横眉,"谁是你阿姨?"

谈判已完成。潘攀觉得没必要恋战,见风头不对,便夹着小包先行告退。临行前,她跟朵儿使了个眼色,意思是:君子一言,驷马难追。

## 80

生气。

为这事朵儿妈和朵儿、老默生了三天气。把房子给月亮,老默不好开口下定论,可朵儿比较坚决。月亮一个人在国外,又没有妈,她就慈悲一回,做后妈的,这样做不受埋怨。

她真心心疼月亮。

朵儿下定论了,老默就不再言语。

何况也不是立刻就要办的事。朵儿始终强调,是"百年之后",也就是老默没了之后。都活得好好的,一家人把百年之后的事吊在嘴上,气氛总是有点奇怪。

　　三天之后，朵儿妈决定出走。

　　不带孩子。坚决不带孩子，谁生的谁带。她就是要让这个不开窍的女儿尝尝滋味。先去找薛蓓，薛蓓当然举双手欢迎。

　　只是住了两晚上，朵儿妈发现：一来薛蓓是真忙，她来的确是添乱；二来薛蓓已经跟朵儿"串通"好了，只要她一抱怨，薛蓓一定是劝，并且坚定地站在牛朵儿一边。

　　薛蓓根本不是与她同一战线的人。

　　她来错了地方。

　　去超男那儿？更不切实际，老老小小一大家子。思来想去，朵儿妈给沈伟打了个电话，开口第一句就耸人听闻："小伟，阿姨要睡大街了。"

　　沈伟也幽默一把："那不能够，坚决不答应。"

　　跟着就派车来接。

　　客房请小时工备好，床单被子都是新的，床头还摆上鲜花。这几年，沈伟更发达了。相较于和朵儿假扮夫妻那会儿，多了几分气魄、味道，怎么看怎么舒服那种。自来深圳，朵儿妈也是第一次上沈伟的门。

　　一开门，一打眼，除了震撼，还有惋惜。

　　你牛朵儿怎么就这么糊涂！放着富贵吉祥的日子不过，非要去过苦日子，生一堆孩子！作！死作！

　　朵儿妈叹气。煮熟的鸭子飞了，煮熟的饭还能长出稻谷来，世间的事跟谁说理去？晚饭时间，朵儿妈和沈伟面对面坐着。桌子上是叫的牛排和沙拉、蘑菇汤、三文鱼。饭前沈伟征求她意见，问要西餐还是中餐。朵儿妈本来中意中餐多，可既然沈伟问，她不能变土了去："西餐，我在家也常做西餐。"

　　"小伟。"无话可说，朵儿妈只好语重心长，"有合适的，就结婚吧。"

　　沈伟不言语，送一口鹅肝酱到嘴里。

　　"这么大个房子，也需要人打理。"

　　沈伟笑道："又不是请女佣。"

　　"唉，你说你如果当初和朵儿结婚，现在孩子都有了。"

　　"是朵儿看不上我。"

　　什么？！朵儿妈不乐意了："她还看不上你？她有什么资格看不上你！她就看得上半老头？死的多活的少！"

　　"阿姨，别这么说，感情的事，难说。"沈伟道，"朵儿和廖先生，不是挺合适的嘛。"

"哪里合适？她闹这一出，问谁谁说合适？她就是公共厕所里响地雷，激起公愤（粪）！"

一口沙拉差点没喷出来。沈伟为朵儿妈俗辣的歇后语震动。

平复了，他问："你看看这世界上，有几个人能克制朵儿？"

"她牛？我就能，治不死她！"朵儿妈说大话。

能还跑这来？沈伟不被她带节奏。

"她跟老默，一个是火，一个是水。"

朵儿妈忙不迭："对，水火不容。"

"是水能灭火。"

两个人正聊着，门铃响了。沈伟去开门，朵儿妈也端着餐盘凑过去看。是超男来了。朵儿妈一见，以为是说客，便道："别劝我，我不回去。"

超男是来还钱的。本打算银行卡转账，想来想去觉得不礼貌，还是上门了。

反应必须快。超男说，阿姨，不是来劝您回去的，您待着，我跟沈老师说两句就走。说罢，两个人真就站在门廊里说了几句。超男给了钱，说感谢。沈伟问四海的情况。超男一下没忍住，眼泪快下来了。沈伟问："又不痛快了？"超男连忙收了泪，在别人面前掉泪算什么，说一千道一万，沈伟还是个外人。她不应该维护自己的丈夫吗？可是，已经到了这个地步，她和四海还能挽回吗？她能和沈伟说，四海是因为你才闹腾起来的？

都不能说，都不能说。

沈伟见超男有些异样，便说有什么困难都可以提出来，都是朋友。

超男没再说什么，跟朵儿妈招呼了一下，便下楼坐公交回家。

闹到离婚的地步，四海和超男都有点始料未及。林四海原本是出了名的好脾气，可自从事业上逐渐起步，生活压力越来越大，他多少有些控制不住自己。夜深人静的时候他偶尔会反思。可想来想去，他压不下这口气，他老林家的事，不应该让别人掺和进来。他不愿意被自己的女人看不起。

离婚。狠话已经放出去了，再往回收就难了。

超男又一副铁了心的样子，日日摔摔打打，四海觉得，无论如何扛过这一段再说。这日，超男进门就提出分床。

"什么分床？"

"不是说试离婚吗？总不能就睡一张床。"

"妈来了看到怎么办？"四海担心。

"妈一时半会儿不会来。"超男说，"就算来了，分个床，也不能代表什么，反正我现在不想跟你睡一张床。"

"那你想跟谁睡一张床？"

超男被激怒了，瞪着眼："我跟我女儿睡一张床，行吗？管得着吗你。"

分，分就分！好在宿舍的床本来就是两条单人床合起来的。轻轻一拆，一个放南墙，一个放北墙，倒也省事。可女儿林如意却不大理解，问四海，说爸爸，为什么家里变成两张床了。四海说你妈最近心情不大好，要一个人睡，练功。

"练什么功？"孩子天真，顺着问。四海想了想，说："九阴白骨爪。"如意可不知道什么是九阴白骨爪。金庸是四海的偶像，不是如意的。等如意又问超男的时候，超男没好气，说别听你爸胡说，如意和妈妈睡，我们不跟爸爸睡，爸爸呀是邪恶世界的，我们是二次元女孩。

这下如意信了。可真等到快睡觉的时候，如意又问："哆啦A梦怎么在爸爸那边，我们才是二次元的。"超男无奈，只好把戏演下去，起身去四海的床边把那只哆啦A梦拽过来："不是你的东西不要抢。"

四海遭嫌弃。他委屈。"我还嫌这占地方呢。"

"我还嫌你占地方呢。"吵架超男是一把好手。四海不言语，背过脸，看书。

超男帮如意梳头，边梳边问："如意，你说如果有一天，妈妈和爸爸打架，你帮哪个？"四海翻过身，侧耳听。如意想了想说："帮妈妈。"

超男喜不自禁，真是女儿，真是小棉袄："为什么呀？"她多问一句。如意说："因为女人是地，男人是天，天塌了有地撑着，地崩了，天也没办法了，所以这个家，还是妈妈说了算。"

一时无言。超男和四海都受教育。小孩成精了。

"谁告诉你这些的？"超男问。如意说，奶奶说的。四海背过脸，叹气。超男问，奶奶还说什么了？如意说，奶奶让我听话，在家不要惹爸爸妈妈生气，我说，我没惹爸爸妈妈生气，但是妈妈总是爱生气。

四海叫："说得好。"

超男打压："闭嘴！"又教育女儿："如意，以后奶奶再问，你就说是爸爸容易生气，妈妈不生气，妈妈是心理咨询老师，妈妈会自我调解。"

"得了吧。"四海小声。

一会儿，开始睡了。四海白天累，先睡着，打呼噜了。超男用晾衣竿捅他一下。四海骨碌坐起来，说什么什么。

"注意点，影响女儿睡眠了，嘴，嘴，注意点，年纪轻轻哪来这么多呼噜。"超男抱怨。

过去不是不打，能忍，但现在，一点儿也忍不了。四海"嗯嗯"了几下，倒头睡，一会儿，又打呼噜了。超男用老办法治。四海不愿意了，他说你到底要我怎么样。超男说我没怎么样，你打呼噜我睡不着。

"能不能讲点理？"

"我们现在是特殊时期，我就是跟你讲理才这么做的。"

四海没办法。摸上烟，披上衣服，出去抽烟去了。

冷风一吹，四海清醒了许多。翻手机，超贤还在发微博，忙公司的事，又是加班。苦笑。以前一直要靠着他和超男的小舅子超贤，现在风生水起，俨然成功者。可他和超男呢？三十好几，早都过了事业的窗口期，独当一面，他现在能算独当一面吗？他想出来单干，可路子他还不算熟悉。超男就更不用说了，事业谈不上起色，家庭负担也越来越重。

可她不该对他吼。

更不该总是寄希望于别的男人。

超贤又发状态了，收工，还要去夜店，真是年轻。四海给超贤打了通电话，约了在楼下吃烤串。超贤没二话，一会儿就来了。

深圳不算冷，夜生活丰富，超贤到地方又说不想吃东西，带姐夫一起找了个按摩店，请小妹帮着按脚。四海刚开始说不去。超贤打趣，说没什么的，我看着你，也不告诉我姐。

四海苦笑，话藏着没说，直到按上脚了，两个人半闭着眼，他才对超贤说小贤，我跟男男可能走不下去了。超贤并没有很大反应，这几年，他变了很多，眼界宽了。他跟四海和超男本就不是一代人。

"我姐这个人，心高气傲了一点儿，你多包容包容。"

"你姐根本看不起我。"

超贤直起身子："她以前也是这样看我的。"

找到知音了。

"离婚协议都拟好了。"

"签了吗？"超贤问，"爸知道吗？你妈知道吗？"

"我妈不赞成，爸可能还不知道。"

"我的建议是等一等。"

"别去劝你姐。"

"我不劝她。"超贤说,"我只是觉得离婚对你们两个人来说,都是亏本的事情。"

通情达理的小舅子。躺在大保健按摩室的床上,四海睡得迷迷糊糊。深圳,太现实的一个地方,现实到容不下那么多罗曼蒂克的幻想。离婚,你离得起吗?年纪大把事业无成,女儿还要养,推翻了这场婚姻,等于否定了前半生的全部努力。大家是一条船上的,尽管只是艘破船。

按完回家。进门,四海脱了鞋,赤着脚走,没声音,他怕吵到母女俩。他还是在乎她们的。可正因为如此,他必须出去拼搏。他对于成功的渴望,从未像现在这么强烈。

"咚"一声,超男摔在地板上。床小,人多,她又习惯大翻身。她总喜欢把腿跷在他身上。四海下意识过去扶,超男诧异,问他怎么还没睡。

四海撒了个谎,说我起来上厕所。

## 81

年后上班,吴宇飞提出辞职。超贤跟薛蓓说这个消息,薛蓓一再强调,那天的事情已经过去,这样闹脾气太没必要,她根本没有要赶小吴走的意思。"你让他安心工作。"薛蓓对超贤说,"就当没发生,受伤的人应该是我。"

超贤来来回回协调,得出的结论是:小吴是经过深思熟虑的。

中午,一拨人在小会议室吃饭,宇飞也在。薛蓓一进来,超贤连忙让位置。宇飞低头吃饭,没看薛蓓。

坐在他身边,薛蓓开始掰饭盒,塑料边沿卡得紧,薛蓓的长指甲弄疼了。

"我来吧。"宇飞把饭盒搂了过去。两下,打开了,递到薛蓓跟前,又帮她掰好筷子。超贤招手,让人撤,其他员工都识相地快速吃完撤出去了。

两个人都不愿意率先说话。

还是薛蓓打破沉默。"你看,公司还有那么多事,业务上刚起来,系统维护的担子特别重。"宇飞说系统维护的具体情况已经交代给小段了,现在公司运转良好,其实只要一个系统工程师就够了,我离开不会影响大局。

"已经找好下家了?"薛蓓还是想挽留。低头吃饭,吴宇飞不言语。薛蓓继续做工作:"如果没有确定下家,不用那么着急做决定,你来公司的契机比较好，是早期，随着公司一起发展，将来会有你的前途你的位置，如果你对我个人有什么意见，咱们私下里还是朋友，有什么话不能说，有什么情况不能交流呢。"

"我去华上。"宇飞打断她。

哦，大的通信工程公司。体量上，薛蓓这个小小的创业公司是不能比的。看来真是对个人有意见，奔前途去了。

"这段时间谢谢你。"薛蓓说，又连忙改口，"为公司。"

饭吃好了，宇飞开始收拾饭盒。薛蓓把椅子拉开，好让开路，让他走。吴宇飞却坐着不动，胳膊撑在桌面上，静默。薛蓓不清楚他卖的什么药。她看着他，轻轻扭动了一下脖子，意思是：你还有别的话说吗？

吴宇飞忽然说："其实我刚才说的都不是真话。"

嗯？不是真话？薛蓓不解。

"不是真心话。"宇飞补充说明。

那什么是真的？假又假在哪里？

"我要平等。"吴宇飞喉头哽了一下。他紧张。

"你要什么？"薛蓓没听清，或是有些不相信自己耳朵。在这个小小的会议室，一顿饭间，怎么还冒出如此宏大的命题。是平等吗？还是拼等？瓶灯？

"我要平等。"宇飞一边说一边比手势，来回划拉一下。

哦，是平等了。自由平等博爱里的平等，《简·爱》里简要的那个东西。

"公司内部环境不好吗？都是伙伴式的工作关系，我从来没把自己当成一个上级，或者拿上级的架子压迫下级。没有。我们都是平等的，聚在一起，来做一点儿事情。"

"不是这个意思。"吴宇飞不看她，低头拨弄一双方便筷。

唔？薛蓓猜到了几分。她感觉有些不妙。谈话中断。

终于，宇飞解释："我希望你把我当成一个男人，我把你当成一个女人。"

薛蓓心里咯噔一下。他玩真的？呵，这太幼稚了。"这样就平等了？"她带着笑，"就这个层面来说，人与人之间天生就有种不平等，不说晚辈和长辈，就是客观来说，你我之间，我就是比你先来到这个世界上，同时又会先老去，这是事实，也是鸿沟，是代沟。这就是不平等。你必须承认。"

"你和李安东就没有代沟没有鸿沟吗？"

一句话问得薛蓓哑口无言。说他孩子气，他又来个直指人心。

"这不是你关心的问题！"开始带火气了。

"不要让自己那么辛苦，"吴宇飞口气比她还成熟，"为什么不能放松一点儿，放下过去接受幸福。"

饭盒一推，薛蓓走出会议室。是她率先逃走。

坐在办公室，薛蓓补了补妆。超贤推门，露了个头："蓓姐，一会儿直播您得露面。"

"马上好了。"薛蓓调整情绪。

老实说，吴宇飞的事情薛蓓没太放在心上，哪个小孩年轻的时候没迷恋过大姐姐。时间，她打算把这个问题交给时间。又或者他去了新公司，遇见一个新女孩，转眼就把她给忘了。这种可能性相当大的。

情海翻滚那么多年，薛蓓明白，有些执念，只是因为缺少历练。

可李安东的事却似乎耗不起时间。

从苏梅岛回来，薛蓓就没见过李安东。他没给她打电话，她也没给他打，听小温州说，李安东去了趟美国，找朋友说融资的事。可薛蓓本能觉得这事不简单。她问小温州："老李不会触碰到红线了吧？"电话里，小温州想了想，说见面说。薛蓓意识到问题有点严重。什么话电话里还不好说？难道已经被监听？她忍不住要多联想一点儿。内地富豪逃到香港，甚至逃到新加坡乃至美国的不少。香港那座酒店，住着的不都是等待风声的人？李安东会是他们中的一个？坐在车上，薛蓓忍不住胡思乱想，李安东的公司上市没成功，那就不存在"股民的愤怒"。

吴宇飞已经确定离职，没有司机，薛蓓自己开车，到小温州公司。一进门，薛蓓就问："有这么严重吗？"小温州把门关好，又去拉窗帘，神神秘秘。薛蓓更觉得紧张。"到底什么事情？"茶是泡好了的。小温州还要给薛蓓倒茶。"都什么时候了，直接说干的！"薛蓓说。

"有说是温晓涛继父的案子牵出来的，有受贿嫌疑，但我看最主要的还是东哥心太大，跨行投资不是那么好做的，现在资金链断裂，被银行追债，据说房产、存款、股份全部都被冻结了。还有传说，东哥的信用卡上现在只能用三千块，他现在去美国，是去找钱，做无息借款，再把公司拉一拉。"薛蓓问："真到了这个地步？"小温州说东哥都找他借过钱。薛蓓问他借了吗，小温州说实在是有心无力，而且这都什么时候了，一点儿小钱也不顶事。

了解完情况，薛蓓开车走了。想了一夜，她还是觉得自己应该帮李安东一把。卖公司？她不是舍不得，这公司本来就是李安东帮着做起来的。她不是那种无情无义的女人，即便不在一起，可朋友还是朋友。哦不，甚至超过朋友。正犹豫着，隔日小温州又来电话了，说东哥已经回来了，请大家吃饭，地点火龙神。

哦，是家新开的火锅店。

为什么不自己通知？光凭这点就有些反常。手机握着，考虑再三，薛蓓还是没把电话拨出去。李安东这么考虑，肯定有他的安排。

第二天，薛蓓还是自己开车，准时到地方。火龙神装潢一派红火，当门一条盘壁大龙吐着水，服务员领着到云海包间，推开门，只有李安东一人坐在那，垂着头。

沮丧。薛蓓一进门就感受到了。他是想借这喜气掩盖自己的真实情绪？她忍不住多想。他见她来，连忙站起来迎接，情绪调整好了，是个笑脸。

"我到早了？"薛蓓脱下外套，挂好。李安东说不早不早。

哦，他想提前跟她说说话？他让她坐，她却只是站着，问："严不严重？我那公司顶上吧，卖了。"李安东怔了一下，说："问题都解决了，哪到那个地步，那是给你养老的公司，说卖就卖？不许卖。"口气佯作生气，带点开玩笑。

"到底有没有？"薛蓓分外严肃。

"没有。"李安东还是嬉皮笑脸着。

"我是说有没有触红线？"薛蓓坐下，喘着气，不看他。李安东还是撑着，说你看我不是回来了嘛。然后就不多说了。

两个人一个坐，一个站，静默了片刻。薛蓓知道问题一定比说的严重，她认识他不是第一天了。一会儿，小温州等几个人来了，场子瞬间热闹，不少人说恭喜，小温州叫得最亮，说恭喜东哥东山再起。

落座，薛蓓挨着李安东。火锅端上来，一人一只，百草养生锅。菜品摆上：特选羊羔肉、大唐芙蓉花、阿拉斯加蟹肉花、猪黄喉、重庆毛肚、牛百叶等。一桌子热热闹闹。薛蓓感觉得出来，小温州他们像是来送行。

烫牛肚，夹着伸进锅里。小温州说薛老师，牛百叶要七上八下。有人说那不是牛百叶，薛蓓看了看，说是牛肚。

李安东忽然伸出手，包住薛蓓的手："百叶是七上八下，牛肚是烫十秒钟。"

真就停在火锅上空，大手包小手。薛蓓感受到上下两端的温暖。

- 365

没人说话。

漫长的十秒，像过了一世纪。

和李安东的过往，在薛蓓脑海中迅速跑过。真等他落难了，薛蓓才发现这人在她心中的位置。

手抽回来了。牛肚乖乖躺在瓷碗里。这下熟了。静默终于被打破，包房里又恢复了热闹。男人们讨论着户外运动。企业家喜欢征服，爱爬山、攀岩的不少，李安东也说过几天准备去玩攀岩。小温州说："东哥还有那腰力？"李安东笑说那必须。酒席吃到九点，李安东喝酒了，又没带司机，众人一哄而散，显然给李薛二人单独相处的机会。

送。薛蓓开车，往李安东的住处去。

坐在副驾驶位置，李安东一言不发，窗户开一条缝，他点了一支烟。风吹散酒气，车厢里有淡淡烟味。前路封堵，交警在处理交通事故，薛蓓下车问了问，说是连环相撞。上车，她情绪不好，骂了一句，又开着车改走野道。一路颠簸，左开右开，竟不知不觉迷了路，是上坡，似乎是要上山，然而山那边却有灯光。李安东说可能是海。薛蓓也不问，就径直朝海边开去。开到尽头，是片滩涂，涨潮了。薛蓓把车停在岸边，外面风很大，两个人就坐在车里。李安东说放点音乐。调开广播，好几个台都是乱讲，有说男科保健的，有说股市的，有说国际政治的，唯一一个放音乐的台，还放的是说唱音乐。两个人相视一笑。是，音乐更新换代，不是他们的时代了。好在有车载CD，翻翻还能翻到。

是小红莓乐队的歌，*Ode To My Family*，他们在北京时常听。旧时光仿佛一下回来了。曾经，被薛蓓看作是屈辱时光的北京岁月，经过这么多事，在这海边似乎也柔和起来。薛蓓半闭着眼，靠在椅背上，李安东同样。下一首是*Never Grow Old*，女主唱唱到一半，逢过门，李安东吐了一句，说如果回到过去，你只是你，我只是我，没有任何别的，我们有可能吗？浅吟低唱间，薛蓓听得真真的。她睁开眼，李安东正看着她。

他老了。眼角皱纹在窗外的路灯下都看得见，眼珠比夜还黑。

"只是如果。"他又强调一下。

"有可能。"薛蓓刚说完，李安东就压上去了。她稍微反抗了一下，跟着就顺其自然，此情此景，她也有些感怀于心。她竟然觉得他对自己究竟有几分纯真。她有些感动，可理智上她又立刻警告自己，这不是爱。

只是，什么又是爱呢？婚姻的本质，无非是两性的吸引与生存的合作。

吻了一会儿，他松开了。两个人又坐了几分钟，他说回去吧。

薛蓓说不知道往哪里开，他给她指路。他认识路，只是为了这场告别才任由她开到荒野。

车开到楼下。他下车了，她摇下车窗，目送。他转过身，朝她挥手。有电话来，他接了，又说，约攀岩的，朝她耸耸肩，笑笑。

等她把车开走，他才从楼前走开，走到一家快捷酒店大堂，对前台小姐说开一间房。他家都已经被抵押了。

## 82

老妈离家出走后，朵儿和老默两个人照顾三个孩子。请了一阵保姆，还是觉得不划算，孩子带不顺溜，价钱也不低。尼尼要上幼儿园了。择校老默不参与意见，朵儿主张送双语中高端的，学费一个月八千。老默那套老房子，说好了给月亮了，两口子都不再讨论不再提。说实话，大方同意之后，牛朵儿不是没有一丝后悔，尤其是一次交三个月学费，另外还有个课外辅导费的时候，朵儿怀疑，自己是不是太不重视钱的力量了。

或者说，以前来钱相对容易，她没吃过钱的苦。

朵儿妈去沈伟那住，朵儿没去看过她，老同学，老朋友，她不拘束，只是电话里拜托沈伟多关照关照。沈伟笑说，这不跟我亲妈一样嘛。朵儿说，你是不知道养孩子的累。沈伟说，这就嫌累了，那过继给我一个。

去！朵儿在电话里冲他。

看朵儿妈是老默的任务。他主动请缨的，类似负荆请罪。厨房里，朵儿妈自力更生——剥毛豆，老默跟着弄，一抬头，朵儿妈问："你真就舍得你三个儿子将来受苦受罪？哼，真是男孩穷养女孩富养了。"老默被噎得没词儿，只好说，继续努力，继续奋斗。

毛豆一摔，朵儿妈说："还奋斗什么？五十就知天命了，不怕说句难听话，就是去唱歌，你也看到了，我下海恐怕还比你有点票房，真的，廖老师，老本不能丢，你丢了老本，别说你儿子了，就是将来你出了问题了，躺在床上，月亮能过来顾着你吗？行，就算朵儿仁义，她不离不弃，可不还有三个孩子要照顾吗，能顾全得好吗？我算看明白了，你和我将来一样，都是要进养老院的，真的。"

老默静静，毛豆剥得飞快。

剥好了，朵儿妈拍拍手，问："薛蓓给你办的那些个保险受益人都写的谁？"老默做回忆状，说，好像是我自己，又好像是朵儿。朵儿妈阻断，说，不能好像，得明确，你糊涂了，保险受益人怎么可能是自己，最好是朵儿，如果不是，改成我，改成你儿子都行，你别认为我想要你什么，我是为你们老廖家的后代着想。老默微笑着，并不反驳。他了解朵儿妈的脾气，越反驳，反弹越厉害。何况她说的不是没道理。

"就这么定了？"朵儿妈缩着脖子，做密谋大事状。

老默点头。

"这事就天知地知你知我知。"朵儿妈强调，"没必要让朵儿知道，这叫横生枝节，反倒不利。"老默还是赞同。

毛豆放在漏眼篮里，到水底下冲冲，拧上水龙头，朵儿妈道："今个小沈不回来，你就在这吃吧。"老默说回去还得照顾孩子。

朵儿妈说："知道了吧，照顾孩子比照顾大人任务还重，以前我带，你们都不觉得，认为理所当然，现在尝到味道了吧。"

老默说："尼尼说想你，想姥姥了。"

一击即中。朵儿妈的心瞬间跟溏心鸡蛋似的，柔柔软软，鼻子一酸，眼眶竟有些红了。不，还是得立刻坚强。"那我也不能回去，我得有我自己的生活，我还得存钱，我以后谁都不指望。"

"尼尼说姥姥做的酸豆角最好吃。"

糖衣炮弹第二击。朵儿妈的鼻子又皱一下。

"让他妈做。"朵儿妈脖子一硬，"小孩子也不合适吃这个。"

"尼尼还说，晚上睡觉没有姥姥的耳朵坠子摸了。"

第三次攻击。是，尼尼一直她带，睡前他总爱揉她的耳垂，肉乎乎的。

"你这样，让尼尼一周来看我一次。"朵儿妈下定决心，还是不回去。

主意已定，老默也不强劝，回去跟朵儿简单说了。两口子觉得维持现状。朵儿问："见到老沈了吗？"沈伟当然不老，但在朵儿口中，永远是老沈，铁杆儿。老默说好像说是在国外。朵儿道："听说他想往外头去。"又问："家里就妈一个人？"老默说是，房子大，都能打乒乓球。朵儿下意识叹，真是，人生没有两全其美的，老沈年纪也不小了。老默明了，两口子对望，心照不宣。末了，老默说："祝他幸福。"很老派的。朵儿没想到老默来这么一句，被他逗乐了："嗯对，祝他幸福。"又故意说，"酒呢？都祝了，还没酒,怎么祝?"老默难为,说酒倒是有,只是小舒小坦不是还没断奶嘛。朵儿佯作生气:"一次能怎么着,真是有了儿子没老婆。"老默一笑,弄了瓶红酒来,两口子就坐在床边上,周围都是婴儿用品,还有朵儿看的英文化学材料——她一直没丢掉专业。

"灯。"朵儿说。她要气氛。

老默去把灯关掉,只留床头的台灯。还觉得气氛不够,干脆把家里那些小蜡烛全都翻出来,点上。彻底关灯,那些尿布、纸尿裤、奶瓶、穿了没洗的衣服,还有书本、零食全都隐没在黑暗中。嗯,舒服多了。

罗曼蒂克。这是朵儿喜欢的。

高脚杯一人一只捏在手里,杯中是浓浓一波红艳。"干杯!"朵儿也拿腔拿调一下。玻璃杯壁轻轻碰撞,发出"叮"的一响。

这玲珑剔透的声音!朵儿陶醉。

朵儿轻轻"啊"了一声,说来首歌。老默二话不说,歌剧《图兰朵》的选段便立刻飘在房间上空了。美!私人烛光红酒音乐会!

忙里偷闲,苦中作乐,人生如此,夫复何求。

朵儿下意识朝床上一倒。床头一盏小烛伶俐地纵身一跳,正扑在床边的纸尿裤上。没多大会儿,朵儿先发现不对:"什么味道?"

歌唱暂停。两口子低头看,火光已经冲起来了。朵儿哪遇过这种事,本身学化学的,却下意识用红酒一泼,哗啦,熊熊烈火起!

老默用被子捂,扑灭一部分。可那着火的纸尿裤却顽皮地上演着烈焰表演。尼尼推门进来。朵儿惊叫:"儿子!快出去!"

脱裤子,撒尿,尼尼竟临危不乱,一阵甘霖。

火竟然灭了。

朵儿和老默面面相觑。她上前抱住儿子,惊魂甫定,亲了又亲。

## 83

沈伟一向出差在国外,即便回国,在家待的时间也有限。

朵儿妈住着个大房子,空荡荡,她这才真正懂得大的坏处——没人气,待久了瘆得慌。朵儿妈手痒,又想打麻将,可上次在超男爸的棋牌室实在输得记忆犹新,她犹豫。

先打电话。给超男爸打，没面子，还是打给四海妈。朵儿妈说老妹，还在那做呢，营业顺利不？有人玩不？四海妈简要说了说，又邀请朵儿妈来。朵儿妈连忙说："我可不敢去了，都是做牌打勾牌的。"四海妈说现在没有了，南来的北往的，但凡是熟人，有做牌的也早被人发现了。

"我们小店也有纪律检查部门的。"

"谁检？"朵儿妈听着新鲜。四海妈说我亲家，超男爸爸。朵儿妈问怎么查。四海妈说，亲家说一招眼就能看出来。

"成火眼金睛了。"朵儿妈放松了些，搓搓手，再战江湖。第二天就去，打了三圈，三家输一家赢，朵儿妈心花怒放，叹时来运转。对面老周比朵儿妈大不了几岁，花白头发，却是童颜。

连放三个铳给朵儿妈，老周笑说："老妹儿，今天犯到你手里了。"

摔了一张幺鸡，朵儿妈不满，说，别老妹儿老妹儿的。意思关系没到这么近。老周嘿嘿笑，说跟着老板就这么叫了。朵儿妈说，跟老板多少年的交情，跟你老周今个第一天见，老妹儿？可能我比你还年长呢，只是看着年轻。

"你是不是有个女婿，姓廖？"轮到老周出牌，他打了张白板。朵儿妈拿过来碰了，才听到女婿的事。这话在脑袋里拐个弯才明了。"你怎么知道？你是谁？"口气像审特务。

老周刚想说，朵儿妈上家一推，和了，赢老周的牌。老周忙着算钱。到饭点儿，四海妈招呼连着打的人先吃饭，朵儿妈也就顺势下了桌，让给别人打两圈，先吃点东西垫垫。

蛋炒饭、青椒肉丝、红烧茄子、麻辣鸭血，四海妈的手艺不错，牌友们个个狼吞虎咽。不吃白不吃，都算到盘子费里的。朵儿妈端着碗，饭上面堆着肉菜素菜，超男爸过来招呼说，吃好。朵儿妈说，可以啊老陈，现在店子正规多了。

超男爸一拍胸脯，还是老工人的豪放做派："那是，都是全自动牌桌，现在不是全自动人家都不打，怕做牌。"朵儿妈这回赢了，也就不提上次的晦气，话锋一转笑道："你以为你这上生意了是因为牌桌？"眼睛眨，迷迷离离的。

"难道不是？"

"当然不是，"朵儿妈关子卖足了才解密，"照我说，你这里首先是个饭店，一流的饭店，然后才是个棋牌室，二流的棋牌室，人家打牌的到你这来，首先是奔着这饭来的。四海妈，我的老妹占头功。"

当真珠联璧合。

超男爸哈哈一笑，不否认也不承认，招呼客人去了。

有打牌的喊："老板娘，鸭血还有吗？再来两块！"

四海妈应了一声，少顷，果真端着个小碗出来，里面躺着鸭血块，到大厅给诸位加了一圈。

朵儿妈夹了最后一块。"这手艺，开什么棋牌室，直接开饭店了。"一角，长条椅子上，朵儿妈拉四海妈坐下。

"都是家常的。"

"就家常的贴心。"朵儿妈狠夸。四海妈也有点不好意思，低头，婉婉转转的样子。朵儿妈说，你听到没有。四海妈不懂什么意思，看着她。

"都有人叫你老板娘了。"

四海妈脸上烧过一阵，稳住了，说："就是个打工的。"

朵儿妈叹："哎呀，妹妹，你说你这性子，哪个男的能不喜欢，连我是个女的，我都觉得你可亲近。"四海妈笑，不知如何作答，想了想，只好说，别开我玩笑了。朵儿妈追着补充说明："这可不是开玩笑。这个女人有多种，金木水火土：一流的女人像水一样，温柔可亲，包容万物，比如妹妹你；二流的女人像土一样，沉稳持家，端庄踏实；三流的女人像金一样，坚强刻苦，百炼不化；四流的女人像木一样，坚定执着，无声沉默；五流的女人像火一样，热情开放，能量巨大，逮谁烤谁，比如本人。"

说得幽默，四海妈被逗乐了。

隔桌不远，老周听到，也忍不住笑，抬头看着朵儿妈，抱着牌不动，下家提醒他打牌呀，他才胡乱打出一张三条，结果下家和了。

老周"哎哟"一声。朵儿妈扭转头，见状，道："又放铳啦！嘿，不是运气问题，的确是牌技问题。"

四海妈端着碗去小厨房，朵儿妈跟着。人家刷碗，她就站在一边，她还记得超男的叮嘱，是，两家合一家，如果四海妈和超男爸结婚，两个老人互助生活，多好。而且现在人家也情投意合不是？朵儿妈自认不会看走眼。情海翻波那么多年。她封自己是老司机。

"喂，老妹儿，真没考虑过？"

"什么？"四海妈快速刷碗。

两根食指比在一处，朵儿妈道："这两家合一家，两好搁一好。"

四海妈说，这还不是玩笑。朵儿妈说，什么玩笑不玩笑，住在一处，又在一处做生意，说明处得来。四海妈心里有数，不大想再谈，便岔开话题，问：你住在沈总那感觉如何，方便不方便。朵儿妈得意，说沈伟啊，我干儿子，方便方便，什么都好好的……

结识富人，光荣，女儿不争气，干儿子有本事，也算光荣的一种。

两个人正谈着，只听到大厅一阵喧嚷。超男爸"嗷"一嗓子，说干什么，我这是合法经营。朵儿妈和四海妈连忙出来，却见门里头站着三个身穿警服的人。是警察无疑了。查赌的？可他们算合法经营，有执照的。

四海妈怕超男爸着急，说不清楚反倒坏了事，忙上前将老陈挡在后头，和和气气凑到警察小伙子身边，柔声道："警察同志，我们这是棋牌室，有营业执照的。"朵儿妈也上前帮着说话，说是，丰富老年同志业余生活的，不能抓，不能滥抓无辜。警察小伙说："谁说要抓了？都散了吧。"

牌场的人见苗头不对，迅速撤退，只有老周没走，等着看情况。一名警员拿相机朝桌面一阵拍，桌面上有现金，老周刚输了别人找零的。

朵儿妈给老周使眼色，让他收起来。

已然晚了。

"这不叫赌博，警察同志，这不是赌资，是游戏的动力。"朵儿妈急中生智，可越说越不在点儿上。几名警察也没多讲，只说给三天时间整顿，不允许再出现赌博情况，如再犯，将吊销执照，并有可能采用拘留手段。

朵儿妈气老周："钱都不收！"

老周不言声。四海妈公道，说，不怪人家，是我们真的不应该。

"麻将都不让打了？"超男爸一声悲叹。朵儿妈解释，说，不是不让打麻将，是不让赌博。几个人面面相觑。

谁都清楚，不来点钱，打麻将怎么有动力呢？

三天，只有三天，棋牌室何去何从，是个大问题。

房租交了一年的，退不回来了。

"要不，改成饭店？"朵儿妈说。

不好笑。她的幽默放错了时机。

超男爸急火攻心，一拍桌子，哀叹，跟着，头一晕，就地倒了下去。周围三人当即慌成一团。这个叫亲家！那个叫陈先富！还有一个叫老哥！超男爸却根本听不见。

世界喧嚣。他似乎要暂时睡一会儿。

眼不见为净。

## 84

待超男、超贤姐弟俩赶到医院，父亲老陈已经被医生确认脱离危险，暂时昏迷，点滴打上了，观察观察，醒了就能出院。

魂压下来了，超男才得闲问婆婆当时的情况。四海妈一五一十说了，怎么被查，怎么起冲突，怎么勒令关门，怎么拍桌子，怎么晕倒。朵儿妈凑在一边，说自己可以做证。老周则双手插兜，门神一般杵着。

他也是历史见证人。

超贤不乐意了，说咱们有执照，当时拿转让还花了不少钱，店就这么黄了？不行，不行不行。四海妈说："店不店的再说，你爸先缓过来，这是头一步。"

一句惊心。她开始关心他了，始料未及。人还是感情动物。超男看了婆婆一眼，没多说，找了个塑料盆，去打热水，浸了手帕准备给爸爸擦脸。四海妈却自自然然接过去，迅速又仔细地在亲家脸上抹了抹。

超男为这"自然而然"的动作震动。

一家人聚齐了。朵儿妈自觉朝外走，为他们留足空间。走到门口，正迎着老周。他们俩是外人。"还不走？"朵儿妈凶巴巴。

老周温厚："等会儿老陈。"

"你是他什么人？"朵儿妈问。

"朋友。"

"你认识廖？"朵儿妈才想起牌桌上没说完的，提起老默，她只说一个姓，以示谨慎："你怎么知道我？"

老周说："在一个歌唱团待过，哦，这算算也是二十年前了。圈里人都知道，廖现在过得不错。"

"他在外头说我什么？凶神恶煞？"

"没有没有，你对自己这么评价？"老周柔中带骨。

朵儿妈破罐子破摔："对，我就是火一样的女人，风风火火我闯九州，爱谁谁。"老周被逗乐了，说火好，火能量大，人就应该这样活开点。

超男出来，对朵儿妈说，阿姨，真抱歉给您也添麻烦了，这我爸应该问题不大，您也早点回去休息，这乱糟糟的，也不能送您了。又补充说，代问朵儿好，等忙过这一阵，我去看她。朵儿妈忙说，你忙你忙。说罢，抬脚朝外走。急诊室走廊长，白色光条，一路通到尽头。朵儿妈在前头走，老周走在后头。

朵儿妈停住脚步，老周也停。

猛回头，朵儿妈问："你老跟着我干吗？"

老周磨磨蹭蹭说："这……这就一条道，不走这走哪儿？"

"那我停你也停，你这不是存心是什么？"

"女士优先啊。"老周给出合理解释。又说："我开了车，送送你。"这句是关键。

"有车了不起？"朵儿妈下意识地怼，话出口又觉得不礼貌，不再多说。出医院大门，老周朝左，朵儿妈向右。朵儿妈说你不是说送我吗。老周说我去开车。朵儿妈脸挂了一下，说去吧。

一会儿，车开过来了。宝马，低配的，三十万的款，但也不错了。朵儿妈上了车，说了地址。老周幽默一把，一踩油门，说，好嘞，坐好了小姐。

朵儿妈美美地。

超男爸从昏迷到醒来，三个小时，林四海始终没出现。连他女儿林如意都被舅舅超贤给接了来，趴在姥爷的床头，用小手抚慰其受伤的心。就他没到！手机先是无法接通，后来变成通了没人接，再后来干脆关机了。

超男一肚子火气。

什么一个女婿半个儿！该杀。

可当着婆婆，超男又告诉自己稳住了，她只能对四海妈说："妈，给四海发个信息，说不用来了。"四海妈知道问题严重，小两口此前才差点离婚，她拿刀做戏才终于压下来，现在出了大事，不管四海是什么原因，都应该及时赶到才是。四海妈解释，说一定是没看到。

超男冷冷地。哼，没看到，对，那也是老天的安排，说明他不是她的贵人。

自从姐夫诉衷肠后，超贤也知道姐姐家的情况，眼下，他不能拱火，必须劝解，他说，姐，没那么严重，姐夫一会儿估计就过来了，我一辆车也坐不下。

"坐不下打车！"超男背对着弟弟，"司机还没死绝了。"

超男爸醒来了，几个人喊里咔嚓把他扶起来，先在床上靠着坐。

目光呆呆的，超男爸回到现实世界的第一担忧，还是他那个小店。这是他来深圳之后的第一炮。一切向好，却被宣布必须戛然而止。他心痛，他不解。全中国，哪没有打麻将的？不打麻将，中国人怎么活？那些退了休的无所事事的人怎么度日？

唉，这就是大城市。

大城市是很无情的，超男爸体会得很切肤。

"爸。"超男轻摇了他一下胳膊。她怕他出问题。

他爸却说没事儿，没事儿，多大点事儿，你跟你弟都回去吧，你妈照顾我就行。

顿时，超男心里又咯噔一下。你妈？哦，她亲妈没复活。她爸嘴里的你妈是指她婆婆。是，她平时也叫四海妈为妈。可在内心深处，她只认她那个仙去了的亲妈是妈。爸的一句"你妈"让超男意识到，两个老人已经很近了。

超男觉得有些尴尬。不是近本身尴尬。她当初处心积虑，也是想"两家合一家，两好搁一好"，亲上加亲，两个人相互照顾养老更方便。只是，谁也想不到她和四海会走到今天这一步。未来怎样，难说。如果真分道扬镳了，老人们却走到了一起，怎么办？越想越深，超男觉得头疼，无数个意念、可能性仿佛虫子，在脑中拱来拱去。

超贤打断她，说，姐，你带如意回去，老人我来送。超男想了想，又问爸爸的情况，她爸反复确认说没事，以至于后来都有点生气说，你爸没这么娇气。超男才同意了。

带如意回家。打车走，到公司宿舍，进门，四海斜躺在沙发上，电视开着，放的是《人与自然》，赵忠祥宽厚的声音在介绍企鹅。

超男压不住火："你手机聋了？！"

如意抱住妈妈的腿。

四海"嗯"了一声，不懂这个准离婚老婆的火气从哪里来。

超男去翻四海的包，四海弹起来，说你干吗，超男说你有什么鬼？！还不给看。手机翻出来，屏幕一片黑，没电了。

四海据理力争："你没这个权利，注意我们的人物关系！"

咣当一声，手机掼在地上，翻了个个儿，正面朝上，屏幕碎了。超男鼻孔出着热气，俨然红了眼的牛。

如意见惯了争吵，已经不再哭泣，她不失时机地说："姥爷病了。"超男抱起女儿，跟女儿对话："乖宝宝，好如意，咱不跟他解释，他没脑子，也没心，哼哼，没心没肺脏心烂肺狼心狗肺好心当作驴肝肺！"超男急起来，开始乱用词，押韵是肺，那就把跟肺有关的贬义词都用上。

不愧做过语文老师。

四海软下来:"我是真没看见,手机静音,你看看。"弯腰捡起来,屏幕碎了,插上电,没反应。他努力自证清白。

"甭费那劲了,"超男撇着嘴,不屑,"不用解释,你要注意我们的人物关系,现在是试离婚,以后你们家什么事,你也别找我。"

四海本来还有些愧疚心,可超男这么一横,他心也硬起来:"不找就不找,但你实施家庭暴力,砸坏我的手机,你得负责。"

靠!什么男人!还要老娘赔手机。超男气得鼻子都不通气了,随手抄起桌子上放的那朵施华洛世奇水晶莲花——薛蓓送她的生日礼物,就要往四海头上砸。如意拦在头里,说,妈,别动,莲花很贵的!

女儿抢下来了,超男恢复赤手空拳。四海说你砸吧砸吧,反正手机都砸了,再砸一个无所谓,你这人就是不知道什么是尊重,不尊重别人,也不尊重你自己,以前我认识的那个中学老师,中文系才女哪去了?男男,看镜子,你先看看镜子,那凶相我保证你自己都能吓到自己。

如意也跟着说:"妈,优雅一点儿,姥爷没事了。"

准前夫说她可不听,可女儿都说了,超男不得不适可而止,她不愿意正面对镜子,只是努力用余光瞟了瞟镜子中的自己。宽,身材是宽,厚,身形是厚,乱,头发是乱,还有表情,肉都浮着,一只愤怒的母狮。她连忙放松肌肉,恢复平静,哦,正常了。唉,这张脸属于一个三十几岁、对生活不满意的妇人。

电视里,企鹅妈妈、企鹅爸爸轮流孵蛋,配合得天衣无缝。

现实中,夫妻俩却站得老远。

超男一下子哭了。如意连忙跑去卫生间拿毛巾,递给妈妈。超男还是哭,从接到爸爸晕倒消息的那一刻起,她全身都是紧绷着的,她必须扛住、顶住,哪怕是她爸爸醒不来,她也必须能够料理好接下来的事,可现在呢,虚惊一场,回到自己家跟丈夫生气,跟着又看到企鹅的配合,听着赵忠祥治愈的声音,超男才猛地放松,不自觉自怜起来。

凭什么?凭什么她这么苦?

眼泪尽情流,鼻涕跟上。超男全无形象,她也不要形象,释放自我就好。

四海本来生气,可超男一落泪,他男人的保护欲又回来了:"爸没事吧?"

超男哽咽答不上来。如意代答:"姥爷已经醒了。"

"明天一起去看爸妈。"四海竭力表现好,"不过我这手机可真是冤。"

肩一耸一耸，超男说回头赔你一个！一个破手机！

如意站到爸爸妈妈中间，一手牵一个人，她是桥梁："我们还是快乐的一家人。"超男破涕，四海发窘，他们像孩子，如意却像是大人了。

说开了，气氛稍微缓和些，四海用超男手机给妈妈打了个电话，问情况，表态度。四海妈叮嘱儿子，好好安慰男男，别惹事，一家子和和气气的。四海说知道了。四海妈问，男男呢。四海说，带着如意准备洗澡。

卫浴间，超男帮如意脱好了，公司宿舍，洗澡也需要自己买煤气充值，扭开花洒喷头，热水一会儿下来。先洗头，再涂沐浴露，囫囵洗得差不多，超男才准备自我清洁。

也就几秒钟，水忽然凉了。

超男调了调温度，水温还是没变化。先关掉，探个头出去，超男对四海喊："是不是没煤气了！得充点儿！手机上就能充。"

四海答："手机不是被你摔了吗？"

"用我的充！"超男着急用热水。

"别充了，凑合用用。"

凑合？凉水也能凑合？充个煤气费这么费劲。超男快速擦了擦，套个T恤，出来了。"你什么意思？"是战备状态，把四海逼到墙脚。

"马上准备搬家咱们。"

搬家？这是哪一壶？"搬什么家？"超男压住性子。

"我换工作了，继续住这里不合适。"

换工作？开什么玩笑？！这里的工作不要了？就因为老板是沈伟？

"换什么工作？"超男大脑停止运作，只是这么不停地问。

"去东哥那了。"四海很平静。看来是有预谋的。

"哪个东哥？"

"李安东。"

靠！全身的血恨不得都往脑子上涌进，超男吼道："李安东自己都出问题了！你去做什么？等着失业！你脑子正常一点儿会死？"

四海愣了一下，不作答。超男手里的毛巾却已经抽上来了。

一下，两下，三下……狂风暴雨般。四海没办法，只好凑个缝儿逃出去避它一避。

## 85

朵儿接到李安东的电话有些意外。自从薛蓓的公司建立后，他们就没联系，也没见过。李安东约牛朵儿吃饭，朵儿问时间地点。

李安东说不是大餐，没什么场面，就见面聊聊。朵儿问："就我一个人？"李安东笑说："怎么，不敢？"开玩笑的口气。朵儿说何至于，龙潭虎穴也去过。电话里两人都笑。

这日，按照约定时间朵儿出门，老默在家照顾孩子，她不愿意开车，只能打车。到地方，是个中式院子，四处栽种竹子，清雅幽静。李安东约了包间，黄山厅。牛朵儿没空手来，带了上好的漳平水仙，交给服务生，两个人坐下。"怎么样？"朵儿带着笑问。

李安东老了些，更多的是疲惫。

"如果我说还不错，你信不信？"李安东依旧不失儒雅幽默。

"我信。"朵儿吸了一口气。她和他相互欣赏。

"怎么样？就这么退出江湖了？"李安东问朵儿。朵儿知道是说她怎么没出来工作，随即谈道："以前我是工作狂，现在陷在家庭里面，没办法，也是心甘情愿的，头几年里，如果我说我的职业就是个妈，谁会信？我自己都不信，可一步一步就走到这了。"

"蓓蓓要有你一半勇敢就好了。"李安东说。看他落寞神情，朵儿有些心痛，只好掉转话题："慢慢来。"

"恐怕来不及了。"李安东说。

朵儿心里咯噔一下。她忽然意识到，前面只是开场，下面才是这次见面的正题。来之前她侧面了解过，说什么的都有。有说李安东已经破产的，也有说他依旧坚挺，大有"卷土重来"之势。

"见我，跟老薛有关？"朵儿直接猜谜底。

李安东眉头皱了一下。到底是牛朵儿，女博士，推理能力一流。

"我准备移民。"李安东说。

一记响雷。朵儿先是一愣，接着迅速在脑中分析这五个字的含义。移民？要么是在中国做不下去了，要么是金盆洗手，告老归田，要么是……朵儿不往下想，只礼貌地点点头。茶上来了，先喝茶。

"去哪儿?"

"格林纳达。"

"靠谱吗?那能比中国好?"朵儿问了一句真心话。

"人不可能奋斗一辈子,也不可能被周围的俗事左右一辈子。"

"这不是移民的理由。"朵儿说。

"我破产了。"李安东很平静。

朵儿感谢李安东的真诚,她明白,这话,他跟薛蓓可能都不会说,她知道他有多么骄傲。从北京到深圳,他一直是他那个圈子的风头人物,事实上他也的确做得很好。

"然后?"朵儿收紧表情,尽量不表现出震惊,这是礼貌,也是见识。"人生不怕从头再来。"朵儿不知道自己怎么说出这句话,可她知道,得劝,这是一个男人的低谷,"就比如我,生了三个,现在马上也要从头开始,以前做科学家做高级白领,觉得自己能掌控自己的世界,钱也不放在眼里。可现在呢,我发现钱太是个问题了,在深圳,谁不缺钱?别气馁,继续来,人生就是这样,只要不死,你还是得做。孩子你不考虑了?"李安东笑笑,说,孩子长大了,现在美国,不是能操得了心的了。

"那老薛呢?"朵儿拦话,插一句。

李安东苦笑:"下辈子?呵,不知道,顺其自然,爱情这个东西,我算看明白了,不是你想要就能有,朵儿,我羡慕你。"气氛有些伤感。

朵儿不得不搅搅浑水。说茶,说家庭,说生意,说未来,说全部能打乱眼下气氛的话题。李安东也就跟着聊,十分投入。小妹来上了两次茶,都喝尽了。末了,他忽然从夹克里掏出一张卡,推到朵儿面前。

朵儿没动弹,等他下文。

"等我移民之后,帮忙转交给蓓蓓。"

一笔钱?为什么不自己交?哦,也许不方便,或许老薛不肯接,托她转交,是对她的信任,牛朵儿不多问。收下卡,放好。她只说老薛不知道你移民?李安东说我不想弄得太伤感。牛朵儿打了个响指:"了解。"话音落,手机响了,朵儿接,是薛蓓。她找朵儿说老默的保险转换受益人的事。

朵儿觉得奇怪,这事老默并没有跟她提过,先应付着。朵儿捂住听筒,眼神朝李安东瞟,"老薛。"李安东面无表情,这时候他不好发话。朵儿立刻说我跟李安东在喝茶,地址我发给你。薛蓓才反应过来,刚想拒绝,朵儿又强调说一定要来。跟着地址发过去,薛蓓只好答应了。

晚饭在一起吃。李安东和朵儿换了个地方，去丽都酒店。他们先到，朵儿打趣，给个钱还偷偷摸摸的，当面给不就行了。李安东连忙说"不不"。

捉弄人得逞，朵儿这才说放心，会帮你办好。

"替我保密。"李安东说。

"你还是英雄，不会落寞。"牛朵儿打包票。

菜点得格外多。吃西餐。到时间，门口款款走进来个人，薛蓓穿了一身红，在引导员的指引下入座。朵儿夸闺密："漂亮，跟平时不一样。"

薛蓓对李安东一笑。他点了一下头。

很奇怪，也许是因为朵儿在场，薛李二人略有些拘束，可正因为这拘束，两个人仿佛刚认识一般。一个是绅士，一个是淑女。没有历史，一切重新来过。

"点的都是我爱吃的啊。"朵儿露出豪放本色，"不管你们了啊。"一会儿上菜，澳洲龙虾、生蚝、腌鳕鱼、铁板羊排、鹅肝……牛朵儿狼吞虎咽，薛蓓和李安东都只吃一点儿，意思意思，两个人还说着话。

莫名生分。但正因为这份陌生感，两个人之间又有了一种奇异的火花。李安东问薛蓓，公司经营得怎么样。薛蓓说，有需要，我随时可以支持你。李安东连忙说，不是这个意思。

朵儿说，你们怎么都不动筷子。

有人督促，于是两人又吃了一点儿，还是点到为止。

吃得差不多，朵儿打算先撤："不奉陪了啊，家里孩子闹腾，没我不行。"不可拒绝的理由。

朵儿一走，李安东和薛蓓之间失了遮挡，尴尬气氛更加赤裸裸了。

不说话，那就都不说话。背景音乐嘀嘀嗒嗒，是钢琴曲，每一个音阶都敲在心上，快速的小碎步。

薛蓓问："你是不是有什么事瞒着我？"李安东连忙说，没有，可话出口，才意识到自己的反应有点过激，自己又缓和一下，用合适的语调说出："都这个年纪了，没那必要。"

他不说，薛蓓也就不问。等吃得差不多，薛蓓又要开车送他回家。李安东说今晚不回去，就住这酒店。

薛蓓望着他，等一个解释。李安东什么也没说。

不用解释，尽在不言中。薛蓓说，行，那我陪你上去。去前台开好房，两个人直接上楼。进房间，薛蓓把高跟鞋脱了，跟着就去洗澡。他不是毛头小伙子，她也不年轻了。两个人都知道既然到了这种环境，又都是心甘情愿的，总要发生些什么。

没有矫情的东西，直奔主题。只是在这一晚，薛蓓觉得李安东从头到尾格外使力，奋发得有些悲壮。一切尘埃落定，两个人坐在床头抽烟。李安东说你和我是一种人。薛蓓不理解，这话他提过不止一次。一种人，她问什么人。李安东说，类似于游牧民族，一直在路上。

"挺好的。"薛蓓侧身，头发披散下来，很美。

"挺好的。"李安东应和。

"很好。"烟燃到尽头，摁在缸子里。薛蓓笑出声来。

"要个孩子吧。"李安东抱过一只枕头。薛蓓看着他，为这个问题，她百感交集过，尤其是朵儿的双胞胎来临后，但焦虑已经过了。

"带孩子来这世间受苦？"

"是相依为命。"李安东说。

忙里偷闲，老哥儿们聚会老默还是去。二十年前一起唱歌的。不过好在这批人状态都保持不错。搞艺术的人，不容许自己老得太难看。

转行的不少。到这个年纪，也有发财的了。老默在里头算中等。就吃个饭，大家也不攀比，只叙叙旧。隔座坐着老周。他主动跟老默说话，也不说虚的，上来就问："你那个丈母娘，多大年纪？"

老默侧目。朵儿妈那么有名了？报了个大约数字。

老周低头吃菜，心有戚戚状。他和朵儿妈年龄相仿。

老默奇怪，问："没啦？"老周嘿嘿一笑，啥也不说了。

好奇心勾起来了。老默非要知道。老周拗不过，说："没啥，就是打麻将遇到的。"老默又问他："觉得怎么样？你想表达什么？赢了还是输了？"跟哥儿们在一起，老默话多。老周前前后后把那天的事情说了一下，怎么打上的，怎么又被查，怎么去的医院。老默说，哦，那麻将馆还是我老婆的朋友开的。老周说，你也认识老陈？

老默简单交代了，两个人都叹世界真小。

"别扯远了，不是说我丈母娘吗？"老默跟老周碰杯。

老周喝了一小盅，道："火一样的女人。"

"火？"老默为这新奇的比喻诧然。

"她自己说的。"老周说。

"你不正常。"

老周没理解老默的意思。老默说，你动感情了。

老周说，怎么可能，我就是觉得她比较有意思。

## 86

给孩子换尿不湿的时候，朵儿问了老默保险受益人的问题。他们之间曾经约定没有秘密。

老默据实相告，并说明是朵儿妈提出来的，他觉得合理。房子的事情他一直不好意思，一碗水没端平，是他的问题。

"对不住。"老默说。

朵儿说，当初找你也不是图这个。

老默说，你这么说我很感激，但既然是自己的孩子，我就有应尽的责任，去了小沈那里，才看到差距，后生可畏。朵儿说："你这人怎么也谈起俗世的事情了，说赚钱就说赚钱，谈感情就谈感情，不要掺和一起。"

"我是怕你太辛苦。"老默充满柔情。

朵儿坐正了，问："你对我有没有感情？"

老默说，这是毋庸置疑的。

朵儿说："那好，感情上我们是没有障碍的，现在的问题是赚钱。为了生活，为了孩子，我们朝这个方向努力就好了。"老默不作声，朵儿到底是年轻，加上学历高，对自己的能力充分自信。这就是年轻的好处，总认为自己有无限可能，远大前程。而他呢，则快是船到码头车到站。他不愿意期待太多。他想说，要不换个城市吧，去二线，妥妥的没压力。可他能这么说吗？自尊，他知道朵儿强烈的自尊心。就这么离开一线城市，她能甘心吗？

老默提到老周说朵儿妈打麻将的事。

"玩就玩吧，在陈叔那玩，也不会出什么问题。"焦点在她妈身上，朵儿没注意老周这个人物。老默说好像也要关门了。

关门？

关门倒不至于。准确地说是整改。棋牌室这个项目不能做了。三天内必须面目一新，租约还没到期，转让？超男爸又舍不得。

晚间，饭后，超男爸垂着头，一言不发。一会儿，又跟四海妈说出去抽根烟。烟没抽完，四海妈走到他身后。他注意到，偏过身子："哦，最后一根，马上进去。"他开始考虑她的感受。四海妈说："没事，好事多磨，再来。"

太重要的鼓励，如旱地甘霖，他觉得心里暖暖的。

"再开起来，你还是来帮忙？"超男爸关心这个。四海妈说："一家人，帮不帮的，走，进去吧，夜里风大，这深圳看着暖和，夜里的贼风也厉害着呢。"四海妈捋了捋头发，抱紧双臂。

"这不是衣服？"超男爸把外套脱下，迅速地给四海妈披上了。

脸红了，幸亏有黑夜做掩护。四海妈当然感觉到什么，她觉得有些难为情，都这个年纪了。可超男爸的举动，又是下意识地，发自内心的。

"你不冷？"

"没问题，"超男爸夸口，"去码头扛麻包都行。"

男人都是大孩子，不管多老。

"进去吧。"四海妈说。

"申请下碗面。"超男爸似乎开朗了许多。

"批准。"四海妈说。

次日去店里做清理，四海妈陪着，朵儿妈和老周也来了。一到，朵儿妈就开玩笑说，老陈你真行，一拍桌子就厥过去了，还是热血青年。

若在过去，超男爸肯定和她斗嘴。可眼下，他提不起劲儿。

不好笑。朵儿妈僵在那儿，老周在旁边抿嘴笑。胳膊肘捣他一下，朵儿妈发力。老周"哎哟"一声。

四海妈打开棋牌室的外挂锁，一屋苍茫，四台自动麻将机静静地，椅子凳子散落。地下有烟头，暗黄色过滤嘴。

仿佛一名将军去悼念战场，超男爸叹一声："收吧！"

扫地的扫地，抬桌子的抬桌子，归置东西的归置东西——大件都先放到里屋休息间，椅子凳子沿墙根先放着。自动麻将桌成为问题了。

太大，里屋只能放两台。

"我买一台，回家用，老陈，打个折，八折我收了。"朵儿妈豪气。

"那我也来一台。"老周紧跟朵儿妈。朵儿妈小声啐："老学我干吗？"

四海妈不说买，她说家里得要一台，逢年过节玩玩也不错。

明显是救场，但超男爸心里暖。

"好！"气势提起来点，超男爸说，"还剩一台。"

孤零零一台，在大厅正中，像个失去同伴的孩子，也仿佛孤岛，周围是汪洋。朵儿妈道："用得着用得着，饭点到了，咱们就用这台桌子，吃一点儿，喝一点儿。"四海妈笑道："厨房里还有点菜。"

朵儿妈立即起身："我去买酒。"老周惊叹，嚯！

一会儿，都上齐了。菜烧好了，端上来，一盘土豆丝，一盘油炸花生米，再加一盘肉末榄菜四季豆。酒是口子窖，安徽产的，没有酒杯就用茶杯充了。老周倒酒，不敢多倒，薄薄地齐着杯底，点到为止。

"再来点儿。"朵儿妈指指杯子，嚼花生米。老周再次惊叹。还是按照朵儿妈的意思办了，慢慢地倒。朵儿妈着急："你这文绉绉的，画花呢？"说着，酒瓶子夺过来，满上，自言自语："我这心里一直——堵。"

又给四海妈倒，四海妈要一点点。给超男爸倒，四海妈拦着，说刚从医院回来，朵儿妈拗不过，说行，那意思意思，又啧啧两声："真是亲家，比亲家还亲。"

话里有话，四海妈装听不见，四人举杯，其余三人都抿着，朵儿妈喝了一大口，感慨道："我算明白了，这人生不如意事十之八九，所以，看开点看破点，什么穷了富了有了没了，咱们就今朝有酒今朝醉！这酒好，口子窖，专门给两口子准备的。"说着，她竟然还唱起来："喝了咱的酒呀，上下通气不咳嗽……"

气氛炒起来了。超男爸也要酒，四海妈拦着。他说你别拦我，喝，赶明儿，这里就什么都没有了。四海妈说，没有还可以做别的，身子可是自己的，弄坏了，等于给儿女找事情做。超男爸说儿女有用吗？亲家，你怎么看不透，儿女都大啦，不需要咱们啦，这次的事情你还看不到，儿女也是亲戚，能救急就不错了，哪能照顾到那么多，他老爸我精神上的痛苦谁了解？

朵儿妈立刻得其所哉："对对对，老陈，你说得太对了。精神痛苦，精神痛苦，我就觉着，以前特穷的时候，家家都差不多的时候，脑子里简便，什么也不想，乐乐呵呵就去上班了，乐乐呵呵就回来，没有什么房子孩子车子票子，就简单。现在呢，一睁眼，累死了，不能想不能想，女儿也不听我的，女婿也不如我意。"老周为老默抱不平，说，你女婿不是对你挺好的吗？

朵儿妈反唇："你懂什么，女婿等于半个儿，我受得起这个儿吗？"

四海妈怕她情绪激动，打岔道："多吃点菜。"

喝了一会儿，朵儿妈环顾桌面，说："你还别说，咱们这一桌，有一个共同点。"老周和老陈都问是什么。四海妈大概猜到了，没吭声。

"都是单身啊。"朵儿妈激动，"单身老人。"

超男爸也有些喝多了，酒劲上来，附和说可不是。朵儿妈道，大家现在都是知心朋友了，单身多久了，都说说。四海妈不好意思。朵儿妈率先说：

"我打头炮,我单身有三年了,老陈的我帮他说,也有二三年了。"说罢看向四海妈。

倒不是什么羞愧事,只是当着众人面聊这个太没必要。可抵到面子上,四海妈也就实话实说:"我们家那位,去世已经有二十二年了。"

一阵惊呼。朵儿妈呼声最大,说不容易不容易,要在过去,都能立牌坊了,得再找,为什么不再找,儿女再好是儿女的。

"没那必要,一个人,过惯了。"

朵儿妈道:"那是你自己以为的,现在你看看,跟亲家合租,不也过惯了吗?比以前差?人都是感情动物,群居动物,咱们小家小户的,又不像大家大户,有财产有这有那,咱就是谈得来,再一个身体健康就行了。"

超男爸有些不自在。他刚去过医院,身体谈不上多健康。

轮到老周了。

六只眼睛望着他。"多少年了?"朵儿妈问,指单身。

面色酡红,老周喉头哽了一下。

"这有什么不好意思的,真是。"朵儿妈小饮一杯。

"六十一年。"老周选择实话实说。

"什么?"朵儿妈一口酒差点没喷出来。老陈咳嗽了一声。第一次听说。四海妈说去拿点菜。

"今年贵庚啊?"朵儿妈直问。

"六十一岁。"尴尬好了些,老周保持微笑。

"没结过婚?"朵儿妈还问。老周不答了,算默认。朵儿妈一拍筷子,说这好,没受过婚姻的折磨,难怪这么年轻。

老周憨憨笑了。超男爸跟着起哄,说,不结婚好。

四海妈又端了点炸花生米过来。

朵儿妈伸伸胳膊,说唉,想唱歌。超男爸对四海妈说那里屋不是有两个VCD机子吗,还有话筒。四海妈想了想,说好像是。

找了一通,真有。插上电,还能用,凑合着里屋搬出来的旧电视。只有一张伴奏碟。放出来,是老歌,《无言的结局》。

朵儿妈得其所哉,站起来了。"谁跟我合唱?!"四海妈和超男爸都看出端倪,都拱老周上。老周本就是玩音乐的,毫不怯场。

音乐响起,屋子里气氛立刻不一样。哦!曾经的年轻日子!朵儿妈开口脆,"曾经是对你说过这是个无言的结局,随着那岁月淡淡而去,我曾经说过如果有一天我将会离开你，脸上不会有泪滴……"老周一个踏步，跟上，"但我要如何如何能停止再次想你，我怎么能够怎么能够埋藏一切回忆，啊！让我再看看你，让我再说爱你……"

陶醉。沉迷。无言的结局。

这棋牌室，不也是无言的结局吗？超男爸百感交集，站起来，伸手向四海妈。他要跳舞。过去在厂子里，他是一代舞王。

深藏不露多年。

"不太会……"四海妈不太好意思。她学过一点儿，但确实水平一般。

"我带你。"超男爸很有信心。第二首，《迟来的爱》，更应景了。三步四步走起。前进，后退，旋转，他的手放在她的腰上。

"伤痛的心，一片空白，如何面对那一片空白……"

曲终人未散。关门大吉的狂欢。

跳到天黑。音乐消歇，关好门，四海妈扶着超男爸回家。老周负责朵儿妈。她已经喝得不省人事，送也不知道送到哪去。老周只好跟老默联系。老默简单跟朵儿说了一下，就去处理丈母娘的事。朵儿恨道："不帮忙就算了，整天添乱！别去！"

是气话。毕竟是亲的，老默只能劝："跟我一个朋友在一起呢。"朵儿警觉："什么朋友？"老默前前后后简单交代了。朵儿道："靠谱吗？"老默说，人是好人，我还是过去一趟吧。

开车过去。老周扶着朵儿妈坐在士多店里。

"你老小子！"老默佯作发怒，拍了老周一下。

"根本劝不住。"老周为难，也是真话。

"怎么着。"老默说，"我家里还有仨孩子呢，这酒气。"

老周不知怎么接话。

"你带走还是我带走？"老默故意逗他。

"我带走，行啊。"老周顶起来。老默说，你来真的啊？老周问，什么真的假的。老默说，你是真喜欢还是玩玩的？老周说，别胡说。老默说，我就觉得奇怪，一辈子苦行僧，老了还开荤了，非要跟我做亲戚你说啊，辈分上我不计较。

"老廖！"老周双手合十，"对女士，还是要尊重，你这样说不好。"朵儿妈撒酒疯，嘴里还唱《无言的结局》呢。扶上车，朵儿妈躺后座上。老默摇开车窗，"你真的假的？"

老周挥挥手催他走。

到家，老默扶着朵儿妈进门。朵儿抱着小舒唱摇篮曲。朵儿妈忽然清醒了似的——实则还是醉，也唱摇篮曲。

"瞧这一身酒气。"朵儿躲开，"老了老了，还活回去了，成老姑娘了。"老默接过孩子，让朵儿去帮她妈擦擦。朵儿皱着眉，倒热水，放毛巾，拧干，再去床头帮妈妈擦脸，嘀咕："我是越来越老了，你好，越来越成小孩了，我这一家三个你还嫌不够？再添一个？四个，我还活不？"

孩子安睡了。老默端热水盆进来。

又擦一遍。

朵儿拉着老默问："我妈这是借酒浇愁呢还是怎么回事？心情有那么不好？"老默说还是因为超男爸棋牌室关门的事，几个人高兴，喝了两盅。朵儿又问那棋牌室后来怎么样了，房子还空着。老默说想新项目呢。朵儿本来想说，咱们接手看看，可一想到家里还有几个孩子，话到嘴边又咽下去了。

## 87

这日，超男回到宿舍，四海在收拾东西。几个箱子弹开，像血盆大口，衣服乱乱的，有孩子的，也有他自己的。

超男的东西他没动。"收拾你的吧。"四海抬头看了一下。

"干什么？撤退？逃跑？"

"不在这里做事了，自然没有了继续居住的权利，"四海说，"新地方找好了，搬吧。"

算不上先斩后奏，离职的消息早都告诉她了。四海认为她应该有思想准备。

"你说搬就搬？"超男横眉冷对。四海问，什么意思？超男说，没什么，我换工作了。

深水炸弹已爆炸。

换工作了？他没想到她玩这一招儿。

超男笑着说："幸亏咱们现在是离婚了，哦不，还是试验阶段，不过试验不试验的也没啥，就快是真的，真是庆幸，将来你失业了，我不用背着你这个大包袱,不过我警告你,到什么时候,你都得给女儿抚养费,这你是赖不掉的。不过林四海,我劝你还是乖乖继续住在这儿,以免你丢了工作还租着房子,我怕你承担不起。"

四海脸色发白:"换哪里了?学校旱涝保收,还有假期,你还想怎么样?"超男冷冷说:"怎么,你有换工作的自由,我没有?我不是合法公民?不是成年人?需要你教我怎么做人怎么做事?"四海说,我是为你好。超男说,注意你的身份。

"换工作也不能继续住在这儿,这是给员工住的宿舍。"四海处于下风了。

超男没说话,换了衣服,随手丢在沙发上,笑笑说:"我已经是这里的员工了,这就是我的福利。"

被雷击中一般,四海不动弹,过了好几秒,才缓过神来,却是一句话也说不出来。螳螂捕蝉,黄雀在后。她要跟他斗到什么时候?!不,她是负气,一定是负气。她就是要给他一点儿颜色看看。四海的脸由红到白,胸中的气胀满了。

"我去找他!"四海脖子一梗,愣劲犯了。

"站住!"超男喝道,却拦不住四海一身傻劲。跑着追到门口,还是给他跑了。超男叫如意:"在家待着别出门听到没?"迅速穿好衣服,超男跟着出去了。

办公大楼,一个一个荧光小方块。四海刷卡进门禁,超男在后头追,保安拦着,让她登记。超男说我是公司员工家属,就是前面那个。保安严格认真负责,不登记不行。超男眼见四海上电梯了。

办公区。走路带风,四海眼是直的。有老同事跟他打招呼,他也不回应。到总经理办公室,不敲门,直接推开:"沈伟!"林四海大喝。办公室无人。一只空气净化机运行着,地上有一只机器狗,是打扫卫生的机器人。

秘书跟进来了,说,小林,你不能这么闯进来,沈总刚从国外回来,时差都还没倒过来,不能这么大呼小叫。"沈伟呢?"四海全是祈使句。办公室桌子下放着皮鞋。哦,可能去健身房了。

林四海二话不说,又一阵风似的去公司健身房。

上班时间。健身房里没人。偌大一片区域,只有沈伟在卧推。

杠铃艰难上行。

四海过去,奋力一按,沈伟吃不住劲,杠铃又压下去,正卡在脖子上。

"四海，这是做什么？"沈伟尽力平复，好声好言，整个人不能动弹。见面前一万句话要讲要骂，真见到了，林四海又不知从哪说起。脸还是涨红。沈伟再次推杠，想要起来，四海又施压。沈伟被按住了。

"这滋味好受吗？"四海恨恨地。沈伟咳嗽一声，说，兄弟，你辞职或者回来，都好说，你先放开，你是男男的爱人，我肯定对你多加照顾。

不提超男还好，一提超男，四海气更大了。哼，还男男！四海单手按住杠铃，另一只手去捞铁片。加重量！誓要将姓沈的压在五指山下！

"住手！"身后传来清脆的叫喊声。是超男。她喘着粗气，快速跑过来，制止自己发狂的丈夫，愤怒的公牛。"林四海！你疯了！"

暴喝之下，四海松了点劲。沈伟猛然一推，脖子一缩，出来了。沈伟叫了声，超男，是打招呼。四海跳起来要打人。

沈伟怎么会再给他机会？他学过擒拿，一伸手，反抓，一磕背，四海被制服了，伏在地上不能动弹。

"你放开！"

超男心疼，可这也是四海咎由自取。

"老林，我哪里对不住你？"沈伟问。四海还是带火："我们家的事不用你管！"超男说，你别听他胡说。四海偏过头，从下往上，怒视超男："你还不承认！"沈伟问，承认什么。超男拍了拍沈伟说，你快走吧，都是家丑，难为你了。

不能不给面子。沈伟慢慢撒开手，后退，给他们夫妻留空间。四海反弹起来，一甩胳膊，啪，正中超男的头，痛得她大叫。

一个飞踢。沈伟跃起来，正中四海心口。打他行，打女人可不行！不得不出手了。

"你小心点。"沈伟道，"注意言行，否则不跟你客气。"

还是绅士风度。四海捂住心口，几乎落下泪来："我不跟你干了，你不能把我老婆拽到你身边去！"

沈伟不解，望着他，又看看超男。

"你住口！"超男吼。她让沈伟赶紧离开，赔着笑脸。他给她这个面子，拿上毛巾，挂在脖子间，走了。一转身，超男哭了，她不知道自己是痛得哭还是难过得哭。丈夫，哦不，准离婚的丈夫那么失礼，令她颜面扫地。

也是，她还要什么面子？她这种窘况，还能谈什么面子？！

四海坐在地上，也难过地落泪了。

"我没辞职。"超男忽然说。四海"嗯"了一声，眼睛瞪得滚圆，做不可置信状。一个玩笑？只是一个谎？她没辞职？

"房子是我问沈伟申请的。"超男说，"你确定辞职了，我和如意总不能睡到大街上，爸妈那边还租着房子，小贤帮忙也是有限，他一个小伙子，不存点钱怎么行，以后还要成家立业。"

家里的情况，一桩桩一件件掰开了扯碎了说，这才是谈话，不是斗气，不是逞强，四海忽然觉得，男男还是把他当自己人。

他辞职或许都辞错了。

还有这一出。健身房里的闹剧，太不应该，可他就是控制不住自己。

是太爱她吗？还是只是男人的占有欲？他不知道。他告诉自己不应该后悔，可身子却身不由己移到超男身边。

他抱她的头，揉一揉。他恨不得亲吻她一口。

"滚！"超男呜呜地哭了。她对他太失望！一番番一次次，忍无可忍！

四海跌坐在一旁，怅然若失。

几天之前，他似乎还占着上风，可如今，他成了彻头彻尾的阶下囚。

"别试离婚了，来真的吧。"超男调整呼吸，狠下心肠。

"男男……"哀求的声音，四海幻灭，可一切却已经来不及。

第二天，陈超男和林四海，正式去民政部门办理离婚。

"想清楚了？"还是那个小姑娘。

"清楚了。"超男说。

"没清楚。"四海说。小姑娘一听，说那再回去想想，有孩子了吧，再想想。"不用想了。"超男坚决。四海只好说听她的。

## 88

南山区民间组织办高端人才相亲会，超贤又遇到张玲玲了。哦不，现在人家叫张美露。

漂亮还是漂亮，只不过不是那种青春朝气美了，得用化妆品和衣服补足。两个人碰面了，都端着香槟。超贤手里捏着一小块曲奇，另一只手插在裤子口袋里，见到美露，他的脚跟恨不得垫高，今天他本来也穿了内增高，只为调整视野，从上往下看，做睥睨状。

美露一身裸色装束，比以前更淑女了。

碰到一块儿。超贤本来是畏缩的，可见到美露理直气壮走过来，他告诫自己必须抬起头。走近了，都凹着姿势。

"怎么，也高端人才了？"超贤先发制人。

"你都高端了，我比你高端，那我肯定是高端的高端。"美露斗嘴。超贤不满，他好歹是个创业公司的副总，她呢，全是歪门邪道。超贤说你现在还住在那小区？对相亲没有帮助吗？

戳到美露痛处了，可她还是稳住："本小姐没那工夫跟你闲扯，我这忙着呢。"她转身，走开，陈超贤在她身后呼喊一句："你别以为现在的有钱人都是傻子。"

喧哗的会场安静了一秒钟。超贤的话刚好投在这缝隙里。一声惊雷。

目光都投向张美露。

美露不自在了。

好在喧嚣迅速淹没了尴尬。

有女孩朝超贤走过来，攀谈。这是女方主动的。老实说，现在的超贤在婚姻市场上，是占据主动的。有人来，超贤也就故意热聊，侧着身子，露出笑脸，做给美露看。忽然之间，超贤又觉得自己可悲——他还爱着她。

应付着，相亲女孩的话他一句也没听进去。

他企图逃开，在心里历数张美露的缺点：虚荣、势利、翻脸无情，不值得深交。可他也知道过去的她，那个和他一起在餐馆里端盘子，怀有小得不能再小的梦想的单纯女孩。

识于微时。

"看什么呢？"面前的女孩不愿意了。超贤才从梦幻中醒来，支支吾吾说，没事，你多大了？那女孩不高兴："刚才不是才说过吗。"

相亲会里多半是小白领。高端不到哪去。张美露转了一圈，没发现特别好的猎物，失落地站在一旁，胳膊架着，冷眼旁观。

"张美露？"一个龅牙男愣了一下，站住了。

美露一下没缓过神，待眼前的人闪开，那龅牙露出来，才慌了神。

我去！香槟差点洒出来。放稳。走人！

美露三两步要朝外走。龅牙紧跟，再叫一声："张美露！还钱！"会场又炸了，超贤听闻，也跟着。大概明白了。张美露又骗人钱。

一路追到电梯口。美露上电梯，猛按下行键。龅牙追到，没赶上，那就走楼梯。超贤紧随其后。到一楼了，下面是商场，正在做少儿类活动，几个戴着玩具熊头套的玩偶在和小朋友做游戏。

美露硬夺过一只头套，戴上。

龅牙没发现人，东找西找。活动开始，其他玩具熊都开始跳舞。只有美露这只手脚不协调。"张美露！"龅牙发现端倪。

美露心慌，跌倒在地，被捉住一只脚，拼命拔，高跟鞋拔掉一只。

"还钱！"龅牙面露凶光。

美露两脚乱蹬，优雅扫地，头套歪了，她的世界一片黑暗。

现场乱成一团。美露觉得自己完蛋了，得被打死。

"她欠你多少钱？"一个熟悉的声音。是超贤。美露感到不可思议。

龅牙住手了。他也只图财，并不害命。

"多少钱？"超贤又问一遍。

美露摘掉头套。整个头像经过世界大战，头发飞了，妆也花了，狼狈无比。龅牙觑了超贤一眼："怎么着，你还？"

"甭废话说个数。"超贤掏出手机。

"五万。"

超贤看了一眼美露，美露点点头。他拉她起来，一颗绒布玩具熊的头掉在一旁——身首异处的样子。

"就这么点钱，你也至于？"超贤拉开架势，豪气冲天的样子，那人也掏出手机，给了账号。超贤操作两下，划过去了。

债务两清。中心区又开始办儿童活动。儿歌开得天响，气氛欢快。

美露更加落寞。

超贤带美露进了一家咖啡店。去洗手间整理妆容，两杯咖啡在手，张美露才跟超贤说："钱我会还你的。"

"没事儿！"超贤爷儿们一把。"一定还的，都不是小孩子了。"美露坚决。坑蒙拐骗做多了，突然遇到超贤的真心实意，她不适应。真心早就藏起来了。

埋首喝了一会儿咖啡。

"你不怕我消失，逃跑？"

"考虑过，一秒钟，"超贤想了想，"总不能看你被打死。"美露无言以对。静默片刻，她说，你肯定特看不上我。超贤说，我知道你不是那样的人。美露说："可是，这就是大城市，我的时间不多了。"超贤头皮发麻，挠挠头，想歪了。时间不多？

听上去像得了绝症。美露心平气和说："你觉得我有什么资本？"

"资本？"

"年轻就是资本。"美露说，"可我已经快不年轻了。"带着无限惨伤。超贤说，你这路走得就不对。美露说，那你让我怎么办，我必须成功，快速地，我不光为我自己一个人，背后多少人等着我拿钱回去。

"就不能过平平淡淡的日子吗？"超贤苦口婆心状。美露说，你是来教育我的？你别以为你帮我还了钱我就得听你的。超贤说，你怎么欠上债的。美露说，就是做安东集团的金融产品，一开始说赚头大，但现在忽然说老板倒了，资金链全断了，投进去的钱全部收不回来了。

"哪个安东集团？"超贤警觉。张美露说老总叫李安东。

哦？跟蓓姐有关系那个？超贤问："李安东怎么了？"美露说消息不确实，说被查了，也有说畏罪自杀了。

"死了？！"超贤急得差点站起来，"哪来的消息？"

"有一个姐儿们跟了那公司的一个高管。"

"死了？"

"没死了，"美露说，"具体我也不太清楚，玩攀岩的时候出的事。"

攀岩，薛蓓从最开始听到"攀岩"两个字就觉得不妙。

可听到李安东因为攀岩出事，还是头皮过了电一般。薛蓓问超贤，消息确实不确实。超贤说，也是小道消息。

这个圈子，传言有百分之八十的真实性。

打电话问小温州，被否认了。小温州说东哥没出事。"那他人呢？"薛蓓声音提了几个八度。小温州说，目前好像不在国内。

"不是说被限制出境了吗？"

"哪来的消息？"小温州说。

"他电话打不通发消息不回。"薛蓓道。小温州说，东哥没事，我可以跟你保证，没有政治问题，资金的问题还在解决中，也不是大问题。

"他人到底在哪儿？！"薛蓓失去耐性了。

李安东，她现在急迫要见到李安东。不知不觉，她对他的感情起了微妙的变化，是爱吗，不知道，但还有义。危难时刻，她必须站出来，必须尽己所能撑他一把。可她怎么也想不到，李安东会住在罗湖口岸的一套小房子里。旧是真旧。三十年，这房子少说有三十年了。

楼体外是密密麻麻的铁防盗窗,盖得密。薛蓓不敢相信,李安东会住在这种地方。敲门,开门的是个中年妇女,围着围裙,保姆样。薛蓓言声了一下,说,找李安东先生。里屋传来声音说,不见。

"是我,薛蓓!"薛蓓大声。里头没有回应。保姆说,不好意思,就要关门。

挡住,硬挤进来,她必须见他一面。

进屋,装修还算不错,至少看上去没楼体表面那么凄惨。一时安静,薛蓓叫了一声"安东",没人答应。她回头看保姆。保姆垂着手。

是个小两居。卧室门半开着。朝里去,床上躺着个人,侧着身子,背对着门。沉重的背影,像个老人了。

薛蓓走进去,又叫了一声"安东"。

他没动弹,也没说话。

绕过床,这下看到他的脸了。

"来了。"他终于说了一声,并没有激动,似乎没有任何情绪。

"你⋯⋯"欲言又止。

"我能起来。"李安东艰难地,起身,可一半身子却失去控制,差点摔倒,保姆连忙上前扶。薛蓓也去扶。李安东说,没事,不用不用,把薛蓓的手甩开了。

"把支架拿过来。"

保姆连忙去拿那种运动康复支架。

扶着支架,站起来了,艰难地挪到客厅。薛蓓和保姆都要上前。李安东大喝:"不用!我自己来!"

只能后退。看着这背影,一股心酸,薛蓓想说点什么,却又觉得一切都无从说起。怎么变成这样的?公司怎么样?原来的房子呢?怎么会住到这个地方?万语千言,一万个疑问,却都被眼前的现实状态压后。她不得不承认,李安东就成这样了。

到客厅,坐好。

"泡茶。"他吩咐保姆,"客人来了得泡茶。"他笑着,整个一半身子包括脸都有些不听使唤。

薛蓓坐下,望着他。李安东解嘲似的:"还是年龄到了,攀岩考验人。"

"到底怎么回事?"薛蓓很严肃地。保姆拦话说,先生现在是恢复期,情绪不能激动,说话不能大声。李安东古怪地笑笑。

"人都会老的。"半天他说,"以前我不服老,现在压力之下,老天爷给出了指示,好好休息休息也好。"

歪斜,连声音都无法走直线。薛蓓心里又是一阵难过。聊了一会儿,薛蓓看看保姆,那意思是让她回避一下。李安东会意,就请保姆下去买点东西。

"去我那住吧。"这是薛蓓的第一句话。

李安东动了一下,还是微笑着,没回答。半响才说,这里挺好的。

"我认识不错的康复医生。"

"该请的都请了,只是在这里避一避。"

避一避?难道还有问题?薛蓓没深问,现在不是问这些的时候,她只想把李安东"救"出来。她不能就这么看着他受苦。

"胜败乃兵家常事。"李安东还是保持笑容,像被风吹歪了一般。

拿过包,掏出一张卡,递到李安东手里:"这个,还你。"是李安东托牛朵儿给薛蓓的那张。

没知觉的手,擒着那卡。李安东腾出另一只手,抓住了,又塞回薛蓓包里。"这是你的一份,集团的分红,不用给我。"

"能帮一点儿是一点儿,你就打算这样了吗?住在这里,过这样的日子,你为什么不说?为什么?只要你说一声,过去的朋友哪个会不出手帮你?"一段话说得百感交集,泪在眼中打转。

他还是想着她的,还是想着她的。这场突如其来的变故,谁知道是意外还是刻意安排。集团改朝换代,李安东一手缔造的帝国,眼看转手,跟他没什么关系了。可在临了,他还想着她。

就冲这,她不能无情无义。

喝一口茶,茶叶跳到嘴唇上,又吐回水里。薛蓓慢慢蹲下,像女儿对着年迈的父亲,也仿佛信徒对着偶像,小声说:"我不能就这么抛下你,经历了那么多,我才发现你的可贵你的好,说真的,我们结婚吧。"

## 89

李安东相信,此时此刻,薛蓓是真心的。只是现如今,突然的事故,事业垮了,身体只剩一半受自己操控,呼风唤雨的企业家转眼就变为残废老人,李安东打心眼里觉得,自己配不上薛蓓了。

"真的。"薛蓓蹲在他膝盖边,"我说真的,我们结婚吧,生个孩子,过简单的日子……"

她激动,喋喋不休着,无数美好的未来在描绘中。

可惜都是海市蜃楼。

"蓓蓓,还有更好的生活等着你。"他很淡定。又说:"我们已经不合适了。"薛蓓激动,语无伦次,说合适合适!我觉得合适,哪里不合适,我愿意,我愿意照顾你下半辈子,我愿意。

哭出声来。

谁也想不到是这个结局。

李安东一言不发。薛蓓明白,自尊心让李安东无法做出这种选择。曾经不可一世、呼风唤雨、高高在上的李安东,是那么有自信,那么骄傲。但现在,他只能把一切光芒都收起来,躲进铠甲里,死死守护最后一丝尊严。他接受不了别人的可怜,更何况这人是薛蓓。

这不是爱。

"我们还是朋友。"

"可是……"薛蓓企图反驳。李安东却说,没有可是,命运的安排不容任何人质疑,跟着走吧。

保姆进门,说,李先生,醋买来了,是您喜欢的镇江香醋。

李安东摸摸薛蓓的头。"看,晚上吃饺子,就一袋,就不留你吃饭了。"

等于下逐客令了。

告别的时刻。"卡。"卡在椅子扶手上,李安东拿起来,递给薛蓓,"收好。"薛蓓怔怔地。收好,收好,连同过去的记忆一并收好。

她和他的过往,仿佛墓葬,渐渐下沉,就要不见天日。

"安东。"她喃喃。很少这么叫他,深情地。

"送一送,把轮椅推过来。"李安东对保姆。片刻,轮椅拿过来了,折叠的,摊平,李安东被扶上轮椅。"走吧。"他牵了一下她的手。

出门,进电梯,单元楼有个斜坡,保姆推着出门洞。薛蓓去开车。巷道窄小,车来来回回出不去,李安东指挥,说你往右打一点儿,再往后。薛蓓照办,果然通畅了。

这么小的地方都需要他的指导。她愈发觉得,自己离不开他。

"去吧!"李安东挥动他那只能动的手。

夕阳西下,晚风中,他的头发被吹得飞起。

他真的老了。薛蓓两眼含泪，轻踩油门，缓缓驶出了巷道。

现如今超男和朵儿这两闺密偶尔见一次，也都得带着孩子。朵儿家三个，她妈又是坚决不回巢，她只能把小舒小坦交给老默，自己带着尼尼出来放风。周六周日，如意必然是超男带。四海美其名曰：加班。

四海搬出去了。超男还住在沈伟公司宿舍里，夫妻俩已经离婚，但偶尔去父母那，还是假扮地下党，这叫隐离。这事超男不让如意知道，如意问，她就说爸爸换工作了，要出差。

搪塞过去。

万象城地下广场，童乐园，吹气的玩具城里都是塑料泡沫，各种游艺项目圈在里头。超男和朵儿一人一杯咖啡在手，站着聊天。谈起彼此近况，超男问一句，上次不是月亮小姨来闹过一通，后来到底怎么处理了。

"我高风亮节了。"朵儿说。超男惊愕说你真敢，真有你的，那可不是一笔小数目。朵儿说我这日子不是还长嘛，月亮这么多年一个人在外头，说没吃苦谁信？老默也多少亏欠这个女儿。

"谁没吃苦，我没吃？你没吃？"超男说，"谁不是一边对生活绝望一边又必须生活下去。老牛，你真是好得没边了，整个一个贤妻良母，我的天！说出去谁信啊，工科女博士牛朵儿成贤妻良母了。"

"人心换人心，四两换半斤。"

超男道："你现在还体会不到，做事情还是要给自己留点后路，我现在是体会到了，说句不好听的，这话也只有我跟你说，以后保不齐有你一个人面对三个孩子的时候。"超男搓搓手指，大拇指和食指的运动。指钱。"有缺的时候。"朵儿不接话，目光调向前方。孩子们玩得欢快，无忧无虑，映衬着两个中年人苍白的惆怅。

"你看我们姊妹三个，江城三姐妹，"超男仰头喝了咖啡底子，"你是学历最高最有出息的，现在当了全职的家庭妇女。我呢，死不死活不活，当家庭妇女都没有资格，我还得当职业妇女。只有老薛剑出奇招，现在还算能活出她自己。"朵儿淡淡地说，老薛有老薛的难处。超男说，听说李安东倒了，真有这事？朵儿转过头："攀岩的时候脑出血，不过本来也从集团的位置上退下来了，自己一手建立的帝国，资金链断裂，几次兼并，再加上一些不可测的因素，现在居然自己连一点儿说话的资格都没有了。"

超男着急："那现在公司都跟他没关系了？"

"没关系了。"

"那老薛跟他呢,没下文了?故事就这么结尾了?"

朵儿不懂她的意思:"你还要什么下文?李安东出事前,给老薛留了一张卡。"

"卡?"

"够她过一辈子。"

"天。"超男恨自己怎么没这样的好运,连连咳嗽几声,"真是有情义有担当的男人呀!"朵儿又说,老薛本来要跟他结婚的。

又是一大惊。超男觉得自己的脑容量有些不够用,信息量太大。

"本来要?结婚?后来怎么样?"

"李安东不同意。"

"为什么?"超男几乎丧失了思考能力。朵儿说:"陈老师,你好歹也是个心理咨询老师,换位思考,如果你是李安东,你会跟薛蓓结婚吗?"超男不假思索说:"我会啊。"朵儿笑笑。高度和格局不一样。

"李安东已经残了。他跟薛蓓结婚,他会认为自己是拖累老薛,爱一个人,是要成全的,这是老李的伟大。"朵儿说得悲壮。超男却急切说,新闻上不是有那种女明星嫁给残疾富豪,这并没有什么的。

朵儿知道跟超男说不清楚,便不再多说。

超男叹道:"唉,无论怎么样,这才叫爱,哪像我前夫……"抱怨模式开启。

"前夫?"朵儿剔出关键词。

超男愣了一下,她本来也没打算瞒朵儿:"离了。"

听着像开玩笑。朵儿问:"为什么?"

"他就不是个男人。"

这说法,好笑。"那如意怎么来的?"

超男着急:"不是那个意思,他就是气量小肚量小格局小,这样的男人,没救了!"

"真到这一步了吗?"朵儿的口吻是劝,"我不建议你这么冲动,四海本质上是好的。"

"已经是既成事实了。"超男叹息。

不是没遗憾。

"你爸知道吗?他妈知道吗?现在两个老人还在一起住着,我怎么记得你以前还想两好搁一好，变成一家人。"

"没那必要了。"超男落寞，"都在变，都在变，这世上唯一不变的就是变化，时间在变，人在变，你在变，我也在变。"

"变老了。"朵儿感怀。

"是人都会老的。"超男回应。

音乐响起，是童乐园小舞台的喇叭。前奏一来，超男和朵儿就齐声喊出那个名字："徐怀钰！"她们少女时代的心头好。

是《向前冲》，粉红色的调子。

超男和朵儿都跟着唱。

第二首，《我是女生》，也跟着唱。超男自嘲："还女生呢，都老女人了。"

朵儿劝，别这样，人生刚刚开始。

舞台上表演开始。小朋友们一字排开，分好几排，在大姐姐带领下，伸手伸脚。如意和尼尼站在前头。

原地踏步，一二一。

眼见着尼尼斜着身子，歪过去了，如意去扶他，跟着老师上前。小尼尼如喝醉酒一般，东倒西歪了。"儿子！"朵儿惊叫，跨过充气护栏，蹚过球海，超男跟上。

"可能坐滑滑梯坐的。"超男在旁边给出解释。朵儿上前，蹲下，一把搂住儿子尼尼，摸摸头，嘴里嘟囔着："哪里不舒服告诉妈妈，你告诉妈妈……"尼尼却迷迷糊糊。超男说是不是吃什么了。领舞的小姐姐也有些蒙。

一圈围满家长。

"头有点晕。"尼尼说。朵儿说你站稳了，再走两步。

试了一下，还是走不了直线，像打醉拳。超男问女儿如意："谁刚才碰你弟弟了，磕着了吗？"如意说不知道，玩得好好的。没辙。朵儿和超男只好先抱孩子去肯德基坐一会儿。超男要买吃的，被朵儿阻拦，说是少吃点垃圾食品。"要不去医院看看吧。"超男提议。朵儿开始帮孩子穿衣服。

到公立医院，人山人海，根本排不上号，只好转到私立妇幼医院，挂了专家号，是个女大夫，问了问病情，看了看舌象，用听诊器走了一遍，说建议做个脑CT，只要排除脑部病变，就都不算严重。

朵儿的神经一下就提溜起来了。脑部病变？听上去比中了氰化钾的毒还可怖。挂号，进放射科，牛朵儿早在心里念了一千句佛：不会这么倒霉吧，不会的吧,她牛朵儿除了任性点,没干过什么坏事,老天爷不会这么惩罚她吧。超男拉着如意,跟在旁边,不敢多说话。

气氛凝重。尼尼送进去了。超男拉着朵儿的手。

"没事儿!"超男正面思考,"不会有事的!"

玻璃窗外观察室,朵儿眼见巨大的仪器在儿子廖尼尼头上走过,地板上传来机器运行的声波。朵儿怕极了。

等待是漫长的。做惯了化学实验,牛朵儿本不应排斥医院的味儿。可灵敏的鼻子还是能分辨出,哪一种是实验室,哪一种是医院。

她讨厌医院。这里代表着病痛和死亡。

应诊铃响,朵儿如梦方醒。超男陪着朵儿,带着孩子,听医生的宣判。

"没什么问题。"女大夫说,"运动过度,有点缺氧,吸点氧就行。"

上机器,吸了一会儿。

再让尼尼走两步,没问题了。不过女大夫提醒,说定期体检还是有好处的,妇女儿童尤其是。超男道:"我们学校刚做了女职工体检。"又问朵儿多久没检了。

多久?好像有一段时间了,生二胎的时候集中做过,现在孩子都大了,没再出去工作,也就没刻意检查过。

"做一个吧。"超男建议。女大夫也说做一个好,多项目的。

"那就做一个?"朵儿有些动摇。她问超男做不做。超男说,刚做过。朵儿不愿意一个人做,拉超男,说学校做得不仔细。女大夫也跟着劝。好说歹说,两个人决定第二天,也就是周日一早来做个全身检查。

"乳腺以前出现过问题吗?"B超大夫问朵儿。朵儿否认。

换超男了。"甲状腺结节,一点点,先观察。"说得超男心惊胆战。"这都是气的,一生气,身体就堵!"咬牙切齿的超男。

结果一个礼拜后出来。

超男学校参加区里的示范评选,她被拽去打扫卫生了。检查结果朵儿一个人去取。

拿到了,两份,都是密封的。朵儿坐在车里,跟超男视频通话。

她挥了挥检查报告。

"寄给你。"朵儿说。

"别那么麻烦了,你帮我拆开。"

"这可是隐私。"

"在你面前我是透明的。"

"真拆？"

"拆吧。"

三两下拆开了。直接看检查结果，有点脂肪肝。血常规有个指标不正常。建议多吃蔬菜，多运动。朵儿拍好，给超男发过去。两个人嘻嘻哈哈几句，关了视频。

开始拆自己的了。打开报告单，第一页，全部正常。

第二页，有几个指标，升高了。

第三页，有几个指标，降低了。

第四页，有降低的，有升高的。

最后一页。眼光从上往下扫过来。朵儿看见一行小字，却仿佛比天大：疑似乳腺癌，待确诊。

手一抖，差点没抓住。举起来再看。

这几个字她还认识。

胳膊无力下垂。正撞在汽车喇叭上，叭——

惊醒！从美好的生活中惊醒！朵儿意识到，她必须面对残酷的现实。

朵儿颤抖着掏出手机，把体检报告拍了一遍。

下车。

撕碎了，丢进垃圾桶。她怕老默和妈妈看到。

## 90

礼拜天下午，四海和超男照例合体，带如意去奶奶、姥爷那儿。超贤也在，但公司里有事，刚上桌，没扒拉几口饭他就要走。临出门他说："姐，姐夫，这马上暑假了，咱们一家安排去泰国玩一趟呗。"

超男下意识，脱口而出，说，你别没事找事。声音有点大，情绪激动。

她爸、她婆婆都看她。

又哪根神经没搭对。

哦，失态了。超男及时调整，清清嗓子，换成正常的音调："如意还要去课外辅导班呢，钢琴游泳数学英语，要学的太多，出去玩什么呀，省点钱，干什么不好，学点知识才是真的。"

超男爸不赞同女儿，老腔老调说："你们这种填鸭式教育最不可取，年纪那么小，学那么一大堆，消化得了吗，你小时候我也没让你学这个学那个，你不也成才了嘛。"超男反驳道："爸，我这叫成才？我现在我跟你说我一点儿一技之长都没有，想出去挣个外快，我都不知道怎么挣！"

"你不是学中文的吗？"超男爸还要掰扯，小如意却冷不丁儿较了个真。"妈，我没学钢琴，我是想学钢琴的。"

这话又扎心了。本来超男也打算让如意学钢琴的。女孩子家，会点钢琴，多优雅。可条件不允许啊！钢琴贵不说，学起来更贵，一节课，没五六百块钱下不来。钢琴又大，还占地方，他们连个自己的房子都没有，将来搬家，又是个麻烦事。而且住在公司宿舍弹钢琴，邻里关系根本没法处。

一时间有些尴尬。

四海救场，对女儿："爸以后给你买，咱们弹钢琴。"

吃饭。一桌子菜，一家人吃得静悄悄的。四海妈不断给男男夹菜。超男爸不满，说她会夹，也没见你给我夹一点儿。

显然吃醋，弄得四海和超男心里都咯噔一下。

吃完饭，四海妈提议打麻将。麻将机抬回来一台，一直没有用武之地。超男反对，说孩子要做作业。四海妈小声劝，说就陪陪你爸爸吧，棋牌室收了，精神头一直上不来，就你们今天回来还好些。

只能从了。

牌打起来，吃吃碰碰。第一局超男自摸，心情不错。第二局开始，超男爸打着打着说："棋牌室关了也有数天了，转让广告贴出去，没人理睬，生意难做啊，都有什么法子没有？"

"做生意，我不懂，我是人民教师。"超男道。这时候她是教师了。"问你女婿，他懂生意经。"

皮球踢给四海了。

四海妈看着儿子，皱皱眉，怕他为难。

谁料四海并没有打磕巴，朗声说："创业的话，不同年龄段有不同年龄段的优势，像我们80后，很多人在做金融，这方面有优势；90后可能多在互联网上比较敏感；70后很多在做传统产业了，比如汽车，他们懂；60后在做教育，因为他们有经验，也懂这个社会。"

"那50后呢？"超男替她爸问。

"50后可能在健康产业上有优势，他们已经步入中老年，在健康产业上有自己的体验，判断比较准确。"

不得不说，前夫的分析有道理，但超男嘴上不肯承认，说健康产业？爸能懂吗？爸最不注意的就是养生。

"别这么说，"超男爸道，"你爸爸我在养生上还是有心得的，比如什么男靠吃女靠睡，男要冷女要暖，饭后百步走，活到九十九，冬吃萝卜夏吃姜，不劳医生开药方。"四海妈觉得好笑。超男也说："爸你这是哪跟哪。"

不过几圈麻将下来，再创业的基调是定下来了，就是弄健康产业。

半下午说好了陪女儿去上游泳课。教练说，这次要一家三口。可出了门，超男却说坐公交车去。

"妈，就坐爸的车吧，公交车慢，怕迟到老师该批评了。"

父女俩对了个眼色。四海帮超男拉车门，副驾驶。超男直接上后座，没好脸色。如意跟爸爸坐一排。

车开上路，如意强调，说今天是亲子接力课，妈，爸，你们都得上。超男说我怎么没听你说。如意说昨天晚上就告诉你了啊，还帮你把泳衣都装好了，就是那套粉红色的，准备去海边穿的。

"有这事？"超男努力回想，似乎有这么回事，记不真切。

"爸，昨晚跟你说要带泳裤了。"如意说。四海说，爸爸知道，去那买一条。游泳馆在海边。到地点，四海去商品部买泳裤、泳帽。超男和如意去更衣室换衣服。

可走出更衣室，超男就有些后悔。美，衣服是美，漂亮，粉色连体百褶裙式泳衣，胸前一只蝴蝶。只是她的身材疏于管理，不容乐观。

该突出的地方，比如胸，没突出，不该突出的地方，比如小腹，却突出了。

"妈妈这样行吗？"超男问女儿，"你看这儿，这儿，还有这儿。"乱点身上的肉。如意说，妈，我们教练都说了，自信的人最美，你看池子里，那位，那位，还有那位，体重都快两百了。我心中的妈妈最自信了。

架在这了，不得不出去了。

款款走出，并没有什么异样。超男舒了口气。

母女俩到泳道前等着。

四海出场。众人眼前一亮。他腹部平坦，骨架匀称，还有那么点胸肌，冲了水出来，头发湿漉漉的，黝黑的皮肤也别有魅力。有人喊："哇，钟汉良！"超男撇撇嘴，嘀咕："屁，什么钟汉良，分明是钟馗后代。"

但心里还是有些不是滋味。

离婚前，她起码半年没如此"欣赏"过前夫的"肉体"。

放到大庭广众看，不无可取之处。

各就各位了。

第一棒都是孩子。一声哨响，如意仿若飞鱼入水，蹿出老远，四海叫好，说什么虎父无犬女！超男斜着眼："哼，什么虎父！"

遥遥领先。泳道二十五米，来回五十米，如意第一个回来了。

跟着超男下水。

纵身一跃。啪，入水面积大，激起老大水花。岸上人啧啧，可超男顾不上那么多，游吧。奋力游！可体重上来之后，四肢也不协调，超男用传统蛙泳在里头刨了好一阵，才挪出五六米。

挫败！

不，不甘！继续努力！

泳衣散开，漂浮，很美，可陈超男却俨然一条饱腹过度的金鱼，前行缓慢。身边，一个人过去了，两个人过去了，三个人过去了。她逐渐落后。

哼！加码！超男大叫一声给自己鼓气，却猛灌了一口水。她连忙闭嘴，闷头游。此时此刻，超男心里只有一个信念，尽快完成比赛。

好容易，游回来了。最后一名。

如意还是为妈妈加油。

四海一个漂亮的下水，跟着就是自由泳，飞速前进！鱼雷入水，直捣黄龙！超越一个人，两个人，三个人！……如意爸爸第一个转身。四海利落地换姿势，开始蝶泳。

气势磅礴！

遥遥领先，直逼终点！

获胜！四海摘掉泳帽，高举！如意激动地在泳池边蹦了起来。

太潇洒了！太帅气了！

周围的妇女们不顾老公在侧，对如意爸爸不吝赞美，鼓起掌来。

莫名地，超男却有些落寞。四海状态大勇。她呢？中年妇女的人生，不敢想！要不怎么说男人的青春期长呢。这个婚离错了？

或者说，这个婚离的，她损失惨重，四海却成了你争我夺的一块肥肉。

凭什么？！

心里有些醋意，超男只能自知自尝。

更衣室，如意早换好出去了。超男一身疲惫走进去，几个妇女在角落里嘀咕，说什么如意爸爸真是好爸爸，看着就老实，又说什么呀，听说都离婚了。有人立刻来劲问怎么回事。答：还用说吗，直观地看，呵呵呵……无穷的言下之意。

超男气得头发蒙。重手重脚走入，狠狠打开柜子，掏出一把刀。

气鼓鼓地削着苹果。

妇女们吓得猫着身子出去了。

削好，对半切，再切。换好衣服出来给四海一块。

"搂着我。"超男下令。四海看看前妻，不懂什么意思。超男又说了一遍。四海只好照做。妇女们经过，超男大声："他爸，吃块苹果！"

说着用牙签插着往四海嘴里送。

却送到鼻孔上去。

四海伸脖子乱咬。

"没离婚。"超男说，"在这个游泳馆，我们没离婚。"

四海大概明白什么意思。"行。"

出来天黑了。

如意要去买雪糕。超男把手机给女儿，让她用电子支付。

四海拉开副驾驶，请超男上车，很绅士地。

"我们离婚了。"超男还是坐后座。

"刚才还说……"四海受不了前妻的脾气。

"说了在游泳馆才没离婚，现在，打回原形。"超男死作。

行吧。四海习惯了。

"跟你说个事儿。"坐好了，四海说。

超男不说话。半晌，见四海没下文，急道："倒是说啊！"

"我单干了。"四海说。

"你被辞了？"

"我主动辞的。"

"有区别吗？！我早都料到有这天！"超男恨铁不成钢。

夫妻俩不说话。车里安安静静。迎面偶尔来车，扫过一道光。

刀光剑影般。

女儿如意买雪糕回来，递上手机："妈，你有一个未接来电，刚来的。"

超男拿过来一看，是个陌生来电。

回拨过去，说是医院。"请问您是牛朵儿女士的亲属吗？"

"我是她朋友。"

"目前我们联系不上牛朵儿女士。"

"有什么事情？"

"牛女士的身体状况不容乐观，需要二次复检。"

"什么病？"

"怀疑得了乳腺癌。如果您能联系到她，请通知她尽快来复检。"

超男脑子一嗡，刚才的事全都忘了。

"你们怎么能随便泄露病人信息？"

"陈女士，您是牛女士的优先联系人，我们是实在联系不上陈女士才这么说的。"

挂了电话，她翻到朵儿的号码，拨过去，没人接。

"去香蜜湖。"超男给前夫下命令。

"哪儿？"

"香蜜湖，朵儿家。"超男说。

## 91

香蜜湖。朵儿家楼下。超男对四海说，你先带孩子回去，今天如意住你那，别管我了。四海犹豫。超男说，我这指不定几点呢。

"你怎么回？"四海多问一句。

"叫车，你管我呢，咱们的状态现在是离婚。"超男强调。

打朵儿电话。关机。超男本想拨老默电话。

算了，还是直接上楼。

敲门，开门的是老默。他说你怎么来了。

"朵儿呢？"

"屋里带孩子呢。"

超男换了鞋，进屋，朵儿正照顾小舒小坦。见超男来，也不惊讶，整个人呆呆的。超男一把拽住朵儿胳膊。

"你怎么关机了？"

老默进来问什么事啊？超男连忙掩饰，说没事，我们家那个不争气的，又有事了，我找朵儿商量商量。她建议和朵儿下去谈谈。

"就在家里说吧,我回避。"老默主动。

超男说,别别,我老公还在下面等着呢。说着,就帮朵儿拿衣服。朵儿没反抗,简单收拾收拾,跟她下楼。两个人来到一间牛肉粉店,捡角落里的座位坐。两个人面对面。老板娘招呼。超男象征性地要了一碗素粉。

上来了,摆在两人中间。满鼻子牛肉汤香味。

"医院给我打电话了。"超男说着,伸手去抓朵儿的手。

"请保密。"朵儿的冷静让人害怕。

"去复查了吗?有结果吗?治疗了吗?朵儿,你别这样,你这种情绪让人害怕让人担心。"说着站起来,超男绕过桌子,和朵儿并排坐。"这事我本来不想来,可我就想让你知道,你不是一个人,我为你保密,还要和你站在一起。"

朵儿依旧平静,仿佛晴夜里的大海。

汹涌都藏在下面,更有一种紧张感。

"放心吧,复查了,也在积极治疗,我联系我国外的同学,在吃药,作靶向治疗,我现在的情况,还是保守治疗比较好。"

"那治不了根儿!"

"难说,我们搞科学研究的,是什么就是什么,这种病,就算你把那东西割掉,也未必就能根治。还是调整心情,以符合情况的方法治疗。"

"老陈,一定帮我保密。谢谢你这么晚还来,我这辈子,就你和蓓姐两个朋友。"说完,朵儿起了身。超男也不好再说什么,只能跟着出了粉店。

老板娘上前收碗筷,一瞅,嘀咕:"有那么难吃吗,一口没吃,什么意思。"

单元门口,朵儿抱了超男一下。是告别。

一番景象一番话,朵儿看上去没事,超男却失魂落魄。闭上眼,一抹黑,抬起头,天上有个圆月亮。她两手插在头发里,蛮牛般低叫了两声。

往回走,路又细又长。

一辆车跟上来。超男吓得快步。

照样跟,喇叭嘀嘀两下。

手伸到皮包里,超男摸刀。再一转头,是自家的车。

"上车!"如意叫妈妈。

"不是让你们先走嘛。"超男没好气。

这次坐副驾驶,和前夫并排。

"是如意要等妈妈。不是我。"四海撇清,"怕你晚上不安全,如意说的，跟我没关系，我们的关系是，前妻和前夫。"

上楼还是忙孩子。待两个孩子安顿好，都睡了觉，朵儿和老默才得闲静一会儿，洗澡，老默倒了点红酒。朵儿破天荒说不喝。

她自己知道，对身体不好。

睡觉前，朵儿总习惯看一会儿书。可今天没翻就躺下了。老默感觉不对，他问朵儿，超男家是不是遇到什么事情了。

朵儿随便撒了个谎，说，还是她老公工作的事。

"是因为李安东的公司的问题？"老默听到些什么，猜得八九不离十。朵儿"嗯"了一声。老默关灯。朵儿说，别关，我想再开一会儿。

奇怪，朵儿可是有一点亮光都睡不着的人。

"接下来我还是出去工作吧。"朵儿说。

老默说，没那么着急，再过几年也不妨，家里还有点老底，孩子再大一点儿，你重出江湖，你简历漂亮，又有真技术，什么时候都不怕。

朵儿又问："以前买的那块墓，不知道涨价没涨价。"

老默说，涨了跌了跟咱们都没关系。

朵儿笑说："是，没关系。"又说，"其实超男来，是跟我说以前老家一个同学的事。"老默"哦"了一声，问什么事。

"得急病去世了。我们都出了点份子钱，算个哀思。"朵儿叹，"人生无常，以前我总觉得，人生有无限的可能性，可现在发现，并不是那样，所谓生死有命，富贵在天，很多事情是由不得你的。"

老默轻轻搂住朵儿："别这么说，你才多大，活了多少年，实话说遇到你之前，我都已经觉得这辈子就这么过了，还能有什么可能性？不可能了。可是遇到你之后发现，还是有可能的。"

"我那么神奇？"

"有爱就有可能。"老默笃定。朵儿喃喃："有爱就有可能。"

床头柜上手机振了一下。拿来看，是朵儿妈发来的。

自从薛蓓同李安东告别，朵儿妈就从沈伟那搬出来，去跟薛蓓住，为了家里热闹点，也分担女儿的担子，朵儿妈把尼尼接了去带。

"生日的定了桌了，到时候都来。"朵儿妈的短信。

哦，生日，朵儿差点忘了自己的生日。还是妈亲。

鼻子一酸，眼泪差点掉下来。伸手关了灯，她怕老默察觉悲伤。

"谢谢。"朵儿回复。

朵儿妈把手机在薛蓓面前摇了摇："说好了啊，今年你和朵儿生日一起过，本来就是一个月的，差了没几天。"

薛蓓和朵儿生日差了半年，身份证上写错了，朵儿妈不明就里，薛蓓不忍心纠正，便将错就错。

"刚才送你回来的那位是……"薛蓓打趣一下。跟朵儿妈在一起，有时不用讲老少尊卑。

"一个朋友。"朵儿妈说，"一点儿事情来说说，我跟他说打电话就行了，他非要见面说。"

"卖相不错的。"薛蓓笑。是指老周，来谈合作。

朵儿妈连忙说别胡说，嗳，刚才有人上门找你呢，还说我。

"找我？"

"以前你的司机。"

"司机？"薛蓓一头雾水。

"就是那个小年轻。"朵儿妈强调，被你开了的那个。薛蓓大概明白，只能先糊弄过去，说不会是李安东吧。朵儿妈立刻来劲，说要是他就好了，多有情有义的一个男人。跟着喋喋不休。她是为李安东唱赞歌的。赞了一会儿，朵儿妈又感叹："真的是大江东去，深圳才四十年不到，你看这小区，都有点老了，何况人呢。就比如我，年轻的时候，不知道有多漂亮，现在呢，人老珠黄，一辈子也就这样了。"薛蓓笑道："我的干妈，那位老周，不是对你挺上心的，每次恨不得送上楼，起码楼梯口吧。"

"还每次，一共就两次，刚好都被你看到而已。我才过来你这几天，就是普通朋友，咱们要创业的，跟你和超贤一样，超贤在你眼里那就是小屁孩，老周在我眼里，是老屁孩。"

"眼神不一样。"薛蓓琢磨，"看你的眼神不一样，您老人家真没考虑过？"

"考虑什么？"

"梅开二度啊。"

"这孩子，净胡扯。"

"谁都有资格享受爱情。"

"我疯了，"朵儿妈蘸点口水，搓线，戳针眼，她在缝围裙，"老年人着急结婚的，男的多，女的少，尤其我这种丧偶的更少，像我，做了一辈子家务，我再找一个老头伺候着，有病？"

"可以让他伺候您，人家还是头婚。"

- 409

"头婚？我看是头脑发昏，"朵儿妈手下翻飞，缝纫功夫不错，"老周单身一辈子，自己都没伺候明白呢，还伺候我，不自找那麻烦，有感情，谈着，玩玩，都是游戏，谁当真谁就输了。"

朵儿妈的感情观，给薛蓓深深上了一课。

她每一段感情都当真。结果，屡屡受伤。她想真，又怕真。

她是玩不好游戏的那种人。

"享受吧，这个年纪的感情，不容易。"她叹。

朵儿妈却说："你才应该享受，那个弟弟，对吧，先谈着，无妨，现在女人都老得迟了，差距有一点儿，不是大问题。"

四个礼拜了。接连四个礼拜，薛蓓都收到鲜花，都是玫瑰。一大捧。只是每回品种颜色不同。粉红玫瑰、香槟玫瑰、蓝玫瑰、红玫瑰依次走下来。薛蓓大概猜得到是吴宇飞。

和温晓涛离婚后。她的感情世界坚壁清野。与李安东重逢，圈子里的人鉴于安东的面子，更不可能轻易出手。名花虽未有主，可界限已经分明了。即便也对薛蓓有意思的，也都按兵不动。

只有吴宇飞这个愣头青。

送花这种把戏，也只有他这种初出茅庐的工科男做得出来。坐在办公室，薛蓓不禁想，如果是李安东的，光送花，太廉价了。如果是温晓涛，可能连花都懒得送。

胡思乱想间，电话来了，是座机响，一接，是吴宇飞的声音。

"我找一下薛小姐。"

薛小姐。这是他给她的新称谓。


## 92

"我是。"薛蓓是公事公办的口吻。

电话里，吴宇飞愣了一下，撒了个谎说想谈谈商务合作。薛蓓觉得好笑，他们之间，能有什么需要合作。

"宇飞，花是你送的吧？"一次点破两件事。

吴宇飞没有承认，也没有否认，只是说生日快乐。

轮到薛蓓惊愕了。实话，吴宇飞的风格向来是砸实话。

可这种刚对刚硬碰硬的风格,多少令薛蓓有些感动,但还不足够。她不是小女生了。

"吃个饭。"他约她。

她心里答应了,嘴上却没立刻答应。"下个礼拜看看。"

"就明天吧。"他咄咄逼人。

"明天……"她犹豫。

"我去接你。"不容置疑的口吻。

薛蓓答应了。不过没让他接,要了地址,第二天晚上自己开车过去。

到通盈中心默斯维尔酒店,吴宇飞已经坐在那儿了。

一身西装,打着领带。

"现在做什么工作,这么一身?"

"以前买的,第一次穿。"吴宇飞还是实话实说。男为爱慕者容。

坐下,扫一眼,是的,吴宇飞更成熟了,至少看上去是这样。算一算,他也快到三十岁了。三十岁的魅力。

"说吧,什么事?"薛蓓单刀直入。无事不登三宝殿。她希望他有点事,不希望他还沉迷在过去的幻想里。

"没什么事,就是见见你。"

又是大实话。

薛蓓无处躲闪,只好正面迎接。

"还没谈女朋友?年纪不小了。"是大姐姐的口吻。她要做他的长辈。

吴宇飞没接话,却说:"你和那位大哥的事情我听说了一些。"

心一沉。真是没有不透风的墙。

"他们集团换帅,新头儿跟我们恰好有合作。"他解释。

薛蓓没言声。解释就成故事了。沉默是金。那是大人们的事,和吴宇飞没关系。

"可歌可泣。"理工科男生说出了文艺词,"他对你是真心的。"

薛蓓皱皱眉,干坐着,不知道他要把话往哪里引。

"可是故事该另起一行了。"

薛蓓笑了。这么文艺的表述!不知他私下练了多少遍!

"你找我来就为了说这些?"薛蓓保持优雅。千锤百炼过来的优雅。

吴宇飞朝服务生打了个响指,"上菜!"

早有准备。

一会儿，菜端上来了。满满一桌。显然超过两个人的量。有诚意。两个人随便聊着，社会新闻，以前的朋友，包括超贤——他们共同的同事。

酒店大堂。张美露搀着超贤进门。超贤嘟囔着，就过个生日，我从来不过生日，还用来这。

他向来对别人大方，对自己小气。奉献型的。

"这里可是全城的风向标，最新最潮的。"

"有那么重要吗？"超贤抱怨。他跟张玲玲，哦不，人家现在叫张美露复合了，偷偷地，颇有些老夫老妻的意味。

"你一辈子能过几个生日？"张美露正色，"这生日对你多么重要，我都帮你算了，过了这个生日，你就开始转运了。"

"没觉得。"

"这份钱我掏。"

"你还欠着我的钱呢。"超贤净掏实话。

"咱能不提钱吗，"张美露不高兴了，"都说好了重新开始，我不是个拜金的女孩了，老提过去那些有意思吗，你就把我当成一个懵懂天真无知的女孩。"

成成成。超贤拗不过她，可又真喜欢她——喜欢她那股倔强劲头，只能顺着走。一物降一物。再与美露重逢的那一刻，他就知道自己躲不过这一"劫"。

找个靠边的座，服务生递上菜单。那价钱，超贤幽幽地看着。

一抬头，斜对角处，似乎坐着个熟悉侧影。

蓓姐？难怪下班没见着她。再看她对面。

吴宇飞！

真开始了？超贤没心思看菜单了。薛蓓的头偏了一下。

超贤缩脖子。被他们看到，打扰气氛。现在就走？又要错过一场好戏。

"咱俩换一下座位。"超贤对张美露说。

"什么意思？"

"我这别扭，风水不好，我不能面朝西，尤其生日这天。"

编了个奇异的谎。

"点菜啊！"美露讨厌超贤的心不在焉。

菜上齐了。薛蓓和吴宇飞静静吃着，都没有话。薛蓓预感有事要发生。可他不动，她不能先动。

"人不能总活在过去，"吴宇飞切着牛排，"总要往前走。"

薛蓓笑说:"你是往前走了,撇下了我们的创业团队。"他说感情,她说工作,对不上。吴宇飞说,那是因为我首先得是个独立的人。

他还是说感情的事。

"宇飞,"薛蓓换恳切的口气,"我们之间是不可能的,根本就是两代人,思想、追求、生活习惯、价值判断都太不一样了,我已经过了恋爱的年纪,而你,还不成熟。"

"成不成熟不是看年纪,而应该看经历。"

"就是从经历上看,我也比你经历的多得多。"

"我们是在比吉尼斯世界纪录吗?"笑着的口吻。吴宇飞缓和气氛。"再找一个经历过沧桑的,两个人都会很痛苦,那不叫互补,那会是两只刺猬。"

"今天来吃饭,就是为了跟我说这些?"薛蓓打算中止话题。

宇飞又打了个响指,帅气地。

服务生缓缓推车过来,上面放着一只两层蛋糕,一根蜡烛燃烧着,小火花灿灿烂烂。旁边是一大束红玫瑰。

显然是安排好的。

红玫瑰先送上。薛蓓单手抱在怀里。

蛋糕到跟前了。

"许个愿吧。"穿过烛光,是吴宇飞俊朗的脸。

玫瑰放在一旁。薛蓓双手合十,闭上眼,许下愿望。

再一睁眼。吴宇飞不见了。低头,却看见他单膝跪地。手里擎着一只紫色天鹅绒盒子,盒盖翻开,里面嵌着颗钻戒。

"嫁给我吧。"吴宇飞掷地有声。

周围的食客竟有人鼓掌。所有人乐见其成。

顷刻间,薛蓓僵在那儿,大脑空白,耳朵里嘤嘤作响。

这突如其来的"甜蜜暴击",带给薛蓓的,又是杂陈的五味。尴尬、欣喜、惊讶、愤怒……那感觉仿佛是三十几年的坎坷经历被做成一粒药,裹着糖衣,给吞下去了。

不远处,张美露看清了,做羡慕状:"什么时候我也能有这天。"

超贤愣愣地望着,嗫嚅:"出大事了。"

"什么意思?让你这样你就出大事了?"

"那是我老板!"超贤语气重,声音小。

"那男的?"

"那女的。"

"嚯,够飒的,这把年纪了,还有这么一型男求婚。"

有人拍手叫答应。

拉住吴宇飞的袖子:"起来。"

宇飞不动,还是坚持。

"你再不起来我走了。"薛蓓下最后通牒。宇飞没有放松的意思。

说着,薛蓓真的转身,拿起外套,就要往外走。

吴宇飞一个跃起,双臂圈住了她。

"你放开。"薛蓓挣扎。

他却箍得更紧。

"松开!"薛蓓更大声。

超贤在一边急了。"这浑小子!"

可他不能上前,上前就暴露了。

张美露两手托腮,羡慕状:"这戏演的,我什么时候能当一回女主角。"

"你松开她!"一个严厉的声音。

偏头看,旁边站着个中年男人,一身酒店的经理服,贝雷帽,应该是工作人员没错。

"跟你没关系。"吴宇飞双臂并没放松。

"她说不愿意了。"酒店经理礼貌交涉,声音压得很低。

"说了跟你没关系。"吴宇飞不打算客气。

薛蓓动弹不得,却听着酒店工作人员的声音有些耳熟。她努力偏头,那人却被几个身影挡住了。

"你再这样我投诉你。"吴宇飞话音没落,跟着一记老拳,打在吴宇飞右脸上。

宇飞不示弱,撒开膀子干。

薛蓓自由了。

慌乱中,生日蛋糕被打翻在地,两个男人在地上滚来滚去。

脸上蹭得一片白,是幸运的奶油。

为避免殃及无辜,薛蓓必须后退。她对酒店服务生喊:"快叫保安!快找经理!"

那人却迟迟不动。"去啊!"薛蓓推他。

服务生还是不动,支支吾吾,最后说,这就是我们经理。

没办法，只好自己上前拉。

灯光乱晃。这生日过得印象深刻。两个人仿佛两条活龙，搅在一处，看不清面目。"别打了！"薛蓓也失了方寸。

经理的贝雷帽掉了。抬头转脸间，薛蓓像被电击了一般。

"别打了！"她尖叫，分贝极高。

不打了。休战。两个男人起来了。

薛蓓看清那个人的脸，深吸一口气。

"她让你松开你就得松开。"经理喘着粗气，再次强调。

"你有什么资格说这个话！你从哪儿冒出来的！你们经理呢，我要投诉！"吴宇飞也被点燃了。

薛蓓站在一旁，不知道说什么。两个脸上带蛋糕的男人，看上去像犯了失心疯的小丑。

"我说找你们经理！"宇飞不容别人破坏他的求婚现场。

"我就是。"男人捡起贝雷帽，拍了拍。脸上的蛋糕用手指抹了，伸到嘴里吃。

他的若无其事激怒了宇飞。

求婚者又要挥拳打。

"够了！"薛蓓喝止，"闹够了没有？"

宇飞放下拳头，求告地："这人无理取闹，我们都不认识他……"

"他是我前夫。"薛蓓说。

现场气氛降到冰点。

"闹大了闹大了。"不远处，超贤一边嘀咕一边掏手机。他打算打电话给他姐姐，告诉她一个惊天消息：温晓涛回深圳了。

## 93

开会讨论是四个人。这次没打麻将，但开会还是在麻将桌上。讨论的主题是怎么再创业。超男爸表示，还是做健康产业。四海妈附议。

朵儿妈说："那得看怎么做。"老周是陪朵儿妈来的。超男爸说，还是得找个项目。朵儿妈说："那得看是什么项目，医院我们做不了，大保健，我们没那体力，要做，只能做体验店，做保健，卖产品那种，做医疗器械。"

老周担忧，说能行吗。

自打来了深圳，朵儿妈一直想做一点儿事情，却始终伸展不开，如今超男爸的棋牌室关门，门面空着，她刚好"借壳上市"。

甩开膀子干。

既然是合伙干，就看怎么干。

朵儿妈说："场地你们出了，我去找项目，老周，你加不加入？"

老周有些为难。可老伙计们一盆火炭，他不能薄了大家面子，只好说，入点股可以，只要费用不太高。朵儿妈拍拍老周："放心吧，成本绝对控制。"

盈利了，怎么分钱？

四个人一致同意，就分成四份，一人一份，不扯皮。

说干就干。一连几天，朵儿妈不吃不喝，线上线下四处调研，还真找到个项目：做电疗仪的代理。

先弄了两台来体验。

棋牌室，四个人围着一台机器。带电的坐垫铺在椅子上，旁边是电疗仪。"妹妹你坐。"朵儿妈给四海妈下指令。四海妈屁股将要坐下去，又连忙起来，不敢。

"真没事。"朵儿妈打开机器，兀自坐在椅子上："现在就开始了，就坐在这儿就行了，简单。"

老周摸下巴，做狐疑状。超男爸说："就这么坐着？"

"就这么坐着。"

"什么原理？能治啥？"

朵儿妈说："人年纪大了，经络就不通了，这个明白吧？"

其他三人点点头。

朵儿妈继续："所以，得充电。"

"充电？"

"对，充电，"朵儿妈忽然凑到四海妈耳朵边，小声："痔疮都好多了。"四海妈眼一睁："真那么神？"

赶紧试试，充上电，坐上去。

咦，好像是舒服点。

"起来让我试试。"超男爸也跃跃欲试了，"老妹儿，真有你的。你说你怎么什么都知道呢，巾帼英雄！深圳花木兰！"

朵儿妈笑说，人人为我我为人人，都是为咱们老年人服务。

从组织开业到正式开业不过一个礼拜。

开业当天，小字辈们送了花篮。对于产品，店里不强推，几排座椅摆起来，欢迎到店免费治疗。想买产品的，随时咨询，也不强迫。

一传十，十传百，日日宾客盈门。光上午就有四拨人来治疗，全部免费。

治疗方法也简单。就是坐着——充电。充电期间，朵儿妈充当讲师，开始介绍产品，介绍烦了，则由老周领着唱歌。

都唱老歌。《万泉河水》《十送红军》《浏阳河》……浓浓的怀旧气氛。

朵儿妈的精神完全像被充电了，老周领唱，她就打拍子，唱到高潮处，她身子一挺，手一挥，"一起来！"万众一心的即视感。

为了造势，朵儿妈还采用了"饥饿营销"的办法。

端午节搞了一次促销。

收工后，四海妈端上一盘粽子。

"这就过端午啦！"朵儿妈伸伸腰，"嗓子都哑了。"

"会计！"是叫老周的。他是领唱员，兼任会计师。老周在里屋"欸"了一声。"算没算好？"朵儿妈又问。老周说，就来就来。

算完了，刨去成本，挣了不少。

"店长，"朵儿妈对超男爸，"怎么分？"

超男爸爽快，说分四份，过节了，有钱大家赚，有肉大家吃。

就这么就分了。晚上在家，过节，四海和超男带着如意来了。超男爸高兴，喝着小酒，唱着歌。超男问他爸："爸，什么事那么高兴？"

超男爸想了想，撇着腔调说："老当益壮，老树开花，老骥伏枥，老来得……阿财。"嘴巴一秃噜，拐个弯。

"爸，您这是挣了多少钱？"超男套磁。

她爸说，超贤那小子不是说自己能挣吗？老子也能挣，以后这一年三节，端午中秋春节，咱们都有钱挣。超男着急，说爸，您爽快点，说个数，就说那个店，你能挣多少，刨去房租。超男爸看了一眼四海妈说，这可是机密，商业机密，哪能说。

四海妈端粽子上来，又端菜。四海说："妈，您这还买的多宝鱼，这还有小鲍鱼、小扇贝。"

生活质量明显改善。

"如意，"四海妈招呼孙女，"你看奶奶藏了什么？"如意动动鼻子，大叫："榴梿！"果真，端出来一碟子，乳白色肉乎乎的东西。四海和超男爸捏住鼻子。

饿虎扑食,超男和如意丝毫不客气,大吃大嚼起来。

"还有,买了一整颗呢,回头你们拎回去。"四海妈喜笑颜开。

喝了会儿茶。超男爸叫如意:"过来。"

如意听话,乖乖到姥爷跟前。

"坐下。"他下令。

如意也就搬个小板凳坐,促着姥爷的膝。超男望着她爸,等着看是什么关子。

"你不是想学钢琴吗?"超男爸问。如意点头。"姥爷给你买一台。"

有底气。

超男连忙阻止:"哎呀爸你疯啦,知道钢琴什么价吗?就我们那小破地方能摆得下钢琴吗?不买不买。"

如意转头,对她妈:"妈,我——想学钢琴。"

"买!"姥爷撑腰。超男说那钢琴费怎么办,学钢琴那简直,那简直是烧钱。

"交!"她爸今儿个打算死磕到底。就算他外孙女想要月亮,他似乎都能给买下来。"呦嗬,爸,您这是抢了银行了还是中了头彩了,这么舍得。"

超男爸说,我老了老了,我挣钱干吗呀?一是为了体现自己的社会价值,二不就是为了子孙后代嘛。超男说是,您的价值高,不像某些人……她斜觑四海一眼。

人家装作没听见。

"来!上坐垫!"超男爸爸忽然一声吆喝,"亲家!"

溜溜地,四海妈把坐垫准备好,一台理疗仪放在饮水机旁边,凑合一个电源插座。

"坐。"超男爸对女儿。

"这儿?"超男一脸不可置信,"这什么,你们的产品?电热毯?确定这东西在深圳用合适?"

"空调打开。"超男爸命令女婿。四海去开空调。如意得了钢琴,动力大增,说我给妈搬小板凳垫脚。

众人伺候着,超男入座了。

启动了。

"什么感觉?"超男爸问。

"热。"超男说,"屁股底下热,跟摊鸡蛋饼似的。"

"这就对了。"超男爸学朵儿妈的语气,"你在充电,妇女最容易体寒,体寒就是缺少电力了。"

超男一脸的不信。

"不信问你妈。"超男爸指着他亲家。超男心里又咯噔一下,这不是他第一次让她叫四海妈——她亲爱的婆婆为妈了。的确,她是妈,法律上的妈。可她爸这么说,她总觉得她爸忘了她妈。这是背叛。

不等超男问,四海妈就抢着说:"有用,我痔疮都好多了。"儿子媳妇面前,她不避讳。可如意却插嘴:"爸爸,什么叫痔疮?"超男拦在头里,轻呵女儿:"小孩子不要问那么多!"

四十分钟,一个疗程。超男似乎觉得全身舒坦了点儿。

饭后回去,到楼梯口。超男拉着如意,四海跟她不一条路。

她不忍心,问了一句:"喂!怎么样?"

四海摸摸后脑勺,又恢复那个憨样子。离婚后,他和她之间反倒变得微妙起来,远香近臭,离开了,彼此的好浮现,不再那么可恨。

"还好。"他半天说。

"能活不?"

"还好。"翻来覆去这两字。

"就不能说点别的?"超男不满意。

"我打算跟人合伙创业。"

"跟人?你有几个朋友我不知道?"

"别看不起人。"四海说。

"你就是那臭德行!"超男骂道。她还当是以前。可四海却已经变了。

四海问:"我们现在的人物关系是……"

超男不假思索:"前夫前妻,已离婚。"

四海重复,说,是的,已离婚,其实我想跟你说……

欲言又止。

"说啊。"超男急脾气。

"我可能要去北京工作。"

"北京?"超男一时回不过神来。

- 419

## 94

朵儿打电话给她妈,请她回来帮着看孩子。自打创业后,朵儿妈分身乏术,尼尼也送回去了。她要甩开膀子干。

"妈,家里实在有困难。"朵儿耐心做工作,"我马上也要出去做点事情,不为自己做,总要为孩子。"朵儿妈不高兴,说谁不要做事情的,这话我都说过多少遍了,你人生大事问题上,你听过我这个当妈的一次吗?尊重过家长的意见一次吗?

若在过去,朵儿肯定和她妈掰扯掰扯,可如今她有病在身,一方面治病,另一方面只想着怎么多赚点钱以防万一,她妈再说这种外道话,她无法接受。

"妈,我是真有困难才跟你开口,老扯着以前的事说就没意思了,你如果没空,行,我不会再求你第二次。"朵儿说狠话。

"你还有理!"朵儿妈在电话里咋呼,"怎么着,还跟妈横上了,我怎么生了你这个哪吒三太子!……"

喋喋不休着,这就是朵儿妈,一辈子不肯示弱的女人。

朵儿挂了电话,大口呼吸。

吃药。医生建议先吃点药,观察。不排除只是乳腺增生——这是在美国干医药的同学的推论。

吃了药药瓶子得放箱子里藏好。

不能让老默看到,她怕他受不了。

尼尼的生日,也是朵儿的"受难日"。

吃完药,她刚从卧室里出来。

迎面是尼尼,捧着蛋糕。老默牵着一个抱着一个。

"老婆,您辛苦了。"老默温柔地。他很少叫她老婆。但每次叫都格外温柔。

融化了悲伤。

"妈妈,谢谢您把我生下来,我的生日也是您的生日!"尼尼用标准的普通话祝福。再说一遍英语。"Hello, dear mom, happy birthday!"两个小的也十分配合,嬉笑拍手。

跟着唱生日快乐歌。尼尼是领唱,老默和声。

朵儿眼眶湿润了。

此时此刻，她竟是悲欣交集。悲的是，自己恶疾暗生；欣的是，眼前美妙天伦。

她是个妈妈，三个孩子的妈妈。她已经彻底和结婚前的那种少女心态告别。

她就是妈。享受幸福，也承担责任。

蜡烛燃烧着，快到底部了。尼尼欢叫着把蛋糕摆上桌，拔掉蜡烛，说妈，切吧！吃吧！

老默上前，吻了一下脸颊。朵儿的脸红了。

小孩子欢闹。两个大人站着吃蛋糕。老默把蛋糕顶上的小樱桃给朵儿，他还是宠她。

"真打算出去做事了？"老默忽然问。朵儿说马上双十一，准备赚一笔快钱。老默说要不我出去做事吧，总是钱赚的，山上那块地转出去了，手头有点闲钱，做个小本生意。

可朵儿想做一票大的。她不愿意据实相告，能怎么说，难道跟老默说，你那种赚钱方式已经落伍，互联网时代，就是要调动网民的情绪和积极性？代沟太大了，她不愿意伤害他。

"要不把房子卖了。"老默知道朵儿创业需要资金，"就算是给月亮，也不急于这一时，赚了再拿回来，就当是投资。"朵儿忙说不用，没到那一步，如果真有需要，我告诉你。

老默拉住朵儿的手，半晌才说："什么事，都不要一个人扛着。"

像被击中了心事。朵儿躲闪，偏过头，不好意思似的："知道，别担心。"

行业没变，牛朵儿还是想做化妆品。老本行。

一种眼部精华套装，她研究了好几年的产品，对消除黑眼圈特别有效。离开公司时，产品研发接近尾声，她给带了出来。

如今重新启动。首先需要的是把产品做完。在行业里混了那么多年，人头熟，朵儿找人，凑周末租了个实验室，继续做研发。

产品还是睡眠精华。

只是，连天加夜地做，朵儿累得失眠。这日到家，已经是晚间十点半。老默带着尼尼睡了。两个小的也安安静静，不吵不闹。

他们很配合地，适应了吃奶粉。

朵儿洗澡。老默睡觉轻，听到动静，起来帮她煮吃的。

"还没睡？"朵儿擦头发。

"喝点米糊，赶紧休息吧。"老默担心她身体。朵儿随便扒拉两口，刷了牙便上床休息。一时睡不着。感觉肚子有些不舒服，便起身去洗手间，坐稳了，又想起药还没吃，便蹑手蹑脚去书房的书架后头翻出药瓶，取了点水去厕所吃药。

药粒子大，硬吞，一杯水差点不够。

朵儿深呼吸。

"怎么了？"老默边走边问。他走路从来没声。

隔着门，朵儿能感觉到老默越来越靠近。

不行。杯子推到洗手台边。

药瓶怎么办？

药瓶！朵儿抓狂，扭身一百八十度找药瓶的藏身之所。

哦！马桶的水箱！拉开，丢进去。

老默推门。她坐好。倦容一扫，什么都没发生似的。

"没事吧？"

朵儿一边起身一边抽水。

"没事没事。"朵儿跟着他休息去了。

礼拜天，朵儿睡到九点，一起床就又打算出发做实验。有人敲门。老默开门，一问，说是个保姆，中年妇女，面相老实，说是来看孩子的，不住家。

朵儿问："谁让你来的？"保姆说阿姨让我来的。朵儿说哪个阿姨。

"就是头发是小卷卷的阿姨。"保姆申明。

小卷卷？朵儿诧异，她妈是直发，哪来的小卷卷。

"大姐，您是不是搞错了？是不是应该去楼上那一户？"

保姆忙说没错没错，我找朵儿女士，阿姨是朵儿女士的妈妈。

明白了。是老妈干的。她自己不来，将功赎罪，请了保姆。

朵儿心中暖流汹涌。一路上开车，她几次停下来，想打个电话给她妈。可电话"嘟"了一声，她就连忙挂断。

不知道说什么。她倔，她也不愿意低头。她一辈子就没低过头！即便是对自己的妈。可心中那片温柔，却无处安放。

还是掏出手机，编一条信息：人来了，谢谢。

手一抖，发过去了。

来电话的时候，朵儿妈就看到了。一个未接来电，是女儿的。她没回拨。

继续领着大家唱歌，"解放区的天，是明朗的天，解放区的人民好喜欢……"到午间休息，吃面条，朵儿妈才一边吸溜，一边看女儿来的信息。

老周凑过来，问是什么。

朵儿妈道："我女儿。"

老周说："哪呢，我看看。肯定没你漂亮。"混熟了，老周也顽皮。

"说什么呢？"朵儿妈不满意，她怎么能生出不漂亮的女儿。

"不，错了，应该是比你漂亮。"老周改口。

"说什么呢？"还是不满意。谁能比她漂亮。

老周糊弄，说，不提这事，说正经的。四海妈也端着饭碗过来听。

人多了朵儿妈更愿意演讲。放下筷子，喝口汤润润嗓："事情的起因，是女儿让我带孩子。"说完继续喝汤。关子卖上了。

老周和四海妈都敦促着问。

"事情的经过是，我不愿意带，我得忙事业。"

老周跟老默熟，他帮老哥儿们说话："廖老师也尽心了，可人就两只胳膊，怎么照顾得了三个孩子。"四海妈也说揪心，又问事情的结果。

朵儿妈说："事情的结果是，我不带，我请了个保姆帮她带，我还是干事业。"她拍拍四海妈的肩，说："我们都是事业型的女性。"四海妈赧颜，没多说。朵儿妈继续，说，然后，我们家女儿就给我来信息了，她不好意思打电话，个性强，我给你们念念。

老周暂停吃面，伸着脖子，硬瞅。

朵儿妈掏出老花镜，对着手机，念："亲爱的妈妈，感谢您的养育之恩，感谢您对我的帮助，感谢您的雪中送炭，您是世界上最美丽最慈祥最可爱最能干的妈妈，您的女儿，牛朵儿。"

念毕，一脸满足。

老周两眼乱眨，揉揉，说这字在哪儿呢？怎么没看到呢？

朵儿妈忙收手机，狠狠地："你才识几个字！"

面子比天大。

四海妈抿嘴笑了。

超男爸在外头吆喝，快些吃，又来人了！

生意火爆着呢。

## 95

连天加夜班，朵儿的项目收尾。样品打出来了，朵儿脱掉实验服，摘掉帽子，对着镜子，用化妆刷蘸了精华，在黑眼圈上一刷，迅速吸收，状态似乎有些好转。

满意。这就是化妆品的魔力。这款产品是给那些既要熬夜又要美丽的人准备的。

牛朵儿准备出击了。

找合作方。朵儿手里熟悉的人就那几个，又要有资金，又要有运作能力。沈伟是一个。可他马上就要定居国外，合作起来不方便，而且对于美妆，他未必懂行。一场假结婚，已经够折腾人家的，朵儿不好意思添麻烦。

李安东呢。已经倒了，指望不上。

朵儿尝试过接触过去圈里的朋友。有两个问题：第一个，他们要拿的分成过高；第二个，她对他们的营销能力不是很满意。

选来选去，只有薛蓓。

她有流动资金。

卡是朵儿亲自交到薛蓓手里的。前提是她没退还。她本身是网红，这两年，公司发展不错，已经成体系，尤其是互联网营销这一块，做得尤其优秀。

朵儿打算入干股，技术入股。

说谈就谈。薛蓓办公室，牛朵儿一身职业装，她不希望在这个屋子里，薛蓓仅仅把她当成闺密。她要做切切实实的合作伙伴。

样品摆在桌子上。薛蓓弄了点在指尖，轻抹下眼睑。

"吸收快，体感舒服，没有香精，保湿还不错。"薛蓓立刻给出了她的使用体验报告。

双手撑在桌子上，牛朵儿说："我研发的眼霜，严格意义上是医用眼霜，我们主打医用，有特效，我给它取名璀璨。基础的功能比如眼部补水保湿能力，一定是做足的，除此之外，它的独特功效在于能抚平眼部细纹，明显提升眼周紧致感，而且能有效消除黑眼圈及眼袋，修护效果立竿见影。老薛，这不是我们第一次合作，却应该会是最大一笔生意，这是从我的博士论文中延伸出来的明星产品，是我在加州实验室就开始的工作。"

"你的销售期待是多少？"

"双十一，八千万销售。"

"你想占几成？"薛蓓说，"这个投入会很大。"

"净利润的三成。"

"如果合作，我给你百分之三十五。不过我得考虑考虑，这是一笔大钱，是个大运作，我们仅有的渠道是不够的，得多方合作，这其中的沟通成本很高。"

"没问题。"她对产品充满信心。只是，薛蓓的犹豫令她稍稍忧虑。

谈完事，朵儿下楼离开。

超男拎着包正准备上去。见朵儿，她连忙闪到一边。她来找超贤，打算说买房子的事。四海要去北京，看来是铁了心了。她跟四海离婚的事，迟早曝光。离了婚，人去了北京，将来十之八九，林四海得把他妈带走。

他们老陈家一家子人过，总不能老租房子，她打算找弟弟一起，联合起来付个首付，房子定下来，以后如意上学也有个着落。

朵儿怎么也来了？

体检查出问题后，超男只见过朵儿一次，就是那回在朵儿家楼下，那牛肉粉店里。不敢再见，怕刺激她。朵儿好强，一辈子不服输。

可也不能跟病拗。

有病就得治。

超男本不想来公司找弟弟。人多眼杂，又是说家事。可超贤硬说忙，她就想着顺带来看薛蓓一趟。提溜着高邮咸鸭蛋一盒做伴手礼，超男猫在墙脚，一直目送朵儿离开，才鬼鬼祟祟上了电梯。

"八楼。麻烦摁一下。"电梯里人满满的，超男超有礼貌。

门要关闭。大厅里传来"嗒嗒嗒"的声音。

高跟鞋敲击地板，有女士在急速奔跑。

摁住电梯按钮，门没关上，有人叹气，那女士硬朝里站，还是上来了，没超重。

超男站右侧，刚好能观赏这女士的侧影。

咦？有些面熟。这尖锐的面部弧线，是少男们钟爱的蛇精式。

动了动，超男朝外靠，想看她正面。

鸭蛋盒子却一不小心按中红色强制停止键。电梯当啷一下骤停。

一轿厢都在抱怨怎么回事。超男慌了神，全部键盘，都是楼层数，她不知道摁哪个才能解除她无心制造的危局。

最后上来的那位女士,却轻轻松松拿下紧急电话。

"喂,是维修中心吗?我们的电梯突然暂停,麻烦来处理一下,很急,对。"临危不乱,说完挂了。

"谢谢谢谢。"超男连说四字,都是谢,那女士一偏头,说了声客气,超男却看见这熟人竟然是超贤的前女友,死坑过他的张玲玲。

她一时不知怎么应对。

叫她张玲玲。都是人,尴尬。不叫,她自己先尴尬了。

一会儿,维修人员到,三下五除二,解放了。到了八层,张玲玲率先下去。超男殿后。

哦?这女人也来八层。冤家路窄。

眼见着张玲玲进了薛蓓和超贤的公司,超男警觉,有情况。

公司前台,小姑娘见有客站了起来,问找哪位。张美露说:"找一下你们副总陈超贤。"小姑娘说稍等,电话在线,她问:"您是?"

"我是他姐。"美露笑盈盈地。

"请进。"前台微笑着。

美露前脚进,后脚超男就到了。

"请问找哪位?"前台还是保持微笑,礼貌度十分。

"找你们副总陈超贤。"一模一样的话。

小姑娘微微皱眉,打内线,电话在线,她捂着话筒问:"您是?"

"我是他姐。"超男没笑脸。

前台对着电话"哦哦"了两声,对超男:"请您稍等,陈总有点重要事情要处理。"

"有事?"超男犯嘀咕,"那我找你们薛总。"

小姑娘再次拨打电话,这下可以进了。超男小声:"就一个创业公司,规矩还挺多。"另一个公司女员工上厕所回来,看着超男的背影,问前台。

"这人谁啊?那么横。"

"说是陈总的姐,今天是下姐姐雨了,刚来一个,又一个。"

"第一个我看到了。"女员工说,"那个应该是,这第二个,一看就不像。"前台问何以见得。女员工说看脸啊,第一个有点像,第二个,一看就不是姐弟俩,我们陈总多帅气。

"有道理。"前台点头受教。

公司扩大后，换了办公地址，租的 loft，上下两层。薛蓓和超贤都在二楼办公。超男还是想先去找弟弟。

扶着扶手，往楼上走，超贤迎面下来了，三步并两步，还带着笑脸，说，姐，来了，来来来，咱们到会议室坐坐。

会议室？本能地，超男觉得不妙。初次造访，不去他自己的办公室，去什么会议室？外道！咦？她突然想起刚进来的张玲玲，难道……

超男有种不好的预感。

"去你办公室看看。"

"别，姐，咱上商务区。"超贤打算"正确"引导。

越听越不对！明知山有虎，偏向虎山行！"来都来了，我看看你办公环境。"超男强行上楼。超贤知道拦不住，只能跟着。"姐，这是公司，你别乱跑。"超男嘀咕，说，我乱跑什么，我找薛蓓呢又不是找你。超贤说蓓姐在开会！刚来了一拨人。

"你骗鬼？"超男说，"刚才你朵儿姐才离开，在楼下我见到了，她什么都跟我说了，你别躲躲藏藏了。"

超男玩心理战，不愧心理咨询师。

超贤有些心虚。

公司女助理从楼上下来，问超贤，说，你姐姐问，蓝山咖啡放在哪儿了？

"谁是他姐姐？"超男质问。

女助理手足无措。超贤猛使眼色，女助理落荒而逃。

"你搞事情！"超男瞪超贤，脚下不停，一路冲进超贤办公室。

超贤大叫："姐！"

破门而入，超男那架势像在捉奸。一室寂静，屋子里没人，只有一只金鱼缸，鱼儿跃出水，扑通一下，像在迎接超男的到来。

"姐，我跟你说了没事没事，你看你这态度，太粗鲁了。"

敌情不明。超男站着不动，环顾四周。

哗啦，抽水马桶声。

超男警觉！就知道有情况！

跟着，洗手间门拉开。副总有个专属洗手间。

张美露婷婷袅袅走出来，迎面看见超男。

"哦——"美露笑着，"我说怎么这么面熟，以前就见过，你好你好。"

美露伸手，要握手，超男却后退一步。

-427-

"张玲玲！你是张玲玲吧？"

玲玲据实相告："以前是，现在不是，现在我叫张美露。"

"你来做什么？"超男像个坚贞不屈的地下党。

"找我男朋友。"美露轻松。大风大浪她都见过，还会怕这个大姑子？不可能。

"谁是你男朋友？！"

"他啊。"美露遥遥一指，正指到超贤身上。

"陈超贤！"超男压不住火，"你忘了这个女人害你害得多惨！"

超贤早已控制不了局面，只好两头说："姐，你平静点。""露露，你先回去，回头我找你。"

顾全大局。美露知道进退，和超贤复合，她早就想到他家那边还有阻力，只是没想到，阻力会这么大。来日方长。她拎起包，先撤退了。临走，还提醒超男，说，姐，以后坐电梯要注意点。

超男以为她讽刺自己，冷冷说谢谢提醒。

张美露走了。办公室只剩姐弟俩。老实说，超贤也有些不悦，千不该万不该，姐姐不该这么不给他面子。即便她不同意，也可以谈啊。

何至于如此失态！

超贤不理姐姐。

等张美露离开现场，超男才想起来把咸鸭蛋放下，坐下，放松，让弟弟给她倒杯水。

猛饮一口。纯为解渴。

"说说吧。"超男还是大姐。

超贤先是背对着她。说什么呢？看都看到了。超贤成了副总，总不是当年的毛头小子。

"说啊！"超男在审犯人。

猛一转身，超贤的夹克甩得老高："姐，你能不能给我点面子？"

"好马不吃回头草，何况这草还把你毒害过！小贤，长点心吧，是，你现在是挣了点钱了，可这钱来得不容易，你得为你的以后着想，还有爸。姐是为你着想才这么说，那张玲玲，那样子，整个一个……整个一个……绿茶那什么！进咱们家，你觉得合适吗？一看就败家。"

超贤嘀咕："合适不合适我说了才算，她又不跟你过日子。"

"结婚找对象，人品是最重要的，她就不是个老实人！"茶杯往桌子上一磕,超男义愤。超贤拢着两手,说,姐,你别教育我了,你倒是千挑万选了一位老实人,结果呢,过到头了吗?没用,我跟你说姐,这找对象跟吃菜一样,年轻的时候就得吃点荤的,按照自己口味来,你光吃素的,就保证不生病?我跟你说你病得更快。

一顿抢白,气得陈超男是花枝乱颤,偏她还无力反驳。没错,她是离婚了。可这消息,不是应该由她亲口告诉自己亲弟弟吗?超贤怎么知道?一定是林四海泄露的!该杀!他总习惯捷足先登。

可是,超男转念一想,她今天不是来找弟弟商量买房的吗,还求着人家,这泼天的怨气,可不利于谈判。想到这,超男收了收脾气,转而道:"你姐夫告诉你的?"

"没有。"

"那你怎么知道的?"

"戒指。"超贤说,"结婚戒指,你们早都不戴了。"

哦——聪明的弟弟。

超男说:"小贤,姐姐真的难,我跟你姐夫的确分开了,他马上还要去北京。从此天隔两地了。"

"如意谁带?"

"当然我带。"

"他不给孩子抚养费?"超贤说,"我去找他!"

弟弟还是亲弟弟。超男拦住他,说你别去,该给的他会给,今天咱们就商量咱老陈家的事。超贤退回来了。

"咱们得买个房子,在深圳立足,爸以后得靠咱们,没个窝可不行。"

"一起买?"

"你和我,都出一点儿,你多出点,给你算产权。"

"那不行。"超贤立刻说。

"你不愿意跟我和爸一起?"

超贤说:"不是,姐,你也得理解理解我,将来再多赚点,我给你和爸买房没问题,但现在,我紧着我自己,我打算跟美露结婚,要单住,买个小套。"

又是张美露!火气差点把头发烧起来,超男吼:"你疯啦!天下女人死光了!非找她!我不同意,爸也不同意!"

超贤盯着姐姐看了两秒钟,摔门出去了。

## 96

  超贤怒而离席,买房的事似乎没有余地,超男在屋里坐着,无心喝茶,她打算等见薛蓓一面,聊一聊就走。她走出办公室,东看看,西看看,这还是她第一次来这公司,一个创业公司。定下神,她的眼睛才重新能看到这世界,来欣赏欣赏这环境——哦,和自己工作的学校大不相同。
  创业公司的装修总是有点个性的。
  刺激人创新。
  许久,小助理来通知老板有空了。超男方才拾级而上,走到薛蓓门口。她站了一下,清清脑子,理理思绪,一头都是事儿,自己的事,别人的事,家里的事,家外的事。超男觉得,自己仿佛被卷入到各类事情的中心,她必须一件一件弄明白了,排好优先级,才能跟薛蓓沟通。
  有主意了。吸口气,进屋。
  先闻到咖啡香味,薛蓓已经等着了。到底是老友。
  坐好。"我不喝咖啡,怕晚上睡不着。"超男说。薛蓓说那换一杯,说着打内线叫人。超男又不好意思,连忙说,不用了不用了,就白水。薛蓓不答应,还是泡了一杯玫瑰花茶。
  抬头看薛蓓,还带着妆。刚从直播下来?不是说会客。反正很年轻。
  超男有些不自信,她先老了。
  "哦,高邮的鸭蛋,刚做出来的,我们学校秦老师是高邮人,年年我们都定,你不是喜欢双黄的嘛,颗颗里头都是两个。"薛蓓说,费心啦。
  超男入正题,问:"刚在楼下看到个人影,我喊也没理,看身形好像是朵儿。"循循善诱。超男撒了个小谎。她当然没喊。
  "对,她刚来,"薛蓓看看表,"两个小时前。"做生意后,她特别有时间观念。"来谈合作。"
  "合作?"超男好奇,"牛博士又要出来做事了?"
  "这次做得还不小,还是研发合作,她负责核心技术,我负责下游。"薛蓓说,"不过不一定,投资有点大,我得跟公司董事商量商量。"
  "做吧。"超男叹了口气。
  "陈老师有何高见?"薛蓓笑着,听着话里有话。超男说朵儿还是靠谱,能做还是做。薛蓓说那叹什么气。超男说朵儿现在也是特殊情况。

哦？薛蓓等她下文。她也觉得朵儿的干劲爆发得有些奇怪。"出什么事了吗？"老薛追问。

超男预感自己要保守不住秘密，连说了三个"呸"字，说，不行不行，我说了要保密，不能说不能说。薛蓓拿起茶壶给她续水，说，跟我保密？我发誓，保密，行不行？

"真不能说。"超男道。薛蓓说，老陈，来都来了，就在这个屋，天知地知你知我知，我们是姐妹，我能害你吗？能害朵儿吗？真的，有困难一起度过。

话说到这份儿上，不能不说了。憋了半天，超男吐出四个字："朵儿病了。"

"说清楚点。"薛蓓全身都紧张起来。超男只好把一起去体检的前前后后说了一遍，又说现在病情不详，可能在治疗，也可能没治疗。她这个时候找你合作，急着赚钱，会不会是……超男没说下去。

薛蓓当然明白。朵儿来的时候，一直强调赚一笔快钱，她刚开始只是认为是朵儿复出，赚钱的动力比较足，如此想来，会不会是为以后打算……或者她认为自己没有以后……

薛蓓下意识掏出手机。超男赶忙拦住，连说了两个"不能问"，说你现在问，她可能连合作都不想合作了，朵儿也是下定决心了才找你的。

薛蓓发愣。

"做吧。"超男感叹。

"做。"薛蓓坚定。又问："干妈知不知道？"超男说，我怀疑，以朵儿的性格，不会让她知道。薛蓓喃喃，说，不知道也好，也好。

聊完朵儿的"大事件"，两个人静静喝茶，都没想好怎么再起话头。

人生无常。她们能把握的，只有现在。

"我……"超男欲言又止。该说自己的事了，这比别人的事更难启齿。

薛蓓问怎么了。

做好心理建设，超男说："我本来是找超贤解决的，可没想到他这小子找了个绿茶婊。""绿茶婊？"这词听着有些刺耳。超男说来话长了，不提了，总而言之，超贤这小子指望不上了，被外人勾走了。薛蓓笑说，年轻小伙子，走走弯路难免，说吧，什么事。

"我想借一点儿……钱。"超男说得很慢，内心挣扎。就目前的情况，

-431-

借钱的是孙子。

"多少？"口气很爽快。

超男想说二十万，可话到嘴边又改成三十万，多借点，说三十万，打算买个房子，付个首付。

"没问题。"是女总裁的气场。

"给你算利息！"超男赶紧地。薛蓓说不用。超男坚持。薛蓓说那你随喜。超男说，随喜多不好，回头多了少了。薛蓓说："你我几十年的情谊，我会在乎随喜的多少吗？"

超男放松了，打趣："人家不是说，越有钱的人，越抠。"

尽是人言可畏。薛蓓想了想，说，那倒是。

两个人都哈哈大笑。

笑声收了，超男才忽然严肃，似有悲伤："老薛，我离婚了。"

其实薛蓓早有耳闻，也不知道是传了几道弯过来的。但证实，是在此刻。

"再想想，你的脾气，也急。"薛蓓说，"未必没有回转的余地。"

"他都没回头找我谈过。"超男埋怨。她是不肯迈出第一步的人。

"你爸和你婆婆知道吗？"

"婆婆是不许离的。"

"那就是了。"

"四海马上去北京发展。"

"有这事儿？！"薛蓓分析，"你心里不好受了。"

"有点儿。"超男据实说，"不过我得自强，所以必须买房子，将来四海去北京，他妈，也就是我前婆婆，十之八九也会跟去，超贤这个样子被狐狸精迷了眼。爸和如意都是我带，无论怎么着，有个房子，也算有个家了。"

薛蓓说坚决支持。这话题翻过去了。晌午，太阳晒进来，姊妹俩搬了椅子，背对着阳光晒。人困困的，松懒。一时无话，短暂的宁静。

陶醉在时光里。

终于，薛蓓幽幽地说："男男，你知不知道，以前我们都羡慕你。"

"你们？"

"不，没有'们'，就说我吧，我羡慕你，简简单单，读书，找工作，嫁人，生孩子，每一步都是稳稳的，按部就班。"

"有用吗？"超男苦笑，"还不是逃不过贫贱夫妻百事哀。"

"富了就不哀了？"薛蓓说，"那富人争产，明争暗斗更厉害，李安东不就是例子，大有大的难处。"

"那就做个小富的。小富即安。"超男说。薛蓓笑笑说，人生就是一场奋斗，是逆水行舟，只要你不前进，就是后退，你看朵儿算是小富了吧，可还是经不住变故，所以人生没有绝对的安稳。每个人的烦恼只有每个人自己知道。

超男本来想问"听说温晓涛回来了"，还有吴宇飞求婚的事，话到嘴边又咽下去。

刚借了钱，她怕好奇心坏了大事，只能忍一忍。

心里痒痒的。

小秘书推门进来，送来一捧花，说薛总，快递送来的花，还有，蛋糕。

薛蓓没反应过来。"薛总。"小秘书又说一遍。薛蓓转身，一指靠墙的办公桌，说你先放那吧。超男眼尖，瞟了一眼，花束上有名牌，上面坠着一个"温"字。

鲜花和蛋糕是赔不是。

是为他毁了薛蓓的"求婚现场"。

老实说，薛蓓对温晓涛的再次出现有些措手不及。她不得不承认，时间有它的魔力。温晓涛，这个她曾经无论如何都割舍不下的男人，经过一段时光的历练，她也放得下了。

人，谁离了谁不能活？

通过相亲认识，因为彼此觉得对方条件不错而结婚，又因为过去的"秘密"曝光、家中突如其来的变故而分开，牢狱之灾，生死之痛，维系他们婚姻的绳索早断裂，什么男才女貌、门当户对，在现实的变故面前全部失灵。人如小舟，只能在生活的海洋中起起伏伏。

他们都早已伤痕累累。

她没想到他会以这种方式出现。想想也对，在香港他就做酒店工作，他在大学里读的就是酒店管理，失去了家族的庇护，他捡起了老本行。

曾经，薛蓓非常想见他。想问他情况，找他说清楚，她放不下、舍不得、离不开，可经历了人生低谷，还有李安东的付出，吴宇飞的搅局，薛蓓不再认为温晓涛的分量有她以为的那么重。

得不到的总是最好的。

就好像她曾经对温晓涛"温暖"大家庭的向往，进去了也不过镜花水月。

薛蓓预感温晓涛会来电话，她手机号码没换过。他此前的"避而不见"，多半是男人的自尊心作祟。有区别吗？李安东的退出，温晓涛的重现，一个道理。男人，总是要先找到尊严，才能去爱。

只是，今时不同往日，她嫁入温家时，还只是个保险业务员，而如今，她已经有了几千万身家。而温家则衰落了。

尽管晓涛如今再度崛起，但也逃不过是个打工仔。

薛蓓有底气了。这是财富的力量。

等了两天，电话果然来了。

接，第一句话就听出是他的声音。"对不住，坏了你的事。"

薛蓓说谈不上谈不上。

"主要见不得你受委屈。"温晓涛说。

呦，以前嘴可没这么甜，薛蓓想。在酒店历练的，见人说人话，见鬼说鬼话。

"倒不委屈，我应该感到自豪。"

"你很迷人。"

完全糖衣炮弹。薛蓓提醒自己小心。这点赞美还承受得住。

"还是一个人？"温晓涛问。是明知故问。不单身，怎么会有人求婚？

薛蓓反击："你成双成对了？"

"没人看得上。"

"谦虚了。"薛蓓笑，"你这块肉，抛出去，还是有人要的。"

"我刚回来没多久。"

"我想应该是。"

"我打电话给你，其实是想问问你愿不愿意陪我去一个地方。"温晓涛严肃地，"因为实在找不到其他家人。"

去看他妈妈？他死去的妈妈。她的前任婆婆。薛蓓大概想到了。如果晓涛只说第一句，她不会愿意的。可等到他说第二句，实在找不到其他家人，她又心软了。去吧，只是去一个地方。

"时间，地点？"薛蓓问。现在就这么干练。

97

约的日子到了。天公仿佛很配合，知道他们要去墓地祭祀，特地下了点雨。深圳的雨往往来势汹汹。可这一天，却只是蒙蒙的。

在人的心上铺一层灰色调。

忧忧郁郁。

公墓。一排排墓碑。有的前头放着黄的白的菊花。温晓涛和薛蓓一人撑一把伞，一前一后走着。

找到了。温晓涛妈妈生前追求出人头地，长眠后跟旁边的邻居似乎并没有多大区别。唯一的区别是几个字：慈母XXX之墓。她和温晓涛继父没埋在一起。墓地倡导无烟祭祀，烧纸也免了。

薛蓓收了伞，温晓涛拿伞遮住她头，挡雨。

献上黄白菊，薛蓓深深鞠了三个躬。"妈，我和晓涛来看你了。"

这称谓令温晓涛大吃一惊。她还叫她妈，很有些一日叫妈终身为母的意味，虽然只是前婆婆。

她还念旧情。

换晓涛了。她给他撑伞。

晓涛跪下，重重地磕了三个响头："妈，儿子来看您了。"是说他自己，漂泊许久，又回到故乡。又说："您认可的儿媳妇也来看您了。"

这话是说给活人听的。他妈曾经对薛蓓很不认可，当初她被扫地出门，他妈的意见占了很大一部分。虽然后来家破，她不得不认可了薛蓓，可是，心结还在。

薛蓓面无表情，并没有感动，倒有几分悲伤，为世事沧桑。

往事种种，她不愿意再提。演这一出，她甚至觉得温晓涛这事办得有点蠢。如果要重新开始，又何必再特地勾起记忆，把那痛苦再反刍一遍？

祭祀结束，两个人又在墓前站了一会儿，都不说话。而后，各撑各伞，薛蓓在前，晓涛在后，朝外头走。

温晓涛忽然念了一句诗："同是天涯沦落人，相逢何必曾相识。"

好笑，忽然文绉绉起来。薛蓓转身，问他怎么说这个。她过去喜欢他身上这种调调，文化气质，是从小读书读出来的。不像李安东，再包装，身上还是有一种洪荒的草莽气。

"蓓蓓，我们重新开始好不好？"他终于说出这句话。

这才是此行的重点。他想要重温旧梦。

薛蓓立在那，一袭黑衣，黑伞，耳朵上的红钻耳钉莹莹的。

她真如一尊女神像。

决定权在她。

可她早已经不是个年轻的女人了——指心，心比身先老。她只想着工作，对，朵儿的项目，是要挽救危局的，还有超男要借的钱，之前忘了，今天，就一会儿，必须打过去。不知为什么，她这一刻想的总是钱，生计的打算。

哪有一点儿浪漫。

没有情，只有义。她不信情，只信义。男女之间，她更觉得近乎动物性。她一句话没说，只是看着他。直面。

"不结婚也行，不着急结婚，如果你不想的话，"对温晓涛来说，这姿态够低了，他发觉她的可贵："不要名分，我可以做你的情人。"

一切调了个个儿。天长苗，地下雨，薛蓓有些不适应。她也不喜欢男人这样。

"你到底喜欢我什么？"

晓涛吸了一口气，似乎要做大段演说。

她打断他，说，不用说了。

此时无声胜有声。

回车上，薛蓓坐后座。晓涛开车，问她去哪儿。薛蓓说："回你上班的地方，你上班，放下我就好。"车刚开出公墓，雨下大了。说也奇怪，都是先打雷后下雨。可这日是细雨缠缠绵绵半天，忽然变大，车驶山路，竟至滂沱。

"停一会儿再开。"薛蓓建议。可山路间竟没有能躲雨的地方，只能继续开。雨还在下，所幸，路上没有积水，但也只能开得慢慢地，路滑，视线不清，山道水流，夹杂着泥巴，都是浑水。

一道闪电划过，跟着是重鼓闷雷。

海风从南面席卷而来，树惊怕得发抖。

山路边有个废弃的小加油站，红白相间的棚子，加油计量器立着，掉了漆。车开过去。雨被天棚挡住了。

"冷不冷？"温晓涛打开空调。薛蓓说没什么事，等雨小一点儿就走。又说，一定是你妈不高兴了。

突发奇想。墓地里的法力。说完薛蓓自己也发笑，魔幻电影看多了。

气氛倒缓和了不少。

"跟我妈有什么关系？"晓涛轻轻抱怨。

"你妈不喜欢我。"薛蓓直说，"因为在她看来，我是一个来路不明的女人。"

都是事实。可摆在明面上说，是第一次，尤其是薛蓓主动提。

"都过去了。"温晓涛说，"喜欢听什么音乐？"

"随便。"薛蓓说，"你连我喜欢什么音乐都不知道。"

温晓涛拿出手机，翻了翻，接到车载音箱上，放手风琴曲。

是，这是薛蓓喜欢的调调，源自幼年的贫乏。她羡慕学校里能学手风琴的孩子。"其实我一直想学……"

话没说出。薛蓓觉得整个世界"轰"的一响。

车被淹没了，仿佛被人打了一拳，重重撞在加油站石柱上。

世界黑了。

山体滑坡，遇上了泥石流。

两个人都没系安全带。巨大的冲击力让晓涛的头撞在挡风玻璃上，磕破了出点血。薛蓓则感觉自己像被一个巨人拎起来朝地上砸了一遍似的。

"蓓蓓……"温晓涛在关心他。

她努力平静，说我没事，我没事。

停止了。车斜在那儿，车厢翘着。薛蓓斜躺在后座，脚撑着地。

"蓓蓓……"温晓涛努力爬到后座来，摸着薛蓓的头，喃喃地叫着她的名字。没事，都没事。薛蓓检查了一下自己的四肢、身体，不幸中的万幸。

"开一点儿窗！要开一点儿窗。"温晓涛有救生经验，先保证空气。

电话。接下来是打电话。手机还在，还有电，打"119"，又打"110"。

有人接，报警，求助，晓涛迅速说了地址、受难情况。

雨下得小了点。

两个人抱在一起，平静了些，四只眼睛离得近，他们得以细细欣赏彼此的五官，仿佛在观赏超现实主义的画作。

热气蒸上来。

嘴唇碰着嘴唇。

薛蓓想不到，她和晓涛会在这种环境中再次相遇。

"你是不是会巫术？"薛蓓问。晓涛"唔"了一声，表示不解。

外头雨停了。骤狂的一瞬间，仿佛只是为了成全他们的缱绻。

"刚刚你还说，同是天涯沦落人。"说出来都觉得好笑。薛蓓咳嗽一声。气打到晓涛脸上。他接下一句，像是舞台剧的念白："相逢何必曾相识。"

跟着吻了上去。

这激烈的吻，什么都不顾了。

-437

薛蓓闭上眼，享受这一刻。她真的感觉，好像第一次遇到这个男人般，他的热烈，仿佛岩浆，从地底下喷薄而出。

他们重新认识了彼此。

做完了就抱在一处。他们正处在两个世界的中间，不前不后，不上不下，卡在这泥泞中，却刚刚好能够放下过去，不想未来，只有现在。

分分秒秒，时间过去了。

山道上传来鸣笛声，又该回到现实世界中了。

## 98

自从请了保姆，牛朵儿发现想见她妈一面也难。理由是：忙事业。

端午节没回来过，派保姆送了两个粽子。

入了夏，朵儿妈更加忙碌，说是为中秋做准备。保健中心做的是什么，朵儿找超男问过一次。超男本想说在他们眼里，癌症都能治，话说一半，又连忙改口，说就是一群老年人在消磨时间。

也好，朵儿想，她和妈妈之间的不愉快，因为忙碌消磨掉许多。她给她妈打电话，朵儿妈也只是说："哦，忙，你来我店里。"

朵儿又问薛蓓她妈每天几点到家，薛蓓说，有时候我到家，她还没回来，不过这几个礼拜，她偶尔会住店里。

朵儿要挂电话，薛蓓忙说："那事，就按照你说的办吧。"

"行。"朵儿斩钉截铁。没有中奖的兴奋，而是那种壮士赴难的沉重感。

她想干一票大的。

只是，后方阵地提前要安排好。

这日，朵儿安排好家里孩子，打算去见她妈一面。

老默正陪着小舒小坦在卫生间洗澡。

"一人去行吗？"老默喊着问。

朵儿伸头进来，两个光腚猴。小舒小坦在浴缸里玩橡皮鸭子。老默守在旁边，防止呛水。保姆进来，说她来看着。尼尼跟着也挤进去，说自己要上厕所。"妈妈出去。"尼尼下命令。

朵儿觉得有意思，道："妈妈都不能看了。"

尼尼强调："乔婶也得出去。"乔婶是保姆。"这是我们男人的世界。"

"呦，还男人了。"朵儿打心眼里觉得儿子可爱，"这有几个男人嘛？"

尼尼挨个数："爸爸，小舒，小坦，还有我，四个。"

数学学得明白。数完放了个响屁。"妈妈乔婶快出去！"尼尼拉开裤子，坐在抽水马桶上。朵儿一捏鼻子，出门了。

刚发完一拨洗衣粉。上午第二批治疗结束了，朵儿来到健康中心门口，轰——拥出一群人，都是老头老太太。下一拨鱼贯而入。朵儿早听说超男爸和她妈的店生意好，但没想到好成这样。大上午，又不是周末，周围的店铺门可罗雀，更显得康福泰热闹得有些异常。

顺着进去，朵儿站在最后头，老头老太太们挨排坐下，排排坐吃果果的样子，四海妈从里头出来，挨个检查通电情况。跟朵儿擦身，竟没注意到。事多，人多。朵儿也没喊她，就在后排角落人堆里站着，十分隐蔽。

一会儿，超男爸从里屋出来，拍拍手，要求肃静。

都不说话了，屏息聆听。

"各位同志，电已经充上了，一场一次治疗是一个小时，下面有请，我们的工作人员，老大姐，上台讲课！"

掌声雷动。

跟演员上场似的。朵儿妈挺着腰，出来了。

嘿，还真是小卷卷。朵儿惊奇，她妈的新发型十分骚气。

上台，立住了，两手端着，朵儿妈用播音腔："兄弟姐妹们，今天我们要讲的是高血压的预防和治疗。众所周知，高血压是我们中老年人的常见病。就以我个人为例，在接触理疗仪之前，我的血压多年来都是高的，因为什么呢，我喜欢吃盐，口味重，多年来改不了。随着年龄的增长，我的血压更高了，为什么，因为我的血管壁变厚了，血液的压力就会变大。后来我改了，吃清淡一点儿，还是没用。降不下来，只能吃降压药。长期吃药，让我的思维变得迟钝，俗称药'拿'的，任其发展下去，很可能会变成老年痴呆……"

"老年痴呆"四个字朵儿妈口吻一变，弄出点喜剧化效果，很精准地，老人们笑了。"但是，但是但是但是，"话锋的转折很有戏剧性，也是强调，"在我接触了理疗仪之后……"

套路，全是套路，作为知情人，朵儿当然知道她妈什么样，还忌口，还吃清淡的，过年时候跟她抢咸鸭子咸鱼的人是谁？这是欺骗！

只是，看到妈妈这样在台上表演，又恢复了青春的活力，朵儿觉得好玩，好笑。她听不下去，转身出门，去旁边的奶茶店点了杯奶茶，坐一会儿，刷手机，查看什么是充电疗法，网络上说什么的都有，但没有官方的声音。她发消息问她在日本、美国的同学，了解情况，因为时差，美国那边没回复，日本的同学的回复是，有这种情况，但并不普及，而且是几十年前的技术，目前运用得少。毕竟，人体长时间暴露在高压电的磁场内，是不合适的。朵儿觉得她妈的这个保健店有些不合时宜了。得劝。

一场结束，还有一场，朵儿去看看，还是等。

一直近中午十二点，上午的场次全部结束，朵儿才得空上前，跟她妈打招呼。"你怎么来了？"朵儿妈问。朵儿说不是约好了吗，朵儿妈这才想起来。朵儿依次跟超男爸、四海妈打了招呼。老周凑过来。朵儿妈轻拍一下，介绍："这老周，这我女儿。"

老周奉承："真像，娘儿俩像。"朵儿妈呛他一句，说，你这不是废话吗，亲的就是亲的。老周缩脖子，闭嘴了。四海妈偷笑。超男爸忙别的去了。

朵儿叫了一声"周叔叔好"，便叫妈妈一起出去吃饭。朵儿说，请她吃顿好的。朵儿妈说不行，就一个半小时休息时间，下午场就要来了。

"那吃快餐。"朵儿只能妥协。

点了两个套餐。很快，吃上了。朵儿直说："妈，你们弄这个，合适吗？"朵儿妈道："什么意思？你是来跟我说这些的，我们这都是合理合法好产品。"朵儿说："我查了，你们这个电疗，高位电，副作用不明确，能不能这么大规模推广尚未可知。"

筷子一放，朵儿妈说："能不能别你妈稍微做出一点儿事业，你就来当绊脚石，这不行那不行，我不赚钱，能给你请保姆吗？怎么我就不能有第二春。今天就是来说说这些的？那不吃了。"

朵儿妈脾气大，只能先放一放。

吃了一会儿，朵儿说："妈，我想把我名下那套房子，转到你名下。"

转房子？朵儿妈警觉，这是大事。"出什么事了，姓廖的问你要了？还是月亮的小姨又杀回来了？不是婚前财产吗？"朵儿安抚她妈，说，妈，你的阶级斗争的思维什么时候能变一变，我是打算买二套房，要收税，将来政策怎么变还不一定，可能越来越高，所以我想，放在你名下，反正将来还是我的嘛。

若有所思，朵儿妈没听懂里面的弯弯绕，什么税，什么政策，可她大概明白，意思是落到她名下，对她好，对她女儿也好。"这样，没问题吧？"

"没问题。放心吧。"朵儿说。她是怕万一有什么不测，外人都靠不住，她妈妈有个养老钱。吃得差不多，朵儿妈碗一推，要赶紧回店里，问朵儿去不去看看。

"不去。"朵儿不感兴趣。"去吧，试试，绝对有用。"朵儿妈打包票。

身上本来就有个雷，朵儿本不想用他们的机器，可她妈十分热情，拗不过，就这一遭，跟着走吧。

到店里。四海妈吃完了，正在整理场子，见朵儿来，给倒了一杯水。朵儿妈拉着女儿，找了个舒服的座位，说你坐下。朵儿眼睛上翻，做不信任状，坐下了。

"通电。"朵儿妈下令。四海妈立刻操作。朵儿妈现在是大姐、老师、领头人，说一不二，一呼百应。

朵儿没什么感觉。一会儿，屁股底下似乎热了点儿。

"一次就有效果，你看着吧。"朵儿妈吹，打鸡血状。

朵儿撇撇嘴，不信。看她妈的表情像在搞传销。

朵儿妈说："你年轻，不知道，我们这个治疗仪能治好多病，尤其妇科病，什么子宫肌瘤宫颈息肉崩漏带下乳腺增生乳腺炎，甚至还有治好乳腺癌的先例。"

乳腺，乳腺，全是乳腺。看到她妈的嘴巴，"乳"这个字的发音状况，嘟着嘴，圆圆的唇，朵儿觉得烦，恶心！

她听不了"乳腺癌"三个字，受刺激。她严重怀疑自己已经很危险！

噔楞一下，朵儿站起来，走了。

做得好好的，朵儿妈傻在那儿，听众没了，还演讲什么。"这孩子，脾气说来就来，我说什么了？真是，也是当妈的人了，怎么一点儿不知道做妈的辛苦。"老周和四海妈背过脸，都笑。

朵儿妈一声令下："准备下午场！"

朵儿家。两个小的玩好了水，是老大尼尼洗澡。洗完了，老默自己冲了冲。都弄好了，该歇歇，他也觉得肚子疼。昨天陪儿子尼尼吃冰激凌，吃出问题来了。

上好厕所，盖上马桶盖。老默按冲水键，咦，似乎按不下去，卡在那不动。再按，咔吧一声。

不对。掀开水箱的陶瓷盖子，老默看到一只塑料瓶子卡在水箱联动杆间。

瓶子上全是英文，老默没弄明白。去书房，他拿手机在瓶子二维码上扫了一遍，淘宝网上没卖的。

那就拍照，用以图搜图功能搜。这下搜到了，是一种美国生产的治疗乳腺疾病的处方药，尤其用于治疗乳腺癌变。

看到那个恐怖的字眼，老默头一蒙，有些回不过神儿来。

莫非朵儿……他不敢细想，可又不得不去想，生老病死，太正常不过，只是不该是朵儿啊！她还年轻，刚刚开始享受家庭生活。

老默恨不得代朵儿去承受。

难怪这段时间，一到晚上，朵儿总是去书房，他叫她，她就说找个东西。除了这只空瓶子，一定还有药。

小床底下，抽屉里，沙发垫子下面……老默细细搜查着。

终于，他抽看书架上那几本厚厚的字典，几个药瓶，包括没拆封的，正立在字典身后。

老默深吸一口。开门声响，外头保姆在招呼，老默没干亏心事，可还是迅速把字典复原。儿子们扑向妈妈，嬉笑打闹。

老默满是心酸。

## 99

朵儿进门，坐下休息。老默亲手给她倒了杯水，随口问那边怎么样。朵儿知道老默问的是改装棋牌室——康复泰健康中心情况，便笑道："跟过去卖大力丸的差不多，哦不，大力丸还有个丸呢，他们这个，更玄乎，给你充电，什么病都能治，瞎糊弄人。"老默没接茬，他没心情跟她一起取笑朵儿妈。

朵儿却没停止描述她的见闻："还有那个老周，是你好几十年前的同事吧，现在被我妈收服了，整个一个小跟班，真是萝卜青菜，各有所爱。"

这也是有趣的地方之一。

可老默并没有笑，脸色沉沉的。朵儿心想，莫非他知道她要转房子，所以有些不高兴？不至于吧。别说不知道，就算知道，以老默的修养脾性，也不会怎么样。

保姆叫吃饭了。一家五口准备上桌。尼尼跑得最快，伸手要抓炸茄盒。老默大声呵斥："去洗手！"尼尼呆住，乖乖去洗手间洗手。

"一点儿不讲究卫生，病从口入知道吗？"今天老默是严父。过去这个红脸的角色，一直是朵儿扮演的。"洗，洗……"朵儿斜眼看丈夫，带着儿子们去洗手了。

完毕。上桌。保姆乔婶已经把菜端上桌了。

油炸基围虾、炸茄盒、肉烧粉皮，还有一个青菜肉丸汤。

一见菜，老默不高兴，说怎么这么油，都是油的，全是炸、烧，没有营养，特别有害。

也确实油大。可连朵儿都觉得，老默有点鸡蛋里挑骨头了。保姆吓得不作声，饭碗放下，说去焯焯水。朵儿拦住，说不用了，少吃点，不妨事。又对老默安抚为主，说，凑合吃点，不要吃上没影响，气倒把血压气上来了，喏，你吃点这个。说着，朵儿夹起汤里的青菜，往老默碗里送。

安生了。开吃。

儿子尼尼最爱吃虾，够不着，就站在板凳上够。

气压很低。老默喝道，站没站相，坐没坐相！尼尼连忙调整姿势，规规矩矩的。小舒小坦却被吓哭了。

朵儿对老默，嗔道："吃饭就吃饭，别没完了啊。"算是最后通牒了。

老默沉着脸。

一顿饭相安无事。吃完饭，保姆走了。尼尼带着两个弟弟在玩赛车。朵儿问老默，那个老周到底什么情况，人可靠不可靠。老默不上心，说就是个老单身，其他没什么。说着，钻到卧室，翻箱倒柜。

朵儿跟在后头，问："找什么呢？"

老默趴在床底下，一阵摸索，好容易找出个铁盒子。朵儿问是什么，他也不明说。朵儿心想，又不知道是哪个年代的古董，他就爱倒腾这个，因此不管，忙孩子去了。

翻出个木头块，比木头还轻，方方正正的，暗红色，像是掉了漆。

老默又找电热杯，老式那种，放水，把木头块放进去煮，煮开了，再等五分钟。行了，倒出来，端到朵儿面前，一股怪味。

朵儿捌开身子，说是什么东西，给我下什么迷药呢？

"你喝，先喝。"老默郑重地。

看上去很严肃。

朵儿半信半疑，皱眉，捏鼻子，说总得凉一会儿吧，又不是杀猪，那么烫。

好，冷一会儿。喝了，说不上来什么滋味，有点像油切麦茶加了点调料。

卧室，门关着。"是什么？说吧。"朵儿坐在单人沙发上，老默蹲着，两手放在朵儿腿上。

不说话。

"说啊。"朵儿着急。

"千年灵芝。"老默说。

朵儿没当真,觉得好笑,打趣:"呦,是不是马上该成仙该飞升了?千年灵芝,你怎么不说万年人参呢。"

老默捉住朵儿的手。他手心都是汗,冰凉。朵儿翻过他的手,说怎么了,哇凉哇凉的,有事说啊。

握紧了,他做好了充分的心理建设。

"牛朵儿。"他叫她大名,很少这么叫。

"欸。"朵儿答应。

"你是不是有什么事瞒着我?"老默问得平直。

心里咯噔一下,朵儿说,不是老默,我原来那套房子,跟我妈那什么……有些语无伦次。

"不是房子的事。"老默声调低沉。

朵儿不说话了,身体后靠。

"生病了为什么不告诉我?"到正题了。老默眼中情绪丰富,责怪、怜惜、气愤、忧伤,他怨上天的不公,也怨牛朵儿对他的不信任,说好了共同进退,做灵魂伴侣,可现在,她却想要抛下他独自承受、独自前行。

"没有。"朵儿轻声,否定得十分无力。

"光吃药能行吗?病到什么程度了?你要跟我说真话。"老默在行使一名丈夫的权利。

"没那么严重,就是一个肿块。"朵儿挤出笑容,很不自然。

"你得让我知道真相,我们必须共同面对,因为你对这个家很重要,对我很重要,对孩子很重要,我们不愿意失去你,无论发生什么我们都要共同面对。朵儿,我知道,你不愿意说也是因为怕我们承受不了,但是你跟我说,我帮你分担,我们是一体的,你和我,从我们相识那一天我就这样认为,认识它,面对它,战胜它。朵儿,我不能失去你,你让我陷得太深了,我害怕我害怕我害怕……因为现在的我太幸福了……"老默眼泪下来了。这是牛朵儿害怕见到的场面。

老泪纵横。

她原本想让这一刻推迟,推迟,再推迟。她一个人承担。

可现在瞒不住了。

她抱住老默的头，强打笑容，但泪水却不争气地从眼眶冲出来。"没那么严重，这才哪到哪，我们还有几十年的幸福日子呢。"话说出来她自己都不敢确信。可是现在，只能相互打气。不过，老默的意外发现，也让牛朵儿的心理压力多少释放了一些。

面对。就是面对。

尼尼推门进来，好奇的眼神，带着惶惑："爸爸妈妈，你们在做什么？"

天真无邪的儿童啊！

老默不动。朵儿连忙收了泪，说，没事，爸爸累了，妈妈陪他休息。去玩吧。尼尼却径直走过来，也趴在朵儿腿上，说，尼尼也累了，尼尼也想休息。老默搂住儿子，一家三口抱在一处。

最初的激动过后，老默和朵儿都冷静多了。睡前，两口子并排坐在床上。一盏台灯开着。朵儿伸着手，老默帮她剪指甲。老默问，这事还有谁知道，妈知道吗？

指朵儿妈。

朵儿说不能让她知道，她会疯掉。她比你还严重。超男也知道。

老默问这事多久了，你吃药吃多久了。朵儿说我咨询了医生，在两家医院做了治疗，目前情况还不明朗，保守治疗是比较明智的。

"总归是个定时炸弹，"老默扫了扫被面上的指甲屑，"怎么能马虎？"他建议次日再去一家大医院查一查。朵儿说，要学会和你的疾病和谐相处，又说，明天开始联系工厂，制作规格，工厂的设备水平都要考察，老薛一个人搞不定，我得在场。

"你还要出去工作？"老默不理解，"你还要碰那些化学药品？家里还没缺钱到那个地步。"朵儿说，不是缺钱不缺钱的事，这是事业，启动了，就必须坚持下去。

"不行，我不同意，你不能去，明天我们得去医院。"他坚持。

"你怎么就不理解我呢，我没说不治疗，也没说不重视，但是我自己的身体我自己知道，不在乎这一天两天，老默，我一直认为这个世界上你是最理解我的人，家庭，是我重视的，事业，也是我重视的，这一单太重要了，它直接关系到我儿子们的未来生活。"

一个妈妈的深谋远虑，不惜牺牲自己。

"不用忙了，我那房子，不给月亮，给儿子们，给你治病。"老默说着，就要给女儿月亮打电话。朵儿说，你疯了，说好的事情，怎么好老变。

电话没拨出去。

"那明天去复查。"老默要求。

朵儿只能妥协。次日，保姆来了，安排好孩子们。老默找人，花了钱，插了个队，挂了专家号，开车带朵儿去看诊。

到了又是一通检查。

折腾了一天。到下午，终于看上了。医生的意思是，目前是肿块，没有癌变，但如果任其发展下去，会比较危险。

老默问怎么治疗好。

"最好的办法是单侧割除。"医生冷静得吓人。

牛朵儿接受不了。虽然新闻上时不时就有类似消息，比如安吉丽娜·朱莉为了防止病变割除了，还有以前在深圳出家的林妹妹陈晓旭没割除，去世了。可是还有割除了也去世的，比如那位深圳出来的著名女歌手。

生死有命，富贵在天。生了一场病，朵儿更坚信这一点。她现在就是想把该做的事情做一做。其余的，顺其自然。治疗当然也治。

她不想用那种极端的办法。

终究还是要做个女人吧。

可老默不答应。

他找了在美国的老朋友，联系了医院、医生，下定决心要带朵儿去美国看病。机票都订好了。拿到朵儿面前，朵儿着急，说没那必要。

老默说："签证都准备好了，我们过去一趟，看看放心些，不要让自己后悔。"朵儿说国内医学那么发达，去那么老远做什么。老默强调，他联系的医院，是世界范围内最发达的，安吉丽娜·朱莉就是在那里治疗的。

有电话进来。老默接了。对方询问价格，又问现在能不能带人去看房。老默说价格还是那个价，看房可以，随时。

"你把房挂出去了？"朵儿问。

"挂出去了。"老默很平静。

"这事就不应该让你知道，你的静气呢，你的临危不乱遇事不慌呢？"朵儿着急。

"房子是我的，我想怎么处理就怎么处理。"老默身上，不乏中老年人的固执，但都源于爱，对朵儿的。

"你这是胡闹，乱花钱，没有理财思维。"

"人都没了我要钱干吗！"老默急得跺脚，眼眶红红的。

朵儿没词了。

皮之不存，毛将焉附。她明白，她了解，自从病痛袭来的那一刻，她自己就已经走入了恐惧的黑暗森林。现在老默也进来了。

淡然，心灵鸡汤都教导人淡然面对生老病死。

然而临到头上，真没法淡然。

尤其她还这么年轻。

世上最残酷的，莫过于白发人送黑发人。

"那去吧。"朵儿牵牵老默的手。她打心眼里爱他，感谢他，谢谢他拼尽全力，陪她一起走。

## 100

给如意的钢琴买了。选定了送货的日子，刚好是个礼拜天，如意决定给奶奶和姥爷表演一次。周六聚餐，饭桌上，如意把这想法提了。

一直在学校上兴趣班，现在有了自己的琴，如意兴奋。

这孩子，怎么也不跟妈商量！

超男立刻阻拦，说姥爷、奶奶都忙，别演了，说将来厉害了，能上正规舞台表演，再请姥爷和奶奶去。

超男爸不答应，好不容易挣了点钱，好不容易风光一把，好不容易在小辈面前有点荣光，怎么能锦衣夜行？

"去看，去听！"超男爸端着一小盅酒，对四海妈，"明天刚好小店休息一天，跟朵儿妈和老周都说一下，明天不开业。"四海妈应承了。超男爸向四海妈敬酒，道："亲家老妹儿，敬你。"

四海笑问："这酒敬得有什么由头没有？"

超男爸说："优秀，我这亲家优秀，连带看着我这女婿，也优秀，这叫有其母必有其子。"

夸赞来得莫名其妙，连超男都觉得是酒精作祟。

如意问："姥爷为什么这么说？"帮大人发问了。超男爸款款道："家和万事兴。一个家兴旺不兴旺，是要看这个家里的女人的，女人是一个家的风水。你看咱们家，这越来越好，越来越兴旺，为什么，都是多亏亲家贤惠，亲家是定海神针。"

四海妈被夸得不好意思，露几分羞赧。

超男爸道："亲家，放心，将来我们还要买自己的独立住房，不住这个鸽子笼，租来的。"

四海、超男听着都有些不对。超男才想起来，还没跟她爸说买房的事，聚在一起，人多，又不方便，只能再找时机。首付已经付了，等着办手续，收房。

吃完饭，如意照例去学习，这日安排的不是游泳课，是儿童智力开发课程。四海开车送，到地方，超男等着女儿，四海先走。

"喂！"超男喊了他一下。

四海停住脚步，看着他前妻。

"明天爸妈过去。"是个陈述句。

四海没说话，伸脖子点了两下头，示意知道了，没下文。

超男替前夫的智商着急，从来没有一点就透。还创业！还做生意！

"爸妈明天过去。"主语状语掉个个儿说。

四海还是没发现什么不对。明天爸妈，爸妈明天，有问题吗？

超男提醒："我们现在的人物关系是……"

"前夫和前妻。"四海立刻你问我答，没打磕巴。

"这事儿爸妈知道不知道？"

"不知道。"

"那么然后呢？"超男循循善诱。话都得说那么透！有意思吗？！

"然后什么？"四海还是不过脑子。

超男恨铁不成钢，遥遥一指补习班的牌子："这个智力开发的班不应该如意去上，应该你去上。"过去她喜欢他的呆，老实。现在想起来，真要命。

就是这么累！

四海也有点起火。

超男只好掰开了揉碎了说："前提是：我们现在是不是还不希望爸妈知道离婚的事实？问题是：明天爸妈是不是要上我那，他们是不是不知道我们现在的人物关系，从理论上，你是不是还是应该在那个家出现？但实际上，那个家里已经没有你生活的痕迹？这是有冲突的，会露馅儿的。明白了吗？"

"所以应该制造一些我在那里生活的痕迹。"四海接话。

超男长长地吐一口气，总算通了，比修堵塞的抽水马桶还费劲。

"回去把你的穿的用的，衣服日常用品拿一些过来，这个时候，装装样子还是要的，爸妈都说了，家和万事兴。"超男给出详细攻略。

四海这下明白了。

天快黑了。超男和如意一起回公司宿舍。到楼下，四海的车也刚到。超男对如意说，去帮你爸拿一点儿，他出差回来了。

如意也就乐呵呵地去拿。

来回几趟，都搬上来了。如意问："妈，怎么办？"超男说，行了，去写作业吧。如意写字桌旁，一拉布帘，那个小空间就是她暂时的书房。

台灯亮起，莹莹豆豆一点。超男有些心酸。快了，马上女儿就会有独立的书房。好好学习，天天向上。

四海上来了，东西放下，问："需要帮忙吗？"

超男说，一起摆摆，床也要动一动，合在一处。说罢，四海去弄床，轻拿轻放，尽量不影响女儿学习。

超男去拾掇其他零碎。鞋子摆在门口鞋架上。黑皮鞋，还是她给他买的，穿得歪了头，四海的脚有些斜。衬衫挂起来，还有夹克、毛衣，都是旧的。牙刷，电动的，刷头还是那个带红圈的，他搬走之前已经用了半年。还有领带，也是旧的。她陪他去买的，上班应酬用的，他人生的第一条领带。

在大袋子里翻检。超男忽然有些心酸，这是她今晚第二次。第一次因为女儿，现在，是因为前夫的简朴。

他真的很少考虑自己。克己、奉献，总是考虑家人。

超男心底闪过一丝丝后悔。

从某些方面看，四海算个好男人。

再翻。眼前忽然出现一只女人的胸罩，大红色，带蕾丝。超男激动，又一阵乱翻，还有一条同款蕾丝内裤！拎起来，恶心吧啦，似乎还有点怪怪的香味。

他有女人了？！

难以置信！这么快！这一刻，超男坚定，男人就没有老实的！

"你出来一下。"超男冷冷地对四海。

床弄好了。四海擦擦汗，到门口。

超男问："你在那边一个人住？"这本不是前妻该问的问题，可超男实在忍不住。

"是啊。"四海有一说一。

"什么时候再婚？"情绪的小火苗烧起来，超男口气有些冲。

"说什么呢?"四海不懂前妻的神经质。

走廊上有人经过。超男怕丢面子,又把他拉进屋,两个人站在洗手间说话。

袋子拎进来,敞着口。超男用脚点一点红色文胸,做鄙夷状:"这谁的?"

"不是你的吗?"四海反问。

"正经女人不用这个。"超男说。

"你到底想说什么?"四海有点不耐烦,声音大了点。

超男一愣,是,以她现在的身份,她没有资格去过问他的生活,文胸、内裤,都是他自己的事情。她管不着。

可她还是忍不住"越俎代庖"。

四海见她有些异样,又解释:"我真不知道,房子是一个哥儿们的,超贤也来住过几天。"

超贤?这话提醒了超男。

"他一个人去住还是……"超男细问。四海说,不知道。又补充说,超贤好像又恋爱了,说这次来真的,准备结婚。

不说还不生气,超男不知道弟弟中了什么邪,非跟张美露搅和在一起,还要结婚。

不说这个。超男拉开门出去,继续收拾屋子。

合照摆好。本来就剪了,又粘在一起。那感觉仿佛是两个人为了拿绿卡假结婚。明天移民局来查,所以一切都得准备好。

收拾完毕,晚上九点多。四海说回去,如意留爸爸,说,爸你就住这吧,这么晚了不用"出差"。如意什么都明白,鬼灵精。爸妈演戏,她也就装不知道,将计就计。

超男铺床,背对着四海。如意又强调一遍。四海见超男不说话,便对女儿说:"爸爸还有事,先走了。"

"女儿让你住你就住!"带点气,超男发话了。

算是挽留。

住就住吧。四海放下包,讪讪地,说他睡沙发。如意的小床已经铺好了。如意说:"爸爸睡大床,我睡小床。"

妈妈肯定是睡大床的。那意味着,爸爸妈妈一起睡。

四海去冲澡。安顿好如意,超男已经上床了,侧着身子,朝墙,看书。

等林四海洗好弄好,她提前关了台灯,身子往下缩了缩,躺好了。四海穿着内衣裤,在黑暗中擦头发,外面的光线剪出他的身形。

匀称，舒服，这个年纪还有这样的体形，难得。

超男感觉得到四海的影子晃来晃去，她没闭眼。

一会儿，四海摸黑上床了。动作很轻，麻利，出溜一下钻进薄毯子，躺着就不动，背对着背睡。

许久，女儿如意发出轻微鼾声。

两个大人还没睡着。

超男翻了个身，吓了一跳。四海两只眼睛睁着，正看着她。

"哦呦。"超男轻唤了一声。

四海一只胳膊伸过来，想搂住她。超男"啪"一打，像打蚊子。

怕吵醒女儿，她压着嗓子说："放尊重点，注意人物关系。"

哦，一个是前夫，一个是前妻，越界等于偷情，单方面执行等于性骚扰。缩回去了。四海侧着不动。

一会儿，超男觉得不好意思，会否太坚壁清野，便主动小声说："咱们的事儿，爸妈迟早知道，这么演下去，也不是个事。"

四海说："找个合适的时机，说一说。"也压着嗓子。

超男本想说可是爸妈现在感情好着呢，但话在舌头下绕了一圈，又咽下去了。这种事，当事人没说，她不好乱猜测。而且，说这话，不等于不让四海走吗？他要去北京，她不能拦着，也不愿意变相示弱。

两个人没再说话，糊里糊涂睡着了。

## 101

第二天超男起了个大早，买菜做饭，准备招待父母。她爸爸第一次来这里，婆婆来过几次，和四海隐离后，她就再没来过。买菜回来，四海已经醒了，洗漱完毕，正和如意一起打扫卫生，挪床，清理走道。

钢琴的位置已经清理出来了。

窗户底下，靠墙，如意准备好了摆件，一只细颈花瓶，一家三口的合影。不多会儿，来电话了。送钢琴的师傅说车已经到楼下。超男跟如意说，看着家，她和四海一同下楼引路。

来了两个师傅。一人抬一边，起，往电梯里送。可电梯终究过于窄小，横着竖着都放不下，只能从楼梯走。

-451-

"四个人一起?"师傅问。超男有些犹豫,四海问,不行就算了,再找人。超男说别,能行,试试,真就抬上了。

刚走没两步,超男便坚持不住,她抬的那边,仿佛地陷一般往下塌。"别磕着琴!"超男喊,走不动了。

"我来!起!"一只大手伸过来。一个男人上前,顶替了超男的位置。钢琴瞬间被抬起,四方四正,又能前进了。

超男忙说谢谢,抬头一看,来者却是沈伟。"老沈!"意料之外,超男兴奋,四海脸色却不好看。可钢琴在手上,马上要上楼梯,四个人也只能通力合作,先把家伙抬上去再说。走到楼梯口。四海故意别沈伟一下。他在上头不发力,朝上走的沈伟压得有些吃力。

"往上抬!"超男喊号子,喊给四海听的。

四海调整状态,继续往上抬。终于到地方了。超男把准备好的矿泉水递给师傅,又请他们坐一会儿。师傅说还有活儿,先告辞了,还说调琴的老师上午腾不开时间,下午一准儿到。

"坐一会儿。"超男给沈伟递水,"身上都脏了吧,这衣服贵,真是……"她充满抱歉。沈伟说刚好锻炼锻炼。四海背过身,用毛巾在身上拍拍打打,每个动作都透着不高兴。

"老林,走了。"沈伟朝四海喊,算打了个招呼。四海正喝水,喉咙里咕噜噜一声,算是应答了。超男老大过意不去,一路送沈伟到门口。

两个人站着说话。"他就是不懂事,分不清好歹,到什么时候都不行。"超男为四海解释。沈伟并不介怀,只说:"听说快要搬走了?"估计是宿管科的人说的。前一阵超男去提了退房的事,房租不续,说买了新房。

"是,总要有一个自己的窝。"超男笑,有些不好意思。人穷,总归有些不那么理直气壮。她问:"听说你也要出去了?"

"机票订了,马上要走。"沈伟要去美国,公司交给职业经理人打理。奋斗了半辈子,他考虑好了,去过简单的日子,一屋二人三餐四季。

超男忽然有些伤感,朋友们都要走了。沈伟离开,朵儿呢,身患重病。她眼眶有点发红。沈伟以为是离别调动了情绪,忙笑着说,又不是见不着了,欢迎你带孩子来美国玩。超男却问:"朵儿的事你知道吗?"

朵儿?朵儿有什么事?沈伟说不知道指哪件事。

"最大的那件。"超男说。沈伟不明就里。超男说本来答应朵儿保密的,可这事……一脸的为难。

"什么事你说。"沈伟问。

"算了，反正你要离开中国，别说我告诉你的。"超男说。沈伟作了保证。犹豫了半天，超男终于说："朵儿病了，乳腺……癌。"

最后一个字说得轻轻的，生怕触碰到什么。

感怀于心，超男说完鼻子发酸，抽了两下，眼睛模糊了。

"朵儿谁也不让说，就是这么好强，谁也不让说……"超男终于落泪。

重磅炸弹。几年同学，多少年的朋友，连假结婚这种事朵儿都找沈伟配合。可如今，她病得那么重，他却一点儿风声都不知道。

"别去问她。别说我告诉你的。"超男再次叮嘱。沈伟点点头，告辞了。超男稳定情绪，转身朝屋内走，一抬头，却看到四海站在门边，一手撑着门框，眼睛里像要飞出刀子。

四海要命的自尊心似乎又被挑起来。

超男一猫身子，从他胳膊下钻过去，沉默是金，不解释，不接触。

四海却跟在后头说："真叫遇强则弱，遇弱则强，在家里大呼小叫，在外头，呵呵，倒掉眼泪了。"超男知道四海的讽刺是为何。可事到如今，她不想为这点小事争吵，更不想因为争吵坏了今天欢乐的气氛。

爸爸妈妈一会儿就到。

她钻进厨房做菜。

四海并没有打算就此作罢。她进厨房，他也跟着。她麻利地切菜，他就站在后头，说："还问我再婚，我看你比我早再婚。"

心一抖，刀一歪，指尖切了个小口子。血顿时流出来了。

"林四海！"超男憋不住火，"你是一个男人，心胸能不能不要那么狭窄！"手伸到水龙头底下冲，哗啦哗啦的。

"我就问你哭什么？"四海抓关键问题。

"我……我……"超男不愿用朵儿的秘密洗脱自己的"冤屈"。

"你说不出来了吧？"四海道。

"朵儿生病了！她得了癌症！我难过，我心里难过，她是我最好的朋友！"超男怒吼着。厨房里水还哗啦啦响。

四海不说话了。

这个理由，他始料未及。他忍不住上前抱住超男，却被她推开了。

上午十点，准点，超男爸和四海妈进门了。第一次来，超男爸扫了一圈，说这房子还不错嘛，小公寓。超男怕房子给他爸留下太好的印象，不利于说

- 453 -

买房的事，便说："还是小，挤，不利于孩子的成长，你看这钢琴，是真好，高档货，可往这个家里一摆，是真不显。人靠衣装马靠鞍，这琴也得有个好环境。"他爸没领会意思，坐着喝茶。

超男钻到厨房里炒菜做饭。手负伤，不能切菜，四海顶替，笨笨拙拙的，土豆切得大的大小的小。四海妈路过，见着了，忙进来接手。超男过意不去，解释："妈，这活本来都是我干的，也就你们来之前几分钟，四海跟我打岔，这不，手切了。"她举起包着创可贴的手指。

四海妈忙说："我来我来，快好好休息，你这算工伤，光荣。"

超男说，那我来炒菜。四海妈也不让，说，你们两个都出去吧。哦，这黄酒呢？超男找了一圈，没找到。四海妈差遣四海下去买。

出了厨房，超男见她爸不在屋里，出门看，他老人家正在楼梯间抽烟。超男走过去，说，一会儿让如意弹琴来听听。超男爸说，得等一会儿，吃了饭，调琴老师来调过再弹，不急于一时，现在弹就是乱弹琴了。

"真是，爸，来深圳也没让你享福。"凭空一句，超男说出自己想说的。超男爸听得没头没脑，说现在不是挺好的嘛，你过得舒心，我也开始做事情。"爸，回头买个房子，一定把您接过来享享福。"超男说房子，其实已经买了，只是试探试探她爸的口风。

"不用。"几乎是下意识，超男爸说，"现在这样挺好，你自己过好就行，我跟别人也过不惯。"

她成别人了。

超男笑不唧儿道："那跟我婆婆就过惯了？"

超男爸烟抽尽："那不一样，毕竟是亲戚，还是亲。"

超男感到危险。她爸的话，漏洞百出。她这个亲女儿不亲，她婆婆反倒是亲戚，亲起来了。人是感情动物，最怕朝夕相处，这叫日久生情啊⋯⋯

可是，她跟四海已经离婚了。四海马上要去北京，那就必然⋯⋯那就必然⋯⋯棒打鸳鸯。超男不愿意深想，转身回房，走一步算一步。

饭菜做好了。

简易小折叠桌支起来，一家五口围着，倒也其乐融融。如果在自己家，超男爸估计不会跟四海多说话，他是主人，可到了女儿家，他是客人了，免不了跟女婿应酬几句。翁婿俩都喝黄酒，举杯示意，慢慢喝。超男爸问四海："最近工作怎么样，忙不忙？"四海说忙是挺忙的，马上还可能外派。

超男瞪了四海一眼。这小子，开始为自己铺路了。

"外派？"

四海自自然然："可能哈尔滨。"两位老人倒抽一口气。"也可能北京，北京可能性大一些。"

哦，先说个更远的，哈尔滨，北京似乎也比较能接受了。

超男爸道："北京好，祖国的首都，好男儿志在四方。"又一想，"不过超男和如意就没人照顾喽。"四海妈接话道："我们都可以照顾。"超男爸皱眉说哪有时间，康福泰都忙不过来。超男咬咬筷头子，笑说："自己照顾自己就行，都这么大的人了，再说，就算在家，也是我照顾他们爷儿俩。"

一顿饭吃完，又很准时，调音师来了。本来音准还不错，稍微调调，准了。如意欢天喜地坐在琴座上，有模有样说："第一首曲子，叫《献给爱丽丝》，献给我亲爱的爷爷。"

独一份。超男爸爸满意极了，钱没白花，人没白疼。

一首曲子弹下来，还算流畅。

"第二首，《湖上天鹅》，送给我的爸爸妈妈，祝他们早日和好。"

超男着急，说什么呢这孩子。四海也有些挂不住。

四海妈似乎看出点什么，手叠在一起，啥也没说，听歌。

"第三首，《车尔尼练习曲》。献给我亲爱的奶奶，祝她健康长寿。"

众人又笑了。

表演完毕，如意拉了裙角，鞠个躬，优雅谢幕。大人们鼓掌。

不用了，钢琴得用琴罩罩起来，免得落灰。好在买的时候就送了一套，暗红色天鹅绒的。

四海妈帮忙，跟孙女一起把琴罩上。

"缺了东西。"四海妈说，指琴头上没装饰品。如意连忙说准备了花瓶，说着把那细颈花瓶拿过来摆上。四海妈夸漂亮，说静气，又说，要是有一枝花就好了。如意没理解，画蛇添足，又把一家三口的合照拿过来摆上。

照片中，超男和如意一边，四海一边，中间一条细细的缝儿。

四海妈眼尖，问孙女："这中间怎么还有一条缝，谁撕的？"如意不撒谎，说他们吵架撕的。四海妈知道他们以前闹过离婚，问题严重，跟着问："什么时候吵的？你爸天天下班就那几个小时，怎么还吵起来了？"

"爸爸现在都不回家。"如意抛出一句。

正摆在安静的聊天空当，都听到了。

"什么不回家？！"超男爸火被点着了，"谁不回家？"

"爸爸不回家,爸爸不跟我们住。"

超男连忙喝止:"大人的事小孩懂什么?!弹你的琴去!"

"你让她说!"超男爸渴望真相。

如意"哇"地哭了。超男爸换一家之主的口气:"如意不怕,爷爷给你做主,有什么说什么。"

周围四个天神,如意压力巨大,眨眨眼,还是那句话:"爸爸现在都不在家。"超男爸指着女婿问:"不在家什么意思,什么叫不在家?"超男拍她爸的背,说没什么事,爸你别着急。超男爸说现在不还没出差吗,怎么就不在家,是养情人了还是怎么着,给个说法。

四海憋了半天憋不出半句话。四海妈问儿子:"有什么你就说。"她恨铁不成钢。

"不是我不回家,是男男不让我回来。"四海委屈。

焦点转移到超男身上。超男无从说起,一着急,哭了。

"到底是怎么回事?"四海妈也按捺不住了。

四海被逼得没办法,只好说实话:"男男要跟我离婚。"

超男道:"怎么是我要离婚?"

四海妈说别一点儿小事就要离婚要离婚。

"已经离了。"四海撞了一个最不合适的时机说出了真相。

超男爸一口气上来,随手抓起钢琴上的瓷瓶,重砸,碎成八瓣,"嘿!嘿!"狠跺了两下脚,天崩地裂般。

"爸,小心血压!"超男扶住爸爸。

如意哭得更大声了。

楼下窗户有人伸头嚷嚷:"上面的,动静小点,砸房子呢!"

## 102

谈,分开谈。

狂风暴雨过后,如意依旧坐在钢琴边,脚边是碎了的花瓶瓷片,青白色。屋子里飘着《车尔尼练习曲》的音符。家庭破裂,唯一能安慰她的是艺术。

艺术的海洋是没有烦恼的。

大人们都不在。

出了楼洞，超男和她爸向左，四海和他妈向右，一拨去了小吃店，一拨去了小公园，分头问情况、做工作。

小吃店，四海和他妈面对面坐着。

"这婚不能离。"四海妈先定基调。

四海不说话，听他妈说。

"得复上。复婚。"四海妈给出解决办法。

"妈，这又不是我一个人说了算的。"

"因为什么？"四海妈企图分析病因。

四海想了想，说："性格不合。"一步一步，怎么吵怎么闹，他自己都记不清原因。如果说有原因，那也是"贫贱夫妻百事哀"，冰冻三尺，非一日之寒。

"借口。"四海妈很冷静，还是劝，"性格不合，这都多少年了怎么才发现？早干吗去了。四海，你是男的，一家之主，心胸开阔一点儿，男男这个人有时候是小心眼儿了一点儿，其实这事我看不是没有回旋的余地，你赔个礼道个歉，事情就过去了，夫妻俩，床头吵架床尾和，太正常不过了。不要动不动离婚，不至于。"

四海憋足了气说："我也有我的自尊，我也是个人，是个堂堂正正的男人。"

话说得很重。

四海妈诧异，问："她在外头怎么样了？有吗？你告诉妈。"

"这个不知道。"

四海妈道："那就是了，男男不至于，她就是那个急脾气。"

四海沉默。四海妈又问："去北京出差是真的？"四海说是，不过不是出差，是去创业。四海妈说创业？这边不干了？创什么业？

四海说："妈——说了你也不明白，到时候带您一起过去，颐养天年。"

四海妈立即回："我过不惯，那么冷。"又说，"如意你不管了？男男是假的，如意可是你的亲生女儿。"四海说离的时候判给她，不过寒暑假我们就接如意过来。

四海妈深吸一口气，婉转地："你真就放下深圳的一切了？来了这么多年……"

"我们在这什么也没有啊。连个立足的地方都没有，这个城市不属于我们。"四海惆怅地。看着儿子一脸忧愁，四海妈伤心，是的，儿子到哪儿，她到哪儿,这是肯定的。儿子是她后半辈子的指靠。她舍不得亲家,舍不得那个小店,热火朝天的小店,可她总不能因为这些和儿子分道扬镳。她想说她不走,但终于还是没说出口。

"别着急下结论,事缓则圆,再等等。"四海妈只能用缓兵之计。

四海只能顺着她妈说,不着急。

事情已经这样了。

小公园,荔枝树旁,超男和她爸站着说话。

超男爸定调:"这婚不能离。"

"爸,你怎么就不理解我呢?"超男带点撒娇,"我也是逼不得已,你以为单身女人带着个孩子好过的?实在过不下去。"

超男爸说,四海还没坏到那个地步。超男立刻说,响屁不臭,臭屁不响,你看他平时不吱声呢,蔫坏,心眼子就那么一点点。超男比小指甲盖那么一点。超男爸"哎呀"了一声,单手抓住身旁的小树苗:"男男,你说你名字里都有个'男',你怎么就不了解男人呢?男人都要捧的,都要自尊。顶门立户还是得要个男人,慈禧太后再厉害,不还是得垂帘听政吗?爸爸知道你能干,你心气高,但你别处处跳到前头,你躲在后头就行。外头的事,让四海去,现在新时代了,女性独立自主是没错,但是'贤惠'二字,还是有它的魔力的。"超男说:"我倒是想躲在后头垂帘听政,他给我这个机会吗?工作我帮他找的,他还不愿意做。爸,我也想做一个不吵不闹不争不要的贤惠太太,可那都是要成本的,优雅不是不花钱,你得有底气。爸,我真是把一百二十分的精力都放到这个家上面了,我得到什么了?林四海,极度小心眼儿,我不能有朋友,不能有社交,一有个风吹草动就风声鹤唳草木皆兵,我受够了!"超男尖叫着,吓得旁边锻炼的大妈绕道走。

一番剖白,超男爸无从应对。女儿的歇斯底里,不是没有道理。他只能问:"离婚的直接原因到底是什么?"

超男像跟四海对好点似的,就答四个字——性格不合,再谈不出别的什么。千头万绪,超男一时自己也说不出哪些不是,可那些问题,却又好像理发店地上的碎头发一样,毛扎扎刺在超男心上。

只好换话题。

"我买了一套房。"超男故意轻描淡写,冲淡事情的严重性。超男爸立刻惊愕,问什么时候买的,怎么没听你说。超男说也是有一家急卖,价格比较优惠,就拿下来了。她爸问哪来的钱,前一阵不还说不够。超男说我的公积金，一点儿老底，再找朋友借了一点儿。爸，一房一厅，回头打个隔断，我跟如意住隔断，你睡卧室。

超男爸立刻横眉竖眼："我去你那住干吗，又不是没地方住，实在不行也是跟儿子住。我有儿子，我不跟离了婚的女儿住。"

刺激。她知道他爸为她离婚恼火，可也用不着拿什么儿子来压她。

超男窝不住火："别提你那儿子了，真有能耐，他现在跟谁在一起您听说了吗？张玲玲！那嫌贫爱富的主儿！蛇精一样的女人！他们马上要结婚，还要买房子，你要跟那样的儿子媳妇能住到一块儿，我'陈'字倒写。"

信息量巨大。超男爸一时接受不了，气上来了，他"嗷"地一声发泄，猛摇小树苗。路边锻炼的大婶尖叫，绕道。

"爸，事情发展到今天这个局面谁也料不到，不过你放心，到什么时候你都是我爸，我都是你女儿，我不会不管你，我的家就是你的家。"

"谁要你管，我现在住得挺好。"

他固执，有玄机。

这个时候了，超男不得不点破。她调整了一下情绪，问："爸，你说实话，你是不是离不开我婆婆？"

"胡扯！"第一反应是否定，但已经算肯定了。

"我就那么一问，爸，你太激动了。"

尴尬。超男爸顾左右，刚才的反应是过激了。

"爸，你要知道，四海妈肯定是要跟着四海走的，我婆婆再好，也是个过路客。爸，妈走的时候你怎么说的，你说你会一直守着她。这才过了几年，怎么，一切都变了？"

句句扎心，超男爸愣在原地。

超男看看手表，说得带如意上补习班，转身走了。

沈伟敲门，开门的是朵儿妈。

都感到意外。朵儿妈说你怎么来了，沈伟一时组织不好语言，说这刚回来，来看看朵儿。朵儿和老默正在哄孩子睡觉。他们刚跟朵儿妈谈过去美国的事。

当然是借了个幌子。

煮水，倒茶。朵儿妈招待客人行云流水，对沈伟，她又更多一份精心。往事种种，都是人情。朵儿不乱说话，坐在她妈身边。

茶喝了一会儿，说了些无关紧要的闲话。朵儿妈才笑着对沈伟说："他们两口子要去美国一趟，廖老师的女儿要结婚了，不可思议吧，要我说廖老师真是人生赢家。扮猪吃老虎。"说罢哈哈笑，越笑越尴尬。

朵儿脸上有些发窘，好在老默在里头，照顾小舒小坦。

沈伟说了句恭喜。朵儿妈说："要我说，找什么白人老美，还是应该找华人，就沈总这样的，一表人才，能力强又多金……"

夸起来没完。朵儿拉了她妈一下，制止，朵儿妈自嘲，说嗳，我这话多，主要是真爱才，你说如果当初一切都是真的，那该多好。

她还在回想那场虚假的婚礼。

那年那月那日，她人生的顶巅。

沈伟和朵儿都有些不自然。年少曾轻狂。他们都是自负有才，任性妄为的人。只不过，经历了那么多，生活的苦头让他们沉稳起来。朵儿妈又问沈伟特地来是做什么的，无事不登三宝殿。沈伟说他也打算去美国。

"那巧，多照顾照顾，他们两口子可真是老弱病残孕。"朵儿妈说，"这人一走，家里仨孩子，都撂给我了。"沈伟说可以请保姆代看着。朵儿妈说："送高级幼儿园是白天，晚上不还是我带。"沈伟说，让他们给你多加钱。

朵儿妈不屑道："快别提钱了，我现在挣的都比他们多。"不想深谈，她又问沈伟去美国哪里。沈伟说纽约。朵儿妈说他们两口子也先去纽约，再去哈佛。说到这儿，她发现有些不对，问朵儿，廖老师的女儿不是在加拿大吗？

圆一个谎要用一百个谎。"嫁去美国。"朵儿解释。朵儿妈这才信服，又对沈伟："你去美国做什么的，定居了？"

"是，定居。"沈伟说得笃定。这是美好的希望。他不打算撒谎。朵儿妈立刻咋呼起来，又是要看新娘照片，又是要看房子照。沈伟都满足她。看了之后她又不满意，说新娘太普通了，太胖，房子倒是好房子。沈伟说年纪大了，只能凑合找一个。朵儿妈说："当初还不如你找老默女儿呢。"

朵儿惊："妈！"扯得没边了。

"我乱说的。"朵儿妈嬉笑着自省，"年纪是有点不合适，唉，当初你要是跟朵儿在一起，假戏真做……"信马由缰，朵儿妈管不住自己脑子和嘴巴。"妈！"朵儿第二次叫。

这下刹车了。

弄完孩子，老默送朵儿妈去薛蓓那。

沈伟不着急走，留下来跟朵儿再说会儿话。朵儿先去安顿好孩子们，才得空和沈伟单独聊天。"真羡慕你。"沈伟这样开头。朵儿说你别笑话我了。

"有三个儿子。人生赢家。"沈伟说，"我就想要个儿子。"

"任何事情都有两面性，像我现在这样，我都不敢保证能对他们负责。"饱含着忧思。

沈伟暂没点破，只说相信你可以。苍白的安慰。朵儿问："我们有多久没见了？"算是引子。沈伟算了算，说一直联系，但真见面，少了。朵儿说我生二胎你都没来。沈伟说这次陪你们去美国，将功补过。

朵儿突然问："那事，你说真的？"

沈伟知道她问什么，想了想，笑："假的。"

"你呢，说真的？"

"什么？"朵儿问。

"去美国参加老默女儿的婚礼。"

"假的。"朵儿直言。两个人又齐声笑了一次，朵儿的眼眶忽然有点红。

"接下来的路不管多难，我都支持你，陪你走下去。"沈伟说。

哦，朵儿的心一沉。他知道了，他知道了。

"没事儿。"朵儿故作坚强，眼泪却不争气，"讨厌，又把我弄哭了。"

"铁哥儿们！"沈伟举拳头。

朵儿严肃："我能不能拜托你一点儿事情。"

沈伟端然，说你尽管说。

"如果，我是说如果，"她强调，"如果有一天我不在了，你可以不可以多关照关照三个孩子？"

"不会有那一天！"沈伟激动。

"我是说如果。"朵儿道，"当然这件事情无论是谁终究都要面对，只是早晚的问题，可是，先走的总会担心后走的，我们搞科学研究的，更应该看透这一点。"

"你放心。"沈伟略平静了。

朵儿抓住沈伟的手，微笑。

## 103

送到薛蓓家楼下，老默就说要回去。朵儿妈说，薛蓓估计还没回来，你上来把尼尼的小外套拿回去。

进屋了，包好，用纸袋子装着，交给老默。送到门口，朵儿妈忽然说："廖老师，客观说，我算是你的长辈吧？"

话来得奇怪，老默"哦"了一声。

"你得跟我说实话。"

老默又"嗯"了一下，面无表情。

朵儿妈侧着眉眼，把老默往里头拉了拉，小声问："美国那边是不是出什么问题了？这么突然过去，月亮结婚的事之前一点儿没听说啊，她才多大，就结婚了？"老默强调是事实。

"房子呢？"朵儿妈问，"现在她就要过户过去？还是要现钱？是不是那个小姨潘攀撺掇的？"老默说没有的事。

"那你着急卖房子干吗？"

始料未及。朵儿妈手眼通天。

朵儿妈说："租户都跟我说了，中介都带人去看房了。"

"哦，那是估价。"老默必须学会撒谎。

"你们是去美国送彩礼的吧。"

被逼得没办法，老默只好给朵儿妈吃定心丸："放心吧，彩礼是有一部分，但目前房子还没卖，就算卖，钱也是留给儿子的，我的建议还是公平着来，女儿只能占一份，儿子占三份。"

朵儿妈说那不对，现任配偶得占一半，虽然是婚前财产。但既然分了，就要公平。提到朵儿，老默有些伤心，但他必须克制。朵儿说了，她生病的事，无论如何不能让她妈知道。

"对，朵儿有一半，她要多少给她多少。"老默喃喃，动了感情。朵儿妈拿出手机，说这话你再说一遍，得录音，不能变。

这是朵儿妈能做出来的事。

准备好了，手机举着。"说吧。"朵儿妈发号施令。

仪式感那么强。老默一时语塞。朵儿妈说你说呀，天荒地老不能变。

老默清了清喉咙，说："我廖自默，对牛朵儿，天荒地老都不变。我的财产都是牛朵儿的，只要朵儿高兴，平安健康，快快乐乐。我所有的一切，她都随时可以拿走，都属于她，上天保佑。"

朵儿妈鼓小掌，做陶醉状，一个劲儿说，真好真好。

薛蓓上楼，迎面撞见老默和朵儿妈在门口，她招呼说怎么不进去。老默说这就走。关上门。薛蓓进门就捶腿。朵儿妈问："怎么啦，那车祸司机还没赔偿呢？医药费给了吗？不行我出马，帮你出头。"

薛蓓没提泥石流事件和温晓涛一起。只说一个小意外，好在全身而退。

腿疼，是因为晚上她带全公司员工去跑步。

创业园区中长跑竞赛，公司选不出一个人来。隔壁大公司有年轻人加班猝死。薛蓓对员工身体素质高度重视。

第二天报名截止，到晚上睡前都选不出来人。超贤给薛蓓发微信：蓓姐，要不今年咱们公司就暂时缺席？没必要争这个风头。

屁股决定脑袋。薛蓓不甘心落后。回复：实在不行把我报上去。

超贤答：别开玩笑了老大，你这刚负伤，身体心灵都还没恢复过来。

薛蓓回：实在不行你上。

超贤答：短跑还凑合，长跑，真不行。上了就是给公司丢脸。

薛蓓回三个字：你解决。

瘫在沙发上，薛蓓一脑门子事。朵儿妈说，马上朵儿就要去美国了。"听说了。"薛蓓对干妈很客气。朵儿妈说："也邪门，老默那个女儿就要结婚了，这才多大。"薛蓓安抚说在外国是有的，人成熟得早。朵儿妈道："我就不明白，这婚礼，非让牛朵儿这个后妈去做什么。这不是找尴尬嘛。"

薛蓓怕再猜下去事情败露，便往其他方向引："其实也等于是度个假，你看朵儿跟老默，这一连几年忙的，哪有一点点闲暇，这次出去我看挺好，换换脑子。"朵儿妈没再多问。薛蓓接着说，跟朵儿合作的项目马上也上马，各个渠道都谈好了，准备在秋天开卖，如果成功，日子就好过了。

朵儿妈客气，赞道："这三个丫头里头，我打小就看你有成算，当时就心想长大最有出息，现在呢，果不其然。"

虽然是奉承话，薛蓓听着舒服。朵儿妈拿着手机问，说蓓蓓，这个微信红包怎么发的，我只会抢，不会发，你教我发一个。

手机拿过来了。微信点开，红包准备，薛蓓问朵儿妈发给谁。

"发给你好了。"朵儿妈笑，"发个六块六。"

输入金额，点击发送。发出去了。

"这就发出去了？能收到不？"朵儿妈问。

薛蓓拿自己手机，收了钱，就手给朵儿妈也发了一个。

一点开，六百六十六。

"呀！不能收你的钱，我发回给你。"朵儿妈故作慌乱。

"阿姨，收下吧，这是祝福，祝你顺顺利利的。"薛蓓真诚地。

朵儿妈随即说："好孩子，也祝你顺顺利利，早遇良缘，早生贵子。"

薛蓓微笑感谢，转过脸，吐吐舌头。

第二天就是运动会。创业园各公司都派人出来了。下午一点，薛蓓站在运动场。女子组，公司的女前台已经就位了。男子组，没见到超贤。她掏手机，要打。超贤从后头过来，跟薛蓓打招呼。薛蓓问，说你怎么还在这儿，快开始跑了，你不上谁上。

"请了外援。"超贤狡黠地笑。

薛蓓说他胡闹。超贤说，组委会说了，可以请外援，括号，外援必须是公司曾经的员工。跟着，遥遥一指，检录口站着个人，个子高高的，胳膊是胳膊腿是腿，混在一堆胳膊腿中间，依旧出挑。

一转脸，是吴宇飞。

"谁请他来的？"薛蓓发火。

超贤举小手，背锅。其实是宇飞毛遂自荐。

"撤下来，换人。"薛蓓当机立断。

却已然来不及了。哨声响起，吴宇飞一马当先，从开头到末尾都稳居第一。超贤和公司的同事们大声叫好！疯狂地跑向终点。把吴宇飞抱了起来。目光看向薛蓓，吴宇飞朝她点头。薛蓓有些尴尬，点了个头，抱着胳膊，没上前去。

轮到女子组了，超贤叫得更大声。代表公司参赛的，不是女前台，换成了张美露。薛蓓问跑步的是谁，女助理说好像是公司员工的家属。

"哪个家属？"怎么看怎么面生。

比赛开始了。那位女士一马当先，三圈下来，不费吹灰之力。夺冠！

又是欢呼。

超贤扑过去，拥抱，打转。冠军是张美露。

比完赛创业园区的"园主"出面请聚餐，人数不限，但点名获得名次的运动员和各公司负责人一定要到。薛蓓不太想去，超贤劝她，说姐，随和点，以后还要在这个园区混呢，马上明年就要签续租合同，你知道这个园区现在多火，有多少人想挤进来吗？当然我们公司也有搬迁的实力，不过尽量不折腾嘛，伤元气。

为了公司的利益，薛蓓只能去了。吴宇飞也去，他是男子组的第一名，早被一帮小姑娘簇拥。薛蓓也感到奇怪，以前没觉得小吴这么出挑。

当然，她不愿意去的另一个原因是想避开吴宇飞。她怕他在公开场合再做出什么不恰当的行为来，就像那次"求婚"。

"你看着小吴。"薛蓓对超贤说。超贤忙说知道知道，不会像上次那样。薛蓓警觉，问上次是哪次。超贤连忙改口，说就是上次唱KTV嘛。两个人正说着，美露凑过来。超贤介绍说这是我女朋友。薛蓓说第一次见，一直藏着，又对美露，说谢谢你，为我们争夺荣誉。

"你一直是我的偶像。"美露坦白说。

"我？"薛蓓惊讶，第一次见面的人，她成偶像了。

"我一直关注你，从你做保险开始。"张美露又说。

"哦？"

"从底层奋斗，能有今天的身家，蓓姐，你是一个传奇，我要向你学习。走正路，做大事。"张美露信誓旦旦。

脸上一阵热，薛蓓不知道自己走的算不算正路。说来说去，不过是命运的赠予。超贤看出不对，拉了拉张美露，多说多错，他知道美露有她一根筋的地方。从体育场往外走，回公司要一段车程。

吴宇飞在门口等了薛蓓一下。

薛蓓却自己开车先走了。宇飞目送。

本以为聚餐是在饭店，到地方才知道，是包了园区一间酒吧。薛蓓后悔来，在北京的时候在酒吧工作过，那时候是真喜欢，现在年纪大了，怕吵，她喜欢喝茶。酒吧，早都是明日黄花了。

真叫灯红酒绿。

一开场主持人就嚷嚷着敬酒。首当其冲的，自然是冠亚季军。美露是混过酒吧的，宇飞量本就不小，自然不惧，连喝三杯，过关了。跟着是创业园"园主"的敬酒。薛蓓干笑着说自己身体不太舒服。

是实话，可人家听着，却像假话。"园主"说，薛总，今年贵公司又是全园第一啦，业绩第一，运动会又是双料第一，薛总不喝几杯庆祝庆祝，说不过嘛。

躲不过了。薛蓓为难。

"我来!"张美露冲在前头,为"偶像"挡酒。哗哗哗,挡了三杯。超贤看不下去了,说还是他来吧。"陈总也躲不过。"众人打哈哈。超贤也只能喝,轮了一圈。这次是各公司负责人来敬酒了。

原本这些也都不是喝酒的人,大概气氛推上来了,网红薛蓓硬生生成为敬酒的中心。"实在是……"她一次喝一点点。

"我来吧。"吴宇飞挤进去,从薛蓓手中夺过酒,一扬脖子,喝了。众人起哄,说这位小帅哥就是运动会冠军嘛,脚力好,酒力也好。小女生们又围上去了,又一杯满上,宇飞又抢着喝。

这下薛蓓不答应了。"用不着,我自己来。"她不愿意欠他人情,哪怕只是几杯酒。

再怎么放纵也就一晚上。

想开了,也就喝开了。

一杯接一杯,一会儿就没边了。灯红酒绿,靡靡之音。谁知道,没有明天也好。超贤早不行了,瘫在沙发上,搂着美露,海誓山盟。

"你敢不敢嫁?"超贤问。美露说你是醉话。超贤打开手机录音,说都录下来,都录下来。美露说这里头这么吵你糊鬼呢。酒壮人胆。超贤也豪放起来,身子往沙发下一滑,单膝跪地,随手从桌台花瓶里抽一朵花,刚好是红玫瑰。"我知道,你一直想钓金龟婿,今天我就当这个金龟,我就姜子牙钓鱼我愿者上钩,嫁不嫁?"

"你玩谁呢?"美露不相信是真的,抽手,超贤不放。美露说开玩笑不能这么开的。超贤说谁开玩笑,你嫁不嫁?说嫁明天咱们就去领证,后天我们就去看房子,我陈超贤说话我驷……驷……驷……驷马难追!

"来真的?"美露问。超贤捏住美露的手说:"你掐我一下,我再掐你一下,没醉,真的!我是真的,这么多年兜兜转转,我就要你,真的,结婚吧露露,你也别在外头漂了,我心疼,我倒计时,十,九,八,七……"

张美露想不到求婚来得如此猝不及防。

是,超贤说得没错。她一直想钓金龟婿,可换了八样工作,住了好几个高档小区,欠了一屁股债,她连金龟的影子都没看到。

有钱人可不是傻瓜。

那种空手套白狼,光凭自己这一百来斤发迹的时代似乎已经过去了。只有在薛蓓这种传奇人物的身上,似乎还有一点点影子。

张美露认命了。

超贤还半跪在她面前。知根知底，小有成就，样貌合格，夫复何求？

音乐推向高潮，是饶舌舞曲，大喇叭轰着，能感受到声波的力量。

张美露忽然笑了。她对着超贤喊："我就嫁你这金龟！"

超贤扑上去抱住了美露："我就要你这金鸡！"

美露一脚踢飞超贤："你才鸡！"

超贤改口："那金凤凰！要你这金凤凰！"

酒过三巡，薛蓓开始说胡话。公司的人个个东倒西歪。送薛蓓回家的任务落在吴宇飞身上。喝了酒，不能开车。宇飞叫了车，背薛蓓到园区门口。风大，外套脱下来给她披上。放下来，披好，再背。

"哇啦"吐一大口。薛蓓杰作。他衬衫湿了一大片。

宇飞不知道薛蓓的住址。抖了两次肩膀，没反应，看来从她本人得不到什么线索。打电话给超贤，没人接。唉，那哥儿们可能也不省人事了。从口袋里掏出她的手机，无法解锁。送回家是不现实了。

出租车来，宇飞只能跟司机说，去丽都酒店，是薛蓓中意的一家。到地方，吴宇飞把薛蓓"卸"在大堂沙发。他去服务台开房间。

"一个单人间。"吴宇飞递上身份证，想了想，又改口，"不，选大床房。"然后是背上去。酒醉的人本就沉，胃部一受挤压，又是吐。

到了到了。进房间，"卸"上床。外头又开始下雨，电闪雷鸣。薛蓓说着胡话，眼却一直闭着，俨然梦呓。吴宇飞帮她收拾干净，自己则打算冲个澡，离开。出了浴室，宇飞光着上身，健硕的身材在灯光下更显有型，可这么遥遥对着薛蓓，他自己突然有些不好意思，连忙关掉主灯，只留两盏墙沿的侧灯。又拽过衬衫想要穿上，这才想起来上面有秽物，连忙丢在一旁。

薛蓓翻个身，平躺着。

面容安详，仿佛童话故事里的睡美人。

## 104

休息了一天，第三天上午超贤和美露带了户口本、身份证，去民政部门把结婚证领了。拍了照片，发朋友圈里去。超男第一个炸了。闪婚？有脑子没脑子？她给弟弟打电话，不接，发信息，不回。她只好在朋友圈下方留言：

家里不同意！爸不同意！我不同意！

可她算哪根葱？她的反对，只会坚固超贤的决心。年轻，任性，无妨。登记完毕，超贤和美露就在路边的小饭馆吃饭。

"太简陋了吧。"超贤说，"对不住。"

"那么奢侈干吗，都是自己家的钱，花着不心疼？"屁股决定脑袋，美露考虑问题的角度变了。超贤说你爸妈不知道同不同意。美露想都不想，说同意，我的事情我能做主，就怕你家不同意。超贤说同意不同意，都已经既成事实，一会儿带你去见我爸去。

美露没有心理准备："那么快？"

"我们都已经是合法夫妻了，还快什么。"

美露叹："就这么交代了，彩礼都还没给。"超贤说该有的都补上，明天去看房，写两个人的名字。

还有比这更大的承诺吗？美露满足。

吃完饭，超贤说打车去，美露却说要省钱，坐公交即可，余下的钱留着还房贷。工作日，康福泰健康中心照常营业。超贤和美露到门口却进不去，门口堵着，里头是下午第一波"充电"。门口排队的几十上百号人，是等着领福利——一人六个鸡蛋。美露摇一下超贤的胳膊："咱爸生意做这么大？以后我跟着爸干吧。"超贤不屑，说他这叫什么生意，乌合之众。等了十五分钟，一场结束，出来几个人，更多的人原地等待，等着领鸡蛋。美露问超贤这地方有没有后门。超贤左看右看没有，两个人只好硬挤进去，站在后排。中场，朵儿妈进屋去了，四海妈和另一个中老年男子在维持秩序，可现场还是闹哄哄的，超男爸在里屋，偶尔露出侧脸。是他。超贤看到了就喊"爸"，但无效，太嘈杂了。

开始发鸡蛋了。老人们骚动起来。斜侧面一个老太太挤进来，说轮到我了轮到我了！

"排队！"老头儿金刚怒目，很不高兴。

老太太赔着笑说："我刚才还在前头呢，上了趟厕所。"

"谁证明？"老头儿坚决维护自己的位置。

"我证明！"另一个老太太举手示意。她们是一起的。老头儿说那我也不能让。四海妈不想冲突升级，打圆场说都有份都有份。可老头儿不听，定海神针般站在那儿，就是不给老太太让位子。

那就斜着拿。老太太伸手过去，老头儿靠得近，捷足先登，抢了过去。

一下炸锅了。老太太们起义,群起而攻之,说连女士的鸡蛋都抢,算什么男人!你凶什么凶!又不是你下的蛋!……

老头儿把鸡蛋举得高高的,像举着炸药包。

拽胳膊、拉腿、抓头发,老太太们发起总攻……四海妈一个劲儿劝,完全无效。朵儿妈出来了,跟着是超男爸。金牌讲师在这个时候也失去了效用,老人们分成两派,分别来自两个小区,你推我搡,好不热闹。

"这战斗力……"超贤和美露站在一旁,叹为观止。

一声叫唤,老头儿头上中了几个鸡蛋,蛋清蛋黄混在一起。袭击者不明,潜伏在人群中。

"来真的了!"老头儿方面不甘示弱,抓起鸡蛋就丢。

一人六发子弹。反正不打算吃了,来吧。

电视屏幕里放着歌,"再过二十年,我们来相会……"

一片鸡蛋大战,蛋液流一地。

超男爸大叫停止!超贤朝他爸挥手,可他哪里注意得到!

一颗鸡蛋偏离航道,朝朵儿妈飞来,老周连忙挡在前头,做防御工事。中弹了,正打在脸上。

朵儿妈逃窜到里屋,看到地上有个扩声器,拿起来冲到外头,扯开嗓子喊:都给我停——!

俨然上帝的呐喊!

一时寂然。

"都干什么?想造反!"朵儿妈站上发鸡蛋的桌台上,手持高音喇叭,音量震天。超贤和美露捂住了耳朵。

老人们都不动了。躺在地上的老人被扶起。老周拉了拉朵儿妈的衣角,说消消火。"分鸡蛋就分鸡蛋,吵什么?要吵出去吵!"

老人们被驯服了。

"不行了!"充电座椅那侧传来个声音,"他不行了,不行了,坐不住了往下秃噜了。"说话的是个老太太,她身边有个老头,正坐在座椅上充电,闭着眼,身子不由自主往下滑。"他高血压、心脏病!"老太太解释。

超男爸从里屋冲出来,越过好几个人,朵儿妈、四海妈和老周都跟上。几个人都慌了手脚,他们只卖仪器,做保健,可没有急救知识。何况,这半昏迷的老头儿到底是什么病,他们也不知道。朵儿妈嚷嚷着掐人中,又说扶起来坐好不能倒。旁边有老人嘀咕,他就是充电充的!

人群轰然。纷纷议论充电的好坏。有人当场就说不敢来充了。超贤上前喊了一声"爸"——纯属打招呼，这时候提结婚似乎也不大合适。

超男爸抬头，见到儿子，面无表情，等反应过来，才大喊："别爸的妈的了，快叫救护车！"

超男和美露连忙拨打电话。

一袋鸡蛋引发的闹剧引来了几个严重的后果。

老头儿急救，救护车拉到医院了，命保住了，但目前昏迷，据急诊医生说，很可能会成植物人。老头家属坚称，老头是在康福泰健康中心出的事，康福泰必须负全责，索赔两百万。超男爸和朵儿妈却认为，老头出问题，不能证明是高压电治疗仪导致，而且，即便是治疗仪导致，也是其使用不当。医院急诊室大厅，超男爸、四海妈、朵儿妈和老周围在一起商量。

"要两百万？"朵儿妈气提到嗓子眼儿，"狮子大开口，不行？我去找他们。问题到底出在哪里还没弄清楚，不行要找法医。"老周小声说，人又没去世不用找法医……朵儿妈觑了他一眼说你闭嘴。四海妈说，两百万，店子关了也给不起。超男爸说："我就说不要发鸡蛋，你们非要发。"四海和超男来了，问什么情况，超男爸简单说了情况，还说家属要赔偿，两百万。超男问病患现在的情况怎么样，四海妈说，昏迷，有可能成植物人。

一圈人皆无办法。四海冷静，说现在的办法只能是等病患病情确定之后再讨论情况，不过，人是在店里出的事，店里是跑不了的。

超男爸大吼："我知道跑不了！"他对女婿，哦不，已经不是女婿了——严重不满。看四海可怜，超男上前解围，说爸你别上火，顶多就是赔钱，我们凑一凑，他要两百万是他要，具体多少钱，是私了还是公了，都要看接下来的情况。说罢又对其他人："叔叔阿姨，都别在这站着了，累了一天了，都回去休息，我学校没课，我在这盯着。"又小声对四海，说你去接如意。朵儿妈这才想起来三个孩子还托管在托儿所。她看看时间，说也得走了。老周说我跟你一起去。

朵儿、老默和沈伟都去美国了，家里没人，照顾孩子的任务重。朵儿妈一贯拉上老周。老默和老周是老朋友，也放心。

超男爸和四海妈都不肯走，一家四口站在医院门口。

愁云惨淡。

超贤和美露从医院里头出来。刚交过钱，美露又出面跟病人家属谈了一次，对方情绪稳定了些，还有谈的余地。

超男见到美露和超贤,金刚怒目,鼻孔喷气,不说话。

"叔叔阿姨,别着急,对方家属降价了,我估计一百万能拿下来,但需要做的就是核准你们的治疗仪,是完全没有副作用的。"美露声明。四海妈立刻说没有副作用。美露又说:"我有个律师朋友,对这些案子熟,我跟他联系联系。"超贤看了美露一眼,说,还叫叔叔阿姨?

超男爸问什么意思,这位姑娘是……

"爸,妈。"美露叫得干脆。

人物关系不对,四海妈有些发愣。超男爸在脑子里转了个弯,抵到眼面前,他发火似乎也不合适。超贤笑着说:"爸,阿姨,我跟美露已经领证结婚啦。爸,这是您儿媳妇。"

若在过去,超男爸早发作了。可大事临头,张美露又出了力,面子上,超男爸不好撕破脸。几个人僵在那,不知讲什么好。

超男站出来说:"行了,都别站在这了。爸,妈,你们先回去,我跟四海盯着。超贤,你也回去。"她不提美露。

一会儿,超贤把车开来,带着两位老人往家里开。

静静地,尴尬蔓延,总得说些什么把空间填满。

超男爸清清嗓子:"姑娘,几岁了,哪里人啊?"超贤着急,打了个方向盘,转弯,他说"爸!"是抱怨的调子。

木已成舟了,问是什么木头有何意义?

超男爸倔强,不高兴:"怎么啦,还不能问了?"美露伸手稳住超贤,说这有什么不能问的,叔叔,对,在您没承认我之前,暂时叫您叔叔。我叫张美露,今年二十五,家是广西梧州,来深圳九年了,跟您一样,一直一个人打拼。四海妈问:"姑娘,你做什么工作?"

超贤紧张,一边开车一边频频转头看美露怎么答。

张美露笑笑,据实相告,说现在开了一个美甲店,在一家商场里头,门面小,也是创业初期。

目光瞬间朝美露的指甲上调整。长长的,指甲盖上涂着彩色,镶着水钻,不是干活的人。超男爸和四海妈对看了一眼,心照不宣。

可不满意又能怎么样呢?

儿子选的,结婚证都领了。超男爸咳嗽一声,没下文。

四海妈解围,说小贤,美露是个好姑娘,等过完这一阵,找个吉利日子,把亲家请来办办婚礼,两家也认识认识。你们这是第一次结婚,这些老理儿还得讲，也为自己以后留个回忆。

话说得和缓，两方都勉强接受。车缓缓驶入小区，路过健康中心，超男爸叫停。超贤连忙把车停在路边。两侧都要开车门，超男爸却说别动，让我静静。

四海妈理解，一场奋斗，到今天又成了镜花水月。

赔了钱，受了冲击，这个门脸估计开不下去了。超男爸望着夕阳中的小店招牌，感叹道："创业，没那么简单！"

"下去看看。"超男爸鼓足勇气。其他三人尾随。

可走到店门口，借着夕阳，却看见店内空空如也，治疗仪被搬空。

椅子被搞得乱七八糟。

"怎么回事！"超男爸忍不住喊。超贤怕他爸血压升高，好说歹说，先回车上。

手机忽然响了。超男爸接。挂了电话他拍了一下儿子的肩："掉头，去派出所。"超贤没反应过来。"去派出所！"超男爸大声强调。这回车子开动了。

## 105

聚众闹事加买卖非法医疗器械，派出所需要对健康中心的负责人和医疗器械代理人拘留三天。超男爸首当其冲。康福泰健康中心，桌椅依旧乱成一片，跟刚发生过世界大战似的。空气里有鸡蛋清的味道。

四海妈垂泪，说："男男爸，等你出来。"超男爸不舍，握住四海妈的手，说："四海妈，亲家，等我出来我们再创业，还是咱俩过。"

成白蛇和许仙了。

超男、四海、超贤、美露都在。超男离得近，听到这话，心里不是滋味。看来两个老人是没法分开了，可她和四海却已然分道扬镳。

几个人都急，说想办法，这个年纪进去，别说三天，一天都待不了。求情，无效。

法律无情。

朵儿和老默在美国，怕他们着急，没通知。

朵儿妈作为代理人也要进去，拘留。

老周站了出来，说我是代理器械的负责人，可以查进货单据。派出所一查，还真是老周的名字。

"老周！"朵儿妈哭了，上前抱住这个搭档。

他替她"坐牢"。

生离死别一般。

"没事的。"老周反过来安慰她，"几天工夫，跟旅游似的。家属赔偿那边还得处理好。"关键时刻他的冷静有了效果。

朵儿妈梨花带雨。这事因她而起。

正悲怆着，薛蓓到了，进门就抱住朵儿妈。

见到薛蓓，朵儿妈哭得更大声了，朵儿和老默不在，薛蓓是她最值得信赖的人。薛蓓问情况。几个老人情绪低落，都说不清楚，超男把她拉到一边，简要阐述了当前的状况。超贤凑过来，说还是得找人问问，这事，可大可小。薛蓓问赔偿呢，老人家属要多少赔偿。超贤说美露已经请朋友去谈了，老人现在苏醒了，胳膊骨折，私了的话，他们要五十万。

薛蓓说价格不是不可以接受，现在就是拘留的事。

超贤说晓涛哥或许可以帮忙。超男看着薛蓓，她脸上有些为难。的确，温晓涛这次回归，薛蓓和他的关系经历了泥石流的突发事件后，变得微妙而尴尬。

打。为了干妈还是要打。

拨通了，不寒暄，薛蓓直接说事情。晓涛也爽快，说现在就联系以前的哥儿们，不知道是否管用，尽快给消息。

毕竟不是以前了。

就是等。超男说沈伟可能有办法。四海看了她一眼。沈伟，又是沈伟。朵儿妈凑过来，说别，沈伟和朵儿都在美国，不要打扰他。

她怕朵儿知道。

一会儿，晓涛来电话了，说托了朋友，暂时帮不上忙。

薛蓓也干脆，挂了电话，就招呼大家讨论赔偿的事。她知道超男钱上面紧张，提出先垫付，了一宗是一宗。美露小声对超贤感叹，说你看看蓓姐，大气。

道了别，几个人送老周和超男爸去派出所，按照规定，拘留三天。四海妈和朵儿妈泪眼婆娑。一个说，药记得吃，另一个说，如果关在一起就相互照顾点。超男爸是急脾气，遇到打击有点承受不住，垂头丧气的。

- 473

老周却平平应对，仿佛只是出了一个远门。

到派出所门口，要告别了。一群人拥在后头，搞得像生离死别。朵儿妈扑上去，说老周啊老周，你是替我坐牢！我要补偿你的。薛蓓上前安慰，说妈你声音小一点儿，里头的人听到了，把你也抓起来。朵儿妈立刻收声。

超男爸捏住四海妈的手不肯放。超男和四海在一旁，觉得有些尴尬，可这种场面，实在没办法阻止。超男爸对四海妈说："亲家，我有句话想跟你说。"

"尽管说。"四海妈说。超男爸伸头过去在四海妈耳朵边说了一句。四海妈愣了一下，没再说话。到时间了，超男爸和老周要进去了。朵儿妈失声痛哭，喃喃说，都怪我，都怪我。

民警从里头出来，问："哭什么你们这些人？"薛蓓和超男上前，说明情况。"谁说要拘留了？"民警不解。朵儿妈说就是你们那个短头发、戴黑框眼镜的小同志。民警说："那是另一桩案件，是偷东西的，你们这个只是违反了治安条例，目前是吊销执照。可以回去了，等候通知。"

喜出望外。朵儿妈冲上去抱住老周，情不自禁亲了一口，眼泪鼻涕混着笑容，辣了众人的眼睛。

超男爸对四海妈说："回家吧，咱们。"

虚惊一场。

四个中老年人把几个月赚来的钱集中一下，每个人又多掏了两万，总算把摔倒老人的赔偿款补上了。双方签了协议，算是两清。张美露的律师朋友立了大功，她和超贤的事，老人们不再反对，超男也就不好说什么。谁没有过去，谁没有不认命的时候。

只是，超男和四海却走到了分别的当口。

房子到手了，精装修，拎包入住。搬家那天四海来帮忙，如意坚持要爸爸帮忙布置房间。钢琴是个重头货。

一室一厅，超男买了个屏风暂时做隔断。打电话让她爸过来，怎么说都不听。

"我不去跟你住。"超男爸说得斩钉截铁。

"都准备好了。"超男扶着屏风，"你住里头，我们住外头。"

"不过去了。"

"如意等着给您弹钢琴。"

"不是听过了嘛。"

"你的房间宽敞，住着舒服。"

"那你婆婆呢？"超男爸忽然这么问。

"爸——"超男长长地叫，扶着屏风，"你都知道了不是明知故问吗？你要这样，以后我可不管你了。"超男斗胆说一句大话。

"没让你管！"电话挂了。超男爸的火气能冲到话筒外头来。

天要下雨，娘要嫁人，她管不了。

手一扶，屏风倒过来，四海连忙挡住，砸他身上了。超男安全。她有些感动。关键时刻，他还是护着她的。她忙问他有没有事。

他笑嘻嘻地，说这点身子骨还有。

都弄完，女儿如意在里头弹钢琴。小姑娘真有天赋，刚上手，已经能弹《梦中的婚礼》，温馨得很。

身子靠在窗台上，四海掏出一支烟。超男脱口而出："别抽。"她怕熏坏了屋子。话说出去又后悔，他还能来几次，还能在这屋里抽几支烟？

推开窗户，露一条缝。"抽吧。"超男说。

四海笑笑，把烟收起来，团起手，凑到嘴边，咳嗽两声。"下个星期走。"每个字都说得不清晰，一带而过的样子。

超男却听得真。"哦。"她应着，心却一沉，仿佛定时炸弹倒计时完毕。

和四海自相识的一幕幕，在超男脑海里快速走着。

"爸和如意你多照顾着。"四海说。

"妈跟你走？"超男问。

"说好了，一起过去。"四海淡淡地。

超男心一横，快刀斩乱麻。也好，以后各过各的日子，她爸也断了念想。

琴声停了。如意走出来，问："爸爸，你是不是又要出差？"

孩子懂事，大人们却难过得鼻子发酸。

"对，出差，爸爸会经常回来。"四海必须回答。这是合理的解释。

四海妈正在收拾东西。超男爸坐在客厅沙发上一言不发。四海进门，叫了一声"爸"。超男爸"嗯"了一下。四海进屋招呼了一下妈妈，又出来，站在客厅一角。

"你们这婚一定要离？到底有什么天大的矛盾？你就一定要去北京？深圳还不够你创业的？"超男爸连连发问。

四海统一简略回答："爸——"

"我现在真搞不懂你们这些年轻人，两个人在一起，那是非常严肃的事情，现在孩子也有了，家庭也挺好，折腾什么。"

四海不作声。他本来话也不多。

四海妈收拾出来了，一只比人还高的大箱子。她看了超男爸一眼，扭头要走。儿子已经跟她谈过了。儿子和亲家，她只能选儿子。

她这辈子就四海一个儿子。

"亲家，保重。"声调悲怆，四海妈壮士断腕。

"你就这么撇下我啦！"超男爸突然站起来，情绪激动。四海怕他控制不住自己，连忙挡在中间。"妈，走吧，车在下面，箱子我来拿。"四海意识到必须速战速决，当断不断，必留后患。

四海妈一猫身，出去了。

"再去看看咱们的小店再走！"超男爸追。

四海拉着箱子往后退，也出了门。

四海妈走向电梯，按下按钮，等着，门开了。四海妈上电梯，挡着门，等四海。

"惠如！"超男爸叫她小名。四海妈脸抽了一下，眼睛也有些红了。四海拉着箱子上电梯，电梯门正关。只听到外头"哎哟"一声，超男爸倒在地上。

"男男爸！"四海妈冲了出去。

四海意识到，走不了了。

医院急诊室，医生拿着听诊器在超男爸身上走了一圈，摘下，说："病人需要休息，不能过于激动，心率有点快，血压血脂其他没问题。"

超男着急，说，医生，我爸这还没醒呢，昏迷。

医生说了一句先观察，出去了。

医院走廊，超男打了四海一拳。四海踉跄了一下，站稳了。超男说，你小子搞什么呢，临走还想谋财害命？你对我爸做什么了？

审犯人的口气，怒气从头顶冒出来。

四海委屈："没做什么啊，就是带我妈走，上电梯，你爸就摔了。"

"你爸""你爸"，超男听着刺耳，好一个林四海，分得那么清楚。"我爸要有个三长两短，我跟你没完！"

超贤和美露也赶来了。超男不太想理弟弟两口子，转过脸去，看走廊那一端。病房里，超男爸闭着眼，四海妈愁眉不展。

忽然，他睁开一只眼，皱着鼻子，偷偷看。

四海妈没注意。

他又伸手捏了她手一下。

这下反应过来了。"你没病？"

嘘——他比比手指，不让她出声，又低着嗓子说："你一说要走我就病了。"四海妈叹气，说你让我怎么办，我算什么，我只有这么个儿子。

超男爸说："那我们结婚，合法合理。"

四海妈看他，惊诧。她不是没想过这个问题，可真等到他提出来，还是有些意外。她发怔，内心交战。

正吊着生理盐水的手，超男爸忍不住又抓她一下，"哎哟！"针管在皮肉里乱动，鼓包了。四海妈连忙喊护士。

孩子们都进来了。超男嚷嚷声音最大，一劲儿说怎么回事怎么回事，爸，你怎么了。护士在一片焦急声中小跑过来，拔针，调整，又要扎。

超男爸大手一挥，一骨碌起身："我没病！"

轮到孩子们惊讶了。

"爸！"超男和超贤叫道。

"我和亲家，准备结婚。"每个字都砸出个坑来。

都一脸蒙。

人物关系梳理清楚。四海第一个着急。"妈，怎么回事？"

都看四海妈。她也发窘，这个年纪恋爱都有些羞愧，她传统了一辈子。"这个事情慢慢说。"

超男爸拦在四海妈前头："男男，你离婚我不管。小贤，你结婚我管不着。那么你爸爸我自己的事情，我自己心里有数，从今天起，谁也别说反对。"霸气侧漏。护士也愣在一旁。

"我反对。"四海冷冷地，"这事我不赞同。"又换个句子否定一遍。

"四海——"他妈羞愧。儿子向来木讷，可关键问题不含糊。老妈二嫁，他多少有些别扭。

"这不是谁一个人的事情。"四海强调，"都得讲道理，我妈苦了一辈子，只要她不是心甘情愿的，我就不能把她放给任何人。"

"混账！"超男爸要开打。

超男连忙抱住爸爸。超贤和美露把四海拉开。四海妈也哭了，说，不结婚，不结婚，就这么走，走，去北京，走。四海妈拉着儿子。

现场乱作一团。

## 106

出国前老默已经办好手续，房子卖了，家具暂时存在老周的仓库里。老默拜托老周保密。老周表示没问题，悄悄运走了。到美国，住院，检查，医生会诊，诊疗结果跟在深圳一模一样。图个安心。再一个，朵儿想避开人群。

专家们会诊。老默和沈伟站在外头，焦急。许久，门开了，出来个助理医师，请他们到诊室聊。她用英语跟老默交流。

大致能听懂，但他不会说。沈伟上。一来一回，了解清楚了。如果费用没有问题的话，医生们建议在美国做左侧乳房切除。当然，如果从医疗保险层面，回中国做似乎更划算。老默着急，让沈伟传达，说就在美国做，请给我们安排。来都来了，再回去，又得撒谎。朵儿妈眼观六路耳听八方。

怎么跟朵儿说是个问题。沈伟说要不我来。

老默觉得不合适，这个时候，他必须跟朵儿站在一起。

病房门口，老默处理好情绪，推门进去了，表面看不出任何异样。朵儿躺在床上，要起来。老默连忙说你别动，要什么我给你拿。朵儿笑说："哪到那个地步，我就是倒点水。"

下床，倒水。朵儿说这医院的花真不错，说着低头闻床头柜上的香槟玫瑰。"怎么样？"朵儿感觉到了什么，先问。

"没事儿。"老默言不由衷了。看他别别扭扭的表情，朵儿明白了几分，笑道："跟我还藏着掖着，说吧，我都能接受。"

这是假话，牛朵儿故作坚强。她当然想到了切除，这个方案从中国到美国的医生都跟她说过。她不能接受，或者说，她接受需要时间。平心而论，她牛朵儿不是多么爱美的人，可不爱美不代表她能接受不完整。

她要做一个完整的女人。

沉默。朵儿告诉自己必须坚强。因为她有孩子，三个。她还有丈夫和妈妈。她必须承担责任。她长大了。

"是不是切？"就直接问，仿佛在做一场化学实验。

老默不愿说出那个字。切，干脆利落，指向一个器官。

"我们再去别的医院看看，这家医院不好。"老默带个人情感，略显慌乱的。"什么时候能安排？"朵儿问。老默不忍心回答。朵儿反过头来劝他：

"如果命中注定有这一劫,那就闯。"好像在说别人的事,充满勇气。

"想好了?"

"当机立断。"

"是,得保命。"老默强调。

手机响,是朵儿的。

朵儿妈发来视频通话。朵儿两口子立刻警觉,朵儿没接。她让老默把桌台上的花放在窗台上,两个人蹲下来。背景花团锦簇了。

再连过去,接通,朵儿妈看到的是繁华景象。

"怎么样啊?"朵儿妈问。是问月亮的婚礼。朵儿临危不乱,说都在外头准备呢,正式办还得几天。朵儿妈八卦,说新郎怎么样。老默说就是普通人。

"可惜了。"朵儿妈说。

朵儿和老默都赔着笑脸,尽量真切,可还是隐隐约约有点演。

老周出现在画面里,打了个招呼。

朵儿妈夸老周,说你周叔叔立了大功了。朵儿问什么功劳。朵儿妈本想说他差点帮我坐牢。话到嘴边连忙收住,店子关了太没面子,忙改口说:"没什么,你周叔功劳大,有他在,保姆都轻松了。"

朵儿笑说,对老周:"周叔,我妈就拜托您照顾点了,我们这可能还有日子呢,婚礼完了是度假,去加勒比海。"

"放心吧朵儿。"

视频中,老默跟老周比了个手势。老周明白了,不让他说房子的事,他立刻回了个明白的手势。朵儿妈又说起薛蓓那边准备"双十一"产品的事:"你倒好,跑出去逍遥去了,薛蓓那边,超贤跟薛蓓现在没白天没黑夜。"

朵儿问产品生产得怎么样。

"生产没问题,渠道也没问题,薛蓓开始录视频了,另外就是缺人手,我是太忙,不然我得过去帮忙的。"

朵儿又问康福泰健康中心的情况。朵儿妈和老周迅速对看一眼,朵儿妈发声:"还不错。转手了。"

"转手了?"朵儿不解。这世界变化太快。

"对,转手了。"老周敲边鼓,"创业就是这样,见好就收。"

行,收吧。朵儿本来就觉得她妈的创业纯属自娱自乐。

"妈,没什么事那挂了啊。"朵儿准备道别。

"等会儿!"朵儿妈阻止,转身和老周去把小舒小坦抱来,又叫尼尼也过来，对着镜头，"孩子都想死妈妈了！"朵儿妈的说法夸张。老默说儿子还是跟妈亲。朵儿妈道："可不是，真算是趁着这个机会戒奶了。这两天开始喝奶粉了，之前，一口不喝。"

刺激到关键点了——喂奶。乳房。切割。不能深想，可又不由得朵儿不去联想。儿子们在视频里欢天喜地，朵儿心情却更为寥落。老默意识到问题的严重性，连忙道别。

刚关了视频，朵儿就已经哭了。

手术决定在美国做，都安排好，沈伟要包费用，老默不让。房子卖了，手里头颇有些现钱，中国的房子值钱，老默已经做好朵儿长期休息的准备。

手术不算大。医生建议只是切除乳腺，不至于伤及整个乳房。美国的方案还是比中国的保守一些。排上号，很快做下来，医生说很成功。朵儿在医院将息着，没多久又搬到附近租的房子里，只是身子虚弱，吃药，观察。风景优美，人少。好在老默日日陪着，不算寂寞。沈伟去纽约见朋友，风风火火地。

山不转水转，水不转人转。

朵儿每日跟薛蓓通视频电话，朵儿关心项目进展，这关乎她病休期间的生计，薛蓓却更关心朵儿的健康，让她放心，一切都在顺利运转，产品在测试、生产，渠道也谈得差不多了，至于她自己手里的社群、粉丝，都已经作了几轮的吹风，死忠消费者有了印象。

"你那个产品真能消除眼袋？"薛蓓打趣。朵儿说多少有些效果，试用品效果明显，到了批量生产，精华不放那么多。薛蓓说你这是双重标准，我涂了，还跟熊猫似的。朵儿立刻说男靠吃女靠睡，你整天熬夜做女强人，神仙也救不了你。两个人笑了笑。朵儿又问她妈有没有觉察出什么。

薛蓓说暂时没情况。朵儿叹："这撒谎跟滚雪球一样，越滚越大，我现在都怕跟我妈视频。我说了，辐射大，一律语音通话，你说我妈也是，我走之前，她忙得人都见不着，现在突然有时间了。"薛蓓笑说："你跟妈真像。"

"什么像？长得像？我不像她，我像我爸。"

"一骗十八谎。"

"什么意思？"

薛蓓小声，说干妈和超男爸办那个健康中心，倒了。

这事她妈真没跟她说过。不过也是意料中，在朵儿眼里，她妈从来没办成过什么事。倒了就倒了，正好顾孩子。朵儿正出神，薛蓓又说："我看老

- 480

周对妈不错。"朵儿说,我早看出来了,顺其自然,老周是老默的朋友,没结过婚,不一定看得上我妈,图什么。薛蓓说,你别说这话,一物降一物。

朵儿问超男那的情况。薛蓓据实相告,两口子已经离婚,不过小贤打算和一个洗白了的绿茶女结婚,家里反对,但也没用。

"人不坏就行。"朵儿抓主要矛盾。薛蓓叹息:"有几个骨子里的坏人?要怪,只能怪这浮华的世界。"朵儿说,世界什么时候都浮华,关键得守住自己的本心。薛蓓说,谈何容易,女人,不能走错路的,可偏偏近路又太多,尤其是长得漂亮的女人。朵儿说,你在说你自己?

薛蓓说:"我宁愿粗粗笨笨一点儿。"

朵儿自嘲:"怎么粗粗笨笨?像我这样,一边有一边无?"她悼念乳房。薛蓓意识到还是应该少说,免得刺激病人。

一时无语。朵儿也意识到薛蓓的尴尬,说:"李安东恢复得怎么样?我现在跟他算病友,他知道我的事了,鼓励了我几句。"薛蓓想不到朵儿会提他。老实说,有一阵没联系了。去见面之后,她偶尔给他发信息,他回得慢,情绪并不好,她也就发得少了。

沉舟侧畔千帆过,病树前头万木春。生命太残酷。所以,他宁愿联系朵儿。生病的朵儿和他感受相近。

"他怎么样?"薛蓓问。

"还是忘不了你。"朵儿答。薛蓓情绪激动,说当初我已经决定跟他结婚。说完意识到自己的失礼,连忙调整情绪,说:"是他不同意。"

"你那是施舍。"朵儿说,"一个如此骄傲的男人怎么能够说服自己,接受你的施舍?"朵儿口气轻柔,病中,她更理解李安东。薛蓓控制不住自己,说,是,我意志薄弱,我罪恶累累,可你说我能怎么做?我愿意结婚,你们说我是施舍,我不愿意结婚,又会有人说我无情。怎么做都不对,几乎泫然。朵儿并不想让薛蓓这个可贵的合作伙伴、好姐儿们难过。

"顺从自己的心吧。"朵儿笑着,缓解气氛,"跟吃菜一样,喜欢吃哪个,就选哪个。"

薛蓓说温晓涛回来了。

"哦?"这一段朵儿隐约听到一些,但知道得不详细。

"他在追求我。"

"你还爱他?怎么打算?"

"我不知道。"薛蓓无奈。她没提吴宇飞的事,也没说她和两人都有了

-481

亲密关系。"现在我什么也不想，朵儿，我算看明白了，不管男人女人，事业都很重要，我现在就想着把'双十一'的活动做好做成功。"

"这么想就对了。"牛朵儿只能这么安慰闺密。

## 107

医院吵架过后，林四海去北京，等一切安顿好，再回来接妈妈。

行李既然拿出来了，四海没打算让他妈再回去跟超男爸同处一室。搬，去他租的房子。租约还有一个月到期，四海妈可以暂时栖身。

超男爸一百个不愿意，可没用。林家的事，还是林四海说了算。四海妈还没被情感左右理智，临走，她说，老陈，我们的事，再等等。

留了活口，不是完全没戏。

"孩子们不同意也不成。"四海妈说，"你我是才遇到的，孩子们跟我们过了几十年，这个关系不能也不会改变，耐心点，交给时间。"

"惠如……"超男爸惆怅。

人都走了，不放心也得放下。

刚巧租约到期，房东不打算续了，超男和超贤都觉得没必要再花这个钱，就劝老陈搬去跟超男一起住。四海走了。一房一厅隔好了断，二手房拎包入住。超男和如意住客厅隔出来那间。超男爸是老太爷，享受单独卧室的待遇。超男爸开始不愿意，后来实在是从经济层面考虑，住进去了。

康福泰关门，赚的钱再加上点积蓄，都贴给受伤老头做医疗费了。超男爸跟刚被打劫了似的，穷得心慌。搬家，除了几身衣服、洗漱用品，就只有一台全自动麻将机和一台报废了的治疗仪了。

搬家那天是个周末。

朵儿妈和老周都来了，是老战友。

如意弹钢琴，琴音如流水。超男下去买菜，打算好好招待一顿。

安顿完毕，超男爸说歇会儿。三个人坐下喝茶，无言。康福泰关门对他们的打击都很大，尤其朵儿妈。项目是她引进的，她总觉得愧疚。

墙根底下放着康福泰治疗仪，电线拖着，仿佛一具战俘的尸体——电线是头发。朵儿妈不小心看到，心一揪："老陈，那玩意儿还不丢掉？伤人，扎心。"老周和老陈都笑，两个人立马抬着，朵儿妈看路，把治疗仪抬到阳台上。朵儿妈扯了一块布说，来来来，用这个盖一盖，过去的就让它过去吧，不要见天日了。谁料布一扯下来，麻将桌见天日了。

超男爸愣住，被点穴般。睹物思人，棋牌室是他和四海妈一起做的。"再玩两圈？"超男爸鬼使神差地说。三个人又把麻将桌抬到客厅，就那么一点点地方，占满了。

来一圈。通上电，哗啦一下，牌洗好了。

"等会儿男男。"超男爸说。朵儿妈看出不对，说，别玩了，没人，三缺一。超男爸说，一会儿叫四海妈来，她也会玩了。

老周和朵儿妈都不言声了。

"我们先玩。"超男爸魔魔怔怔地。朵儿妈和老周只好配合，坐下，起牌，少的那家也把牌起上。超男爸喊外孙女，说，如意，来帮忙起一下牌。

琴声断了。如意来起牌，小人似的。朵儿妈逗她："呦，小人精，你也会玩牌？"如意脱口而出："奶奶说，玩牌不是好孩子。"

"那你还玩？"朵儿妈不解。

"大人可以玩。"如意说，"爸爸奶奶都走了，现在在这个家，我就是大人了，我得保护妈妈。"

大人们听得心酸了。超男拎着菜进门，一看坐得满满的，围着麻将桌，意外，可还是带着笑问："打上了？这地方小。"超男爸说，如意下去。又对女儿超男说，菜让你婆婆做，你来陪叔叔阿姨打一会儿。

哑口无言。

中疯魔了。

"爸——"超男不打算陪他白日做梦。

朵儿妈见状，连忙起身，拉着老周，对超男："男男，不麻烦了，也不是真打，就是刚才见着了，说坐下来感觉感觉，那个我们先走了，不在这吃了，薛蓓那还有点事，得过去帮帮忙。"超男连忙笑笑，虚留了一下。朵儿妈坚持要走，她也不硬留。

走之前麻将桌还是抬到阳台。

客人走了。如意继续弹钢琴，欢快的调子，和家内的氛围形成反差。超男炒菜，呛着了，咳嗽不止。超男爸躲在卧室，对着电脑，看股票。多年的老股，前一阵涨了，现在又跌。一会儿，饭菜好了。超男莫名有些窝火。

许是油烟呛的。

房子是有了，可她总觉得这里没有家的味道，连炒个菜都不顺利——油烟机罢工了三次。

"爸，吃饭！"超男扯嗓子，又让如意快点洗手。如意说："妈，我今天不能洗手。"超男不解，问为什么。如意说今天钢琴弹得特别顺，得保留手气。超男火来了："去洗！哪那么多毛病。"如意吓得连忙遵命。

"爸。"超男到屋里叫人。

没人理。她爸打算血战到底，继续看股票。

转身回客厅，把菜盖在饭上，端到老爷子跟前，超男柔声："爸，该吃饭了，早晨就没吃，血糖都饿上来了估计。"

"不饿。"

超男耐不住了："爸，您不至于为我婆婆，哦，前婆婆，就跟小孩子一样茶不思饭不想吧，如意都没这样。"

话打开了。超男爸把鼠标一拍，扭身转头道："男男，从小到大，我是最支持最理解也最欣赏你，可现在我是搞不懂了，好好的日子，说不过就不过了，好好的家，说没有就没有了，什么天大的矛盾这么不可调和？"

"爸，那是我和四海之间的问题，我们最知道。人都走了，事实上就是，我跟他过不到一块儿。"

超男爸急道："是你过不到一块儿不是我过不到一块儿，你们这么干涉老人的感情，是犯法的！"超男觉得他爸好笑："爸，现在的情况是，四海要去北京，他要把他妈带走，你硬让我婆婆选，她能选谁，儿子就那一个，你总不会觉得你在她心目中比她儿子地位还高吧？"超男爸不说话。超男换了一种口气，平和些："爸，一家人就是一家人，打断骨头还连着筋，咱们就是一家人。他们是另一家人。你姓陈，我也姓陈，我到什么时候都是你女儿，我能对你不好吗？吃饭吧爸。"

还是不吃。

超男真的来火了，碗一扣，不吃就永远不要吃，像训孩子。老人老了也像孩子。超男爸脾气本来就大，噌的一下站起来，抬脚走了。

重重的摔门声。

如意悄悄进门，看见妈站在那掉眼泪。"姥爷走了。"

"吃你的饭，姥爷出去买酱油。"她一时不知怎么撒谎。老实说，超男想追出去，那是她亲爱的父亲、爸爸，一生的朋友，她的人生设计中，每一步棋里都有他。可她又知道不能追。她明白爸爸的脾气，越追越来劲。

可就这么放任着走，出了问题怎么办？超男给超贤打电话，简单说明了情况，让他去找，去跟着。超贤正在番禺的工厂里忙得四脚朝天，薛蓓和朵儿联手的产品已经上生产线了，他正在出差盯着。"跟着，出了问题找你！"超男下命令。超贤只能应承下来。他是儿子，是弟弟。挂了电话，他再拜托美露去照顾。

美甲店里，美露调侃："呦，我这还没算正式过门呢，就开始寻找迷路老人了。"超贤说刚好在你那一块儿，爸的电话我给你。一会儿，发过来了。

电话打过去。人不难找。超男爸站在小公园的湖边，眺望。美露搀扶着老爷子，嘴里嘀咕："呦，您这是投湖自尽还是怎么着？我今天立一大功。"叫车，回店，超男爸全程一言不发。

来了客人，女的，胖子，要做美甲，镶水钻那种。美露一边工作一边跟超男爸聊天："爸，真就放不下了？"超男爸说，心口挖了一块肉。美露笑嘻嘻，说阿姨是不错，和和气气，贤贤惠惠的。超男爸叹气。张美露仗义，说这样吧，我去把人给你请来。

唔？超男爸眼睛放光。美露手一抖，指甲画花了，水钻掉了一地，胖女孩不愿意，说怎么回事啊！我这葱葱玉指怎么跟被砍了一刀似的！美露连忙道歉。超男爸上前，对美露说你去吧，用我手机联系她，我来画。张美露领命。胖女孩不愿意了："怎么着，半路换人了，怎么来个老头儿，这会画吗，搞什么……"超男爸稳稳坐在女顾客对面，捉住她的手，俨然捉一只猪蹄："放心，我干了七年油漆工，又做过三年电焊工，烧菜也是一把好手……这流程刚才我都看明白了。"胖女孩嚷嚷着，说不是……怎么着……超男爸已经弄上了，麻利，整齐。

一个小时之内，人果然请来了。张美露就是张美露。

胖女孩离店，举着手，指甲上镶满了水钻，比一比，在太阳下，闪闪发光。"满意，厉害，牛！喜欢！"推门出去了。

四海妈推门进来，美露跟在后头。超男爸连忙起身，招呼，说坐，做个美甲。

四海妈不知所措。美甲？新创业？来得太过迅猛。美露在后头拥着让四海妈坐下。手伸出来，又连忙往回抽。

四海妈不好意思。劳动人民的手，糙！

"护手霜！"美露啥都有。涂上，好多了。"要什么样式的？"超男爸问。张美露说爸，您就看着办吧，怎么好看怎么来。两个人都不说话。超男爸就做他的活，磨甲，刷油，点色，镶钻。她的手冰凉。他的手却是暖的。

-485

一会儿，完工了。太过投入，超男爸累得喘气。美露赞："爸，您真是天才！您创业应该开美甲店。"超男爸憨憨地。四海妈说，从来没这么美过，只是不能干活了。

"你不能干我来干。"超男爸接话。四海妈不语。孩子们不同意，他们就不能在一起。四海妈不愿意未来的日子别别扭扭的。

美露鬼灵精，问四海妈："阿姨，您是不是特别不愿意跟我公公在一起？"四海妈想了想，摇头。

美露又问超男爸，"爸，您是不是特别愿意跟阿姨在一起？"

超男爸想都不想，频频点头。

"那行了。"美露拍手，一脸美好状，"有办法了。"

超男爸丧失思考能力，问："什么办法？私奔？"美露叹道，没那么严重，姐姐姐夫的事我问过小贤，都是一些鸡毛蒜皮的小事导致的，如果可以，完全可以促成他们复婚，用小贤的话说就是"两好搁一好，还是一家人"。

## 108

本打算做化疗，朵儿把头发剃了，短短的，像男孩子，暂时更不适合回国。可观察一阵，再加上检查，医学院认为没有化疗的必要，切割干净，只需吃药调理。镜子前，朵儿看着自己，觉得像怪物。老默从后面抱住她。"好看。"老默说。朵儿说，你说实话。老默说："人善心慈貌美。"

"内在美掩盖了外在美？"朵儿问。

"都美。"

"惨，都得靠内在美了。"朵儿叹。

来视频电话，朵儿连忙戴上帽子，老默撒手，恢复正经。

是朵儿妈。"啥时候回来？"她问，"这忙的，脚都快朝天了，你倒好，弄出一摊子事，出去度假了。"朵儿说，刚好月亮这一个大假，我们跟着玩呢。朵儿妈说，这孩子天天要妈妈，幸亏有老周，不然你让我怎么办，真是，生了就不管了，这什么妈。朵儿应付着，说，快了快了，好不容易透口气。妈，你就配合蓓姐，赚钱了，给你分红。朵儿妈道："我本来就有干股。"朵儿觉得好笑，问："妈，您哪来的干股？"朵儿妈说："我生你了，还不算干股？"

没辙。这就是她妈。

这一阵朵儿妈是真忙。朵儿和薛蓓的项目推进顺利，眼部精华做了试用装，已经在社群发布，领取，社交媒体上一片好评，连带着，薛蓓决定扩大生产，过去朵儿开发的面膜和精油皂也一同上马，连夜生产。只是苦了超贤在前线盯着，不得休息。仓库这边也忙。货一律运到龙岗的仓库，可租用的场地没多久就满了。尤其是为了配合"双十一"，公司还定做了"单身狗"公仔作为赠品，第一批一万只，仓库只能容纳七千，剩下三千堆在外头，下雨就麻烦了。"实在不行先放公司！"薛蓓在仓库门口指挥着。助理说公司实在没地方了，马上还有参观团来公司做活动，都是铁粉，不能太乱。没办法了。

下点小雨。朵儿妈和工作人员一起，帮助薛蓓把放在外头的公仔玩具遮上防雨布。"再下大一点儿就完蛋了。"薛蓓担忧，"这个谁定做的，尺寸不对，到处爆仓，现在也找不到合适仓库。"公仔尺寸，朵儿妈参与过讨论，她倾向于大一点儿，体面。现在结果出来，不妙，她不敢多说，怕被责备，但脑子还是在动的。她说蓓蓓，老周那好像有个仓库，可以放点东西，是以前租给画家的，现在租不租不知道。

薛蓓连忙委托朵儿妈问问。打电话问了，老周说没问题，仓库在大芬，就在龙岗，不算远。朵儿妈毛遂自荐："我跟他一起去，押货。"说罢，她叫了辆车回家，跟保姆交代好孩子的事，便叫上老周开车一起去。

尼尼不依不饶，非缠着姥姥同往，是大孩子了。朵儿妈没办法，只好带着尼尼一起走。薛蓓找了辆面包车拉货。老周开自己的小车，朵儿妈和尼尼挤在副驾驶，后座全堆满单身狗公仔。小车开路。

路上，车一颠，公仔从后面窜到前头。尼尼一把抓住。老周笑问："这叫什么，面包狗？"

公仔身子长长的，像长条面包。

"土！"朵儿妈打击他。尼尼抢着说："这是单身狗。"

小孩子什么都懂。

"还是尼尼聪明。"朵儿妈及时夸奖。

尼尼又说："我是单身狗，姥姥是单身狗，周爷爷也是单身狗。"

朵儿妈一脸黑线，尴尬得说不出话来。

老周有幽默感，自嘲："周爷爷已经是一辈子的单身狗啦！"

警报解除。朵儿妈搂住尼尼，不让他乱说话。

到地方了。老周开了门，便领着工人找地方卸货。朵儿妈牵着尼尼瞎转悠。这本是画家的画室，巨幅画板立着，上面是乱七八糟的油彩，地上有颜料袋，丢的都是画笔。再往里走有架子鼓，上面都是灰尘。

哦，她才恢复记忆，老周也是玩音乐的。

南墙那边放着一排雕塑，木头的藤的石头的。朵儿妈有些眼熟，牵着尼尼不由自主朝里走。老周从后头追过来，劝说咱们出去吧，这儿空气不好。着急脸。朵儿妈觉察出来不对："等会儿！这空气挺好的，我知道了，你这是不是藏着什么东西？裸体画？我就知道你们这些搞艺术的……"朵儿妈嘀咕着转向西，那后头摆着巨幅木板，用布遮着。

"别，还没完成，我这是刚学……"老周拼命阻止。无效。反倒刺激了朵儿妈的好奇心。

幕布拉开，"灰"尘仆仆。

画了一半，是个女人的肖像。

"这谁啊？抱着个手风琴，有点眼熟。"朵儿妈吊儿郎当的。老周不好意思。来这儿，说不清是巧合还是故意。

"我？"朵儿妈看清楚了。

老周语塞。这幅画他画了几个月，尚未完成。

"你画的？"朵儿妈猜到了。她有些感动。

老周轻轻"嗯"了一下，算承认。

"不像。"她批评，尽是甜蜜。

"刚开始学。"老周憨憨地。

朵儿妈靠近了，绕着画转了一圈，远观，近玩，十分得意。"不错嘛，比人还高。"朵儿妈忍不住去抚摸那比人还高一倍多的肖像。

支架不稳。画幅前倾，倒了下来。

"小心！"一只雷锋的手，老周一把拽过朵儿妈，尼尼机灵，自动往旁边躲，安全。朵儿妈和老周却摔在地上。老周在下，朵儿妈在上。

四目相对，两唇相依。

朵儿妈惊得迅速起身。拍拍，不由自主朝南面走，像要躲开什么。还教育尼尼，说，背过脸去，小孩子不懂。老周有些慌，可刚才的意乱情迷让他动作慢了好几拍。

眼熟，眼熟，还是眼熟。朵儿妈加快了步子，直奔南墙而去。

古怪的根雕，石佛头，莲花坐垫，青铜的灯盏，还有那老旧的自行车……

-488

一溜看过去，都是老默的。

前前后后，朵儿妈皱着眉半闭着眼，迅速让一切有用信息建立起逻辑关系。老周过来扶住她的肩，解释说这些东西啊……

"不用解释了！"朵儿妈虎躯一震，拉起尼尼，迅速走人。老周跟上。出了门，她根本不坐老周的车，叫了辆出租，对司机说去南山区。

她要去看个究竟。

房子，一定是房子，家具摆设都搬出来了，房子能没卖吗？

可是，那房子不是说好给月亮的吗？朵儿妈揣着一肚子疑问，尼尼走得慢，她就抱起来，大踏步上楼。老周晚到几分钟，跟头流星在后头。

拿钥匙。开门。转不动打不开。朵儿妈着急，敲门，急促地。真有人开门了。正是那个去美露店里做指甲的胖女孩。手叠着，指甲上的水钻很闪亮。

"你谁啊？收电费还是查水表？"

朵儿妈被她的气场盖住，鼓起勇气，支支吾吾："这我女儿家。"底气还是不足。胖妞撩头发，手上的水钻闪瞎人眼。尼尼道："姐姐，你的手指好漂亮。"胖妞露出笑脸，再对朵儿妈，是个冷面孔："这房子我买了！我不是你女儿。"

门"哐当"一声关闭。两句话，解释清楚了。朵儿妈站在原地，老周从楼梯口赶来，气喘吁吁。朵儿妈摇摇头，眼睛乱眨，自言自语："不行不行，我得捋捋。"掐指算算。房子是卖出去了。钱给月亮了？也不对。月亮急用钱？弄不明白了。老周上来说，回去吧。

"你知道什么？"朵儿妈怒目相对。

老周缩回去："我什么也不知道啊。"地下党都是单线联系。

"画室里的家具怎么回事？"朵儿妈居高临下。

"是老默的，说家里占地方，先放朋友那，那地方也不是我的。"老周招了。

还是得问朵儿和老默两口子。

时差。发语音过去没人理睬。他们还在休息。事实上，这几日老默是真去看月亮和她小姨潘攀。沈伟陪着朵儿。

再问薛蓓，薛蓓说不知道。问超男，超男也不知道。

可言语间的不利索，朵儿妈已然觉察出不对。又是谎言，牛朵儿从来就没跟她开诚布公过！认识老默，结婚，生孩子，一直到现在卖房子，朵儿从来都把她当成个傻子！

-489-

不能打草惊蛇。朵儿妈告诉自己冷静。房子本来就已经答应给月亮，现在卖，为何隐瞒？是怕她不同意？可笑。朵儿妈问尼尼："爸爸妈妈最近在家里说了卖房子吗？"尼尼说没有。朵儿妈又问保姆，也没觉察出什么异常。小舒小坦安安静静地，这两个小的不会说话。

搜。

第二日，朵儿妈让老周照顾孩子。她大扫除，总觉得能搜出什么。可搜了一天，什么也没搜出来。朵儿妈问尼尼："爸爸妈妈最近藏什么东西了吗？"尼尼想了想，说妈妈在水箱里放了东西。

果然！抽水箱。难道放着房产证？不可能，都已经卖了。

朵儿妈一步一步走进洗手间，水箱，孤零零地靠在墙脚，隐约有水漏下来，滴答滴答。伸手过去，揭开，翻过来看，没有。里头除了自来水没别的东西。

不对，还是不对，还是得找对人。深夜，朵儿妈和老默、朵儿都通了语音。这次都没开视频。朵儿妈问："在月亮那玩得怎样？"朵儿说挺好。朵儿妈问："月亮怀上了？"朵儿打断她妈，说人家这刚结婚，胡说什么呢。

结婚。行，就验证结婚。

开电脑。朵儿的QQ自动登录。那上头有月亮的小姨潘攀。

不能太和善，免得引发警惕。

朵儿妈问：呦，亲家妹妹，月亮结个婚要花那么多钱啊？

没反应。

点振动。

一会儿，有动静了。潘攀回复：谁结婚？月亮没结婚。

脑子"轰"的一下。朵儿妈差点没晕过去。被骗落实了。再找，电脑里总有信息。对了，看网页记录。

点开，朝前，朝前。

乳腺癌？！

连着多少天，都是乳腺癌的查询记录！

朵儿妈不由得联想，瘫倒在椅子上。是朵儿吗？她去国外治病？就为了不让她知道？难怪！保险受益人改成了她。还有房子也过户给她了。

朵儿妈坐拥资产。可如果没了女儿，这一切有什么意义？

朵儿妈忽然痛哭起来。

尼尼跑过来，抱住外婆。朵儿妈抱住尼尼，继续号啕。

## 109

求证。朵儿妈眼下要做的工作是求证。先问薛蓓。薛蓓正在办公室里看报表。朵儿妈进来了，单刀直入，泪眼婆娑："蓓蓓，我问你一个事情，你要毫无保留实事求是地告诉我。"

薛蓓意外，连忙张罗茶，起身领朵儿妈到沙发上坐下。这才问："干妈到底什么事，这么严肃，我心里都害怕了。"

小秘书奉茶。

朵儿妈推开，问："你是不是知道牛朵儿去美国的真正原因？"

薛蓓停了一下，判断，她需要判断，可还是有些摸不着头脑。"干妈，你别着急，是不是朵儿在美国遇到什么困难了？月亮的婚礼？"

"月亮根本就没办婚礼！她没结婚。你们都骗我……"朵儿妈为自己没有知情权伤心极了。薛蓓蹲下来，紧紧抓住朵儿妈的手，抚慰她的情绪。

她必须冷静下来，把朵儿妈的火降一降。

目前的情况是：朵儿妈已经知道了部分事实。

朵儿可能还不知道她妈已经觉察。

薛蓓说："您老人家别着急。中午我们一起吃饭，我把男男叫来，她知道的比我清楚。"朵儿妈又哭，说，我就知道你们都知道，就蒙我一个。我就朵儿一个女儿，没有朵儿我怎么活？我这苦命的老婆子啊……

薛蓓给超男打电话。超男大惊，跟学校请了假，立刻过来了。中午就在办公室吃，是朵儿妈不愿意出去。薛蓓点了高档盒饭，做摆设，都没心思吃饭。薛蓓和超男坐一边，椅子上。朵儿妈坐沙发，支着腿，撑着腰。

"说吧，实话，都说实话，朵儿的病情。"

超男和薛蓓对看了一眼。超男只好说，最开始是我和朵儿去检查身体……朵儿妈打断说你别最开始了，直接说关键的，什么病？目前的情况，你知道的都告诉我。

"说是乳腺癌，良性恶性的未定，一直吃着药，这次去美国是干什么的，我也不清楚。"薛蓓也跟着说确实不清楚，其实这件事情也是朵儿怕您担心。您说您心本来就重，现在已经病倒一个了，回头来再病倒一个，太不合适了。我想朵儿现在……

话没说完，朵儿妈抬腿走了。到门口，站住，回头："这件事情，不许你们告诉朵儿，一个字都不许说，她如果提前知道，拿你们是问。"

十分威严。

薛蓓和超男噤若寒蝉。

不能说，坚决不能说。说到底这是家事，外人不能过问。

公司楼下，车开过来了，朵儿妈上车。老周问去哪儿。

朵儿妈不说话，目光呆直。她在考虑对策。

先发微信，跟沈伟聊，说小沈啊，我看你发的朋友圈，你们那风景真不错，朵儿也在吗？也在这个地区？

回复得很快。沈伟发来个笑脸，说是啊阿姨，美国空气好，风景也不错。

朵儿妈回："给个定位，让阿姨我也了解了解天多宽地多阔。"

一眨眼，定位发来了。朵儿在沈伟旁边，随口问谁啊。沈伟说："阿姨，羡慕咱们这里的环境呢。"朵儿没好气，她永远这山望着那山高，别人锅里的肉总是香的，现在中国的环境也不错。

老周开着车，围着薛蓓公司所在的大楼打转。

朵儿妈还在沉思。

停车场保安挥舞着指挥棒："喂！想搞破坏吗？！瞎转悠什么！"

老周紧张，紧握方向盘，边开车边转头，问坐在后座的女士："去哪儿？"

朵儿妈笃定地："美国。"

老周不相信自己的耳朵，挤挤眼，又问一遍："哪儿？"

"美国，哈佛。"朵儿妈一字一顿。

老周也不再多问。这就是朵儿妈的风格。"走，好咧！"一骑绝尘，老周把车开出了包围圈。保安在后头，拧了一下鼻子："就知道你不敢闹事。"

准备行李，办签证，朵儿妈都以最快速度。可人走了，孩子怎么办，老周说好了跟她一起。是，有个人在身边放心些。

老周问朵儿妈："真要突然袭击？不通知朵儿一下，这人生地不熟的。"朵儿妈反问："你英语不是不错吗？开车也还行？"老周没底气，说，那倒是。

再就是孩子。薛蓓忙。尼尼暂时交给超男带。廖尼尼和林如意是青梅竹马，好相处。小舒和小坦拜托给四海妈。她有经验。朵儿妈执意给钱。

准备好了。老周和朵儿妈潇洒地走了，飞机起飞，目的地，美国。

忙是真忙。金九银十，薛蓓公司的营业额一直在涨，再加上"双十一"的大动作，更是忙得饭都吃不上。快递员捧着一大束花，红玫瑰，打公司穿过，一边走一边低头看鲜花上的卡："薛蓓女士！哪位是薛蓓女士？"

薛蓓正弓着腰，和员工们在大厅讨论项目，由于访问量太大，官网崩溃。网络上有些谣言，说公司靠着"大树"上位。现在上头没人了，官网自然崩溃。当务之急，是把官网恢复，运行正常，让用户正常下单。

"我是。"她直起身子，皱着眉。

接过鲜花，卡上没写名字。薛蓓说了声谢谢，周围的小妹要鼓掌，薛蓓脸一绷，继续工作。小妹们也不好意思了，低头干活。

小秘书上前，在薛蓓耳边低声耳语。

再抬头，前台，玻璃门外站着个人，是吴宇飞。

忙成这样，这小子还来添乱，而且，他是公司的老人，再回来送花，员工们会怎么想？潜规则？还是老牛吃嫩草？

忙中添乱，还影响她名声。事务繁多，薛蓓本来就憋不住性子，玫瑰花等于火上浇油。她抱起花束，快速走到门口，开门，直接把花塞到吴宇飞怀里。

宇飞措手不及，还是接住了。

"能不能不要那么老套？"薛蓓质问，"添乱！"

宇飞傻笑看着她。

"还不走？"薛蓓待转身不转身。

"这花我不能认领，"吴宇飞笑着，"不是我送的。"

薛蓓尴尬。吴宇飞把花送到她怀里："不过我可以借花献佛。"

"我不是佛。"薛蓓坚持高冷，维持气场。她往里走，宇飞也跟着进公司。"你跟着干吗？"薛蓓没好气。吴宇飞说："是你们请我来的哟。"

"我们是谁？"

"超贤告诉我，公司的网络有些问题。"吴宇飞比了个潇洒的手势，"我奉命来救场。"薛蓓上下打量了他一番："进来吧。"

上网，看机房，一番修整，营销助理在外头喊："官网恢复了！"

已经晚间十点。

吴宇飞记一大功，理应论功行赏。可薛蓓却装作看不见，她必须保持严肃，尽管两人的关系已经不是那么严肃了。

"消夜都不请？"吴宇飞还是笑着，像是看透了她。

"晚上我不吃饭。"薛蓓收拾东西，准备回家，冷冷地。

"你不吃我可以吃，请我吃啊。"宇飞主动提要求。

"天不早了，回去好好休息，劳务费明天让财务做给你。"

"别啊，那天可不是这么高冷。"

"你！"薛蓓扬手要打，又意识到不合适，手放下了。

"那天的事我早忘了，希望你也能忘掉，就当做了一场梦。"

"我那梦还没醒呢。"吴宇飞认真地，"我想多做一会儿。"

"小朋友，我耗不起，流年至此，各自安好吧。"

吴宇飞故意拦住："别别别，就一个大排档。"他本不是嬉皮笑脸的男生，可上次过后，宇飞也放开了。

大排档，薛蓓和吴宇飞坐在最里头。这些年，深圳的大排档少多了，也就公司附近的建筑工地有一家临时的。点了砂锅、烤串，吴宇飞又要啤酒。薛蓓说别喝了，回头还要开车。宇飞说，这次不会犯错误。

薛蓓正色："上次的事不许再提，否则我再也不见你。"

吴宇飞立刻求饶："不提不提，天冷，你吃点儿。"

薛蓓点了碗馄饨面。刚吃了一口，就吐了出来，她问老板："阿姨，这个面怎么一股蛤喇油味？"老板娘连忙解释，说，不可能啊，我这用的都是好油，绝对合格的，我们不用地沟油，是良心商家。吴宇飞让换了一份，可薛蓓闻着还是不想吃。

"累的。"吴宇飞说，"当女强人累的。"

"少贫嘴。"

"真的，你就没想过歇一歇？"吴宇飞说，"我是说干完'双十一'，一起出国休息休息。"薛蓓说，这种话就不要说了。吴宇飞鼓起勇气："我知道你是喜欢我的，只是你有你的担忧，我理解，可人要忠于自己的心，勇敢一点儿。"

许久，薛蓓问："说完了吧？"

"还没有，"吴宇飞说，"还差一句：我，一直等你——"

"执迷不悟。"薛蓓丢下四个字，走了。

背过身，抬起头，薛蓓脸上扬着笑意。她扪心自问，被这种帅气弟弟喜欢的感觉，其实挺好。

## 110

周末，廖尼尼要去看弟弟小舒和小坦，超男只好带着如意和尼尼去四海妈那走一遭。美露敦促超男爸和四海妈商量好了——超男爸性子急，说不了两句就是吵，还是得四海妈出面，摸清底细，以超男为突破口，谈两个孩子复婚的事。超男爸那边，则抽空去北京一趟，做一场男人之间的对话。

进门，饭已经准备好了。四海租的地方不大，就一个大开间，厨房和卫生间通在一块。超男有些心酸，他总是很省。搬出来了，勒紧裤腰带过日子。

小舒小坦一人一个孩童车坐着，手里摆弄玩具。尼尼和如意带弟弟们玩。

"妈。"超男进门还这么喊。四海妈顾不上说话，炒菜，端菜，忙活了一桌子。超男要去帮忙。"马上就好。"四海妈说。

菜做好了。鸡鱼肉蛋都有，可不是四个人的量。看上去像过年。

如意和尼尼夹了点菜，盖在饭上，端到旁边小桌子上边玩边吃。如果在平时，超男会批评如意不专心，但这日安安静静地。

前婆媳俩面对面坐着，一人端一碗饭，都不说话。四海妈打破僵局，问最近工作怎么样。

哦，这方面倒是有好事。超男说，马上还是调回教学岗位。

"还是教语文？"

"对，还是语文。"

"就是了，工作还是要熬长，都是个'熬'字。"四海妈语重心长，开始往重点内容拉。超男问她身体怎么样。这是大事，老人身体是第一位的，可放在现在，也不是什么大事。四海妈说，还行，就是楼有点上不动了。

"以后搬到我那去，老人就得有电梯。"超男说。四海妈显然没有心理准备，手抖了一下，饭碗差点没拿稳，又赶紧稳住了。说去？莫名其妙。说不去？或许是她的好意。四海妈呵呵笑了两声，轻轻说谢谢，等下文。

超男继续说："妈，我也想清楚了，以前是我们不对，一码归一码，一辈管一辈，我们都不应该反对你和我爸，都跟着心走吧，其他方面，妈，不用顾虑，你跟我爸在一起以后，你还是我妈。"

明理，大气。超男能说出这话，四海妈感动得眼眶都红了。她吸了一下鼻子，本来是背着任务来攻关的。现在城门大开，四海妈有些无所适从。

"男男，"四海妈说，"你能说这些话，说明你心里还是有这个家，这个家不能散了。"

一阵静默。

"是四海不愿意跟我过。"超男有她的委屈。

"他不敢。"四海妈还是维护儿子。

"敢不敢也做了，走到这一步了。"

四海妈说："没有绝对的，你们到底有什么矛盾？"

问到根子上了。超男无言，很多事情跟四海吵可以，可对着婆婆，她有些说不出口。是，她和沈伟没什么，清清白白干干净净，但内心深处，她依旧对他有一些钦慕，遥不可及的梦。要把这梦境一丝一缕说给婆婆听，太痛苦。

"冰冻三尺，非一日之寒。"超男还是这句虚的。

"总有个明确原因。"

北京，出租屋。房东来收房，四海被迫打包行李。超男爸帮忙，一共两包，都弄完了。"走，去酒店吧。"超男爸说，"还打拼什么，我看你在这站不住脚，头上没片瓦，房子还被人收了。"

四海说，爸，是不凑巧，明天我就去朋友那住。

他还叫他爸。

"你就真那么不想回家？"超男爸问，"你要认我这个爸，你就回去。"

四海拎着包，不动。超男爸一把抢过去。四海连忙："爸，我来我来。"

到酒店了，翁婿俩坐下，四海帮着泡好茶。

"到底是什么原因，让你如此不能忍受？"

四海憋着不说话。

"她出问题了？"

没回应。

"不尊重你了？"

还是没回应。

"她在外头有事情？你告诉我，我给你做主。"

四海连忙："别，爸，没那么严重……"

"到底是怎么回事你说！爷儿们点！"超男爸要发火了。

"我……"

"说实话，真话。"

"她跟我以前的老板走得近，我有点……接受不了……"四海把老底交出来了。超男爸问："就这点事儿？"四海说后面还有好多，说不清。超男爸说："你跟我回去。"四海说爸，我这还有事，明天跟朋友一起去谈一个项目。

　　超男爸说："行，你忙你的我不反对，但是我和惠如的事情，你必须表态。"四海曾经强硬。可这事事后想想，自己也鲁莽了。男人在外拼事业，别说妈，就是老婆孩子都有照顾不周的地方。这次来北京，遭遇艰难种种，四海态度也缓和了些。

　　"那事主要看我妈。"四海说，"只要我妈明确同意，我就是支持的。"

　　有这话就行了。超男爸一路风风火火回了深圳，见到四海妈，把情况仔仔细细交代了一遍。四海妈把超男叫来吃饭，邀请她去住的事也说了一遍。两个人都觉得有戏，感情还在，能修补。四海妈问："矛盾核心小海说了吗？"超男爸将四海的原话复述了一遍。四海妈若有所思，问："他领导，哪个领导？"超男爸说好像叫沈伟。

　　"沈伟？"四海妈惊诧，她在他家做过保姆："不可能。"是笃定的口气。超男爸问怎么个情况。四海妈说："我来跟男男说吧。"

　　工作日，超男办公室，她刚下课回来，放好教案，正在批改作业。对面桌的老师对超男："陈老师，恭喜啊，公开课真不错。"超男礼貌地说谢谢。有人敲门，是四海妈，站在门口，怯生生的。超男一偏头，叫了声"妈"。四海妈带着笑，有点尴尬。"您怎么来了？"超男忙着给前婆婆倒水。

　　"顺路，过来看看。"四海妈客气地朝超男的同事点头。同事微笑，问超男，说这是你妈啊。超男介绍说是我婆婆，又介绍说这是鲁姐。鲁姐说好听话："你婆婆看着真面善。"超男也说："是，对我特好。"

　　嘻嘻哈哈一番客套。上课铃响，超男拿起教案，说，妈您先回去，我晚上带两个孩子去您那，又问小舒小坦谁照顾呢。超男妈忙说你爸看着呢。

　　超男去上课了。等，四海妈就是等。既然来了，话就必须说清楚。

　　四十五分钟。

　　墙壁上一只钟，走得慢吞吞的。鲁姐不上课，有一搭没一搭跟四海妈聊天。她问："好久没看到陈老师的爱人了。"显然是套话。

　　四海妈支应着。

　　"陈老师最近心情可一般。"

　　四海妈又笑笑。

"家里都好吧？"鲁姐笑得假假的。
"都好。"
"陈老师现在一个人带孩子？"鲁老师问到关键问题了。
四海妈听出她想问离婚的事，便说："都是一起，买了新房子，两家人在一起，享天伦之乐。"鲁姐不多问了。超男下了课，惊讶四海妈还在。"妈，到底什么事你说啊。"四海妈看了一眼鲁姐，拽了拽超男的胳膊，示意她去别处说。接下来没课，婆媳俩到操场看台。
四海妈开门见山："男男，你跟小海的心结我们大概了解了。"
"妈你……"超男太意外。
"这点是小海有点小心眼，"四海妈坦坦荡荡地，"你跟沈总，不可能。"
"是不可能。"超男立刻否认，仿佛怕内心的秘密被发现。
"男男，沈总很优秀，有女孩子倾慕也很正常，但我相信你，你不是那样的人。"
超男着急了，说，当然不是，妈你到底要说什么。
四海妈犹豫了一下，又趴在超男耳朵上嘀咕了几句。
超男惊讶得说不出话来。
晚饭时间，超男一个人在小酒馆，眼睛通红。
陈超男有一种偶像破灭的幻灭感。
喝一杯，想来想去还是得问问。
只能问朵儿。给朵儿发信息，想了想，又删除了。
可还是想要确认，万一婆婆说的不是真的呢？就算她在沈伟家做保姆，一不小心看到了听到了什么，也未必就属实。
再喝一杯，眼前一片晃动，喝多了。
问就问吧。
鼓起勇气，就发给朵儿，问她没事，多少年的铁杆，朵儿一定知道。可是，为什么不见黄河不死心呢。想想也差不多。
写了几百字，来龙去脉，心路历程，痛苦纠结。
狠心一按，发过去了。
没动静。朵儿那边是白天。
朵儿看到一笑，她旁边就是沈伟。超男对沈伟的朦胧感情，她感觉出一点儿，只是没想到闹出这么多故事，真是辛苦劳烦。
不多说，直接发一张照片过去。

超男接到，哇，哭了起来。那感觉仿佛是，偶像结婚了，粉丝很失落。沈伟已经在海外找到了幸福。

"老板！再来一瓶酒！"超男喊道。

## 111

是老周报的信儿。上飞机前给老默发了条消息：你丈母娘要去美国了。再打电话，老周的手机无法接通，上飞机了。

老默接到消息就往美国赶。想来想去，他还是给朵儿发了条信息，说你妈要来了。朵儿问：来干吗？

还用问。看你，生气，抓包，兴师问罪。

朵儿浑身不自在。同样不自在的还有潘攀。姐夫刚来几天就要走。"你那老婆就这么香？"老默没说朵儿生病，他知道朵儿好强，要面子，怕被笑话。是，朵儿的病情稳定了，手术成功，后遗症也不大，可这事，她并不想让太多人知道，担心，尤其是她妈。

朵儿不想为妈妈营造末日情绪。

可她妈偏偏来了，流星赶月般。

"不行，我们得走。"朵儿对沈伟说。沈伟说没那么严重吧，假结婚都过去了，这算什么。再说，你妈也不知道地点，要不我先去招呼招呼？

"真的？"朵儿才想起来这茬。沈伟若有所思，想起来什么，赶紧翻手机，才赫然发现他给朵儿妈发过定位。

"你糊涂！"朵儿叹沈伟猪队友。沈伟说，对你妈，我根本没防范。朵儿说不行，还是得走。

走？去哪儿？

能去哪儿就去哪儿，你不是要去海边吗？我们去海边。不，是你陪我去，以前就是你陪我回家，现在，你再陪我逃出去一次。

沈伟艰难地："行。"又问，不等老默了吗？朵儿说留着老默做解释吧，他那肉头脾气，对付我妈刚好。

发了消息，安顿好，药，衣服，钱，所有需要带的，沈伟有经验，很快弄好了。两个人去机场，拿着签证对着看，航班，航班，航班。朵儿依次扫过去。哦，海地。对，去海地。买票，安检，换登机牌，登机，出奇地顺利，从来没有这么行云流水。

说走就走的旅行，就朵儿和沈伟两个人。

千里万里，朵儿妈和老周坐着车来了，哈佛周边的小镇，风景优美。朵儿妈联系朵儿，没回复。跟老默说话，他倒是回复得及时。

眼下，他已经站在门口了，垂着手，做迎接状。

朵儿妈下车，老周跟在后头，拉行李。老默做欢迎状，伸手，半弯腰，迎宾。朵儿妈问："牛朵儿呢？"老默咳嗽了一声，说，进屋说。朵儿妈也就大剌剌进屋，一声声喊牛朵儿，没人答应。

朵儿妈紧张。

"朵儿呢？"她口气变了，"廖自默我告诉你，我女儿要是有个三长两短，我跟你没完！"

"没事儿。"老默用安抚的口吻。可他已经意识到，局面很不妙。

"人呢？！死了？！得了这么重的病也不告诉我！人呢！"朵儿妈跳起来，头发参着。老周安抚她说轻松点。

老默连忙解释："手术很成功，她现在海地度假。"口气尽量平稳，朵儿妈不能再受刺激。

"手术？什么手术？"

"切除，一边。"

"切除？我的女儿哪！"朵儿妈哭天抢地状，"都这样了还躲我。"老周安慰说，朵儿心情不好度度假也正常。老默也说，朵儿还是怕你担心。

"这样我就不担心了？"朵儿妈委屈，"我就一个女儿，我就一个女儿。"话说到这份儿上，老默知道怎么劝也没用。当初朵儿选择隐瞒，也正是怕她接受不了。

没用，该来的还是来了。

"跟妈妈哪有那么多心眼儿。"朵儿妈感叹。又问朵儿是怎么去的，跟谁。老默说有沈伟陪着的。朵儿妈恨恨地："每次都是沈伟，他就是帮凶。"老周笑说，有这么个朋友也不错。老周和老默是老朋友了，两个人一对一应和着，朵儿妈的情绪放松了些。傍晚，几个人在周边走一走，优美的风景也多少能减压。朵儿妈不似刚来般躁动了，她只是盼着女儿回来。

一夜酣睡。第二天，朵儿报了平安，没再多说。

"看她躲到什么时候，跟妈妈，什么不能说，有病治病，我就那么脆弱吗？"朵儿妈拍胸脯。

下午，老默开车带着两人在周边转了转。晚上吃饭了，有个酒吧不错，是当地风景，老默一直听说但没去过，如今客人来，索性一去。到那，才发现是个年轻人来的地方，钢管舞小姐上下翻飞。朵儿妈眼都睁不开，直说这是资本主义的堕落。又说，也就你们这些搞艺术的懂这些歪门邪道。老周和老默撇嘴，认栽。

"真不如在家看电视。"朵儿妈强调。

行，看电视就看电视。还是看中文节目，英语的，朵儿妈不懂。这日晚间，朵儿妈无聊地翻台，却听到电视里新闻主播用不太标准的普通话快速播报着："加勒比小国海地刚刚遭遇海啸袭击，首都太子港，120万人被困，受难人数目前尚不明确。"

海地？朵儿？海地！朵儿！

女儿！

朵儿！

她慌乱地找到手机，拨打过去，关机。再打，关机。发消息，十几条，毫无反应。老默和老周进门，朵儿妈歇斯底里喊道："快联系朵儿！海地有海啸！"

在美国等了三天，去大使馆问，给到的结果都是还要等。航班暂停，去海地不切实际。而且人海茫茫，灾后乱象丛生，怎么找。老周建议先回国，海地的中国大使馆会及时向祖国通报情况。只能如此。

回国就住在薛蓓那。朵儿妈不能一个人待着，她也不愿意跟老默待在一处，她恨他，怨他，就是他的出现，打破了她对于女儿婚姻的美梦。

是，在朵儿妈心里，老默和朵儿的结合，根本就是一场噩梦。她只是料不到，这噩梦里，还套着噩梦，一下卷走了她的女儿。

拜佛。朵儿妈日日跪在佛前祈祷。小舒小坦和尼尼都陪在她身边。

薛蓓、超男、超贤、美露、超男爸、四海妈都来看她，可大家越是那种安慰的口吻，朵儿妈就越觉得女儿凶多吉少。

"都回去吧。"朵儿妈劝大家。是，天色已晚，不可能无限制待下去。

陆陆续续，人才都走了。小舒小坦认床，老默必须把他们带回家。朵儿妈让尼尼陪她。尼尼跟她时间长，感情深，而且现在女儿生死未卜，外孙更是她的精神支柱。朵儿妈忍不住想以后，往坏处想，三天，五天，都没消息，朵儿妈那种感觉更强烈。尼尼抱着姥姥，安慰说，妈妈没事，妈妈没事。可孩子这么一说，朵儿妈反倒哭了。

薛蓓和朵儿的项目已经上马，说是"双十一"正式开始，其实战役在此前已经"打响"，各个渠道，牛朵儿的明星产品爆红网络，钱是不愁了。薛蓓安慰朵儿妈，说这些钱，您下半辈子都够。

完全起不到安慰作用。

无论什么事情，朵儿妈都会联想到女儿。

"你再去问问。"这是她最常跟老周说的话。她一说，老周也就说"好好，我去问"。可山高水远，去哪里问呢？只能等。

第十天，新闻出来，说海地大海啸中，有八名中国人失踪，至今下落不明。朵儿妈听到消息，立刻就晕了过去。老周掐了好一阵人中，她才慢慢苏醒。"朵儿回来了吗？"她魔魔怔怔地。老周只能说，快了快了。

遥遥无期。

老默也难受，偷偷在家里流眼泪。可在别人面前，尤其朵儿妈面前，他必须坚强。这日，朵儿妈晕倒后，老默赶来，天擦黑，他建议尼尼晚上跟他回去住，让朵儿妈好好休息。

老默牵着儿子尼尼的手朝外走。

躺在床上的朵儿妈跳起来："那不行，尼尼留下，你走。"她拽住外孙的手，尼尼的两条胳膊被两个人拽成直线。"我疼！"尼尼受不了了。老默连忙放手，尼尼是朵儿妈的了。

"别想抢走孩子！"朵儿妈激动。

"我没想抢走，"老默无奈，"这本来就是我的孩子，谈何抢。"他说理。可朵儿妈根本不讲理。

"那也不行。"说罢，朵儿妈拉着尼尼朝外跑，老周追着，说天黑了，外面凉。老默也跟出来，朝下走。

行，你朝下我就朝上。朵儿妈和尼尼朝天台上走。

天空暗蓝。楼顶四周，灯火环绕，这繁华的深圳。可朵儿妈全看不到，她只感觉一片凄凉。老周和老默追上来，她就步步后退，一直退到矮墙边。"你别过来！"朵儿妈大叫，身后就是万丈悬崖。

"别想不开！"老周呼喊，"回来回来！"

"你们别过来！"朵儿妈还是那句话。

"你让孩子过来，孩子是无辜的，我们都是无辜的。"老默央求。

朵儿妈厉声喝道："你不无辜！你根本不无辜！朵儿跟你在一起，就是个灾难！你是灾难！你抢走了我的女儿，还要抢走我的孙子！"

"那也是我的儿子！"老默理直气壮。老周连忙稳住老默，让他不要那么大声，都降火。"你先下去，打'119'，'110'，请人帮忙。"老周小声对老默说。老默不肯走。老周说，你在这里，只会起到反作用，不能再刺激她。

老默犹豫。

老周急迫："快去找人，还来得及，以防万一。"

楼下聚满了人。一听说有人跳楼的，都想来看个热闹。啧啧感叹，说什么的都有，部分人说，是股灾受不了要跳楼。也有人说，是为情所困，两个老头儿抢一个老太太。

气垫摆好了。这是最坏的打算。

"你就是灾星！"朵儿妈还在骂，声泪俱下。尼尼却出奇地冷静，他摇摇姥姥的手，说，爸爸是好人。

"是坏人！"朵儿妈纠正。

"好人。"尼尼又强调。

"坏人！"朵儿妈仰天长啸。

派出所警察上来了。朵儿妈大喊："都后退！"

门口钻出个人，一声大喊，把所有人的声音都盖了："妈，你干吗呢？闹什么！"

熟悉的声音。严厉，却如此亲切。

是，是朵儿！沈伟站在她旁边。

朵儿妈拉着尼尼扑向朵儿，一把抱住，哭天喊地："我的女儿呀！"

失而复得。妈妈的宝贝。

## 112

朵儿回来了，恢复状况良好。朵儿生病这事朵儿妈也不计较了，恢复了理智。有哪个不开眼的邻居问那天跳楼的事，朵儿妈就会说："唉，我们是去楼上开演唱会的，嘻哈，说唱，你们都误以为是跳楼，我疯啦，跳楼？多少年的福等着享呢。"

嘴硬。但假的说多了，似乎也就有几分像真的。整个楼的人都知道了朵儿妈喜欢嘻哈，有时候，为了维持这个谎言，老太太不得不"呦呦"两句，以正视听。"双十一"，朵儿生日，薛蓓和朵儿的项目获得了空前成功，销售额破亿，利润算下来很可观。薛蓓给朵儿一个定心丸，说你可以安心养孩子养病，剩下的交给我们团队。超贤也说交给我们吧，我媳妇儿能干着呢。他媳妇是美露，现在签约在薛蓓和超贤的暖色调文化传媒有限公司做主播，也成了有些名气的网红。朵儿妈还住在薛蓓那，平复情绪。更主要的，她跟薛蓓更谈得来。是，她认识到，老人还是不应该和儿女住，干女儿除外。

这日，薛蓓回来就提议说开个庆功宴，就定在元旦前夜，一起跨年。地点在公司楼下的有情天大饭店。朵儿妈当然喜闻乐见，她最爱热闹。两个人当即研究起宴请名单。朵儿家这边：牛朵儿、廖自默、朵儿妈、廖尼尼、小舒、小坦。齐了。朵儿妈问薛蓓这边有谁。薛蓓笑笑："我？孤家寡人。"朵儿妈劝："蓓蓓，我既然做了你的干妈，也算个妈，妈说的话，你要听，真该找个人了，就算你是花木兰，现在仗也打了功也成了，该回到家里变成女儿身，对镜贴花黄了。"听着好笑，薛蓓假装叹气，说，不好找，没人要。朵儿妈说，抓重点，找男人只能图一头。

又讨论到超男家，挨个数：陈超男、陈超贤、超男爸、四海妈、林如意、张美露。薛蓓给超男打电话，问四海能不能来。超男冷冷地："还在北京呢。"

"还没和好？"

"别管他，不用算他。"超男没好气。

再问沈伟，他刚好要去纽约跨年，发了个红包，就说算份子钱了。薛蓓又连忙退回去。沈伟说："怎么，有钱了薛老板，看不上我们的钱了？"薛蓓说，哪的话，谁跟钱过不去，那收了。

名单定好。薛蓓忽然想起来，说还缺一个人。朵儿妈问是谁。

薛蓓竖起食指："老周。"

朵儿妈哎哟了一声，说，他不一定愿意来。薛蓓说，行了妈，刚才还劝我呢，你不该找个人啊。老周，你还真放？朵儿妈不好意思。说别人行，轮到自己，方寸大乱。

"这种事情得男方主动，我们还是——矜持。"朵儿妈的少女心。

宴请当天，朵儿妈和薛蓓先到，安排好座位，等着人来。

牛朵儿一家最先抵达。朵儿和老默，朵儿牵着尼尼，老默推着孩童车，并排，两个。尼尼嘴甜，一见薛蓓就喊："大姨新年好！"

立刻给红包，三份。

薛蓓感叹："我都是大姨了，嗯，大。"

朵儿劝："'大'是指你生意做得大。大气。"

闺密俩哈哈一笑。

跟着到的是超贤和美露。朵儿妈迎面问什么时候办事儿啊，证都领了，不要等啦。美露久经沙场，却还被朵儿妈说得不好意思。超贤凑到朵儿妈耳边，小声："姐姐、姐夫还没消停呢，还有我爸我妈……"说完撇撇嘴。朵儿妈大气，说都是小事，除了生死都是小事。

她真看透了。

一会儿，超男爸和四海妈来了。还是朵儿妈上前招待，都是老战友，一起创业的，还是亲。超男爸问："老周呢？"朵儿妈说谁知道，通知了，来不来随便。四海妈说："老周人不错。"饱含深意。老默上前，解释说，老周好像有点事，去大芬那边了，应该往这边赶呢。

人差不多到齐，落座，服务员开始上菜，一大桌子。薛蓓先说话，说今天第一是欢迎朵儿胜利归来，第二是帮朵儿庆祝生日。话刚说完，尼尼就抱着一只小狗玩具，送到朵儿手里："妈妈，祝您生日快乐，送您一只单身狗。"

全场都被逗乐了。

薛蓓让朵儿说几句。她病还在恢复，不方便久站，就坐着说。先停了一下，得想想。全场人都看她。

朵儿这才说："今年我特别坎坷，但是很幸运，有大家的支持和陪伴，我要谢谢我的妈妈，对我包容，毫无保留的爱。要谢谢我的爱人老默，结婚以来，饱受非议，但他始终默默地为我安排好一切。我不后悔，我很乐观。谢谢我的孩子们，是你们让我找到了人生的另外一个方向。人来到世界上一辈子，很短的，遵循自己内心的指引就好。"

大家鼓掌。超男听得眼含泪光。

好，下一位。老默了。他不惯发言，可这种场合怎么也得说几句。他咳嗽了两声，半天，才说："我知道很多人觉得我配不上朵儿，一开始我也这么觉得，我不自信，很自卑。可当经历了那么多，当朵儿真的把我当成一个可以依靠的爱人，我觉得我必须承担起来。妈，给您添麻烦了。"

妈？哦，是朵儿妈。老默很少这么叫。可真叫出来，伦理上不错，但听着总有种奇特的庄重感。

都看朵儿妈了，必须说点什么。朵儿妈羞赧，跳楼，抢孩子，去闹事，一桩桩一件件，她是个充满活力的妈。"行啦，都是一家人。"朵儿妈呵呵笑着。

顺着来，该超男爸了。他本来人就豪爽，到他，他整理整理衣服，坐直了，一开嗓就惊天动地。"今天借这个跨年夜，我宣布，我和我的亲家——惠如女士，正式在一起了。"

起哄，都叫好，鼓掌。超男、超贤、美露都由衷开心。可惜四海不在。四海妈不愿意发言。跟着就是超贤。他和美露对看一眼，说："我们也要宣布一个事情。"超男紧张，问什么事，买房子？

超贤忽然有些不好意思，笑呵呵说："我和美露，有宝宝了。"

这是大事，喜事。全场关切。喜酒还没摆，就已经上车了，现在的年轻人就是利索。薛蓓也跟着道贺，可想到自己，不由得有些自怜。她除了积累了财富，什么也没有。

一片热闹中，如意忽然指着门的方向叫道："爸爸！"

哦，是林四海，千里万里地回来了。薛蓓和朵儿妈连忙让服务员加座位，就加在超男旁边。薛蓓说刚好，四海你刚来，你说说，轮到你们家发言了，你代表超男。

事情来得突然。四海只能本着心说几句，他看了超男，又看看女儿，再和岳父和妈妈点了点头，说："我和男男之前有误会，错在我，我心眼儿小了，当着大家伙儿的面，我跟男男道歉，希望她能原谅我，我们还在一起，长长久久的。"说完一个九十度的鞠躬，弄得超男不好意思连忙去扶，可高跟鞋没站稳，身子一下倒向四海。四海来了个熊抱。

全场笑炸了。恩恩爱爱小夫妻，过去的就过去了。

门口一阵响动。只听到服务员说，不行不行，这位客人，这个太大了不行……众人听得发愣，一块巨大的板子先进来了。随后进来的是老周。他和另一个男服务员抬着这块板。

朵儿妈大声问："老周，你来砸场子的？"

老默知道好友的设计，连忙过去帮忙。板子靠边立好，用半透明纸封着。老周擦擦汗，对朵儿妈说："丽云，你来揭。"

似曾相识。"搞什么鬼？"朵儿妈有些纳闷，但还是伸手去揭。一幅巨大的人像油画出现，再细看，是朵儿妈的画像。老周连天加夜完成的。

是大芬画室看到的那幅。

老默拱老周，让他说点什么。

老周面色微红，不知是累的还是害羞，当着众人："丽云，我对你的心我知道，你对我的心，我也知道。"

朵儿妈立刻说："我不知道。"

逼到死角了。老周忽然拿出一只戒指盒，单膝跪地："丽云，我们结婚吧。"

全场高潮，都拍手让朵儿妈接受。

花团锦簇中，朵儿妈接过了戒指，老周兴奋地打了几个转，跟老默一同唱起歌来，还真是嘻哈，朵儿妈最近挂在嘴上的音乐类型。只听到老周唱：

呦呦——

深圳有个伟大女人她叫朵儿妈，

她能歌善舞心灵手巧还能把麻将打，

她艰苦创业历尽艰险开创新天地，

她活出自我爱谁是谁不怕天要塌，

我今天爱上朵儿她妈奋不顾身来做朵儿爸，

朵儿妈到哪里我就跟着去到哪，

新时代的女性从来都是循着内心走，

哪管外界流言蜚语质疑遍地有，

日子从来都是自我掌握时间太宝贵，

人活一世坦坦荡荡不妨做一醉！

朵儿妈跟上：

呦呦——

我从前逼着女儿结婚让她做白富美，

可她偏要找个老头暗中在捣鬼，

我苦天苦地来到深圳差点被击垮，

可人家照样我行我素当我是二傻，

我转身白手起家创业争做排头兵，

可谁曾料想遇到骗子我差点被扒了筋，

好在还有爱情滋润我凤凰又涅槃，

晚年生活我自己把那日子玩，

我赚了养老的钱从此金盆洗了手，

我环游四海潇潇洒洒天地任我游！

门口突然发出"呦呦"两声，大家转头，却是吴宇飞抱着一大束红玫瑰，他也来 rap：

我爱上个女孩她姓薛名字叫小蓓，

她事业成功心慈貌美可我从不担心我不配，

她说她心灵受伤经历复杂难以再痊愈，

我决心细心呵护好好培养和她走长久，

现世代流行姐姐弟弟一起来恋爱，

都修成果恩爱夫妻年龄算哪盘菜，

姐姐受伤的心需要弟弟的爱，

我是个成熟男人风风雨雨都能扛起来，

我今天来到这里送出玫瑰花，

代表我的心里只有一个她，

不管小蓓怎么决定我都尊重她，

只有我的初心永远不改永远守着一个家。

唱完，送上鲜花。薛蓓怕烫手，不接。众人欢呼，撺掇她接。薛蓓只好接了，面子上先过去。

服务生进来，说又来一位访客。

推着一车鲜花进来。是温晓涛。

可是 999 朵！

晓涛穿着西装，打着领带，根本看不到周围的人，径直走向薛蓓，问："还认得这套西装吗？你给我选的，我们结婚的时候穿的那套。"

薛蓓不知所措。这场合，这人物。

"我来晚了！"外头传来个声音。又是熟悉的。

皮鞋声响，听着步子很健。

进门，是李安东。身后跟着一座花山，都是红玫瑰，朵数数不清。李安东恢复得很好。如今，他东山再起，卷土重来，事业上，感情上。

李安东进门，整理了一下西装，睥睨一切的眼光："有竞争对手嘛，不过没关系，美好的事物总是有人竞争的，我不怕竞争。"

薛蓓心里一阵难受，说了声抱歉，小跑着去洗手间。

朵儿和超男跟着她。

进门就一阵狂吐。

可什么都没吃啊。

超男和朵儿相视一笑："还是薛老大魅力大,这饭吃的。"

薛蓓为难："别打趣我了。"接了杯水,漱漱口。

超男说,可能是紧张,紧张导致的胃痉挛,心理学上解释会这样。

薛蓓说哪紧张,这两天就是这样,什么都有点变味,那玫瑰有味道。

朵儿笑说："玫瑰嘛,当然有味道,香味,自然的植物芳香。"

薛蓓说我闻着有些油味。朵儿和超男都觉得诧异。

又是一阵狂呕。

朵儿连忙上前帮她拍背,她问这样有多少日子了。

薛蓓说记不清了,有一阵了。

朵儿经验丰富,问："你这个月来了吗?"问月事。

薛蓓想了想,说有日子不正常了,上月好像就……

不敢多想。太突然。薛蓓又喝了口水,漱漱。

有心插花花不成,无心插柳柳成荫。难道是……

超男抢先说："老大,你不会有了吧?"

"有什么?"薛蓓还是惊惶状态。

"有喜了。"朵儿说。薛蓓睁大眼睛看着朵儿,细细回想,哦,泥石流,哦,酒醉的套房,哦,马上要来的新年第一天……